KB001120

불과 피

1

* 이 도서의 국립중앙도서관 출판예정도서목록(CIP)은 서지정보유통지원시스템 홈페이지(http://seoji.nl.go.kr)와 국가자료공동목록시스템(http://www.nl.go.kr/kolisnet)에서 이용하실 수 있습니다. (CIP제어번호: CIP2019013475)

얼음과 불의 노래 외전 A SONG OF ICE AND FIRE

GEORGE R. R. MARTIN

불과 피

조지 R. R. 마틴 장편소설

김영하 옮김

1

은행나무

"산의 아이들"

르노어, 엘리아스, 앤드리아, 시드를 위하여

목차

불과 피

웨스테로스 타르가르옌 왕조의 역사

1부

아에곤 1세('정복자')부터
아에곤 3세('드래곤의 파멸')의 섭정기까지

올드타운 시타델의 최고학사 길데인 지음
(조지 R. R. 마틴 옮김)

| 일러두기 |

1 등장인물의 이름이 다른 이름이나 단어와 혼동할 여지가 있는 경우에는 최대한 혼동을 피하는 방향으로 표기했다. 또한 이름에 일반명사가 포함되어 있는 경우, 외래어 표기법을 따르되 기존 독자의 편의를 고려해 임의로 표기하기도 했다. (예: 브랜던 스노우, 드래곤, 할로우섬)
2 각주는 모두 작가의 것이며, 옮긴이의 주는 괄호 안에 글씨 크기를 줄여 표기했다.

아에곤의 정복

지난 300년간, 웨스테로스의 역사를 기록해온 시타델의 학사들은 아에곤의 정복을 척도로 삼았다. 탄생, 사망, 전투 및 기타 사건은 AC(After the Conquest, 정복 후) 또는 BC(Before the Conquest, 정복 전)로 구분되어 날짜가 기록됐다.

참된 학자들은 이러한 기록 방식이 정확성과는 거리가 있음을 안다. 아에곤 타르가르옌의 칠왕국 정복은 하루아침에 이루어지지 않았다. 그가 웨스테로스에 상륙하여 올드타운에서 대관식을 거행하기까지 두 해가 넘게 걸렸을 뿐 아니라, 도르네가 굴복하지 않아 완전한 정복이라 볼 수도 없었다. 도르네인들을 왕국에 편입하려는 산발적인 시도는 아에곤 왕의 통치 시절을 지나 그의 아들들의 재위 때도 계속되었기에, 정복 전쟁의 정확한 종전일을 가늠하기란 불가능하다.

심지어 정복의 시작일조차도 오해로 점철되어 있다. 아에곤 타르가르옌 1세가 블랙워터 급류 하구, 이후 도성 킹스랜딩이 들어서는 세 언덕 아래 상륙한 날에 그의 재위가 시작되었다고 많은 이가 오판한다. '정복자'와 그의 후손들도 그가 상륙한 날을 기념하기는 했지만, 그는 올드타운의 별빛 성소(Starry Sept)에서 종단 최고성사(High Septon, 웨스테로스 남부에서 주로 믿는 종교인 칠신교의 최고 성직자)가 그에게 성유를 붓고 왕관을 씌워준 날부터 자신의 재위가 시작했다고 여겼다. 이 대관식은 아에곤이 상륙하고 2년 후, 정복 전쟁의 3대 전투에서 전부 승리를 거두고도 한참 지난 다음에 거행되었다. 따라서 아에곤의 실질적인 정복 행위는 대부분 '정복' 전인 BC 1~2년 사이에 이루어졌다고 볼 수 있다.

타르가르옌 가문은 순수한 발리리아 혈통을 이은 유서 깊은 가계의 드래곤 군주들이었다. 발리리아의 파멸(BC 114년) 12년 전, 프리홀드(Freehold, 발리리아 제국의 명칭. 토지를 소유한 모든 자유 시민에게 동등한 권리와 참정권을 부여한 정치 체제에서 비롯되었다)와 긴 여름의 땅에 있던 자산을 처분한 아에나르 타르가르옌은 아내와 재산, 노예, 드래곤, 형제, 친족, 자식을 전부 이끌고 협해의 외딴 섬 위, 연기를 내뿜는 산기슭에 지어진 황량한 요새 드래곤스톤으로 이주했다.

전성기 시절 발리리아는 알려진 세계의 가장 위대한 도시이자 문명의 중심이었다. 빛나는 성벽 안에 난립한 40여 개의 가문이 궁중과 의회에서 권력과 영광을 두고 경쟁했고, 패권을 쟁취하고자 끝없는 모략과 혈투를 벌이며 흥망성쇠를 거듭했다. 타르가르옌은 드래곤 군주 중에서도 강한 축에 속하지 않았던 터라, 경쟁 가문들은 그들의 드래곤스톤 도피를 투쟁을 포기한 비겁한 행위로 취급했다. 그러나 가주(家主) 아에나르의 처녀 딸이며 이후 '꿈꾸는' 다에니스로 영원토록 이름을 남긴 다에니스는 화염 속에서 파멸하는 발리리아를 예지했고, 12년 후 파멸이 찾아오자 타르가르옌은 유일하게 살아남은 드래곤 군주 가문이 되었다.

드래곤스톤은 200년간 발리리아의 최서단 전초 기지였다. 걸릿 수역(The Gullet)을 가로지르는 위치 덕분에 섬의 주인들은 블랙워터만을 장악할 수 있었고, 타르가르옌과 그들의 긴밀한 동맹인 드리프트마크섬의 벨라리온

가문(발리리아 혈통을 이은 소가문)은 통과무역을 통해 부를 축적했다. 벨라리온의 함대와 또 다른 발리리아계 동맹인 클로섬(Claw Isle, 집게발섬)의 셀티가르 가문이 함께 협해의 중앙 해역을 제패하는 동안 타르가르옌 가문은 드래곤으로 하늘을 지배했다.

그럼에도 발리리아의 파멸 이후 백여 년간(적절하게 '피의 세기'로 명명된 시대) 타르가르옌가는 서방이 아니라 동방을 주목하였고, 웨스테로스의 정세에 거의 관심을 두지 않았다. 꿈꾸는 다에니스의 오라비이자 남편인 가에몬 타르가르옌이 '망명자' 아에나르의 뒤를 이어 드래곤스톤의 영주에 오르고 '영광스러운' 가에몬으로 불리게 되었다. 가에몬의 사후에는 그의 아들딸 아에곤과 엘라에나가 함께 섬을 다스렸다. 남매 다음에는 그들의 아들 마에곤, 마에곤의 동생 아에리스 그리고 아에리스의 아들 삼 형제 아엘릭스, 바엘론, 다에미온이 차례로 영주 자리를 물려받았다. 삼 형제의 막내가 다에미온이었고, 그의 아들 아에리온이 부친의 뒤를 이어 드래곤스톤을 계승했다.

역사가 정복자 아에곤 또는 '드래곤' 아에곤이라고 서술하는 아에곤은 BC 27년 드래곤스톤에서 태어났다. 그는 드래곤스톤의 영주 아에리온과 벨라리온 가문 출신으로 모계로 타르가르옌의 혈통을 이은 벨라에나 부인의 둘째 자식이자 유일한 아들이었다. 아에곤에게는 두 적출 누이, 윗누이 비세니아와 누이동생 라에니스가 있었다. 발리리아의 드래곤 군주들은 옛적부터 혈통을 순수하게 유지하고자 남매끼리 혼인하는 관습이 있었는데, 아에곤은 두 누이를 모두 아내로 삼았다. 전통을 따랐다면 아에곤은 윗누이인 비세니아와만 결혼해야 했다. 라에니스마저 둘째 아내로 맞이한 건 흔한 처사는 아니었지만 전례가 없는 일도 아니었다. 혹자는 아에곤이 비세니아와는 의무 때문에, 라에니스와는 그가 원해서 결혼한 것이라고 말하기도 했다.

세 남매는 혼인하기 전 드래곤 군주의 자질을 입증했다. 망명자 아에나르와 함께 발리리아에서 날아온 다섯 드래곤 중 아에곤의 시대까지 살아남은 건 오직 '검은 공포'라고 불리던 거대한 드래곤 발레리온뿐이었다. 바가르와 메락세스는 드래곤스톤에서 부화한 더 어린 드래곤이었다.

무지한 자들 사이에서는 아에곤 타르가르옌이 웨스테로스 정복을 위해 출항하기 전까지 단 한 번도 웨스테로스의 땅을 밟은 적이 없다는 주장이 있는데, 이는 사실일 리가 없다. 침공 수년 전, 아에곤 공의 명에 따라 15미터 길이의 거대한 나무판자를 웨스테로스 형상으로 조각하고 칠왕국의 모든 숲과 강과 마을과 성을 그려 넣은 '채색 탁자'가 제작되었다. 그는 전쟁을 결심하게 된 일련의 사건이 발생하기 훨씬 전부터 명백히 웨스테로스에 관심이 있었던 것이다. 또한, 아에곤과 비세니아가 어릴 때 올드타운의 시타델을 방문하고 레드와인 공의 빈객으로서 아버에서 매사냥을 했다는 신뢰할 만한 기록도 존재한다. 라니스포트에도 들렀을 수 있으나, 이에 대해서는 기록이 일치하지 않는다.

아에곤의 젊은 시절에 웨스테로스는 일곱 개의 왕국으로 나뉘어 전란이 끊이지 않았고, 어느 때라도 왕국 두세 곳이 전쟁 중이 아닌 적이 거의 없었다. 광대하고 척박한 혹한의 대지인 북부는 윈터펠의 스타크가 지배했다. 도르네의 사막에서는 마르텔 가문의 대공들이 군림했고, 황금의 땅 서부 지역은 캐스털리록의 라니스터가, 풍요로운 리치는 하이가든의 가드너가 다스렸다. 협곡(The Vale, 아린 협곡(the Vale of Arryn)을 간단하게 부르는 말)과 핑거스와 달의 산맥의 주인은 아린 가문이었다……. 그러나 그 시절 가장 호전적인 왕들은 드래곤스톤과 가장 가까운 두 왕국의 군주인 '검은' 하렌과 '오만한' 아르길락이었다.

거성 스톰스엔드를 본성으로 삼는 듀란든 가문의 폭풍 왕들은 한때 래스곶(Cape Wrath, 분노의 곶)부터 꽃게만(Bay of Crabs)에 이르기까지 웨스테로스 동부 절반을 지배했으나, 그들의 권세는 수백 년에 걸쳐 쇠락했다. 서쪽에서는 리치의 왕들이 영토를 조금씩 잠식하고 남쪽에서는 도르네인들이 침략을 일삼았으며, 트라이던트와 블랙워터 급류 북부 지역에서는 검은 하렌과 강철인들에게 밀려나고 말았다. 몰락을 한동안이나마 저지한 건 듀란든 왕조 최후의 왕인 아르길락이었다. 그는 아직 소년이었을 때 도르네의 침공을 격퇴했고, 협해를 건너 볼란티스의 제국주의자 '호랑이파'에 맞서는 대동맹에 가담했으며, 그 20년 후에는 서머필드 전투에서 리치 평원의 왕 가스 가드너 7세를 참살했다. 그러나 아르길락도 늙고 말았다. 그의 유명한 갈기 같았던 검은 머리는 하얗게 셌고, 강력한 무위도 사라진 지 오래였다.

블랙워터 북쪽의 리버랜드는 섬과 강의 왕인 호어 가문의 검은 하렌이 잔혹하게 지배하고 있었다. 하렌의 강철 군도 출신 조부 '압제자' 하르윈은 아르길락의 조부 아렉에게서 트라이던트를 빼앗았는데, 정작 수백 년 전 마지막 강의 왕들을 몰락시킨 건 아렉의 선조들이었다. 하렌의 부친은 더스큰데일과 로스비까지 영토를 확장했다. 하렌 본인은 거의 40년에 달하는 긴 재위 대부분을 '신의 눈' 호반에 거대한 성 하렌홀을 짓는 데 전념하였으나, 곧 성이 완공이 되면 강철인들이 새로운 정복에 나설 것이었다.

잔혹함으로 칠왕국 전역에 전설적인 악명을 떨치는 검은 하렌만큼 웨스테로스에서 두려움을 일으키는 왕은 없었다. 그리고 듀란든 왕가의 마지막 자손이며 후계자라고는 처녀 딸 하나밖에 없는 노쇠한 전사, 폭풍 왕 아르길락만큼 웨스테로스에서 더 위협을 느끼는 왕도 없었다. 그리하여 아르길락 왕은 드래곤스톤의 타르가르옌 가문에 손을 내밀고 신의 눈 호수 동쪽, 트라이던트와 블랙워터 급류 사이의 영토 전역을 지참금을 주겠다며 아에곤 공과 자신의 딸의 혼사를 제의했다.

아에곤 타르가르옌은 폭풍 왕의 제의를 거절했다. 그는 이미 두 아내가 있고 셋째는 필요 없다고 답변했다. 게다가 지참금으로 제시한 영지는 이미 한 세대 넘게 하렌홀에 복속된 땅이라, 아르길락이 줄 수 있는 것이 아니었다. 타르가르옌가를 블랙워터 급류에 두어 자신의 영토와 검은 하렌 사이의 완충국으로 삼으려는 늙은 폭풍 왕의 뻔한 속셈이었다.

드래곤스톤의 영주는 역으로 새로운 조건을 제시했다. 아르길락이 블랙워터 남부에서 웬드워터강과 맨더강 상류에 이르는 임야와 '매시의 갈고리'도 양도한다면 지참금으로 제의한 땅을 받고, 그의 딸은 아에곤 공의 친우이며 대전사인 오리스 바라테온과 혼인함으로써 협정을 체결한다는 내용이었다.

오만한 아르길락은 성을 내며 제안을 거절했다. 오리스 바라테온은 아에곤 공의 서출 이복동생이라는 뒷소문이 돌았기에, 폭풍 왕은 딸이 서자에게 시집가는 치욕을 감수하게 할 수 없었다. 그런 제의 자체에 격분한 아르길락은 아에곤이 보낸 사절의 두 손을 자른 뒤 상자에 담아 "네 서자 놈에게 줄 손은 이것뿐이다(딸과의 결혼을 허락한다는 뜻으로 '딸의 손을 내준다'는 표현을 흔히 쓴다)"라고 쓴 글과 함께 돌려보냈다.

아에곤은 이에 답장하지 않았다. 그는 대신 벗과 휘하 가문 및 주요 동맹을 드래곤스톤으로 불러들였다. 드리프트마크의 벨라리온은 타르가르옌 가문에 충성을 맹세했고, 클로섬의 셀티가르도 마찬가지였다. 매시의 갈고리에서 온 샤프포인트의 바르 에몬 공과 스톤댄스의 매시 공은 스톰스엔드의 봉신이었으나, 드래곤스톤과 더 긴밀한 관계를 맺고 있었다. 아에곤 공과 누이들은 모인 이들과 논의한 뒤 성의 성소(sept, 웨스테로스의 일곱 신을 모시는 장소로 sept는 라틴어로 '7'을 의미한다)로 가서 웨스테로스의 일곱 신에게도 기도를 올렸는데, 그때까지 아에곤은 한 번도 신심이 있다고 알려진 적이 없었다.

이렛날, 드래곤스톤의 여러 탑에서 구름처럼 날아오른 큰까마귀들이 웨스테로스의 칠왕국에 아에곤 공의 뜻을 전달했다. 일곱 왕과 올드타운의 시타델은 물론, 크고 작은 모든 가문이 다음과 같은 내용의 전갈을 받았다. "오늘부터 웨스테로스에는 오직 한 명의 왕이 있으리라. 타르가르옌 가문의 아에곤에게 무릎을 꿇는 자는 영지와 지위를 보전할 것이나, 반기를 드는 자는 몰락하고 미천해지며 파멸할 것이다."

아에곤 남매와 함께 드래곤스톤에서 출정한 병사가 몇 명이었는지에 관해서는 의견이 분분하다. 혹자는 3000명이었다고 하는 반면, 고작해야 기백에 불과했다는 의견도 있다. 많다고 볼 수 없는 타르가르옌 병력은 블랙워터 급류 하구, 나무가 우거진 세 언덕 아래 한 작은 어촌이 있는 북쪽 기슭에 상륙했다.

'백왕국(百王國) 시대'에는 더스큰데일의 다클린 왕가와 스톤댄스의 매시를 비롯하여 머드, 피셔, 브라켄, 블랙우드, 후크 같은 고대 강의 왕들을 포함한 수많은 군소 왕국이 강 하구를 차지했다. 탑과 요새가 세 언덕의 꼭대기에 세워졌다가 전쟁 중 파괴된 적이 한두 번이 아니었고, 이제는 부서진 돌과 잡초가 무성한 폐허만 남아 그 땅에 상륙한 타르가르옌 병력을 맞이했다. 스톰스엔드와 하렌홀 양측 모두 강 하구의 소유권을 주장했지만 아무런 방비도 없었고, 가장 가까운 몇몇 성의 주인인 군소 영주들은 강력한 권력도 무용도 없었으며 명목상의 군주인 검은 하렌에게 충성을 바칠 이유는 더더욱 없었다.

아에곤은 재빨리 세 언덕 중 제일 높은 언덕에 통나무와 흙으로 만든 목책을 세우고는 누이들을 보내 근처 영주들의 복속을 받아오게 했다. 로스비는 라에니스와 금빛 눈의 메락세스에게 저항하지 않고 항복했다. 스토크워스에서는 노궁병 몇 명이 비세니아에게 화살을 날렸다가 바가르의 불길이 아성(牙城)의 지붕을 불사르자 기겁하고 역시 항복했다.

정복자가 처음으로 맞이한 진정한 시험은 더스큰데일의 다클린 공과 메이든풀의 무튼 공의 연합부대였다. 두 영주는 침략자들을 바다로 몰아내고자 병사 3000명을 이끌고 남하했다. 아에곤은 오리스 바라테온을 보내 그들을 행군 중 기습하게 하고 본인은 검은 공포를 타고 하늘에서 적을 덮쳤다. 이후 이어진 일방적인 전투에서 두 영주가 전사하자 다클린 공의 아들과 무튼 공의 동생은 각자 성을 바치고 타르가르옌 가문에 충성을 맹세했다. 당시 더스큰데일은 협해에서 웨스테로스의 중심항으로서 그 항구를 거치는 무역으로 부를 쌓고 번영을 누렸다. 비세니아 타르가르옌은 도시의 약탈은 금했으나, 도시의 재물을 취하는 데는 서슴지 않았고 정복군의 재정을 크게 늘렸다.

이쯤이 아에곤 타르가르옌과 그의 누이 겸 왕비들의 각기 다른 개성을 논하기에 적절한 시점일 것이다.

삼 남매 중 장녀인 비세니아는 아에곤에 못지않은 전사로서 비단옷만큼이나 고리 갑옷도 편하게 여겼다. 발리리아 장검 '검은 자매'를 들고 다녔고, 어릴 때부터 남동생 옆에서 훈련한 터라 검술도 뛰어났다. 발리리아인의 은금발 머리카락과 보랏빛 눈동자를 지녔으며, 냉엄하고 엄중한 성격의 미녀였다. 비세니아를 친애하던 이들도 그녀가 엄격하고 진지하며 너그럽지 않다고 여겼다. 그녀가 독을 즐겨 다루고 흑마술에도 손을 댔다고 말하는 이들도 있었다.

세 타르가르옌 남매의 막내인 라에니스는 언니와는 전혀 다른 사람이었다. 장난기와 호기심이 많고 충동적이었으며, 허황한 일에 잘 빠져들었다. 진정한 전사는 아니었던 그녀는 음악과 춤과 시를 좋아했고, 수많은 가수와 배우와 인형사를 후원했다. 하지만 라에니스는 무엇보다도 나는 것을 좋아했기에, 그녀가 드래곤을 타고 비행한 시간은 그녀의 오라비와 언니가 비행한 시간을 합친 것보다도 길었다. 한번은 죽기 전에 메락세스를 타고 일몰해를 건너 서쪽 너머에 어떤 땅이 있는지 보고 올 것이라는 말을 했다고도 한다. 그 누구도 남동생이자 남편에 대한 비세니아의 정조를 의심하지 않았지만, 사람들은 라에니스가 젊고 잘생긴 청년들을 가까이하고 아에곤이 언니와 함께 밤을 보낼 때 그들을 침실로 끌어들였다며 수군거렸다. 그러나 그런 추문이 도는 와중에도 궁중 사람들은 왕이 비세니아와 하룻밤을 같이 보내면 라에니스와는 열 밤을 함께한다는 사실을 놓치려야 놓칠 수 없었다.

아에곤 타르가르옌은 기이하게도 우리에게만큼이나 그와 동시대를 산 이들에게도 수수께끼 같은 사람이었다. 발리리아 강철검 '블랙파이어(Blackfyre, 검은 불)'의 주인이었던 그는 당대 최고의 전사 중 한 명이었으나, 정작 본인은 무공을 세우는 것을 즐기지 않아 마상 대회나 난전에 한 번도 참가하지 않았다. 검은 공포 발레리온이 그의 드래곤이었지만, 전투에 임하거나 육지나 바다 위로 빨리 이동할 때 외에는 타고 다니지 않았다. 그의 위풍당당한 풍채에 이끌려 많은 이가 그의 깃발 아래로 모였음에도 가까운 친구는 소꿉동무였던 오리스 바라테온뿐이었다. 수많은 여인이 그를 원했지만, 아에곤은 언제나 누이들에게 충실했다. 왕으로서 소협의회와 누이들을 전적으로 믿고 왕국의 일상적인 통치를 맡겼으나…… 필요할 때는 전면에서 지휘하기를 서슴지 않았다. 반역자와 배신자에게는 가혹했지만, 무릎을 꿇은 적에게는 관용을 베풀었다.

아에곤이 그러한 면을 처음 선보인 것은 이후 영원토록 '아에곤의 높은 언덕'이라 불릴 언덕의 정상에 통나무와 흙으로 세운 투박한 성채, '아에곤 요새'에서였다. 근처의 성 십여 개를 점령하고 블랙워터 급류 하구 양쪽 기슭을 장악한 그는 항복한 영주들을 성채로 불러들였다. 그곳에서 영주들이 칼을 그의 발치에 내려놓자, 아에곤은 그들을 손수 일으키고는 영지와 지위를 보장해주었다. 그리고 오랜 동지들에게는 새로운 명예를 내렸다. '조수(潮水)의 군주' 다에몬 벨라리온은 해군관이 되어 왕립 함대의 지휘를 맡았다. 스톤댄스의 영주 트리스턴 매시는 법률관, 크리스피언 셀티가르는 재무관에 임명되었다. 그리고 아에곤은 오리스 바라테온을 "내 방패이자 내 충신, 내 힘센 오른손"이라고 선언했다. 이 때문에 학사(maester, 웨스테로스에서 학자이자 의사이며 통치자의 조언자 역할을 하는 이들의 칭호)들은 바라테온을 첫 '국왕의 손(King's Hand, 줄여서 수관(Hand)이라고도 한다)'으로 여겼다.

문장(紋章) 깃발은 웨스테로스 영주들의 오랜 전통이었으나, 옛 발리리아의 드래곤 군주들은 사용하지 않았다. 아에곤의 기사들이 검은 바탕에 화염을 내뿜는 붉은 삼두룡이 그려진 거대한 비단 전투 깃발을 펼치자, 영주들은 드디어 아에곤이 진정으로 그들과 함께한다는 표시로 받아들이고 그를 웨스테로스의 제왕으로 인정했다. 비세니아 왕비가 루비가 박힌 발리리아 철관을 동생의 머리에 씌워주고 라에니스 왕비가 "웨스테로스 전역의 왕이자 백성의 방패, 아에곤 1세이시다"라고 외치자, 드래곤들이 포효하고 영주들과 기사들이 환호했다……. 그러나 가장 큰 함성을 지른 이들은 어부와 농민과 아낙네 같은 평민들이었다.

물론 드래곤 아에곤이 왕위를 노리는 일곱 왕국의 왕들은 환호하지 않았다. 이미 하렌홀과 스톰스엔드에서는 검은 하렌과 오만한 아르길락이 휘하 가문을 소집했다. 서쪽에서는 리치의 머른 왕이 대양 가도를 따라 북쪽으로 말을 달려 캐스털리록에서 라니스터 가문의 로렌 왕을 만났다. 도르네의 여대공은 드래곤스톤으로 큰까마귀를 날려 폭풍 왕 아르길락에 맞서 힘을 합치자고 제의했지만, 동등한 동맹으로서이지 아에곤의 신하가 되겠다는 것은 아니었다. 이어리의 소년 왕 로넬 아린도 동맹을 제안했다. 왕의 어머니는 검은 하렌에 대항하여 협곡이 지원하는 대가로 트라이던트강의 그린포크 지류 동부 전역을 원했다. 심지어는 북부에서도 윈터펠의 토르헨 스타크 왕이 봉신들과 조언자들을 소집하여 이 정복자에 어떻게 대처할지 밤늦도록 논의했다. 아에곤이 다음에 어디로 움직일지 왕국의 모든 이가

불안해하며 기다렸다.

대관식을 치르고 며칠이 채 지나기도 전에 아에곤의 군대는 진군을 재개했다. 병력 대부분은 오리스 바라테온의 지휘하에 블랙워터 급류를 건너 스톰스엔드를 향해 남하했다. 라에니스 왕비가 금빛 눈과 은빛 비늘의 메락세스를 타고 동행했다. 다에몬 벨라리온이 지휘하는 타르가르옌 함대는 블랙워터만을 떠나 걸타운과 협곡이 있는 북쪽으로 향했다. 비세니아 왕비와 바가르가 그들과 함께했다. 아에곤 왕 본인은 검은 하렌 왕의 자랑이며 집착의 산물인 거성 하렌홀과 신의 눈 호수가 있는 북서쪽으로 진군했다.

세 갈래로 나뉜 타르가르옌군은 모두 거센 저항에 부딪쳤다. 스톰스엔드의 휘하 가문인 에롤, 펠, 버클러는 오리스 바라테온군의 선발대가 웬드워터강을 건널 때 기습하여 천 명이 넘는 병사를 죽이고 숲으로 사라졌다. 걸타운 앞바다에서는 아린 가문이 브라보스 군선 십여 척을 더해 급조한 함대로 타르가르옌 함대를 격파했다. 전사자 중에는 아에곤의 제독, 다에몬 벨라리온도 있었다. 아에곤 역시 신의 눈 남쪽 기슭에서 두 차례나 공격당했다. '갈대밭 전투'는 타르가르옌군의 승리였으나, 이어진 '통곡하는 버드나무' 전투에서는 노 젓는 소리를 죽인 긴 나룻배를 몰아 호수를 건넌 하렌 왕의 두 아들에게 후방을 급습당해 많은 병사를 잃었다.

그러나 아에곤의 적들은 그의 드래곤들에게 속수무책이었다. 협곡의 함대는 타르가르옌 군선 3분의 1을 격침하고 거의 비슷한 수에 달하는 군선을 포획하며 분전했지만, 비세니아 왕비가 하늘에서 내려오자 그들의 배가 불타올랐다. 에롤, 펠, 버클러 공은 그들이 익숙한 숲에 잘 숨었으나, 라에니스 왕비가 탄 메락세스가 불길을 내뿜자 화염의 벽이 숲을 휩쓸며 전부 잿더미로 만들어버렸다. 그리고 통곡하는 버드나무 전투에서 승리한 하렌군도 다시 호수를 건너 하렌홀로 귀환하던 중 아침 하늘에서 내리꽂힌 발레리온에게 무방비로 당하고 말았다. 하렌의 나룻배는 모조리 불에 탔고,

그의 아들들도 마찬가지였다.

또한, 아에곤의 적들은 저마다 외환에도 시달렸다. 오만한 아르길락이 스톰스엔드에 병력을 집결하자 징검돌 군도에서 해적들이 쳐들어와 텅 빈 래스곶 연안을 노략질했고, 도르네의 약탈 부대가 붉은 산맥에서 쏟아져 나와 변경을 휩쓸었다. 협곡의 소년 왕 로넬은 세 자매 군도에서 이어리와의 모든 관계를 단절하고 말라 선덜랜드 영애를 여왕으로 옹립한 시스터맨(Sisterman, 세 자매 군도(Three Sisters)의 주민)들의 반란에 대처해야 했다.

하지만 그러한 것들은 검은 하렌이 처한 상황에 비하면 매우 사소한 문제에 불과했다. 호어 가문은 3대에 걸쳐 리버랜드를 지배했지만, 트라이던트 유역 사람들은 강철 군도 태생의 지배자들을 경애하지 않았다. 검은 하렌은 거성 하렌홀을 지을 때 주민들을 노역에 동원하여 수천 명을 죽음으로 몰아넣고 리버랜드를 약탈하여 자재를 조달했으며, 금에 대한 탐욕도 대단하여 영주나 평민 할 것 없이 가난에 허덕이게 했다. 그리하여 리버랜드는 리버런의 영주 에드민 툴리 공의 주도하에 반기를 들었다. 하렌홀의 방어를 위한 소집령이 내려오자, 툴리는 명령에 응하는 대신 타르가르옌 가문 지지를 선언하고 자신의 성에 드래곤 깃발을 올리고는 기사와 궁수를 이끌고 아에곤에게 가담했다. 그의 저항에 용기를 얻은 강의 영주들이 차례로 하렌을 부정하고 드래곤 아에곤에 대한 지지를 선언했다. 블랙우드, 말리스터, 밴스, 브라켄, 파이퍼, 프레이, 스트롱⋯⋯ 징병을 마친 모든 가문이 하렌홀로 쳐들어갔다.

갑자기 수적 열세에 놓인 검은 하렌 왕은 난공불락이라는 그의 거성에 피신했다. 웨스테로스에 지어진 최대 규모의 성인 하렌홀은 가공할 만한 크기의 탑 다섯 개와 고갈 염려가 없는 신선한 수원(水源), 식량으로 가득 찬 방대한 지하 저장고와 그 어떤 사다리로도 넘을 수 없이 높고 그 어떤 공성추나 투석기로도 무너뜨릴 수 없이 두껍고 거대한 검은 성벽을 자랑했다. 성문을 모두 걸어 잠근 하렌은 남아 있는 아들과 수하들과 함께 공성전에 대비했다.

그러나 드래곤스톤의 아에곤은 다른 생각을 갖고 있었다. 에드민 툴리와 다른 강의 영주 병력과 합세한 뒤 성을 포위한 아에곤은 화평 깃발을 든 학사를 성문 앞으로 보내 협상을 요구했다. 하렌이 성에서 나와 그를 마주했다. 연로하고 백발이 성성했지만, 검은 갑옷으로 무장한 모습은 아직 혈기가 넘쳤다. 두 왕은 각각 기수와 학사를 대동하였기에, 그들이 나눈 대화는 아직도 잊히지 않고 전한다.

"항복하시오." 아에곤이 입을 열었다. "그럼 강철 군도의 영주로 남게 해주겠소. 지금 항복하면 그대의 아들들도 목숨을 건지고 대를 이어 영지를 다스릴 것이오. 난 지금 성 밖에 8000명의 병력이 있소."

"성 밖에 뭐가 있든 난 신경 쓰지 않아." 하렌이 대답했다. "내 성벽은 튼튼하고 두꺼우니까."

"하지만 드래곤을 막을 정도로 높지는 않지. 드래곤은 날 수 있으니."

"난 이 성을 돌로 지었다. 돌은 불에 타지 않아."

그러자 아에곤이 말을 이었다. "해가 저물면 그대의 가문은 대가 끊길 것이오."

하렌은 그 말을 듣고 침을 탁 뱉고는 성으로 되돌아갔다고 전한다. 성안으로 들어간 그는 부하들을 전부 창과 활과 노궁으로 무장시키고 외벽으로 올려 보낸 뒤 누구든 드래곤을 잡아 죽이는 이에게 땅과 재물을 약속했다. "내게 딸이 있었다면 드래곤 사냥꾼에게 딸도 주었을 것이다." 검은 하렌이 공언했다. "하지만 내겐 딸이 없으니, 대신 툴리의 딸년 하나든 셋 전부든 원하는 대로 주겠다. 아니면 블랙우드든 스트롱이든, 저 트라이던트의 누런 진흙투성이 배신자 영주 놈들 누구의 딸이라도 주겠단 말이다." 말을 마친 검은 하렌은 위병대에 둘러싸여 탑으로 물러나 아직 살아 있는 아들들과 함께 저녁을 먹었다.

마지막 햇빛이 사라지자, 검은 하렌의 병사들은 창과 노궁을 움켜쥔 채 서서히 몰려드는 어둠을 바라보았다. 드래곤이 나타나지 않자 아에곤의 협박이 허풍이었다고 생각한 자들도 있었을 것이다. 그러나 아에곤 타르가르옌은 발레리온을 몰아 구름을 뚫고 높이 더 높이 하늘로 치솟았다. 그는 드래곤이 마치 달에 붙은 파리처럼 작아 보일 정도로 까마득히 높게 날아오른 다음에야 성벽 안쪽을 향해 하강하기 시작했다. 발레리온은 칠흑 같은 날개를 휘저으며 밤하늘에서 내리꽂혔고, 하렌홀의 거대한 탑들이 밑에 나타나자 포효하며 붉은 화염이 휘몰아치는 검은 불길을 내뿜었다.

돌은 타지 않는다고 하렌은 큰소리쳤지만, 그의 성은 돌로만 지은 것이 아니었다. 목재와 양털, 밧줄과 밀짚, 빵과 소금 절인 쇠고기와 곡식 전부 불타올랐다. 물론 하렌의 강철인들도 돌로 만들어지지 않았다. 화염에 휩싸여 연기를 내뿜는 자들이 비명을 지르며 우왕좌왕 성내를 뛰어다니고 성벽에서 떨어져 죽어갔다. 그리고 돌조차도 불이 아주 뜨거우면 쪼개지고 녹아내리는 법이다. 성벽 밖에서 이 참사를 본 강의 영주들은 훗날 하렌홀의 거대한 탑들이 마치 밤을 밝히는 거대한 다섯 개의 양초처럼 붉게 빛났다고 입을 모았다. 그리고 양초처럼 탑들은 휘며 녹기 시작했고, 녹아버린 돌이 시냇물처럼 옆으로 줄줄 흘러내렸다.

그날 밤, 하렌과 그의 마지막 남은 아들들은 그 거대한 성채를 집어삼킨 화염 속에서 최후를 맞이했다. 그들의 죽음으로 호어가도 멸문했으며, 강철 군도의 리버랜드 지배도 막을 내렸다. 다음 날, 연기가 피어오르는 하렌홀의 폐허 바깥에서 아에곤 왕은 리버런의 영주 에드민 툴리의 충성 서약을 수락하고 그를 '트라이던트의 지배자'에 임명했다. 다른 강의 영주들도 아에곤에게는 왕으로, 에드민 툴리에게는 대영주로 경의를 표하고 충성을 맹세했다. 이윽고 성안에 들어가도 안전할 정도로 잿더미가 식자, 병사들은 드래곤의 불길에 죽은 자들의 조각나거나 녹거나 리본처럼 휘어버린 강철검을 모아 마차에 실어 아에곤 요새로 보냈다.

남쪽과 동쪽에 포진한 폭풍 왕의 휘하 가문들은 하렌 왕의 수하들보다 훨씬 높은 충성심을 보였다. 오만한 아르길락은 스톰스엔드에 대군을 집결했다. 듀란든 왕가의 본성은 하렌홀의 성벽보다 더 두꺼운 외벽을 자랑하는 견고한 요새였으며, 이 또한 난공불락의 성으로 알려져 있었다. 하지만 곧 숙적 하렌 왕의 몰락이 아르길락 왕의 귀에 닿았고, 진군하는 적 앞에서 후퇴하던 펠 공과 버클러 공도(에롤 공은 전사했다) 라에니스 왕비와 그녀의 드래곤에 관한 전갈을 보냈다. 노쇠한 전사 왕은 자신은 하렌처럼 죽지 않겠다고, 성안에서 입에 사과를 문 새끼 돼지 통구이 따위로 전락하는 꼴은 결코 용납하지 않겠다고 으르렁거렸다. 수많은 전쟁을 치러온 왕은 손에 검을 들고 자신의 운명을 결정짓고자 했다. 그리하여 오만한 아르길락은 생애 마지막으로 스톰스엔드에서 출진하여 야지에서 적을 맞이했다.

오리스 바라테온과 그의 군대는 폭풍 왕의 접근에 놀라지 않았다. 메락세스를 탄 라에니스 왕비가 스톰스엔드에서 출정하는 아르길락을 하늘에서 염탐하고 수관에게 적병의 숫자와 배치를 모조리 알려준 덕분이었다. 오리스는 브론즈게이트의 남쪽 구릉에 있는 유리한 고지를 선점하고 진지를 구축한 뒤 스톰랜드인들이 오기를 기다렸다.

양측 병력이 격돌할 때 스톰랜드(stormlands, 폭풍의 땅)는 그 이름값을 했다. 아침부터 내리기 시작한 비는 정오쯤에는 휘몰아치는 폭풍으로 변했다. 아르길락 왕 휘하의 영주들은 다음 날까지 공격을 미루고 비가 그치기를 기다리자고 충고했지만, 폭풍 왕의 병력은 정복자의 병력보다 거의 두 배가 많았고 기사와 중기병은 거의 네 배에 가까웠다. 자신의 영토에서 타르가르옌 깃발이 축축이 젖은 채 펄럭이는 모습에 격분하면서도, 수많은 전투를 겪은 노장의 눈은 비바람이 북쪽으로 불며 언덕 위에 포진한 타르가르옌 병사들의 얼굴을 적시는 것을 놓치지 않았다. 그래서 오만한 아르길락은 공격을 명령했고, 역사에 '마지막 폭풍'이라 기록되는 전투가 시작되었다.

전투는 밤늦게까지 이어졌다. 아에곤의 하렌홀 점령처럼 일방적이지 않은 치열한 혈투였다. 오만한 아르길락은 기사들을 이끌고 바라테온 진지로 세 차례의 돌격을 감행했으나, 비탈이 너무 가파른 데다 땅이 비에 젖어 진창으로 변한 탓에 군마들이 제대로 달리지 못하여 결집력과 파괴력이 부족했다. 창병으로 언덕을 공격했을 때는 결과가 좋았다. 비 때문에 시야가 제한된 침략자들은 언덕을 올라오는 적군을 너무 늦게 발견했고, 궁수들은 시위가 빗물에 젖어 화살을 쏠 수 없었다. 첫 언덕의 방어선을 무너트리고 그다음 언덕도 점령하자, 폭풍 왕과 기사들이 네 번째이자 마지막 돌격으로 바라테온군의 중앙을 돌파했으나…… 그곳에는 라에니스 왕비와 메락세스가 기다리고 있었다. 드래곤은 육상에서도 가공할 위력을 발휘했다. 선봉대를 이끌던 디콘 모리겐과 '블랙헤이븐의 서자'가 아르길락 왕의 호위기사들과 함께 드래곤의 불길에 휩싸여 분사했다. 겁에 질린 군마들이 머리를 돌려 도망치며 뒤에서 따라오던 기수들과 충돌하자 돌격대는 혼란에 빠지며 와해하였다. 폭풍 왕 본인도 말에서 내동댕이쳐지고 땅을 굴렀다.

그럼에도 아르길락은 싸우기를 그치지 않았다. 오리스 바라테온이 부하들과 함께 진흙투성이 언덕에서 내려왔을 때, 늙은 왕은 홀로 대여섯 명의 병사를 상대하는 중이었고 비슷한 숫자의 시신이 주변에 널려 있었다. "물러나라." 바라테온이 명령했다. 폭풍 왕을 같은 높이에서 대하고자 말에서 내린 그는 왕에게 마지막으로 항복을 권유했다. 아르길락은 욕설로 대꾸했다. 그래서 백발을 휘날리는 늙은 전사 왕과 아에곤의 용맹하고 턱수염이

검은 수관이 결투를 벌였다. 두 남자 서로 상처를 입혔으나, 결국 최후의 듀란든 왕은 그가 바랐던 대로 손에는 검을 쥐고 입으로는 욕설을 내뱉다가 죽음을 맞이했다. 자신들의 왕이 죽자 스톰랜드인들은 전의를 상실했고, 아르길락이 전사했다는 말이 퍼지자 그의 영주들과 기사들은 검을 내던지고 도망쳤다.

이후 며칠 동안 스톰스엔드도 하렌홀과 같은 최후를 맞이할 것이라는 염려가 팽배했다. 아르길락의 딸 아르겔라가 스스로 '폭풍 여왕'이라 칭하며 성문을 걸어 잠그고 오리스 바라테온과 타르가르옌군의 입성을 막았기 때문이다. 그녀는 교섭을 위해 메락세스를 타고 날아온 라에니스 왕비에게 스톰스엔드의 수비대는 결코 무릎을 꿇지 않고 마지막 남은 한 명까지 죽음을 불사할 것이라고 다짐했다. "내 성을 함락할지라도 당신들은 뼈와 피와 잿더미밖에 얻지 못할 것입니다." 그러나 그녀의 선언과는 다르게, 수비병들은 죽는 것이 달갑지 않았던 모양이다. 그날 밤, 그들은 화평 깃발을 내걸고 성문을 열어젖힌 다음, 아르겔라를 재갈 물리고 발가벗긴 뒤 사슬로 꽁꽁 묶어 오리스 바라테온의 진지로 데려갔다.

전하는 이야기에 따르면 바라테온은 손수 아르겔라의 사슬을 푼 뒤 자신의 망토로 그녀의 몸을 감싸고 와인을 따라준 다음, 그녀의 부친이 어떻게 용감하게 싸우다 죽었는지 자상하게 알려주었다고 한다. 이후 그는 전사한 왕의 명예를 기리고자 듀란든 가문의 문장과 가언을 자신의 것으로 삼았다. 왕관을 쓴 수사슴은 그의 상징이 되었고, 스톰스엔드는 그의 본성이 되었으며, 아르겔라 영애는 그의 아내가 되었다.

리버랜드와 스톰랜드가 드래곤 아에곤과 그의 동맹에 굴복하자, 웨스테로스의 남은 왕들은 곧 그들의 차례가 온다는 것을 깨달았다. 윈터펠의 토르헨 왕은 휘하 가문들을 소집하였으나, 북부의 광활함 때문에 병력을 모으는 데 상당한 시간이 걸릴 것을 알고 있었다. 협곡에서는 로넬 왕의 섭정인 샤라 왕대비가 이어리로 피신한 후 방비를 강화했고, 아린 협곡의 입구라고 할 수 있는 피의 관문에 군대를 파견했다. 젊은 시절 샤라 왕대비는 '산의 꽃'이라 불리며 칠왕국에서 가장 아름다운 여성으로 칭송을 받았다. 자신의 아름다운 외모로 아에곤을 유혹할 생각이었는지, 그녀는 아에곤에게 자신의 초상화를 보내 본인과의 혼사를 제의하면서 자기 아들 로넬을 후계자로 책봉하는 것을 조건으로 내걸었다. 초상화가 결국 아에곤에게 전달되기는 했으나, 그가 샤라의 청혼에 어떤 대답을 했는지는 알려지지 않았다. 아에곤은 이미 왕비가 둘이나 있었고, 샤라 아린은 그보다 10년 연상인 시든 꽃이었다.

한편, 서쪽의 두 왕은 아에곤의 파멸을 목표로 동맹을 맺고 각자 군사를 일으켰다. 하이가든에서 병력을 이끌고 출정한 리치의 왕, 가드너 가문의 머른 9세는 로완 가문의 본성인 골든그로브성 아래서 바위 왕이며 서부에서 군대를 이끌고 내려온 로렌 라니스터 1세와 합류했다. 두 왕이 거느린 군대는 웨스테로스 역사상 유례 없는 대군이었다. 크고 작은 가문의 귀족 600여 명과 5000명이 넘는 말 탄 기사를 포함한 5만 5000명에 달하는 대병력이었다. 머른 왕은 기사 전력을 두고 "우리의 강철 주먹이다"라며 큰소리쳤다. 그의 네 아들이 옆에서 말을 달렸고, 두 어린 손자도 왕의 종자로 참전했다.

두 왕은 골든그로브에 오래 머무르지 않았다. 그런 규모의 대군은 어느 한 곳에 머무르면 주변 지역의 식량을 모조리 먹어치울 것이기에, 계속 이동해야 했다. 연합군은 즉시 행군을 개시하여 키 큰 풀과 황금빛 밀밭을 가로지르며 북북동으로 향했다.

신의 눈 호숫가의 진지에서 그들의 진군 소식을 접한 아에곤도 병력을 모아 새로운 적을 향해 전진했다. 두 왕의 대군은 그의 군대보다 병력이 다섯 배나 많았고, 더구나 아에곤의 전력은 대부분 최근 그에게 복종한 강의 영주들을 섬기는 병사들로서 타르가르옌 가문에 충성하는지 입증되지 않은 상태였다. 하지만 병력이 적은 만큼 적보다 더 신속하게 이동할 수 있었다. 아에곤이 스토니셉트(Stoney Sept, 돌 성소)에 이르렀을 때, 두 왕비가 각각 드래곤과 함께 합류했다. 라에니스는 스톰스엔드에서, 비세니아는 크랙클로포인트(Crackclaw Point, 크랙클로곶)를 평정하고 그곳 영주들의 열렬한 충성 서약을 받은 뒤 올라왔다. 한곳에 모인 타르가르옌 왕과 왕비들은 하늘에서 그들의 군대가 블랙워터 상류를 건너 남쪽으로 신속하게 나아가는 모습을 내려다보았다.

두 군대는 블랙워터강 남쪽, 오늘날 황금 가도가 가로지르는 곳과 가까운 광활한 평야에서 마주쳤다. 머른 왕과 로렌 왕은 척후병들이 보고한 타르가르옌군의 병력과 배치를 듣고 뛸 듯이 기뻐했다. 그들은 아에곤보다 병사가 다섯 배나 많고, 귀족과 기사의 수는 더욱 큰 차이가 있는 듯했다. 게다가 눈이 닿는 곳 어디든 잔디와 밀밭이 펼쳐진 광활한 들판은 중기병이 날뛸 수 있는 지형이었다. 아에곤 타르가르옌은 마지막 폭풍 전투의 오리스 바라테온과는 달리 고지를 선점하지 못했고, 땅도 진창이 아닌 단단한 대지였다. 비도 내리지 않을 것이었다. 바람은 불었지만 하늘은 구름 한 점 없이 화창했다. 마지막으로 비가 내린 건 보름도 훨씬 전이었다.

머른 왕은 로렌 왕보다 한 배 반 많은 병력을 이끌고 왔다는 이유로 진형의 중앙에서 지휘하는 명예를 요구했다. 그의 아들이자 후계자인 에드문드가 선봉을 맡았다. 로렌 왕과 그의 기사들은 우익에, 오크하트 공은 좌익에 포진했다. 타르가르옌 진형의 측면을 보호하는 천연 방벽이 없었으므로, 두 왕은 양쪽 측면을 휩쓸며 후방을 공격하는 동시에 중장기사와 대귀족들로 이루어진 '강철 주먹'으로 아에곤군의 중앙을 박살 낸다는 계획을 세웠다.

아에곤 타르가르옌은 창병과 파이크병(pike, 일종의 대(對)기병용 창)으로 얼추 초승달 모양의 진형을 갖추고 바로 뒤에는 궁수와 노궁병을, 양쪽 측면에는 경기병을 배치했다. 병력의 지휘는 가장 처음 항복한 적 중 한 명인 메이든풀의 영주, 존 무튼에게 맡겼다. 왕 본인은 왕비들과 함께 하늘에서 싸울 생각이었다. 아에곤도 한동안 비가 오지 않았다는 점에 주목했다. 그곳에 모인 군대를 둘러싼 풀과 밀은 높고 무르익었을 뿐만 아니라…… 매우 건조했다.

타르가르옌 남매는 두 왕이 나팔을 불고 무성한 깃발 아래로 대군이 전진을 시작할 때까지 기다렸다. 금빛 종마를 탄 머른 왕이 직접 중앙에서 돌격의 선두에 섰고, 옆에는 그의 아들 가웬이 하얀 바탕 위에 거대한 녹색 손이 그려진 깃발을 들었다. 뿔피리와 북으로 기세를 올린 가드너와 라니스터의 병사들이 고함을 지르며 비처럼 쏟아지는 화살들을 뚫고 적을 덮쳤다. 그들은 타르가르옌 창병대를 휩쓸고 적의 진형을 산산조각 냈지만, 아에곤과 그의 누이들이 이미 하늘로 오른 다음이었다.

아에곤은 발레리온을 타고 창과 돌과 화살이 빗발치는 하늘을 누비며 적병들을 덮치고 불사르기를 반복했다. 라에니스와 비세니아는 적의 후방과 적을 향해 부는 바람을 따라 불을 질렀다. 바싹 마른 풀과 밀은 순식간에 화염에 휩싸였다. 바람이 불길을 키우며 접근하는 두 왕의 군대를 향해 연기를 불어댔다. 불타는 냄새를 맡은 군마들이 겁을 먹었고, 자욱한 연기가 말과 기수 모두의 시야를 가렸다. 사방에서 불의 장벽이 솟아오르자 전열이 무너지기 시작했다. 무튼 공의 병사들은 안전하게 불길의 반대 방향에서 활과 창을 든 채 대기하면서 화염 속에서 불에 탔거나 타는 모습으로 비틀거리며 나오는 적병들을 해치웠다.

훗날 이 전투는 '불의 들판' 전투로 불리게 된다.

4000명이 넘은 병사가 불타 죽었다. 검이나 창이나 화살에 죽은 병사도 천 명에 달했다. 수만 명이 화상을 입었고, 특히 심한 화상을 입은 이들은 평생 흉터가 남았다. 머른 9세와 그의 아들, 손자, 형제, 사촌 및 다른 친척까지 모조리 전사했다. 조카 한 명이 사흘을 버텼으나, 그마저도 화상으로 죽자 가드너 가문은 대가 끊기고 말았다. 전세가 기운 것을 보고 불길과 연기를 뚫고 말을 달려 도주한 바위 왕 로렌은 가까스로 살아남았다.

타르가르옌군은 백 명도 잃지 않았다. 비세니아 왕비가 한쪽 어깨에 화살을 맞았지만, 곧 회복했다. 드래곤들이 전사자들의 시체로 포식할 때, 아에곤은 죽은 적들의 검을 모아 강의 하류로 보내라고 명령했다.

로렌 라니스터는 다음 날 생포되었다. 바위 왕은 그의 검과 왕관을 아에곤의 발치에 내려놓은 뒤, 무릎을 꿇고 충성을 맹세했다. 그리고 아에곤은 약속했던 대로 패배한 적을 다시 일으켜 세웠고, 그의 영지와 작위를 보장한 다음 캐스털리록의 영주와 서부의 관리자로 임명했다. 로렌 공 휘하의 영주들도 그의 예를 따랐고, 드래곤의 불에서 살아남은 리치의 영주 대다수도 마찬가지였다.

하지만 서쪽 정복이 아직 완료되지 않았기에, 아에곤 왕은 다른 자가 선수 치기 전에 하이가든의 항복을 받아낼 마음에 누이들 곁을 떠나 즉시 행군을 재개했다. 하이가든성은 수백 년간 가드너 왕가의 집사 가문이었던 티렐 가문의 할란이 관리하고 있었다. 티렐은 순순히 성의 열쇠를 바치고 정복자에게 충성을 서약했다. 아에곤은 이에 대한 보상으로 그에게 하이가든성과 모든 영지를 내리고 남부의 관리자이자 맨더의 지배자로 임명했으며, 가드너 가문의 모든 휘하 가문에 대한 지배권도 부여했다.

아에곤 왕은 남하를 계속하여 올드타운과 아버와 도르네의 복종을 받아낼 생각이었으나, 새로운 적의 소식이 하이가든에 도달했다. 북부의 왕 토르헨 스타크가 난폭한 북부인 3만 명을 이끌고 넥을 가로질러 리버랜드에 진입한 것이었다. 아에곤은 즉시 검은 공포 발레리온을 타고 본진보다 앞서 북쪽으로 향했고, 왕비들은 물론 하렌홀과 불의 들판 이후 그에게 무릎을 꿇은 모든 영주와 기사에게도 전갈을 보냈다.

트라이던트 기슭에 도착한 토르헨 스타크는 강의 남쪽에 그의 군대보다 한 배 반이나 되는 적군이 진을 치고 그를 기다리는 광경을 보았다. 강의 영주, 서부인, 스톰랜드인, 리치인까지 모두 모인 것이었다. 그리고 적진 위에는 발레리온과 메락세스와 바가르가 점점 넓은 원을 그리며 하늘을 날고 있었다.

이미 토르헨의 척후병들은 아직도 잔해 곳곳에서 불이 느릿느릿 타오르는 하렌홀의 폐허를 보고 왔다. 북부의 왕은 또한 불의 들판에 관한 많은 이야기를 들었다. 왕은 그의 군대가 도강을 시도하면 역시 같은 운명을 맞이하리라는 사실을 알고 있었다. 일부 휘하 봉신들은 그래도 북부인의 용맹으로 승리할 것이라며 공격하자고 재촉했다. 모트카일린으로 후퇴하여 북부 땅에서 방어하자고 주장하는 자들도 있었다. 왕의 서출 동생 브랜던 스노우는 야음을 틈타 홀로 트라이던트를 건너 드래곤들이 잠을 자는 동안 암살하겠다고 나섰다.

토르헨 왕은 브랜던 스노우를 트라이던트 너머로 보내기는 했다. 다만 혼자가 아니라 학사 세 명이 대동했고, 암살 대신 협상을 위해서였다. 밤새내 전갈이 오고 갔다. 이튿날 아침, 토르헨 스타크 본인이 트라이던트를 건넜다. 그리고 강의 남쪽 강변에서, 그는 무릎을 꿇고 대대로 겨울 왕에게 내려온 고대의 왕관을 아에곤의 발치에 내려놓고는 그의 수하가 되겠다고 맹세했다. 다시 일어난 그는 윈터펠의 영주이자 북부의 관리자였고, 더는 왕이 아니었다. 그날부터 오늘날까지 토르헨 스타크는 '무릎 꿇은 왕'으로 기억된다……. 그러나 북부인은 단 한 명도 트라이던트 강가에 불탄 유골을 남기지 않았고, 아에곤이 스타크 공과 그의 봉신들로부터 수거한 검들도 휘거나 녹거나 구부러지지 않았다.

이제 아에곤 타르가르옌과 왕비들은 다시 한번 갈라져야 했다. 아에곤은 다시 남쪽으로 시선을 돌려 올드타운으로 진군했고, 두 누이는 각각 드래곤에 올라 비세니아는 아린 협곡으로, 라에니스는 선스피어와 도르네의 사막으로 향했다.

샤라 아린은 걸타운의 방어를 강화하고 피의 관문에 강군을 파견했으며, 이어리의 진입로를 지키는 관문 성채인 돌성, 눈성, 하늘성에 주둔하는 수비병을 세 배로 늘렸다. 그러나 이런 모든 방비는 바가르를 타고 하늘을 날아 이어리의 내성에 내려앉은 비세니아 타르가르옌 앞에서는 헛수고일 뿐이었다. 협곡의 섭정이 경비병 십여 명을 이끌고 뛰쳐나왔을 때 그녀를 맞이한 광경은 비세니아의 무릎에 앉은 로넬 아린이 경이에 찬 눈으로 드래곤을 바라보는 모습이었다. "어머니, 이분이랑 드래곤을 타고 와도 돼요?" 소년 왕이 물었다. 그 어떤 협박도 없었고, 어떤 성난 말다툼도 벌어지지 않았다. 두 왕비는 서로 미소 지으며 인사를 나눴을 뿐이었다. 그리고 샤라 부인은 세 개의 왕관(자신의 섭정대비 보관(寶冠), 아들의 작은 왕관 그리고 아린 왕들이 천 년 넘게 써온 '산과 협곡의 매 왕관')을 가져오게 한 뒤, 수비병들의 검을 모아 함께 비세니아 왕비에게 바쳤다. 훗날 전하는 이야기로는 소년 왕이 드래곤을 타고 '거인의 창' 정상 주변을 세 번이나 돌았고, 다시 땅에 내려왔을 때는 소년 영주의 신분이었다고 한다. 그렇게 비세니아 타르가르옌은 아린 협곡을 남동생의 왕국에 복속시켰다.

라에니스 타르가르옌의 정복 여정은 그렇게 수월하지 않았다. 붉은 산맥의 진입로인 '대공의 고갯길'에는 도르네인 군대가 주둔하였으나, 라에니스는 그들을 무시했다. 그녀는 날아서 고갯길을 넘어 붉고 하얀 모래사막을 지나 베이스에 내려앉았지만, 성은 텅 비고 버려진 터라 항복을 종용할 수 없었다. 성벽 아랫마을에는 아녀자와 노인만 남아 있었다. 그들의 영주가 어디로 갔는지 물었더니 그저 "떠났습니다"라는 답변만 돌아왔다. 강의 하류를 따라 날아가다 마주친 알리리온 가문의 본성, 갓즈그레이스도 마찬가지로 비어 있었다. 다시 날아오른 라에니스는 그린블러드강이 바다와 만나는 지점에 있는 플랭키타운(Planky Town, 판자 마을)에 도착했다. 밧줄과 사슬과 판자로 이어져 수상 마을을 이루는 수백 척의 거룻배, 작은 어선, 너벅선, 집배, 폐선에 햇볕이 내리쬐었지만, 메락세스를 타고 공중에서 선회하는 그녀를 보러 나온 건 몇 안 되는 노파와 어린아이뿐이었다.

마침내 왕비는 예로부터 마르텔 가문의 본성이었던 선스피어에 도달했다. 역시 텅 빈 성 앞에서는 도르네의 여대공이 그녀를 기다리고 있었다. 학사들에 따르면 당시 메리아 마르텔은 여든 살이었고, 도르네를 60년간 지배한 군주였다. 그녀는 매우 뚱뚱하고 눈도 먼 데다 머리도 거의 다 빠졌으며, 피부는 누르께하고 축 늘어진 모습이었다. 오만한 아르길락은 그녀를 '도르네의 노란 두꺼비'라고 불렀지만, 고령도 멀어버린 두 눈도 그녀의 총기를 흐리게 하지는 못했다.

"난 그대와 싸우지 않을 거요." 메리아 여대공이 라에니스에게 말했다. "무릎도 꿇지 않을 것이고. 도르네는 왕이 없소. 그대의 오라비에게 그렇게 이르시오."

"알겠어요." 라에니스가 대답했다. "하지만 우린 다시 올 겁니다, 대공. 그리고 그때는 불과 피와 함께 올 것입니다."

"그대의 가언이로군." 메리아 여대공이 말했다. "우리의 가언은 '굽히지 않고, 휘지 않고, 꺾이지 않으리'라오. 그대가 우릴 태워버릴 수는 있겠지……. 하지만 우릴 휘거나, 꺾거나, 굽히게 할 수는 없을 거요. 여긴 도르네요. 우리는 그대를 원치 않소. 다시 올 때는 목숨을 걸어야 할 거요."

그렇게 왕비와 여대공은 헤어졌고, 도르네는 정복되지 않은 채로 남았다.

서쪽에서 아에곤은 더 따뜻한 환영을 받았다. 웨스테로스 최고의 대도시인 올드타운은 거대한 성벽으로 둘러싸였고, 리치에서 가장 오래되고

가장 부유하며 가장 강대한 명가인 하이타워성의 하이타워 가문이 지배했다. 올드타운은 또한 종단의 본산이었다. '신자들의 아버지'이며 지상에 있는 새 신들의 목소리이자 왕국 내 수백만 신도가 순종하고(아직 옛 신들의 영향력이 강한 북부는 제외), 평민들이 '별과 검'이라고 부르는 전투 집단 '무장 종단'을 지휘하는 최고성사가 그 도시에 거주했다.

하지만 아에곤 타르가르옌과 그의 군대가 올드타운에 다다랐을 때는 모든 성문이 활짝 열려 있었고 하이타워 공이 항복할 준비를 갖추고 있었다. 아에곤의 상륙에 대한 소식이 올드타운에 처음 도달했을 때, 최고성사는 별빛 성소 안에 자신을 가두고 일곱 낮과 밤에 걸쳐 신들의 가르침을 구했다. 그는 빵과 물 외에는 아무것도 취하지 않았고, 깨어 있는 모든 시간에 이 제단에서 저 제단으로 움직이며 기도했다. 그리고 이렛날, '노파'가 황금 등불을 들어 올리며 미래를 보여주었다. 최고성사는 올드타운이 드래곤 아에곤에 대항해 무기를 들면 도시가 불타오르고 하이타워와 시타델과 별빛 성소 전부 무너지고 파괴될 것임을 분명히 보았다.

올드타운의 영주 만프레드 하이타워는 신중하고 독실한 영주였다. 그의 작은아들 중 한 명은 '전사의 아들' 기사단의 일원이었으며, 다른 하나는 최근 성사(종단의 일반 사제를 뜻하는 칭호로, 남성 사제(septon)와 여성 사제(septa) 모두 성사로 옮겼다)로 서임되었다. 최고성사가 '노파'가 어떤 환상을 보여주었는지 알려주자, 하이타워 공은 정복자에게 무력으로 저항하지 않겠다고 결심했다. 그 때문에 하이타워 가문이 하이가든의 가드너 왕가의 휘하 가문이었음에도 올드타운 병사들은 단 한 명도 불의 들판에서 불타 죽지 않았다. 그리하여 만프레드 공은 다가오는 드래곤 아에곤을 향해 말을 달려가 그의 검과 도시와 맹세를 바쳤다. (하이타워 공은 막내딸도 바치려고 했지만, 두 왕비가 불쾌하게 여길까 봐 아에곤이 정중하게 거절했다는 주장도 있다.)

사흘 후, 별빛 성소에서 최고성사가 직접 아에곤에게 일곱 가지 성유를 붓고 왕관을 씌워준 뒤 그를 안달인과 로인인과 최초인의 왕이자 칠왕국의 주인이자 왕국의 수호자, 타르가르옌 가문의 아에곤 1세라고 선포했다. ('칠왕국'을 칭호에 사용하였으나 도르네는 아직 항복하지 않았고, 그 후로도 백 년 넘게 독립을 유지하였다.)

블랙워터강 하구에서 치른 아에곤의 첫 번째 대관식에는 한 줌의 영주만이 참석하였으나, 두 번째 대관식은 귀족 수백 명 앞에서 거행되었고 이후 발레리온을 타고 올드타운의 거리를 행진했을 때는 수만 명의 인파가 그에게 환호했다. 아에곤의 두 번째 대관식에는 시타델의 학사들과 최고학사(archmaester)들도 참석하였다. 아마 그 때문에 아에곤이 상륙하고 아에곤 요새에서 왕관을 쓴 날이 아닌 두 번째 대관식이 열린 날이 그의 재위가 시작한 날로 고정된 것이 아닐까 한다.

그리하여 웨스테로스의 칠왕국은 정복자 아에곤과 누이들의 의지에 따라 하나의 거대한 통일된 나라가 되었다.

많은 이가 전쟁이 끝나면 아에곤 왕이 올드타운을 왕도로 삼으리라고 예상했고, 일부는 옛적부터 내려오는 타르가르옌 가문의 섬 요새 드래곤스톤에서 통치할 것으로 예상하기도 했다. 하지만 왕은 그와 그의 누이들이 처음 웨스테로스의 땅을 밟은 블랙워터 급류 하구의 세 언덕에 들어서고 있는 새로운 마을에 왕궁을 만들 것이라고 선포하여 사람들을 놀라게 했다. 이 새로운 마을은 킹스랜딩(King's Landing, 왕의 상륙지)이라고 불리게 된다. 그곳에서 드래곤 아에곤은 곧 전 세계에 웨스테로스의 철왕좌라고 알려지는, 그에게 패한 적으로부터 모은 녹고 휘고 구부러지고 부러진 검으로 만든 거대하고 위험한 철제 왕좌에 앉아 왕국을 통치할 것이었다.

드래곤의 재위

아에곤 1세의 전쟁

아에곤 타르가르옌 1세의 오랜 집권기(AC 1년~37년)는 대체로 평화로웠고, 후기는 특히 그러했다. 하지만 후일 시타델의 학사들이 '드래곤의 평화'라고 부른 후반 20년이 시작되기 전에는 드래곤의 전쟁이 여러 번 있었고, 그중 마지막은 웨스테로스에서 벌어진 그 어떤 전쟁에 못지않게 잔혹하고 피비린내 나는 분쟁이었다.

흔히들 정복 전쟁은 올드타운 별빛 성소에서 최고성사가 아에곤에게 성유를 붓고 왕관을 씌웠을 때 끝났다고 말하지만, 웨스테로스 전역이 그에게 굴복한 것은 아니었다.

바이트만(灣)에 있는 세 자매 군도의 영주들은 아에곤의 정복으로 혼란한 시기를 틈타 독립을 선언하고 선덜랜드 가문의 말라 영애를 여왕으로 옹립했다. 아린 함대는 정복 전쟁 중 거의 전멸하였으므로, 왕은 북부의 관리자인 윈터펠의 토르헨 스타크에게 시스터맨들의 반란을 끝내라는 명령을 내렸다. 이에 따라 워릭 맨덜리 경이 통솔하는 북부군이 화이트하버에서 브라보스의 용병 갤리선 함대에 승선하여 출진했다. 함대의 빽빽한 돛과 시스터턴의 하늘에 돌연히 나타난 비세니아 왕비와 바가르를 보고 전의를 잃은 시스터맨들은 재빨리 말라 여왕을 내치고 그녀의 남동생을 내세웠다. 스테폰 선덜랜드는 이어리에 다시 충성을 맹세하고 비세니아 왕비에게 무릎을 꿇고는 충성의 뜻을 담아 맨덜리가와 아린가에 자신의 아들을 한 명씩 볼모로 보냈다. 폐위된 그의 누나는 유배되어 옥에 갇혔다. 5년 후 그녀는 혀가 잘렸고 침묵의 자매들과 함께 귀족의 시신을 처리하며 여생을 보냈다.

대륙의 반대편에 있는 강철 군도는 혼돈의 도가니에 빠져 있었다. 호어 가문은 수백 년간 강철인들을 지배하였으나, 아에곤이 발레리온의 화염으로 하렌홀을 태우자 하룻밤 만에 대가 끊기고 말았다. 검은 하렌과 그의 아들들 모두 그 불에 타 죽었지만, 할로우섬의 쿼린 볼마크가 자신의 조모가 하렌의 조부의 여동생이니 자신이 '검은 혈통'의 정당한 후계자라며 스스로 왕의 자리에 올랐다.

하지만 모든 강철인이 그의 주장을 받아들인 것은 아니었다. 올드윅에서는 바다 드래곤 나가의 뼈 아래서 '익사한 신'의 사제들이 맨발의 성자 로도스에게 유목으로 만든 관을 씌워주었다. 로도스는 익사한 신의 독생자를 자처하며 기적을 행할 수 있다고 알려진 익사한 신의 사제였다. 그레이트윅, 파이크, 오크몬트에서도 왕위 계승권을 주장하는 자들이 나타났고, 1년 넘게 섬과 바다에서 그들의 지지자들이 전쟁을 벌였다. 섬 사이 바다마다 시체로 메워지다시피 하자, 피에 끌린 크라켄이 수백 마리나 출현했다고 한다.

전쟁을 끝낸 건 아에곤 타르가르옌이었다. AC 2년, 그는 발레리온을 타고 강철 군도로 갔다. 아버, 하이가든, 라니스포트에서 출정한 함대가 왕과 함께했고, 토르헨 스타크가 곰섬에서 보낸 장선(longship) 몇 척도 정벌에 참여했다. 1년 넘게 지속된 골육상잔으로 숫자가 크게 줄어든 강철인들은 거의 저항하지 못했고, 오히려 대다수는 드래곤의 왕림을 반겼다. 아에곤 왕은 보검 블랙파이어로 쿼린 볼마크를 죽였지만, 그의 젖먹이 아들이 아비의 영지와 성을 이어받는 것을 허락했다. 올드윅에서는 익사한 신의 아들을 자칭한 사제 왕 로도스가 심해의 크라켄을 불러 침략군의 함대를 바닷속으로 끌고 들어가게 하려 했다. 크라켄이 나타나지 않자, 로도스는 옷 안을 돌로 채우고는 "아버지의 조언을 구하러 가겠다"며 바다로 걸어 들어갔다. 수천 명이 그를 따랐다. 이후 수년간 부풀어 오르고 게가 갉아 먹은 시신들이 올드윅의 해변에 쓸려 올라왔다.

그 후 누가 왕을 대리하여 강철 군도를 다스릴지가 쟁점으로 떠올랐다. 강철인들을 리버런의 툴리 가문이나 캐스털리록의 라니스터가에 종속시켜야 한다는 의견이 있었다. 혹자는 윈터펠에 넘기라고 충고하기도 했다. 아에곤은 모든 의견에 귀를 기울였지만, 끝내는 강철인들이 직접 자기들을 다스릴 지배자를 선출하도록 허했다. 강철인들은 당연히 그들 중 한 명인 '파이크의 수확 영주' 비콘 그레이조이를 뽑았다. 비콘 공이 아에곤 왕에게 충성을 맹세하자, '드래곤'은 함대와 함께 군도를 떠났다.

하나 그레이조이의 지배는 강철 군도에 국한되었고, 호어 가문이 차지했던 본토 영지에 대한 권리는 모두 포기했다. 아에곤은 하렌홀의 폐허와 주변 영지를 드래곤스톤의 훈련대장인 쿠엔튼 쿼헤리스 경에게 하사하고 리버런의 에드민 툴리를 주군으로 섬기게 했다. 새로이 영주가 된 쿠엔튼 공은 건장한 두 아들과 통통한 손자가 있어서 대를 잇는 데는 문제가 없어 보였으나, 첫 부인이 3년 전 반점열로 세상을 떠난 까닭에 툴리 공의 딸 중 한 명을 부인으로 맞이하는 것도 동의했다.

세 자매 군도와 강철 군도가 굴복하면서 '장벽(the Wall)' 이남으로 도르네를 제외한 웨스테로스 전역은 아에곤 타르가르옌의 지배를 받게 되었다. 그래서 '드래곤'은 도르네로 시선을 돌렸다. 처음에는 대화로 도르네인들의 지지를 얻으려고 시도하며 대귀족과 학사와 성사로 이루어진 사절단을 보내, 도르네의 노란 두꺼비라 불리는 메리아 마르텔 여대공에게 왕국을 합치는 것의 이로움을 설명하고 설득하게 했다. 그들의 협상은 거의 1년 가까이 계속되었으나, 아무런 성과를 거두지 못했다.

제1차 도르네 전쟁은 라에니스 타르가르옌이 도르네에 다시 온 AC 4년에 시작됐다는 것이 정설이다. 이때 그녀는 예전에 협박한 대로 불과 피와 함께 돌아왔다. 메락세스를 탄 왕비는 화창한 파란 하늘에서 돌연 나타나 플랭키타운을 불태웠다. 불이 배에서 배로 옮겨 붙으며 그린블러드강 하구 전체가 불타오르는 표류물로 메워졌고, 자욱하게 피어오른 연기 기둥이 선스피어에서도 보였다고 한다. 수상 마을의 주민들은 불길을 피해 강으로 뛰어들었던 터라 공격으로 죽은 이는 백 명이 채 되지 않았으며, 그마저도 드래곤의 화염 때문이 아니라 물에 빠져 죽은 이들이 대부분이었다. 하지만 그렇게 첫 피가 흘렀다.

이와 동시에 오리스 바라테온이 직접 선별한 기사 천 명을 거느리고 '뼈의 길'로 진군했고, 아에곤 본인은 거의 2000명에 달하는 기사와 300명의 영주와 봉신이 이끄는 3만 대군의 선두에서 대공의 고갯길을 공략했다. 남부의 관리자 할란 티렐 공은 이 정도 전력이라면 아에곤과 발레리온 없이도 그들의 앞을 막아서는 그 어떤 도르네 군대도 충분히 박살 낼 수 있다고 장담했다는 이야기가 전한다.

그의 판단은 물론 옳았겠지만, 도르네인들이 전투에 응하지 않아 입증할 길이 없었다. 그들은 아에곤 왕의 군대 앞에서 물러나면서 들판의 작물을 불태우고 모든 우물에 독을 풀었다. 정벌군이 붉은 산맥에서 발견한 도르네 망루들은 허술하게 방치되어 있었다. 높은 산길을 지날 때, 아에곤의 선발대는 털을 다 잘라내고 너무 부패해 먹을 수도 없는 양 사체로 쌓아올린 벽에 길이 막혀 더 나아가지 못했다. 왕의 군대는 대공의 고갯길을 빠져나와 도르네 사막을 마주할 무렵 이미 식량과 건초 부족에 시달리고 있

었다. 그곳에서 군대를 둘로 나눈 아에곤은 티렐 공을 남쪽으로 보내 헬홀트의 영주 우토르 울러를 상대하게 했고, 자신은 파울러 공의 산중 요새 스카이리치를 포위하고자 동쪽으로 향했다.

당시는 가을의 두 번째 해였고, 겨울이 머지않았다고 예상하던 시기였다. 정벌군은 그 계절에 사막의 열기가 감소하고 물은 더 풍부하리라고 기대했으나, 도르네의 태양은 헬홀트로 진군하는 티렐 공을 무자비하게 내리쬐었다. 그런 더위에서 병사들이 물을 더 마셨는데, 진군로에 있는 모든 샘과 오아시스에는 독이 들어 있었다. 매일 말들이 죽어갔고 곧 기수들도 그 뒤를 따랐다. 긍지 높은 기사들이 깃발과 방패에 이어 갑옷마저 내버렸다. 티렐 공은 도르네 사막에서 병력의 4분의 1과 거의 모든 군마를 잃었고, 마침내 헬홀트에 당도했을 때는 오직 빈 성만이 그들을 맞이했다.

오리스 바라테온의 공략도 험난했다. 그의 군마들은 좁고 구불구불한 고갯길의 돌투성이 비탈을 오르는 것을 힘겨워했고, 도르네인들이 산에 계단을 파낸 지점에 이르렀을 때는 길이 너무 가파른 나머지 아예 움직이기를 거부했다. 스톰랜드인들이 보지도 못한 적군이 산 위에서 수관의 기사들에게 바위를 퍼부었다. 뼈의 길이 월강(江)을 가로지르는 곳에서 기사들이 줄지어 다리를 건널 때 도르네 궁수들이 갑자기 나타나 화살을 비처럼 쏘아대기 시작했다. 오리스 공이 후퇴를 명령했으나, 바위가 무더기로 떨어지며 퇴로를 막았다. 진퇴양난에 빠진 스톰랜드군은 마치 우리 안의 돼지처럼 도살당했다. 오리스 바라테온과 그 외 적잖은 몸값을 낼 여력이 있는 영주 십여 명이 목숨을 건졌다. 그들을 사로잡은 이는 '과부 애호가'로 불리는 포악한 산악 영주, 월 가문의 월이었다.

아에곤 왕의 진군은 순탄했다. 동쪽으로 진격하면서 가로지른 구릉지대는 고지대에서 흘러내린 빗물로 마실 물이 부족하지 않았고, 계곡에는 산짐승도 풍부했다. 왕은 스카이리치성을 급습하여 함락하고, 짧은 공성 끝에 이론우드를 점령했다. 최근에 영주가 사망한 토르 영지의 집사는 저항하지 않고 항복했다. 더 동쪽으로 진군하여 고스트힐에 이르렀을 때, 톨랜드 공이 대전사를 보내 왕에게 결투를 걸어왔다. 아에곤은 도전을 받아들이고 대전사를 격살했지만, 곧 그가 톨랜드의 대전사가 아니라 어릿광대였음을 알게 되었다. 톨랜드 공 본인은 사라진 지 오래였다.

도르네의 여대공 메리아 마르텔도 마찬가지였고, 아에곤 왕이 발레리온을 타고 선스피어에 도달했을 때는 앞서 도착한 여동생 라에니스만이 그를 기다리고 있었다. 그녀는 플랭키타운을 불태운 다음에 레몬우드, 스포츠우드, 스팅크워터를 차례로 점령하고 노파와 어린아이의 순종을 받아냈지만, 정작 제대로 된 적은 한 번도 만나지 못했다. 선스피어 성벽 밖의 '그림자 도시'마저도 사람들이 대부분 떠난 다음이었고, 남은 사람 중 도르네의 영주들과 여대공이 어디에 있는지 안다고 하는 이는 아무도 없었다. "노란 두꺼비가 모래 속으로 숨어버렸네." 라에니스 왕비가 아에곤 왕에게 말했다.

아에곤의 대답은 승전 선언이었다. 왕은 선스피어성의 대전에 아직 남아 있던 인사들을 부른 뒤, 그들에게 도르네가 왕국의 일부가 되었으니 이제부터 그를 충실하게 섬겨야 하며, 예전에 그들이 섬긴 영주들은 역도와 무법자라고 말했다. 노란 두꺼비 메리아 마르텔 여대공을 비롯해 예전 영주들의 목에 현상금이 걸렸다. 존 로스비 공이 선스피어의 수호성주와 '사막의 관리자'로 임명되어 왕의 이름으로 도르네를 다스리게 되었다. 정복자가 함락한 모든 영지와 성에도 집사와 수호성주가 임명되었다. 이후 선스피어를 떠난 아에곤 왕과 그의 군대는 그들이 왔던 길 그대로 구릉지대를 거쳐 대공의 고갯길을 통해 서쪽으로 되돌아갔다.

하지만 그들이 킹스랜딩에 도착하자마자 도르네가 폭발했다. 비가 쏟아진 뒤 사막에 만발하는 꽃처럼 갑자기 무수한 도르네 창병들이 나타났다.

스카이리치, 이론우드, 토르, 고스트힐 모두 보름 만에 탈환되었고, 왕이 뒤에 남긴 수비 병력은 전멸했다. 아에곤이 임명한 수호성주들과 집사들은 오랫동안 고문에 시달리다가 살해당했다. 도르네 영주들은 포로들의 사지를 자르면서 누구의 포로가 가장 오래 살아남는지 내기를 했다고 한다. 선스피어의 수호성주이며 사막의 관리자였던 로스비 공은 그나마 자비로운 죽음을 맞이했다. 그림자 도시에서 쏟아져 들어온 도르네인들에게 성을 빼앗긴 그는 팔다리가 묶인 채 '창의 탑' 꼭대기까지 끌려 올라갔고, 늙은 메리아 여대공이 직접 창문 밖으로 내던졌다.

곧 티렐 공과 그의 군대만이 남고 말았다. 아에곤 왕은 도르네를 떠날 때 티렐을 뒤에 남겨두었다. 브림스톤강 옆에 세워진 굳건한 성인 헬홀트는 요지에 위치하여 어떤 반란에도 대처할 수 있다고 여겨졌다. 하지만 강에 흐르는 물은 누렜고, 강에서 잡은 물고기를 먹은 하이가든 병사들은 배탈이 났다. 샌드스톤의 쿼가일 가문은 굴복한 적이 없었고, 티렐의 징발대나 정찰병들이 서쪽으로 너무 멀리 가면 쿼가일 창병들에게 죽임을 당했다. 동쪽에서는 베이스의 베이스 가문이 똑같이 저항했다. '선스피어의 낙사(로스비 공의 죽음을 말한다)' 소식이 헬홀트성에 이르자 티렐 공은 남은 병력을 모아 사막으로 진격했다. 그가 공언한 진격의 목적은 베이스를 함락한 뒤 강을 따라 동쪽으로 진군하여 선스피어와 그림자 도시를 탈환하고 로스비 공을 살해한 자들을 징벌한다는 것이었다. 그러나 티렐과 그의 군대는 헬홀트 동쪽 붉은 사막 어딘가에서 흔적도 없이 사라졌고, 이후 단 한 명도 다시 발견되지 않았다.

아에곤 타르가르옌은 패배를 인정할 남자가 아니었다. 전쟁은 7년을 더 끌었으나, AC 6년 이후로는 학살과 습격과 보복이 끊임없이 이어지다가 장기간 아무 일도 없는 상황이 반복되었고, 짧은 휴전도 십여 회 넘게 있었으며 수많은 살인과 암살이 벌어졌다.

AC 7년, 뼈의 길에서 포로로 잡힌 오리스 바라테온과 다른 영주들이 몸무게만큼의 황금을 몸값으로 지급하고 킹스랜딩으로 귀환했으나, 풀려나기 전 과부 애호가가 다시는 도르네를 향해 무기를 들지 못하게 하겠다며 그들의 칼 쓰는 손을 잘라버렸다. 이에 대한 보복으로 아에곤 왕이 직접 발레리온을 타고 윌 가문의 산중 요새를 공격하여 성채와 망루 대여섯 채를 불태우고 녹아내린 돌 잔해만 남겼다. 하지만 윌가의 사람들은 산속의 공동과 땅굴에 숨어 목숨을 건졌고, 과부 애호가도 20년을 더 연명했다.

AC 8년, 가뭄이 극심했던 그해, 도르네 습격자들이 징검돌 군도의 한 해적 왕으로부터 제공받은 함선을 타고 도르네해(海)를 건너 래스곶 남부 해안의 크고 작은 마을 대여섯 곳을 공격하고 산불을 질러 비 숲의 절반을 불태웠다. "불은 불로 갚아주마"라고 메리아 여대공이 말했다고 한다.

타르가르옌 왕가는 그런 도발 행위를 그냥 보아 넘기지 않았다. 그해 말, 비세니아 타르가르옌이 도르네의 하늘에 나타나 바가르의 화염으로 선스피어, 레몬우드, 고스트힐, 토르를 불태웠다.

AC 9년, 비세니아가 이번에는 아에곤과 함께 돌아왔고, 샌드스톤, 베이스, 헬홀트가 불타올랐다.

도르네의 보복은 그다음 해에 이루어졌다. 일군을 이끌고 대공의 고갯길을 빠져나와 리치를 침공한 파울러 공은 전광석화처럼 움직여, 변경의 영주들이 적의 침공을 미처 알아차리기도 전에 마을 십여 곳을 불태우고 변경의 거성 나이트송을 점령했다. 침공 소식이 올드타운에 전해지자 하이타워 공은 아들 아담에게 강병을 맡겨 나이트송을 탈환하게 하였으나, 도르네인들이 예측한 대응이었다. 조프리 데인 경이 지휘하는 두 번째 도르네 군대가 스타폴에서 내려와 올드타운을 공격했다. 도르네군이 점령하기에 올드타운의 성벽은 너무 높고 강했으나, 데인은 도시 주변 200리 내의 밭과 농장, 마을을 불사르고 그를 요격하고자 출진한 하이타워 공의 차남 가몬을 죽였다. 아담 하이타워 경이 나이트송에 도착했을 때는 이미 파울러 공이 성을 불태우고 수비대 전원을 처형한 다음이었다. 카론 공과 그의 아내, 자식들은 포로로 잡혀 도르네로 끌려갔다. 아담 경은 적을 추격하는 대신 즉시 포위된 올드타운으로 회군했으나, 조프리 경과 그의 군대도 산맥으로 사라져버렸다.

얼마 후, 만프레드 하이타워 노영주가 세상을 떠났다. 올드타운의 모든 이가 복수를 부르짖는 와중에 아담 경이 하이타워 공의 자리를 계승했다. 아에곤 왕은 남부의 관리자와 상의하고자 발레리온을 타고 하이가든으로 날아갔지만, 지난 정벌에서 부친을 잃은 티렐가의 젊은 영주 테오는 또 다른 도르네 정벌에 극도로 난색을 표했다.

왕은 다시금 드래곤들로 도르네를 휩쓸었다. 아에곤은 파울러가의 본성을 "두 번째 하렌홀"로 만들겠다며 직접 스카이리치를 맹폭했다. 비세니아와 바가르는 스타폴에 불과 피를 가져왔다. 그러나 라에니스와 메락세스의 헬홀트 재침공은 비극적인 결과를 낳았다. 전투를 위해 길러지고 훈련받은 타르가르옌 드래곤들은 창과 화살이 비처럼 쏟아지는 전장을 수없이 겪으면서도 다치는 경우가 드물었다. 완전히 자란 드래곤의 비늘은 강철보다 단단했고, 어쩌다 화살이 박혀도 괴수들의 화를 돋울 뿐, 큰 피해를 주지는 못했다. 그러나 메락세스가 헬홀트성 위를 비스듬히 날 때, 성에서 제일 높은 탑에 있던 수비병이 전갈석궁으로 쏜 1미터 길이의 쇠살이 왕비가 탄 드래곤의 오른쪽 눈을 꿰뚫었다. 메락세스는 즉사하지 않았지만, 죽음의 고통을 느끼며 추락했고 수비병이 있던 탑과 성의 외벽을 크게 부수며 몸부림치다가 숨이 끊겼다.

라에니스 타르가르옌이 그때 살아남았는지는 아직도 논쟁이 되고 있다. 혹자는 그녀가 메락세스의 등에서 떨어져 추락사했거나 성내에 추락한 메

락세스에게 깔려 죽었다고 말한다. 드래곤이 추락할 때 목숨을 건졌지만 이후 붙잡혀 울러 가문의 지하감옥에서 고문당하며 오랜 고통에 시달리다가 죽었다고 주장하는 이들도 있다. 그녀의 최후에 관한 진실은 아마 절대 밝혀지지 않을 것이나, 역사는 아에곤 1세의 여동생이며 왕비였던 라에니스 타르가르옌이 정복 후 10년째 되는 해에 헬홀트에서 사망했다고 기록한다.

그 후 이어진 2년은 '드래곤의 분노'라고 알려진 기간이었다. 발레리온과 바가르는 도르네로 수없이 돌아가 지역의 모든 성을 세 번 이상 불태웠다. 벨라리온의 뜨거운 불길에 헬홀트성 주변의 사막은 곳곳이 유리로 변하기까지 했다. 도르네 영주들은 강제로 은신 생활을 했음에도 무사하지 못했다. 파울러 공, 베이스 공, 톨랜드 부인 그리고 4대에 걸친 헬홀트의 영주들이 줄줄이 살해당했다. 철왕좌가 모든 도르네 영주의 목에 막대한 황금을 걸었기 때문이었다. 하지만 살해 후 목숨을 건져 돌아가 현상금을 받은 암살자는 두 명밖에 없었고, 도르네인들 역시 피의 보복을 감행했다. 그리핀 스루스트의 코닝턴 공은 사냥하던 중 암살당했고, 미스트우드의 메르틴스 공은 독이 든 도르네 와인을 마시고 가솔 전원과 함께 독살당했으며, 펠 공은 킹스랜딩의 매음굴에 들렀다가 베개에 눌려 질식사했다.

타르가르옌 남매도 예외는 아니었다. 왕에게는 세 번의 암살 시도가 있었고, 그중 두 번은 경비병이 없었다면 성공했을 법했다. 비세니아 왕비도 어느 밤 킹스랜딩에서 암습당했다. 비세니아가 직접 보검 검은 자매로 마지막 남은 암살자를 베어 죽였을 때는 그녀의 일행 중 두 명이 죽은 후였다.

그 피비린내 나는 기간의 가장 악명 높은 사건은 AC 12년, 과부 애호가 윌의 윌이 폰톤의 후계자 존 카페런 경과 올드오크 영주의 딸 알리스 오크하트의 결혼식에 불청객으로 찾아왔을 때 일어났다. 한 배신한 하인이 열어준 뒷문으로 들어온 월가 병력은 오크하트 공과 결혼식에 참석한 하객을 대부분 살해하고 신부가 보는 앞에서 신랑을 거세했다. 이후 그들은 돌아가며 알리스 영애와 시녀들을 겁탈했고, 나중에는 포로로 끌고 가 미르의 노예상에게 팔아버렸다.

그 무렵 도르네는 기근과 역병과 병충해에 시달리는 불탄 사막으로 전락한 상황이었다. 자유도시에서 온 상인들은 도르네를 '빌어먹을 땅'이라고 불렀다. 그럼에도 마르텔 가문은 그들의 가언대로 "굽히지 않고, 휘지 않고, 꺾이지 않으리"라는 태세를 고수했다. 비세니아 왕비 앞에 포로로 끌려온 한 도르네 기사는 메리아 마르텔은 도르네인들이 타르가르옌 왕가의 노예가 되는 꼴을 보느니 차라리 그들이 죽기를 바랄 것이라고 장담했다. 비세니아는 그녀와 남동생이 기꺼이 여대공의 소원을 이뤄줄 것이라고 대답했다.

종국에는 나이와 병마가 드래곤들과 수만 대군이 실패한 것을 해냈다. AC 13년, 도르네의 노란 두꺼비 메리아 마르텔은 자는 도중 사망했다(그녀의 적들은 그녀가 수말과 난잡한 짓거리를 하다가 죽었다고 떠벌렸다). 그녀의 아들 니모르가 선스피어의 영주와 도르네 대공의 작위를 계승했다. 이미 육순의 고령인 데다 건강도 안 좋았던 새로운 도르네의 대공은 살육을 이어갈 마음이 없었다. 그는 자리에 오르자마자 킹스랜딩으로 사절단을 보내 아에곤 왕에게 메락세스의 해골을 돌려주고 평화협정을 제의했다. 대공의 후계자인 데리아 공녀가 사절단을 이끌었다.

니모르의 강화 제의는 킹스랜딩에서 거센 반대에 부딪쳤다. 비세니아 왕비는 완고하게 거부했다. "항복 없이는 평화도 없다"라고 그녀는 선언했고, 그녀와 친분이 있는 소협의회 대신(大臣)들도 동의했다. 중년이 되어 성격이 뒤틀리고 신랄하게 변한 오리스 바라테온은 아비에게 돌려보내기 전에 데리아 공녀의 손목을 잘라야 한다고 목소리를 높였다. 오크하트 공은 큰까마귀를 날려 "도르네 계집을 킹스랜딩의 가장 저급한 매음굴에 팔아서 도시의 모든 거지가 품도록 하십시오"라는 내용의 서신을 보냈다. 아에곤 타르가르옌은 그런 제안을 모두 무시하고 데리아 공녀는 화평 깃발을 들고 사절단의 일원으로 찾아왔으니 그의 지붕 아래서 결코 해를 입지 않을 것이라고 못 박았다.

왕이 전쟁에 지쳤음은 분명했지만, 항복 없이 도르네에 평화를 안겨주는 건 그가 사랑했던 누이 라에니스의 죽음은 물론 그동안 흘린 피와 희생 모두 헛되었다고 인정하는 것과 마찬가지였다. 소협의회 대신들은 또한 이렇게 강화하기로 하면 이를 나약함의 표시로 여긴 자들이 새로운 반란을 일으킬지도 모르며, 그들 역시 진압해야 할 것이라고 조언했다. 아에곤은 전쟁 중 극심한 피해를 본 리치와 스톰랜드와 변경의 사람들이 결코 용서하거나 원한을 잊지 않으리라는 것을 알고 있었다. 킹스랜딩에서조차도 주민들이 덤벼들어 갈기갈기 찢어버릴까 봐 적잖은 호위병 없이는 도르네인들이 아에곤 요새에서 나가는 것을 허락하지 못할 정도였다. 훗날 루칸 대학사는 이런 여러 이유로 왕이 도르네의 제의를 거절하고 전쟁을 계속할 작정이었다고 서술했다.

그때 도르네 공녀가 부친에게서 받은 봉인된 편지를 왕에게 건넸다. "전하께서만 보셔야 하는 서신입니다."

아에곤 왕은 철왕좌에 앉아 궁중의 모든 사람 앞에서 무표정한 얼굴로 아무 말 없이 니모르 대공의 서신을 읽었다. 이후 왕이 자리에서 일어났을 때, 그의 손아귀에서 피가 뚝뚝 떨어졌다고 사람들은 말했다. 왕은 서신을 태워버리고 다시는 언급하지 않았지만, 그날 밤 발레리온을 타고 블랙워터만을 건너 연기를 내뿜는 산이 있는 드래곤스톤으로 날아갔다. 다음 날 아침 돌아온 아에곤 타르가르옌은 니모르가 제의한 조건을 받아들였고, 얼마 안 있어 도르네와의 영원한 평화조약을 체결했다.

오늘날까지 아무도 데리아의 편지가 어떤 내용이었는지 확신하지 못한다. 혹자는 한 아버지가 다른 아버지에게 보내는 진심 어린 호소였고, 아에곤 왕이 그에 감복한 것이라고 주장한다. 전쟁 중 목숨을 잃은 모든 영주와 고결한 기사의 명단이었다고 고집하는 이들도 있다. 어떤 성사들은 서신에 마법이 걸려 있었고, 노란 두꺼비가 죽기 전 작은 유리병에 담긴 라에니스 왕비의 피를 잉크 삼아 썼기 때문에 왕이 사악한 마법에 저항하지 못했다는 황당한 이야기를 하기도 했다.

수년 후 킹스랜딩에 온 클레그 대학사는 도르네는 전쟁을 지속할 여력이 없었다고 결론 지었다. 필사적인 심정이었던 니모르 대공이 강화 제의를 거절당하면 브라보스의 '얼굴 없는 자들'을 고용하여 아에곤 왕의 아들이자 후계자이며 라에니스 왕비의 자식인 여섯 살 난 소년 아에니스를 죽이겠다고 협박했을지도 모른다고 클레그는 시사했다. 일리 있는 주장이지만…… 무엇이 진실인지는 아무도 알지 못할 것이다.

그렇게 제1차 도르네 전쟁(AC 4~13년)은 막을 내렸다.

도르네의 노란 두꺼비는 검은 하렌과 '두 왕'과 토르헨 스타크가 하지 못한 것을 해냈다. 아에곤과 그의 드래곤들을 격퇴한 것이다. 하지만 붉은 산맥 북쪽에서 그녀의 전술은 비웃음만 샀다. 아에곤의 왕국에서 "도르네의 용기"는 귀족과 기사가 비겁함을 조롱할 때 쓰는 표현이 되었다. 어떤 서기는 "두꺼비는 위협을 느낄 때 구멍 속으로 껑충 뛰어 들어간다"라고 적었다. 또 다른 서기는 "메리아는 여자답게 거짓말과 기만과 사악한 요술로 싸웠다"라고 쓰기도 했다. 도르네의 '승리'(그것을 승리로 볼 수 있다면)는 불명예로 여겨졌고, 전쟁의 생존자와 전사자의 아들과 형제는 언젠가 저들이 대가를 치를 날이 올 것이라고 서로 다짐했다.

그들의 복수는 미래의 더 젊고 살기등등한 왕의 즉위를 기다려야 했다. 이후 정복자 아에곤은 철왕좌에서 24년을 더 통치했지만, 도르네 정벌이 그의 마지막 전쟁이었다.

드래곤은 세 개의 머리가 있었다

아에곤 1세의 통치

아에곤 타르가르옌 1세는 전사로서 위명을 떨쳤고 웨스테로스 역사상 가장 위대한 정복자였지만, 그의 가장 뛰어난 업적은 평화로운 시기에 이루어졌다고 보는 이들이 많다. 철왕좌는 불과 강철과 공포로 만들어졌다고 하지만, 열기가 식은 후에는 웨스테로스 전국을 위해 정의를 행사하는 자리가 되었다.

왕으로서 아에곤 1세가 주력한 정책의 핵심은 칠왕국이 타르가르옌 왕가의 지배를 받아들이게 하는 것이었다. 이를 위해 그는 왕국 전역에서 인재들을 불러들여(심지어는 여성들도 몇몇 포함하였다) 궁중에서 함께하고 회의에 참여하도록 큰 노력을 기울였다. 예전 적들에게 자녀를 궁중으로 보내도록 권장하였으며(대귀족들은 대개 후계자를 가까이 두기를 원했으므로, 주로 작은아들이나 딸을 보냈다), 소년들은 시동이나 시종 혹은 종자로서 왕을 섬기고 소녀들은 왕비들의 시녀 또는 말벗이 되었다. 킹스랜딩에서 그들은 왕이 정의를 실현하는 모습을 직접 보았고, 각자 서부인이나 스톰랜드인 또는 북부인이 아닌 하나로 통일된 큰 왕국의 충성스러운 신하로서 생각하는 자세를 갖추도록 장려되었다.

타르가르옌 왕가는 또한 서로 멀리 떨어진 가문의 혼사를 주선함으로써 정복된 영지 사이의 유대를 강화하고 일곱 왕국의 통합을 추구했다. 비세니아와 라에니스가 특히 그런 중매를 즐겨 했다. 그들의 노력으로 이어리의 어린 영주 로넬 아린이 윈터펠의 영주인 토르헨 스타크의 딸을 아내로 삼았고, 로렌 라니스터의 장남이며 캐스털리록의 후계자가 아버의 레드와인가의 처녀와 맺어졌다. 타스의 저녁별(Evenstar, 타스섬 타스 가문 영주의 칭호)에게 세 쌍둥이 딸이 태어나자, 라에니스 왕비는 각각 코브레이, 하이타워, 할로우 가문과의 약혼을 주선했다. 비세니아 왕비는 수백 년간 대대로 앙숙이었던 블랙우드와 브라켄 가문의 아들이 각각 상대 가문의 딸과 혼인하는 겹사돈을 맺게 하여 두 가문의 화해를 이끌었다. 그리고 라에니스의 시중을 들던 로완가의 처녀가 어느 설거지꾼의 아이를 임신하자, 왕비는 화이트하버의 한 기사에게 그녀를 시집보내고 사생아는 라니스포트에 있는 다른 기사의 수양아들로 들여보냈다.

왕국의 통치에 관련하여 최종 결정권을 가진 이가 아에곤 타르가르옌이라는 사실은 누구도 부인하지 않았지만, 아에곤의 재위 내내 그의 누이 비세니아와 라에니스가 권력의 동반자로 함께했다. 재해리스 1세의 왕비였던 '선한 왕비' 알리산느를 제외하면 칠왕국의 역사상 '드래곤'의 누이들만큼이나 정책에 영향력을 행사한 왕비는 없었다. 왕은 어디를 가든 왕비 중 한 명을 데려갔고, 뒤에 남은 왕비는 드래곤스톤에 머무르거나 킹스랜딩의 철왕좌에 앉아 정무를 보고 판결을 내렸다.

킹스랜딩을 왕도로 삼고 철왕좌를 아에곤 요새의 연기가 자욱한 기다란 대전에 갖다 놓은 건 아에곤이었지만, 정작 그는 시간의 반의 반 정도만을 그곳에서 보냈다. 그는 많은 나날을 선조들의 섬 요새였던 드래곤스톤에서 지냈다. 드래곤몬트산 아래의 성은 아에곤 요새보다 열 배는 더 컸고, 훨씬 더 안락하고 안전하며 유서 깊었다. 한번은 '정복자'가 자기는 드래곤스톤의 냄새조차도, 연기와 유황 냄새가 섞인 갯바람까지도 사랑한다고 말했다고 한다. 그는 1년의 절반가량을 두 성에서 나누어 보냈다.

나머지 절반의 시간은 왕국 곳곳을 돌아다니며 차례로 여러 대귀족의 성에서 묵는 끝없는 순행에 쓰였다. 결타운과 이어리, 하렌홀, 리버런, 라니스포트와 캐스털리록, 크레이크홀, 올드오크, 하이가든, 올드타운, 아버섬, 혼힐, 애시포드, 스톰스엔드, 이븐폴홀 전부 국왕을 수차례 영접하는 명예를 누렸고, 아에곤은 그 어느 곳에도 갈 수 있었고 실제로도 갔으며, 때로는 천여 명에 달하는 기사와 귀족이 순행에 참여했다. 그는 강철 군도를 세 번(파이크 두 번, 그레이트윅 한 번) 방문하고 AC 19년에는 시스터턴에서 보름을 머물렀으며, 북부는 여섯 번이나 방문하여 화이트하버에서 세 번, 배로턴에서 두 번 재판을 열고 AC 33년에 있었던 마지막 왕의 순행에서는 윈터펠에서 한 번 재판을 열었다.

"반란을 진압하는 것보다는 미리 방지하는 것이 상책이다." 누가 잦은 순행의 이유를 물었을 때 아에곤이 한 유명한 대답이다. 화려한 비단과 번쩍이는 갑옷을 걸친 기사 수백 명이 수행하고 검은 공포 발레리온을 탄 왕의 위풍당당한 모습은 마음이 흔들리는 영주들에게 충성심을 불어넣기에 충분했다. 왕은 평민들도 때때로 그들이 섬기는 왕과 왕비를 볼 필요가 있고, 불만이나 고민을 호소할 기회가 있다는 사실을 알아야 한다고 덧붙였다.

정말로 그들은 그럴 수 있었다. 왕이 순행에 나설 때마다 영주들이 서로 경쟁하듯 왕을 더 화려하고 융숭하게 접대하려 한 까닭에 연회와 무도회와 사냥과 매사냥이 주를 이뤘지만, 그런 와중에도 아에곤은 어디를 가든, 대귀족의 성안에 있는 단상에서든 어느 농부의 밭에 있는 이끼 낀 바위에서든 장소에 아랑곳하지 않고 재판을 열었다. 왕은 학사 여섯 명을 대동하고 필요할 때마다 현지 법이나 관습이나 역사에 관해 묻고, 그가 내리는 칙령과 판결을 기록하게 했다. 훗날 '정복자'는 아들 아에니스에게 군주라

면 자기가 다스리는 땅을 알아야 하는 법이라고 일렀고, 아에곤 자신도 여정을 통해 칠왕국과 백성들에 관한 많은 것을 배울 수 있었다.

정복된 왕국들은 각각 독자적인 법과 전통이 있었다. 아에곤 왕은 그런 것에 거의 관여하지 않고 영주들이 그때까지 해온 대로 같은 권력과 특권을 가진 채 그들의 영지를 다스리도록 놔두었다. 상속과 계승에 관한 법률은 바뀌지 않았고, 기존 봉건제도 또한 유지되었으며, 크고 작은 가문의 영주 모두 자신의 영지 내에서 처형권은 물론 초야권이 존재하는 지역에는 그 역시 여전히 행사할 수 있었다.

아에곤의 주요 관심사는 평화였다. 정복 이전, 웨스테로스 왕국들 사이에서 전쟁은 흔한 일이었다. 단 한 해도 어딘가에서 전쟁이 벌어지지 않은 적이 드물었고, 평화롭다는 왕국에서도 이웃 영주들 사이에 분쟁이 생기면 무력으로 해결하기가 다반사였다. 아에곤의 즉위 후 그런 일은 거의 사라졌다. 군소 영주와 지주(地主)기사들은 이제 분쟁이 생기면 그들이 주군으로 섬기는 대영주를 찾아가서 판결을 받고 그 결정에 따라야 했다. 왕국 내 대가문 사이에 발생하는 논쟁은 국왕이 재결했다. "이 땅의 으뜸가는 법은 '왕의 평화'다." 아에곤 왕이 선포했다. "누구든 내 허락 없이 전쟁을 일으키는 영주는 반역자이자 철왕좌의 적으로 간주할 것이다."

아에곤 왕은 또한 왕국 내 수출입세와 일반 세금을 규율화하는 칙령을 포고하여, 모든 항구와 군소 영주가 임차인와 평민과 상인으로부터 마음대로 세금을 징수하는 행위를 금지했다. 그는 또한 종단의 남녀 성직자들과 그들이 보유한 땅과 재산은 면세 대상임을 공포하고, 부정행위 혐의가 있는 성사와 수사와 수녀를 자체적으로 재판하고 형을 집행할 수 있는 종단의 권리를 재확인했다. 초대 타르가르옌 왕은 신앙심이 깊지는 않았지만, 언제나 종단과 올드타운에 있는 최고성사의 지지를 신경 썼다.

아에곤과 그의 궁중을 중심으로 블랙워터 급류 하구 부근에 있는 세 개의 높은 언덕과 그 주변에서 킹스랜딩이 점점 자리를 잡아갔다. 세 언덕 중 가장 높은 언덕은 '아에곤의 높은 언덕'으로 알려졌고, 더 낮은 나머지 두 언덕도 예전 이름은 잊힌 채 각각 '비세니아 언덕'과 '라에니스 언덕'이라고 불리게 되었다. 아에곤이 울타리를 둘러 급하게 만든 요새는 왕과 궁중을 수용하기에는 너무 비좁고 위엄도 서지 않았던 터라, 정복이 완료되기 전에 이미 확장이 시작되었다. 통나무로 만든 15미터 높이의 아성이 새로 세워지고 길고 휑뎅그렁한 대전이 그 아래 들어섰으며, 안뜰 반대편에는 화재에 대비하여 돌로 짓고 석판 지붕을 덮은 주방이 자리했다. 마구간이 생겨나고 곡물 저장고가 뒤를 이었으며, 예전 망루보다 두 배 더 높은 망루가 세워졌다. 곧 기존 울타리로는 확장되는 아에곤 요새를 감당할 수 없게 되자, 언덕 정상을 더 넓게 둘러싸는 새로운 방책을 세워 병영, 무기고, 성소와 원형 방어탑이 들어설 공간을 확보하였다.

언덕 아래에는 강기슭을 따라 부두와 창고가 속속 들어섰고, 어선 몇 척만 보이던 곳에는 올드타운과 자유도시에서 도착한 상선들이 벨라리온과 셀티가르 가문의 장선 옆에 분주히 정박했다. 메이든풀과 더스큰데일을 통과하던 무역량의 상당 부분이 이제 킹스랜딩으로 향했다. 강가에 어시장이 형성되고 언덕 사이에는 포목시장이 생겼다. 세관 건물이 나타났다. 블랙워터강에 떠다니는 낡은 외돛 상선에 간소한 성소가 꾸려졌고, 곧 강변에 엮은 욋가지 위에 흙을 발라 더 튼튼하게 지은 성소가 그 뒤를 따랐다. 얼마 지나지 않아 최고성사가 보낸 자금으로 비세니아 언덕 정상에 두 번째 성소가 건설되었는데, 처음 것보다 두 배는 더 크고 세 배는 더 웅장한 건물이었다. 상점과 집이 마치 비 온 다음 자라나는 버섯처럼 순식간에 솟아났다. 부자들은 언덕 중턱에 담장을 두른 저택을 지었고, 빈자들은 낮은 곳 사이사이에 진흙과 밀짚으로 지은 누추한 움막에 모여 살았다.

킹스랜딩은 계획된 도시가 아니었다. 그냥 자랐을 뿐이고, 그것도 매우 빠르게 자라났다. 아에곤의 첫 번째 대관식이 열릴 무렵, 킹스랜딩은 언덕에 울타리를 둘러친 성 밑에 있는 작은 마을에 불과했다. 두 번째 대관식이 거행되었을 때는 이미 수천 명이 사는 번성하는 소도시로 탈바꿈했다. AC 10년에는 걸타운과 화이트하버에 필적하는 규모의 진정한 도시로 성장했다. AC 25년 즈음에는 두 도시를 넘어 왕국에서 세 번째로 인구가 많은 대도시가 되었고, 더 큰 도시는 라니스포트와 올드타운밖에 없었다.

하지만 다른 대도시들과 다르게 킹스랜딩에는 성벽이 없었다. 어차피 타르가르옌 왕가와 드래곤들이 수호하는 도시를 감히 공격할 적은 없으니 성벽이 필요 없다는 주민들도 있었다. 왕 역시 처음에는 같은 생각을 품었을지 모르나, AC 10년 여동생 라에니스와 그녀의 드래곤 메락세스가 죽고 이후 본인을 겨냥한 암살 시도를 겪고는 분명 생각이 바뀌었을 것이다.

그리고 정복 후 19년째 되는 해, 해적 선단이 여름 군도의 톨트리스타운(Tall Trees Town, 높은 나무 마을)을 습격하여 엄청난 재화를 약탈하고 여자와 아이 천 명을 노예로 끌고 갔다는 소식이 웨스테로스에 닿았다. 자초지종을 들은 왕은 킹스랜딩 역시 기민한 적이 그와 비세니아가 없는 틈을 타 덮치면 마찬가지로 당할 수밖에 없다는 사실을 깨닫고 큰 우려를 표했다. 이에 따라 왕은 킹스랜딩에 올드타운과 라니스포트의 성벽에 못지않게 높고 튼튼한 성벽을 건설하라는 명령을 내렸다. 성벽 건설은 가웬 대학사와 국왕의 손 오스먼드 스트롱 경에게 맡겨졌다. 아에곤은 일곱 신에게 경의를 표하는 의미로 도시에 각각 거대한 문루와 방어탑으로 보호되는 일곱 개의 성문을 지을 것이라고 포고했다. 성벽 건설은 그다음 해에 착공하여 AC 26년까지 계속되었다.

오스먼드 경은 왕의 네 번째 수관이었다. 첫 수관은 왕의 서출 이복형제이며 소꿉동무였던 오리스 바라테온이었는데, 도르네 전쟁 중 포로로 사로잡힌 뒤 칼 쓰는 손이 잘리는 고초를 겪었다. 그는 몸값을 치르고 돌아온 뒤 왕에게 사의를 밝혔다. "국왕의 손은 마땅히 손이 있어야 합니다." 그가 말했다. "사람들로부터 '국왕의 잘린 손목'이라 불리고 싶지는 않군요." 아에곤은 차기 수관으로 리버런의 영주 에드민 툴리를 불러들였다. 에드민 공은 AC 7년부터 9년까지 재임했고, 아내가 출산 중 죽자 왕국보다 그의 자식들이 그를 더 필요로 한다고 판단하고 리버랜드로 낙향하기를 요청했다. 툴리의 후임인 클로섬의 영주 알턴 셀티가르가 수관으로서 능숙하게 직무를 수행하다가 AC 17년에 자연사하자, 왕은 그다음에 오스먼드 스트롱 경을 발탁했다.

가웬 대학사는 세 번째 대학사였다. 아에곤 타르가르옌은 그의 부친과 조부가 그러했듯 드래곤스톤에 항상 학사 한 명을 상주시켰다. 웨스테로스의 모든 대영주는 물론 많은 군소 영주와 지주기사가 올드타운에서 수련을 마친 학사들을 가문으로 초빙하여, 치료사와 서기 및 조언자의 역할과 더불어 전서 까마귀를 돌보고 (글을 모르는 귀족들에게는 대신 서신을 써주고 읽어주며) 집사를 도와 가문의 장부를 정리하는 업무와 자녀의 교육을 맡겼다. 정복 전쟁 내내 아에곤 남매는 각각 학사를 두고 도움을 받았으며, 이후로도 왕은 이따금 업무가 많을 때 학사를 여섯 명까지 고용하기도 했다.

하지만 칠왕국에서 가장 현명하고 박식한 자들은 시타델의 최고학사로, 각자 하나의 주요 분야에서 최고의 권위가 있는 이들이었다. AC 5년, 그들의 지혜가 왕국에 도움이 될 것으로 여긴 아에곤 왕은 '콘클라베(시타델과 학사 전체에 관한 사안을 결정하는 최고학사들의 비공개 회동 또는 단체)'에 연락하여 왕국의 통치에 관련된 대소사를 상의하고 조언을 구하도록 그들 중 한 명을 보내달라고 요구했다. 그리하여 아에곤 왕의 요청에 따라 대학사(Grand Maester)의 직위가 신설되었다.

초대 대학사는 사관(史官)이며 청동으로 된 반지, 지팡이, 가면의 주인이었던 올리다르 최고학사였다. 올리다르는 해박한 지식을 갖추었지만 너무 연로했던 터라, 대학사의 자리에 오른 지 1년도 채 되지 않아 세상을 뜨고 말았다. 콘클라베는 그의 후임으로 반지, 지팡이, 가면이 황금이었던 리온스 최고학사를 선택했다. 리온스는 전임자보다 더 원기 왕성하여 AC 12년까지 왕국을 섬겼으나, 어느 날 진흙탕에서 미끄러져 엉덩이 골절을 당한 뒤 곧 사망했다. 그리하여 가웬 대학사가 그의 뒤를 이었다.

왕의 소협의회가 완전히 자리 잡은 건 '조정자' 재해리스 1세의 시대였지만, 아에곤 1세가 아무런 조언이나 도움 없이 통치한 것은 아니었다. 그는 대학사들은 물론 왕가의 학사들과도 자주 상의했다. 조세와 부채와 수입에 관해서는 재무관의 조언을 구했다. 킹스랜딩과 드래곤스톤에 각각 상주하는 성사가 있었으나, 왕은 곧잘 올드타운의 최고성사에게 서신을 보내 종교적 사안을 논의했고 매년 왕국 순행에 나설 때마다 반드시 별빛 성소를 방문했다. 그러나 아에곤 왕이 그 누구보다 더 의존한 건 국왕의 손과 그의 누이 라에니스와 비세니아 왕비였다.

라에니스 왕비는 칠왕국의 음유시인들과 가수들의 열정적인 후원자였고, 마음에 드는 이들에게 황금과 선물을 후하게 내리고는 했다. 비세니아 왕비는 여동생이 경박하다고 생각했지만, 그녀의 행위에는 단순한 음악에 대한 사랑을 넘어서는 지혜로움이 있었다. 열의 넘치는 왕국의 가수들이 왕비의 총애를 얻고자 타르가르옌 왕가와 아에곤 왕을 칭송하는 수많은 노래를 만든 뒤, 왕국을 돌아다니며 도르네 변경과 장벽 사이의 모든 아성과 성채와 마을 공터에서 그런 노래를 불렀던 것이다. 덕분에 백성들은 '정복'을 영광스러운 위업으로, 드래곤 아에곤을 영웅적인 왕으로 받아들이게 되었다.

라에니스는 또한 평민들에게 깊은 관심을 가졌으며, 특히 여성들과 아이들을 아꼈다. 한번은 그녀가 아에곤 요새에서 재판을 열 때, 한 남자가 아내를 때려 죽인 죄로 끌려 나왔다. 아내의 형제들은 남편의 처벌을 바랐지만, 남자는 아내가 다른 남자와 동침했기 때문에 남편의 정당한 권리를 행사했을 뿐이라고 반박했다. 남편이 불륜을 저지른 아내를 처벌할 권리는 도르네를 제외한 웨스테로스 전역에서 확립된 관습이었다. 게다가 남편은 자기가 아내를 때릴 때 쓴 막대기의 굵기가 그의 엄지 정도에 불과하다며 그 막대기를 증거로 제출하기도 했다. 그러나 왕비가 아내를 몇 번이나 때렸냐고 물었을 때는 대답하지 못했는데, 죽은 여인의 형제들은 적어도 백 번은 때렸다고 주장했다.

라에니스 왕비는 학사들과 성사들과 상의한 후 판결을 내렸다. 간통을 저지른 아내는 여자가 남편에게 충실하고 순종하게끔 만든 일곱 신을 모욕하였으므로 처벌이 필요했다. 그러나 신은 얼굴이 일곱 개밖에 없으므로, 처벌은 여섯 번의 매질에 그쳐야 했다(일곱 번째 매질은 '이방인'에게 바치는 것이고, 이방인은 죽음의 얼굴이다). 따라서 남편이 때린 처음 여섯 번은 합법적이지만, 남은 94번은 신과 인간에게 죄를 지은 것이며 같은 방법으로 처벌을 받아 마땅했다. 그날부터 '여섯의 법칙'은 '경험 법칙'과 더불어 관습법에 포함되었다. (남편은 라에니스 언덕 기슭으로 끌려가 죽은 아내의 형제들에게 합법적인 크기의 막대기로 94번을 맞았다.)

비세니아 왕비는 여동생과 달리 음악과 노래를 좋아하지 않았다. 하지만 유머를 모르는 건 아니어서, 우스꽝스러운 짓으로 그녀에게 많은 웃음을 준 '원숭이 얼굴 공'이라는 이름의 털보 꼽추를 오랫동안 개인 어릿광대로 삼았다. 광대가 목에 복숭아 씨앗이 걸려 질식사한 이후로는 원숭이를 한 마리 구해서 원숭이 얼굴 공의 옷을 입히고는 늘 "새로운 놈은 더 똑똑하군"이라고 중얼거렸다고 한다.

하지만 비세니아 타르가르옌에게는 어떤 어둠이 있었다. 세상에 비친 그녀의 얼굴은 근엄하고 무정한 전사의 얼굴이었다. 그녀를 추종했던 이들은 그녀의 미모조차도 어떤 날카로운 면이 있다고 했다. 드래곤의 세 머리 중 가장 나이가 많았던 비세니아는 두 동생보다 더 오래 살았고, 말년에 이르러 검을 들 수 없게 되자 흑마술에 손을 대어 독을 제조하고 사악한 주문을 건다는 소문이 돌았다. 어떤 이들은 그녀가 친족살해자에 국왕시해자였을지도 모른다고 주장하지만, 그런 비방을 뒷받침할 증거가 제시된 적은 없다.

하지만 그것이 사실이라면, 젊은 시절의 그녀가 아에곤 왕을 보호하고자 그 누구보다 더 많이 노력했음을 볼 때 참으로 잔인한 역설이 아닐 수 없을 것이다. 비세니아는 도르네인 암살자들이 아에곤을 노릴 때 두 번이나 직접 보검 검은 자매를 들고 그를 구했다. 의심이 많고 사나웠던 그녀는 남동생 외에는 누구도 믿지 않았다. 도르네 전쟁 중에는 밤낮으로 미늘셔츠를 입고 다니고 심지어는 궁중 옷 아래에도 받쳐 입었으며, 왕에게도 자기처럼 하라고 권유했다. 아에곤이 거부하자 비세니아는 성을 냈다. "블랙파이어를 들고 있어도 넌 고작해야 한 인간이야." 그녀가 왕에게 말했다. "그리고 내가 항상 옆에 있어줄 수도 없잖아." 왕이 자기는 호위병들이 가까이 있다고 지적하자, 비세니아가 검은 자매를 꺼내더니 호위병들이 미처 반응하기도 전에 순식간에 왕의 뺨을 그어버렸다. "네 호위병들은 느리고 게을러. 방금 널 벤 것처럼 손쉽게 죽일 수도 있었어. 넌 더 든든한 보호가 필요해." 아에곤 왕은 피를 흘리면서 그 말에 동의할 수밖에 없었다.

왕들은 대개 자신을 보호하는 대전사를 두었다. 비세니아는 아에곤이 칠왕국의 주인이므로 일곱 명의 대전사를 두어야 한다고 생각했다. 순백의 망토와 갑옷을 걸치고 오직 왕을 지키기 위해 존재하며 필요하면 목숨까지 바치는 왕국 최고의 기사 일곱 명으로 이루어진 '킹스가드' 기사단은 그렇게 탄생했다. 비세니아는 킹스가드를 창설할 때 '밤의 경비대'의 서약을 참고했다. 그래서 검은 망토를 걸친 장벽의 '까마귀'들처럼, '하얀 검'들도 모든 영지와 작위와 속세의 재산을 포기하고 단지 명예만을 보상으로 평생 금욕하며 왕에게 복종하는 삶을 살아야 했다.

킹스가드가 되고자 하는 기사들이 구름처럼 몰리자 아에곤 왕은 큰 마상 대회를 열어 가장 뛰어난 이들을 가려 뽑으려 했지만, 비세니아가 말도 안 되는 소리라며 일축했다. 그녀는 단지 무력이 뛰어난 것만으로는 킹스가드 기사가 되기에 부족하다고 지적했다. 비세니아는 얼마나 싸움을 잘하든지 간에 왕을 향한 충성심이 확실하지 않은 자들을 임명할 생각이 없었다. 그래서 직접 기사들을 발탁했다.

그녀가 선택한 대전사들은 나이가 적거나 많고, 키도 크거나 작고, 피부도 희거나 거무스름한, 왕국 각지에서 온 다양한 이들이었다. 가문의 장자가 아닌 이도, 유서 깊은 가문의 후계자이면서 왕을 섬기고자 상속을 포기한 이들도 있었다. 방랑기사도 있었고 서자도 있었다. 모두 날래고 강하며 주의 깊고 검과 방패를 능숙하게 다뤘으며, 왕에게 헌신적으로 충성했다.

킹스가드의 '하얀 책'에 기록된 '아에곤의 일곱 기사'의 이름은 다음과 같다. 리차드 루트 경, 콘필드의 서자 애디슨 힐 경, 그레고르 구드 경과 그의 형제 그리피스 구드 경, '배우' 험프리 경, '검은 로빈'이라고 불린 로빈 다클린 경, 그리고 기사단장 코를리스 벨라리온 경이었다. 역사는 비세니아 타르가르옌의 선택이 탁월했음을 증명했다. 그녀가 고른 첫 일곱 명 중 두 명은 왕을 지키다 전사했고, 전원이 죽을 때까지 용맹하게 왕을 섬겼다. 이후 많은 용감한 사내가 그들을 본받아 하얀 책에 이름을 남기고 하얀 망토를 걸쳤다. 킹스가드는 오늘날까지 명예의 대명사로 남아 있다.

드래곤 아에곤 사후 '로버트의 반란'으로 왕조가 전복될 때까지 열여섯 명의 타르가르옌 왕이 철왕좌에 앉았다. 그들 중에는 현명한 왕도 어리석은 왕도 있었으며, 잔인하거나 자애로운 왕도 선하거나 악한 왕도 있었다.

그러나 오직 그들이 유산으로 남긴 법과 제도와 발전으로 드래곤 왕들을 평가한다면, 국왕 아에곤 1세는 평화와 전란의 시대를 아울러 가장 뛰어났던 왕 중 한 명이었다.

드래곤의 아들들

아에곤 타르가르옌 1세는 두 누이를 모두 아내로 삼았다. 라에니스와 비세니아는 둘 다 드래곤 기수(dragonrider, 드래곤을 타는 사람)였고, 은금발 머리카락과 보랏빛 눈을 지닌 순혈 타르가르옌 미녀였다. 두 왕비는 서로 너무 달랐는데, 한 가지만은 같았다. 둘 다 한 명의 왕자를 낳았다.

맏이는 아에니스였다. AC 7년에 작은 왕비 라에니스의 아들로 태어난 아에니스는 작고 병약했다. 쉴 새 없이 울어대고 사지는 가늘었으며, 눈도 작고 물기가 많았던 터라 왕의 학사들은 아기가 살 수 있을지 염려했다. 아기는 유모의 젖꼭지를 뱉어내고 어머니의 젖만 빨았으며, 젖을 뗐을 때는 보름 가까이 꽥꽥 소리 지르며 울었다는 풍문도 전한다. 아에곤 왕과 전혀 닮지 않은 모습에 어떤 이들은 아기가 왕의 자식이 아니라 왕비가 거느리는 젊고 잘생긴 가수나 광대나 무언극 배우 중 한 명의 자식이 아닌지 의심하기까지 했다. 게다가 왕자는 성장도 더뎠다. 같은 해 드래곤스톤에서 태어난 새끼 드래곤 퀵실버를 받은 다음에야 아에니스 타르가르옌은 무럭무럭 자라기 시작했다.

아에니스 왕자가 세 살이었을 때 어머니 라에니스 왕비와 그녀의 드래곤 메락세스가 도르네에서 전사했다. 그녀의 죽음에 어린 왕자는 슬픔을 가누지 못했다. 음식을 거부하고 마치 걷는 법을 잊은 듯, 한 살배기인 것처럼 다시 기어 다니기까지 했다. 아에곤은 그런 아들을 보며 비탄에 잠겼고, 궁중에서는 라에니스가 죽고 아직 자식이 없는 비세니아가 아이를 낳지 못하는 몸일 수도 있으니 왕이 새로운 왕비를 맞이할지도 모른다는 소문이 나돌기 시작했다. 왕이 이런 사안을 누구와도 상의하지 않았으므로 그가 무슨 생각을 했는지는 아무도 모르지만, 대영주와 고귀한 기사들이 처녀 딸을 데리고 왕궁을 방문하는 일이 잦아졌다.

하지만 AC 11년, 비세니아 왕비가 돌연 왕의 아이를 잉태했다고 선언하면서 모든 추측과 낭설이 사라졌다. 아들이라고 그녀는 자신 있게 공언했고, 그녀의 말대로 사내아이였다. AC 12년, 왕자는 우렁찬 울음소리와 함께 세상에 태어났다. 학사와 산파 모두 마에고르 타르가르옌처럼 기운찬 신생아는 본 적이 없다고 입을 모았다. 태어났을 때 왕자의 몸무게는 형의 두 배에 가까웠다.

두 이복형제는 가깝게 지내지 못했다. 아에곤 왕은 왕세자인 아에니스 왕자를 항상 옆에 두었다. 왕이 왕국을 순행하며 이 성에서 저 성으로 행차할 때 그도 동행했다. 마에고르 왕자는 어머니와 함께 뒤에 남아 정무를 보는 어머니 곁에 앉아 있고는 했다. 그 시절 비세니아 왕비와 아에곤 왕은 떨어져 있을 때가 많았다. 아에곤은 순행하지 않을 때는 킹스랜딩과 아에곤 요새로 돌아왔고, 비세니아 모자는 드래곤스톤에 머물렀다. 이런 이유로 귀족과 평민 모두 마에고르를 '드래곤스톤의 왕자'라고 부르기 시작했다.

비세니아 왕비는 아들이 세 살일 때 검을 손에 쥐여주었다. 사람들은 왕자가 처음 검을 들고 한 일이 성내 고양이 한 마리를 잔인하게 죽인 것이라고 말했지만, 그건 훗날 왕자의 적들이 지어낸 비방일 가능성이 높다. 그러나 왕자가 즉시 칼 놀이에 재미를 붙였다는 건 부인할 수 없다. 왕비는 아들의 첫 검술 사범으로 칠왕국 최강의 기사 중 한 명인 가웬 코브레이 경을 붙여주었다.

한편, 아에니스 왕자는 워낙 부친과 자주 다녔던 터라 주로 아에곤의 킹스가드 기사들에게 기사 훈련을 받았고, 때로는 왕으로부터 지도를 받기도 했다. 아에니스를 가르친 이들은 그가 성실하고 용기도 부족하지 않다는 데 동의했지만, 그는 부친의 다부진 체격이나 완력이 없었고 왕이 이따금 보검 블랙파이어를 손에 쥐여줄 때도 전사로서 보통 이상의 재능을 보여주지 못했다. 사범들은 아에니스가 전장에서 망신당하는 일은 없겠지만, 누군가 그의 무훈을 노래하는 일도 없으리라고 서로 이야기했다.

하지만 왕자는 다른 재능을 갖고 있었다. 아에니스는 힘 있고 감미로운 목소리를 가진 실력 있는 가수였다. 예의 바르고 매력적이었으며, 책에 너무 빠지지 않으면서도 영민했다. 그는 쉽게 친구를 사귀었고, 어린 여자아이들이 신분을 막론하고 그를 애지중지했다. 아에니스는 말타기도 좋아했다. 아버지로부터 돌격마와 승용마에 전투마까지 많은 말을 받았지만, 그가 제일 즐겨 탄 것은 그의 드래곤 퀵실버였다.

마에고르 역시 승마에 능숙했으나, 말이든 개든 동물을 좋아하는 모습은 보이지 않았다. 그가 여덟 살이었을 때, 마구간에서 한 승용마의 발에 차인 적이 있었다. 마에고르는 말을 칼로 찔러 죽이고 말의 비명 소리에 놀라 뛰어온 마구간지기 소년을 베어 얼굴 절반을 날려버렸다. 드래곤스톤의 왕자는 자라면서 많은 친구가 있었지만, 진정한 벗은 없었다. 걸핏하면 누군가와 다투는 소년이었고 쉽게 성을 내고 용서에는 인색했으며, 분노할 때는 무시무시하게 날뛰었다. 하지만 그가 무기를 다루는 실력만큼은 타의 추종을 불허했다. 그는 여덟 살에 종자가 되어 열두 살 무렵에는 마상 창시합에서 자기보다 네댓 살 많은 상대를 말에서 떨구고, 성내 연무장에서 노련한 병사들을 두들겨 항복을 받아냈다. AC 25년, 그가 열세 살이 되던 날 비세니아 왕비는 아들에게 그녀의 발리리아 강철검 검은 자매를 선물로 주었다……. 그가 혼인하기 반년 전의 일이었다.

타르가르옌가는 예로부터 근친혼을 하는 풍습이 있었다. 남매끼리 결혼하는 것이 이상적이었다. 상황이 여의치 않으면 여자는 삼촌이나 사촌 또는 조카와 혼인했고, 남자도 사촌이나 고모 또는 조카딸과 결혼했다. 이 관습은 옛 발리리아로 거슬러 올라갔고, 특히 드래곤을 길러 타고 다녔던 고대 가문들 사이에 흔했던 전통이었다. '드래곤의 피는 순수하게 유지해야 한다'라는 격언이 전해졌다. 마법을 쓰는 귀족 일부는 내킬 때 아내를 한 명 이상 얻기도 했지만, 근친혼만큼 흔하지는 않았다. 파멸 전 발리리아에서는 천 명의 신을 섬겼으나, 그 어떤 신도 두려워하지 않았기에 아무도 감히 이런 풍습을 비판하지 못했다고 현자들은 기록했다.

하지만 종단의 위세가 절대적인 웨스테로스는 달랐다. 북부에서는 아직도 옛 신들을 숭배하고 강철 군도에서는 익사한 신을 모셨지만, 그 외 왕국 전역에서는 일곱 개의 얼굴이 있는 유일신을 믿었고 지상에서 신의 목소리를 대행하는 이는 올드타운의 최고성사였다. 그리고 안달로스 시절부터 수백 년간 내려온 종단의 교리는 타르가르옌 왕가가 따르는 발리리아의 혼인 풍습을 배척했다. 근친상간은 죄악시되었고, 부녀나 모자나 남매의 결합으로 태어난 자식은 신과 인간 앞에서 부정하게 여겨졌다. 돌이켜보면 종단과 타르가르옌 왕가의 갈등은 불가피한 일이었다. 실제로 정복 당시 최고성사가 아에곤과 누이들을 비판하리라 예상했던 많은 최고신관들은, 신자들의 아버지가 오히려 하이타워 공에게 '드래곤'과 맞서지 말라고 조언하고 두 번째 대관식에서 왕에게 성유를 붓고 축복까지 하자 몹시 불쾌해했었다.

'익숙함은 수용의 아버지'라는 말이 있다. 정복자 아에곤에게 왕관을 씌워준 최고성사는 AC 11년에 타계할 때까지 '신자들의 목자'로 남았고, 그 무렵 왕국은 이미 두 누이를 왕비로 둔 왕에게 익숙해진 다음이었다. 아에곤 왕은 언제나 종단을 신경 쓰고 전통적인 권리와 특전을 존중하는 모습을 보였다. 종단의 수입과 재산은 면세이며, 부정행위 혐의가 있는 남녀 성사와 일곱 신의 다른 종들은 오직 종단만이 재판할 수 있음을 재확인했다.

종단과 철왕좌의 화합은 아에곤 1세의 재위 내내 지속됐다. AC 11년부터 AC 37년 사이 여섯 명의 최고성사가 수정관을 썼고, 왕은 올드타운에 들를 때마다 별빛 성소를 방문하며 그들 모두와 좋은 관계를 유지했다. 그러나 근친혼 논란은 해결되지 않았고, 화기애애하게 주고받는 인사말 아래로 독처럼 끓어올랐다. 아에곤 왕의 재위 동안 최고성사들은 단 한 번도 왕이 누이들과 혼인한 것을 비판하지 않았으나, 합법이라고 선언하지도 않았다. 종단 내 하위 성직자들, 즉 마을 성사, 수녀, 탁발 수사, '가난한 동료' 등은 여전히 남매가 동침하거나 한 남자가 두 명의 아내를 맞이하는 행위를 죄악으로 여겼다.

하지만 아에곤 왕은 딸이 없었기에 이러한 문제가 한꺼번에 터지는 일은 없었다. '드래곤'의 아들들은 아내로 맞이할 누이가 없었으므로, 각자 다른 곳으로 눈을 돌려 신부를 찾아야 했다.

먼저 결혼한 건 아에니스 왕자였다. AC 22년, 그는 조수의 군주이며 해군관이자 아에곤 왕의 제독인 아에단 벨라리온의 처녀 딸 알리사 영애와 혼인했다. 그녀는 왕자와 동갑인 열다섯 살이었고, 벨라리온가 역시 발리리아 혈통을 이은 유서 깊은 가문이었기에 왕자와 마찬가지로 은발에 보랏빛 눈이었다. 아에곤 왕의 모친 역시 벨라리온 가문 출신이었던 터라, 이 결합은 사촌 사이의 결혼으로 여겨졌다.

행복하고 풍요로운 결혼이었다. 이듬해에 알리사는 딸을 낳았다. 아에니스 왕자는 어머니를 기리는 마음에 아기의 이름을 라에나로 지었다. 아기는 자기 아버지처럼 작게 태어났으나, 아버지와는 다르게 건강하고 발랄한 아이였으며 눈은 생기 있는 짙은 보랏빛에 머리카락은 은빛으로 빛났다. 아에곤 왕은 처음 손녀를 품에 안았을 때 눈물을 흘렸고, 이후 애지중지했다고 기록에 남아 있다. 라에니스 왕비를 추모하는 이름을 받은 아기가 죽은 왕비를 떠올리게 했던 것일까.

라에나가 탄생했다는 낭보가 퍼져나가자 왕국의 모든 이가 기뻐했으나, 비세니아 왕비는 다른 감정을 품었을지도 모른다. 아에니스 왕자가 철왕좌의 후계자임은 이견이 없었지만, 이제 마에고르 왕자가 여전히 계승 서열이 두 번째인지, 아니면 새로 태어난 공주에 밀려 세 번째로 떨어졌는지 논란이 생겼다. 비세니아 왕비는 갓 태어난 라에나를 막 열한 살이 된 마에고르와 약혼시켜 논란을 잠재우려 했다. 하지만 아에니스와 알리사 둘 다 반대했고, 그 소식이 별빛 성소에 닿자 최고성사가 큰까마귀를 보내 종단은 그런 혼사를 긍정적으로 보지 않을 것이라고 왕에게 경고했다. 최고성사는 마에고르에게 다른 신부를 추천했다. 다름 아닌 올드타운의 영주 만프레드 하이타워(그의 조부와 이름이 같다)의 처녀 딸이자 최고성사의 조카이기도 한 세리스 하이타워였고, 올드타운과 그 도시를 지배하는 가문과 더 긴밀한 관계를 구축하여 얻을 이득을 고려한 아에곤 왕은 혼사에 동의했다.

그리하여 AC 25년, 드래곤스톤의 왕자 마에고르 타르가르옌은 올드타운 별빛 성소에서 최고성사의 주례하에 세리스 하이타워와 혼례를 올렸다. 마에고르는 열세 살, 신부는 10년 연상이었지만, 첫날밤을 구경한 귀족들 모두 왕자가 정력이 넘치는 남편이었다며 입을 모았고, 마에고르 본인도 그날 밤 열 번도 넘게 거사를 치렀다고 큰소리쳤다. 그가 아침 식사에 "어젯밤 타르가르옌 가문을 위해 아들을 만들었지"라고 자랑했다고도 한다.

아들이 이듬해 태어났지만, 마에고르의 아들이 아니라 조부의 이름을 따서 아에곤이라고 이름 지은 아에니스 왕자와 알리사 부인의 둘째 아이였다. 다시 한번 축하의 물결이 칠왕국을 휩쓸었다. 갓 태어난 왕자는 튼튼하고 기운이 넘쳤고, 그의 조부 드래곤 아에곤이 "전사의 풍모를 갖췄다"라고 단언했다. 마에고르 왕자와 그의 조카 라에나 중 누가 더 계승 서열이 높은가에 대한 의견은 아직도 분분했지만, 아에곤의 뒤를 아에니스가 잇듯이 아에곤이 그의 아버지 아에니스의 뒤를 이을 것은 의심할 여지가 없어 보였다.

그 후 여러 해에 걸쳐 타르가르옌 왕가에 계속 아이들이 태어났다. 비세니아 왕비는 탐탁지 않았을지도 모르지만, 아에곤 왕은 기뻐했다. AC 29년, 알리사가 아에니스 왕자의 둘째 아들 비세리스를 낳으며 아에곤 왕자는 동생이 생겼다. AC 34년, 알리사의 네 번째 아이이며 셋째 아들인 재해리스가 태어났다. AC 36년에는 또 다른 딸 알리산느가 태어났다.

라에나 공주는 여동생이 태어났을 때 열세 살이었는데, 가웬 대학사는 "공주가 아기를 너무나 좋아하여 그녀를 아기의 엄마로 착각할 정도였다"라고 관찰했다. 아에니스와 알리사의 장녀는 수줍음이 많은 공상적인 소녀였고, 다른 아이들과 어울리기보다는 동물들과 놀기를 더 좋아했다. 낯선 사람 앞에서는 어머니의 치마 뒤에 숨거나 아버지의 바짓가랑이를 꼭 붙들고는 했지만, 성안에 있는 고양이들에게 먹이를 주는 것을 좋아했고 잠잘 때는 항상 강아지 한두 마리와 함께 침대에 들었다. 어머니가 크고 작은 가문의 딸들을 차례로 말동무로 보내주었지만, 라에나는 그들 누구와도 친해지지 않고 책과 시간을 보내기를 더 즐겨 했다.

그러나 아홉 살이 되던 해, 드래곤스톤의 구덩이에서 태어난 새끼 드래곤을 받은 라에나는 드래곤에게 드림파이어라는 이름을 붙여주고 순식간에 친해졌다. 드래곤이 생긴 공주는 점차 수줍음이 사라졌고, 열두 살에 처음 하늘을 난 이후로는 여전히 조용한 소녀였음에도 아무도 감히 그녀를 소심하다고 하지 못했다. 그리고 얼마 지나지 않아 라에나는 사촌 라리사 벨라리온을 진정한 첫 친구로 사귀었다. 한동안 두 소녀는 아무도 떼어놓지 못할 정도로 붙어 다녔지만, 라리사가 돌연 타스섬 저녁별의 차남과 결혼하게 되어 드리프트마크로 돌아가면서 헤어지게 되었다. 그러나 아직 어렸던 공주는 이별의 아픔에서 곧 회복하고 수관의 딸인 사만다 스토크워스를 새로운 벗으로 사귀었다.

야사에 따르면 알리산느 공주의 요람과 두 해 전 재해리스 왕자의 요람에 드래곤알을 넣은 이가 다름 아닌 라에나 공주라고 한다. 그 이야기가 사실이라면, 그 알에서 후세의 역사에 깊은 발자국을 남기는 드래곤 실버윙과 버미토르가 태어났다.

동생들을 향한 라에나 공주의 사랑이나 타르가르옌 왕자가 태어날 때마다 왕국이 느낀 기쁨에 마에고르 왕자와 그의 모친 비세니아 왕비는 동참할 수 없었다. 아에니스의 아들이 태어날 때마다 마에고르는 계승 서열이 내려갔고, 아에니스의 딸들보다도 아래로 봐야 한다는 주장도 여전히 있었다. 게다가 정작 마에고르 본인은 결혼 후 여러 해가 지났음에도 세리스 부인이 임신하지 못하여 아직 자식이 없었다.

그러나 마상 대회나 전장에서의 공훈만큼은 마에고르 왕자가 형을 크게 능가했다. AC 28년, 리버런에서 열린 대(大)마상 대회에서 마에고르는 우승자에게 패하기 전까지 킹스가드 기사 세 명을 연속으로 말에서 떨구고 준우승을 차지했다. 이어진 난전에서는 아무도 그를 막지 못했다. 이후 대회가 열린 벌판에서 왕이 직접 보검 블랙파이어로 그를 기사로 서임했고, 마에고르는 열여섯의 나이에 칠왕국의 최연소 기사가 되었다.

다른 위업이 잇따랐다. AC 29년에 이어 AC 30년, 마에고르는 오스먼드 스트롱과 아에단 벨라리온과 함께 징검돌 군도에서 리스인(人) 해적 왕 사르고소 산의 무리를 소탕했고, 격렬한 전투에 수차례 참전하여 두려움을 모르는 용감무쌍한 전사로서 위용을 널리 떨쳤다. AC 31년에는 리버랜드에서 강도기사로 악명을 떨치던 '트라이던트의 거인'을 추적하여 죽였다.

하지만 마에고르는 아직 드래곤 기수가 아니었다. 아에곤의 재위 말년에 드래곤스톤의 불꽃에서 십여 마리가 넘는 드래곤이 부화하였고 하나씩 왕자에게 건네졌지만, 왕자는 모두 거부했다. 그의 어린 조카 라에나가 고작 열두 살의 어린 나이에 드림파이어를 타고 하늘을 날자 마에고르의 결함은 킹스랜딩에서 화제가 되었다. 하루는 궁에서 알리사 부인이 이를 두고 "드래곤이 무서우신가 보네요"라고 놀리자, 마에고르 왕자는 험악하게 인상을 구기다가 자신에게 걸맞은 드래곤은 하나밖에 없다고 냉랭하게 대꾸했다.

정복자 아에곤의 마지막 7년은 평화로웠다. 도르네 전쟁에서 좌절을 겪은 왕은 도르네의 계속된 독립 상태를 인정했고, 평화협정의 10주년을 기념하여 발레리온을 타고 선스피어로 날아가 당시 도르네의 여대공이던 데리아 마르텔과 함께 '우정의 축제'에 참석했다. 아에니스 왕자가 퀵실버를 타고 동행했고, 마에고르는 드래곤스톤에 남았다. 아에곤은 불과 피로 일곱 왕국을 하나로 만들었으나, 육순이 된 AC 33년 이후로는 벽돌과 회반죽으로 왕국을 건설했다. 한 해의 절반은 여전히 순행이 거행되었으나, 이제는 아에니스 왕자와 알리사 부인이 이 성과 저 성을 방문했고 노쇠한 왕은 뒤에 남아 드래곤스톤과 킹스랜딩에서 나날을 보냈다.

아에곤이 처음 상륙한 어촌은 어느덧 인구가 10만이 넘고 냄새나는 대도시로 성장했다. 더 규모가 큰 도시는 올드타운과 라니스포트뿐이었다. 하지만 많은 면에서 킹스랜딩은 아직도 터무니없이 커진 군 야영지에 불과했다. 지저분하고 악취를 풍기며, 안정감 없이 무계획하게 세워진 도시였던 것이다. 그리고 당시 아에곤의 높은 언덕을 절반 이상 뒤덮을 정도로 확장된 아에곤 요새는 칠왕국에서 손꼽을 정도로 볼품없는 성이었고, 나무와 흙과 벽돌로 혼잡하게 증축하여 유일한 성벽 구실을 하던 낡은 목책을 넘어선 지 오래였다.

분명 위대한 왕이 머무르기에 적당한 곳은 아니었다. AC 35년, 아에곤은 궁중 전체를 이끌고 드래곤스톤으로 돌아간 뒤 아에곤 요새를 허물고 그 터에 새로운 성을 세우라는 명령을 내렸다. 왕은 이번에는 돌로 된 성을 지을 것이라고 선언했다. 그는 성의 설계와 건설을 감독할 적임자로 수관인 알린 스토크워스 공(오스먼드 스트롱 경은 그 전해에 사망했다)과 비세니아 왕비를 지명했다. (궁중에서는 아에곤 왕이 드래곤스톤에서 왕비에게 시달리는 것을 피하려고 비세니아에게 레드킵 건설을 맡겼다는 우스갯소리가 돌았다.)

정복자 아에곤은 정복 후 37년째 되는 해에 드래곤스톤에서 승하했다. 사인은 뇌졸중이었다. 그는 '채색 탁자의 방'에서 손자들인 아에곤과 비세리스에게 그의 정복 이야기를 해주다가 쓰러져 사망했다. 당시 드래곤스톤에서 머무르던 마에고르 왕자가 성내 연무장에 마련된 화장용 장작더미 위에 놓인 부친의 시신 앞에서 추도문을 낭독했다. 왕은 갑옷으로 무장했고, 철갑을 두른 양손은 보검 블랙파이어의 자루 위에 얹혔다. 옛 발리리아 시절부터 타르가르옌 가문은 그들의 사자(死者)를 땅에 묻지 않고 불로 태우는 관습이 있었다. 바가르가 화염을 내뿜어 불을 붙였다. 블랙파이어는 왕과 함께 태워졌으나, 이후 마에고르가 다시 꺼냈을 때는 칼날이 약간 거무스레해졌을 뿐, 흠집 하나 남지 않았다. 발리리아 강철은 일반적인 불에 손상을 입지 않는다.

'드래곤'은 누이 비세니아와 두 아들 아에니스와 마에고르 그리고 다섯 손주를 남기고 세상을 떠났다. 아에니스 왕세자는 서른, 마에고르 왕자는 스물다섯 살이었다.

순행 중이던 아에니스는 선왕의 부고를 전해 받을 때 하이가든에 있었

지만, 퀵실버를 타고 드래곤스톤으로 귀환하여 장례식에 참석했다. 장례식이 끝난 다음 그는 부친의 철과 루비 왕관을 썼고, 가웬 대학사가 그를 안달인과 로인인과 최초인의 왕이자 칠왕국의 주인이며 왕국의 수호자, 타르가르옌 가문의 아에니스 1세로 선포했다. 선왕에게 작별을 고하고자 드래곤스톤을 찾은 귀족들이 무릎을 꿇고 고개를 숙였다. 마에고르 왕자의 차례가 되었을 때, 아에니스는 아우를 일으켜 세우고 뺨에 입을 맞추며 말했다. "아우야, 넌 다시는 내게 무릎을 꿇지 않아도 된다. 너와 난 함께 이 왕국을 다스릴 거야." 그리고 왕은 부친의 검이었던 블랙파이어를 동생에게 건네며 말했다. "이 검은 나보다 네게 더 어울린다. 나를 위해 써다오, 난 그것만으로 충분해."

(훗날 일어난 사건들은 이 증여가 매우 현명하지 못한 처사였음을 증명했다. 비세니아 왕비가 이미 아들에게 검은 자매를 선물로 주었던 터라, 이제 마에고르 왕제는 타르가르옌 가문에 내려오는 발리리아 강철검 두 자루를 모두 소유하게 되었다. 하지만 그날 이후로 왕제는 블랙파이어만을 들었고, 검은 자매는 드래곤스톤에 있는 거처의 벽을 장식했다.)

장례식이 끝나자, 새로 즉위한 왕과 일행은 배에 올라 철왕좌가 아직 잔해와 진흙 더미 사이에 우뚝 서 있는 킹스랜딩으로 갔다. 구 아에곤 요새는 이미 철거되었고 레드킵의 지하 저장고와 토대로 쓰일 구덩이와 땅굴을 파는 중이라 언덕은 마치 마맛자국처럼 여기저기 구멍이 나 있었지만, 아직 새로운 성의 건설이 시작되기 전이었다. 그럼에도 주민 수천 명이 거리로 나와 부친의 왕좌에 오르는 아에니스 왕에게 환호를 보냈다.

이후 새로운 왕은 최고성사의 축복을 받고자 올드타운으로 향했다. 퀵실버를 타면 며칠 안에 도착할 수 있었으나, 아에니스는 기사 300명과 수행원들을 이끌고 육상으로 이동하기를 원했다. 옆에는 알리사 왕비가 말을 달렸고, 첫째부터 셋째까지 자녀들도 여정에 함께했다. 이제 열네 살인 라에나 공주는 그녀를 본 모든 기사의 마음을 빼앗는 아름다운 소녀였다. 아에곤 왕자는 열한 살, 비세리스 왕자는 여덟 살이었다. (그들의 동생 재해리스와 알리산느는 그런 힘든 여정을 견디기에는 너무 어리다는 판단에 드래곤스톤에 남았다.) 킹스랜딩을 떠난 왕의 일행은 남쪽의 스톰스엔드에 들른 뒤, 서쪽으로 말 머리를 돌려 도르네 변경을 가로지르며 올드타운에 이르기까지 도중 위치한 모든 성에서 묵었다. 돌아갈 때는 하이가든과 라니스포트, 리버런을 거칠 것이라고 왕이 선언했다.

가는 길 내내 평민들이 수백, 수천 명씩 몰려나와 새로운 왕과 왕비를 환영하고 어린 공주와 왕자들에게 환호를 보냈다. 아에곤과 비세리스는 민중의 환호에 기뻐하고 방문한 모든 성에서 새로운 국왕과 왕가를 접대하기 위해 준비한 연회와 행사를 즐겼지만, 라에나 공주는 예전의 수줍음 많은 모습으로 돌아갔다. 스톰스엔드에서 오리스 바라테온의 학사는 "공주는 그곳에 있고 싶어 하는 모습이 아니었고, 보고 듣는 그 어떤 것도 마음에 들지 않는 듯했다. 식사도 하는 둥 마는 둥, 사냥이나 매사냥도 하지 않았으며, 아름답다는 그녀의 목소리를 듣고 싶어 하는 이들이 노래를 부탁하자 예의 없이 거절하고는 처소로 돌아갔다"라고 적기까지 했다. 공주는 그녀의 드래곤 드림파이어와 최근에 사귄 친구인 리버랜드 출신의 빨간 머리 소녀 멜로니 파이퍼와 떨어지는 것이 정말 싫었던 것이다. 알리사 왕비가 사람을 보내 왕의 순행에 멜로니 영애가 합류한 다음에야 라에나도 마음이 풀려 함께 즐기기 시작했다.

별빛 성소에서 최고성사는 선대 최고성사가 한 것처럼 아에니스 타르가르옌에게 성유를 붓고 일곱 신의 얼굴을 새긴 옥과 진주가 박힌 황금관을 바쳤다. 하지만 아에니스가 신자들의 아버지로부터 축복을 받는 순간에도 그가 철왕좌에 앉을 적합한 인물인지 의심하는 이들이 있었다. 그들은 웨스테로스는 전사가 필요하고, '드래곤'의 두 아들 중 더 강한 건 명백하게 마에고르라고 서로 수군거렸다. 그런 주장에 앞장선 사람은 비세니아 타르가르옌 왕대비였다. "진실은 명백하다." 그녀가 말했다고 한다. "아에니스도 깨달은 게야. 그렇지 않다면 왜 블랙파이어를 내 아들에게 주었을까? 그도 오직 마에고르만이 왕국을 다스릴 힘이 있다는 것을 알기 때문이다."

새로운 왕의 기개는 그 누가 상상했던 것보다 이르게 시험에 처했다. 정복 전쟁은 왕국 곳곳에 상처를 남겼다. 그때 죽은 자들의 아들들이 장성하여 아버지의 복수를 꿈꿨다. 기사들은 검과 말과 갑주만 있으면 누구든 칼부림으로 부와 명예를 차지할 수 있던 시절을 추억했다. 영주들은 왕의 허가 없이 마음껏 평민들로부터 세금을 걷거나 적들을 죽였던 시대를 회상했다. "'드래곤'이 채운 사슬은 아직 깨뜨릴 수 있다"라고 불평분자들이 서로 이야기했다. "자유를 되찾으려면 유약한 왕이 새로이 들어선 지금이 적기야."

첫 반기를 든 곳은 거대한 하렌홀의 폐허가 있는 리버랜드였다. 아에곤은 그의 예전 훈련대장이었던 쿠엔튼 쿼헤리스에게 하렌홀을 내린 바 있다. AC 9년, 쿼헤리스 공이 낙마 사고로 죽자 그의 작위는 손자인 가르곤에게 넘어갔는데, 비대하고 어리석은 자로 어린 소녀를 선호하는 추한 성벽(性癖)이 있어서 '하객' 가르곤이라고 불리는 자였다. 가르곤 공은 영지 내에 결혼식이 열리는 곳마다 나타나 초야권을 행사하여 원성을 샀다. 그보다 더 불쾌하고 환영받지 못한 하객은 없었을 것이다. 게다가 그는 자신을 섬기는 하인들의 아내나 딸까지도 마음대로 겁탈했다.

아직 순행 중이던 아에니스 왕이 킹스랜딩으로 돌아가는 길에 리버런에 들러 툴리 공의 접대를 받을 때, 하렌홀에서는 쿼헤리스 공의 '은총'을 받은 하녀의 아비가 뒷문을 열어 당시 검은 하렌의 손자라고 주장하던 도적 '붉은 하렌'을 성안에 들였다. 산적들은 잠을 자던 영주를 침대에서 끌어내 성내 신의 숲으로 끌고 갔다. 거기서 하렌은 가르곤을 거세하고 성기를 개한테 먹였다. 영주에게 충성하던 병사 몇 명이 살해당했고, 나머지는 하렌홀의 영주와 강의 왕을 자칭한 하렌에게 가세했다(그는 강철 군도 태생이 아니어서 군도의 왕위까지는 주장하지 않았다).

그 소식이 리버런에 닿자 튤리 공은 아에니스에게 퀵실버를 타고 선왕이 한 것처럼 하렌홀을 정벌하라고 재촉했다. 하지만 왕은 모친이 도르네에서 당한 죽음을 떠올렸는지 대신 튤리에게 휘하 가문을 소집하라는 명령을 내리고 병력이 모일 때까지 리버런에서 지지부진하게 시간을 끌었다. 병사가 천 명이 넘게 모인 다음에야 아에니스는 진군하였으나, 그가 하렌홀에 도착해서 발견한 건 텅 빈 성과 시체뿐이었다. 붉은 하렌은 가르곤 공의 하인들을 모조리 살해하고 무리를 이끌고 숲속으로 사라진 지 오래였다.

아에니스가 킹스랜딩에 도착할 즈음에 사태는 더욱 악화되었다. 협곡에서 로넬 아린 공의 동생 조노스가 왕에게 충성하는 형을 내치고 감금한 뒤, 자신을 '산과 협곡의 왕'으로 선포했다. 강철 군도에서는 또 다른 사제 왕이 바다에서 걸어 나와 드디어 아버지를 뵙고 돌아왔다며 익사한 신의 독생자, '두 번 익사한' 로도스를 자칭했다. 그리고 도르네 붉은 산맥의 고지에서 '독수리 왕'이라는 참칭왕이 나타나 타르가르옌 왕가가 도르네에 저지른 모든 해악을 복수하자며 도르네인들을 선동했다. 데리아 여대공은 자신과 모든 충성스러운 도르네인은 오직 평화만을 바란다며 그를 맹렬히 비난했지만, 언덕과 사막에서 수천 명이 쏟아져 나와 그의 깃발 아래로 모여들었고, 산속의 염소 길을 이용해 리치를 침공했다.

"이 독수리 왕이란 자는 반은 미친놈이고, 놈을 따르는 자들도 그냥 미쳐 날뛰는 지저분한 오합지졸에 불과합니다"라고 하몬 돈다리온 공은 왕에게 서신을 보냈다. "500리 떨어진 곳에서도 놈들이 오는 냄새를 맡을 수 있을 겁니다." 얼마 후, 그 '오합지졸'은 그의 블랙헤이븐성을 급습하여 함락

했다. 독수리 왕은 손수 돈다리온의 코를 베고는 성을 불태우고 진군을 계속했다.

아에니스 왕은 역도들을 진압해야 한다는 것을 알았지만, 어디서 시작해야 할지 갈팡질팡하는 듯했다. 가웬 대학사는 어째서 이런 일들이 벌어졌는지 왕이 이해하지 못했다고 적었다. 평민들은 그를 사랑하지 않았던가? 조노스 아린, 로도스의 재림이라는 자, 독수리 왕……. 왕이 그들에게 잘못한 것이 있었던가? 불만이 있다면 왜 왕에게 알리지 않은 것인가? "내 기꺼이 그들에게 귀를 기울였을 터인데." 왕은 역도들에게 전령을 보내 그들이 반란을 일으킨 이유를 알아보겠다는 말도 하였다. 붉은 하렌이 멀지 않은 곳에 있어 킹스랜딩이 안전하지 않다고 생각한 왕은 알리사 왕비와 어린 왕손들을 드래곤스톤으로 피신시켰다. 그는 수관인 알린 스토크워스 공에게 함대와 병력을 이끌고 협곡으로 가 조노스 아린을 제압하고 그의 형 로넬을 복권시키라고 명령했다. 하지만 함대가 떠나기 직전, 스토크워스가 떠나면 킹스랜딩이 무방비로 놓일 것을 염려하고 명령을 철회했다. 대신 왕은 수관에게 단 수백 명의 병사를 맡겨 붉은 하렌을 쫓게 하고 대협의회를 소집해 다른 역도들을 진압할 방법을 논의하기로 했다.

왕이 결정하지 못하고 어물거리는 동안 그의 영주들은 전장에 나섰다. 일부는 자의로, 일부는 왕대비와 뜻을 맞춰 행동했다. 협곡에서는 룬스톤의 영주 알라드 로이스가 40여 명의 충성스러운 봉신을 소집하고 이어리로 진군하여 자칭 산과 협곡의 왕의 부하들을 손쉽게 격파했다. 하지만 그들이 주군의 석방을 요구하자, 조노스 아린은 자기 형을 '달의 문' 바깥으로 내던져버렸다. 드래곤을 타고 거인의 창 주변을 세 번 돌았던 로넬 아린은 그렇게 비극적인 최후를 맞고 말았다.

이어리는 일반적인 공격으로는 넘을 수 없는 난공불락의 성이었기에, 조노스 '왕'과 그의 극렬 지지자들은 왕당파에게 결사 항전을 부르짖으며 공성에 대비했다. 그러나 그때, 발레리온에 올라탄 마에고르 왕제가 하늘에 나타났다. 정복자의 차남이 드디어 드래곤을, 그것도 현존하는 드래곤 중 가장 강력한 검은 공포를 차지한 것이었다.

이어리의 수비대는 발레리온의 화염을 상대하기보다는 참칭왕을 사로잡아 로이스 공에게 넘기는 것을 택했다. 달의 문이 다시 열리고 친족살해자 조노스는 그의 형처럼 문밖으로 내던져졌다. 참칭왕의 추종자들은 항복함으로써 화형을 모면했으나, 죽음까지 피할 수는 없었다. 이어리를 점령한 마에고르 왕제는 그들 전원을 처형했다. 가장 신분이 고귀한 이들조차도 명예롭게 검으로 죽을 권리를 거부당했다. 마에고르가 반역자들에게는 밧줄뿐이라고 선언했기에, 사로잡힌 기사들은 발가벗겨진 채 이어리의 성벽에 내걸려 발버둥 치며 서서히 죽어갔다. 죽은 아린 형제의 사촌 휴버트 아린이 협곡의 신임 영주로 임명되었다. 그는 이미 룬스톤의 로이스 가문 출신의 아내 사이에 여섯 아들을 두었던 터라, 아린 가문은 후사를 걱정할 필요가 없다고 여겨졌다.

강철 군도에서는 파이크의 수확 영주 고렌 그레이조이가 로도스 '왕'(2세)을 비슷하게 재빨리 처치했다. 그는 장선 백 척으로 참칭왕의 추종자가 가장 많은 올드윅과 그레이트윅을 침공하고 수천 명을 학살했다. 고렌은 반란을 진압한 뒤 사제 왕의 머리를 소금물에 절여 킹스랜딩으로 보냈다. 아에니스 왕은 그 선물을 받고 크게 기뻐하며 그레이조이에게 어떤 소원이라도 들어주겠다고 약속했다. 현명하지 않은 제안이었다. 자신이 익사한 신의 진정한 아들임을 증명하고자 한 고렌 공은 정복 이후 강철인들을 칠신교로 개종시키기 위해 강철 군도를 찾아온 모든 남녀 성사를 섬에서 추방할 권리를 요청했다. 아에니스 왕은 요청을 들어줄 수밖에 없었다.

가장 규모가 크고 위협적인 반란군은 도르네 변경에 도사리는 독수리 왕의 세력이었다. 데리아 여대공은 선스피어에서 계속하여 반란을 비난하는 성명을 냈으나 반란군을 공격하지 않았고, 오히려 그들에게 병력, 자금, 물자를 지원한다는 소문이 돌았기에 많은 사람이 그녀가 양수겸이를 하는 것이 아닌가 하고 의심했다. 그것이 사실이었든 아니었든 간에, 도르네 기사 수백 명과 노련한 창병 수천 명이 독수리 왕의 오합지졸에 가담하면서 그의 군세는 3만 이상으로 불어났다. 군대가 너무 커지자 독수리 왕은 병력을 나누는 실책을 범하고 말았다. 그는 도르네군의 절반을 이끌고 서쪽에 있는 나이트송과 혼힐로 진군했고, 나머지 절반은 과부 애호가의 아들인 월터 윌 공에게 맡겨 동쪽에 있는 스완 가문의 본성 스톤헬름을 공략하게 했다.

둘로 나뉜 군대는 모두 대패를 당했다. 이제는 '한 손의 오리스'라고 불리는 오리스 바라테온이 스톰스엔드에서 마지막으로 출진하여 스톤헬름 성벽 밑에서 도르네군을 격파했다. 부상당한 월터 윌을 생포한 오리스 공은 "네 아비가 내 손을 가져갔지. 이제 네 손으로 그 빚을 갚겠다"라고 말하며 월터 공의 칼 쓰는 손을 잘라냈다. 그러고는 "이자"라며 월터의 남은 손과 두 발마저도 잘라버렸다. 기이하게도 바라테온 공은 스톰스엔드로 회군하던 길에 전투 중 입은 상처가 도져 사망했으나, 그의 아들 다보스가 항상 말하길, 그는 군막에 양파처럼 줄줄이 매어놓은 월터 윌의 썩어가는 손과 발을 보고 웃으며 만족한 얼굴로 숨을 거두었다.

독수리 왕의 최후도 비참했다. 나이트송 함락에 실패한 그는 공성을 포기하고 서쪽으로 진군했으나, 코가 잘린 블랙헤이븐의 영주 하몬 돈다리온이 통솔하는 강력한 변경군과 합류한 카론 여영주의 군대에 후방을 내주고 말았다. 그리고 혼힐의 영주 샘웰 탈리가 돌연 기사와 궁수 수천을 이끌고 나타나 도르네군의 전방을 가로막았다. 그 영주는 '난폭한 샘'이라는 별명으로 불렸는데, 곧 뒤따른 혈전에서 그의 발리리아 강철 대검 '심장의 파멸'로 도르네 병사 수십 명을 참살하며 이름값을 했다. 독수리 왕은 세 영주의 병력을 합친 것보다 두 배나 많은 군대를 거느렸지만, 그의 병사 대부분은 훈련되어 있지 않고 규율도 없던 터라 무장한 기사들에게 앞뒤로 포위당하자 바로 무너져버렸다. 도르네인들은 창과 방패를 내팽개치며 멀리 보이는 산맥을 향해 도망쳤지만, 변경 영주들이 추격하여 몰살했다. 이 소탕전은 이후 '독수리 사냥'으로 알려졌다.

한편 독수리 왕을 자칭한 반역자 왕은 난폭한 샘 탈리에게 생포되어 발가벗겨진 채 두 기둥 사이에 묶였다. 가수들은 그가 이름을 딴 독수리들에게 갈가리 찢겼다고 즐겨 이야기하지만, 실제로는 갈증에 시달리다가 햇빛에 말라 죽었고 독수리들도 그가 죽고 한참이 지나서야 시신을 건드렸다(그 후 수백 년간 여러 명이 '독수리 왕'을 칭호로 썼지만, 그들이 초대 독수리 왕의 후손인지는 아무도 알 수 없다). 그의 죽음은 이른바 제2차 도르네 전쟁의 끝으로 여겨지는데, 도르네 영주가 단 한 명도 참전하지 않았고 데리아 여대공 역시 그가 죽을 때까지 계속 비난하면서 반란에 관여하지 않았으므로, '도르네 전쟁'이라고 부르기에는 어폐가 있다.

가장 먼저 반기를 든 역도는 가장 나중에 토벌되었다. 도적 왕 붉은 하렌은 신의 눈 호수 서쪽에 있는 마을로 쫓겨 들어갔지만, 순순히 죽어주지 않았다. 마지막 결투에서 그는 국왕의 손 알린 스토크워스 공을 죽이고 스토크워스의 종자 베나르 브룬에게 쓰러졌다. 아에니스 왕은 고마워하며 브룬을 기사로 서임하고 다보스 바라테온, 샘웰 탈리, 코 없는 돈다리온, 엘린 카론, 알라드 로이스 그리고 고렌 그레이조이에게 황금과 지위와 명예를 하사했다. 왕의 가장 큰 찬사는 친동생에게 향했다. 킹스랜딩으로 돌아온 마에고르 왕제는 영웅으로 환영받았다. 아에니스 왕은 환호하는 인파 앞에서 아우를 껴안고 그를 국왕의 손으로 임명했다. 그리고 그해 말, 드래곤스톤의 불구덩이에서 두 새끼 드래곤이 부화하자 길조로 여겨졌다.

하지만 '드래곤'의 두 아들의 화목한 관계는 오래가지 못했다.

형제는 성향이 지극히 달랐기에, 갈등은 필연적이었을지도 모른다. 아에니스 왕은 그의 아내와 자식과 백성을 사랑했으며, 단지 그 사랑을 되돌려받기를 원했다. 창과 검은 더는 그의 흥미를 자아내지 못했다. 왕은 대신 연금술, 천문학, 점성술에 손을 대고 음악과 춤을 매우 즐겼으며, 최고의 비단, 금란, 벨벳으로 만든 옷을 걸치고 학사나 성사나 재담가 같은 이들과 시간을 보내기를 좋아했다. 그보다 키가 더 크고 체구도 더 건장하며 무시무시한 완력을 소유한 아우 마에고르는 그런 것에 전혀 관심이 없었고, 오로지 전쟁과 마상 대회와 결투만을 위해 살았다. 그가 웨스테로스 최강의 기사 중 한 명으로 이름을 떨친 것은 당연한 결과였으나, 전장에서 보이는 잔인함과 패배한 적에 대한 가혹한 처사로 악명도 높았다. 아에니스 왕은 언제나 좋게만 해결하려고 했다. 어려움에 부닥칠 때 아에니스가 부드러운 대화로 풀어나가려 했다면, 마에고르의 대답은 언제나 강철과 불이었다. 가웬 대학사는 왕은 모든 이를 믿었고 왕제는 아무도 믿지 않았다고 적었다. 가웬은 또한 왕이 귀가 얇아 마치 바람에 흔들리는 갈대처럼 변덕이 심했고, 가장 마지막에 만난 대신의 조언을 받아들이기 일쑤였다고 기록했다. 반면 마에고르 왕제는 단호하고 확고부동하여 마치 구부러지지 않는 쇠막대와 같았다.

그렇게 서로 달랐음에도 '드래곤'의 아들들은 두 해 가까이 원만하게 왕국을 함께 다스렸다. AC 39년, 알리사 왕비가 또다시 아에니스 왕의 후계자를 낳았으나, 애석하게도 바엘라라고 이름 지은 딸은 태어난 지 얼마 되지 않아 요람에서 죽었다. 왕비의 계속된 출산이 마에고르를 궁지에 몰아넣었을지도 모른다. 이유가 무엇이었든지, 왕제는 세리스 부인이 아이를 낳지 못하므로 신임 하렌홀 영주의 딸인 알리스 해로웨이를 둘째 부인으로 들였다고 갑작스레 선언하여 왕국과 왕을 충격에 빠트렸다.

결혼식은 비세니아 왕대비의 찬조 아래 드래곤스톤에서 거행되었다. 성의 성사가 주례를 보기를 거부한 터라, 마에고르와 새 신부는 발리리아의 의례인 '불과 피의 예식'으로 혼인을 했다. 아에니스 왕은 그 결혼을 미리 알지도, 허락하지도 않았으며 참석하지도 못했다. 사실이 알려지자 두 이복형제는 격렬한 언쟁을 벌였다. 분노한 건 왕뿐만이 아니었다. 세리스 부인의 부친 만프레드 하이타워는 왕에게 항의하며 알리스를 내치라고 요구했다. 그리고 올드타운 별빛 성소에 있는 최고성사는 한 걸음 더 나아가 마에고르의 결혼은 죄악이자 간음이라고 맹렬히 비난했다. 그는 왕제의 새 신부를 "그 해로웨이 창녀"라고 부르고 일곱 신의 진정한 아들이나 딸이라면 그런 대우를 받아들일 리가 없다고 호령했다.

마에고르 왕제는 굴복하지 않았다. 그는 부왕이 두 누이를 아내로 맞이했던 사실을 들먹이면서 종단의 구속은 일반인에게 통할 뿐, 드래곤의 혈통에는 해당하지 않는다고 고집했다. 아에니스 왕이 무슨 말을 해도 왕제가 헤집은 상처를 덮을 수 없었고, 칠왕국 곳곳에서 독실한 영주들이 이 결혼을 비난하며 "마에고르의 창녀"를 대놓고 입에 담기 시작했다.

아에니스 왕은 분노하면서도 당혹해하며 아우에게 알리스 해로웨이를 내치고 세리스 부인에게 돌아가든지, 5년 동안 유배 생활을 하든지 선택하라고 다그쳤다. 마에고르 왕제는 유배를 선택했다. AC 40년, 그는 알리스와 그의 드래곤 발레리온 그리고 보검 블랙파이어를 들고 펜토스로 떠났다. (전하는 이야기로는 아에니스가 동생에게 블랙파이어를 반환하라고 요구하자 마에고르 왕제가 "가져가실 수 있으면 가져가시지요, 전하"라고 대답했다고 한다.) 세리스 부인은 킹스랜딩에 버려졌다.

아에니스 왕은 아우가 맡았던 수관 자리에 단지 손을 올려놓는 것만으로 병자를 치료한다는 독실한 사제, 머미슨 성사를 임명했다. (왕은 세리스 부인이 임신할 수 있게 되면 아우가 어리석은 행동을 뉘우치지 않을까 하는 희망을 품고 성사로 하여금 매일 밤 그녀의 배에 손을 얹게 했는데, 곧 밤마다 치러진 치료 의식에 지친 세리스는 킹스랜딩을 떠나 올드타운의 하이타워성에 있는 부친에게 돌아가버렸다.) 왕은 분명 종단을 달랠 의도로 성사를 수관으로 임명했을 터이나 잘못된 판단이었다. 머미슨 성사는 세리스 하이타워의 불임도, 왕국의 문제도 치유할 수 없었다. 최고성사는 계속하여 울분에 차서 규탄했고, 왕국 전역의 영주들이 그들의 성에서 "아우조차 어찌하지 못하는 왕이 칠왕국을 어떻게 다스린다는 말인가?"라며 왕의 연약함을 성토했다.

왕은 왕국 내에 쌓이는 불만을 전혀 알아차리지 못했다. 평화가 돌아왔고 골칫덩이 아우는 협해 너머에 있었으며, 아에곤의 높은 언덕에 거대한 성이 서서히 세워지고 있었다. 전체가 연한 붉은색 돌로 지어질 새로운 왕성은 드래곤스톤보다 더 크고 화려하며, 거대한 성벽과 감시 망루와 탑은 어떤 적도 막아낼 수 있을 터였다. 킹스랜딩의 주민들은 그 성에 레드킵(Red Keep, 붉은 성)이라는 이름을 붙였다. 왕은 성 건설에 집착했고, "내 후손들이 이곳에서 천 년을 다스리리라"라고 선언했다. 그 후손들을 염두에 두었기 때문인지는 몰라도, AC 41년, 아에니스 타르가르옌은 장녀 라에나와 그녀의 남동생이며 철왕좌의 후계자인 아에곤의 결혼을 선포하는 엄청난 실책을 저지르고 말았다.

공주는 열여덟 살, 왕자는 열다섯 살이었다. 그들은 어릴 때부터 가까웠고 소꿉친구였다. 아에곤은 드래곤을 길들인 적이 없었지만, 누이와 함께 드림파이어를 타고 여러 번 하늘을 날았다. 호리호리하고 잘생겼으며 매년 키가 크는 아에곤을 두고 그의 조부가 그 나이였을 때의 모습과 똑 닮았다고 많은 사람이 입을 모았다. 왕자는 3년에 걸쳐 종자로 생활하며 검과 도끼를 다루는 기술을 연마했고, 왕국의 어린 전사 중 제일 창술이 뛰어나다고 널리 알려져 있었다. 그즈음 여러 소녀의 눈길을 끌기 시작했고, 아에곤도 그들의 관심을 외면하지 않았다. 가웬 대학사는 시타델로 보내는 서신에 이렇게 적었다. "왕자가 이른 시일 내에 혼인하지 않는다면, 전하께서는 곧 서출 손주를 보게 될지도 모른다."

라에나 공주 역시 많은 구애를 받았으나, 동생과는 다르게 누구에게도 무관심했다. 그녀는 동생들과 그녀가 기르는 개와 고양이 그리고 새로 사귄 친구인 룬스톤 영주의 딸 알레인 로이스와 시간을 보내기를 더 선호했다. 알레인은 통통하고 얼굴도 못생긴 소녀였으나, 라에나의 총애를 받아 이따금 아에곤처럼 라에나와 함께 드림파이어를 타고 하늘을 날았다. 그러나 라에나는 홀로 하늘을 누비는 경우가 더 잦았다. 공주는 열여섯 번째 생일이 지나자 자신이 다 큰 여자라며 "내가 원하는 어디든 날아갈 거예요"라고 선언했다.

그리고 그렇게 했다. 드림파이어는 하렌홀, 타스, 룬스톤, 걸타운처럼 먼 곳에서도 목격되었다. 사람들은 라에나가 그렇게 유람을 다니다가 어떤 미천한 연인에게 자신의 순결을 바쳤을 것이라고 수군거렸다. 상대가 방랑기사라는 소문도 있었고, 다른 이야기에서는 연인이 가수 또는 대장장이의 아들이나 마을 성사이기도 했다. 이런 입증되지 않은 낭설이 파다했기에 아에니스가 딸을 급히 시집보내려고 했을지도 모른다는 의견도 있었다. 진실이 무엇이든, 열여덟 살의 라에나는 혼인하기에 적당한 나이였고 그녀의 부모가 결혼했을 때보다 세 살이 많았다.

타르가르옌 가문의 전통과 관습을 고려하면 장녀와 장남의 결혼은 아에니스 왕에게 당연한 순서였을 것이다. 라에나와 아에곤 사이의 우애는 잘 알려졌고, 둘도 결혼에 반대하지 않았다. 오히려 남매가 드래곤스톤과 아에곤 요새의 놀이방에서 처음 만나 함께 놀았을 때부터 둘 다 이런 결합을 예상했음을 가리키는 조짐이 많았다.

그들은 왕의 선포에 뒤따르는 폭풍 같은 반발을 전혀 예상치 못했지만, 지각이 있는 이들은 징후를 명백하게 알아볼 수 있었다. 종단은 정복자와 누이들의 결혼을 용납하거나 최소한 외면했으나, 그들의 손주들에게도 같은 대우를 할 의향이 없었다. 별빛 성소에서 남매의 결혼이 음란한 행위라는 신랄한 비판이 터져 나왔다. 칠왕국 전역의 성사 만 명이 낭독한 성명서를 통해, '신자들의 아버지'는 그러한 결합으로 태어난 아이는 "신과 인간이 부정하게 여길 것이다"라고 선언했다.

아에니스 타르가르옌은 우유부단한 성격으로 유명했지만, 종단의 분노 앞에서는 뻣뻣하게 뜻을 굽히지 않았다. 비세니아 왕대비는 왕에게 단 두 가지 선택이 있다고 조언했다. 남매의 혼인을 포기하고 각각 다른 상대를 찾아주거나, 퀵실버를 타고 올드타운으로 날아가 최고성사가 있는 별빛 성소를 불태워야 한다는 것이었다. 아에니스 왕은 둘 다 거부하고 그저 버티기만을 고집했다.

결혼식 당일 아침, 추모의 성소―라에니스 언덕 꼭대기에 세워진, '드래곤'의 전사한 왕비를 기려 명명된 성소―바깥 거리에 번쩍이는 은빛 갑주를 걸친 전사의 아들들이 늘어서서, 걸어 지나가거나 말 또는 가마를 타고 가는 하객들의 얼굴을 모두 확인했다. 더 현명한 귀족들은 그런 일을 예상했는지 참석하지 않았다.

결혼식에 참석한 이들은 결혼식 그 이상의 광경을 보았다. 예식이 끝나고 열린 피로연에서 아에니스 왕은 '드래곤스톤의 왕자'라는 칭호를 그의 잠정 후계자 아에곤 왕자에게 내리는 또 다른 우를 범하고 말았다. 왕의 말이 끝나자 연회장에는 찬물을 끼얹은 듯 침묵이 가라앉았다. 그곳에 있던 이들 전부 그 칭호가 마에고르 왕제의 것이었음을 알기 때문이었다. 상석에 앉아 있던 비세니아 왕대비가 일어나 왕의 허락도 구하지 않고 연회장에서 나가버렸다. 그날 밤 그녀는 바가르를 타고 드래곤스톤으로 돌아갔고, 그녀의 드래곤이 달을 지나칠 때 달이 피처럼 붉게 물들었다고 사서(史書)에 적혀 있다.

아에니스 타르가르옌은 자신이 왕국을 얼마나 성나게 했는지 이해하지 못하는 모습이었다. 왕은 민심을 되찾을 생각에 부부가 된 왕자와 공주에게 왕국 전역을 순행하라고 지시했다. 물론 왕은 자신이 행차할 때 어딜 가든 그를 맞이한 환호를 떠올렸을 것이다. 아버지보다 현명했던 듯한 라에나 공주는 그녀의 드래곤 드림파이어를 대동할 수 있도록 허락을 구했으나, 아에니스는 허락하지 않았다. 아에곤 왕자는 아직 드래곤을 길들이지 않았으므로, 아내는 드래곤을 타는데 그가 승용마를 탄 모습을 본다면 귀족과 평민 모두 왕자를 사내답지 않게 여길 수 있다고 염려한 까닭이었다.

왕은 왕국에 들끓는 분노와 백성의 신앙심 그리고 최고성사의 발언이 지닌 힘을 심하게 간과했다. 아에곤과 라에나의 행렬은 가는 곳마다 모인 종단의 신도들로부터 야유를 받았다. 메이든풀에서는 무튼 공이 그들을 위해 벌인 연회를 축복할 성사를 단 한 명도 찾지 못했다. 하렌홀에 도달하자 루카스 해로웨이 공이 자신의 딸 알리스를 그들 숙부(마에고르 왕제)의 합법적인 아내로 인정하지 않으면 성안으로 들이지 않겠다고 협박했다. 그들은 거부했지만, 신도들의 지지도 얻지 못하고 검은 하렌이 세운 거성의 높은 성벽 아래 천막을 치고 춥고 비 오는 밤을 견뎌야 했다. 리버랜드의 어떤 마을에 이르렀을 때는 가난한 동료 몇 명이 왕세자 부부에게 진흙 덩어리를 던지기까지 했다. 아에곤 왕자가 그들을 응징하려고 검을 뽑았으나, 일행의 수가 상대보다 훨씬 적었던 터라 수행하는 기사들이 왕자를 말려야 했다. 그럼에도 라에나 공주는 그들 앞까지 말을 몰고 가 이렇게 말했다고 한다. "너희는 말 탄 여자는 두렵지 않은가 보구나. 다음에 올 때는 드래곤을 타고 오겠다. 그때도 흙을 던져보려무나."

그 외 왕국의 다른 지역에서도 상황이 점점 악화되고 있었다. 국왕의 손 머미슨 성사는 금지된 혼례를 거행한 죄로 종단에서 파문을 당했다. 아에니스가 손수 깃펜을 들어 최고성사에게 "충직한 머미슨"의 재입교를 요청하고 옛 발리리아에서부터 내려오는 남매혼의 긴 역사를 설명하는 서신을 보냈으나, 최고성사의 회신은 독설로 가득하여 왕이 읽으며 얼굴이 창백하게 질릴 정도였다. 신자들의 목자는 노여움을 풀기는커녕 아에니스를 "부정한 왕"이라 칭하고 칠왕국을 다스릴 자격이 없는 거짓 왕이며 폭군이라고 일갈했다.

신자들도 그의 말에 귀를 기울였다. 서신이 오간 후 보름도 채 지나기 전, 머미슨 성사가 가마를 타고 도성을 가로지를 때 가난한 동료 한 무리가 골목에서 쏟아져 나와 가마를 덮치고 도끼로 성사를 무참하게 난도질했다. 전사의 아들들은 라에니스 언덕을 요새화하기 시작하고 추모의 성소를 그들의 성채로 삼았다. 레드킵이 완공되려면 아직 몇 년을 더 기다려야 하는 상황이라, 비세니아 언덕 정상에 있는 저택이 너무 취약하다고 생각한 왕은 알리사 왕비와 어린 자식들과 함께 드래곤스톤으로 피신할 계획을 세웠다. 이는 현명한 대처였다. 왕가가 배를 타고 떠나기 사흘 전, 가난한 동료 두 명이 저택의 벽을 타고 넘어와 왕의 침소에 침입했다. 킹스가드가 적시에 막아서지 않았더라면 아에니스는 수치스러운 죽임을 당했을 터였다.

비세니아 언덕을 포기한 왕은 비세니아 본인과 마주했다. 왕대비가 드래곤스톤에 도착한 왕을 맞이하며 한 말은 지금도 유명하다. "넌 어리석고 유약한 녀석이다, 조카야. 누군들 감히 네 아버지에게 그따위 말을 지껄일 수 있었을까? 네겐 드래곤이 있지 않으냐. 쓰거라. 올드타운으로 날아가 별빛 성소를 또 다른 하렌홀로 만들어버리렴. 아니면 내게 맡기거라. 당장 그 신앙심 많은 멍청이를 통구이로 만들어주마." 아에니스는 그녀의 말을 무시했다. 도리어 그는 왕대비를 바다 드래곤 탑에 유폐했다.

AC 41년 말, 왕국 대부분이 타르가르옌 왕가에 대항해 본격적인 반란을 일으켰다. 신을 무시하는 폭정에 맞서는 성전에 참여한 일곱 신의 병사들이라고 믿으며 봉기한 반란군의 위협에 비하면, 정복자 아에곤의 붕어 직후 반란을 일으킨 네 명의 거짓 왕은 우스꽝스러운 광대에 지나지 않았다.

칠왕국 곳곳에서 독실한 영주 수십여 명이 반란에 동조하여 성에서 국왕의 깃발을 내리고 별빛 성소를 지지한다고 선언했다. 전사의 아들은 킹스랜딩의 모든 성문을 장악하여 도성의 출입을 통제하고 레드킵 건설에 고용된 인부들을 쫓아냈다. 가난한 동료 수천 명이 도로를 점거하고 통행자들에게 "신들의 편에 서는지, 부정한 것들의 편에 서는지" 답변을 강요하는 한편, 성의 영주가 나와 타르가르옌 왕을 규탄할 때까지 성문을 가로막고 시위를 벌였다. 서부에서는 아에곤 왕자와 라에나 공주가 순행을 멈추고 크레이크홀성으로 피신했다. 새로운 하이타워의 영주이자 '올드타운의 목소리'인 마틴 하이타워(그의 부친 만프레드 공은 몇 달 전 사망했다)와 협상하기 위해 브라보스 강철은행에서 올드타운으로 파견된 사신은 브라보스로 보내는 편지에 최고성사가 "이름만 아닐 뿐, 웨스테로스의 실질적인 왕이다"라고 적었다.

새해가 되었지만 아에니스 왕은 여전히 드래곤스톤에 틀어박힌 채 두려움에 떨며 망설였다. 왕은 서른다섯 살밖에 되지 않았지만 남이 보기에는 육순 노인과 같았다 하며, 가웬 대학사는 그가 설사와 위경련에 시달려 자주 몸져누웠다고 기록했다. 대학사의 치료가 전혀 효과가 없자, 왕대비가 왕을 보살피기 시작하면서 아에니스의 상태가 한동안 호전의 기미를 보였으나…… 아들과 딸을 마지못해 받아들인 크레이크홀성이 가난한 동료 수천 명에게 포위됐다는 소식을 듣고 돌연 쓰러지고 말았다. 사흘 후, 왕은 숨을 거두었다.

아에니스 타르가르옌 1세는 그의 부왕처럼 드래곤스톤의 성내 연무장에서 화장되었다. 장례식에는 각각 열두 살과 일곱 살이 된 아들 비세리스와 재해리스 그리고 다섯 살 난 딸 알리산느가 참석했다. 왕비 알리사가 아에니스를 위해 만가를 부르고 왕이 사랑해 마지않았던 드래곤 퀵실버가 장작더미에 불을 붙였는데, 기록에 따르면 버미토르와 실버윙도 불을 더했다고 한다.

비세니아 왕대비는 그 자리에 없었다. 왕의 서거 후 한 시간도 채 지나지 않아 그녀는 바가르를 타고 협해를 건너 동쪽으로 향했다. 돌아올 때는 발레리온을 탄 마에고르 왕제와 함께였다.

드래곤스톤으로 돌아온 마에고르는 왕관을 차지하고는 바로 섬을 떠났다. 아에니스가 선호했던 일곱 신의 형상을 새긴 화려한 금관이 아니라 핏빛 루비가 박힌 부왕의 철관이었다. 그의 어머니가 머리에 왕관을 씌워주었고, 그곳에 모인 귀족들과 기사들이 무릎을 꿇은 앞에서 마에고르는 직접 자신이 안달인과 로인인과 최초인의 왕이자 칠왕국의 주인이며 왕국의 수호자인 타르가르옌 가문의 마에고르 1세라고 선포했다.

가웬 대학사 외에는 누구도 감히 반대하지 못했다. 늙은 학사는 정복 후 정복자 본인이 확인했던 모든 상속법에 따라 철왕좌는 아에니스 왕의 아들 아에곤이 계승해야 한다고 말했다. 마에고르는 "철왕좌는 그것을 차지할 힘이 있는 사람에게 갈 것이오"라고 대답하고는 대학사의 즉결 처형을 선고했고, 그 자리에서 직접 블랙파이어를 들어 가웬의 늙은 목을 단칼에 쳐냈다.

알리사 선왕비와 그녀의 아이들은 마에고르 왕의 즉위식을 참관하지 않았다. 알리사는 남편의 장례식을 마친 지 몇 시간도 안 돼 아이들과 함께 드래곤스톤을 떠나 아버지의 성이 있는 가까운 섬 드리프트마크로 갔던 것이다. 그 소식을 듣고 마에고르는 단지 어깨를 으쓱하고는 학사 한 명을 데리고 채색 탁자의 방으로 가 왕국 내 크고 작은 모든 가문의 영주에게 보낼 서신을 받아 적게 했다.

그날이 저물기 전, 큰까마귀 백 마리가 날아올랐다. 이튿날, 마에고르도 발레리온에 올라타고 바가르를 탄 비세니아 왕대비와 함께 블랙워터만을 건너 킹스랜딩으로 날아갔다. 드래곤들의 귀환을 본 시민 수백 명이 소요를 일으키며 도망치려 했지만, 성문은 모두 빗장이 걸린 채 잠겨 있었다. 도성의 성벽, 구덩이와 자재 더미가 널린 레드킵 터, 요새화된 추모의 성소가 있는 라에니스 언덕 모두 전사의 아들이 장악한 상태였다. 타르가르옌 모자는 비세니아 언덕 꼭대기에 왕기를 꽂고 왕가에 충성하는 이들을 불러 모았다. 수천 명이 모였고, 그들 앞에서 비세니아 타르가르옌은 아들 마에고르가 왕이 되려고 왔다고 선언했다. "내 동생이었고 남편이었으며 사랑이었던 정복자 아에곤의 핏줄인 진정한 왕이다. 누구든 내 아들이 철왕좌를 계승하는 것에 이의가 있다면, 앞으로 나와서 몸으로 그 주장을 관철하도록 할지어다."

전사의 아들은 즉각 그녀의 도전을 받아들였다. '독실한 데이먼'이라 불리는 총단장 데이먼 모리겐 경이 은빛 갑주로 무장한 기사 700명을 이끌고 라에니스 언덕에서 내려왔다. "어쭙잖은 대화 따위는 하지 않도록 하지." 마에고르가 그에게 말했다. "이 문제는 검으로 해결할 것이다." 데이먼 경도 동의했다. 그는 신들이 명분이 정당한 자에게 승리를 내려줄 것이라고 말했다. "고대 안달로스에서 했던 것처럼 각각 일곱 명의 대전사가 나서는 것이오. 그대와 함께 싸울 전사 여섯을 찾을 수 있겠소?" 아에니스가 킹스가드를 드래곤스톤으로 데려간 터라, 마에고르는 혼자였다.

왕이 군중을 돌아보며 외쳤다. "누가 왕의 곁에서 함께 싸우겠는가?" 전사의 아들의 무용은 널리 알려져 있었기에, 사람들은 대부분 두려워하며 몸을 돌리거나 못 들은 척했다. 그러나 마침내 한 남자가 자원했다. 기사가 아닌, 자신을 딕 빈(Bean)이라 소개한 평범한 중장병이었다. "전 어렸을 때부터 왕의 사람이었습니다." 그가 말했다. "그러니 죽을 때도 왕의 사람으로 죽을 생각입니다."

그제서야 첫 기사가 앞으로 나섰다. "이 콩(bean)이 우리 모두를 부끄럽게 하는군!" 그가 고함쳤다. "여기에는 진정한 기사가 한 명도 없소? 충신은 단 한 명도 없는 것이오?" 그는 다름 아닌 베나르 브룬으로, 종자였을 적에 붉은 하렌을 베고 아에니스 왕에게 직접 기사 서임을 받은 자였다. 그가 다그치자 다른 이들도 나서기 시작했다. 마에고르가 고른 네 명의 기사, 방랑기사 블랙헐의 브람 경, 레이포드 로스비 경, '먹보 가이'라고 불린 가이 로스스톤 경, 스톤댄스의 영주 루시퍼 매시 공의 이름은 웨스테로스의 역사에 길이 남았다.

결투에 임한 전사의 아들 일곱 기사의 이름도 역시 남아 우리에게 전한다. 독실한 데이먼이라 불린 전사의 아들의 총단장 데이먼 모리겐 경, 라일 브라켄 경, '해골 해리' 해리스 호프 경, 아에곤 앰브로즈 경, '비스버리의 서자' 디콘 플라워스 경, '방랑자' 윌리엄 경 그리고 성사기사 '일곱 별의 가리볼드 경'. 기록에 따르면 그들은 독실한 데이먼의 주도하에 다 함께 전사의 신에게 힘을 내려달라고 간청하는 기도를 올렸다고 한다. 기도가 끝나자 왕대비가 결투의 시작을 명령했고, 대전사들이 격돌했다.

첫 전사자는 결투가 시작하자마자 라일 브라켄에게 죽은 딕 빈이었다. 그 이후 벌어진 일은 기록에 따라 크게 다르다. 한 기록자는 엄청나게 뚱뚱했던 먹보 가이 경의 배가 갈렸을 때, 아직 소화가 다 안 된 파이 40여 개가 위장에서 쏟아져 나왔다고 적었다. 어떤 사가(史家)는 일곱 별의 가리볼드 경이 찬가를 부르며 싸웠다고 주장했다. 여러 사서에 매시 공이 해리스 호프의 팔을 잘랐다고 나와 있다. 한 기록에 따르면 팔이 잘린 해골 해리가 남은 한쪽 팔로 전투 도끼를 들고 매시 공의 미간을 쪼갰다. 해리 경이 그대로 사망했다는 기록도 있다. 결투가 몇 시간 동안이나 이어졌다고 적은 이도, 시작하자마자 거의 모든 대전사가 순식간에 쓰러져 죽었다고 적은 이도 있다. 하지만 결투 도중 대전사들이 뛰어난 무예를 떨치고 강력한 공격을 주고받았으며, 마지막에는 마에고르 타르가르옌 홀로 독실한 데이먼과 방랑자 윌리엄과 맞섰다는 점에 대해서는 모든 기록이 일치한다. 두 전사의 아들은 중상을 입었고 왕은 손에 블랙파이어를 들고 있었지만, 그럼에도 승부는 간발의 차였다. 윌리엄 경이 쓰러지면서도 왕의 머리를 강타했고, 왕은 투구에 금이 가면서 의식을 잃었다. 그의 어머니가 부서진 투구를 벗길 때까지 사람들은 대부분 마에고르가 죽었다고 생각했다. "아직 숨을 쉬고 있다." 그녀가 말했다. "왕은 살아 있다." 그가 승리한 것이었다.

전사의 아들은 총단장을 포함하여 가장 강력한 기사 일곱 명이 전사했지만, 아직도 전신 무장한 기사 700여 명이 남아 언덕 정상에 모여 있었다. 비세니아 왕대비가 아들을 학사들에게 보내라고 지시했다. 병사들이 왕을 들것에 싣고 언덕을 내려가자 종단의 기사들이 무릎을 꿇고 복종의 예를 올렸다. 왕대비는 그들에게 라에니스 언덕 위의 그들이 요새화한 성소로 돌아가라고 명령했다.

마에고르 타르가르옌은 27일 동안, 학사들이 약과 습포로 치료하고 성사들이 머리맡에서 기도를 올리는 내내 사경을 헤맸다. 추모의 성소에서 전사의 아들들도 기도하며 앞으로 어떻게 해야 할지 논쟁을 벌였다. 일부는 신들께서 마에고르에게 승리의 축복을 내려주셨으므로 어쩔 수 없이 그를 왕으로 받아들여야 한다고 생각했다. 다른 이들은 최고성사에게 복종을 맹세했으니 계속 싸워야 한다는 의견을 고수했다.

그동안 킹스가드가 드래곤스톤에서 도착했다. 왕대비의 요청에 따라 그들은 도성 내에 있는 타르가르옌 충성파 수천 명을 지휘하여 라에니스 언덕을 포위했다. 드리프트마크에서는 과부가 된 알리사 선왕비가 아들 아에곤을 진정한 왕으로 선포했지만, 그녀의 말에 귀를 기울이는 이는 얼마 없었다. 아직 성년이 채 되지 못한 왕자는 왕국의 반대편에 있는 크레이크홀 성에서 대부분 그를 부정하다고 여기는 가난한 동료와 독실한 소작농에 포위되어 옴짝달싹 못 하는 상황이었다.

올드타운의 시타델에서는 최고학사들이 콘클라베를 열어 왕좌의 계승을 논의하고 새로운 대학사를 선출했다. 가난한 동료 수천 명이 킹스랜딩으로 몰려들었다. 서쪽에서 오는 이들은 방랑기사 호리스 힐 경을, 남쪽에서 오는 이들은 거대한 도끼를 든 거한 '나무꾼' 와트를 따랐다. 크레이크홀 주변에 진을 치던 무리가 도성으로 진군하는 동료들과 합류하기 위해 포위를 풀고 물러난 다음에야 아에곤 왕자와 라에나 공주는 성을 떠날 수 있었다. 부부는 순행을 포기하고 캐스털리록에 피신처를 제공한 라이만 라니스터 공을 찾아갔다. 라이만 공의 학사에 따르면 라에나 공주의 임신을 처음 알아차린 건 라이만의 아내, 조카스타 부인이었다.

'일곱의 재판' 이후 스무여드레, 두 여인과 용병 600명을 실은 배가 저녁 밀물을 타고 펜토스로부터 왔다. 마에고르 타르가르옌의 둘째 부인 알리스 해로웨이가 웨스테로스에 돌아왔는데, 혼자가 아니었다. 단지 '탑의 티아나'라고만 알려진 흰 피부의 흑발 미녀가 알리스와 함께했다. 어떤 이는 티아나가 마에고르의 첩이라고 했고, 알리스 부인의 애인이라는 말도 있었다. 어느 펜토스 마지스터의 사생아였던 티아나는 술집 무희에서 고급 창녀의 위치까지 오른 여자였다. 그녀가 독살가이며 마녀라는 소문도 자자했다. 그녀에 관해 온갖 기이한 이야기가 파다했지만…… 비세니아 왕대비는 티아나가 도착하자마자 마에고르를 돌보던 학사와 성사를 물리고 그녀에게 아들을 맡겼다.

다음 날 아침, 왕은 해가 뜰 때 의식을 되찾고 자리에서 일어났다. 마에고르가 레드킵 성벽 위에 알리스 해로웨이와 펜토스의 티아나 사이에서 모습을 드러내자, 군중이 열광적으로 환호했고 도성 곳곳에서도 축제가 벌어졌다. 그러나 그가 발레리온에 올라타고 요새화된 성소에서 전사의 아들 700명이 아침 기도를 올리고 있던 라에니스 언덕을 덮치자, 환호성은 쥐 죽은 듯 사라졌다. 드래곤의 화염이 건물을 태우는 동안 밖에서 대기하던 궁수와 창병이 문밖으로 뛰쳐나오는 기사들을 처치했다. 불에 타 죽어가는 이들의 비명이 도성 전체에 울려 퍼졌고, 자욱한 연기가 며칠이나 킹스랜딩 위에 맴돌았다고 전한다. 그리하여 전사의 아들의 정예가 불길 속에서 최후를 맞이했다. 전사의 아들은 여전히 올드타운, 라니스포트, 걸타운, 스토니셉트에 지부를 유지했으나, 결코 예전의 전력을 회복하지 못했다.

그러나 마에고르 왕과 무장 종단의 전쟁은 이제 시작에 불과했고, 마에고르의 재위 내내 계속되었다. 왕이 철왕좌를 수복한 후 처음으로 취한 행동은 킹스랜딩으로 몰려오는 가난한 동료들에게 무기를 내려놓지 않으면 사형에 처하겠다고 언명한 것이었다. 칙령이 아무런 효과가 없자, 왕은 "모든 충성스러운 영주"에게 출진하여 종단의 오합지졸 군대를 무력으로 해산하라고 명령했다. 이에 대응하여 올드타운의 최고성사는 종단을 방어하고 "드래곤과 괴물과 부정한 것들"의 지배를 끝내기 위해 "신들의 독실하고 참된 자녀들"이 무기를 들고 나서기를 촉구했다.

첫 전투는 리치의 스톤브리지 마을 인근에서 벌어졌다. 나무꾼 와트가 이끄는 가난한 동료 9000명이 맨더강을 건너던 중 영주 여섯 명의 군대에 앞뒤로 포위당한 것이었다. 병력의 절반이 강의 북쪽에, 남은 절반이 강의 남쪽에 있던 와트의 군대는 토벌군에 산산조각이 났다. 훈련되어 있지 않고 규율도 없으며, 고작해야 삶은 가죽과 거친 천 옷과 녹슨 강철 쪼가리를 걸치고, 나무꾼의 도끼나 끝을 날카롭게 간 막대기나 농기구 등으로 무장한 그의 병사들은 군마를 탄 중장기사의 돌격을 견디지 못했다. 그 전투에서 자행된 살육이 얼마나 참혹했던지 맨더강이 200리에 걸쳐 붉게 물들었다고 하며, 그날 이후로 전투가 벌어졌던 마을과 성은 비터브리지

(Bitterbridge, 비탄의 다리)라는 이름으로 불리게 되었다. 와트 본인은 국왕군의 대장이었던 그래시베일의 메도스 공을 포함한 기사 대여섯 명을 베었지만, 결국 생포되어 사슬에 묶인 채 킹스랜딩으로 압송되었다.

그 무렵 호리스 힐 경이 더 큰 군대를 이끌고 블랙워터강의 그레이트포크에 도달했다. 가난한 동료 약 1만 3000명, 스토니셉트에서 출진한 전사의 아들 200기(騎) 그리고 서부와 리버랜드에서 반란에 동참한 영주들의 가문기사와 징집병으로 이루어진 대군이었다. '싸우는 어릿광대'라는 별명으로 유명한 루퍼트 폴웰 공이 최고성사의 요청에 응답한 독실한 귀족들을 이끌었고, 라이오넬 로치 경, 알린 테릭 경, 트리스티퍼 웨인 공, 존 리체스터 공을 비롯한 수많은 강대한 기사가 그와 함께 말을 달렸다. 종단의 병력은 2만에 달했다.

마에고르 왕의 군대도 거의 규모가 비슷했다. 게다가 거의 두 배에 달하는 중장기병은 물론 적잖은 수의 장궁병이 포진했으며, 왕은 발레리온을 타고 있었다. 그럼에도 전투는 치열했다. 싸우는 어릿광대는 킹스가드 기사 두 명을 벤 뒤 메이든풀의 영주에게 쓰러졌다. 국왕군의 '덩치 큰' 존 호그는 전투 초기에 칼을 맞아 눈이 멀었음에도 병사들을 통솔하여 돌격한 끝에 종단의 진형을 무너뜨리고 가난한 동료를 퇴각시켰다. 폭풍우가 발레리온이 내뿜는 불길의 기세를 꺾었으나 완전히 끄지는 못했고, 연기와 비명 사이에서 마에고르 왕이 몇 번이고 하늘에서 내려와 적들에게 화염을 선사했다. 해질 무렵 승리는 그의 것이었고, 남아 있던 가난한 동료들도 도끼를 내던지고 사방으로 달아났다.

마에고르는 의기양양하게 킹스랜딩으로 개선하여 다시 한번 철왕좌에 앉았다. 사슬에 묶였지만 여전히 반항적인 나무꾼 와트가 그의 앞에 끌려나오자, 마에고르는 직접 그 거한의 도끼로 사지를 자르고 학사들에게 "놈이 내 결혼식에 참석할 수 있도록" 치료하여 살려놓도록 명령했다. 그다음으로 왕은 펜토스의 티아나를 세 번째 부인으로 맞이하겠다고 선언했다. 사람들은 그의 모친인 왕대비가 펜토스 출신 마녀를 탐탁지 않게 여긴다고 수군거렸지만, 미로스 대학사 외에는 아무도 감히 대놓고 티아나를 반대하지 못했다. "전하의 진정한 부인은 지금 하이타워성에서 기다리고 계십니다"라고 미로스가 말하자, 왕은 묵묵히 그의 말을 듣고는 왕좌에서 내려와 블랙파이어를 뽑고 단칼에 목을 베어버렸다.

마에고르 타르가르옌과 탑의 티아나는 불타 죽은 전사의 아들들의 재와 유골이 남아 있는 라에니스 언덕 정상에서 결혼식을 올렸다. 마에고르가 열 명이 넘는 성사를 죽인 다음에야 혼례를 거행할 성사를 찾을 수 있었다고 한다. 사지가 잘린 나무꾼 와트도 그때까지 살아남아 결혼식을 지켜보았다.

아에니스 왕의 과부 알리사 선왕비와 그녀의 어린 자식들인 비세리스, 재해리스, 알리산느도 결혼식에 참석했다. 왕대비가 바가르를 타고 찾아가 '설득'한 끝에 피신처인 드리프트마크를 떠나 궁중으로 돌아온 알리사는 형제들과 벨라리온가의 방계들과 함께 마에고르를 진정한 왕으로 섬긴다는 충성 맹세를 했다. 그녀는 왕의 둘째 부인 알리스 해로웨이가 주도한 신방 의식에 참여하기를 강요당해 궁중의 다른 귀족 영애들과 귀부인들과 함께 왕을 초야를 치를 신방으로 데려가기까지 했다. 의식이 끝나자 알리사와 다른 여인들은 왕의 침소에서 물러났으나, 알리스는 뒤에 남아 왕과 그의 새 신부와 함께 육욕과 색정의 밤을 보냈다.

왕국의 반대편에 멀리 위치한 올드타운에서는 최고성사가 목청 높여 "부정한 자와 그의 창녀들"을 맹렬히 비난했고, 왕의 첫째 부인인 하이타워 가문의 세리스도 자기가 마에고르의 유일한 합법적인 왕비라고 계속 주장했다. 서부에서도 드래곤스톤의 왕자 아에곤 타르가르옌과 그의 아내 라에나 공주가 여전히 왕을 거역했다.

마에고르의 즉위로 왕국이 혼란에 빠진 동안 아에니스 왕의 아들과 딸 부부는 캐스털리록에 머물렀고, 임신한 라에나의 배가 점점 불러왔다. 그들의 불운한 순행에 참여했던 기사들과 젊은 귀족들은 마에고르에게 충성을 맹세하고자 킹스랜딩으로 급히 떠난 지 오래였다. 라에나의 시녀들과 말벗들조차도 이런저런 핑계를 대고 사라졌고, 끝까지 남은 건 친구 알레인 로이스 그리고 형제들과 함께 라니스포트로 찾아와 가문의 충성을 맹세한 옛 친구 멜로니 파이퍼가 전부였다.

아에곤 왕자는 살아오면서 언제나 철왕좌의 잠정 후계자로 대우받았으나, 이제는 갑자기 신자들의 혐오를 받고 충직한 친구라고 여겼던 많은 이에게 버림받은 신세가 되었다. 날이 갈수록 늘어나는 마에고르의 지지자들은 서슴지 않고 "그 아비에 그 아들"이라고 말하며 아에니스 왕을 몰락하게 한 유약함이 아에곤에게도 있다고 주장했다. 그들은 마에고르는 발레리온을 차지했고 아에곤의 신부 라에나 공주는 열두 살부터 드림파이어를 타고 날아다녔지만, 아에곤은 한 번도 드래곤을 타지 않은 사실을 지적했다. 또한 알리사 선왕비가 마에고르의 결혼식에 참석한 것을 두고 그의 모친마저도 아들의 왕위를 포기했다는 증거라고 떠들어댔다. 캐스털리록의 영주 라이만 라니스터는 마에고르가 "필요하면 사슬을 채워서라도" 아에곤과 라에나를 킹스랜딩으로 돌려보내라고 한 요구에 완강히 버텼지만, 그조차도 이제 '참칭왕'이나 '무관(無冠)의 아에곤'이라고 불리는 젊은 왕자에게 충성을 서약하지 않았다.

그리하여 라에나 공주는 캐스털리록에서 아에레아와 라엘라로 이름 지은 쌍둥이 딸을 낳았다. 별빛 성소에서 또다시 신랄한 성명을 발표했다. 최고성사는 그 아기들도 부정한 것들이며 신들의 저주를 받은 색욕과 근친의 산물이라고 선언했다. 분만을 도운 캐스털리록의 학사는 이후 라에나 공주가 남편에게 협해를 건너 티로시든 미르든 볼란티스든 아기들을 데리고 떠나자고 애원했다고 전한다. 그녀는 “널 왕으로 만들기 위해서라면 내 목숨도 기꺼이 바칠 수 있지만, 우리 딸들까지 위험에 처하게 할 수는 없어”라고 말하며, 어디든 숙부의 손이 닿지 않는 먼 곳으로 떠나기를 바랐다. 하지만 그녀의 어떤 말이나 눈물도 장자의 권리를 되찾기로 마음을 굳힌 아에곤 왕자를 움직일 수는 없었다.

AC 43년이 밝았을 때, 마에고르 왕은 킹스랜딩에서 직접 레드킵의 건설을 감독했다. 이미 완료된 부분이 대부분 철거되거나 바뀌고 새로운 건축가와 인부가 일을 시작했으며, 아에곤의 높은 언덕 밑 깊은 곳에 비밀 통로와 땅굴이 거미줄처럼 생겨났다. 붉은 석탑들이 세워질 때, 왕은 성안에 또 다른 성의 건설을 명령했다. 물 없는 해자로 둘러싸인 요새화된 보루는 곧 ‘마에고르 성채’라는 이름으로 널리 알려졌다.

같은 해 마에고르는 알리스 왕비의 부친 루카스 해로웨이 공을 그의 새로운 수관으로 임명했으나, 정작 왕의 신뢰를 받는 이는 그가 아니었다. 사람들은 칠왕국을 지배하는 건 왕이지만, 왕 본인도 세 왕비, 즉 그의 어머니 비세니아 왕대비와 그의 정부 알리스 왕비와 펜토스 마녀 티아나 왕비에게 지배당하고 있다고 수군거렸다. 티아나는 ‘밀고자의 여주인’ 또는 그녀의 흑발 때문에 ‘왕의 큰까마귀’로 불리기도 했다. 그녀가 쥐와 거미와 대화하고 밤마다 킹스랜딩에 있는 모든 작고 해로운 것들이 찾아와 왕을 욕한 어리석은 자들을 낱낱이 일러바친다는 소문도 돌았다.

한편, 리치와 트라이던트와 협곡에서는 가난한 동료 수천 명이 아직도 도로와 야생 지역에서 출몰했다. 별(무장 종단에서 가난한 동료를 칭하는 말)들은 이제 큰 무리를 이뤄 왕과 야전(野戰)에서 맞서지 않고 더 사소한 방식으로 전쟁을 계속했다. 그들은 길을 가는 여행자들을 덮치고 크고 작은 마을과 방비가 허술한 성채를 휩쓸었으며, 왕에게 충성하는 이들을 찾는 대로 족족 살해했다. 호리스 힐 경은 그레이트포크 전투에서 목숨을 건졌으나, 패주한 탓에 명성에 잃어 그를 따르는 이는 몇 되지 않았다. 가난한 동료의 새로운 지도자인 '누더기' 실라스, 문 성사, '절름발이' 데니스 같은 자들은 무법자와 다를 바 없었다. 그중 가장 악랄한 수령은 '매독쟁이' 제인 푸어라는 여자였는데, 그녀를 따르는 흉포한 무리 때문에 킹스랜딩과 스톰스엔드 사이의 숲은 통행이 거의 불가능했다.

그동안 전사의 아들은 '언덕의 붉은 개' 조프리 도겟 경을 새로운 총단장으로 선출했다. 기사단의 옛 영광을 되찾으려는 조프리 경이 최고성사의 축복을 받고자 라니스포트에서 출발했을 때, 기수 백 명이 그를 따랐다. 그가 올드타운에 도착했을 무렵에는 수많은 기사와 종자와 자유기수가 합류하여 그 수가 2000명에 달했다. 왕국의 다른 여러 지역에서도 불만을 품은 귀족들과 신자들이 병력을 모으고 드래곤들을 잡을 방도를 강구하고 있었다.

왕은 아무것도 놓치지 않았다. 왕국 구석구석으로 날아간 큰까마귀들이 충성심이 의심스러운 영주와 지주기사에게 킹스랜딩으로 와서 무릎을 꿇고 충성을 맹세한 뒤, 아들이나 딸을 볼모로 바치라는 왕의 소집령을 전했다. 별과 검(무장 종단에서 전사의 아들을 칭하는 말)은 불법화되었고 앞으로 이들 조직에 가입하는 자는 극형에 처하게 되었다. 최고성사도 레드킵에 출두하여 대역죄에 대한 재판을 받으라는 명령을 받았다.

그러자 별빛 성소의 최고성사는 왕에게 올드타운으로 와서 신들께 그가 지은 죄와 잔학 행위에 대한 용서를 빌라고 맞받아쳤다. 종단의 수많은 신자가 최고성사의 저항에 동조했다. 독실한 귀족 중에도 몇몇은 킹스랜딩으로 가서 충성을 맹세하고 볼모를 바쳤지만, 더 많은 귀족이 그들의 숫자와 성을 믿고 왕명을 무시했다.

마에고르 왕은 레드킵 건설에 몰두하였던 터라 반년 가까이 독버섯이 자라도록 놔두었다. 먼저 움직인 건 그의 어머니였다. 왕대비는 바가르를 타고 예전에 도르네에서 했던 것처럼 리버랜드에 불과 피를 가져왔다. 하룻밤 사이에 블레인트리, 테릭, 데딩스, 리체스터, 웨인 가문의 본성이 불탔다. 그 후에는 마에고르 본인이 발레리온을 타고 서부로 날아가 브룸, 폴웰, 로치 가문과 더불어 왕의 소집령을 거부한 '독실한 영주들'의 성을 불태웠고, 마지막에는 도겟 가문의 본성을 잿더미로 만들었다. 조프리 경의 부친, 모친, 여동생을 비롯해 수하 병력과 하인들이 모조리 불타 죽었고, 가산도 전소되었다. 서부와 리치 전역에 피어오르는 연기 구름을 뒤로 하고 바가르와 벨라리온은 남쪽으로 머리를 돌렸다. '정복' 시절에는 다른 하이타워 공이 다른 최고성사의 조언을 듣고 올드타운의 성문을 열었으나, 이제 웨스테로스에서 가장 위대하고 가장 인구가 많은 대도시는 불에 탈 운명을 피할 수 없을 것처럼 보였다.

그날 밤 수천 명이 성문을 통해 줄지어 빠져나가거나 먼 항구로 향하는 배를 타고 올드타운에서 도망쳤다. 거리에도 수천 명이 몰려나와 술에 취해 흥청거렸다. "오늘 같은 밤 노래를 부르고 죄를 짓고 술을 마시지 않는다면 또 언제 할 수 있겠나?" 사람들이 서로 말했다. "어차피 내일이면 고결한 자든 부도덕한 자든 모두 함께 불타 죽을 터인데." 성소나 사원이나 오래된 숲에 모여 살아남기를 기도한 사람들도 있었다. 별빛 성소에서는 최고성사가 큰 소리로 호통치며 신들의 분노가 타르가르옌 왕가에 쏟아지기를 기도했다. 시타델의 최고학사들은 콘클라베를 열었다. 도시 경비대는 화재에 대비해 부산하게 자루에 모래를 채우고 들통에 물을 받았다. 성벽에는 드래곤들이 나타나면 요격하고자 노궁, 전갈석궁, 발석차, 투창기 등이 흉벽 위에 늘어섰다. 올드타운 영주의 아우 모건 하이타워 경이 지휘하는 전사의 아들 200명이 최고성사를 보호하기 위해 지부 건물에서 쏟아져 나와 별빛 성소를 빈틈없이 에워쌌다. 하이타워성 꼭대기에서 타오르는 거대한 봉화가 불길한 녹색으로 바뀌며 마틴 하이타워 공이 휘하 가문을 소집했음을 알렸다. 올드타운은 새벽과 드래곤들이 오기를 기다렸다.

그리고 드래곤들이 도착했다. 동이 틀 때 바가르가, 정오 직전에 발레리온이 모습을 드러냈다. 하지만 도시의 성문은 활짝 열려 있었고 흉벽에는 아무도 없었으며, 타르가르옌 왕가와 티렐 가문 그리고 하이타워 가문의 깃발이

나란히 성벽 위에서 나부끼고 있었다. 어찌 된 영문인지 먼저 알아낸 건 비세니아 왕대비였다. 그 길고 끔찍했던 밤, 최고성사가 죽은 것이었다.

최고성사는 강건한 53세의 남자였다. 두려움을 모르는 만큼 지칠 줄도 몰랐고, 강한 체력으로 유명했다. 자거나 먹지 않고 온종일 설교한 적도 여러 번 있었다. 그런 사람이 돌연사하자 도시는 경악했고 그를 따르던 이들은 당황했다. 최고성사의 사인은 오늘날까지 논의된다. 어떤 이들은 그가 마에고르 왕의 분노를 마주할 용기가 없어서 겁쟁이처럼 목숨을 끊었거나 올드타운의 선량한 시민들을 드래곤의 화염으로부터 구하기 위해 스스로 희생했다고 말한다. 그의 자만심과 오만, 그가 저지른 이단과 반역의 죄 때문에 일곱 신이 징벌을 내렸다는 주장도 있다.

하지만 많은 이들은 그가 살해되었다고 확신한다……. 그렇다면 누가 그리했을까? 혹자는 모건 하이타워 경이 올드타운의 영주인 형의 명을 받고 일을 저질렀다고 말한다(그날 밤 모건 경이 최고성사의 거처를 들어갔다 나오는 모습이 목격되었다). 마틴 공의 독신 고모이며 마녀로 알려진 패트리스 하이타워 영애를 지목하는 이들도 있다(해 질 녘 최고성사를 알현했으나, 그녀가 떠났을 때 최고성사는 살아 있었다). 시타델의 최고학사들도 의심을 받는데(그날 밤 내내 전령이 시타델과 별빛 성소 사이를 오갔다), 암살 방법이 흑마술이었는지 암살자였는지 아니면 독이 묻은 두루마리였는지는 아직도 약간의 논쟁거리로 남아 있다. 그리고 어떤 이들은 그들 모두 죄가 없으며 최고성사의 죽음은 역시 주술사라는 소문이 돌던 비세니아 타르가르옌 왕대비의 짓이었다고 여전히 주장한다.

진실은 아마 영원토록 밝혀지지 않을 것이다……. 그러나 하이타워성에서 소식을 접한 마틴 공의 대처가 재빨랐다는 것에는 논란의 여지가 없다. 영주는 즉시 직속 기사들을 보내 전사의 아들을 무장해제한 다음 구속했고, 그중에는 그의 아우도 포함되었다. 성문은 모두 열렸고 성벽에는 타르가르옌 왕가의 깃발이 걸렸다. 바가르의 날개가 보이기도 전에 하이타워 공의 병사들이 최고신관들을 깨우고 창으로 위협하여 별빛 성소로 데려가서 새로운 최고성사를 선출하게 했다.

투표는 한 번으로 충분했다. 종단의 현명한 남녀 신관들은 거의 만장일치로 페이터 성사를 지목했다. 허약하고 허리가 구부정하며 눈까지 멀었지만 성격이 원만하기로 유명한 아흔 살의 연로한 신임 최고성사는 머리에 수정관을 썼을 때 그 무게에 짓눌려 쓰러질 뻔했다. 하지만 별빛 성소에서 마에고르 타르가르옌이 그의 앞에 섰을 때, 새로운 최고성사는 기꺼이 마에고르를 왕으로 축복하고(비록 축복문은 까먹었지만) 왕의 머리에 성유를 부어주었다.

비세니아 왕대비는 곧 바가르를 타고 드래곤스톤으로 돌아갔으나, 마에고르 왕은 반년 가까이 올드타운에 남아 정무를 보고 재판을 주재했다. 그는 포로로 잡힌 전사의 아들들에게 선택권을 주었다. 기사단의 맹세를 철회한 자는 장벽으로 가서 여생을 밤의 경비대원으로 보낼 것이고, 이를 거부하는 자는 순교자로 죽을 것이었다. 포로들의 4분의 3은 검은 옷을 입기로 했다(검은 옷을 입는 밤의 경비대원이 되겠다는 뜻이다). 나머지 4분의 1은 죽었다. 그중 명성이 높은 기사나 귀족 자제였던 일곱 명은 마에고르 왕이 직접 블랙파이어로 목을 베는 명예를 누렸고, 그 외 기사들은 예전 동료들에게 참수되었다. 모든 기사 중 단 한 명, 모건 하이타워 경만이 국왕의 사면을 받았다.

새로운 최고성사는 공식적으로 전사의 아들과 가난한 동료를 해산하고, 모두 신들의 이름으로 무기를 내려놓으라고 명령했다. 최고성사는 이제부터 철왕좌가 종단을 지키고 수호할 것이니, 일곱 신은 더는 전사가 필요하지 않다고 선언했다. 마에고르 왕은 무장 종단의 생존자들에게 연말까지 무기를 양도하고 반역 행위를 중단할 시간을 허락했다. 그 후에도 저항하는 자에게는 목에 현상금이 걸릴 것이었다. 회개하지 않은 전사의 아들의 머리는 드래곤 금화 한 닢, 가난한 동료의 '이가 득실거리는' 두피는 수사슴 은화 한 닢이었다.

새로운 최고성사는 이의를 제기하지 않았고, 최고신관단도 마찬가지였다.

왕은 올드타운에서 머무르는 동안 그의 첫째 부인이며 하이타워 공의 누이인 세리스 왕비와도 화해했다. 왕비는 왕의 다른 부인들을 인정하고 존중하며 힐난하지 않겠다는 데 동의했고, 마에고르는 세리스에게 왕비로서의 모든 권리와 수입과 특권을 되돌려주겠다고 맹세했다. 그들의 화해를 축하하기 위해 하이타워에서 성대한 연회가 열렸다. 축하연에는 신방 의식과 '두 번째 첫날밤'까지 포함됐고, 이 결합이 참된 사랑으로 맺어진 것임을 세상 모든 사람에게 널리 알리고자 했다.

마에고르 왕이 올드타운에 언제까지 더 머물렀을지는 AC 43년 후반에 발발한 또 다른 왕권 도전 때문에 알 수가 없다. 왕이 오랫동안 킹스랜딩을 비운 사실을 눈치챈 그의 조카 아에곤 왕자는 재빨리 기회를 붙잡았다. 무관의 아에곤과 그의 아내 라에나는 드디어 캐스털리록에서 나와 소수의 동료와 함께 쏜살같이 리버랜드를 가로지른 뒤, 옥수수자루 밑에 숨어 도성에 잠입했다. 아에곤은 거느린 인원이 너무 적었던 터라, 지키지도 못할 철왕좌를 노릴 생각은 하지 않았다. 그들이 킹스랜딩에 온 이유는 라에나의 드림파이어를 되찾고 왕자가 부친의 드래곤 퀵실버를 길들이기 위해서였다. 마에고르의 궁중에서 왕의 잔혹함에 염증을 느낀 아에곤의 친구들이 이 대담한 시도를 도왔다. 노새들이 끄는 마차 안에 숨어 킹스랜딩에 들어간 왕자와 공주는 도성을 떠날 때는 나란히 드래곤을 타고 날아갔다.

아에곤과 라에나는 군대를 모으고자 서부로 돌아갔다. 캐스털리록은 여전히 아에곤 왕자의 명분을 공공연히 지지하기를 꺼렸으므로, 그의 지지

자들은 파이퍼 가문의 본성인 핑크메이든성에 모여들었다. 핑크메이든의 영주 존 파이퍼는 이미 왕자에게 충성을 서약했는데, 영주를 설득한 건 라에나의 어릴 적 친구이며 영주의 성질이 불같은 누이 멜로니로 널리 알려졌다. 퀵실버를 타고 하늘에서 내려온 아에곤 타르가르옌은 숙부를 폭군이자 찬탈자라며 비난하고 모든 올곧은 이에게 자신의 깃발 아래로 모이라고 선포했다.

그곳을 찾아온 귀족과 기사는 대부분 서부와 리버랜드 출신이었다. 타벡, 루트, 밴스, 찰턴, 프레이, 페이지, 파렌, 파먼, 웨스털링 가문이 그중에 속했고, 협곡의 코브레이 공, 배로턴의 서자, 그리핀스루스트 영주의 넷째 아들도 가세했다. 라니스포트에서는 라이만 라니스터 공의 서자 타일러 힐 경이 500명을 이끌고 합류했는데, 이는 캐스털리록의 교활한 영주가 젊은 왕자를 한 손 거들면서도 마에고르가 승리하면 발뺌하려고 생각해낸 술책이었다. 파이퍼가의 징집병은 파이퍼 공이나 그의 남자 형제가 아닌, 남자의 갑옷을 입고 창을 든 여동생 멜로니가 지휘했다. 반란군은 그 수가 1만 5000명에 달했고, 아에니스 왕이 사랑해 마지않았던 드래곤 퀵실버를 탄 무관의 아에곤은 철왕좌에 대한 권리를 주장하기 위해 리버랜드를 가로지르는 진군을 시작했다.

아에곤 왕자의 휘하에는 노련한 지휘관들과 용맹한 기사들이 있었지만, 대영주는 단 한 명도 그에게 지지를 보내지 않았다. 그러나 '밀고자의 여주인' 티아나 왕비는 마에고르에게 스톰스엔드, 이어리, 윈터펠, 캐스털리록 모두 형의 과부 알리사 선왕비와 비밀리에 연락을 취했다고 경고하는 서신을 보냈다. 그들은 드래곤스톤의 왕자를 향한 지지를 선언하기 전에 그가 승리한다는 확신을 원했다. 아에곤 왕자는 승전이 필요했다.

마에고르는 그것을 허락하지 않았다. 하렌홀에서 해로웨이 공이, 리버런에서 툴리 공이 출진했다. 킹스가드의 다보스 다클린 경이 킹스랜딩에서

5000명을 이끌고 반란군을 향해 서쪽으로 진군했다. 리치에서 피크 공, 메리웨더 공, 카스웰 공이 징집병을 거느리고 북상했다. 느리게 진군하던 아에곤 왕자의 군대는 사방에서 포위당하는 처지에 이르렀다. 각 진압군은 병력이 반란군보다 적었으나 여러 방면에서 오는 터라, 어린 왕자는(아직 열일곱 살에 지나지 않았다) 어디를 먼저 상대해야 할지 몰랐다. 코브레이 공은 적들이 합치기 전에 각개격파하도록 조언했지만, 병력을 나누기를 꺼린 아에곤은 대신 킹스랜딩으로 계속 진군했다.

아에곤은 신의 눈 호수 바로 남쪽에서 고지를 선점하고 창으로 벽을 세운 채 길을 가로막은 다보스 다클린의 킹스랜딩군과 맞닥뜨렸다. 또한 척후병들이 메리웨더와 카스웰 공이 남쪽에서, 툴리와 해로웨이 공이 북쪽에서 접근 중이라고 알렸다. 다른 왕당파 군대가 도달하여 측면을 공격하기 전에 킹스랜딩군부터 돌파하려 한 아에곤 왕자는 돌격 명령을 내리고 공격을 이끌고자 자신도 퀵실버에 올라탔다. 하지만 하늘에 날아오르자마자 그는 밑에서 부하들이 고함치며 손가락으로 하늘을 가리키는 광경을 보았다. 검은 공포 발레리온이 남쪽 하늘에서 모습을 드러낸 것이다.

마에고르 왕이 당도했다.

발리리아의 파멸 이후 처음으로 하늘에서 드래곤과 드래곤이 맞서 싸웠고, 지상에서도 전투가 시작되었다.

퀵실버는 나이도 더 많고 더 사나우며 덩치도 네 배나 되는 발레리온에게 상대가 되지 않았다. 퀵실버가 내뿜은 하얀 불덩어리는 거대한 검은 화염에 휩쓸려 흔적도 없이 사라졌고, 그 직후 위에서부터 덮친 검은 공포가 젊은 드래곤의 목을 공격하며 한쪽 날개를 잡아 뜯어버렸다. 퀵실버가 울부짖고 연기를 내뿜으며 땅으로 곤두박질쳤고, 아에곤 왕자도 드래곤과 함께 추락했다.

지상에서 벌어진 전투도 이 못지않게 짧았고 더 피비린내 났다. 아에곤

이 쓰러지자 모든 게 끝났음을 알아차린 반란군 병사들이 무기와 갑옷을 내버리고 달아났다. 하지만 왕당파 군대가 사방을 포위한 상황이라 도망칠 곳이 없었다. 날이 저물었을 때, 아에곤의 반란군은 2000명, 국왕군은 백여 명이 전사했다. 전사자 중에는 알린 타벡 공, 배로턴의 서자 데니스 스노우, 로넬 밴스 공, 윌리엄 휘슬러 경, 멜로니 파이퍼와 그녀의 세 형제 그리고 타르가르옌 가문의 왕손이자 드래곤스톤의 왕자, 무관의 아에곤이 있었다. 왕당파 전사자 중 유일하게 이름 있는 자는 보검 '고독한 숙녀'를 든 코브레이 공의 손에 목숨을 잃은 킹스가드의 다보스 다클린 경이었다. 전투 후 반년에 걸쳐 재판과 처형이 이어졌다. 비세니아 왕대비는 아들을 설득해 반역에 가담한 일부 귀족을 살리게 했지만, 그렇게 목숨을 건진 자들도 하나같이 영지와 작위를 잃고 볼모를 강제로 넘겨야 했다.

죽지 않고 포로로 잡히지도 않은 이들 중에 특히 눈에 띄는 이름이 있었으니, 바로 아에곤 왕자의 누나이며 아내인 라에나 타르가르옌이었다. 그녀는 반란군에 합류하지 않았다. 아에곤의 명이었는지, 아니면 자의에 의해서였는지는 지금까지도 논의가 그치지 않는다. 확실한 사실은 아에곤이 출정할 때 라에나는 딸들과 그녀의 드래곤 드림파이어와 함께 핑크메이든 성에 남았다는 것이다. 왕자의 군대에 드래곤이 한 마리 더 있었다면 전투의 결과가 달랐을까? 그 답은 결코 알 수 없겠지만, 라에나 공주는 전사가 아니었고 드림파이어는 퀵실버보다도 어리고 작았으므로, 검은 공포 발레리온에게 별다른 위협이 아니었을 것이라는 타당한 지적이 있다.

전투 소식이 서부에 닿고 라에나 공주가 남편과 친구 멜로니 영애의 죽음을 알았을 때, 그녀는 굳은 얼굴로 아무 말 없이 소식을 전해 들었다고 한다. "울지 않으실 건가요?"라고 누군가 묻자, 공주는 "눈물 따위 흘릴 시간이 없어"라고 대답했다. 숙부의 분노를 두려워한 라에나는 딸들 아에레아와 라엘라를 데리고 더 멀리 라니스포트로 갔다가 바다를 건너 페어섬

(Fair Isle, 미의 섬)까지 도망쳤다. 섬의 새로운 영주 마크 파먼(부친과 형은 아에곤 왕자를 위해 싸우다가 전사했다)은 그녀를 받아들이고 자신이 보호하는 한 어떤 해도 입지 않을 것이라고 맹세했다. 그 후 1년 가까이 페어 섬의 주민들은 동녘 하늘을 바라보며 발레리온의 검은 날개가 나타나지 않을지 두려움에 떨었으나, 마에고르는 오지 않았다. 승리한 왕은 레드킵으로 돌아가 작정하고 후계자 생산에 착수했다.

정복 후 44년째 되는 해는 그 전해보다는 평화로웠다. 그러나 그 시대를 기록한 학사들은 여전히 바람에서 피와 불의 냄새가 진하게 풍겼다고 적었다. 레드킵이 올라가는 동안 마에고르 타르가르옌 1세가 철왕좌에 앉아 군림하였고 그의 궁중은 왕비가 셋이나 있어도 음침하고 활기가 없었다. 어쩌면 그녀들이 원인이었을지도 모른다. 왕은 매일 밤 왕비 한 명과 잠자리를 같이했음에도 여전히 자식이 없었고, 후계자라고는 그의 형 아에니스의 아들딸이 전부였다. 세인들은 왕을 '잔혹 왕 마에고르' 또는 '친족살해자'라고도 불렀는데, 왕의 귀에 들리면 죽음을 면치 못했다.

올드타운에서는 고령이었던 최고성사가 죽고 새로운 최고성사가 선출됐다. 그 역시 왕이나 왕비들을 비판하지 않았으나, 마에고르 왕과 종단 사이의 적대감은 사라지지 않았다. 가난한 동료 수백 명이 추적당해 살해되고 현상금을 위해 두피가 벗겨져 왕의 병사들에게 넘겨졌지만, 아직 수천 명이 남아 칠왕국의 숲과 산울타리와 다른 야생 지역을 누비며 타르가르옌 왕가를 저주했다. 한 무리는 문 성사라는 수염 기른 거한에게 관을 씌우고 그들의 최고성사로 삼기도 했다. 전사의 아들도 몇몇 남아 명맥을 유지했고, 언덕의 붉은 개 조프리 도겟 경이 그들을 지휘했다. 법으로 금지당하고 쫓기는 범법자 신세가 된 기사단은 더는 국왕군과 야전을 벌일 여력이 없었다. 그래서 붉은 개는 방랑기사로 가장한 단원들을 내보내 타르가르옌 왕당파와 "종단의 배반자"들을 추적해 죽이게 했다. 그들의 첫 제물은 예전

단원이었던 모건 하이타워 경이었고, 그는 허니홀트로 가는 길에 도륙당했다. 그리고 늙은 메리웨더 공, 피크 공의 아들이자 후계자, 다보스 다클린의 연로한 부친에 이어 눈먼 존 호그까지 차례로 살해당했다. 전사의 아들들의 머리에 걸린 현상금은 무려 드래곤 금화 한 닢이었지만, 그들이 어떤 사람들인지 기억하는 왕국의 평민과 소작농은 오히려 그들을 숨겨주었다.

드래곤스톤에서는 비세니아 왕대비가 마치 뼈에서 살이 녹아내리듯 나날이 여위고 초췌해졌다. 알리사 선왕비도 아들 재해리스와 딸 알리산느와 함께 드래곤스톤에 머물렀는데, 사실상 포로와 같은 처지였다. 왕은 아에니스와 알리사의 살아 있는 아들 중 가장 나이가 많은 비세리스 왕자를 궁중으로 불러들였다. 전도유망하고 평민들의 사랑을 받는 열다섯 살 소년 비세리스는 왕의 종자가 되었다……. 그리고 킹스가드 기사 한 명이 항상 따라다녀 그가 음모나 반역 따위에 연루되는 것을 원천 차단했다.

AC 44년, 마침내 왕이 그토록 원하던 아들을 볼 수 있을 듯했다. 알리스 왕비가 임신 소식을 알리자 궁중은 크게 기뻐했다. 데스몬드 대학사는 왕비의 배가 점점 불러오자 그녀가 침실에서 나오지 못하게 했고, 여자 성사 두 명과 산파 한 명 그리고 왕비의 자매 제인과 한나의 도움을 받으며 직접 그녀를 보살폈다. 마에고르는 다른 두 아내도 임신한 왕비의 수발을 들으라고 강요했다.

하지만 침실에서만 지낸 지 세 달이 지났을 때, 알리스 왕비가 심한 하혈을 하기 시작하더니 곧 유산하고 말았다. 마에고르 왕은 사산아를 보러 왔다가 사지가 뒤틀리고 눈이 없는 거대한 머리가 달린 괴물의 모습에 기겁했다. "이게 내 아들일 리가 없다!" 그가 비통해하며 포효했다. 그리고 비탄은 분노로 바뀌었다. 왕은 왕비를 보살핀 산파와 성사들의 즉결 처형을 명령하고 데스몬드 대학사도 죽였으며, 오직 알리스의 자매만을 살려주었다.

전하는 바로는 마에고르가 대학사의 머리를 손에 든 채 철왕좌에 앉아 있을 때 티아나 왕비가 들어와 그가 속은 것이라고 보고했다고 한다. 아이는 그의 씨가 아니었다. 나이 들고 씁쓸하게 자식도 없이 궁으로 돌아온 세리스 왕비를 보고 자기도 왕의 아들을 낳지 않으면 같은 운명에 처할 것이라고 걱정한 알리스 해로웨이는 부친인 수관에게 도움을 청했다. 왕이 세리스 왕비나 티아나 왕비와 동침하는 밤마다 루카스 해로웨이가 딸이 임신하도록 딸의 침소에 남자를 보냈다는 이야기였다. 마에고르는 믿기를 거부했다. 그는 티아나를 질투심 많고 애도 못 낳는 마녀라고 욕하며 대학사의 머리를 그녀에게 던졌다. 밀고자의 여주인은 단지 "거미들은 거짓말을 하지 않는답니다"라고 대답하고 왕에게 한 명단을 건넸다.

그 명단에는 알리스 왕비에게 씨를 준 혐의가 있는 남자 스무 명의 이름이 적혀 있었다. 나이가 많거나 어린 남자, 잘생기거나 못생긴 남자, 기사와 종자, 귀족과 하인, 심지어는 말구종과 대장장이와 가수도 포함되었다. 수관은 실로 넓게 그물을 친 듯했다. 그들의 공통점은 단 한 가지, 모두 건강한 자식들을 낳아 정력을 입증한 사내들이라는 것이었다.

남자들은 고문 끝에 두 명을 제외하고 모두 실토했다. 자식이 열둘 있는 사내는 해로웨이 공에게 대가로 받은 금화를 아직 갖고 있었다. 심문은 신속하고 비밀리에 이루어졌기에, 해로웨이 공과 알리스 왕비는 킹스가드가 덮칠 때까지 왕이 그들을 의심한다는 사실을 전혀 눈치채지 못했다. 침대에서 끌려 나온 알리스 왕비는 눈앞에서 자매들이 그녀를 지키려다가 살해당하는 모습을 보았다. 그녀의 아버지는 수관의 탑을 점검하다가 지붕에서 내던져져 탑 밑 돌바닥에 떨어져 죽었다. 해로웨이의 아들, 형제, 조카도 모조리 사로잡혀 마에고르 성채 주변을 두른 말뚝에 꿰였다. 몇몇은 몇 시간 만에 죽었고, 정신이 박약했던 호라스 해로웨이는 며칠이 지난 다음에야 죽었다. 티아나 왕비의 명단에 있던 스무 명도, 그들이 추가로 지목한 십여 명의 남자도 역시 말뚝에 박혔다.

가장 끔찍한 죽임을 당한 사람은 같은 왕비인 티아나에게 고문당한 알리스 왕비였다. 어떤 것은 그냥 덮고 잊는 게 나을 때도 있으니, 그녀의 죽음은 자세히 다루지 않겠다. 다만 왕비는 보름 가까이 극한 고통에 시달리다가 죽었고, 마에고르가 처음부터 끝까지 그 참극을 지켜보았다는 언급으로 충분하리라. 왕비가 숨을 거둔 후 그녀의 시신은 일곱 부위로 토막났고, 각 부위는 도시의 일곱 성문 위의 말뚝에 박혀 썩어 문드러졌다.

이후 마에고르 왕은 해로웨이가를 완전히 멸문하고자 기사와 보병으로 이루어진 강병을 이끌고 킹스랜딩에서 출정하여 하렌홀로 진군했다. 신의 눈 호반에 있는 거성에는 병력이 거의 없었고, 루카스 공의 조카이자 죽은 왕비의 사촌인 수호성주는 국왕군이 접근하자 성문을 활짝 열어젖히고 항복했다. 그럼에도 그는 목숨을 건질 수 없었다. 왕은 성의 수비대 전원을 처형하고 해로웨이의 피가 섞인 이들은 남녀노소 할 것 없이 몰살했다. 그러고는 트라이던트 강가에 있는 해로웨이 영주촌으로 이동하여 같은 일을 반복했다.

그 유혈 참사 이후 하렌홀은 저주받은 성이라는 말이 돌기 시작했다. 성을 차지했던 모든 귀족 가문이 비참하게 몰락한 까닭이었다. 그럼에도 왕의 야심 찬 심복들 다수가 검은 하렌이 지은 거성과 성에 딸린 광활하고 비옥한 영지를 탐했고, 급기야는 수많은 청원에 시달리다 못한 마에고르 왕이 가장 강한 자에게 하렌홀을 내리겠다고 선포하기에 이르렀다. 그리하여 피로 흠뻑 젖은 해로웨이 마을의 거리에서 왕가의 기사 23명이 검과 철퇴와 창을 들고 격전을 벌였다. 월튼 타워스 경이 우승하여 마에고르에게 하렌홀의 영주로 임명받았으나, 격렬했던 난전에서 중상을 입은 월튼 경은 영주가 된 지 보름도 안 되어 사망했다. 하렌홀은 그의 장남에게 넘어갔고, 왕은 영지를 쪼개어 해로웨이 마을은 알턴 버터웰 공에게, 그 밖의 해로웨이 봉토는 다놀드 대리 공에게 하사했다.

마침내 킹스랜딩으로 돌아와 다시 철왕좌에 앉은 마에고르는 모친 비세니아 왕대비가 사망했다는 비보를 접했다. 게다가 왕대비 사후 이어진 혼란을 틈타 알리사 선왕비와 아이들이 드래곤 버미토르와 실버윙과 함께 드래곤스톤에서 도망쳤고, 아무도 그들의 행방을 몰랐다. 그들은 심지어 보검 검은 자매까지 훔쳐 달아났다.

왕은 모친의 시신을 화장하고 유골과 재를 정복자의 옆에 안치하도록 명하고는, 킹스가드를 보내 그의 종자 비세리스 왕자를 사로잡았다. "녀석을 검은 감옥에 가두고 엄중히 심문하라." 마에고르가 호령했다. "어미가 어디로 갔는지 알아내라."

"왕자가 모를 수도 있습니다." 마에고르의 킹스가드 기사 오웬 부시 경이 이의를 제기했다. 그때 왕이 대꾸한 말은 널리 알려졌다. "그럼 죽게 내버려두든가. 계집이 아들의 장례식에 나타날지도 모르지."

비세리스 왕자는 그의 어머니가 어디로 갔는지 몰랐고, 펜토스의 티아나가 흑마술을 써도 대답하지 못했다. 왕자는 아흐레 동안 이어진 심문 끝에 사망했다. 그의 시신은 왕명에 따라 보름 동안 레드킵의 안마당에 방치되었다. "어미가 와서 가져가는지 보겠다"라고 마에고르는 말했다. 하지만 알리사 선왕비는 나타나지 않았고, 결국 왕은 조카를 화장했다. 왕자는 사망 당시 15세였고, 생전 평민과 귀족 모두로부터 큰 사랑을 받았다. 왕국 전체가 그의 죽음을 슬퍼했다.

AC 45년, 마침내 레드킵 건설이 완료되었다. 마에고르는 왕궁의 완공을 축하하는 뜻으로 건설에 참여한 건축가들과 인부들을 위해 연회를 열고 마차 여러 대에 가득 실은 독한 술과 달콤한 별미와 도성의 최상급 창관에서 부른 창녀들을 보내주었다. 축하연은 사흘 동안 계속되었다. 그 후 그중 한 명이라도 레드킵의 비밀을 발설하는 것을 방지한다는 이유로 왕의 기사들이 들어가 인부들을 전부 베어 죽였다. 그들의 유골은 그들이 지은 성 아래 매장되었다.

성이 완공되고 얼마 지나지 않아 세리스 왕비가 돌연 병에 걸려 세상을 떠났다. 궁중에서는 왕비의 독한 잔소리에 화가 난 왕이 오웬 경에게 명령하여 혀를 자르게 했다는 소문이 돌았다. 왕비가 저항하며 몸부림치자 오웬 경의 손이 미끄러져 그녀의 목을 베었다는 이야기였다. 근거 없는 소문이었지만, 당시에는 다들 사실이라고 여겼다고 한다. 지금은 학사들 대부분이 그 이야기가 왕의 적들이 왕을 비방하기 위해 지어낸 낭설이라고 믿고 있다. 진실이 무엇이었든지, 첫째 부인의 죽음으로 마에고르에게는 단 한 명의 왕비가 남았다. 검은 머리카락만큼이나 심장도 까맣고 모든 사람의 증오와 두려움을 사는 거미의 여주인, 펜토스 여인 티아나였다.

레드킵이 완공되자마자 마에고르는 라에니스 언덕 정상에 남아 있는 추모의 성소 잔해와 그곳에서 학살당한 전사의 아들들의 유골을 치우라고 지시했다. 그리고 그곳에 발레리온과 바가르와 그들의 자손에게 어울리는 거대한 '드래곤의 거처'를 돌로 지을 것이라고 선포했다. 드래곤핏(Dragonpit, 드래곤 구덩이)의 건설은 그렇게 시작되었다. 당연하게도 공사에 참여할 건축가와 석공, 인부를 구하기가 어려웠다. 워낙 많은 이가 도망친 바람에 왕은 결국 도성의 지하감옥에서 죄인들을 꺼내 인부로 쓰고 미르와 볼란티스에서 초빙한 건축가들에게 건설을 맡길 수밖에 없었다.

AC 45년 말, 마에고르 왕은 다시 한번 전장에 나서 무장 종단의 범법자 잔당과의 전쟁을 이어갔다. 킹스랜딩에는 티아나 왕비를 남겨 새로운 수관인 에드웰 셀티가르 공과 함께 도성을 다스리게 했다. 국왕군은 블랙워터강 남쪽에 펼쳐진 광활한 숲에서 가난한 동료 수십 명을 생포하여 대다수는 장벽으로 보내고 검은 옷을 입기를 거부한 자들은 교수형에 처했다. 그들의 수령이었던 매독쟁이 제인 푸어는 계속 왕의 추격을 뿌리쳤으나, 끝내는 부하 세 명에게 배신당해 잡히고 말았다. 세 배신자는 그 공로로 사면과 함께 기사 서임을 받았다.

왕을 수행하는 성사 세 명이 매독쟁이 제인을 마녀로 선언했고, 마에고르는 웬드워터강 옆의 평야에서 그녀를 화형에 처하라고 명령했다. 제인이 처형되던 날, 그녀를 따르는 가난한 동료와 농민 300명이 그녀를 구하려고 숲에서 쏟아져 나왔다. 그러나 이를 예측한 왕이 매복시켜놓은 병력에 포위되어 몰살당했다. 구출대의 대장은 거의 마지막에 쓰러졌는데, 바로 3년 전 그레이트포크 전투에서 참패하고 도주한 서출 방랑기사 호리스 힐 경이었다. 이번에는 그때처럼 운이 따르지 않았다.

그러나 왕국 내 다른 곳에서는 시대의 흐름이 왕에게 불리하게 흐르고 있었다. 평민과 귀족 모두 왕의 잔혹한 행위를 증오하고 그의 적들에게 도움을 주기 시작했다. 가난한 동료들은 올드타운의 최고성사를 '최고 아첨꾼'이라고 부르고 문 성사를 대신 '최고성사'로 내세웠다. 문 성사는 아무 거리낌 없이 리버랜드와 리치를 넘나들었고, 그가 숲에서 나와 왕을 비난하는 설교를 할 때마다 구름 같은 인파가 모였다. 골든투스 이북의 구릉지대는 전사의 아들 총단장을 자칭한 붉은 개 조프리 도겟 경이 지배하는 것과 다름없었다. 캐스털리록도, 리버런도 애써 그를 진압하려 들지 않았다. 절름발이 데니스와 누더기 실라스도 여전히 잡히지 않았고, 가는 곳마다 평민들이 안전하게 숨겨주었다. 그들을 잡으러 보낸 기사와 병사도 사라지기 일쑤였다.

AC 46년, 마에고르 왕은 1년에 걸친 전쟁의 결실인 해골 2000개를 갖고 레드킵으로 돌아왔다. 왕은 그것들을 철왕좌 아래에 쏟아부으며 가난한 동료와 전사의 아들의 머리라고 선언했으나…… 그 소름 끼치는 전리품은 상당수가 순박한 소작농이나 농장 노동자나 돼지치기 등, 죄라고는 신앙심이 있다는 것이 유일했던 자들의 머리였다고 널리 알려졌다.

새해가 밝았으나 마에고르는 여전히 아들은커녕 적출로 만들 만한 사생아조차도 없었다. 게다가 티아나 왕비가 그가 그토록 원하는 후계자를 낳아줄 조짐도 보이지 않았다. 그녀는 계속하여 밀고자의 여주인으로서 왕을 섬겼지만, 왕이 더는 그녀의 침대를 찾지 않은 까닭이었다.

마에고르의 조언자들은 왕이 새로운 왕비를 맞이할 때가 되었다는 데 뜻을 모았다. 그러나 누구를 맞이해야 할지는 이견을 좁히지 못했다. 베니퍼 대학사는 긍지 높고 아름다운 스타폴의 여영주 클라리세 데인을 추천하면서 그녀의 가문과 영지를 도르네로부터 떼어놓고자 했다. 재무관 알턴 버터웰은 자신의 과부 누이를 제의했다. 뚱뚱하고 아름답지도 않지만, 아이를 일곱이나 낳았으니 임신하는 데는 문제가 없다는 주장이었다. 수관 셀티가르 공은 나이가 열둘과 열셋인 자신의 두 딸을 언급하며, 둘 중 하나를 고르거나 원한다면 둘 다 왕비로 맞이하라고 왕에게 권했다. 드리프트마크의 벨라리온 공은 무관의 아에곤의 과부이며 왕의 조카인 라에나를 불러들여야 한다고 조언했다. 마에고르가 라에나를 왕비로 맞이함으로써 계승권을 통합하고 그녀를 옹립하려는 반란을 방지하며, 그녀의 모친 알리사 선왕비가 음모를 획책한다면 써먹을 수 있는 볼모를 확보한다는 주장이었다.

마에고르 왕은 그들의 의견을 차례로 들어보았다. 끝에 가서는 그들이 제의한 여인들을 대부분 퇴짜 놓았지만, 그들이 내세운 일부 논리와 주장은 일리가 있어 보였다. 왕은 버터웰 공의 뚱뚱하고 못생긴 누이는 아니지만 수태 능력이 입증된 여인을 왕비로 맞이하기로 했다. 그리고 셀티가르 공이 권한 대로 왕비를 한 명만 얻지 않을 터였다. 아내가 둘이면 아들을 얻을 기회도 두 배고, 셋이면 세 배가 된다. 그리고 그중 한 명은 벨라리온 공의 현명한 조언대로 반드시 그의 조카여야 했다. 알리사 선왕비와 막내아들과 막내딸은 행방이 묘연했으나(협해를 건너 티로시나 볼란티스로 도망쳤다고 추정되었다), 여전히 마에고르의 왕위와 그가 얻을 아들을 위협했다. 아에니스의 딸을 아내로 삼는다면 그녀의 동생들이 왕권을 주장할 명분도 약해질 것이었다.

남편이 죽은 뒤 페어섬으로 피신한 라에나 타르가르옌은 딸들을 보호하기 위해 신속하게 움직였다. 아에곤 왕자가 실제로 왕이 되었었다면 법에 따라 그의 후계자인 장녀 아에레아가 칠왕국의 정당한 여왕이라고 주장할 명분이 있을지도 몰랐다. 그러나 아에레아와 라엘라는 한 살배기였고, 그러한 주장을 떠드는 건 딸들을 죽음으로 몰아넣는 것과 같다는 사실을 라에나는 알고 있었다. 그녀는 대신 아기들을 머리를 염색하고 이름도 바꾼 뒤, 딸들의 신분을 모르는 견실한 남자들의 화목한 가정에서 자라도록 힘써줄 어떤 강대한 협력자들에게 보내버렸다. 공주는 자기도 딸들이 어디로 가는지 몰라야 한다고 고집했다. 설령 고문을 받더라도 모르는 건 밝힐 수 없을 터였으니까.

라에나 타르가르옌 본인은 그렇게 도망칠 수 없었다. 이름을 바꾸고 머리를 염색하고 술집 여자의 거친 옷이나 성사의 예복을 걸친다고 하더라도, 그녀의 드래곤을 변장할 방법은 없었다. 늘씬하고 은색 무늬가 있는 옅은 청색의 암컷인 드림파이어는 이미 알을 두 무더기나 낳은, 라에나가 열두 살 때부터 타고 다닌 드래곤이었다.

드래곤을 쉽게 숨길 방법은 없었다. 라에나는 대신 마에고르로부터 가능한 한 멀리 도망치는 것을 택했다. 페어섬의 주인 마크 파먼은 그녀가 일몰해 위로 아름다운 하얀 탑들이 높게 솟아오른 페어캐슬성에서 지내는 것을 허락했다. 그곳에서 라에나는 휴식을 취했고, 책을 읽고 기도하며 숙부가 찾아올 때까지 얼마나 시간이 있을지 고민했다. 훗날 그녀는 숙부가 올 것을 의심치 않았다고 말했다. 오고 안 오고가 문제가 아니라 '언제' 올지가 문제였던 것이다.

소환령은 그녀가 바라던 것보다 일찍 도착했지만, 그녀가 염려한 만큼 빨리 오지도 않았다. 불응은 고려할 가치도 없었다. 저항한다면 왕이 발레리온을 타고 와 페어섬에 재앙을 내리게 될 뿐이었다. 라에나는 파먼 공에게 정이 들고 그의 차남 앤드로와 친밀한 사이가 되었던 터라, 그들의 호의에 불과 피로 보답할 마음이 없었다. 그녀는 드림파이어를 타고 레드킵으로 날아갔고, 왕성에 도착한 다음에야 남편을 살해한 숙부와 결혼해야 한다는 사실을 알게 되었다. 그리고 같은 날 함께 왕과 결혼할 다른 두 신부도 만났다.

제인 웨스털링은 '신의 눈 아래 전투'에서 아에곤 왕자와 함께 죽은 알린 타벡의 부인이었다. 남편이 사망하고 몇 달 후, 그녀는 죽은 남편의 아들을 낳았다. 키 크고 날씬한 몸매에 윤기가 흐르는 갈색 머리를 가진 제인은 당시 캐스털리록 영주의 작은아들 한 명의 구애를 받고 있었으나, 왕은 전혀 개의치 않았다.

더 곤혹스러운 것은 테오 볼링 경의 부인이었던 엘리너 코스테인이었다. 테오 경은 지난 전쟁에서 왕을 위해 가난한 동료와 싸운 지주기사였다. 엘리너가 왕의 눈에 들었을 때, 그녀는 열아홉 살의 어린 나이에 이미 볼링의 세 아들을 낳은 몸이었다. 테오 경이 알리사 왕비와 모의하여 왕을 시해하고 어린 재해리스를 왕위에 올리려 했다는 혐의로 킹스가드에 체포되었을 때, 막내아들은 아직 젖먹이였다. 볼링은 결백을 주장했지만, 유죄판결을 받고 당일 참수당했다. 마에고르 왕은 신들에게 경의를 표하는 뜻에서 그의 과부가 이레 동안 애도하는 것을 허락한 뒤, 이레가 지나자 그녀를 불러들여 자신과 혼인해야 한다고 통보했다.

스토니셉트 마을에 나타난 문 성사가 마에고르 왕의 혼인 계획을 맹렬히 비난하자 주민 수백 명이 손뼉을 치며 환호했다. 하지만 그 외에는 거의 아무도 감히 왕에게 반대의 목소리를 높이지 못했다. 최고성사가 혼례를 거행하기 위해 올드타운에서 배를 타고 킹스랜딩으로 왔다. 정복 후 47년째 되는 해의 어느 봄날, 마에고르 타르가르옌은 레드킵의 안마당에서 세 신부와 결혼식을 올렸다. 새로운 왕비들은 각각 그들 부친 가문의 색깔로 된 예복과 망토를 걸쳤으나, 모두 과부여서 킹스랜딩의 주민들은 그녀들을 '검은 신부들'이라고 불렀다.

결혼식에 제인의 아들과 엘리너의 세 아들도 참석한 까닭에 두 신부는 순순히 예식을 따를 것이 분명했으나, 라에나 공주는 어떤 식으로든 저항하는 모습을 보일 것이라고 많은 사람이 예상했다. 그러나 티아나 왕비가 타르가르옌 왕가의 검고 붉은 색 옷을 걸친 보랏빛 눈동자의 은발 머리 여아 둘을 데리고 나타나자 그런 기대는 사라졌다. "내게서 숨길 생각을 하다니, 어리석었군요"라고 티아나가 공주에게 말했다. 라에나는 고개를 떨구고 얼음장처럼 차가운 목소리로 혼인의 맹세를 읊었다.

그날 밤 벌어진 일에 관해서는 수많은 기이하고 모순된 이야기가 전한다. 그리고 수백 년이 지난 지금, 진실과 전설을 분간하는 건 쉽지 않은 일이다. 과연 몇몇이 주장하듯 세 검은 신부가 한 침대에서 동침했을까? 그랬을 것 같지는 않다. 왕이 세 신부를 각각 따로 방문하여 하룻밤 사이에 세 여인과 모두 합방을 했던 것일까? 그럴 수는 있다. 훗날 라에나 공주가 주장했듯이 그녀가 베개 밑에 단검을 숨기고 왕을 죽이려 한 것은 사실일까? 엘리너 코스테인이 왕과 교합할 때 왕의 등이 피투성이가 될 때까지 할퀴었을까? 티아나 왕비가 임신에 도움이 된다며 가져온 물약을 제인 웨스털링이 마셨을까, 아니면 나이 많은 왕비의 얼굴에 던져버렸을까? 애초에 티아나가 그런 물약을 만들거나 건넨 게 확실한가? 물약의 존재는 두 여인이 죽고 20년이 지난 재해리스 왕의 재위 기간에 처음 언급되지 않았던가.

우리가 아는 사실은 다음과 같다. 마에고르는 결혼식을 치른 뒤 라에나의 딸 아에레아를 "신들께서 내게 아들을 점지해주실 때까지" 그의 합법적

인 후계자로 선포하고, 쌍둥이 동생 라엘라를 올드타운으로 보내 성사로 키우게 했다. 칠왕국의 모든 법에 따라 정당한 후계자가 되어야 했을 그의 조카 재해리스는 같은 칙령으로 상속권을 확실하게 박탈당했다. 타벡홀의 영주로 임명된 제인 왕비의 아들은 캐스털리록으로 보내져 라이만 라니스터의 대자(代子)로 자라게 되었다. 엘리너의 장남과 차남도 비슷한 처분을 받고 각각 이어리와 하이가든으로 보내졌고, 막내아들은 왕비가 젖을 물리는 것을 왕이 질색했기에 유모에게 넘겨졌다.

반년 후, 수관 에드웰 셀티가르는 제인 왕비의 임신을 알렸다. 그녀의 배가 부풀기 시작할 때, 이번에는 왕이 직접 엘리너 왕비가 잉태했음을 밝혔다. 마에고르는 두 여인에게 포상과 찬사를 퍼붓고 그녀들의 부친과 형제와 친척에게 새로운 영지와 직위를 하사했으나, 왕의 기쁨은 오래가지 않았다. 출산 예정 석 달 전, 제인 왕비는 돌연 시작된 산통으로 침대에 드러누웠고, 곧 알리스 해로웨이가 낳은 사산아에 못지않게 괴물 같은 아기를 낳았다. 팔다리가 없고 남녀 성기가 둘 다 달린 아기였다. 사산 후 얼마 지나지 않아 제인도 산고로 사망했다.

세인들은 마에고르가 저주받았다고 말했다. 그는 조카를 살해하고 종단과 최고성사를 상대로 전쟁을 벌였으며, 신들을 거역하고 살인과 근친, 간음과 강간을 저질렀다. 그의 음경은 독에 물들고 씨는 벌레로 가득하며, 신들은 결코 그에게 살아 있는 아들을 점지해주지 않을 거라고 사람들이 수군거렸다. 하지만 마에고르는 다른 해명을 찾았고, 오웬 부시 경과 말라돈 무어 경을 보내 티아나 왕비를 지하감옥에 가두게 했다. 그곳에서 펜토스 출신 왕비는 왕의 심문관들이 미처 도구를 준비하기도 전에 모든 것을 실토했다. 제인 웨스털링의 태내에 있던 아기를 중독시킨 것이 그녀였고, 알리스 해로웨이의 아들을 사산시킨 것도 그녀였다. 티아나는 엘리너 코스테인이 밴 '새끼'도 똑같으리라고 장담했다.

전하는 이야기로는 왕이 직접 그녀를 죽이고 보검 블랙파이어로 심장을 꺼내 그의 개들에게 먹였다고 한다. 하지만 탑의 티아나는 죽은 다음에도 복수를 하였으니, 곧 그녀가 장담한 일이 벌어졌기 때문이다. 두 달 후 어느 야심한 밤, 엘리너 왕비 역시 눈이 없고 자라다 만 날개가 달린 기형 사내아이를 사산했다.

그때는 정복 후 48년째 되는 해였고 마에고르 왕이 즉위한 지 6년째 되는 해였으며, 그의 마지막 해이기도 했다. 이제 칠왕국의 그 어떤 사람도 왕이 저주받았다는 사실을 부인할 수 없었다. 왕에게 남았던 지지자들도 아침 햇살에 증발하는 이슬처럼 점점 사라져갔다. 조프리 도겟 경이 포로가 아닌 툴리 공의 빈객으로 리버런에 들어가는 모습이 목격되었다는 소식이 킹스랜딩에 도달했다. 다시 모습을 드러낸 문 성사가 신도 수천 명을 이끌고 리치에서 올드타운으로 행진했다. 별빛 성소로 가서 "철왕좌에 앉은 부정한 것"을 탄핵하고 무장 조직에 대한 금지령을 풀게끔 '아첨꾼'과 담판을 짓겠다는 것이었다. 징집병을 이끌고 신도들 앞에 나타난 오크하트 공과 로완 공은 공격하기는커녕 오히려 그들과 합류했다. 셀티가르 공은 수관의 자리에서 사임하고 클로섬으로 낙향했다. 도르네군이 길목마다 집결하고 왕국을 침공하려는 조짐을 보인다는 보고가 도르네 변경에서 연달아 올라왔다.

가장 큰 타격은 스톰스엔드에서 발생했다. 십브레이커만(灣)의 해변에서 로가르 바라테온 공이 어린 재해리스 타르가르옌을 안달인과 로인인과 최초인의 진정한 합법적인 왕으로 추대했고, 재해리스 왕자는 로가르 공을 호국공이자 수관에 임명했다. 어머니 알리사 선왕비와 누이 알리산느 사이에 선 왕자는 보검 검은 자매를 뽑아 들고 찬탈자 숙부의 지배를 끝내겠다고 맹세했다. 봉신과 스톰랜드 기사 등 백여 명이 환호를 보냈다. 재해리스 왕자는 창과 장궁을 능숙하게 다루고 기마술도 뛰어난 잘생긴 열네 살 소년이었다. 게다가 버미토르라는 이름의 거대한 청동색과 황갈색 드래곤을 탔고, 이제 열두 살인 여동생 알리산느는 드래곤 실버윙의 주인이었다. 로가르가 폭풍 영주들에게 말했다. "마에고르는 드래곤이 한 마리밖에 없지만, 우리 왕자님은 두 마리나 있소이다."

그리고 곧 세 마리가 되었다. 재해리스가 스톰스엔드에서 병력을 모은다는 소식이 레드킵에 전해지자, 라에나 타르가르옌은 강제로 결혼해야 했던 숙부를 버리고 드림파이어를 타고 남동생에게로 도망쳤다. 그녀는 딸 아에레아는 물론, 왕이 잘 때 검집에서 몰래 꺼낸 블랙파이어까지 챙겨서 달아났다.

마에고르 왕의 반응은 느리고 혼란스러웠다. 그는 대학사에게 큰까마귀를 날려 그에게 충성하는 영주와 봉신을 킹스랜딩으로 소집하라고 지시했지만, 이미 베니퍼가 펜토스로 향하는 배를 타고 도망친 다음이었다. 아에레아 공주도 사라진 것을 본 왕은 올드타운으로 전령을 보내 쌍둥이 동생 라엘라를 참수하여 그들의 배신자 어미를 처벌하고자 했으나, 하이타워 공은 오히려 전령을 감옥에 가두었다. 하룻밤 사이에 킹스가드 기사 두 명이 사라져 재해리스에게 넘어갔고, 오웬 부시 경은 어느 매음굴 밖에서 자신의 성기가 입안에 쑤셔 넣어진 채 싸늘한 시신으로 발견되었다.

드리프트마크의 벨라리온 공은 가장 먼저 재해리스를 지지한 귀족 중 한 명이었다. 벨라리온가는 전통적으로 왕국의 제독 가문이었던 터라, 마에고르는 하루아침에 왕립 함대를 통째로 잃고 말았다. 하이가든의 티렐 가문이 리치의 전력과 함께 그 뒤를 따랐다. 올드타운의 하이타워, 아버의 레드와인, 캐스털리록의 라니스터, 이어리의 아린, 룬스톤의 로이스…… 대가문들이 하나씩 왕에게 반기를 들고 나섰다.

킹스랜딩에 마에고르의 명을 받든 군소 영주 20여 명이 모였다. 그중에는 더스큰데일의 다클린 공, 스톤댄스의 매시 공, 하렌홀의 타워스 공, 룩스레스트의 스탠턴 공, 샤프포인트의 바르 에몬 공, 앤틀러스의 버크웰 공, 로스비 공, 스토크워스 공, 헤이포드 공, 하트 공, 버치 공, 롤링포드 공, 바이워터 공, 말레리 공 등이 포함되었다. 그러나 병력을 전부 합쳐도 4000명에 불과했고, 그중 기사는 열 명 중 하나뿐이었다.

어느 밤 마에고르는 전략을 논하고자 영주들을 모두 레드킵으로 불러들였다. 영주들은 모인 이들이 극히 소수에 불과하고 대가문은 아무도 합류하지 않았다는 것을 깨닫고는 대부분 낙심했고, 헤이포드 공은 왕에게 퇴위한 뒤 검은 옷을 입으라고 충고하기까지 했다. 왕은 그 자리에서 헤이포드 공의 참수를 명령했고, 그의 머리를 철왕좌 뒤에 꽂은 창에 박은 채 전쟁 회의를 계속했다. 영주들은 그날 밤 늦게까지 계획을 짰다. 늑대의 시간에 이르러서야 마에고르는 영주들의 귀가를 허락했다. 그들이 떠날 때 왕은 뒤에 남았고, 철왕좌에 앉아 생각에 잠겼다. 타워스 공과 로스비 공이 마지막으로 왕의 모습을 본 이들이었다.

몇 시간 후 동이 틀 무렵, 마에고르에게 남은 마지막 왕비가 그를 찾아왔다. 엘리너 왕비는 왕이 피에 흠뻑 젖은 겉옷을 걸친 채 철왕좌에 앉아 창백한 모습으로 죽어 있는 모습을 발견했다. 왕의 양팔은 손목에서 팔꿈치까지 삐죽삐죽한 가시에 길게 베였고, 칼날이 목을 꿰뚫고 턱 밑으로 튀어나와 있었다.

오늘날까지도 많은 사람이 왕을 죽인 건 철왕좌 그 자체였다고 믿는다. 로스비와 타워스가 알현실에서 나올 때 마에고르는 아직 살아 있었고, 문밖을 지키던 기사들이 나중에 엘리너 왕비가 시신을 발견할 때까지 결코 아무도 들어가지 않았다고 단언했기 때문이다. 왕비가 살해당한 첫 남편의 복수를 하고자 왕의 몸을 그 가시와 칼날 쪽으로 밀었을 거라고 말하는 이들도 있다. 킹스가드가 저지른 짓일 수도 있으나, 문마다 기사 두 명이 경계를 섰으므로 모두 한통속이었어야 가능했다. 정체불명의 개인이나

여러 명이 어떤 비밀 통로를 통해 알현실에 들어갔다가 나왔을 수도 있다. 레드킵은 죽은 자들만 아는 비밀이 많으니. 혹은 야심한 시간에 절망을 느낀 왕이 그를 기다리는 패배와 치욕을 피하고자 직접 칼날에 손목을 긋고 목숨을 끊었을지도 모를 일이다.

역사와 전설에 '잔혹 왕 마에고르'라는 이름을 남긴 마에고르 타르가르옌 1세는 6년 하고도 66일 동안 군림하였다. 사후 그의 시신은 레드킵의 마당에서 화장되었고, 유골은 드래곤스톤에 있는 모친의 유골 옆에 안치되었다. 그는 자식 없이 죽었고, 피로 이어진 후계자를 남기지 않았다.

왕자에서 왕으로

재해리스 1세의 즉위

AC 48년, 열네 살의 나이로 철왕좌에 오른 재해리스 타르가르엔 1세는 AC 103년에 수명이 다하여 승하할 때까지 55년간 칠왕국을 다스렸다. 자신의 재위 말년과 후계자의 재위 동안 자연스레 '늙은 왕'이라고 불리었지만, 재해리스는 늙고 힘없던 기간보다 원기 왕성한 젊은이로 활동한 시간이 훨씬 길었던 터라 사려 깊은 학자들은 그를 '조정자(Conciliator)'라고 부르며 존경한다. 백 년 후, 움버트 최고학사는 '드래곤' 아에곤과 그의 누이들이 칠왕국(그중 한 곳은 아니었지만)을 정복했으나, 왕국들을 진정으로 하나로 만든 이는 조정자 재해리스였다는 명문을 남겼다.

그의 앞에 놓인 일은 결코 쉬운 게 아니었다. 나약하고 우유부단했던 아에니스와 잔인하고 피에 굶주렸던 마에고르, 이 두 선왕은 정복자가 이룩한 위업을 거의 무위로 되돌렸다. 재해리스가 물려받은 왕국은 빈곤하고 전쟁으로 피폐해진 무법천지였으며, 불신과 분열이 팽배한 데다 새로 즉위한 왕 본인은 통치 경험이 없는 새파란 애송이였다.

철왕좌에 대한 그의 계승권조차 의심할 여지 없이 확고하지 않았다. 재해리스가 아에니스 1세의 유일하게 생존한 아들이기는 하나, 그의 큰형 아에곤이 이미 왕위를 주장한 적이 있었다. 무관의 아에곤은 '신의 눈 아래 전투'에서 숙부 마에고르에게 패하고 전사했지만, 그 전에 누나인 라에나를 아내로 맞이하여 쌍둥이 딸 아에레아와 라엘라를 두었다. 몇몇 학사가 주장하듯 잔혹 왕 마에고르가 정당성이 없는 찬탈자에 지나지 않았다면, 아에곤 왕자야말로 진정한 왕이었으며 왕좌는 그의 동생이 아니라 장녀인 아에레아가 계승하는 것이 마땅했다.

하지만 쌍둥이는 성별은 물론 나이도 불리했다. 마에고르가 죽었을 때 공주들은 여섯 살에 불과했다. 게다가 당시 기록에 따르면 아에레아 공주는 자주 울고 잠자리에 오줌을 싸는 소심한 여아였고, 더 당차고 활발했던 라엘라는 종단에 넘겨져 별빛 성소에서 수련을 받고 있었다. 둘 다 여왕이 될 만한 자질이 없는 듯했고, 그들의 어머니 라에나 선왕비도 딸들 대신 동생 재해리스에게 왕위를 넘기는 것에 동의할 때 그 점을 인정했다.

라에나가 아에니스 왕과 알리사 왕비의 첫 아이이므로 계승 서열이 가장 높지 않으냐는 의견도 있었다. 혹자는 라에나 선왕비가 어떤 술수를 부려 잔혹 왕 마에고르의 압제로부터 왕국을 해방한 것이라며 수군거리기까지 했는데, 드림파이어를 타고 킹스랜딩에서 도망친 그녀가 무슨 방법으로 왕을 죽음에 이르게 했을지는 입증된 바가 없다. 그러나 제일 큰 걸림돌은 그녀의 성별이었다. 누군가 그녀가 계승 서열이 더 높다는 의견을 제시하자 로가르 바라테온 공은 "여긴 도르네가 아니오"라고 말하며 "그리고 라에나도 니메리아가 아니지"라고 쐐기를 박았다. 더구나 두 번이나 과부가 된 왕비는 킹스랜딩과 궁중을 혐오하게 되었고, 숙부가 그녀를 '검은 신부들'의 한 명으로 맞이하기 전 잠시나마 안식을 누린 페어섬으로 돌아가기만을 바랐다.

재해리스 왕자가 철왕좌에 올랐을 때는 성년이 되기까지 1년 반이 남은 시점이었다. 그래서 그의 어머니 알리사 왕대비가 섭정하고 로가르 공이 수관이자 호국공으로서 정무를 보았다. 그러나 그 시절 재해리스가 허수아비에 불과했다는 생각은 금물이다. 처음부터 소년 왕은 그의 이름으로 내리는 모든 결정에 관여하기를 고집했다.

마에고르 타르가르옌 1세의 유해가 화장되던 그 순간 그의 어린 계승자는 처음으로 중요한 결정에 맞닥뜨렸다. 바로 숙부를 지지한 잔당의 처우였다. 마에고르가 철왕좌에 죽은 채로 발견되었을 때는 이미 왕국의 거의 모든 대가문과 군소 가문이 왕에게 등을 돌린 다음이었으나, '거의'는 '전부'가 아니다. 킹스랜딩과 국왕령에 근접한 성과 영지의 주인들은 상당수가 마에고르의 죽음 직전까지 그를 지지했고, 그중에는 왕이 살아 있는 모습을 마지막으로 보았던 로스비 공과 타워스 공도 있었다. 왕의 소집령에 응하여 모였던 가문에는 스토크워스, 매시, 하트, 바이워터, 다클린, 롤링포드, 말레리, 바르 에몬, 버치, 스탠턴, 버크웰 등이 포함되었다.

마에고르의 시신이 발견된 후 혼란스러운 와중에 로스비 공이 독미나리가 든 잔을 비우고 왕을 따라 목숨을 끊었다. 버크웰과 롤링포드는 펜토스로 향하는 배를 탔고, 다른 영주들은 대부분 그들의 성과 요새로 도망쳤다. 오직 다클린과 스탠턴만이 용기 있게 타워스 공과 함께 뒤에 남아서 각각 드래곤을 타고 레드킵 왕성에 내려앉은 재해리스 왕자와 그의 두 누이 라에나와 알리산느를 맞이하였다. 궁중 기록에 따르면 이 '세 명의 충신'은 어린 왕자가 버미토르의 등에서 내려오자 무릎을 꿇고 검을 왕자의 발치에 내려놓고는 그를 왕이라 부르며 환영했다고 한다.

"그대들은 향연에 늦었군." 재해리스 왕자가 부드러운 목소리로 말했다고 한다. "그리고 이 검들로 신의 눈 아래서 내 형 아에곤을 죽이는 데 일조했을 테고." 왕자의 일행 몇몇은 그들의 즉결 처형을 외쳤지만, 왕자는 그들에게 사슬을 채우고 검은 감옥에 가두었다. 왕의 집행관, 수석 심문관, 간수장, 도시 경비대장과 마에고르 왕 곁에 남았던 킹스가드 기사 넷도 곧 뒤

따라 갇혔다.

보름 후, 로가르 바라테온 공과 알리사 왕대비가 군대를 이끌고 킹스랜딩에 도착하자 수백 명이 더 붙잡혀 감금되었다. 기사든 종자든 집사든 성사든 하인이든, 혐의는 똑같았다. 그들은 마에고르 타르가르옌의 왕위 찬탈과 이후 자행된 모든 범죄와 잔학 행위와 악정을 돕고 방조한 죄로 고발되었다. 여자도 예외는 아니었다. '검은 신부들'을 시중 들었던 고귀한 가문의 여식들과 마에고르의 창녀로 지목된 20여 명의 비천한 매춘부도 함께 잡혀 들어갔다.

레드킵의 지하감옥이 미어터질 지경에 이르자, 죄수들의 처분이 문제로 떠올랐다. 마에고르를 찬탈자로 간주한다면, 그의 재위 전체가 무법한 행위였으며 그를 지지한 자들은 모두 반역죄로 처형해야 마땅했다. 바로 알리사 왕대비가 촉구하던 바였다. 마에고르의 잔혹함에 두 아들을 잃은 왕대비는 그의 명령을 따랐던 자들에게 재판조차 허락할 마음이 없었다. "내 아들 비세리스가 고문당하여 죽었을 때, 이자들은 침묵을 지키고 단 한마디도 항의하지 않았어. 이제 와서 이들의 말을 들을 이유가 뭐지?"

분노하는 그녀의 반대편에 선 이는 수관이자 호국공인 로가르 바라테온 공이었다. 그는 마에고르의 수하들을 당연히 처벌해야 하나, 포로들을 처형한다면 찬탈자의 잔존하는 충성파가 굴복하기를 꺼릴 것이라고 지적했다. 그러면 로가르 공이 군대를 이끌고 그들의 성을 공격하여 검과 불로 하나하나 끌어내야 할 터였다. "그렇게 할 수는 있지만, 어떤 대가를 치러야 할 것 같소?" 그가 물었다. "많은 피가 흐를 것이고, 저들의 마음을 돌릴 길은 더욱 멀어질 것이오." 호국공은 마에고르의 수하들에게 재판을 허락하여 반역죄를 자백하게 하라고 권유했다. 가장 죄가 무거운 자들은 사형에 처하고, 남은 이들은 앞으로의 충성을 보장할 볼모를 넘기고 각자 소유한 영지와 성 일부를 포기하게 하면 충분하다는 것이었다.

어린 왕의 다른 지지자들은 대부분 로가르 공의 제안이 현명한 대처임을 알았지만, 재해리스가 동조하지 않았다면 그 제안이 받아들여지지 않았을 수도 있었다. 아직 열네 살에 불과했음에도, 소년 왕은 처음부터 다른 이들이 그의 이름으로 통치하는 동안 그냥 얌전하게 앉아 있지 않을 것이라는 조짐을 보였다. 학사와 누이 알리산느 그리고 몇몇 젊은 기사를 대동한 재해리스는 철왕좌에 올라 휘하 영주들을 소집했다. "재판도, 고문도, 처형도 없을 것이다." 왕이 선언했다. "난 내 숙부와는 다르다는 것을 왕국에 보여야 한다. 내 재위의 시작을 피로 물들게 할 마음은 없다. 내가 세운 기치 아래로 어떤 이들은 일찍, 어떤 이들은 늦게 모여들었지. 이제는 남은 이들이 올 시간이다."

재해리스는 아직 왕관을 쓰지도, 기름 부음을 받지도, 성년이 채 되지도 않은 상태였다. 따라서 그의 선언은 강제력이 없었음은 물론, 그가 협의회와 섭정의 결정을 기각할 권한도 없었다. 그럼에도 왕자의 말에 실린 힘과 철왕좌 위에서 그들 모두를 내려다보는 그의 시선에서 굳센 의지를 느낀 바라테온 공과 벨라리온 공은 즉시 지지를 밝혔고, 곧 다른 이들도 그 뒤를 따랐다. 오직 그의 누나 라에나만이 감히 반대를 표시했다. "네 머리에 왕관이 놓일 때 그들도 환호하겠지." 그녀가 말했다. "숙부와 그 전에는 우리 아버지를 위해 환호했던 것처럼."

마지막 결정은 섭정의 몫이었다. 알리사 왕대비는 개인적인 원한으로 복수를 바랐지만, 아들의 뜻을 거스르고 싶지는 않았다. "내가 반대한다면 그 애가 나약하게 보일 거야"라고 그녀가 로가르 공에게 말했다고 한다. "그리고 결코 그래서는 안 돼. 그것이 그 애 아비가 몰락한 이유였으니까." 그리하여 마에고르의 수하들은 대부분 목숨을 건질 수 있었다.

그날 이후 며칠에 걸쳐 킹스랜딩의 지하감옥이 비워졌다. 풀려난 사람들은 음식과 깨끗한 옷을 받은 뒤, 일곱 명씩 알현실로 인도되었다. 그곳에서 그들은 신과 인간 앞에서 마에고르에게 바쳤던 충성을 철회하고 무릎을 꿇은 채 그의 조카 재해리스에게 충성을 맹세했으며, 소년 왕은 한 명씩 일어서게 한 뒤 사면을 내리고 영지와 작위도 돌려주었다. 하지만 그들이 아무런 처벌을 받지 않았다는 생각은 금물이다. 귀족과 기사 모두 볼모로 아들을 보내 왕을 섬기게 해야 했고, 아들이 없으면 딸을 보내야 했다. 마에고르 휘하의 영주 중 가장 부유했던 타워스, 다클린, 스탠턴 같은 이들은 영지도 일부 포기했다. 다른 이들은 사면의 대가로 황금을 바쳤다.

국왕의 자비가 모두에게 해당한 것은 아니었다. 마에고르의 처형인, 간수들, 심문관들은 탑의 티아나가 아주 잠시나마 마에고르의 후계자이자 포로였던 비세리스 왕자를 고문하고 죽일 때 방조했다는 죄를 면치 못했다. 그들의 머리와 감히 드래곤의 혈통을 건드린 그들의 손이 알리사 왕대비에게 전해졌고, 왕대비는 그 선물에 '매우 만족'을 표했다.

그 외에 목을 잃은 한 명은 킹스가드 기사 말라돈 무어 경이었다. 그는 오웬 부시 경이 마에고르의 첫째 왕비 세리스 하이타워의 혀를 자르려다가 왕비의 몸부림에 손이 미끄러져 그녀를 죽이고 말았을 때, 왕비를 붙잡고 있었다는 혐의를 받았다. (말라돈 무어 경은 그 이야기는 날조된 것이며 세리스 왕비는 "지독한 잔소리" 때문에 죽었다고 주장했다. 그러나 그는 탑의 티아나를 마에고르 왕에게 끌고 가 왕이 그녀를 살해하는 광경을 지켜보았다고 시인했기에, 어쨌든 왕비의 살해에 관여했다는 사실은 바뀌지 않았다.)

마에고르의 일곱 친위기사 중 다섯이 여전히 생존했다. 그중 둘은 변절

하여 재해리스에게 넘어와 선왕의 죽음에 일조한 올리버 브라켄 경과 레이먼드 말레리 경이었다. 하지만 소년 왕은 그들이 그러함으로써 목숨을 바쳐 왕을 지키겠다는 맹세를 깨뜨렸다는 올바른 판단을 내렸다. "내 궁중에 맹세파기자가 있을 자리는 없다." 그가 선언했다. 그리하여 킹스가드 기사 다섯 명은 모두 사형 선고를 받았으나, 알리산느 공주의 권유에 따라 그들이 하얀 망토를 검은 망토로 바꾸고 밤의 경비대에 들어간다면 살려주겠다는 판결이 내려졌다. 다섯 중 넷이 자비를 받아들이고 장벽으로 떠났다. 두 변절자 올리버 경과 레이먼드 경 그리고 존 톨렛 경과 사이먼드 크레인 경이었다.

다섯 번째 킹스가드 기사 해롤드 랭귀드 경은 결투 재판을 요구했다. 재해리스는 이를 수락하고 직접 결투에 나서려 했으나, 이것만은 섭정대비가 가로막았다. 대신 젊은 스톰랜드 출신 기사가 왕실의 대전사로 나섰다. 대전사로 선택된 자일스 모리겐 경은 일곱의 재판에서 마에고르를 상대로 전사의 아들들을 이끌었던 총단장 '독실한' 데이먼의 조카였다. 새로운 왕에게 가문의 충성을 증명하기를 간절히 바랐던 자일스 경은 노쇠한 해롤드 경을 손쉽게 쓰러뜨렸고, 얼마 후 재해리스를 지키는 킹스가드 기사단장에 임명되었다.

한편, 왕자의 자비로운 처사에 대한 소문이 왕국에 점차 퍼져나갔다. 마에고르를 추종하던 이들이 하나하나 군대를 해산하고 자신들의 성을 떠나 왕에게 충성을 맹세하고자 킹스랜딩으로 향했다. 몇몇은 재해리스가 그의 부친처럼 유약하고 무기력한 왕이 되지 않을까 염려하며 마지못해 여정에 올랐다. 그러나 마에고르는 후사를 남기지 않았으므로, 왕자에 반하는 자들이 모일 만한 구심점이 없었다. 가장 열렬하게 마에고르를 지지했던 이들도 다정하고 너그러우며 용맹한 만큼 예의도 바른, 그야말로 완벽한 왕자의 모범인 재해리스를 보고 감복하였다. 베니퍼 대학사(펜토스로 망명했다가 이즈음 귀환했다)는 왕이 "학사처럼 박식하고 성사처럼 독실하다"라고 적었는데, 다소 아부로 여길 수 있겠지만 전부 거짓은 아니었다. 그의 어머니 알리사 왕대비조차도 재해리스를 "내 세 아들 중 가장 뛰어난 아이"라고 불렀다고 전한다.

왕가와 귀족들 사이의 화해로 하루아침에 웨스테로스에 평화가 찾아온 것은 아니었다. 가난한 동료와 전사의 아들을 뿌리째 뽑으려 했던 마에고르 왕의 행동은 많은 독실한 신자를 왕 본인은 물론, 타르가르옌 왕가의 적으로 돌아서게 했다. 마에고르는 '별과 검' 수백 명의 머리를 모았지만 여전히 수백 명이 남아 활개 쳤고, 그들이 어딜 가든 군소 영주, 지주기사, 평민 수만 명이 은신처와 음식을 제공하고 안전하게 보호해주었다. 누더기 실라스와 절름발이 데니스는 가난한 동료 무리를 이끌고 유랑하며 귀신같이 나타났다가 사라졌고, 위협을 느끼면 바로 푸른 숲속으로 자취를 감췄다. 골든투스 북쪽에서는 '언덕의 붉은 개' 조프리 도겟 경이 리버런 영주의 독실한 아내 루신다 부인의 지지와 묵인 아래 서부와 리버랜드를 마음껏 드나들었다. 전사의 아들 총단장에 직접 오른 조프리 경은 기사단의 영광을 되찾겠다고 공표하고 기사들을 모으고 있었다.

그러나 가장 거대한 위협은 남쪽에 있었다. 문 성사와 그의 추종자들은 오크하트 공과 로완 공의 기사들의 보호를 받으며 올드타운의 성벽 아래 진을 쳤다. 거구의 남자였던 문은 목소리가 우레와 같고 위압적인 존재감을 자랑했다. 그를 따르는 가난한 동료들이 그를 '진정한 최고성사'로 추대했지만, 정작 이 성사(그가 정말 성사였다면)는 경건함과는 거리가 먼 자였다. 문은 《칠각별》이 자신이 읽은 유일한 책이라고 큰소리쳤는데, 사람들은 그것마저도 의심했다. 문이 그 경전에서 구절을 인용한 적이 단 한 번도 없었고, 아무도 그가 글을 쓰거나 읽는 모습을 본 적이 없었기 때문이다.

맨발로 다니며 수염을 덥수룩하게 기르고 대단한 열정으로 가득했던

'가장 가난한 동료'는 몇 시간이나 열변을 토할 수 있었고, 종종 그리했다. 그는 죄악에 관하여 이야기했다. 문 성사는 항상 "나는 죄인이오"라는 말로 설교를 시작했는데, 그건 사실이었다. 대식가에 술고래였던 문은 색골로도 유명했고, 매일 밤 다른 여자와 동침하며 워낙 많은 여자를 임신시킨 나머지 그의 씨를 받으면 석녀도 임신할 거라고 그의 시종들이 떠들 정도였다. 문을 따르는 추종자들의 무지와 어리석음은 이루 말할 수가 없었기에 대부분 그 낭설을 믿었고 남편들이 아내를, 어미들이 딸을 그에게 바쳤다. 문은 그런 제안을 거부하는 법이 없었고, 곧 그의 무리에 속한 방랑기사와 병사 일부가 '문의 음경' 형상을 방패에 그려 넣기 시작했다. 그의 양물을 본떠 깎은 몽둥이와 펜던트와 지팡이 따위도 불티나게 팔렸다. 사람들은 그런 부적의 머리 부분을 만지면 풍요와 행운이 따를 것이라고 믿었다.

문 성사는 매일 청중 앞으로 나아가 타르가르옌 왕가의 죄악과 그들의 혐오스러운 전횡을 허락한 '아첨꾼'을 비난했다. 그 바람에 올드타운 내에 있는 진정한 '신자들의 아버지'는 별빛 성소에 갇혀 한 발짝도 나가지 못하는 신세가 되었다. 하이타워 공은 성문을 닫고 문 성사와 그의 추종자들이 도시에 들어오는 것을 금했지만, 최고성사의 거듭된 청원에도 굳이 무력으로 상대하려 하지 않았다. 이유를 묻자 영주는 신자들의 피를 흘리는 것이 내키지 않아서라고 답했으나, 많은 이들이 그가 문 성사를 보호하는 오크하트 공과 로완 공과의 전투를 꺼리기 때문이라고 주장했다. 시타델의 학사들은 주저하는 영주에게 '지체하는 도넬 공'이라는 별명을 붙였다.

로가르 공과 섭정대비는 마에고르 왕과 종단 간의 오랜 분쟁을 고려할 때, 재해리스가 반드시 최고성사에게 기름 부음을 받고 즉위해야 한다는 것에 동의했다. 하지만 왕자가 안전하게 올드타운에 다다르려면 먼저 문 성사와 그의 어중이떠중이 무리를 처리해야 했다. 마에고르의 죽음이 알려지면 문의 추종자들이 마음을 풀고 흩어지리라는 기대도 있었다. 그러나 5000명에 가까운 무리에서 떠난 이들은 수백에 지나지 않았다. "드래곤 하나가 죽어도 다른 놈이 나타나 그 자리를 꿰차는데 무슨 소용이 있단 말인가?" 문 성사가 그의 추종자들에게 고함쳤다. "타르가르옌을 전부 죽이거나 바다 밖으로 몰아내지 않으면 웨스테로스는 결코 깨끗해지지 않을 것이다." 문은 매일매일 새로이 설교하며 하이가든 공이 올드타운을 그에게 넘겨야 하고, '최고 아침꾼'이 별빛 성소에서 나와 그가 배신한 가난한 동료들의 분노를 직시해야 한다고 했으며, 왕국의 백성에게는 들고일어나라고 요구했다. (그리고 매일 밤 그는 새로운 죄악을 저질렀다.)

왕국 내 반대편에 있는 킹스랜딩에서는 재해리스와 그의 조언자들이 이 근심거리를 치울 방법을 숙고했다. 소년 왕과 두 누이 라에나와 알리산느 모두 드래곤이 있으므로, 문 성사를 처리할 최선의 방법은 정복자 아에곤과 그의 누이들이 불의 들판에서 두 왕을 처리한 방법이라고 여긴 이들도 있었다. 그러나 재해리스는 그런 학살이 내키지 않았고, 알리사 왕대비도 도르네에서 죽은 라에니스 타르가르옌과 그녀의 드래곤을 언급하며 단호히 거부했다. 결국 수관 로가르 공이 마지못해하며 군대를 이끌고 리치로 진군하여 문의 무리를 강제로 해산하겠다고 나섰으나…… 이는 그의 스톰랜드 병사들과 그 외 달리 모을 병력으로 오크하트 공과 로완 공의 기사와 중장병은 물론 가난한 동료와도 전투를 벌여야 한다는 것을 뜻했다. "어쨌든 우리가 이기기는 할 겁니다." 호국공이 말했다. "다만 적잖은 대가를 치러야겠지요."

신들이 그들의 고민에 귀를 기울였는지, 왕과 대신들이 킹스랜딩에서 논쟁을 벌일 때 누구도 상상치 못한 방법으로 골칫거리가 해결되었다. 올드타운 바깥으로 땅거미가 질 무렵, 온종일 설교하고 녹초가 된 문 성사가 저녁 식사를 하러 그의 천막으로 들어갔다. 성사의 천막은 언제나 거친 수염을 기른 거구의 가난한 동료들이 도끼를 들고 지켰는데, 한 어여쁜 처녀가 술병을 들고 나타나 성사에게 도움을 받고 보답으로 술을 드리고 싶다고 부탁하자 두말없이 바로 들여보내주었다. 그녀가 바라는 도움이 배 속에 애가 들어서는 종류의 도움이란 것을 알기 때문이었다.

잠시 시간이 흘렀고, 그동안 밖에서 천막을 지키던 사내들은 천막 안에서 문 성사가 간혹 껄껄 웃음을 터뜨리는 소리밖에 듣지 못했다. 그러나 별안간 신음이 새어 나오고 여자의 비명이 들리더니 분노에 찬 호통이 터져 나왔다. 천막 덮개가 활짝 젖혀지며 반라의 처녀가 맨발로 뛰쳐나왔고, 가난한 동료들이 미처 붙잡을 생각도 하기 전에 공포에 질려 휘둥그런 눈으로 황급히 도망쳤다. 그 직후 벌거벗은 문 성사가 피투성이 모습으로 고함을 치며 나타났다. 칼에 베인 목을 움켜쥔 그의 손가락 사이로 피가 줄줄 흘러나와 수염을 적셨다.

그때 문은 비틀거리면서도 이 모닥불에서 저 모닥불로 발걸음을 옮기며 자신의 목을 벤 창녀를 쫓아 야영지 절반을 헤맸다고 한다. 마침내 괴력이 다하자, 그는 비통해하며 울부짖는 시종들에게 둘러싸인 채 쓰러져 죽었다. 그를 죽인 여자는 자취도 없이 밤 속으로 사라졌고 다시는 보이지 않았다. 분노한 가난한 동료들이 그녀를 찾아 하루 밤낮에 걸쳐 야영지를 샅샅이 뒤졌다. 곳곳의 천막을 무너뜨리고 여자를 수십 명이나 잡아들이며 저항하는 자는 누구든 두들겼지만, 전부 헛수고였다. 문 성사의 호위병들은 암살자의 생김새조차 각각 다르게 기억했다.

하지만 호위병들은 여자가 성사에게 바친다며 술병을 하나 가져온 것을 기억했다. 천막을 수색해서 찾은 술병에는 아직 술이 반 정도 남아 있었다. 가난한 동료 넷이 그들이 모시던 선지자의 시신을 그의 침대로 옮겨놓은 뒤, 동이 틀 무렵 술을 나눠 마셨다. 네 명 전부 해가 중천에 뜨기 전에 죽었다. 술에 독이 들었던 것이다.

문 성사가 죽자, 그가 올드타운으로 이끌고 온 어중이떠중이 무리는 붕괴하기 시작했다. 마에고르 왕이 죽고 재해리스 왕자가 보위에 올랐다는 소식이 전해졌을 때 이미 이탈하기 시작한 추종자들은 이제 썰물처럼 빠져나갔다. 성사의 시신이 썩기도 전에 열 명이 넘는 자들이 나서서 그의 자리를 두고 다퉜고, 추종자들 사이에 싸움이 벌어졌다. 문의 수하들이 그때까지 그들과 함께한 두 영주를 따랐으리라 생각할 수도 있지만, 실상은 전혀 그렇지 않았다. 애초에 가난한 동료들은 귀족을 존중하지 않았고, 로완 공과 오크하트 공이 자신들의 기사와 중장병으로 올드타운 성벽을 공격하기를 꺼린 탓에 진작부터 그들의 진의를 의심하였던 것이다.

문 성사의 자리를 노리는 가난한 동료 중 '야윈' 롭이라는 자와 《칠각별》을 모조리 암기했다는 '박식한' 로카스라는 자가 성사의 시신을 서로 차지하려고 나섰다. 로카스는 죽은 성사가 그의 추종자들에게 올드타운을 줄 것이라는 환영을 보았다고 주장했다. 야윈 롭을 제치고 성사의 시신을 획득한 이 '박식한' 멍청이는 벌거벗고 썩어가는 피투성이 주검을 군마에 묶은 채 올드타운의 성문에 달려들었다.

그러나 공격에 가담한 이들은 백 명도 되지 않았고, 그나마도 대부분 성벽에서 100미터 거리에 들기도 전에 비처럼 쏟아지는 화살과 창과 돌멩이에 맞고 쓰러졌다. 간신히 성벽까지 도달한 자들도 끓는 기름이나 역청에 흠뻑 젖어 산 채로 불타올랐고, 박식한 로카스도 그렇게 죽었다. 공격자들이 대부분 죽거나 죽어갈 때, 하이타워 공의 제일 용감무쌍한 기사 십여 명이 말을 타고 출격구에서 뛰쳐나와 문 성사의 시신을 노획한 뒤 목을 잘랐다. 이 머리는 무두질 후 박제되어 이후 별빛 성소에 있는 최고성사에게 선물로 보내졌다.

수포로 돌아간 로카스의 공격은 문 성사가 시작한 성전(聖戰)의 종식을 고했다. 한 시간도 지나지 않아 로완 공이 모든 기사와 병사를 이끌고 서둘러 떠났다. 다음 날 오크하트 공이 그 뒤를 따랐다. 남아 있던 방랑기사와 가난한 동료, 종군 매춘부와 상인은 사방으로 흩어졌다(그들은 가는 길에 있는 모든 농장과 마을과 성채를 약탈했다). 문 성사가 올드타운으로 데려온 5000명의 무리에서 400명도 남지 않은 다음에야 지체하는 도넬 공이 잠에서 깨어나 대군을 이끌고 출진하여 낙오자들을 학살했다.

문이 살해되며 재해리스 타르가르옌이 철왕좌에 오르는 것을 막던 마지막 장애물은 제거됐지만, 그날부터 오늘날까지 암살자의 정체를 두고 격렬한 논쟁이 벌어져왔다. 아무도 '죄 많은 성사'를 독살하러 왔다가 목을 베어 죽인 여자가 독자적으로 행동했다고 믿지 않았다. 그녀는 하수인이 분명했다……. 하지만 누구의? 소년 왕이 보냈던 것일까, 아니면 그의 수관 로가르 바라테온이나 어머니 섭정대비가 고용한 이였을까? 여자가 브라보스의 악명 높은 주술사 암살단 '얼굴 없는 자들'의 일원이라고 믿는 이들도 있다. 암살 후 그녀가 마치 "밤에 녹아내린 듯" 자취도 없이 사라졌고, 호위병들이 그녀의 생김새를 두고 각자 다른 말을 한 것이 증거라는 주장이었다.

더 현명한 사람들과 얼굴 없는 자들의 방식을 잘 아는 이들은 이 가설이 거의 신빙성이 없다고 봤다. 문을 매우 어설프게 죽였기에 누구를 죽일 때 자연사처럼 보이도록 세심하게 주의를 기울이는 얼굴 없는 자들의 행위라고 보기 어려웠다. 그러한 암살 방식은 그들이 자랑스러워하는 점이며, 그들이 지닌 기예의 초석이라 할 수 있었다. 암살 대상의 목을 베고 그 대상이 밤새 비슬비슬 돌아다니며 소리치게 내버려둔 건 그들의 품위를 떨어뜨리는 짓이었다. 오늘날의 학자들은 대부분 암살자가 로완 공이나 오크하트 공 또는 두 영주 양쪽으로부터 사주를 받고 행동한 일개 종군 매춘부였을 것이라고 믿는다. 문이 살아 있을 때는 감히 떠날 엄두를 내지 못했지만 그가 죽자 두 영주가 그렇게 신속하게 포기하고 떠난 것은 그들이 불만

을 품었던 대상은 마에고르였지, 타르가르옌 왕가가 아니었음을 시사한다. 실제로 두 영주는 곧 올드타운에 돌아와 재해리스 왕자의 대관식에서 순종적이고 참회하는 태도로 왕 앞에 무릎을 꿇었다.

올드타운으로 가는 길이 뚫리고 다시 안전해진 AC 48년 말, 별빛 성소에서 대관식이 거행되었다. 최고성사—문 성사가 쫓아내기를 바란 '최고 아첨꾼'—가 손수 어린 왕에게 성유를 붓고 그의 부친 아에니스의 왕관을 머리에 씌워주었다. 그 후 이레 동안 성대한 연회가 열렸고, 크고 작은 가문의 영주 수백 명이 나타나 재해리스 앞에 무릎을 꿇고 충성을 맹세했다. 좌중에는 왕의 누이 라에나와 알리산느, 어린 조카 아에레아와 라엘라, 모친이자 섭정대비인 알리사, 수관 로가르 바라테온, 킹스가드 기사단장 자일스 모리겐 경, 베니퍼 대학사, 시타델에서 온 일군의 최고학사들…… 그리고 아무도 예상치 못한 인물이 한 명 있었다. 바로 폐지된 전사의 아들의 자칭 총단장인 언덕의 붉은 개 조프리 도겟 경이었다. 도겟은 리버런의 영주 툴리 부부의 일행으로 대관식에 참석했는데, 대부분 예상했듯 사슬에 묶인 채가 아니라 왕의 인장이 찍힌 안전 통행증을 지닌 채였다.

훗날 베니퍼 대학사는 소년 왕과 무법자 기사의 만남이 재해리스 치세의 기조를 확립했다고 기록했다. 조프리 경과 루신다 부인이 마에고르의 칙명을 철폐하고 별과 검의 부활을 요구하자, 재해리스는 단호히 거부했다. "종단은 무기를 들 필요가 없다." 그가 단언했다. "내가 보호할 것이니. 철왕좌가 종단을 보호할 것이다." 그러나 왕은 마에고르가 전사의 아들들과 가난한 동료들의 머리에 건 현상금을 없앴다. 그가 말했다. "내 백성과 전쟁을 벌일 생각은 없으나 대역죄와 반란을 용납하지도 않을 것이다."

"전 전하와 마찬가지로 전하의 숙부에게 반기를 들었습니다." 언덕의 붉은 개가 도전적으로 대답했다.

"그랬지." 재해리스가 인정했다. "그리고 그대가 용감하게 싸웠다는 사실은 누구도 부인하지 못한다. 전사의 아들은 이제 없고 그대의 맹세도 끝을 다했지만, 그대가 검을 놓을 필요는 없다. 내 그대를 위해 마련해둔 자리가 있으니." 어린 왕은 그 말과 함께 조프리 경에게 킹스가드 기사 자리를 제의하여 좌중을 놀라게 했다. 침묵이 내려앉았고, 베니퍼 대학사에 따르면 붉은 개가 장검을 뽑았을 때 왕을 공격할 것이라고 염려한 이들도 있었다. 그러나 기사는 대신 한쪽 무릎을 꿇고 고개를 숙이고는 검을 재해리스의 발치에 내려놓았다. 눈물이 그의 두 뺨을 적셨다.

대관식이 끝나고 아흐레 후, 어린 왕은 올드타운을 떠나 킹스랜딩으로 향했다. 궁중의 거의 모든 인사가 동행한 터라, 왕의 귀환길은 리치를 가로지르는 장려한 행렬로 탈바꿈했다. 그러나 왕의 누나 라에나는 하이가든

까지만 함께했고, 그곳에서 왕에게 작별을 고한 뒤 그녀의 드래곤 드림파이어를 타고 바다 위에 우뚝 선 파먼 공의 성이 있는 페어섬으로 돌아갔다. 그녀는 딸들에게도 작별을 고했는데, 종단의 성사로 수련 중인 라엘라는 별빛 성소에 남았고, 쌍둥이 언니 아에레아는 왕을 따라 레드킵으로 향하는 여정을 계속했다. 왕성에 도착하면 알리산느 공주의 시동이자 말벗으로 지낼 예정이었다.

그런데 대관식 이후 라에나 선왕비의 딸들에게 기이한 일이 벌어졌다. 쌍둥이 자매는 언제나 서로 거울에 비친 모습인 양 외모가 똑같았지만, 성격은 판이하게 달랐다. 라엘라가 당차고 고집이 세며 그녀를 돌본 여자 성사들을 고생시킨 골칫덩이였던 것에 반해, 아에레아는 수줍음이 많고 소심하며 자주 눈물을 흘리고 쉽게 겁을 먹는 아이였다. 아에레아가 처음 궁중에 왔을 때 베니퍼 대학사는 "공주는 말, 개, 목소리가 큰 소년, 수염 기른 사내 그리고 춤추는 것을 무서워했고, 드래곤을 보고 공포에 떨었다"라고 적었다.

하지만 그것은 마에고르의 몰락과 재해리스의 대관식 전의 일이었다. 이후 올드타운에 남은 소녀는 기도와 공부에 전념했고, 단 한 번도 벌받을 짓을 하지 않았다. 반면 킹스랜딩으로 돌아간 아이는 발랄하고 영리하며 모험심이 넘치는 소녀였고, 곧 매일매일 견사(犬舍)와 마구간과 드래곤 마당에서 뛰놀며 시간을 보냈다. 아무것도 증명된 적은 없지만, 사람들은 대부분 누군가—라에나 선왕비 또는 그녀의 모친 알리사 왕대비—가 왕의 대관식을 틈타 두 아이를 바꾸었다고 믿었다. 그것이 설령 사실인들 아무도 그 속임수를 들추려고 하지 않았다. 재해리스가 자식을 얻을 때까지는 아에레아 공주(또는 이제 그녀의 이름을 쓰는 소녀)가 철왕좌의 후계자인 까닭이었다.

모든 기록은 올드타운에서 킹스랜딩으로 돌아가는 왕의 여정이 승리의 행진이었다는 데 동의한다. 조프리 경이 그의 옆에서 말을 달렸고, 귀환길 내내 구름 같은 인파가 모여들어 환호를 보냈다. 이곳저곳에서 도끼를 들고 수척하고 씻지 않아 더러우며 수염이 길게 자란 가난한 동료들이 나타나 붉은 개에게 내린 관대한 처분을 자신들에도 내려주기를 애원했다. 재해리스는 그들이 북부로 떠나 장벽을 지키는 밤의 경비대에 들어가는 조건으로 사면을 허락했다. 수백 명이 그리하겠다고 맹세했고, 그중에는 야윈 롭 같은 인물도 있었다. 베니퍼 대학사는 이렇게 적었다. "즉위한 지 한 달이 채 지나기도 전에 재해리스 왕은 철왕좌와 종단의 화해를 이끌어내고 그의 숙부와 부친의 재위 내내 왕국을 괴롭힌 유혈 분쟁을 종식했다."

세 신부의 해

AC 49년

아에곤의 정복 후 49년째 되는 해는 오랜 혼란과 분쟁에 시달려온 웨스테로스 사람들이 한숨을 돌린 반가운 시간이었다. 평화롭고 풍족하며 많은 결혼이 이루어진 한 해였고, 칠왕국의 역사에는 '세 신부의 해'로 기억되었다.

새해가 밝고 보름이 지날 무렵, 세 결혼식 중 첫 번째의 소식이 서쪽 일몰해의 페어섬으로부터 도착했다. 간소하고 짧게 거행된 야외 결혼식에서 라에나 타르가르옌이 페어섬 영주의 차남인 앤드로 파먼과 가약을 맺었다. 신랑의 첫 번째, 신부의 세 번째 결혼이었다. 라에나는 두 번 과부가 되었지만 아직 스물여섯 살이었다. 그녀의 새 남편은 잘생기고 서글서글한 열일곱 살의 청년이었으며, 새 신부에 푹 빠져 정신을 못 차린다는 소문이었다.

결혼식은 신랑의 아버지인 페어섬의 영주 마크 파먼이 주재하고 그의 성사가 거행했다. 캐스털리록의 영주 라이만 라니스터와 그의 부인 조카스타가 유일하게 참석한 대귀족이었다. 라에나의 어릴 적 친구인 사만다 스토크워스와 알레인 로이스가 급히 페어섬으로 가서 신랑의 활기찬 누이 엘리사 영애와 함께 과부 선왕비의 들러리를 섰다. 나머지 하객들은 파먼 가문이나 라니스터 가문의 봉신 또는 가문기사였다. 왕과 궁중 인사들은 피로연과 첫날밤을 치르고 며칠이 지난 다음에야 캐스털리록에서 보낸 큰까마귀를 통해 전갈을 받고 결혼에 대해 알게 되었다.

킹스랜딩의 사가들은 알리사 왕대비가 딸의 혼인에서 배제된 것을 심히 불쾌하게 여겼고, 이후 두 모녀의 관계는 예전처럼 훈훈하지 않았다고 기록한다. 로가르 바라테온 공은 그가 어린 왕의 수관으로서 대변하는 왕가의 허락 없이 라에나가 혼인을 감행했다는 사실에 격노했다. 그러나 그녀가 허락을 요청했다 하더라도 허락이 내려졌을 거라는 보장은 없었다. 두 번이나 왕비였고 현왕의 후계자의 어머니인 고귀한 여인과 맺어지기에는 소가문의 차남인 앤드로 파먼이 너무 격이 떨어진다고 여긴 이들이 많았기 때문이다. (AC 49년 당시 로가르 공의 막냇동생이 아직 미혼이었고, 다른 형제의 자식들인 두 조카도 타르가르옌 과부의 배필이 되기에 적당한 나이와 혈통이었다. 그러니 왜 수관이 진노했고 라에나 선왕비가 비밀리에 결혼했는지 이해할 수 있을 것이다.) 재해리스 왕과 그의 누이 알리산느는 소식을 접하고 기뻐했으며, 페어섬으로 선물과 축하 서신을 보내고 레드킵의 종을 울려 결혼을 기념하게 했다.

라에나 타르가르옌이 페어섬에서 신혼을 누리는 동안, 킹스랜딩에서 재해리스 왕과 그의 어머니 섭정대비가 앞으로 2년간 왕국의 통치를 도울 대신들을 고르느라 분주했다. 최근까지 웨스테로스를 갈가리 찢어놓은 분열의 상처가 여전히 깊었기에, 계속해서 화합을 발탁의 기조로 삼았다. 왕은 자신에게 충성하는 이들만 중용하고 마에고르를 섬겼던 자들이나 종단을 권력에서 배제하면 분열의 상처를 악화하고 새로운 불만이 쌓이리라고 판단했고, 그의 어머니도 동의했다.

따라서 재해리스는 마에고르의 수관이었던 클로섬의 영주 에드웰 셀티가르를 킹스랜딩으로 다시 불러들여 재정대신과 재무관의 자리를 맡겼다. 제독과 해군관으로는 알리사 왕대비의 오라비이자 왕의 외삼촌이며 가장 먼저 잔혹 왕 마에고르를 떠난 대영주 중 한 명인 조수의 군주 다에몬 벨라리온을 선택했다. 왕이 궁중으로 초빙한 리버런의 영주 프렌티스 툴리가 법률관이 되었고, 독실한 신앙심으로 널리 이름을 떨치는 그의 만만찮은 아내 루신다 부인도 함께 도성에 왔다. 킹스랜딩 최대의 무장 단체인 도시 경비대의 대장으로는 신의 눈 아래서 무관의 아에곤 옆에서 싸운 하츠홈의 영주 칼 코브레이가 임명되었다. 그리고 그들 위에는 스톰스엔드의 영주이자 국왕의 손인 로가르 바라테온이 있었다.

섭정 기간 중 재해리스 타르가르옌의 영향력이 미미했다고 여긴다면 큰 오산이다. 어린 나이였음에도 소년 왕은 거의 모든 회의에 참석했고(곧 언급하겠지만 모든 회의는 아니었다), 의견을 밝히기를 부끄러워하지 않았다. 그러나 이 기간에 최종 권한은 그의 어머니인 섭정대비와 가공할 인물인 수관에게 있었다.

파란 눈에 검은 수염 그리고 황소 같은 근육을 지닌 로가르 공은 오 형제 중 장남이었고, 형제 모두 스톰스엔드의 초대 바라테온 영주, 한 손의 오리스의 손자였다. 오리스는 정복자 아에곤의 서출 동생인 동시에 아에곤이 제일 신뢰한 지휘관이었다. 그는 듀란든 가문의 마지막 자손이었던 '오만한' 아르길락을 벤 뒤 아르길락의 딸을 아내로 맞이했다. 그러므로 로가르 공은 자신의 몸에 드래곤의 피뿐 아니라 고대 폭풍 왕의 피도 흐른다고 주장할 수 있었다. 그는 검 대신 양날 도끼로 싸우기를 선호했는데, 종종 그 도끼를 두고 "드래곤의 머리를 부술 정도로 크고 무거운 놈"이라고 말했다.

잔혹 왕 마에고르의 재위 중에는 위험한 말이었으나, 로가르 바라테온은 설령 마에고르의 분노를 두려워했더라도 전혀 내색하지 않았다. 로가르의 지인들은 그가 킹스랜딩에서 도망친 알리사 왕비와 그녀의 아이들에게 피신처를 제공하고 가장 먼저 재해리스 왕자를 왕으로 추대했을 때 놀라지 않았다. 그의 동생 보리스가 말하길, 로가르는 마에고르 왕과 결투를 벌여 도끼로 쓰러뜨리기를 꿈꾸었다고 했다.

그 꿈은 이룰 수 없는 꿈이었다. 로가르 공은 재해리스 왕자를 철왕좌에 올리며 왕을 죽이는 대신 왕을 만들었다. 그가 소년 왕 옆에서 수관의 자리를 차지할 자격에 이의를 제기할 사람은 없다시피 했다. 혹자는 재해리스는 어린 데다 나약했던 아비의 아들이고 그의 어머니는 여자일 뿐이니, 앞으로 나라를 다스리는 사람은 로가르 바라테온일 것이라며 수군거리기도 했다. 그리고 로가르 공과 알리사 왕대비의 혼인이 발표되었을 때, 수군거리는 소리는 더욱 커졌다. 왕비의 남편이 왕이 아니라면 무엇이라는 말인가?

로가르 공은 한 번 결혼한 적이 있었으나, 첫 부인은 결혼한 지 1년도 안 되어 열병으로 젊은 나이에 세상을 떠났다. 알리사 섭정대비는 마흔두 살로 임신할 나이가 훌쩍 지났다고 여겨졌으며, 스톰스엔드의 영주는 그녀보다 열 살 어렸다. 몇 년 후 바스 성사는 재해리스가 결혼을 반대했다고 적었다. 어린 왕은 수관이 그의 어머니를 진심으로 사랑하기보다는 권력과 지위를 탐내 지나친 욕심을 부린다고 생각했다. 왕은 어머니나 로가르가 그의 허락을 청하지 않았다는 것에도 화를 냈다고 바스는 적었다. 그러나 왕은 누나의 결혼을 반대하지 않았던 것처럼, 자기가 어머니의 결혼을 반대할 자격이 없다고 여겼다. 그래서 재해리스는 입을 다물고 신뢰하는 측근 몇몇 외에는 그의 불안감을 털어놓지 않았다.

사람들은 수관의 용기에 감탄하고 그의 힘에 경의를 보냈으며, 그의 뛰어난 통솔력과 무예를 두려워했다. 섭정대비는 만인의 사랑을 받았다. 여자들은 그녀를 두고 "너무도 아름답고, 용감하고, 비극적이다"라고 말했다.

여자의 지배를 꺼리는 영주들조차도 그녀 곁에 로가르 바라테온이 있고 1년 내로 어린 왕이 열여섯 번째 생일을 맞이할 터라 기꺼이 그녀를 주군으로 받아들였다.

강대한 조수의 군주 아에단 벨라리온과 매시 가문의 알라라 부인의 딸 알리사. 모두 그녀가 아름다운 아이였다고 입을 모았다. 그녀의 가문은 유서 깊고 긍지 높으며 부유했고, 어머니는 찬탄의 대상이었던 대단한 미녀였으며 아버지는 정복자 아에곤과 누이들의 가장 오래되고 가까운 친우 중 한 명이었다. 신들은 알리사에게 옛 발리리아인의 특징인 짙은 보랏빛 눈동자와 빛나는 은발 머리를 허락했고, 매력과 재치와 다정함도 내려주었다. 그녀가 자라자 구혼자들이 왕국 곳곳에서 찾아왔지만, 그런 처녀에게 걸맞은 상대는 오직 왕족뿐이었다. AC 22년, 알리사는 철왕좌의 확고한 후계자인 아에니스 타르가르옌 왕자와 결혼하였다.

행복하고 풍요로운 결혼이었다. 아에니스 왕자는 온화하고 자상한 남편이었고, 언제나 따뜻하고 너그러우며 단 한 번도 다른 여인에게 눈길을 주지 않았다. 알리사는 그에게 딸 둘과 아들 셋, 전부 다섯 명의 튼튼한 아이를 낳아주었고(여섯째 아이였던 딸은 태어나고 얼마 되지 않아 요람에서 죽었다), 아에곤이 AC 37년에 세상을 떠나자 아에니스가 왕위를 계승하면서 알리사는 왕비가 되었다.

그 후 몇 년 사이 그녀는 사방에서 들고일어난 적들에게 둘러싸여 남편의 왕위가 산산이 무너지고 잿더미로 변하는 것을 지켜보았다. AC 42년, 멸시의 대상으로 전락하여 실의에 빠진 남편은 35세의 나이에 요절했다. 왕비는 그의 죽음을 미처 애도하기도 전에 큰아들이 계승해야 마땅했던 보위를 남편의 동생에게 빼앗겼다. 아들은 숙부에 대항하여 싸우다가 자신의 드래곤과 함께 죽었고, 얼마 후에는 둘째 아들이 탑의 티아나에게 고문당해 죽고 형의 뒤를 따라 화장되었다. 알리사는 살아남은 두 어린 자식과 함께 아들들을 죽인 남자 밑에서 포로 아닌 포로 생활을 견뎠으며, 같은 괴물에게 장녀가 강제로 시집가는 꼴을 지켜보아야 했다.

그러나 왕좌의 게임은 수없이 기이하게 굽이치는 법이어서, 마에고르 또한 몰락을 면치 못했다. 그의 몰락에는 과부가 된 알리사 왕비의 용기와 세상 모두가 그녀를 외면할 때 그녀를 받아들이고 친구가 되어준 로가르 공의 배짱이 적잖은 역할을 했다. 신들이 굽어살펴 그들에게 승리를 내려주었고, 벨라리온 가문의 알리사였던 여인은 이제 새로운 남편과 함께 다시 한번 행복을 누릴 기회를 얻은 것이었다.

수관과 섭정대비의 결혼식은 과부 라에나 공주의 결혼식이 아주 간소했던 만큼이나 아주 화려하게 치러질 예정이었다. 새해 일곱째 달의 이렛날, 최고성사가 직접 혼례를 거행할 것이었다. 장소는 이제 반 정도 짓고 아직 지붕을 얹지 않았지만 돌의자가 층층으로 높게 쌓여 하객 수만 명을 수용할 수 있는 드래곤핏이었다. 축하 행사로는 큰 마상 대회와 이레 동안 이어지는 향연과 유희가 포함되고, 심지어는 블랙워터만 앞바다에서 모의 해전까지 벌일 계획이었다.

사람들이 기억하기로 웨스테로스에서 이보다 더 성대하게 거행된 결혼식은 없었다. 칠왕국 전역에서 크고 작은 가문의 귀족들은 물론, 외국에서도 하객들이 참석했다. 도넬 하이타워가 올드타운에서 기사 백 명과 최고신관단 77명을 이끌고 최고성사를 호위하며 올라왔고, 캐스털리록에서는 라이만 라니스터가 기사 300명을 데려왔다. 병든 윈터펠의 영주 브랜던 스타크도 아들 월튼과 알라릭 그리고 사나운 북부 귀족 십여 명과 밤의 경비대원 30명을 대동하고 북부에서 먼 길을 내려왔다. 아린, 코브레이, 로이스 공이 협곡을, 셀미, 돈다리온, 탈리 공이 도르네 변경을 대표했다. 왕국 바깥에서도 고귀하고 강대한 이들이 찾아왔다. 도르네의 대공은 누이를, 브라보스의 바다군주는 아들을 보냈다. 티로시의 집정관이 처녀 딸과 함께 직접 협해를 건너왔고, 자유도시 펜토스에서는 무려 22명의 마지스터가 친히 방문했다. 그들 모두 수관과 섭정대비를 위해 화려한 선물을 가져왔는데, 그중에서도 가장 호화스러운 선물을 바친 이들은 최근까지 마에고르의 수하였던 자들과 문 성사와 함께 진군했던 리카드 로완과 토르겐 오크하트였다.

하객들이 결혼식에 참석한 표면상의 이유는 로가르 바라테온과 왕대비의 혼인을 축하하기 위해서였지만, 다른 이유도 있었음은 두말할 나위가 없다. 대부분은 왕국의 실권을 거머쥔 것으로 보이는 수관을 만나기를 바랐고, 일부는 새로이 보위에 오른 소년 왕을 가늠해보려 했다. 왕도 그들의 바람을 거부하지 않았다. 왕의 대전사이자 방패인 자일스 모리겐 경이 많은 하객 앞에 서서 재해리스가 귀족이든 지주기사든 그를 만나려는 모든 이에게 알현을 허락한다고 선언하자, 120명이 초대에 응했다. 어린 왕은 대연회장이나 철왕좌가 있는 장엄한 알현실 대신 그의 개인 방에서 자일스 경과 학사 한 명 그리고 몇몇 시종만이 배석한 가운데 귀족들을 접견했다.

그곳에서 왕은 각자 왕국의 문제와 그 해결책에 관하여 자유롭고 허심탄회하게 의견을 고하도록 장려했다. "부친과는 다르군." 후에 로이스 공은 자신의 학사에게 말했다. 마지못한 듯했지만, 어쨌든 찬사였다. 나그네의 쉼터(Wayfarer's Rest)의 밴스 공은 "남의 말은 잘 들어주지만, 자신의 말은 아낀다"라고 말했다고 한다. 리카드 로완은 재해리스가 온화하고 말투가 부드럽다고 느꼈고, 카일 코닝턴은 재치 있고 쾌활하다고, 모턴 카론은 신중하면서도 기민하다고 평했다. "자주 마음껏 웃고, 자기가 한 말에도 웃음을 터뜨렸다"라고 존 메르틴스가 호평했지만, 알렉 헌터는 왕이 엄중하다고 생각했고 토르겐 오크하트는 음울하다고 생각했다. 말리스터 공은 왕이 어린 나이답지 않게 현명하다고 단언했고, 대리 공은 "어떤 영주라도 자랑스럽게 무릎을 꿇을 만한 왕"이 될 자질이 있다고 말했다. 가장 심오한

찬사를 보낸 이는 윈터펠의 영주 브랜던 스타크였는데, 그는 "왕에게서 그의 조부의 모습이 보이는군"이라고 말했다.

수관은 이러한 회동에 한 번도 참석하지 않았지만, 그렇다고 그가 하객들에게 무관심한 초청자였던 것은 아니다. 로가르 공은 하객들과 함께 사냥과 매사냥, 도박, 연회를 즐기며 시간을 보냈고, "왕궁의 술 창고가 바닥을 드러낼 때까지 술을 마셨다". 결혼식이 끝나고 마상 대회가 시작하자 로가르 공은 활기차고 대개 술에 취한 대귀족들과 유명한 기사들에 둘러싸인 채 모든 창시합과 난전을 관람했다.

그러나 그가 즐긴 유희 중 가장 말이 많았던 일은 결혼식 이틀 전에 벌어졌다. 그 어떤 궁중 기록에도 남아 있지 않지만, 하인들의 입으로 전하여 오랫동안 평민들 사이에서 되풀이된 이야기에 따르면, 로가르 공의 동생들이 협해 너머 리스 최고의 환락소에서 처녀 일곱을 구해 데려왔다고 한다. 알리사 왕대비는 이미 수년 전 자신의 처녀를 아에니스 타르가르옌에게 주었으므로, 로가르 공이 첫날밤 그녀의 순결을 가져가는 일은 없을 것이었다. 리스 처녀들은 그런 아쉬움을 채워주기 위한 용도였다. 이후 궁중에서 돈 은밀한 소문이 사실이라면, 로가르 공은 기력이 떨어지고 술에 취해 쓰러질 때까지 처녀 넷의 꽃봉오리를 꺾었다. 남은 셋은 리스에서 함께 온 완숙한 미녀 40명과 더불어 로가르 공의 동생들과 조카들, 친구들과 뒤엉켰다고 전한다.

수관이 흥청망청 즐기고 재해리스 왕이 왕국의 영주들을 접견하는 동안, 알리산느 공주는 영주들과 함께 킹스랜딩으로 온 귀족 여인들을 접대했다. 왕의 윗누이 라에나는 결혼식 참석보다는 페어섬에서 남편과 지인들과 지내는 것을 택했고 알리사 섭정대비는 결혼식 준비로 바빴기에, 고귀하고 강대한 이들의 부인, 딸, 누이를 맞이하는 일은 알리산느의 몫이 되었다. 공주는 당시 막 열세 살이 된 어린 나이였음에도 탁월하게 맡은 바를 완수했다고 모두 입을 모았다. 이레 동안 그녀는 귀족 여인 한 무리와 아침 식사를 하고, 점심은 다른 무리, 저녁은 또 다른 무리와 함께했다. 그녀들에게 레드킵 왕궁의 경이로운 곳들을 안내하고 함께 배를 타고 블랙워터 만을 유람하였으며, 말을 타고 같이 도성 안을 돌아다니기도 했다.

아에니스 왕과 알리사 왕비의 막내딸 알리산느 타르가르옌은 그때까지 왕국의 귀족들에게 거의 알려지지 않은 존재였다. 어릴 적에는 오빠들과 언니 라에나의 그림자에 가렸고, 간혹 언급될 때는 '그 어린 소녀'나 '다른 딸' 정도로 불리었다. 미남미녀로 유명한 가문에서 태어났음에도 알리산느는 종종 예쁘다고만 묘사될 뿐, 아름답다는 소리는 거의 듣지 못한 작은 체구의 마른 소녀였다. 그녀의 눈동자는 보랏빛보다는 파란색에 가까웠고, 머리카락도 금발에 곱슬이었다. 아무도 그녀의 지혜에 대해서는 묻지 않았다.

훗날 그녀가 젖을 떼기 전에 글부터 깨쳤다는 이야기가 돌자, 궁중 어릿광대는 알리산느가 아기였을 때 유모의 젖을 빨면서 글도 동시에 읽으려다가 발리리아 두루마리에 모유를 줄줄 흘렸다는 농을 던지고는 했다. 바스 성사는 그녀가 남자로 태어났다면 분명 시타델로 보내져 학사 수련을 받았을 것이라고 평했다. 그 현자는 자신이 그토록 오래 섬긴 그녀의 남편보다 그녀를 더 높이 샀던 것이다. 그러나 이는 먼 훗날의 일이다. AC 49년의 알리산느는 나이 열셋의 어린 소녀에 불과했음에도 그녀를 만난 사람들에게 강렬한 인상을 남겼다고 모든 사서(史書)는 기록한다.

드디어 결혼식 날에 이르자, 드래곤핏에서 섭정대비와 수관이 맺어지는 모습을 보기 위해 4만 명이 넘는 평민들이 라에니스 언덕을 올랐다. (그보다 더 많았다는 주장도 있다.) 성장(盛裝)을 씌운 말을 탄 기사 수백 명과 종을 울리며 행진하는 여러 열의 여자 성사로 이루어진 행렬이 도시를 가로지르자, 거리에 늘어선 인파 수천 명이 선두에 선 로가르 공과 알리사 왕대비에게 열렬한 환호를 보냈다. "웨스테로스의 역사상 이보다 더 영광스러운 장관은 없었으리라"라고 베니퍼 대학사는 적었다. 로가르 공은 가지진 뿔이 달린 반(半)투구를 쓰고 머리끝에서 발끝까지 금란으로 몸을 감쌌으며, 그의 신부는 영롱한 보석이 박히고 둘로 나뉜 배경 위에 타르가르옌 왕가의 삼두룡과 벨라리온가의 은빛 해마가 서로 마주 보는 거대한 망토를 걸쳤다.

신랑과 신부의 예복은 더할 나위 없이 호화로웠지만, 이후 수년간 킹스랜딩에서 회자된 건 알리사의 아이들이 도착한 방식이었다. 결혼식에 마지막으로 나타난 재해리스 왕과 알리산느 공주는 화창한 하늘에서 그들의 드래곤 버미토르와 실버윙을 타고 내려왔다(앞서 언급한 대로 드래곤핏은 그 더없이 웅장한 상징이 될 둥근 지붕이 아직 완성되지 않은 상태였다). 거대한 가죽 날개로 모래 구름을 일으키며 나란히 내려앉은 드래곤들은 그곳에 모인 군중에게 경이와 공포를 불러일으켰다. (드래곤들이 도착했을 때 연로한 최고성사가 겁에 질려 예복에 실금하였다는 이야기가 익히 알려져 있지만 그저 비방이었을 소지가 다분하다.)

결혼식 자체와 그 뒤를 따른 연회와 신방 의식은 굳이 길게 설명할 필요가 없다. 레드킵 왕성의 휑뎅그렁한 알현실에서는 대귀족들과 해외에서 방문한 하객 중 가장 신분이 고귀한 이들이 연회를 즐겼고, 더 신분이 낮은 영주들과 그들의 기사와 가솔은 성내 마당과 작은 연회장에서 먹고 마셨으며, 킹스랜딩 주민들은 수백 개의 여관과 술집과 급식소와 매음굴에서 결혼을 축하했다. 로가르 공은 이틀 전 그렇게 힘을 썼다고 알려졌음에도, 믿을 만한 기록에 따르면 술에 취한 동생들이 보내는 환호 속에서 원기 왕성하게 남편의 의무를 다했다고 전한다.

결혼식이 끝나자 이레에 걸쳐 열린 마상 대회가 도성에 모인 귀족들과 주민들을 사로잡았다. 마상 창시합도 지난 여러 해 동안 웨스테로스에서 열린 그 어떤 시합에 못지않게 치열하고 박진감 넘쳤다고 모두 동의했으나…… 이번만큼은 땅에 발을 딛고 검과 창과 도끼로 벌인 싸움이 관중을 진정으로 흥분시켰고, 그럴 만한 합당한 이유도 있었다.

잔혹 왕 마에고르의 일곱 킹스가드 기사 중 셋이 죽었음을 기억할 것이다. 남은 넷은 장벽으로 가서 검은 옷을 입었다. 재해리스 왕이 그들을 대신하여 임명한 기사는 아직 자일스 모리겐 경과 조프리 도겟 경이 전부였다. 결혼식에 참석하고자 전국에서 모일 기사들에게 무예를 겨루게 하고 그중 가장 쟁쟁한 기사 다섯으로 킹스가드의 빈자리를 채우자고 처음 제의한 이는 알리사 섭정대비였다. "마에고르는 늙은이와 아첨꾼과 겁쟁이와 짐승 같은 자들을 주변에 두었었지." 그녀가 단언했다. "난 올곧고 정직하며 충심과 용기를 의심할 수 없는, 웨스테로스 최고의 기사들이 내 아들을 지키기 바란다. 왕국 모두가 지켜보는 앞에서 자신들의 무예를 떨쳐 망토를 받을 자격이 있음을 증명하게끔 하자꾸나."

재해리스 왕은 재빨리 어머니의 제의에 찬성했으나, 실용적인 조건을 하나 추가했다. 어린 왕은 그를 지킬 이들은 말 위에서가 아니라 땅에 발을 디딘 상황에서 무예를 증명해야 한다는 현명한 명령을 내렸다. "왕을 죽이려는 자들이 말을 타고 창을 든 채 달려드는 경우는 드물다"라고 왕은 말했다. 그래서 그의 어머니의 결혼식이 끝나고 열린 마상 창시합은 학사들이 '하얀 망토 전쟁'으로 명명한 격렬한 난전과 유혈이 낭자한 결투에 축제의 영광을 넘겨주어야 했다.

킹스가드 기사가 되는 명예를 얻고자 나선 기사가 수백이었던 터라, 격전은 일주일 내내 이어졌다. 참가자 중 화려하거나 개성이 강한 이들은 평민들의 인기를 끌었고, 전투에 나설 때마다 요란한 환호와 응원을 받았다. 그중 한 명인 '취중 기사' 윌리엄 스태퍼드 경은 땅딸막한 배불뚝이 사내였는데, 항상 만취한 모습으로 등장해서 싸움은커녕 그냥 서 있는 것도 어려워 보였다. 평민들은 그에게 "맥주 통"이라는 별명을 붙여주고 그가 결투에 나설 때마다 "맥주 통 만세, 만세"라고 노래하며 좋아했다. '플리바텀의 음유시인'이라고도 알려진 '연주가' 톰도 인기가 좋았고, 그는 싸우기 전 항상 상스러운 노래를 부르며 상대를 조롱했다. 단지 '진홍의 뱀'이라고만 알려진 호리호리한 신비기사도 큰 인기를 끌었는데, 마침내 패하여 정체가 밝혀졌을 때는 남자가 아닌 여자, 그것도 더스큰데일 영주의 사생아 딸인 종퀄 다크임이 드러났다.

이들 중 하얀 망토를 얻은 자는 없었다. 하얀 망토를 쟁취한 기사들은 그렇게 혈기 왕성하지는 않았지만, 용기와 기사도와 무예로는 아무에게도 뒤지지 않았다. 명문가 출신은 단 한 명, 리치 출신인 로렌스 록스턴 경이었다. 둘은 맹약검사로, 룬스톤의 로이스 공 휘하 기사인 '용맹한' 빅터 경과 에이콘홀의 스몰우드 공을 섬기는 '말벌' 윌리엄 경이었다. 최연소 우승자는 '누른도요새' 페이트였다. 검 대신 창으로 싸운 까닭에 그가 기사가 맞는지 논란이 일었으나, 선택한 무기를 너무나도 뛰어나게 다뤘던 터라 수백 명이 환호하는 가운데 조프리 도겟 경이 청년을 직접 기사로 서임하여 논란을 불식했다.

최고령 우승자는 반백의 방랑기사 '모진 언덕의' 샘굿이었다. 홍터투성이인 예순셋의 노기사는 백 번의 전투에 참여했다며 "내가 누굴 위해 싸웠는지는 관심 끊게. 그건 나와 신들만 아는 비밀이니"라고 말했다. '모진 샘'이라고도 불린 그는 애꾸눈의 대머리였으며 이도 다 빠지고 울타리의 나무 기둥처럼 수척했지만, 전투 중에는 젊은이처럼 빠른 몸놀림과 수십 년간 수많은 전투에서 갈고 닦은 살벌한 무예를 과시했다.

조정자 재해리스는 55년간 철왕좌에 앉았고, 그 긴 재위 동안 하얀 망토를 걸치고 그를 섬긴 기사의 수는 다른 어떤 왕보다 많았다. 그리고 그 어떤 타르가르옌 왕도 소년 왕의 첫 일곱 기사를 능가하는 킹스가드 기사단을 갖지 못했다.

하얀 망토 전쟁이 끝나면서 이후 이른바 '황금 결혼식'이라고 알려지게 되는 축제도 막을 내렸다. 도성을 방문한 하객들은 각자 영지와 성으로 돌아가면서 참으로 성대한 행사였다고 입을 모았다. 소년 왕은 많은 대귀족과 군소 귀족으로부터 흠모와 호의를 받았으며, 그들의 아내와 누이들과 딸들은 알리산느 공주가 그들에게 보여준 환대에 찬사를 아끼지 않았다. 킹스랜딩의 주민들도 만족스러워했다. 그들의 소년 왕은 공정하고 자비로우며 명예를 아는 왕이 될 조짐이 보였고, 그의 수관 로가르 공은 용맹한 만큼 화통하고 너그러웠다. 그중에서도 가장 기뻐한 이들은 왕도를 대거 방문한 하객들 덕택에 떼돈을 번 여관 주인, 술집 주인, 양조업자, 상인, 소매치기, 창녀와 포주였다.

황금 결혼식이 AC 49년에 열린 결혼식 중 가장 호화로웠고 널리 회자되었음에도, 제일 중요했던 것은 세 번째 결혼식이었다.

자신들의 결혼식을 무사히 치른 섭정대비와 수관은 이제 재해리스 왕의 왕빗감과 조금은 덜하지만 알리산느 공주의 배필을 찾는 데 관심을 돌렸다. 소년 왕이 결혼하지 않고 자식이 없는 한 누나 라에나의 딸들이 후계자로 남을 것이었다. 그러나 아에레아와 라엘라 둘 다 아직 어렸고, 사람들 대부분 그들이 왕위를 잇기에는 명백히 부적합하다고 여겼다.

게다가 로가르 공과 알리사 왕대비 모두 라에나 타르가르옌이 서쪽에서 돌아와 딸의 섭정 노릇이라도 한다면 왕국에 어떤 일이 벌어질지 염려했다. 아무도 감히 입에 담지는 못했지만, 라에나가 자신의 결혼식에 어머니를 초대하지 않고 어머니의 결혼식에도 참석하지 않은 모습으로 보아 모녀 사이에 불화가 생긴 것이 분명했다. 심지어는 라에나가 주술사이며 흑마술을 부려 철왕좌에 앉은 마에고르를 살해했다고 쑥덕거리는 이들도 있었다. 그러므로 재해리스 왕은 어서 빨리 혼인하여 아들을 얻을 의무가 있었다.

어린 왕이 누구와 결혼할지는 그렇게 쉽게 합의가 이루어지지 않았다. 철왕좌의 영향력을 협해를 넘어 에소스까지 확장하려는 생각을 품었다고 알려진 로가르 공은 재해리스와 티로시 집정관의 딸의 결혼을 통해 티로시와 동맹을 맺자고 제의했다. 열다섯 살의 어여쁜 소녀인 집정관의 딸은 재치와 애교와 청록색 머리카락으로 결혼식에 참석한 모든 이의 마음을 사로잡았었다.

그러나 로가르 공의 제안은 아내인 알리사 왕대비의 반대에 부딪쳤다. 그녀는 소녀의 억양이 얼마나 듣기 좋든 간에, 웨스테로스의 백성들은 결코 머리를 염색하고 길게 땋은 외국인을 왕비로 인정하지 않을 것이라고 주장했다. 독실한 신자들도 소녀를 극구 반대할 것이 자명했는데, 티로시인들은 일곱 신이 아니라 붉은 틀로르, 무늬창조자, 삼두신(三頭神) 트리오스 외 다양하고 기괴한 신들을 숭배하기 때문이었다. 왕대비는 대신 신의 눈 아래 전투에서 무관의 아에곤 편에 섰던 가문 중에서 왕빗감을 찾기를 원했고, 재해리스가 밴스, 코브레이, 웨스털링 또는 파이퍼 가문의 영애와 맺어지기를 촉구했다. 충성심은 보답을 받아야 마땅하고, 왕은 그러한 혼인을 통해 아에곤은 물론 형을 위해 싸우다가 죽어간 이들을 기리게 된다는 것이었다.

그 제안을 가장 큰 목소리로 반대한 이는 베니퍼 대학사였다. 그는 만약 아에곤을 위해 싸운 이들을 마에고르에게 남았던 자들보다 편애하는 모습을 보인다면, 평화와 화해를 향한 노력의 진실성을 의심받을 수 있다고 지적했다. 베니퍼는 숙질 간의 전투에 거의 관여하지 않거나 중립을 지켰던 티렐이나 하이타워 또는 아린 같은 대가문의 여식이 더 나은 선택이라고 여겼다.

수관과 섭정대비와 대학사 모두 의견이 갈리자, 다른 대신들도 과감하게 후보를 제시했다. 왕실 사법대신 프렌티스 툴리는 독실한 신앙심으로 유명한 그의 아내 루신다의 여동생을 추천했다. 분명 종단이 만족스러워할 선택이었다. 다에몬 벨라리온 제독은 재해리스가 과부가 된 엘리너 코스테인 왕비와 결혼하는 것은 어떻겠느냐고 제의했다. '검은 신부들' 중 한 명을 왕비로 삼고 엘리너가 첫 결혼에서 낳은 세 아들까지 양자로 받아들여서 마에고르의 지지자들이 용서받았음을 확실하게 보여주자는 말이었다. 그는 엘리너 왕비의 입증된 수태 능력도 장점이라고 주장했다. 셀티가르 공이 미혼인 두 딸을 마에고르에게 바치려고 한 건 유명한 이야기였는데, 이번에는 그 딸들을 재해리스에게 바치고자 했다. 그러나 바라테온 공은 딱 잘라 거절했다. "내가 귀공의 딸들을 본 적이 있소." 로가르가 셀티가르에게 말했다. "턱도 없고 가슴도 없고 정신머리도 없더구려."

섭정대비와 대신들은 거의 한 달 동안 왕의 혼사를 두고 갑론을박했지만, 뜻을 모으는 데 실패했다. 재해리스는 그런 논의가 벌어지는지도 몰랐고, 왕이 몰라야 한다는 것만큼은 알리사 왕대비와 로가르 공의 의견이 같았다. 재해리스가 나이에 비해 매우 지혜로운 것은 사실이지만 아직 치기 어린 욕구에 좌우되는 소년이었고, 그런 사욕이 국익을 거스르는 일은 없어야 했다. 특히 알리사 왕대비는 만약 선택을 아들에게 맡긴다면 누구를 고를 것인지 한 치도 의심하지 않았다. 바로 그녀의 막내딸이자 왕의 여동생인 알리산느 공주를 고를 것임을.

물론 타르가르옌 가문은 지난 수백 년간 남매끼리 결혼을 해왔고, 재해리스와 알리산느도 아에곤과 라에나처럼 언젠가 서로와 결혼하리라고 예상하며 자라왔다. 게다가 알리산느는 오라비보다 두 살밖에 어리지 않았으며, 두 남매는 언제나 서로 사랑하고 존중하는 친밀한 관계를 유지했다. 그들의 아버지 아에니스 왕은 당연히 남매의 결혼을 바랐을 것이고 알리사 왕대비도 한때는 같은 마음이었다……. 그러나 남편의 죽음 이후 벌어진 참상을 겪고 나서는 생각을 바꿀 수밖에 없었다. 전사의 아들과 가난한 동료는 해체되고 금지되었으나, 여전히 왕국에 많이 남아 있는 두 단체의 잔당은 빌미가 주어지면 다시 무기를 들고 봉기할 여지가 있었다. 장남 아에곤과 장녀 라에나가 결혼 발표 후 어떤 일을 당했는지 기억이 생생했던 알리사 왕대비는 그들의 분노를 두려워했다. 그녀는 "다시는 그 길로 가서는 안 돼"라고 몇 번이고 말했다고 한다.

이러한 왕대비의 다짐은 궁중에 새로이 합류한 인물의 지지를 받았다. 매튜스 성사는 최고성사와 다른 신관들이 올드타운으로 돌아갈 때 킹스랜딩에 남은 최고신관이었다. 화려한 예복만큼이나 고래처럼 비대한 체구로도 유명한 매튜스는 옛적 하이가든에서 리치를 지배했던 가드너 왕가의 후손을 자처했다. 호사가들은 그가 차기 최고성사로 선택될 것이 거의 확실하다고 여겼다.

문 성사가 '최고 아첨꾼'이라며 조롱한 당대 최고성사는 신중하고 고분고분했으므로, 그가 별빛 성소에서 일곱 신을 대변하는 한 그 어떤 결혼도 올드타운의 비난을 받을 위험은 없었다. 그러나 신자들의 아버지는 나이가 적지 않았다. 사람들은 그가 황금 결혼식에 주례를 서기 위해 킹스랜딩까지 오느라 거의 죽을 뻔했다고 말했다.

"만일 제가 그분의 자리에 오른다면, 당연히 전 전하께서 어떤 선택을 하시든 지지를 보낼 것입니다"라며 매튜스 성사는 섭정대비와 대신들을 안심시켰다. "다만 제 형제들이 전부 저와 같지 않은지라……. 그리고 감히 말씀드리자면…… 아직 문 성사 같은 자들이 더 있습니다. 그동안 일어난 모든 일을 고려해볼 때, 이 시점에서 남매끼리 결혼한다면 신자들이 극심한 모욕으로 받아들일 수 있겠지요. 그러면 무슨 일이 벌어질까 두렵습니다."

왕대비의 염려가 공연하지 않은 것으로 확인되자 로가르 공과 다른 대신들은 알리산느 공주를 오라비 재해리스의 신부로 고려하기를 포기했다.

공주는 열세 살이었고 최근 첫 월경을 겪었으므로, 되도록 이른 시일 내에 결혼하는 것이 최선이라고 여겨졌다. 대신들은 여전히 왕의 배필에 대해서는 의견 차이를 좁히지 못했지만, 공주의 결혼 상대는 신속하게 결정지었다. 그녀는 로가르 공의 막냇동생인 오린 바라테온과 새해 초이렛날 결혼하게끔 된 것이다.

섭정대비와 수관과 대신들은 그렇게 합의를 보았지만, 역사의 수많은 전례가 증명하듯 그들이 세운 계획도 헛수고가 되고 말았다. 알리산느 타르가르옌과 어린 왕 재해리스의 의지와 결단력을 너무 낮잡아 본 탓이었다.

알리산느의 약혼이 아직 발표되지 않았던 터라, 어떻게 그 결정에 대한 이야기가 그녀의 귀에 닿았는지는 알려진 바가 없다. 베니퍼 대학사는 왕대비의 개인 방에서 그들이 논의하는 동안 방을 들락날락했던 여러 시종 중 한 명을 의심했다. 로가르 공은 다에몬 벨라리온 제독을 의심했다. 자존심 강한 벨라리온 공은 바라테온 가문이 조수의 군주(벨라리온 가문을 뜻하는 별명)를 제치고 왕국 제2의 가문 자리를 차지하려는 과욕을 부린다고 판단했을지도 모를 일이었다. 오랜 시간이 지나 이 사건들이 전설의 한 자락으로 자리매김했을 때, 평민들은 '벽 안에 있는 쥐들'이 대신들이 하는 말을 엿듣고 공주에게 소식을 알려주었다고 서로 이야기했다.

알리산느 타르가르옌이 잘 알지도 못하고 (소문대로라면) 싫어하는 열 살 연상인 청년과 결혼해야 한다는 것을 처음 알았을 때 무슨 말을 하고 무슨 생각을 했는지는 기록으로 남아 있지 않다. 단지 그녀가 무슨 행동을 했는지만이 알려졌을 뿐이다. 다른 소녀라면 울거나 화내거나 어머니한테 달려가 애원했을지도 모른다. 수많은 슬픈 노래에서 원하지 않는 상대와 강제로 결혼하게 된 처녀가 높은 탑에서 몸을 던져 목숨을 끊고는 한다. 알리산느 공주는 그런 짓들을 하지 않았다. 대신 바로 재해리스를 찾아갔다.

소식을 들은 어린 왕도 누이만큼이나 불쾌해했다. "분명 내 결혼 계획도 짜고 있겠지"라고 그는 바로 유추했다. 재해리스도 여동생처럼 비난이나 질책이나 호소 따위에 시간을 낭비하지 않았다. 대신 그는 움직였다. 킹스가드를 불러들인 왕은 그들에게 즉시 배에 올라 드래곤스톤으로 향할 것을 지시하며 그곳에서 곧 만나자고 했다. "그대들은 내게 검과 순종을 맹세했지." 왕이 일곱 기사에게 상기시켰다. "그 맹세를 기억하고 내가 떠난 사실을 아무에게도 알리지 말라."

그날 밤, 재해리스 왕과 알리산느 공주는 어둠을 틈타 그들의 드래곤 버미토르와 실버윙을 타고 레드킵을 떠나 드래곤몬트 밑에 있는 타르가르옌 왕가의 고대 요새로 향했다. 요새에 도착한 왕이 처음 한 말은 "성사가 필요하다"였다고 한다.

매튜스 성사는 계획을 누설할 게 자명했던 터라, 왕은 그를 믿지 않았다. 그러나 드래곤스톤의 성소를 돌보는 오스윅은 재해리스와 알리산느가 태어났을 때부터 그들을 알고 그들의 어린 시절 내내 일곱 신의 신비로움을 가르친 노성사였다. 젊은 시절 오스윅 성사는 아에니스 왕을 모셨고, 소년이었을 때는 라에니스 왕비를 수행하던 수련 성사였다. 그는 타르가르옌 왕가의 근친혼 관습을 매우 잘 알았고, 왕의 명을 듣고는 바로 수락했다.

킹스가드는 며칠 후 갤리선을 타고 킹스랜딩에서 도착했다. 그다음 날 아침 동이 틀 무렵, 드래곤스톤의 드넓은 마당에서 재해리스 1세는 신과 인간과 드래곤이 보는 앞에서 여동생 알리산느를 아내로 맞이하였다. 오스윅 성사가 혼례를 거행했다. 노인의 목소리는 가냘프고 떨렸지만, 절차의 어떤 부분도 소홀히 하지 않았다. 킹스가드의 일곱 기사가 하얀 망토를 바람에 휘날리며 혼인의 증인으로서 그들을 지켜보았다. 성의 수비병과 하인 그리고 드래곤스톤의 거대한 외벽 아래 있는 어촌의 주민 상당수도 결혼식을 구경했다.

결혼식이 끝나고 열린 간소한 피로연에서 하객들이 소년 왕과 새 왕비의 건강을 빌며 많은 축배를 들었다. 이후 재해리스와 알리산느는 정복자 아에곤이 누이 라에니스와 동침했던 침실로 물러났으나, 신부의 어린 나이를 생각해서 신방 의식도, 첫날밤도 치르지 않았다.

그 절차의 생략은 로가르 공과 알리사 왕대비가 전투 갤리선을 타고 기사 십여 명과 병사 40명, 매튜스 성사와 베니퍼 대학사와 함께 드래곤스톤에 뒤늦게 도착했을 때 매우 중요하게 받아들여졌다. 그 후 벌어진 일은 베니퍼가 서신으로 매우 자세한 기록을 남겼다.

재해리스와 알리산느는 성문 안쪽에서 서로 손을 잡은 채 나란히 서서 그들을 맞이했다. 알리사 왕대비가 그들을 보고 눈물을 흘렸다고 전한다. "이 어리석은 아이들아, 너흰 너희가 무슨 짓을 저질렀는지 몰라."

그 뒤를 이어 매튜스 성사가 천둥 같은 목소리로 왕과 왕비를 질타하며 이 부정한 행위가 다시 한번 웨스테로스를 전쟁 속으로 몰아넣을 것이라고 예언했다. "도르네 변경과 장벽 사이의 모든 사람이 두 분의 근친상간을 욕할 것이고, '어머니'와 '아버지'의 독실한 자녀들은 하나같이 두 분을 죄인이라고 규탄할 것이오." 베니퍼는 성사가 침을 사방으로 튀기며 미친 듯이 악을 써 얼굴이 점차 붉게 부어올랐다고 기록했다.

칠왕국의 역사는 조정자 재해리스의 침착한 태도와 차분한 성격을 칭송하지만, 타르가르옌의 불같은 피가 그의 몸 안에 흐르지 않았을 거라는 생각은 금물이다. 그리고 그때 재해리스는 그런 면모를 보였다. 마침내 매튜스 성사가 숨을 돌리며 말을 멈추자, 왕이 입을 열었다. "내 어머니이신 왕대비마마의 꾸짖음은 받아들이겠으나, 넌 아니다. 입 닥쳐라, 뚱뚱한 놈아. 단 한 마디라도 더 내뱉는다면 그 입을 꽁꽁 꿰매버리겠다."

매튜스 성사는 다시 입을 열지 않았다.

로가르 공은 그렇게 쉽게 겁먹지 않았다. 그는 단도직입적으로 첫날밤을 치렀는지 물었다. "사실대로 알려주십시오, 전하. 신방 의식을 치르셨습니까? 공주의 순결을 취하신 겁니까?"

"아니오." 왕이 말했다. "아직 너무 어려서."

그 말을 듣고 로가르 공이 미소를 지었다. "잘됐군요. 그럼 결혼을 하신 게 아닙니다." 그가 몸을 돌려 킹스랜딩에서 데려온 기사들에게 말했다. "저 아이들을 떼어놓아라, 거칠게 다루지는 말고. 공주는 바다 드래곤 탑으로 모시어라. 전하께서는 우리와 함께 킹스랜딩으로 돌아가신다."

그러나 기사들이 미처 움직이기 전, 재해리스의 킹스가드 일곱 기사가 앞으로 나서며 검을 뽑아 들었다. "더 가까이 오지 마시오." 자일스 모리겐 경이 경고했다. "누구든 우리의 왕과 왕비에게 손을 대는 자는 오늘 여기서 죽을 것이오."

로가르 공은 당황했다. "검을 치우고 옆으로 물러서라." 그가 명령했다. "잊은 건가? 난 국왕의 손이다."

"그렇지." 늙은 모진 샘이 대꾸했다. "하지만 우린 국왕의 친위대지, 수관의 부하가 아니네. 그리고 옥좌에 앉은 건 저 소년이지, 자네가 아니야."

로가르 바라테온이 샘굿 경의 말을 듣고 성을 내며 응수했다. "일곱 명으로 내 뒤에 있는 50명과 맞서겠다는 건가? 내 말 한마디면 단숨에 그대들을 산산조각 낼 것이다."

"저들이 우릴 죽일 수도 있겠죠." 젊은 누른도요 페이트가 창을 휘두르며 대답했다. "하지만 그 전에 공께서 제일 먼저 죽을 겁니다. 제가 약속 드리지요."

그 일촉즉발 상황에서 알리사 왕대비가 입을 열지 않았더라면 무슨 일이 벌어졌을지 아무도 모른다. "죽음이라면 충분히 보았다." 그녀가 말했다. "우리 모두 충분히 보았지. 다들 검을 집어넣으시오. 이미 엎지른 물이고, 이제 우리 모두 그 결과를 감수해야 하겠지. 신들께서 왕국에 자비를 베푸

시기를." 왕대비가 그녀의 아이들을 돌아보며 말을 이었다. "우린 그냥 떠나겠다. 오늘 여기서 일어난 일에 대해서는 말이 새어나가지 않게 하여라."

"알았어요, 어머니." 재해리스 왕이 누이를 가까이 끌어당겨 감싸 안았다. "하지만 이 결혼을 없던 일로 할 생각은 하지 마세요. 이제 우린 하나가 되었고, 신도 인간도 우릴 떼어놓을 수 없어요."

"절대로요." 그의 신부가 장담했다. "저를 이 세상 끝으로 보내 모소비의 왕이나 회색 황야의 군주에게 시집보내신다 해도, 실버윙이 언제나 저를 재해리스 옆으로 다시 데리고 올 거예요." 그 말을 마친 공주는 발꿈치를 들어 올리고 왕을 향해 얼굴을 치켜들었고, 왕은 모두가 보는 앞에서 그녀의 입술에 입을 맞추었다.*

수관과 섭정대비가 떠나자, 왕과 어린 신부는 성문을 닫고 그들의 처소로 돌아갔다. 그때부터 재해리스가 성년에 이르기까지 드래곤스톤은 그들의 피신처이자 거처로 남았다. 기록에 따르면 어린 왕과 왕비는 그 기간 내내 거의 한시도 떨어지지 않았다고 한다. 모든 식사를 함께 하고 밤늦도록 어린 시절의 추억과 앞으로 직면할 도전을 이야기했으며, 같이 낚시와 매사냥을 하러 다니고 부둣가 여관에서 평민들과 어울렸다. 또한 성의 서고에서 찾은 먼지투성이 가죽 장정 책들을 서로에게 읽어주고, 드래곤스톤의 학사들로부터 수업을 받았으며("우린 아직도 배울 게 많으니까"라고 알

---

* 이상이 드래곤스톤의 성문 앞에서 벌어졌던 대치 상황을 직접 목격한 베니퍼 대학사가 남긴 기록이다. 그날 이후 오늘날까지, 이 이야기는 사랑의 열병에 걸린 칠왕국의 처녀들과 그들의 연인들로부터 사랑받았고, 수많은 음유시인이 킹스가드의 용기를 찬양하며 하얀 망토를 걸친 일곱 명이 50명을 물러나게 한 영웅담을 노래했다. 그러나 그런 모든 이야기는 성 수비대의 존재를 외면한다. 다른 기록에 따르면 당시 드래곤스톤에는 메렐 불록 경과 그의 아들 알린과 하워드가 지휘하는 궁수와 위병이 각각 20명씩 주둔했다. 그때 그들이 누구에게 충성했는지, 유혈 사태가 벌어졌다면 어느 편에 가담했을지는 아무도 모르지만, 왕의 일곱 기사만이 외로이 나섰다는 건 다소 과장되었다고 볼 수 있을 것이다.

리산느가 남편에게 상기시켰다고 한다), 오스윅 성사 옆에서 기도를 올렸다. 각각 드래곤을 타고 드래곤몬트 주변은 물론 드리프트마크까지 함께 날아다녔다.

하인들의 이야기가 사실이라면 왕과 왕비는 알몸으로 동침하고 침대 위든 식탁이든 어디에서든 하루에 몇 번씩이나 자주 길고 애틋한 입맞춤을 나누었는데, 결코 첫날밤은 치르지 않았다. 재해리스와 알리산느가 남자와 여자로서 한 몸이 된 건 1년 반이 지나서였다.

이따금 영주들이나 소협의회 대신들이 어린 왕과 의논하고자 드래곤스톤을 방문할 때면, 재해리스는 그의 조부가 웨스테로스 정복 계획을 세웠던 채색 탁자의 방에서 그들을 맞이했고 그의 곁에는 언제나 알리산느가 있었다. 그는 "아에곤 왕께서는 라에니스와 비세니아 왕비에게 비밀이 없으셨고, 나도 알리산느에게 비밀이 없소"라고 말했다.

신혼 시절 그 희망찬 나날 동안 그들은 서로 숨기는 것이 없었을지 모르지만, 그들의 결합은 웨스테로스의 거의 모든 이에게 비밀이었다. 킹스랜딩으로 돌아온 로가르 공은 드래곤스톤에 동행한 이들에게 혀를 잃고 싶지 않으면 그곳에서 일어난 일을 발설하지 말라고 명령했다. 왕국에 어떤 포고도 하지 않았다. 매튜스 성사가 최고성사와 최고신관단에 결혼에 대해 알리려 했을 때, 수관의 명을 받은 베니퍼 대학사가 큰까마귀를 날리는 대신 서신을 불태워버렸다.

스톰스엔드의 영주는 시간이 필요했다. 왕에게 모욕당했다고 여기고 패배라는 생소한 경험에 당혹한 로가르 바라테온은 어떻게든 재해리스와 알리산느를 떼어놓고자 했고, 그들이 첫날밤을 치르지 않는 한 기회가 있다고 생각했다. 아무도 모르게 혼인을 파기할 수 있을지도 모르니, 결혼 사실을 감추는 것이 최선이었다.

알리사 왕대비도 시간이 필요했지만, 다른 이유 때문이었다. 그녀는 드래곤스톤의 성문 앞에서 '이미 엎지른 물이다'라고 말했고, 그렇게 믿었지만…… 장남과 장녀의 결혼을 뒤따랐던 피비린내 나는 분쟁과 혼돈의 악몽은 아직도 밤마다 그녀를 괴롭혔고, 왕대비는 역사가 되풀이되지 않도록 방법을 찾아 간절히 헤맸다.

그런 와중에도 왕대비와 그녀의 남편은 재해리스가 열여섯 살이 되어 실권을 거머쥘 때까지 거의 1년간 왕국을 다스려야 했다.

'세 신부의 해'가 저물 무렵 웨스테로스의 정황은 이와 같았고, 이윽고 아에곤의 정복 후 50년째 되는 해가 밝았다.

통치자의 범람

신자들의 아버지는 모든 인간이 죄인이라고 가르친다. 가장 고결한 왕과 명예로운 기사조차도 분노와 색욕과 질투에 사로잡혀 그들의 명성을 더럽히는 수치스러운 행위를 저지를 수 있다. 그리고 아무리 비열한 남자나 못된 여자라도 이따금 가장 사악한 마음속에서도 찾을 수 있는 사랑과 연민과 동정심에 이끌려 선한 일을 하기도 한다. 역사상 가장 현명한 수관이었던 바스 성사는 "강하든 약하든, 선하든 악독하든, 잔인하든 다정하든, 영웅적이든 이기적이든, 우리는 신들께서 빚으신 그대로일 뿐. 인간의 왕국을 다스리려면 그 사실을 깨쳐야 할 것이다."라고 적었다.

아에곤의 정복 후 50년째 되는 해만큼이나 바스 성사가 한 말이 명백하게 진실로 드러난 적은 극히 드물다. 새해의 동이 트자, 왕국 곳곳에서 타르가르옌 왕가의 웨스테로스 통치 50주년을 기념하기 위해 연회와 축제와 마상 대회 등을 계획했다. 마에고르 왕 통치하의 끔찍했던 나날은 과거로 멀어져갔고, 철왕좌와 종단은 화해했으며, 어린 국왕 재해리스 1세는 올드타운에서 장벽까지 모든 귀족과 평민의 사랑을 받았다. 그러나 몇몇 외 아무도 모르는 사이 지평선 위에 먹구름이 몰려들었고, 현자들은 먼 곳에서 어렴풋이 울리는 천둥소리를 들을 수 있었다.

왕이 둘이 있는 나라는 머리가 두 개 있는 사람과 같다고 백성들은 말한다. AC 50년, 웨스테로스에는 다행히도 한 명의 왕, 한 명의 수관 그리고 마에고르 왕 시절처럼 세 명의 왕비가 있었다. 그러나 마에고르의 왕비들이 단지 왕에게 굴종하고 왕의 변덕에 따라 살고 죽은 힘없는 배우자에 불과했던 반면, 정복 후 반백 년의 세 왕비는 각자 나름대로 힘이 있었다.

킹스랜딩의 레드킵 왕성에는 고(故) 아에니스 왕의 과부이자 현왕 재해리스의 어머니이며 수관 로가르 바라테온의 아내인 알리사 섭정대비가 자리했다. 블랙워터만 너머 드래곤스톤에는 어머니와 어머니의 새 남편의 뜻을 거스르고 오라비 재해리스 왕과 혼인한 열세 살 소녀, 알리사의 딸 알리산느가 새로운 왕비로 등장했다. 그리고 머나먼 서쪽, 어머니와 여동생이 있는 곳에서 웨스테로스 대륙을 횡단해야 도달할 수 있는 페어섬에는 알리사의 장녀이며 무관의 아에곤의 과부인 드래곤 기수 라에나 타르가르옌이 있었다. 서부와 리버랜드 그리고 리치 일부에서는 이미 그녀를 '서쪽의 왕비'라고 불렀다.

세 모녀 왕비는 피와 슬픔과 고통으로 결속된 사이였지만, 그들 사이에 드리운 해묵고 새로운 그림자들은 나날이 짙어졌다. 잔혹 왕 마에고르를 무너뜨린 원동력이었던 재해리스와 누이들과 어머니 사이의 친애와 단합된 목표 의식은 오랫동안 쌓인 불만과 분열이 겉으로 드러나면서 와해되기 시작했다. 남은 섭정 기간 내내 소년 왕과 어린 왕비는 수관과 섭정대비와 깊은 불화를 겪었고, 이는 재해리스의 재위가 시작한 후에도 계속되어 칠왕국을 다시금 전쟁의 위협으로 몰아넣었다.*

갈등의 직접적인 원인은 수관과 섭정대비의 허를 찌르고 그들의 구상과 계획을 망친 왕과 그의 여동생의 갑작스러운 비밀 결혼이었다. 그러나 이것이 그들 사이를 어그러뜨린 유일한 원인은 아니었다. AC 49년 세 신부의 해에 열린 다른 결혼식들도 상처를 남겼다.

로가르 공은 왕대비와 결혼할 때 재해리스의 허락을 구하지 않았고, 소년 왕은 이를 자신에 대한 무례로 받아들였다. 더구나 왕은 그 혼인을 찬성하지 않았다. 훗날 그는 바스 성사에게 로가르 공은 소중한 친구이자 조언자였지만 그는 새아버지가 필요하지 않았고, 본인의 판단과 성품과 지혜가 수관보다 더 뛰어나다고 여겼다고 고백했다. 재해리스는 윗누이 라에나의 혼인도 미리 언질을 받았어야 했다고 생각했지만, 그리 심한 모욕이라고는 느끼지 않았다. 그에 비해 알리사 왕대비는 딸이 아무런 상의 없이 페어섬에서 결혼식을 치르고 초대도 하지 않은 것을 매우 서운하게 여겼다.

먼 서쪽에서 머무르던 라에나 타르가르옌도 불만을 품었다. 라에나 선왕비는 주변에 모은 옛 친구와 말벗에게 어머니가 왜 로가르 바라테온을 사랑하는지 이해도, 공감도 할 수 없다고 털어놓았다. 그녀는 동생 재해리스가 마에고르 숙부에게 반기를 들고 일어설 때 로가르가 지지한 공로는 마지못해 인정했으나, 남편 아에곤 왕자가 신의 눈 아래 전투에서 마에고르와 싸울 때 로가르가 아무것도 하지 않은 사실은 결코 잊을 수도 용서할 수도 없었다. 또한, 시간이 지날수록 철왕좌에 대한 그녀와 딸들의 계승권이 "내 아기 남동생(그녀가 재해리스를 부르던 애칭)"에게 밀려 도외시된

* 일부 사실을 빠뜨렸다는 비판을 받기 전에, AC 50년의 웨스테로스에는 네 번째 왕비가 있었음을 언급할 필요가 있다. 두 번 과부가 된 코스테인 가문의 엘리너 왕비는 철왕좌에 앉은 채 죽은 마에고르 왕을 발견했고, 재해리스의 즉위 이후 킹스랜딩을 떠났다. 참회자의 옷을 걸치고 시녀 한 명과 충성스러운 병사 한 명만을 대동하고 길을 떠난 그녀는 아린 협곡의 이어리로 가서 테오 볼링 경과 낳은 세 아들 중 장남을 만난 뒤, 차남이 티렐 공의 대자로 있는 리치의 하이가든으로 갔다. 두 아들이 잘 지내는 모습을 확인한 전 왕비는 막내아들을 되찾고는 리치에 있는 부친의 본성, '스리타워스'를 수리했고, 그곳에서 조용히 여생을 보내겠다고 표명했다. 그러나 운명과 재해리스 왕은 그녀를 위한 다른 계획이 있었으니, 이는 추후 서술할 것이다. 여기서는 엘리너 왕비가 AC 50년에 벌어진 일들과 무관했다고만 해두겠다.

것을 점점 더 원망하게 됐다. 그녀는 자신이 맏이이고 동생들보다 먼저 드래곤 기수가 되었음에도, 동생들은 물론 "내 어머니"까지 작당하여 자신을 밀어냈다고 하소연했다.

후세의 식견으로 돌아보면 알리사 왕대비의 섭정 말기에 일어난 분쟁에서 재해리스와 알리산느가 옳았고 그들의 어머니와 로가르 공이 악당이었다고 보기 쉽다. 가수들은 여지없이 그렇게 이야기한다. 그들의 노래를 들자면 재해리스와 알리산느의 갑작스럽고 신속한 결혼은 '광대' 플로리안과 종퀼 이후 둘도 없을 사랑담으로 칭송받는다. 그리고 노래에서는 언제나 사랑이 모든 것에 승리한다. 그러나 진실은 그렇게 단순하지 않다. 알리사 왕대비가 그 결혼으로 느꼈던 불안은 자식들과 타르가르옌 왕조와 왕국 전체를 진심으로 염려하는 마음에서 비롯된 것이었고, 근거 없는 두려움도 아니었다.

로가르 바라테온 공의 동기는 그렇게 이타적이지 않았다. 아들처럼 여겼던 소년 왕의 "배은망덕한" 처사에 그는 충격받고 분노했으며, 수하 50명을 끌고 갔음에도 드래곤스톤 성문 앞에서 아무것도 못하고 물러나는 치욕을 겪고는 높은 자존심에 금이 갔다. 잔혹 왕 마에고르와 일대일 결투를 벌이기를 꿈꿨던 이 뼛속까지 전사인 사내는 열다섯 살 소년에게 수모를 당했다는 사실을 견딜 수 없었다. 그러나 그를 비판하기 전에, 우리 모두 바스 성사가 한 말을 떠올릴 필요가 있다. 비록 로가르는 수관으로 재임한 마지막 해에 잔인하고 어리석고 악독한 짓을 했지만, 천성이 잔인하거나 악한 자가 아니었고 어리석지도 않았다. 다만 그해가 한때 영웅이었던 남자의 가장 어두운 한 해였음을 잊어서는 안 된다.

재해리스와의 대치 직후 로가르 공은 그가 당한 수모 외에는 아무것도 생각할 수 없었다. 그가 처음 느낀 충동은 더 많은 병력을 이끌고 드래곤스톤으로 돌아가 수비대를 제압하고 무력으로 상황을 정리하는 것이었다.

로가르 공은 킹스가드에 대해서 하얀 기사들이 왕을 위해 목숨을 바치겠다고 맹세했으니 "그들에게 기꺼이 맹세를 지킬 기회를 주겠소"라고 소협의회에서 말했다. 툴리 공이 재해리스가 그저 드래곤스톤 성문을 잠그고 버틸 수 있음을 지적해도 로가르 공은 단념하지 않았다. "그렇게 하라지. 필요하다면 성을 강습해서 함락할 수도 있소." 결국 격노한 수관을 달래어 그 어리석은 짓을 포기하도록 설득한 건 섭정대비였다. 그녀가 부드럽게 말했다. "내 사랑, 내 아이들은 드래곤을 타고 다니지만, 우린 아니잖아."

섭정대비도 그녀의 남편만큼이나 왕의 경솔한 결혼을 무르고 싶어 했다. 종단이 알게 되면 다시 한번 왕가에 반기를 들 것이라고 확신한 까닭이었다. 매튜스 성사가 그녀의 우려를 부채질했다. 킹스랜딩으로 돌아온 성사는 재해리스가 그의 입을 꿰맬 위험이 사라지자 다시 입을 열기 시작했고, "모든 견실한 사람"이 왕의 근친혼을 비난할 것이라는 말 외에는 다른 말을 거의 하지 않았다.

알리사 왕대비가 간절히 바라던 대로 재해리스와 알리산느가 킹스랜딩으로 돌아와 새해를 축하했다면("반드시 정신을 차리고 이 어리석은 짓을 뉘우칠 것이오"라고 그녀는 소협의회에 말했다) 화해가 이뤄졌을지도 모르나, 그런 일은 벌어지지 않았다. 새해가 밝고 보름이 지나고 한 달이 지난 다음에도 왕이 궁중에 나타나지 않자, 알리사는 홀로 드래곤스톤으로 가서 아이들을 데려오겠다고 선언했다. 그러나 로가르 공이 성을 내며 허락하지 않았다. "지금 당신이 굽실거리며 돌아가면 그 아이는 앞으로 절대 당신 말을 듣지 않을 것이오." 그가 말했다. "녀석은 자신의 욕망을 위해 국익을 도외시했고, 그걸 용납해서는 안 되오. 그 아이도 자기 아버지와 같은 최후를 맞게 하고 싶소?" 그래서 왕대비는 남편의 뜻을 따랐고, 드래곤스톤으로 가지 않았다.

"알리사 왕대비가 옳은 일을 하고자 했음은 누구도 의심해서는 안 된다"

라고 바스 성사가 수년 후에 적었다. "다만 안타깝게도 그녀는 종종 무엇이 옳은 일인지 몰랐다. 그녀는 무엇보다 첫 남편 아에니스 왕이 그랬듯 만인의 사랑과 존경과 찬사의 대상이 되기를 갈망했다. 그러나 통치자라면 무릇 맹렬한 비난과 성토가 뒤따르리라는 것을 알면서도 다들 싫어하지만 필요한 일을 해야 할 때가 있다. 알리사 왕대비는 그런 일을 거의 하지 못했다."

시간이 흘러 날이 주가 되고 주가 달이 되자, 블랙워터만 양쪽의 사람들은 서로 냉담해지고 감정의 골이 더욱더 깊어졌다. 소년 왕과 어린 왕비는 드래곤스톤에 남아 재해리스가 직접 칠왕국을 다스릴 날이 오기를 기다렸다. 알리사 왕대비와 로가르 공은 여전히 킹스랜딩에서 권력의 고삐를 쥔 채 왕의 결혼을 파기하고 확실한 재앙을 예방할 방법을 강구했다. 소협의회 외에는 드래곤스톤에서 일어난 일을 아무에게도 알리지 않았고, 로가르 공은 그곳에 갔던 기사와 병사에게 누구든 그들이 본 것을 발설하면 혀를 자르겠다는 엄명을 내렸다. 일단 비밀을 유지하다가 혼인을 무효로 하기만 한다면, 웨스테로스 사람들 대부분에게는 아예 일어나지 않은 일과 다를 바 없으리라는 심산이었다. 남매가 첫날밤을 치르기 전까지는 얼마든지 파기할 수 있을 터였다.

지금이야 우리는 그것이 헛된 희망이었음을 알지만, AC 50년 당시 로가르 바라테온은 가능한 일이라고 여겼다. 한동안 왕의 침묵이 이어졌을 때 더욱 자신감을 얻었을 것이다. 재해리스는 알리산느와 결혼하고자 신속하게 움직였지만, 정작 식을 올리고 난 다음에는 선포를 미루고 있었다. 그가 바랐다면 발표할 방도가 없던 것도 아니었다. 비세니아 왕비 시절부터 왕가를 섬겨온 컬리퍼 학사는 여든 살의 고령이었음에도 여전히 정정했고, 두 젊은 학사가 그를 보조하며 능숙하게 일을 처리했다. 그리고 드래곤스톤에는 큰까마귀도 충분히 있었다. 재해리스의 말 한마디면 왕국 전역에 왕이 혼인했다는 소식이 퍼져나갈 것이었다. 그러나 왕은 그 한마디를 하지 않았다.

학자들은 아직도 그가 침묵한 이유를 논의한다. 알리사 왕대비가 바랐듯이 급하게 한 결혼을 후회했던 것일까? 모종의 이유로 알리산느에게 화가 났던 것일까? 아에곤과 라에나에게 벌어졌던 일을 떠올리고 결혼을 선포한 후 터져 나올 반발이 두려웠을까? 혹시 매튜스 성사의 끔찍한 예언이 그가 인정한 것보다 더 심하게 그를 뒤흔든 것은 아닐까? 아니면 단지 결과는 전혀 생각지 않고 무분별하게 일을 저지른 열다섯 살 소년이 이제 어떻게 해야 할지 어쩔 줄 몰랐던 것일까?

이런 가설들을 두고 수많은 논의가 있었지만, 우리가 아는 재해리스 타르가르옌 1세에 비추어 보면 전부 공허하게 울릴 뿐이다. 젊을 때든 나이 들어서든, 그는 결코 생각 없이 행동한 왕이 아니었다. 필자가 보기에 재해리스는 결혼을 후회하지도 않았고 파기할 의향도 없었음이 명백하다. 그는 자신이 원하는 왕비를 얻었고 왕국에도 적절한 때에 그의 선택을 알릴 것이었으나, 그가 정한 시기에 사람들이 가장 잘 용납하리라고 계산한 방식으로 할 생각이었으리라. 섭정의 뜻을 거스르고 결혼한 반항아가 아닌, 성년이 되어 직접 나라를 통치하는 왕이 되었을 때.

어린 왕이 궁중에서 자취를 감춘 것을 사람들이 눈치채기까지는 오래 걸리지 않았다. 새해를 축하하며 피운 모닥불에 남은 재가 식기도 전에 킹스랜딩 주민들은 캐묻기 시작했다. 소문을 잠재우고자 알리사 왕대비는 왕이 왕가의 오래된 본성인 드래곤스톤에서 휴식과 사색을 즐기는 중이라고 알렸으나…… 더 시간이 지나도 재해리스의 모습이 보이지 않자, 귀족과 평민 할 것 없이 의문을 품기 시작했다. 왕이 투병 중인가? 아직 밝히지 않은 이유로 유폐된 것인가? 매력적이고 잘생긴 소년 왕은 거리낌 없이 킹스랜딩을 누비며 주민들과 어울리기를 즐기는 것처럼 보였기에, 이렇게 돌연히 사라진 것은 전혀 그답지 않았다.

알리산느 왕비는 궁중으로 급하게 돌아가지 않아도 괜찮다는 입장이었다. "여기서는 우리가 밤낮으로 함께 보낼 수 있잖아." 그녀가 재해리스에게 말했다. "그곳으로 돌아가면 웨스테로스의 모든 사람이 오빠를 원할 테니, 운이 좋아도 하루에 한 시간도 같이 있기 힘들겠지." 드래곤스톤에서 보낸 나날은 그녀에게 목가적인 전원생활이나 마찬가지였다. "앞으로 오랜 시간이 지나고 우리도 늙어서 머리가 하얗게 세면, 지금 얼마나 행복했는지 회상하면서 미소 지을 거야."

재해리스도 물론 그런 감상에 취하기도 했겠지만, 어린 왕이 드래곤스톤에 머무르는 데에는 다른 이유도 있었다. 왕은 그의 숙부 마에고르와는 달리 쉽사리 분노를 터뜨리는 성격은 아니었지만 화를 낼 줄 모르는 것도 아니었고, 자신과 여동생의 혼사를 논의하는 회의에서 그를 일부러 배제했다는 사실을 결코 잊거나 용서할 마음이 없었다. 그리고 재해리스는 철왕좌를 차지하는 데 도움을 준 로가르 바라테온에게 언제나 감사할 테지만, 그의 지배를 받을 의향은 없었다. "난 이미 아버지가 계셨지요." 그가 드래곤스톤에 머물 때 컬리퍼 학사에게 한 말이다. "두 번째 아버지는 필요 없습니다." 왕은 수관이 가진 장점의 진가를 알아보고 인정했지만, 황금 결혼식이 열리기 며칠 전부터 재해리스가 왕국의 귀족들을 접견하는 동안 로가르 공이 사냥과 술과 처녀들에 열중할 때 두드러진 그의 단점도 잘 알았다.

재해리스는 자신에게 부족한 점이 무엇인지도 잘 알았고, 철왕좌에 정식으로 앉기 전에 바로잡기로 마음먹었다. 그의 부친 아에니스 왕은 아우 마에고르와 같은 전사가 아니었기에 나약하다고 업신여김을 당했었다. 재해리스는 그 누구도 그의 용기나 무예를 의심할 수 없게 하겠다고 결심했다. 드래곤스톤에는 성의 수비대장 메렐 불록 경과 그의 아들 알린 경과 하워드 경, 노련한 훈련대장 엘리야스 스케일스 경 그리고 가히 왕국 최강의 전사라고 할 수 있는 그의 일곱 킹스가드가 있었다. 재해리스는 아침마다 성내 연무장에서 그들과 훈련했고, 그들이 아는 모든 방법으로 자신을 압박하고 괴롭히고 공격하라고 외쳤다. 왕은 동이 틀 무렵부터 정오까지 새 왕비가 지켜보는 앞에서 기사들과 겨루며 검과 창과 철퇴와 도끼를 쓰는 법을 연마했다.

고되고 혹독한 훈련이었다. 각 대련은 왕 또는 그의 상대가 왕이 죽었다고 선언할 때에야 끝났다. 재해리스가 하도 많이 죽어서 수비대의 병사들은 그가 쓰러질 때마다 "왕이 죽었다"라고 외치고, 다시 비틀거리며 일어나면 "국왕 만세"라고 외치며 낄낄거렸다. 그의 훈련 상대들은 누가 더 왕을 많이 죽이는지 경쟁하기 시작했다. (최후에 승리한 사람은 젊은 누른

도요 페이트 경이었는데, 그의 변화무쌍한 창술에 왕이 속수무책으로 당했다고 한다.) 저녁이 되면 재해리스가 온통 멍으로 뒤덮이고 피투성이가 될 때가 잦아서 알리산느가 속상해했지만, 덕분에 그의 무예 실력은 일취월장했고 그가 드래곤스톤을 떠날 무렵에는 노기사 엘리야스 경이 그에게 "전하께서 킹스가드가 되실 일은 없겠지만, 만약 어떤 마법으로 전하의 숙부 마에고르가 죽음에서 돌아온다면 전하께서 킹스가드가 되신다는 것에 제 돈을 걸겠습니다"라고 말할 정도였다.

어느 저녁, 특히 격렬했던 격투 끝에 엉망으로 두들겨 맞은 재해리스를 보고 컬리퍼 학사가 물었다. "전하, 어찌하여 그런 고통을 자처하십니까? 왕국은 평화롭지 않습니까." 어린 왕은 단지 미소를 머금고 대답했다. "제 할아버지께서 돌아가셨을 때도 왕국은 평화로웠지요. 하지만 제 아버지께서 왕위에 오르시자마자 사방에서 적이 들고 일어섰습니다. 그들은 아버지를 시험했던 겁니다. 그분이 강한지 나약한지 알아보려고. 그리고 그들은 저도 시험할 겁니다."

왕의 생각은 틀리지 않았지만, 그가 맞닥뜨린 첫 시련은 그의 예상과는 아주 다른, 드래곤스톤의 연무장에서 아무리 땀을 흘려도 대비할 수 없는 것이었다. 다름 아닌 그의 남자로서의 가치와 어린 왕비를 향한 사랑이 시험에 처하게 되었다.

알리산느 타르가르옌의 어린 시절은 거의 알려진 바가 없다. 아에니스 왕과 알리사 왕비의 다섯째 자녀이자 여아였기에, 계승 서열이 더 높은 손위 형제들보다 궁중의 관심을 덜 받았다. 적게나마 전해지는 기록에 따르면 알리산느는 총명하지만 평범한 아이였다고 한다. 몸은 작지만 병약하지 않았고, 예의 바르고 순종적이었으며, 미소가 귀엽고 목소리가 상냥했다. 그녀의 부모는 언니 라에나를 어렸을 때 괴롭혔던 소심함이 그녀에게서는 보이지 않는 것에 안도했다. 그리고 라에나의 딸 아에레아처럼 제멋대로에

고집이 센 기질도 비치지 않았다.

왕가의 공주로서 알리산느는 당연히 어릴 적부터 하인과 말벗이 있었을 것이다. 알리사 왕비도 여느 귀족 여성처럼 직접 젖을 물리지 않았으므로, 알리산느가 아기였을 때 유모가 있었을 것이 분명하다. 더 자란 후에는 학사가 글을 쓰고 읽는 법과 셈법을 가르치고, 여자 성사가 신앙심과 바른 몸가짐과 일곱 신의 신비로움을 교육했을 터였다. 평민 출신 소녀들이 하녀로서 그녀의 옷을 빨고 요강을 비웠을 것이며, 더 시간이 지난 뒤에는 함께 말을 타고 놀고 바느질을 할 비슷한 또래의 귀족 영애들을 말벗으로 삼았으리라.

알리산느는 그런 말벗들을 직접 고르지 않았다. 알리사 왕비가 귀족 소녀들을 엄선했으며 공주가 누구와도 깊은 정이 들지 않도록 주기적으로 바꾸었다. 언니 라에나는 말벗들에게 지나친 총애와 관심을 퍼부었고 그중 몇몇은 적절하지 못한 신분도 있어서 궁중에 많은 소문이 돌았던 터라, 왕비는 알리산느마저도 그런 구설에 휘말리는 것을 원치 않았다.

아에니스 왕이 드래곤스톤에서 죽고 협해를 건너온 그의 아우 마에고르가 철왕좌를 강탈하자 이 모든 것이 바뀌었다. 새로운 왕은 형의 자식들을 사랑하거나 신뢰하지 않았고, 모친 비세니아 왕대비를 통해 그의 뜻을 강요했다. 알리사 왕비의 가문기사와 하인은 아이들의 하인과 말벗과 더불어 해고되었고, 재해리스와 알리산느는 조부의 무시무시한 누이 비세니아에게 맡겨졌다. 명목만 아닐 뿐 인질이나 마찬가지였던 그들은 숙부의 재위 내내 타인의 의지에 따라 드리프트마크와 드래곤스톤과 킹스랜딩 사이를 오가야 했다. 그러다 AC 44년 비세니아가 죽자, 알리사 왕비는 그 틈을 놓치지 않고 재빨리 재해리스와 알리산느는 물론 보검 검은 자매까지 챙기고 드래곤스톤에서 탈출했다.

그때 탈출한 이후 알리산느 공주의 행적에 대해서는 믿을 만한 기록이 남아 있지 않다. 그녀가 왕국의 역사서에 다시 등장한 시기는 피로 얼룩진 마에고르의 통치기가 저물 무렵이었다. 스톰스엔드에서 대군을 이끌고 출진한 그녀의 어머니와 로가르 공에 앞서 알리산느와 재해리스 그리고 만이 라에나가 각자 드래곤을 타고 킹스랜딩에 이르렀다.

마에고르가 죽은 후 알리산느 공주에게 시녀들과 말벗들이 생겼겠지만, 아쉽게도 그들의 이름과 내력은 전하지 않는다. 공주와 재해리스가 드래곤을 타고 레드킵에서 도피할 때 아무도 공주와 함께 떠나지 않은 것은 확실하다. 킹스가드의 일곱 기사와 성 수비대, 요리사들, 마구간지기들과 다른 하인들을 제외하면, 드래곤스톤에서 왕과 신부의 시중을 들어주는 사람은 없었다.

왕국의 공주에게 적절한 처우가 아니었고, 하물며 왕비에게는 더욱더 그러했다. 알리산느는 마땅히 가솔을 거느려야 했고, 여기서 그녀의 어머니 알리사는 이 혼인을 약화시키고 나아가서 파기할 기회를 포착했다. 섭정대비는 어린 왕비의 수발을 들 하녀들과 말벗들을 손수 뽑아 드래곤스톤으로 보내야겠다고 결심했다. 베니퍼 대학사는 그 계획의 주인이 알리사 왕대비였다고 확언했다. 그러나 로가르 공도 기꺼이 찬성하였으니, 계획을 비틀어 그가 원하는 바를 이룰 수 있음을 즉시 알아차린 까닭이었다.

드래곤스톤의 성소는 재해리스와 알리산느의 혼인을 거행한 나이 든 남자 성사 오스윅이 돌보았는데, 왕가의 여식이 신앙 교육을 받으려면 동성의 도움이 필요했다. 이에 알리사 왕대비는 만만찮은 성사 이사벨과 알리산느 또래의 귀족 출신 수련 성사 라이라와 에디트까지 세 명을 보냈다. 그리고 알리산느가 거느릴 하녀와 시녀를 관리할 사람으로 리버런 영주의 아내이자 독실한 신앙심으로 전국에 이름을 떨치는 루신다 툴리를 파견했다. 툴리 부인의 여동생이며 재해리스의 배필로 잠시 거론된 수수한 처녀 엘라 브룸도 동행했다. 얼마 전 수관이 턱도 없고 가슴도 없고 정신머리도 없다며 퇴짜를 놓은 셀티가르의 두 딸 역시 일행에 포함되었다. ("이렇게라도 써먹어야 하지 않겠소"라고 로가르 공이 그녀들의 부친에게 말했다고 한다.) 나머지는 각각 협곡, 스톰랜드, 리치 지역 가문의 영애들인 템플턴 가문의 제니스와 와일드 가문의 코리안느와 볼 가문의 로자먼드였다.

알리사 왕대비가 딸의 나이와 신분에 맞는 말벗들이 딸을 수행하기를 바란 건 의심의 여지가 없지만, 그것이 이 여인들을 드래곤스톤으로 보내는 유일한 동기는 아니었다. 이사벨 성사와 수련 성사 에디트와 라이라 그리고 독실한 루신다 부인과 그녀의 여동생은 맡은 임무가 하나 더 있었다. 섭정대비는 이 도덕심이 투철한 여인들이 알리산느를, 가능하다면 재해리스도 감화하여 오누이의 동침은 종단의 눈에 부정한 행위로 비친다는 사실을 이해하게 만들기를 희망했다. "아이들"(알리사는 왕과 왕비를 그렇게 부르기를 고집했다)은 악한 것이 아니라 단지 어리고 고집이 셀 뿐, 적절한 훈육을 받으면 잘못을 깨닫고 왕국이 갈가리 찢기기 전에 결혼을 뉘우칠 것이라고 왕대비는 간절히 기도했다.

로가르 공의 동기는 더 비열했다. 성의 수비대나 킹스가드 기사들에게 기댈 수 없게 된 수관은 드래곤스톤에서 그의 눈과 귀 노릇을 할 이들이 필요했다. 그는 루신다 부인과 다른 일행에게 재해리스와 알리산느의 모든 말과 행동을 그에게 보고하라고 일렀다. 특히 그는 왕과 왕비가 첫날밤을 치를 것인지, 치른다면 언제일지 알기를 바랐고, 그것만큼은 막아야 한다고 강조했다.

그리고 그 외 다른 동기도 있었을지 모른다.

이제 유감스럽지만 여기서 서술하는 사건이 일어나고 40년 후에 칠왕국에 처음 나타난 어떤 불쾌한 책을 잠시 언급하고자 한다. 아직도 웨스테로스의 저급한 곳에서 사본들이 여러 사람의 손을 거치고 있고, 일부 매음굴(글을 읽을 줄 아는 손님들을 받는 곳)이나 퇴폐한 자들의 서재에서 흔히 찾을 수 있다는 이 책은 자물쇠를 채워 처녀와 아낙네와 아이와 순결하고 독실한 이의 눈에서 감추어야 마땅하다.

문제의 책은 《육체의 죄악》, 《환희와 절망》, 《탕녀 이야기》, 《인간의 부정》 같은 다양한 제목으로 알려졌으나, 전부 '어린 소녀들을 위한 경고'라는 부제를 달고 있다. 어느 귀족 영애의 자서전이라고 주장하는 이 책은 어린 여주인공이 아버지의 성에서 일하는 말구종에게 순결을 바치고 사생아를 낳은 뒤, 죄악과 고통과 노예 생활로 점철된 긴 삶 동안 그녀가 겪은 온갖 부정한 행위를 묘사한다.

저자의 이야기가 사실이라면(일부는 도저히 믿기 어려운 수준이다), 그녀는 살면서 왕비의 시녀, 젊은 기사의 연인, 에소스 분쟁 지역(Disputed Lands)의 종군 매춘부, 어느 미르 술집의 여급, 티로시의 배우, 바실리스크 군도 해적 여왕의 노리개, 고(古)볼란티스(Old Volantis, 자유도시 중 가장 오래된 볼란티스의 다른 이름)의 노예(그녀에게 문신을 새기고 구멍을 뚫어 장신구를 달고 고리를 채웠다고 한다), 콰스 마법사의 시녀 등을 거쳐 리스에서 환락소 여주인의 자리에까지 올랐다가, 마지막에 올드타운으로 돌아와 종단에 귀의하였다. 별빛 성소에서 성사로서 여생을 보냈고, 죽기 전 어린 소녀들이 그녀가 했던 것들을 하지 않도록 경고하고자 그녀의 일생을 글로 남겼다는 것이다.

저자가 겪었다는 음란한 모험의 선정적인 내용은 굳이 여기에 언급할 필요가 없다. 우리가 관심을 두는 것은 이 추잡한 이야기의 초반에서 다루는 저자의 젊은 시절에 관한 부분인데, '어린 소녀들을 위한 경고'의 저자로 추정되는 이가 다름 아닌 어린 왕비의 말벗으로 드래곤스톤으로 보내진 소녀 중 한 명인 코리안느 와일드인 까닭이다.

그녀가 쓴 내용의 진실성이라든가 그녀가 정말로 이 악명을 떨치는 책의 저자인지를 확인할 방법은 없다(사건별로 문체가 급격히 바뀌는 것으로 보아 저자가 여럿이라는 타당한 주장도 있다). 그러나 코리안느 영애의 어린 시절은 당시 레인하우스성에 있던 학사가 남긴 기록으로 확인할 수 있다. 그는 와일드 공의 작은딸이 열세 살이었을 때, 마구간에서 일하던 어떤 "무례한 청년"의 유혹에 빠져 순결을 잃었다고 적었다. '어린 소녀들을 위한 경고'는 이 청년을 그녀 또래의 잘생긴 소년으로 묘사하였으나, 학사의 기록에서는 얼굴이 마맛자국으로 뒤덮인 서른 살의 종자였고 "종마의 것처럼 굵은 양물"이 유일한 특징이었다고 한다.

진실이 무엇이든, "무례한 청년"은 그가 한 짓이 들통나자 거세당한 뒤 장벽으로 추방되었고, 코리안느 영애는 그녀의 방에 갇혀 사생아 아들을 낳았다. 아기는 태어난 직후 아이가 없던 스톰스엔드성의 한 집사 부부에게 수양아들로 보내졌다.

학사의 일기에 따르면 이 사생아는 AC 48년에 태어났다. 이 사건 후 코리안느 영애에게는 항상 감시하는 눈이 붙었지만, 레인하우스 성벽 밖으로는 그녀의 수치스러운 행동을 아는 사람이 거의 없었다. 코리안느를 킹스랜딩으로 호출하는 큰까마귀가 도착하자, 그녀의 어머니는 딸에게 아이를 낳은 사실과 그녀가 저지른 죄악을 결코 입 밖에 내지 말라고 엄중하게 일렀다. "레드킵에서는 널 처녀라고 생각할 거야." 그녀는 부친과 오라비 한 명과 함께 킹스랜딩으로 가던 길에 블랙워터 급류 남쪽 기슭의 나루터 옆에 있는 여관에서 하룻밤을 머무르게 되었는데, 그곳에서 어느 대귀족이 그녀를 기다리고 있었다.

여기서부터 이야기가 더욱 꼬이기 시작하는데, 여관에서 그녀를 기다렸다는 남자의 정체가 확실하지 않고, '어린 소녀들을 위한 경고'에 조금이나마 진실이 섞였을 수도 있다고 인정하는 이들도 이 부분에 관해 의견이 분분하기 때문이다.

지난 수백 년간 필사 과정을 계속 거치면서 책은 수없이 수정되고 교정

되었다. 시타델에서 필사를 맡은 학사들은 모든 단어를 원문 그대로 옮기도록 엄격한 수련을 쌓지만, 다른 필경사 중에는 그렇게 절도 있는 이들이 드물다. 종단을 위해 책을 필사하고 채식(彩飾)하는 남녀 성사들과 수녀들이 모욕적이거나 외설적 또는 교리에 부적절한 구절을 지우거나 고치는 일이 다반사였다. '어린 소녀들을 위한 경고'는 거의 전체가 외설적이므로, 학사나 성사가 필사한 경우는 아마 없었을 것이다. 지금 존재한다고 알려진 사본의 숫자를 고려하면(성왕 바엘로르가 상당수를 불태웠지만, 아직도 수백 권을 헤아린다), 대부분 음주, 절도, 사통으로 종단에서 파문된 성사나 고리를 얻지 못하고 시타델을 떠난 낙제생, 자유도시에서 고용된 문사 또는 배우(최악의 필경사들이다) 같은 이들이 필사했을 것이다. 학사의 엄밀함이 없는 그런 필경사들은 자신들이 베끼는 글을 '개선'하는 데 거리낌이 없다. (배우들은 특히 그런 경향이 있다.)

'어린 소녀들을 위한 경고'에 가해진 '개선'은 주로 더욱 방탕한 사건들을 추가하고 기존 사건들을 더 충격적이고 선정적으로 고친 것이었다. 오랜 시간에 걸쳐 수정이 거듭될수록 어느 것이 원문이었는지 점점 가늠하기 어려워졌고, 이미 언급한 대로 시타델의 학사들조차도 책의 제목이 무엇인지 확신하지 못하는 지경에 이르렀다. 나루터 옆 여관에서 정말 어떤 만남이 이뤄졌는지, 이뤄졌다면 코리안느 와일드가 만났다는 남자의 정체가 무엇이었는지도 여전히 논쟁거리로 남아 있다. 《육체의 죄악》과 《환희와 절망》이란 제목이 붙은 사본(대체로 더 오래되고 가장 짧다)에서는 여관의 남자가 로가르 공의 네 아우 중 제일 나이가 많은 보리스 바라테온 경이었다고 밝힌다. 그러나 《탕녀 이야기》와 《인간의 부정》에서는 그 남자가 로가르 공 본인이다.

그 후 벌어진 일에 대해서는 모든 사본의 내용이 일치한다. 코리안느 영애의 부친과 오라비를 내보낸 대귀족은 그녀를 검사할 수 있게 옷을 벗으라고 명령했다. "그는 내 온몸을 구석구석 쓰다듬었다"라고 그녀는 적었다. "난 그가 만족한다고 말할 때까지 이쪽저쪽으로 돌아서고 몸을 굽히거나 쭉 뻗었고, 다리를 벌려 그에게 보여주어야 했다." 그러고 나서야 남자는 코리안느를 킹스랜딩으로 부른 이유를 밝혔다. 일단 처녀로 알려진 그녀는 알리산느 왕비의 말벗으로서 드래곤스톤으로 가야 하는데, 섬에 도착하면 그녀의 기지와 몸을 써서 왕을 침대로 유혹하라는 것이었다.

"재해리스는 아마 동정일 가능성이 높고, 지금 여동생에게 푹 빠진 상태다"라고 남자가 말했다고 한다. "하지만 알리산느는 아직 어린애고, 넌 그 어떤 남자라도 바라 마지않을 여자지. 전하가 한번 네 매력을 맛보면 정신을 차리시고 이 어리석은 결혼을 포기하실 수도 있다. 혹은 널 계속 옆에 둘 수도 있고, 또 모르지 않느냐? 물론 왕과의 결혼은 말도 안 되지만, 보석이든 하인이든 뭐든 네가 원하는 것을 주마. 왕의 침실 상대가 되면 후한 포상이 있을 것이야. 만약 알리산느가 너와 왕이 동침하는 것을 알게 되면 더욱더 좋다. 자존심이 높은 아이니, 남편이 외도하면 바로 떠나겠지. 그리고 네가 또 임신한다면, 너와 아이 모두 잘 보살필 것이고 네 부모에게도 네가 왕가를 위해 세운 공에 대한 보답으로 아주 후한 포상을 내릴 것이다."*

이 이야기를 조금이라도 신뢰할 수 있을까? 사건이 벌어진 뒤 한참이 지나고 당사자들도 모두 죽은 지 오래인 지금은 진실을 확인할 방도가 없다. 소녀의 증언 외에 나루터 옆에서 이 만남이 이뤄졌다는 것을 입증할 사료도 없다. 그리고 설령 코리안느 와일드가 킹스랜딩에 도착하기 전에 어떤 바라테온가의 인물이 그녀를 먼저 만난 게 사실이라고 하더라도, 그가 무

* 《탕녀 이야기》의 일부 사본은 로가르 공이 소녀의 몸을 "밤 내내" 탐닉했다는 음탕한 설화를 포함하는데, 어느 욕구불만이었던 필경사나 저열한 포주가 나중에 추가한 내용임이 거의 확실하다.

슨 말을 했는지 알 길이 없다. 다른 소녀들처럼 그녀에게도 단순히 첩자와 밀고자로서 임무를 수행하라고 지시했을지도 모를 일이다.

재해리스 왕의 기나긴 재위 말기에 시타델에서 글을 쓴 크레이 최고학사는 여관에서의 만남이 로가르 공의 명성을 더럽히려는 조잡한 비방이라 믿었고, 그 거짓말의 책임을 말년에 형과 심하게 다툰 보리스 바라테온 경에게 돌리기까지 했다. 금서, 위서, 음서에 관한 시타델 최고의 대가인 라이벤 학사를 비롯한 다른 학자들도 이 이야기를 소년, 사생아, 창녀 그리고 창녀를 취하는 사내의 음심을 자극하는 음담패설 따위로 치부했다. "평민 중에는 대귀족이나 고결한 기사가 처녀의 순결을 유린하는 이야기를 즐기는 음탕한 사내들이 있다"라고 라이벤은 적었다. "고귀한 이들도 그들과 다를 바 없이 천박한 욕정이 있다고 믿고 싶어 하기 때문이다."

그럴지도. 그러나 확실한 정보를 통해 우리 나름대로 결론을 내릴 수도 있다. 우린 레인하우스의 영주 모건 와일드의 작은딸이 어릴 때 순결을 잃고 사생아 아들을 출산했다는 사실을 알고 있다. 로가르 공은 모건 공의 주군일 뿐만 아니라 아기가 그의 가솔에게 맡겨지기도 했으니, 그가 코리안느 영애의 수치를 알고 있었다고 추론할 수 있다. 또한 코리안느 와일드가 알리산느 왕비의 말벗으로서 드래곤스톤으로 보내진 처녀 중 한 명이라는 것도 확인된 사실이다. 다만 단지 왕비의 시녀가 되기 위해서였다면 나이도 적절하고 도덕적으로 전혀 흠잡을 수 없으며 확실하게 처녀인 귀족 영애가 스무 명은 더 있었던 까닭에, 매우 특이한 선택이었다고 볼 수 있었다.

"왜 그녀였을까?" 그 후 오랫동안 많은 이가 의문을 표했다. 그녀에게 어떤 특별한 재능이나 매력이 있던 것일까? 설령 그랬다 하더라도 당시 아무도 그것을 입에 담지 않았다. 로가르 공이나 알리사 왕대비가 과거에 코리안느의 부모에게 빚을 졌거나 은혜를 입었던 것일까? 그런 기록은 존재하지 않는다. 단 한 번도 코리안느 와일드의 발탁에 대한 그럴듯한 해명이 제시된 적이 없다. 그녀가 알리산느가 아닌 재해리스를 목표로 드래곤스톤으로 보내졌다는 '어린 소녀들을 위한 경고'의 단순하고 추잡한 답변을 제외하고는.*

궁중 기록에 따르면 알리산느 타르가르옌의 가솔로 선택된 이사벨 성사와 루신다 부인과 그 외 여인들은 AC 50년 둘째 달 이렛날 새벽에 무역선 '현명한 여인'호에 올라 아침 썰물을 타고 드래곤스톤으로 향했다. 알리사 왕대비는 미리 큰까마귀를 날려 그들이 간다는 것을 알렸음에도, 그날 이후 '현명한 여인들'로 불린 일행이 드래곤스톤에서 문전박대를 당하지 않을까 염려했다. 그러나 괜한 걱정이었다. 어린 왕비와 킹스가드 기사 두 명이 포구에서 그들을 맞이했고, 알리산느는 배에서 내린 여인들을 각각 기쁜 미소와 선물로 환영했다.

그 뒤에 무슨 일이 벌어졌는지 기술하기에 앞서, '서쪽의 왕비' 라에나 타르가르옌이 새 남편과 함께 그녀만의 가신들을 거느렸던 페어섬으로 잠시 시선을 돌려보기로 하겠다.

알리사 왕대비가 장녀의 세 번째 결혼을 곧이어 벌어진 아들의 결혼만큼이나 달갑지 않아 했다는 사실은 이미 언급한 바 있다. 라에나의 결혼은 왕의 결혼보다는 파급이 덜했지만, 결혼을 탐탁지 않게 여긴 건 알리사만이 아니었다. 사실 드래곤의 피가 흐르는 여인이 배필로 삼기에 앤드로 파먼은 의아한 선택인 까닭이었다.

---

* 수많은 시간이 흐른 뒤 아에곤 4세 시절, 술을 마시는 왕 앞에서 누군가 이 이야기를 꺼냈다고 한다. 왕은 웃음을 터뜨리더니 단언컨대 로가르 공이 바보가 아니었다면 AC 50년에 드래곤스톤으로 보낸 처녀 전원에게 어린 왕을 유혹하라고 지시했을 것이라고 답변했다. 재해리스가 어느 처녀를 선호할지 수관이 알았을 리가 없기 때문이었다. 이 파렴치한 의견은 평민 사이에 널리 퍼졌지만, 뒷받침하는 그 어떤 증거도 없으므로 그냥 무시해도 괜찮을 것이다.

파면 공의 차남이며 후계자도 아닌 앤드로는 연한 파란 눈과 긴 아마빛 머리카락의 잘생긴 청년으로 알려졌으나, 선왕비보다 아홉 살이나 어렸고 부친의 가신 중에는 그의 부드러운 말투와 다정한 성품을 아니꼽게 여기고 "절반은 소녀"라며 업신여기는 자들도 있었다. 부친과 형과는 다르게 무예에 전혀 소질이 없어서 종자로서 처참하게 실패하고 기사가 되지 못했다. 한동안 그의 부친은 학사의 고리를 얻도록 차남을 올드타운으로 보내는 것을 고려했으나, 그의 학사가 앤드로는 그럴 만큼 똑똑하지도 않고 글을 거의 쓰거나 읽지도 못한다며 만류했다. 훗날 왜 그렇게 무능한 남자를 남편으로 선택했느냐는 질문에 라에나 타르가르옌은 "내게 다정하게 대해줘서"라고 대답했다.

앤드로의 부친도 그녀에게 다정하게 대해주었다. 신의 눈 아래 전투 이후 라에나의 숙부 마에고르 왕이 그녀를 생포하라고 명령하고 왕국의 가난한 동료들이 그녀와 그녀의 아이들을 부덕한 죄인과 부정한 것들이라며 매도할 때, 파면 공은 페어섬에 피신처를 마련해주었다. 혹자는 과부 왕비가 파면 공에게 보답하고자 그의 아들 앤드로를 남편으로 맞이했다고 주장하기도 했다. 본인 또한 차남이었고 영주의 자리에 오르리라고 기대하지 않았던 파면 공은 앤드로의 부족함에도 그를 애지중지했다. 따라서 보답이었다는 주장도 어느 정도 신빙성이 있으나, 파면 공의 학사가 처음 제기한 다른 가능성이 더 진실에 가까울지도 모른다. 스마이크 학사는 시타델에 보낸 서신에 "선왕비는 페어섬에서 진정한 사랑을 찾았다"라고 적었다. "다만 그 대상은 앤드로가 아니라, 그의 누이 엘리사 아가씨였다."

앤드로보다 세 살 연상인 엘리사 파먼도 동생처럼 눈이 파랗고 아마빛 머리카락을 길게 길렀는데, 동생과 닮은 점은 그게 전부였다. 예리한 기지와 날카로운 혀를 갖춘 그녀는 말과 개와 매를 사랑했다. 빼어난 가수이자 능숙한 궁수이기도 했으나, 그녀가 가장 즐긴 것은 항해였다. '바람, 우리의 말[馬]'은 여명기부터 서쪽 바다를 누빈 페어섬 파먼 가문의 가언이었고, 엘리사 영애는 가언 그 자체였다. 어릴 적에 그녀는 육지보다 바다에서 더 많은 시간을 보냈다. 그녀 부친의 선원들은 원숭이처럼 배의 밧줄을 타고 기어오르는 그녀를 보고 웃음을 터뜨리고는 했다. 열네 살에는 직접 배를 몰아 페어섬 주변을 돌아다녔고, 스무 살 무렵에는 북쪽으로는 곰섬, 남쪽으로는 아버까지 항해했다. 때때로 엘리사는 서쪽 수평선 끝까지 배를 몰고 가 일몰해 너머에 어떤 기이하고 신기한 땅이 있는지 보고 싶다고 말하여 부모를 기겁하게 했다.

엘리사 영애는 열두 살과 열여섯 살에 한 번씩 두 번 약혼했으나, 두 번 다 상대 소년이 겁먹고 도망쳤다고 그녀의 부친이 씁쓸하게 시인했다. 그러나 라에나 타르가르옌을 만난 뒤로는 마음이 맞는 동료가 생겼고, 선왕비로서는 마음을 털어놓을 수 있는 새로운 친구를 찾았다. 라에나의 가장 오랜 벗들인 알레인 로이스와 사만다 스토크워스까지 네 명은 떼려야 뗄 수 없을 만큼 친밀해진 끝에, 마크 공의 장남 프랭클린 파먼 경이 그들을 "머리 넷 달린 짐승"이라고 부르기까지 했다. 라에나의 새 남편 앤드로 파먼도 이따금 그들과 어울렸지만, 다섯 번째 머리로 여겨질 정도는 아니었다. 게다가 곧잘 엘리사와 알레인과 샘을 그녀의 드래곤 드림파이어에 태우고 날아다니는 모험을 즐겼던 라에나 선왕비가 정작 자신의 남편과는 단 한 번도 그 모험을 함께하지 않았다는 사실도 많은 것을 시사한다(하지만 선왕비가 앤드로도 창공으로 초대했으나 모험을 즐기는 성격이 아닌 앤드로가 거절했을 가능성도 다분하다).

그러나 라에나 선왕비가 페어캐슬에서 보낸 시간은 평화롭고 목가적인 것과는 거리가 있었다. 섬의 모든 이가 그녀를 환영한 것은 결코 아니었다. 그 먼 섬에도 가난한 동료들이 있었고, 그들은 마크 공이 그의 부친과 마찬가지로 자신들이 종단의 적으로 보는 이를 지지하고 보호한다는 것에 분노했다. 드림파이어가 섬에 계속 머무르는 것도 문제를 일으켰다. 드래곤은 몇 년에 한 번 볼 수 있을 때나 경이와 공포의 대상이었다. 페어섬에는 드림파이어를 "우리 드래곤"이라며 자랑스러워하는 도민들도 있었지만, 어떤 도민들은 거대한 짐승의 존재에 불안해했으며 드래곤이 더욱 크게 자라면서 먹는 양도 늘어나자 심히 걱정했다. 커가는 드래곤을 먹이는 일은 쉬운 일이 아니었다. 그리고 드림파이어가 알을 한 무더기 낳았다는 사실이 알려지자, 내륙 구릉지에서 내려온 탁발 수사 한 명이 어떤 용자가 나타나 드래곤을 죽이지 않으면 페어섬은 곧 "양과 소와 사람 할 것 없이 모조리 먹어치우는" 드래곤들로 뒤덮일 것이라고 설교하기 시작했다. 파먼 공이 기사를 보내 그를 사로잡고 입을 막았으나, 이미 수천 명이 예언을 듣고 난 다음이었다. 그 탁발 수사는 페어캐슬의 지하감옥에서 죽었지만, 그가 한 말은 여전히 남아 어디에서든 무지한 자들을 공포에 빠뜨렸다.

파먼 공의 본성 내에도 라에나 선왕비는 적이 있었고, 그중 한 명은 영주의 후계자였다. 프랭클린 경은 신의 눈 아래 전투에 나가 무관의 아에곤을 위해 싸우다가 부상당하고 피를 흘렸다. 그 전투에서 전사한 조부와 큰아버지의 시신을 페어섬까지 이송해 온 사람도 그였다. 그런 그가 보기에 라에나 타르가르옌은 파먼 가문에 그토록 큰 슬픔을 가져왔음에도 별 가책을 느끼지 않고 프랭클린 경 본인에게도 그다지 고마워하는 것 같지 않았다. 그는 또한 선왕비가 그의 누이 엘리사와 친하게 지내는 것도 반기지 않았다. 프랭클린 경은 선왕비가 제멋대로 무모하게 행동하는 누이를 부추기는 대신 적절한 상대와 결혼하여 자식을 낳아 가문에 대한 의무를 다하도록 타일러야 한다고 생각했다. 그리고 페어캐슬 생활이 머리 넷 달린 짐승 중심으로 돌아가고 그와 부친은 점차 뒷전으로 밀려나는 분위기도 못마땅하게 여겼는데, 충분히 그럴 만했다. 스마이크 학사는 서부와 그 너머 다른 지역에서 페어섬을 방문하는 귀족들의 숫자가 계속 늘었지만 그들은 단지 서쪽의 왕비를 알현하기 위해 왔을 뿐, 작은 섬의 소영주와 그의 아들은 관심 밖이었다고 적었다.

그럼에도 마크 파먼이 페어캐슬의 주인인 동안에는 왕비와 그녀의 측근들은 그런 문제를 신경 쓸 필요가 없었다. 천성이 원만하고 온화했던 영주는 제멋대로인 딸과 나약한 작은아들까지 모든 자식을 사랑했고, 그들을 사랑하는 라에나 타르가르옌에게도 애정을 보였다. 그러나 선왕비와 앤드로 파먼이 결혼 1주년을 기념하고 보름도 채 되지 않은 어느 날, 마크 공은 식사 도중 생선 가시가 목에 걸려 마흔여섯의 나이에 급사했다. 그렇게 그가 세상을 떠나자 프랭클린 경이 페어섬의 새로운 영주가 되었다.

그는 시간을 낭비하지 않았다. 아버지의 장례식이 열린 다음 날, 그는 라에나를 성의 본관으로 호출한 뒤(그녀를 찾아갈 생각은 없었다), 섬에서 즉시 나가라고 명했다. "당신은 이곳에 필요가 없소." 그가 선왕비에게 말했다. "당신을 환영하지도 않고. 드래곤과 친구들과 내 남동생까지 모두 데리고 나가시오. 그놈은 남으라고 하면 바지에 오줌을 지릴 테니까. 하지만 내 여동생은 안 되오. 그 애는 여기 남아서 내가 골라주는 남자와 결혼할 거요."

스마이크 학사는 시타델에 보낸 서신에 프랭클린 파먼은 용기가 부족하지 않았다고 적었다. 그러나 판단력은 부족했고, 그때 자기가 얼마나 죽음과 가까웠는지 깨닫지 못했다. 학사는 다음과 같이 적었다. "선왕비의 눈에서 불길이 일었다. 순간 페어캐슬이 불타오르는 환상을 보았다. 모든 창문에서 화염이 터져 나오며 하얀 탑들이 새카맣게 탄 채 바닷속으로 무너져 내렸고, 드래곤이 그 주변을 빙빙 돌고 또 돌았다."

라에나 타르가르옌은 드래곤의 혈통이었고 자기를 원하지 않는 곳에서 계속 머무르기에는 자존심이 너무 강했다. 그날 밤 그녀는 남편과 친구들에게 "나를 따르는 모든 사람을 모아" 배를 타고 따라오라고 지시하고는 본인은 드림파이어에 올라 캐스털리록으로 떠났다. 앤드로가 분노로 달아오른 얼굴로 형과 결투를 하겠다고 나서자, 선왕비는 황급히 그를 달랬다. "그러면 죽을 거야, 당신." 그녀가 남편에게 말했다. "그리고 내가 세 번째로 과부가 되면, 사람들은 날 마녀나 더 심한 말로 욕하고 웨스테로스에서 쫓아내겠지." 라에나는 앤드로에게 캐스털리록의 영주 라이만 라니스터가 그녀를 보호해주었음을 상기시켰다. 선왕비는 영주가 다시 자기를 환영할 것이라고 자신했다.

다음 날 아침, 앤드로 파먼과 사만다 스토크워스와 알레인 로이스는 선왕비의 친구, 하인, 추종자 등 라에나가 서쪽의 왕비로서 모은 사람 40여 명을 이끌고 성을 나섰다. 역시 뒤에 남을 마음이 없었던 엘리사 영애도 그들과 동행했고, 일행이 바다를 건널 수 있게 그녀의 배 '처녀의 공상'을 준비해놓았다. 그러나 부둣가에서 프랭클린 경이 그들을 기다리고 있었다. 그는 속이 시원하다며 다들 가버리라고 했는데, 다만 누이만큼은 페어섬에 남아 결혼해야 한다고 고집했다.

하지만 새 영주는 호위병을 대여섯 명밖에 데려오지 않았고 평민들, 특히 누이를 어릴 때부터 보아온 선원, 조선공, 어민, 짐꾼과 다른 부둣가 주민들이 그녀를 얼마나 아끼는지 심하게 오판했다. 엘리사 영애가 오라비에게 저항하며 길을 비키라고 요구하자, 그들 주변으로 사람들이 모이며 점점 화를 내기 시작했다. 분위기를 전혀 감지하지 못한 영주가 누이를 붙잡으려 하자 구경꾼들이 달려들었고, 호위병들이 미처 검을 뽑기도 전에 모두 제압해버렸다. 병사 세 명이 떠밀려 부두 앞바다에 빠졌고, 프랭클린 공은 한 어선의 갓 잡은 대구로 가득 찬 화물창 안에 던져졌다. 엘리사 파먼과 선왕비의 나머지 일행은 아무런 방해 없이 처녀의 공상호에 승선하여 라니스포트를 향해 출발했다.

캐스털리록의 영주 라이만 라니스터는 잔혹 왕 마에고르가 라에나와 무관의 아에곤의 목을 요구할 때 그들을 보호했었다. 그의 서자 타일러 힐 경이 신의 눈 아래서 아에곤 왕자를 위해 싸웠다. 영주의 인상적인 아내, 타벡 가문의 조카스타 부인은 라에나가 캐스털리록에 머무르던 시절 그녀의 친구가 되었고, 그녀가 임신했을 때도 제일 먼저 알아차렸었다. 선왕비가 기대했던 것처럼 라니스터가는 그녀를 환영했고, 나머지 일행이 라니스포트에 도착하자 그들도 받아들였다. 선왕비 일행을 위해 성대한 연회가 열렸고 마구간 한 곳 전체가 드림파이어에게 주어졌으며, 라에나 선왕비와 그녀의 남편 그리고 '머리 넷 달린 짐승'도 캐스털리록의 깊숙하고 안전한 곳에 자리한 호화로운 방들을 배정받았다. 그들은 그곳에서 한 달 넘게 머무르며 웨스테로스에서 가장 부유한 가문의 융숭한 접대를 즐겼다.

그러나 날이 갈수록 라에나 타르가르옌은 그런 환대가 석연치 않게 느껴졌다. 그녀가 보기에 시중을 드는 시녀와 하인은 모두 그들이 한 말과 행동을 라니스터 영주 부부에게 그대로 일러바치는 첩자임이 분명했다. 성의 여자 성사 중 한 명이 사만다 스토크워스에게 선왕비와 앤드로 파먼이 첫날밤을 치렀는지, 치렀다면 누가 보았는지 캐물었다. 라이만 공의 잘생긴 서자 타일러 힐 경은 앤드로를 대놓고 업신여겼고, 그러면서도 라에나의 환심을 사려고 안간힘을 다했다. "당신의 아에곤을 위해" 신의 눈 아래 전투에서 싸웠다며 무용담을 늘어놓고 전투에서 입은 상처를 보여주기도 했다. 라이만 공 본인은 선왕비가 페어섬에서 가져온 세 개의 드래곤알에 불편할 정도로 관심을 보이며 언제 어떻게 부화할지 궁금해했다. 그의 아내 조카스타 부인은 라에나가 그녀를 받아들인 라니스터 가문에 보답하고 싶다면 드래곤알이 매우 훌륭한 선물이 될 것이라고 넌지시 말하기도 했다. 그 수작이 통하지 않자, 라이만 공은 엄청난 양의 황금을 제시하며 노골적으로 알들을 사기를 원했다.

그제야 라에나 선왕비는 캐스털리록의 영주가 바라는 것이 단지 고귀한 신분의 빈객이 아님을 깨달았다. 겉모습은 따뜻했지만, 그런 작은 것에 만족하기에 라니스터 공은 너무 교활하고 야심이 큰 남자였다. 그는 자신의 서자나 적자 중 한 명과 라에나의 결혼을 통해 철왕좌와 동맹을 맺고, 라니스터 가문이 하이타워와 바라테온과 벨라리온을 제치고 왕국의 둘째가는 가문으로 발돋움하기를 원했다. 그리고 드래곤도 원했다. 라니스터가도 드래곤 기수가 있으면 타르가르옌 왕가와 동등해질 것이었다. "그들도 한때는 왕가였어." 라에나가 샘 스토크워스를 일깨웠다. "저렇게 웃고 있지만, 불의 들판 이야기를 들으며 자랐을 테고 잊지도 않았을 거야." 역사를 아는 건 라에나 타르가르옌도 마찬가지였다. 피와 불로 쓰인 발리리아 프리홀드의 역사. "여기서 더 머무르면 안 되겠어." 그녀가 친구들에게 털어놓았다.

이제 라에나 선왕비는 잠시 뒤로 하고, 다시 동쪽으로 시선을 돌려 섭정과 왕이 여전히 반목하는 킹스랜딩과 드래곤스톤을 살펴보기로 하겠다.

왕의 혼사는 알리사 왕대비와 로가르 공에게 골칫거리였지만, 섭정 기간 중 그들을 괴롭힌 유일한 사안은 결코 아니었다. 왕실이 직면한 가장 큰 문제는 돈, 바로 재정난이었다. 마에고르 왕이 일으킨 전쟁들은 어마어마한 비용이 들었고 국고를 탕진했다. 마에고르의 재무관은 왕실의 재원을 다시 채우고자 기존 세금을 올리고 새로운 세금을 부과했지만, 수입은 예상보다 적었고 왕에 대한 귀족들의 반감만 깊어졌을 뿐이었다. 재해리스의 즉위 후에도 상황은 나아지지 않았다. 어린 왕자의 대관식과 그의 어머니의 황금 결혼식이 성대하게 열려 귀족과 평민의 사랑은 얻었으나, 큰 비용을 치러야 했다. 게다가 로가르 공이 도성과 왕국을 재해리스에게 넘기기 전에 드래곤핏의 건설을 마무리 짓겠다고 마음먹은 터라 더욱 큰 지출이 예상되었지만, 재정이 부족했다.

잔혹 왕 마에고르의 무능한 수관이었던 클로섬의 영주 에드웰 셀티가르는 섭정 기간에 재무관으로 다시 한번 기회를 얻었으나, 무능하기는 마찬가지였다. 다른 귀족들을 거스르는 것을 꺼린 셀티가르는 대신 가까이 있는 킹스랜딩 주민들에게 새로운 세금을 부과했다. 항만세가 세 배 오르고 특정 물품은 반입과 반출 모두 세금을 내게 하였으며, 여관 주인과 건축가들은 추가 부담금을 내야 했다.

재무관의 바람과는 다르게 이러한 조치는 국고를 채우는 데 실패했다. 도성 내 건설 작업이 멈추었고 여관은 텅텅 비었으며, 세금을 피하려는 상인들이 드리프트마크, 더스큰데일, 메이든풀과 그 외 다른 항구로 배를 돌리면서 무역량도 크게 감소했다. (왕국의 다른 대도시인 라니스포트와 올드타운도 셀티가르 공이 신설한 세금의 과세 지역으로 포함되었으나, 캐스털리록과 하이타워 모두 법령을 무시하고 세금을 징수하지 않아 별다른 효과가 없었다.) 더욱이 추가 부담금 때문에 도성 전역에서 셀티가르 공을 혐오했고, 로가르 공과 알리사 왕대비도 대중의 맹비난을 피하지 못했다. 드래곤핏 건설도 타격을 받았다. 왕실이 건축가들에게 지급할 돈이 떨어지자, 모든 돔 지붕 작업이 중단되었다.

북쪽과 남쪽에서도 폭풍이 일고 있었다. 로가르 공이 킹스랜딩에 몰두하는 동안 대담해진 도르네인들이 변경을 약탈하는 횟수가 잦아졌고, 심지어는 스톰랜드까지 침입했다. 붉은 산맥에 새로운 독수리 왕이 나타났다는 소문이 돌았으나, 로가르 공의 동생 보리스와 가론은 그를 토벌할 병사와 자금이 없다고 고집했다.

북부는 더욱더 위태로운 상황이었다. 윈터펠의 영주 브랜던 스타크는 AC 49년, 황금 결혼식에 참석하고 돌아간 뒤 얼마 후 사망했다. 북부인들은 그 여정이 노영주에게 너무 고되었다고 말했다. 그의 아들 월튼이 그 뒤를 이었고, AC 50년에 라임게이트와 세이블홀에 주둔한 밤의 경비대원들이 돌연 반란을 일으키자 진압군을 꾸려 장벽으로 진군하여 충직한 대원들과 합류했다.

반란을 일으킨 대원들은 예전에 소년 왕으로부터 사면을 받은 가난한 동료들과 전사의 아들들이었고, 마에고르의 킹스가드였다가 배신하고 재해리스에게 넘어왔던 두 변절 기사, 올리버 브라켄 경과 레이먼드 말레리 경의 지휘를 받았다. 경비대의 사령관은 브라켄과 말레리에게 두 무너져가는 성의 재건을 맡기는 현명치 못한 선택을 했다. 두 남자는 각자 맡은 성을 자신의 본성으로 삼고 영주를 자칭했다.

그들의 봉기는 오래가지 못했다. 반란에 가담한 밤의 경비대원이 한 명이라면 열 명의 대원이 맹세를 지켰다. 스타크 공과 휘하 가문들의 병력이 합세하자 검은 형제들은 라임게이트를 탈환하고 맹세파기자들을 목매달았다. 올리버 경은 스타크 공의 유명한 보검 '얼음'에 목을 잃었다. 그 소식이 세이블홀에 전해지자 반도들은 장벽을 넘어 야인들에게로 도망쳤다. 월튼 공이 그들을 추격했으나, 귀신 들린 숲의 눈밭을 가로지르며 북쪽으로 향하던 이틀째, 거인들의 습격을 받았다. 후일 적힌 기록에 따르면 월튼 스타크는 거인 두 명을 베며 분전했으나, 결국 안장에서 끌려 내려갔고 사지가 찢겨 죽었다고 한다. 습격에서 살아남은 그의 부하들이 그의 산산조각이 난 시신을 들고 캐슬블랙으로 돌아갔다.

야인들은 자신들을 찾아온 레이먼드 말레리 경과 다른 탈영병들을 환영하지 않았다. 반도든 아니든, 자유민들에게 까마귀는 쓸모가 없었다. 반년 후, 레이먼드 경의 머리가 이스트워치에 전달되었다. 그의 부하들은 어떻게 되었는지 묻는 말에 야인 족장이 폭소를 터뜨리고는 "우리가 먹었다"라고 대답했다.

브랜던 스타크의 차남 알라릭이 윈터펠의 영주가 되었다. 이후 23년간 북부를 다스린 그는 수완가이면서도 엄중했다. 그는 아주 오랫동안 재해리스 왕에 대해 좋은 말을 하지 않았으며, 형 월튼의 죽음에 대한 책임을 왕의 자비에 돌렸고, 왕이 마에고르의 부하들을 장벽으로 보내지 말고 참수해야 했다는 말을 자주 입에 담았다.

소란스러운 북부에서 멀리 떨어진 남쪽에서 재해리스 왕과 알리산느 왕비는 자진 유배 생활을 계속했지만, 결코 한가하게 시간을 보내지 않았다. 재해리스는 매일 아침에는 킹스가드 기사들과 혹독하게 훈련하고 저녁에는 그가 본받고 싶어 하는 조부 정복자 아에곤의 치세에 관한 기록을 탐독했다. 드래곤스톤의 세 학사가 그의 공부를 도왔고, 왕비도 한 손 거들었다.

날이 지날수록 더 많은 방문객이 드래곤스톤을 찾아와 왕을 알현했다. 제일 처음 나타난 이는 스톤댄스의 매시 공이었으나, 룩스레스트의 스탠턴 공, 더스큰데일의 다클린 공, 샤프포인트의 바르 에몬 공이 뒤질세라 그 뒤를 이었고, 곧 하트, 롤링포드, 무튼, 스토크워스 공도 섬을 방문했다. 마에고르 왕이 죽었을 때 아비가 목숨을 끊은 젊은 로스비 공도 찾아와 겸연쩍어하며 어린 왕의 용서를 구했고, 재해리스는 기꺼이 용서했다. 왕국의 제독이며 해군관인 다에몬 벨라리온은 섭정들과 함께 킹스랜딩에 있었지만, 재해리스와 알리산느는 거리낌 없이 드래곤을 타고 드리프트마크로 날아가 그의 아들 코윈, 조르겐, 빅터의 안내를 받으며 조선소를 돌아보았다. 이러한 알현 소식이 킹스랜딩에 닿자 로가르 공은 길길이 날뛰면서 다에몬 공에게 벨라리온 함대로 그런 "아첨꾼 귀족"들이 소년 왕에게 아부하러 드래곤스톤으로 기어들어 가는 것을 막을 수 없는지 묻기까지 했다. 벨라리온 공의 대답은 직설적이었다. "못하오"라는 답변에 수관은 이 역시 자신에 대한 무례로 받아들였다.

한편, 알리산느 왕비의 새로운 시녀들과 말벗들은 드래곤스톤의 삶에 적응했고, 곧 '현명한 여인들'이 어린 왕비에게 그녀의 결혼은 어리석고 불경했다고 설득하기를 바란 왕대비의 희망은 빗나갔음이 명백해졌다. 기도도, 설교도, 《칠각별》 낭독도 신들이 알리산느 타르가르옌에게 오라비 재해리스와 결혼하고 그의 친구이자 배우자가 되어 그의 아이를 낳으라고 점지했다는 그녀의 신념을 흔들지 못했다. "그는 위대한 왕이 될 거예요." 그녀가 이사벨 성사와 루신다 부인과 다른 여인들에게 말했다. "그리고 난 위대한 왕비가 될 겁니다." 굳건한 신념을 고수하면서도 그 외 모든 것에는 다정다감하고 자애로운 그녀를 성사와 다른 현명한 여인들은 차마 비난할 수 없었고, 날이 갈수록 그녀의 편에 서게 되었다.

재해리스와 알리산느를 떼어놓으려던 로가르 공의 계획도 결과가 시원찮았다. 어린 왕과 왕비는 평생을 함께했다. 널리 알려진 대로 말년에 이르러 심하게 다투고 헤어졌다가 화해하기도 했지만, 오스윅 성사와 컬리퍼 학사는 재해리스가 성년이 되기까지 드래곤스톤에 머물던 시절에는 그들 사이에 단 한 번도 험한 말이 오가거나 먹구름이 드리운 적이 없었다고 전한다.

코리안느 와일드가 왕을 유혹하는 데 실패한 것일까? 혹시 아예 시도조차 안 했던 것일까? 여관에서 있었다는 만남은 허구일까? 모두 가능한 일이다. '어린 소녀들을 위한 경고'의 저자는 물론 말이 다르지만, 그 악명 높은 책은 이 부분에서 서로 모순되고 천박하기 그지없는 대여섯 가지 내용으로 갈라져 더욱 신빙성이 떨어진다.

그 이야기의 음탕한 여주인공은 재해리스가 그녀를 거부했거나 아예 그를 유혹할 기회조차 없었다고 시인할 수가 없었다. 그래서 우리는 극히 외설적이고 추잡하다고밖에 할 수 없는 여러 음탕한 모험담을 접하게 된다. 《탕녀 이야기》에서는 코리안느가 왕뿐 아니라 킹스가드의 일곱 기사 전원과 동침한다. 왕이 욕정을 채운 뒤 그녀를 누른도요 페이트에게 넘겼고, 페이트는 조프리 경에게, 조프리 경은 또 다른 기사에게 차례로 넘겼다는 것이다. 《환희와 절망》은 그 부분을 생략하지만, 재해리스가 적극적으로 코리안느를 침대로 들였을 뿐 아니라 알리산느 왕비마저 끌어들여 마치 악명 높은 리스의 환락소에서나 볼 만한 음란한 행위를 즐겼다고 늘어놓았다.

조금 더 그럴듯한 이야기는 《육체의 죄악》에서 찾을 수 있다. 그 책에서는 코리안느 와일드가 재해리스 왕을 유혹하는 데 성공하나, 왕은 그 나이의 소년이 여자와 첫 경험을 치를 때 흔히 그러듯 더듬거리고 어쩔 줄 몰라 하며 몹시 서둘렀다고 한다. 그러나 그 무렵 코리안느 영애는 알리산느 왕비에게 점점 더 감탄하고 경의를 느끼면서 "내 여동생처럼" 여기게 되었고 재해리스에게도 호의를 가진 상황이었다. 그래서 그녀는 왕의 결혼을 무너뜨리기보다는 오히려 성공적인 결혼이 되도록 돕겠다고 나섰다. 왕이 어린 아내와 첫날밤을 치를 때 무력한 모습을 보이지 않도록 그에게 육체적 쾌락을 주고받는 기술을 가르쳤다는 것이다.

이 이야기도 다른 것들과 마찬가지로 공상의 산물일 수 있으나, 그 애틋한 면에 이끌려 몇몇 학자는 어쩌면 사실일 수도 있겠다고 수긍했다. 그러나 음탕한 설화는 역사가 아니고, '어린 소녀들을 위한 경고'의 저자로 추정되는 와일드 가문의 코리안느 영애에 관한 확실한 역사적 사실은 단 한 가지뿐이다. AC 50년 여섯째 달의 열닷샛날, 그녀는 야음을 틈타 성의 수비대장의 차남인 하워드 불록 경과 함께 드래곤스톤을 떠났다. 이미 아내가 있던 하워드 경은 아내를 뒤에 남기고 그녀의 보석만 거의 전부 챙겨 갔다. 낚싯배를 타고 드리프트마크로 간 그와 코리안느 영애는 배를 갈아타고 자유도시 펜토스로 향했다. 그곳에서 그들은 분쟁 지역으로 갔고, 하워드 경은 '자유 용병단'이라는 특이할 정도로 독창적이지 않은 이름의 용병단에 들어갔다. 하워드 경은 3년 후 미르에서 죽었는데, 전장이 아니라 밤에 술을 마신 뒤 말에서 떨어져 급사했다. 홀로 빈털터리 신세가 된 코리안느 와일드는 이후 그녀가 책에 회고한 수많은 고난과 시련과 음란한 모험을 겪는다. 그녀에 대한 언급은 여기까지 하겠다.

코리안느 영애가 다른 여인의 보석과 남편을 훔쳐 달아났다는 소식이 레드킵에 있는 로가르 공의 귀에 닿았을 무렵, 그의 계획도 알리사 왕대비의 계획처럼 실패했음이 분명해졌다. 신앙심과 정욕 모두 재해리스 타르가르옌과 알리산느를 갈라놓지 못한 것이다.

게다가 왕의 결혼에 관한 소문이 퍼져나가기 시작했다. 드래곤스톤 성문 앞에서 벌어진 대치를 목격한 사람이 너무 많았고, 이후 드래곤스톤을 방문한 귀족들도 왕의 옆자리를 알리산느가 차지하고 있다는 점과 둘 사이의 뚜렷한 애정을 놓치려야 놓칠 수 없었다. 로가르 바라테온이 아무리 혀를 자른다고 협박해도, 왕국 전체에 은밀하게 퍼지는 소문을 막을 길이 없었다. 협해 너머 펜토스의 마지스터들과 자유 용병단의 용병들도 코리안느 와일드가 하는 이야기에 흥미진진하게 귀를 기울였을 것이다.

"끝났군." 마침내 돌아가는 상황을 깨달은 섭정대비가 대신들에게 말했다. "이미 끝난 일이고 돌이킬 수 없게 되었습니다. 일곱 신의 가호가 있기를. 이제 이 결혼을 받아들여야 하고, 우리가 가진 모든 힘으로 그 아이들을 앞으로 벌어질 일로부터 보호해야 할 것입니다." 그녀는 잔혹 왕 마에고르에게 두 아들을 잃었고, 큰딸과는 사이가 냉랭했다. 남은 두 아이마저도 영원히 소원해진다는 생각은 견딜 수가 없었다.

그러나 로가르 바라테온은 그렇게 품위 있게 패배를 인정할 수 없었고 아내의 말에 격분했다. 그는 베니퍼 대학사, 매튜스 성사, 벨라리온 공과 다른 모든 대신 앞에서 아내에게 경멸하는 말투로 쏘아붙였다. "당신은 나약해." 그가 단언했다. "당신의 첫 남편처럼, 당신의 아들처럼. 어머니라면 정에 얽매일 수 있겠지만 섭정은 아니고 왕은 절대로 그래서는 안 돼. 재해리스를 왕좌에 올린 우리가 어리석었던 거야. 그 녀석은 자기 생각밖에 할 줄 모르고 자기 아비보다도 못한 왕이 될 테지. 다행이 아직 너무 늦진 않았어. 지금 당장 움직여서 녀석을 폐위해야 해."

그의 말에 방 안에 침묵이 내려앉았다. 섭정대비는 충격받은 표정으로 남편을 바라보다가 마치 그의 말이 옳음을 증명하듯 울먹이기 시작했고, 눈물이 소리 없이 그녀의 뺨을 흘러내렸다. 그제서야 다른 대신들이 입을 열었다. "제정신으로 하는 말이오?" 벨라리온 공이 물었다. "내 대원들은 절대 용납하지 않을 거요." 도시 경비대장 코브레이 공이 고개를 저으며 말했다. 베니퍼 대학사는 법률관 프렌티스 툴리와 시선을 교환했다. 툴리 공이 말했다. "그렇다면 직접 철왕좌에 오르겠다는 말이오?"

로가르 공은 격렬하게 부인했다. "결코 아니오. 날 찬탈자로 보는 게요? 난 오직 왕국의 안위를 위하는 것일 뿐. 재해리스가 다칠 필요는 없소. 올드타운의 시타델로 보내는 방법도 있고. 책을 좋아하는 녀석이니 학사의 고리가 잘 어울릴 거요."

"그럼 누가 철왕좌에 앉는다는 겁니까?" 셀티가르 공이 물었다.

"아에레아 공주가 있잖소." 로가르 공이 즉시 대답했다. "공주는 재해리스에게는 없는 불같은 의지가 있소. 아직 어리긴 하지만 내가 계속 수관으로 있으면서 그 아이가 알아야 할 모든 것을 가르치고 지도하면 되겠지. 공주의 부모가 아에니스 왕의 첫째와 둘째 자식이니, 넷째인 재해리스보다 애초에 계승 서열도 높았고 말이오." 그때 로가르 공은 탁자를 내리쳤다고 베니퍼는 전한다. "공주의 어미도 당연히 지지할 게요. 라에나 선왕비. 게다가 라에나는 드래곤도 있소."

베니퍼 대학사는 그 후 일어난 일을 다음과 같이 기록했다.

"침묵이 내려앉았지만, 우리 모두 같은 생각을 하고 있었다. '드래곤은 재해리스와 알리산느도 있는데.' 신의 눈 아래 전투에 참전한 칼 코브레이는 드래곤과 드래곤이 싸우는 끔찍한 광경을 직접 목격한 바 있다. 우리 모두 수관의 말을 듣고 옛 발리리아가 파멸하기 전 드래곤 군주들이 패권을 위해 서로 싸웠다는 세상을 떠올렸다. 무서운 상상이었다."

침묵을 깨뜨린 건 눈물을 삼키며 입을 연 알리사 왕대비였다. "섭정대비는 나요." 그녀가 대신들을 일깨웠다. "내 아들이 성년이 될 때까지, 그대들 모두 내 말을 따라야 합니다. 국왕의 손도 이에 포함되고." 그녀가 남편을 돌아보았을 때, 그 눈이 마치 흑요석처럼 딱딱하고 어두웠다고 베니퍼는 적었다. "그대의 노고가 이제 내 마음에 들지 않는구려, 로가르 공. 이곳을 떠나 스톰스엔드로 돌아간다면 그대의 반역죄를 더는 언급하지 않겠소."

로가르 바라테온은 어처구니없다는 표정으로 그녀를 바라보았다. "이봐. 당신이 날 해임하겠다고? 날?" 그가 조소했다. "말도 안 돼."

그때 코브레이 공이 자리에서 일어나더니 가문의 자랑인 발리리아 강철검 고독한 숙녀를 뽑아 들었다. "말이 되오." 그는 검 끝을 로가르 공에게 향하게 한 채 탁자 위에 내려놓았다. 그제야 수관은 자신이 선을 넘었음을, 그곳의 누구도 자기 편이 아니라는 사실을 뒤늦게 깨달았다고 베니퍼는 기록했다.

그는 아무 말도 하지 않았다. 창백한 얼굴로 일어선 로가르 공은 알리사 왕대비가 수관의 징표로 수여했던 황금 브로치를 잡아 뜯은 뒤 왕대비에게 내던지고는 회의실에서 성큼성큼 걸어 나갔다. 그날 밤 바로 킹스랜딩을 떠난 그는 아우 오린과 함께 블랙워터 급류를 건넜다. 그리고 다른 아우 로날이 함께 귀향할 기사와 병사를 모으는 동안 그곳에서 엿새를 기다렸다.

야사에 따르면, 로가르 공은 코리안느 와일드가 그 또는 아우 보리스를 만났다는 나루터 옆 여관에서 머물렀다고 한다. 마침내 바라테온 형제가 징집병들과 함께 스톰스엔드로 행군을 시작했을 때, 그들의 병력은 두 해 전 마에고르를 몰아내기 위해 출정했던 인원의 절반밖에 되지 않았다. 나머지 병사들은 스톰랜드의 우림과 푸른 언덕과 이끼로 뒤덮인 오두막집보다 대도시의 뒷골목과 여관과 다른 유혹들이 더 마음에 든 듯했다. "그 어떤 전투에서도 킹스랜딩의 사창가와 술집에 잃은 것보다 많은 병사를 잃은 적이 없다"라고 로가르 공이 씁쓸하게 말했다고 한다.

그가 잃은 사람 중에는 아에레아 타르가르옌도 있었다. 로가르 공이 파직된 날 밤, 로날 바라테온 경과 그의 부하 십여 명이 레드킵 안에 있는 공주의 처소로 쳐들어가 그녀의 신병을 확보하려 했으나, 알리사 왕대비가 이미 손을 쓴 다음이었다. 소녀는 사라진 지 오래였고 하인들은 그녀가 어디로 갔는지 몰랐다. 후일 알려진 바로는 섭정대비의 명을 받은 코브레이 공이 공주를 다른 곳으로 옮겼다고 한다. 남은 섭정 기간 내내 아에레아 공주는 가장 비천한 평민 소녀가 입는 누더기를 걸치고 은금발 머리카락도 흐린 갈색으로 물들인 채 '왕의 문' 주변의 마구간에서 일하며 지냈다. 당시 그녀는 여덟 살이었고, 말을 좋아하는 소녀였다. 여러 해가 지난 다음, 공주는 이때가 그녀의 삶에서 가장 행복한 시기였다고 추억했다.

유감스럽게도 알리사 왕대비의 여생은 행복하다고 할 수 없었다. 남편을 수관의 자리에서 해임했을 때 로가르 공이 그녀에게 품었던 애정도 남김없이 사라졌다. 그날 이후 그들의 결혼은 유령만 남은 텅 빈 껍데기의 폐허와 같았다. "알리사 벨라리온은 남편과 첫째와 둘째 아들의 죽음, 요람에서 죽은 딸, 잔혹 왕 마에고르 치하에서 보낸 두려운 나날에 이어 살아남은 자식들과의 갈등도 견뎌냈지만, 이것만큼은 견디지 못했다"라고 훗날 바스 성사가 그녀의 삶을 돌이키며 서술했다. "그녀의 삶은 산산조각이 나고 말았다."

동시대를 산 베니퍼 대학사의 기록도 그와 일치한다. 로가르 공의 해임 후 알리사 왕대비는 오라비 다에몬 벨라리온을 국왕의 손으로 임명했다. 그리고 드래곤스톤으로 큰까마귀를 보내 아들 재해리스에게 일어난 일의 일부(전부는 아니었다)를 알린 뒤, 마에고르 성채에 있는 자신의 처소로 물러났다. 남은 섭정 기간에 왕대비는 칠왕국의 통치를 다에몬 공에게 맡기고 더는 공무에 관여하지 않았다.

스톰스엔드로 돌아간 로가르 바라테온이 그의 잘못된 판단을 돌아보며 실수를 뉘우치고 누그러졌다면 좋았겠지만, 안타깝게도 그는 천성이 그러하지 못했다. 그는 포기하는 법을 모르는 남자였다. 패배의 맛은 목구멍까지 치민 담즙처럼 썼다. 로가르 공은 전쟁 중 조금이라도 숨이 붙어 있는 한 결코 도끼를 내려놓지 않을 거라고 큰소리쳤는데, 이제 왕의 결혼 문제는 그가 이겨야만 하는 전쟁이 되었다. 그가 할 수 있는 마지막 어리석은 짓이 남았고, 그는 피하지 않았다.

그리하여 올드타운 별빛 성소에 부속된 수녀원은 별안간 오린 바라테온 경의 방문을 받았다. 병사 십여 명을 대동한 오린 경은 로가르 공의 인장이 찍힌 서신을 들고 수련 성사 라엘라 타르가르옌의 즉각적인 인도를 요구했다. 이유를 묻는 말에 오린 경은 단지 스톰스엔드에서 로가르 공이 라엘라를 급히 필요로 한다고만 대답했다. 그날 수녀원 입구를 맡은 이가 의심이 많고 강직한 캐롤린 성사가 아니었다면 그 계책이 성공했을지도 모른다. 그녀는 아이를 데려온다고 시간을 끌며 최고성사에게 전갈을 보냈다. 최고성사는 취침 중이었지만(아이와 왕국에는 다행이었다고 볼 수도 있다), 그의 집사(전사의 아들이 폐지될 때까지 부대장 중 한 명이었던 전직 기사)는 깨어 있었고 경계 중이었다.

바라테온가의 병사들은 벌벌 떠는 소녀 대신 캐스퍼 스트로 집사가 지휘하는 무장 성사 30명과 맞닥뜨리게 되었다. 오린 경이 검을 뽑자 스트로는 하이타워 공 휘하의 기사 40명이 달려오는 중이라고 차분하게 말했다(거짓말이었다). 그 말을 들은 바라테온가의 병사들은 항복했다. 오린 경은 심문 중 모든 것을 자백했다. 그가 소녀를 스톰스엔드로 데려가면 로가르 공이 소녀에게 라엘라가 아닌 아에레아 공주라고 고백하게 한 다음, 공주를 여왕으로 옹립할 계획이었다.

의지가 약한 만큼 온화했던 신자들의 아버지는 오린 바라테온의 자백을 듣고 그를 용서했다. 그러나 최고성사의 용서는 납치 시도를 보고받은 하이타워 공이 바라테온 포로들을 지하감옥에 가두고 사건의 전모를 레드 킵과 드래곤스톤에 전달하는 것을 막지 못했다. 문 성사와 그의 추종자들을 토벌하는 것을 꺼린 끝에 지체하는 도넬 공이라는 적절한 별명을 얻은 도넬 하이타워가 스톰스엔드의 분노를 사는 것에는 아랑곳하지 않고 로가르 공의 친동생을 하옥했다. "할 수 있으면 직접 와서 아우를 구출해보라지." 그의 학사가 전(前) 수관이 어떻게 반응할지 염려하자 하이타워 공이 대꾸했다. "그의 아내가 그의 손과 불알을 잘라버렸고, 이제 곧 왕이 그의 머리를 취할 것 아닌가."

웨스테로스 내 반대편에서 로가르 바라테온은 동생의 실패와 투옥을 전해 듣고 분노하며 길길이 날뛰었지만, 많은 이가 우려한 것과는 다르게 휘하 가문을 소집하지 않았다. 대신 그는 절망에 빠졌다. "난 끝났어." 로가르 공이 그의 학사에게 말했다. "신들께서 자비를 베푸신다면 장벽행이고, 아니라면 애송이 녀석이 내 머리를 자기 어미에게 선물로 보내겠지." 두 아내로부터 자식을 얻지 못한 그는 학사에게 지시하여 유언장과 자백서를 작성하게 했다. 그는 아우들인 보리스, 가론, 로날은 죄가 없다고 적고 막냇동생 오린을 위해 자비를 빌었으며, 보리스 경을 스톰스엔드의 후계자로 지명했다. "제가 했고 하려 했던 모든 행위는 오직 왕국과 철왕좌를 위한 것이었습니다"라고 자백서는 끝을 맺었다.

로가르 공은 자신이 어떤 운명을 맞이할지 알 때까지 오래 기다리지 않아도 되었다. 섭정기가 거의 끝나기 직전이었다. 전 수관과 섭정대비 둘 다 상처 입고 침묵하는 동안, 다에몬 벨라리온 공과 나머지 소협의회 대신들은 왕국을 다스리려고 나름대로 애썼다. 베니퍼 대학사는 그들이 "말은 될수록 아끼고 가능하면 아무것도 하지 않으려 했다"라고 적었다.

AC 50년 아홉째 달의 스무날, 재해리스 타르가르옌은 열여섯 번째 생일을 맞이하고 성년에 이르렀다. 칠왕국의 법에 따라 그는 이제 섭정의 도움 없이 직접 나라를 다스릴 수 있게 되었다. 칠왕국 전역에서 귀족과 평민 모두 그가 어떤 왕이 되는지 보려고 기다렸다.

시험의 시간

재건되는 왕국

국왕 재해리스 타르가르옌 1세는 그의 드래곤 버미토르를 타고 홀로 킹스랜딩에 돌아왔다. 그에 앞서 킹스가드 기사 다섯이 사흘 전 먼저 도성에 도착하여 왕의 귀환을 맞이할 준비를 점검했다. 알리산느 왕비는 동행하지 않았다. 그들의 결혼을 둘러싼 불확실함과 왕과 그의 어머니 알리사 왕대비를 비롯해 소협의회 대신들의 위태로운 관계를 고려할 때, 왕비는 '현명한 여인들'과 나머지 킹스가드 기사들과 함께 드래곤스톤에 한동안 더 머무르는 것이 낫다는 신중한 결정이었다.

그날은 상서로운 날이 아니었다고 베니퍼 대학사는 적었다. 하늘은 흐린 잿빛이었고, 아침 내내 가랑비가 내렸다. 베니퍼와 다른 대신들은 레드킵 안마당에서 망토와 두건을 걸친 채 비를 맞으며 왕을 기다렸다. 그리고 성 안팎으로 기사들과 종자들과 마구간지기들과 세탁부들과 다른 수십 명의 궁중 사람들이 각자 맡은 일상적인 일을 하면서 이따금 하늘을 올려다보았다. 마침내 날개 치는 소리가 들리고 동쪽 성벽 위에 있던 경비병이 멀리서 반짝이는 버미토르의 구릿빛 비늘을 발견하자 환성이 터져 나왔고, 그 환성은 점점 높아지며 레드킵의 성벽을 넘어 아에곤의 높은 언덕 아래로,

도성을 가로질러 교외까지 퍼져나갔다.

재해리스는 바로 내려앉지 않았다. 그는 도성 위를 세 번 맴돌았고, 돌 때마다 더 낮게 비행하며 킹스랜딩에 있는 모든 남녀노소가 그에게 손을 흔들고 환호하고 기뻐할 기회를 주었다. 그런 다음에야 왕은 귀족들이 기다리는 마에고르 성채 앞마당에 버미토르가 내려앉게 하였다.

"왕은 마지막으로 본 이후로 많이 바뀐 모습이었다"라고 베니퍼는 기록했다. "드래곤스톤으로 날아갔던 풋내기는 사라졌고, 다 자란 청년이 그 자리를 대신했다. 예전보다 키가 몇 센티미터는 더 자랐고 팔과 가슴도 근육이 붙어 건장해 보였다. 긴 머리카락은 어깨까지 흘러내렸고, 말끔했던 뺨과 턱은 보기 좋은 금빛 수염으로 뒤덮였다. 왕의 복식 대신 걸친 사냥이나 승마에 적당할 가죽옷은 소금기로 얼룩졌고, 보호구로는 징이 박힌 가죽 조끼만 입었을 뿐이었다. 그러나 왕이 허리의 검대(劍帶)에 찬 것은 조부의 검, 왕가의 보검 블랙파이어였다. 검집 안에 있었음에도 못 알아볼 수가 없었다. 그 검을 봤을 때 두려움의 전율이 온몸을 훑고 지나갔다. 저건 어떤 경고인가? 마에고르가 죽기 전 그의 후계자에게 무슨 짓을 당할지 두려웠던 나는 펜토스로 달아났었다. 그리고 그때 비를 맞으며 서 있던 난 문득 이곳으로 돌아온 것이 어리석은 짓이 아니었나 하는 생각이 들었다."

젊은 왕—더는 소년이 아니었다—은 곧 대학사의 두려움을 불식했다. 버미토르의 등에서 우아하게 미끄러져 내려온 왕은 미소를 지었다. "마치 구름 사이로 햇살이 비치는 것 같았다"라고 툴리 공이 그 광경을 묘사했다. 대신들은 왕에게 고개를 숙였고, 몇몇은 무릎을 꿇기도 했다. 도성 곳곳에서 축하의 종이 울리기 시작했다. 재해리스는 장갑을 벗어 검대에 끼워 넣고는 입을 열었다. "여러분. 할 일이 많습니다."

왕을 맞이하기 위해 마당에 나오지 않은 한 주요 인사가 있었다. 바로 왕의 어머니 알리사 왕대비였다. 그녀는 마에고르 성채에 칩거 중이었기에,

재해리스가 직접 찾아가서 만나야 했다. 드래곤스톤에서의 대치 이후 처음으로 대면한 모자 사이에 어떤 일이 있었는지는 아무도 모르나, 얼마 지나지 않아 왕의 부축을 받으며 나온 그녀는 울어서 벌겋게 부은 얼굴이었다고 한다. 이제 섭정의 직책에서 벗어난 왕대비는 그날 밤 벌어진 환영 만찬과 그 후 여러 궁중 행사에 참석했지만, 더는 소협의회에 자리가 없었다. 베니퍼 대학사는 이렇게 적었다. "왕대비는 계속하여 왕국과 아들을 위해 공무를 수행했으나, 그녀에게서 기쁨을 느낄 수는 없었다."

젊은 왕은 통치의 시작으로 소협의회를 개편하여 일부는 남기고 역량이 부족한 대신들을 교체했다. 어머니가 임명한 다에몬 벨라리온 공을 국왕의 손으로 확정하고 코브레이 공을 도시 경비대장으로 유임했다. 왕은 툴리 공의 노고를 치하하고 그의 아내 루신다 부인과 함께 리버런으로 돌려보냈다. 그를 대체할 법률관으로는 드래곤스톤에 있던 그를 가장 먼저 찾아온 영주 중 한 명이었던 스톤댄스의 영주 알빈 매시를 발탁했다. 매시는 3년 전만 해도 시타델에서 학사의 고리를 얻고자 수행하고 있었으나, 그의 부친과 형들이 모조리 열병에 걸려 죽고 말았다. 척추가 휜 탓에 걸을 때 절뚝거렸지만, 이에 관해 그는 다음과 같은 명언을 남겼다. "내가 글을 읽거나 쓸 때도 절뚝거리는 건 아니오." 제독과 해군관에는 전부 종자인 어린 아들들 로버트, 리카드, 리암과 함께 도성으로 온 아버의 영주, 맨프리드 레드와인을 임명했다. 이때 처음으로 벨라리온 가문이 아닌 사람이 제독의 직위에 올랐다.

재해리스가 에드웰 셀티가르도 재무관의 자리에서 해임했다고 알려지자 킹스랜딩의 모든 이가 기뻐했다. 왕은 그에게 온화하게 이야기했으며, 드래곤스톤에서 알리산느 왕비를 섬기는 두 딸의 충정을 칭찬하고 '두 보물'이라 부르기까지 했다고 한다. 셀티가르 공의 딸들은 그 후에도 왕비의 곁에 남았으나, 셀티가르 공 본인은 즉시 클로섬으로 떠났다. 그가 도입한 세금도 젊은 왕의 통치가 시작한 지 사흘 만에 모두 칙명으로 폐지되었다.

에드웰 공을 대신할 재무관에 적합한 인물을 찾는 건 쉽지가 않았다. 여러 대신이 웨스테로스에서 제일 부유한 귀족으로 알려진 라이만 라니스터를 추천했으나, 재해리스는 내키지 않아 했다. "라이만 공이 레드킵 밑에서 산더미같이 쌓인 황금을 찾아낼 수 있다면 모를까, 그가 우리에게 필요한 답인지는 모르겠소"라고 왕이 말했다. 올드타운은 땅속에서보다는 무역으로 부를 일궈낸 터라 도넬 하이타워의 사촌들과 숙부들도 한동안 고려되었으나, 왕은 지체하는 도넬이 문 성사를 상대할 때 보인 모호한 태도가 마음에 걸렸다. 결국 재해리스는 협해 너머에서 사람을 데려오는 매우 과감한 결단을 내렸다.

귀족도, 기사도, 심지어는 마지스터도 아닌 레고 드라즈는 도매상이자 무역상이자 환전상으로서 맨손으로 펜토스 최대의 거부가 된 남자였으나, 낮은 신분 때문에 다른 펜토스인들로부터 배척당하고 마지스터 평의회에도 입회를 거절당했다. 그들의 멸시에 넌더리가 난 드라즈는 왕의 초대에 기꺼이 응했고, 가족과 지인과 막대한 재산을 전부 웨스테로스로 옮겼다. 젊은 왕은 그가 소협의회의 다른 대신들과 동등한 신분을 갖도록 영주의 작위를 내렸다. 그러나 아무런 영지도 수하도 성도 없는 영주였기에, 왕성 내의 재치 있는 자들은 그에게 '공기의 영주'라는 별명을 지어주었다. 드라즈는 그 별명을 듣고 재미있어했다. "내가 공기에도 세금을 매길 수 있다면, 정말 영주라고 불릴 만하겠지."

재해리스는 근친혼과 자신의 결혼을 맹렬히 비판한 고위 성직자, 뚱뚱하고 성격이 불같은 매튜스 성사도 내보냈다. 매튜스는 본인의 해임을 언짢게 받아들였다. "종단은 성사를 곁에 두지 않고 통치하려는 왕을 불신의 눈으로 주시할 것입니다"라고 그가 단언했지만, 재해리스는 바로 반박했다. "성사라면 부족하지 않소. 오스윅 성사와 이사벨 성사가 여기 남을 것이고,

궁의 서고를 관리할 젊은 청년이 하이가든에서 오는 중이오. 그의 이름은 바스요." 매튜스는 오스윅은 멍청한 늙은이에 이사벨은 여자에 불과하고, 바스 성사라는 자는 모른다고 거만하게 맞받아쳤다. 그 말을 듣고 왕은 "그대가 모르는 게 그것만은 아니지"라고 대꾸했다. (비대한 매튜스 성사를 대체하기 위해 왕은 세 명이 필요했다고 한 매시 공의 유명한 발언은, 그가 실제로 그런 말을 했다면, 이 직후 나왔을 것이다.)

매튜스는 나흘 후 올드타운으로 떠났다. 말을 타기에는 너무 뚱뚱했던 터라 금빛 이동저택 안에 앉아 호위병 여섯과 하인 십여 명의 시중을 받으며 이동했다. 야사에 따르면 그가 비터브리지에서 맨더강을 건널 때 반대 방향에서 오는 바스 성사를 지나쳤다고 한다. 바스는 혼자였고, 당나귀를 타고 있었다.

젊은 왕은 단지 소협의회에 참석하는 귀족들만 바꾸지 않았다. 하위 관직 수십여 개의 개편도 단행하여 열쇠관리관, 레드킵 집사장과 부집사 전원, 킹스랜딩의 항만장(이후 올드타운, 메이든풀, 더스큰데일의 항만장도 교체했다), 조폐국장, 왕의 집행관, 훈련대장, 견사장, 거마장과 심지어는 왕성 쥐잡이꾼들까지 교체했다. 왕은 또한 레드킵 아래의 지하감옥을 청소하여 비우라고 지시했고, 검은 감옥 안에 있는 모든 죄수를 위로 올려 보내 햇볕을 쬐고 씻게 한 다음 항소할 기회를 주었다. 왕은 그중 일부가 그의 숙부에 의해 억울하게 갇혔을 수도 있음을 염려했다(안타깝게도 재해리스가 염려했던 대로였다. 그러나 그런 죄수 상당수는 오랜 시간 암흑 속에서 지낸 끝에 광증에 사로잡힌 상태라 풀어줄 수 없었다).

이 모든 일을 만족스럽게 처리하고 새로운 인사들을 임명한 다음에야 재해리스는 베니퍼 대학사에게 지시하여 큰까마귀를 스톰스엔드로 날려 로가르 바라테온 공을 킹스랜딩으로 부르도록 했다.

왕의 서신이 도착하자 로가르 공과 그의 아우들은 언쟁을 벌였다. 바라테온 형제 중 제일 변덕스럽고 호전적인 인물로 여겨지는 보리스 공이 의외로 제일 차분한 의견을 내놓았다. "그 꼬마 말대로 하면 형은 목을 잃겠지. 장벽으로 가. 밤의 경비대라면 형을 받아줄 거야." 그 아래 형제들인 가론과 로날은 차라리 저항하라고 재촉했다. 스톰스엔드는 왕국의 그 어떤 성에 못지않게 강력한 성이니, 재해리스가 그의 목을 원한다면 와서 직접 가져가게 하라는 주장이었다. 로가르 공은 그 말을 듣고 웃을 수밖에 없었다. "강력하다고?" 그가 말했다. "하렌홀도 강력했지. 아니야. 내가 재해리스를 만나 직접 해명하겠다. 검은 옷을 입는 건 그다음에 해도 늦지 않아. 재해리스가 그걸 불허하지는 않을 거야." 다음 날 아침, 그는 어릴 적부터 가장 오래 함께한 기사 여섯만을 대동하고 킹스랜딩으로 길을 떠났다.

왕은 머리에 왕관을 쓰고 철왕좌에 앉아 그를 맞이했다. 소협의회 대신들이 같이 자리했고, 하얀 망토와 법랑을 입힌 갑옷을 걸친 킹스가드 기사 조프리 도겟 경과 로렌스 록스턴 경이 왕좌 아래에 섰다. 그 외에 알현실 안에는 아무도 없었다. 문에서 옥좌까지 긴 복도를 걸어오는 로가르 공의 발소리가 실내에 메아리쳤다고 베니퍼 대학사는 전한다. "영주의 높은 자존심에 대해 잘 알고 있던 왕은, 로가르 공에게 초라한 모습을 궁중 모든 사람 앞에 보이는 모욕을 주기를 원치 않았다."

그러나 로가르 공은 매우 겸허하게 행동했다. 스톰스엔드의 영주는 한쪽 무릎을 꿇고 고개를 숙이고는 자신의 검을 옥좌 밑에 내려놓았다. "전하." 그가 입을 열었다. "전 전하의 명을 받들어 이곳으로 왔습니다. 원하시는 대로 하옵소서. 단지 전하께서 제 동생들과 바라테온 가문에 자비를 베푸시기를 부탁드릴 뿐입니다. 제가 한 모든 것은 오직—"

"그대 나름대로 왕국을 위한 것이었겠지." 재해리스가 한 손을 들어 올려 로가르 공의 말을 끊었다. "난 그대가 무엇을 했는지, 무엇을 말했는지, 무엇을 계획했는지 안다. 그대가 나나 내 왕비를 해치려는 의도가 없었다는 말도 믿는다. 그리고 난 훌륭한 학사가 될 수도 있겠지, 그대 말이 틀린 것도 아니야. 하지만 난 더 훌륭한 왕이 되기를 바란다. 어떤 이들은 이제 우리가 서로 적이라고 말하기도 한다. 난 우리가 그저 뜻이 달랐던 친구라고 생각하고 싶다. 내 어머니가 그대를 찾아갔을 때, 그대는 엄청난 위험을 감수하고 우릴 받아들였다. 우리에게 사슬을 채우고 내 숙부에게 선물로 바칠 수 있었음에도, 내게 충성을 맹세하고 봉신들을 소집했지. 난 잊지 않았다."

재해리스가 말을 이었다. "말은 바람 소리일 뿐. 영주여…… 내 소중한 친구여……. 그대는 반역을 입에 담았지만, 행동으로 옮기지는 않았다. 내 결혼을 파기하기를 원했지만, 그렇게 하지 못했지. 나 대신 아에레아 공주를 철왕좌에 올리자고 제안했다지만, 지금 여기에 앉은 건 나다. 그대가 동생을 보내 내 조카 라엘라를 수녀원에서 빼돌리려고 한 것은 사실이지만…… 무슨 목적으로? 그대는 자식이 없으니, 그저 그 아이를 수양딸로 삼고 싶었던 것일지도 모르지.

반역 행위는 처벌을 받아야 마땅하나, 어리석은 말실수는 다른 문제다. 그대가 진정으로 장벽으로 가기를 바란다면, 난 막지 않을 것이다. 밤의 경비대는 그대 같은 강한 남자가 필요하니까. 그러나 난 그대가 이곳에 남아 나를 위해 일해주기를 바란다. 그대가 아니었다면 내가 이 옥좌에 앉지 못했으리라는 건 왕국 전체가 아는 사실 아닌가. 그리고 난 아직도 그대가 필요하다. 왕국이 그대를 필요로 한다. 정복자께서 승하하고 부왕이 왕관을 썼을 때, 사방에서 왕이 되려는 자들과 반역 영주들이 들고일어났다. 같은 일이 내게도 일어날지 모르고, 또 같은 이유로…… 내 결의, 내 의지, 내 힘이 시험받게 될 수도 있다. 어머니는 내 결혼 사실이 왕국에 알려지면 전국의 모든 신도가 봉기할 것이라고 믿고 계신다. 그렇게 될지도 모르지. 내가 이런 모든 시험을 헤쳐나가려면 훌륭한 인재가 필요하다. 나…… 그리고 필요하면 내 왕비를 위해 싸우고 목숨을 바칠 수 있는 전사가……. 그대는 그러한 인재인가?"

왕의 말을 들으며 벼락을 맞은 듯한 표정을 짓던 로가르 공이 고개를 들어 올렸다. "그렇습니다, 전하." 그가 감정에 북받쳐 잠긴 목소리로 대답했다.

"그렇다면 그대의 죄를 사하겠다." 재해리스 왕이 말했다. "하지만 몇 가지 조건이 있다." 하나하나 나열하는 왕의 목소리가 점점 엄중해졌다. "다시는 나나 왕비에게 반하는 말을 말라. 오늘부터 그대는 왕비의 가장 열정적인 대전사로서 왕비를 비난하는 그 어떤 말도 용납해서는 안 된다. 또한, 내 어머니가 계속하여 무시당하는 것도 참을 수 없다. 그대는 어머니와 함께 스톰스엔드로 돌아가서 다시 남편과 아내로 살아야 할 것이다. 오직 존중하고 예의를 갖춘 말과 행동으로 내 어머니를 대해야 한다. 이 조건들을 따를 수 있겠는가?"

"기꺼이 따르겠습니다." 로가르 공이 말했다. "그런데…… 제 동생 오린은 어떻게 할 생각이신지?"

왕은 잠시 생각하더니 입을 열었다. "하이타워 공에게 그대의 아우 오린 경과 그와 함께 올드타운에 간 병사들을 석방하라고 이르겠다. 그러나 처벌을 면할 수는 없다. 장벽행은 무기한이니, 대신 추방 10년을 선고하겠다. 분쟁 지역에서 용병 생활을 하든 콰스로 배를 타고 가서 부를 이루든, 내 알 바 아니다. 만약 10년 동안 살아남고 더 죄를 짓지 않는다면, 그 후 귀향을 허락하겠다. 이에 동의하는가?"

"동의합니다." 로가르 공이 대답했다. "매우 공정하신 처사입니다, 전하." 그 뒤 로가르 공은 그의 동생 중 셋에게 궁중으로 보낼 만한 어린 자식들이 있다면서, 왕이 앞으로의 충성에 대한 담보로 볼모를 원하는지 물었다.

그 답변으로 왕은 철왕좌에서 내려와 로가르 공에게 자신을 따라오라고 일렀다. 왕은 대전에서 나와 버미토르가 먹이를 먹는 중인 안마당으로 그를 데려갔다. 드래곤의 아침 식사로 도축된 황소 한 마리가 돌 위에 검게 탄 채 연기를 피워 올리고 있었다. 드래곤은 언제나 고기를 먹기 전에 불로 태웠다. 한 번 베어 물 때마다 거대한 고깃덩이를 뜯어내며 포식하던 버미토르는 왕과 로가르 공이 다가가자 머리를 들어 올리고 청동 우물 같은 눈으로 그들을 바라보았다. "이 녀석은 날이 가면 갈수록 커지고 있소." 재해리스가 거대한 맹수의 턱 아래를 긁어주며 말했다. "조카들은 놔두시오, 영주여. 내게 볼모가 무슨 필요가 있겠소? 그대의 맹세를 받았으니, 그것만으로 충분하오." 그러나 베니퍼 대학사는 왕이 하지 않은 말도 들을 수 있었다. "왕은 내가 이놈을 타는 이상 스톰랜드의 모든 남자와 여자와 어린아이는 내 볼모와 다름이 없다고 소리 없이 말했고, 로가르 공은 명확히 알아들었다"라고 베니퍼는 적었다.

그렇게 왕과 그의 전 수관이 화해한 날 저녁, 대연회장에서 축하연이 열렸다. 다시 부부가 된 로가르 공과 알리사 왕대비가 나란히 앉았고, 로가르 공은 알리산느 왕비의 건강을 위해 축배를 들고 연회에 참석한 모든 귀족 앞에서 왕비를 향한 그의 사랑과 충성을 맹세했다. 나흘 후, 로가르 공이 스톰스엔드로 돌아갈 때 알리사 왕대비가 함께 갔고, 누른도요 페이트와 병사 백 명의 호위를 받으며 왕의 숲을 가로질렀다.*

킹스랜딩에서는 재해리스 타르가르옌 1세의 오랜 통치가 본격적으로 시작되었다. 칠왕국의 통치권을 손에 넣은 젊은 왕이 직면한 문제는 한둘이 아니었으나, 그중에서 두 가지가 특히 심각했다. 국고가 텅 비어 나날이 눈덩이처럼 불어나는 왕실의 빚 문제와 화덕 위에 놓인 와일드파이어 단지처럼 언제 폭발할지 모르고 날이 갈수록 아는 사람이 늘어가는 왕의 '비밀' 결혼 문제였다. 둘 다 이른 시일 내에 처리해야 할 필요가 있었다.

급전 조달 문제는 레고 드라즈가 재빨리 해결했다. 신임 재무관은 브라

보스의 강철은행은 물론 그 경쟁자들인 티로시와 미르의 은행들과 협상하여 한 건도 아닌 세 건의 거액 차관을 마련했고, 은행들을 서로 경쟁시킴으로써 최상의 조건을 이끌어냈다. 그렇게 확보된 자금은 즉시 효과를 발휘하였다. 중단되었던 드래곤핏 공사가 재개되어 다시 한번 수많은 건축가와 석공이 라에니스 언덕을 뒤덮었다.

그러나 레고 공과 왕 둘 다 차관은 출혈을 늦추지만 멈추지는 못하는 임시방편에 불과하다는 것을 알았다. 유일한 해결안은 세금이었다. 셀티가르 공의 방법은 쓸 수 없었다. 재해리스는 항만세를 올리거나 여관 주인들을 쥐어짜는 데 관심이 없었다. 마에고르처럼 막무가내로 귀족들에게 금을 요구할 의향도 없었다. 요구가 너무 과하면 귀족들이 반기를 들 것이 뻔했고, 왕은 "반란 토벌보다 더 비싼 것은 없다"라고 언명했다. 귀족들의 자금 지원은 자발적이어야 했다. 왕은 대신 그들이 원하는, 바다를 건너오는 값비싼 사치품에 세금을 부과하기로 했다. 비단과 새마이트, 금란과 은란, 원석, 미르산 레이스와 태피스트리, 도르네산 와인(아버산 와인은 제외였다), 도르네의 사막 준마, 티로시와 리스와 펜토스의 장인들이 제작한 도금 투구와 선조세공 갑옷 등이 과세 대상이었다. 알후추, 정향, 사프란, 육두구, 계피를 비롯해 비취 해협 너머에서 수입되는 모든 희귀한 향신료에 가

---

* 오린 바라테온 경은 웨스테로스로 영영 돌아오지 않았다. 그는 올드타운으로 동행했던 병사들과 함께 자유도시 티로시로 건너가 집정관을 섬겼다. 1년 후, 오린 경은 그의 형 로가르가 철왕좌와 자유도시의 동맹을 맺고자 재해리스 왕의 배필로 삼으려 했던 집정관의 딸과 결혼했다. 가슴이 풍만하고 애교 넘치는 청록색 머리카락의 미녀였던 그의 아내는 곧 딸을 낳았는데, 여느 자유도시 여인들처럼 워낙 남자관계가 자유분방했던 터라 딸이 진정 그의 아이인지 의혹이 있었다. 집정관으로서 장인의 임기가 끝나자 역시 자리를 잃은 오린 경은 티로시를 떠나 미르로 갈 수밖에 없었고, 그곳에서 특히 질이 나쁘기로 유명했던 '처녀의 사나이들' 용병단에 가입했다. 그 후 얼마 지나지 않아 그는 분쟁 지역에서 '용맹전사단'과 전투 중에 사망했다. 그의 부인과 딸이 어떻게 되었는지는 알려진 바가 없다.

장 무거운 세금이 부과되면서, 이미 금보다도 비싼 가격이 더욱 비싸졌다. "절 부자로 만들어줬던 것들에 죄다 세금을 때리시는군요"라고 레고 공이 농담했다.

"누구도 이 세금들을 억압적이라고 하지 못할 것이오." 재해리스가 소협의회에서 설명했다. "후추, 비단, 진주 같은 것을 포기하면 단 한 푼도 낼 필요가 없으니. 다만 이런 것들을 좋아하는 이들은 매우 간절히 갈망하지. 자신들의 힘을 과시하고 온 세상에 그들이 얼마나 대단한 부자인지 자랑하는 데 이런 것만 한 게 없으니까. 투덜거리면서도 세금을 낼 것이오."

향신료와 비단에 매긴 세금이 끝이 아니었다. 재해리스 왕은 또한 새로이 성벽세를 도입했다. 새로 성을 짓거나 기존 성을 확장 또는 수리하려는 영주는 그 특권을 위해 막대한 비용을 치러야 했다. 이 신규 세금은 두 가지 목적이 있다고 왕은 베니퍼 대학사에게 설명했다. "크고 강대한 성을 가진 영주일수록 내게 반기를 들 유혹에 빠지게 됩니다. 검은 하렌이 본보기가 될 거라고 생각하겠지만, 역사를 모르는 이가 너무 많지요. 이 세금은 그러한 귀족들이 증축하는 것을 단념케 할 테고, 그럼에도 증축하려는 자들은 그들의 재원을 비워 우리 국고를 채우게 되겠지요."

국가의 재정을 복구하는 일련의 조치를 마친 왕은 이제 남은 다른 중대한 문제로 시선을 돌렸다. 그는 드디어 왕비를 불러들였다. 반년 가까이 왕과 떨어져 있어야 했던 알리산느 왕비는 연락을 받고 한 시간도 채 지나기 전에 그녀의 드래곤 실버윙을 타고 드래곤스톤에서 출발했다. 남은 가솔은 배를 타고 뒤를 따랐다. 이 무렵 플리바텀 골목에 있는 눈먼 거지조차도 알리산느와 재해리스가 결혼했음을 알았지만, 왕과 왕비는 예법에 따라 그들의 두 번째 결혼식 준비가 이루어진 한 달 동안 각방을 썼다.

황금 결혼식은 성대했고 많은 호응을 받았지만, 왕은 그런 규모의 결혼식에 또 돈을 쓸 의향이 없었다. 그의 어머니가 로가르 공과 혼인할 때는

4만 명이 지켜봤다. 재해리스가 누이 알리산느를 다시 아내로 맞을 때는 하객 천 명이 레드킵 왕성에 모였다. 그리고 이번에는 바스 성사가 철왕좌 아래에 서서 그들이 부부가 되었음을 선언했다.

로가르 공과 알리사 왕대비도 그 자리에 있었다. 그들은 로가르의 동생 가론과 로날과 함께 스톰스엔드에서 올라와 결혼식에 참석했다. 그러나 가장 많은 사람의 입에 오른 하객은 따로 있었으니, 바로 서쪽의 왕비였다. 라에나 타르가르옌이 동생들의 결혼식에 참석하고 딸 아에레아를 보기 위해 드림파이어를 타고 날아온 것이었다.

예식이 끝나자 도시 곳곳에서 종이 울리고 큰까마귀들이 왕국 전역으로 날아가 이 "행복한 결합"을 선포했다. 왕의 두 번째 결혼식은 첫 번째와 크게 다른 점이 있었는데, 바로 신방 의식이 뒤따랐다는 점이다. 훗날 알리산느 왕비는 자기가 의식을 고집했다고 털어놓았다. 그녀는 처녀를 잃을 준비가 되었고, '진정으로' 결혼했는지 묻는 말에 넌더리가 났던 까닭이었다. 만취한 로가르 공이 다른 사내들과 함께 왕비의 옷을 벗기며 신방으로 데려갔고, 왕비의 말벗 제니스 템플턴, 로자먼드 볼 그리고 프루던스 셀티가르와 프루넬라 셀티가르 같은 여인들이 왕을 에워쌌다. 그리하여 킹스랜딩 레드킵의 마에고르 성채 안에 있는 휘장을 드리운 침대에서 재해리스 타르가르옌과 누이 알리산느는 마침내 첫날밤을 치렀고, 신과 인간이 보는 앞에서 그들의 결혼을 완성했다.

공공연했던 비밀이 드디어 공개되자 왕과 신하들은 왕국의 반응을 기다렸다. 재해리스는 형 아에곤의 결혼에 반발이 격렬했던 데에는 여러 이유가 있었다고 판단했다. AC 39년, 그들의 숙부 마에고르가 최고성사와 그의 형 아에니스 왕의 뜻을 거스르고 두 번째 부인을 맞이하면서 철왕좌와 별빛 성소의 아슬아슬한 묵계가 무너졌기에, 아에곤과 라에나의 결혼은 추가적인 도발 행위로 여겨졌다. 그런 사유로 터져 나온 맹비난은 전국에

산불처럼 퍼져나갔고, 별과 검이 횃불을 치켜들며 봉기하고 왕보다는 신들을 더 두려워하는 독실한 영주 수십 명이 그에 가담하기에 이르렀다. 아에곤 왕자와 라에나 공주는 백성들에게 거의 알려진 바가 없었고, 드래곤도 없이 순행에 나섰던 터라(아에곤이 아직 드래곤 기수가 아니었기 때문이었다) 리버랜드에서 군중이 들고일어나 공격했을 때 대처할 수가 없었다.

반면, 재해리스와 알리산느는 이에 아무것도 해당하지 않았다. 별빛 성소는 비난 성명을 발표하지 않을 것이었다. 최고신관단 일부는 여전히 타르가르옌가의 전통인 근친혼에 진노했지만, 문 성사가 '최고 아첨꾼'이라 불렀던 현 최고성사는 순종적이고 신중한 인물이었고 잠자는 드래곤을 깨울 의향이 없었다. 별과 검은 해산된 후 사방으로 흩어졌고, 그나마 문제를 일으킬 만한 인원이 모인 곳은 이제 밤의 경비대의 검은 망토를 걸친 가난한 동료 2000여 명이 있는 장벽뿐이었다. 그리고 재해리스 왕은 그의 형이 저지른 실수를 되풀이할 마음이 없었다. 그와 왕비는 그들이 통치하는 땅을 보고, 무엇이 필요한지 직접 깨닫고, 영주들을 만나 그들의 됨됨이를 가늠하고, 백성들에게 모습을 보이고 그들의 억울함에 귀를 기울일 생각이었지만…… 어디를 가든 그들의 드래곤이 함께할 것이었다.

이 모든 근거를 바탕으로 재해리스는 왕국이 그의 결혼을 받아들일 것이라고 믿었으나, 그는 요행을 바라는 사람이 아니었다. "말은 바람 소리에 불과하오." 그가 소협의회에서 말했다. "하나 바람은 불을 부채질할 수 있소. 내 부친과 숙부 모두 말을 강철과 불로 상대했소. 우린 말에 말로 싸우고 불이 타오르기 전에 꺼야 할 것이오." 그렇게 말한 왕은 기사와 병사 대신 설교자들을 내보내며 다음과 같이 명령했다. "그대들이 만나는 모든 이에게 알리산느의 다정하며 온화하고 상냥한 성품을 이야기하고, 왕비가 나라의 귀족과 평민 모두 얼마나 사랑하는지 전파하여라."

왕의 명을 받든 남자 셋과 여자 넷, 모두 일곱 명이 검이나 도끼 대신 오직 기지와 용기와 언변으로 무장한 채 나아갔다. 그들의 여정에 관한 수많은 이야기가 전하고 그들이 이룬 일들은 전설이 되었다(대부분의 전설이 그렇듯 사람과 사람을 거치면서 점점 살이 붙어 크게 과장되었다). 연설가 일곱 명이 처음 길을 떠났을 때, 왕국의 백성들에게 알려진 사람은 한 명뿐이었다. 다름 아닌 마에고르가 철왕좌에 앉은 채 죽은 모습을 발견한 검은 신부, 엘리너 선왕비였다. 날이 갈수록 낡고 허름해지는 왕비의 의복을 입은 코스테인 가문의 엘리너는 리치 지방을 유랑하며 선왕의 사악함과 그를 승계한 이들의 선량함을 능변으로 설파했다. 늘그막에 귀족으로서의 신분과 권리를 모두 버리고 종단에 귀의한 그녀는 라니스포트에 있는 대수녀원에서 엘리너 수녀원장이 되기에 이른다.

재해리스의 뜻을 대변하고자 길을 떠난 다른 여섯 명도 결국에는 엘리너 선왕비에 못지않게 이름이 알려지게 되었다. 세 남자 중 둘은 젊은 성사인 꾀 많은 볼드릭 성사와 박식한 롤로 성사였고, 남은 한 명은 수년 전 다리를 잃어 항상 가마를 타고 다닌 사나운 노성사 알핀이었다. 젊은 왕이 선택한 여인들 역시 범상한 이들이 아니었다. 이사벨 성사는 드래곤스톤에서 알리산느 왕비를 모시는 동안 왕비에게 매료되었다. 작은 체구의 비올란테 성사는 치료사로서 명성이 높았는데, 어디를 가든 기적을 행했다고 전한다. 마리스 수녀는 지난 수십 년간 협곡에 있는 걸타운 항구의 어느 섬 수녀원에서 고아 소녀들을 훈육한 여인이었다.

이들 '일곱 연설가'는 왕국을 유랑하며 알리산느 왕비의 신앙심과 관대함과 오라비이자 왕인 남편을 향한 그녀의 사랑을 이야기했다. 다른 성사나 탁발 수사 또는 독실한 기사나 귀족이 《칠각별》의 구절을 읊거나 예전 최고성사들이 한 설교를 인용하며 반박할 때는, 킹스랜딩에서 재해리스가 오스윅 성사와 특히 바스 성사의 도움을 받고 완성한 답변으로 대처했다. 후일 시타델과 별빛 성소는 이것을 '예외주의'로 명명했다.

기본 교리는 간단했다. 고대 안달로스의 언덕에서 창시된 칠신교는 안달인과 함께 협해를 건너왔다. 경전에 수록되고 신자들의 아버지에게 순종하는 남녀 성사들이 가르치는 일곱 신의 율법은 형제는 자매와, 아비는 딸과, 어미는 아들과 동침하지 말 것이며, 그런 결합의 산물은 부정한 것이고 신들이 혐오한다고 선언했다. 예외주의자들도 그에 모두 동의했으나, 하나의 예외 사항을 강조했다. 타르가르옌 왕가는 다르다는 것이었다. 그들의 뿌리는 안달로스가 아니라 다른 법과 전통을 따랐던 옛 발리리아였다. 그들이 여느 사람과 다르다는 것은 한눈에 알아볼 수 있었다. 그들의 눈, 그들의 머리카락, 그들의 태도 모두 남달랐고, 게다가 그들은 드래곤을 타고 날아다녔다. 발리리아가 파멸한 이후, 이 세상에서 그 무시무시한 짐승을 길들일 힘을 가진 이들은 타르가르옌 왕가가 유일했다.

"한 분의 신이 안달인과 발리리아인과 최초인을 모두 만드셨습니다." 가마에 앉은 알핀 성사가 이야기하고는 했다. "하지만 우릴 모두 같게 만들지는 않으셨습니다. 그분은 고결한 짐승들인 사자와 들소도 만드셨지만, 각자 다른 선물을 내리신 터라 사자가 들소처럼 살지도, 들소가 사자처럼 살지도 못하지요. 경이 누이와 동침하는 건 무거운 죄악일 겁니다……. 하지만 그대나 나나, 드래곤의 혈통이 아니지 않습니까. 그들은 항상 그들이 해왔던 대로 하는 것뿐이고, 그런 그들을 재단하는 건 우리 몫이 아닙니다."

야사에 따르면 꽤 많은 볼드릭 성사가 어느 작은 마을에서 설교할 때, 예전에 가난한 동료였던 덩치 큰 방랑기사가 다가와 시비를 걸었다고 한다. "그래서, 나도 내 여동생과 자고 싶다면 그것도 넘어가시게?" 그러자 성사가 미소를 머금고 대꾸했다. "드래곤스톤으로 가서 드래곤을 한 마리 길들이시오. 그렇게 할 수만 있다면 내가 직접 당신과 당신 누이를 결혼시켜 드리리다."

여기에 모든 역사학도가 직면하는 난제가 있다. 오래전에 일어난 일을 되돌아볼 때, 우린 이런저런 것들이 그 원인이었다고 말할 수 있다. 하지만 일어나지 않은 일을 되돌아볼 때는 추측에 의존할 수밖에 없다. 우리는 AC 51년, 왕국이 10년 전 아에곤과 라에나 때와는 달리 재해리스 왕과 알리산느 왕비에게 반발하여 들고일어나지 않았다는 사실을 알고 있다. 어째서인지는 확실하지 않다. 분명 최고성사의 침묵이 큰 영향이 있었을 터이고, 귀족과 평민 모두 전쟁에 지쳤을 수도 있다. 그러나 말에 힘이 있다면, 바람 소리든 아니든 일곱 연설가도 그 결과에 중요한 역할을 했을 것이다.

왕은 왕비와 행복했고 왕국도 그들의 결혼을 기꺼이 받아들였지만, 시험의 시간을 겪을 것이라던 재해리스의 예견은 틀리지 않았다. 소협의회를 재편하고 로가르 공과 알리사 왕대비를 화해시키고 국고를 다시 채우고자 신규 세금을 도입한 왕은 이제 가장 까다로운 문제와 마주했다. 바로 그의 큰누이 라에나였다.

라에나 타르가르옌과 그녀의 일행은 라이만 라니스터와 캐스털리록을 떠난 뒤 애시마크의 마브랜드, 카스타미어의 레인, 골든투스의 레포드, 나그네의 쉼터의 밴스에 이어 핑크메이든의 파이퍼 등의 가문을 전전했다. 그러나 어디를 가든 같은 문제가 발생했다. "다들 항상 처음에는 따뜻하게 반겨." 동생들의 결혼식이 끝나고 남동생을 만난 라에나가 말했다. "하지만 오래가지 않아. 아예 냉대하거나 부담스러울 정도로 환대해. 내 일행이 머무는 데 들어가는 비용을 두고 투덜거리면서도 드림파이어를 보며 흥분하지. 그 아이를 두려워하는 부류도 있지만, 그 아이를 원하는 이들은 더 많아. 그런 사람들이 제일 걱정이야. 자기들만의 드래곤을 소유하기를 바라거든. 물론 내가 줄 생각은 없지만, 그렇다면 어디로 가야 하지?"

"여기가 있잖아." 왕이 제의했다. "궁으로 돌아와."

"그리고 영원토록 네 그림자에 가린 채 살라고? 난 내 성이 필요해. 그 어떤 영주도 날 위협하거나 쫓아내거나 내가 받아들인 이들을 성가시게 할 수 없는 곳 말이야. 땅하고 사람하고 성이 필요하다고."

"땅이라면 마련할 수 있어." 왕이 말했다. "성도 지어줄 수 있고."

"땅은 다들 주인이 있고 성도 빈 곳이 없잖아." 라에나가 대답했다. "하지만 한 곳만큼은 내가 권리를 주장할 만한 곳이 있지……. 너보다도 더. 난 드래곤의 혈통이야. 내가 태어났던, 내 아버지의 성을 원해. 드래곤스톤을."

재해리스 왕은 그 요구에 바로 대답하는 대신 검토해보겠다고 약속했다. 소협의회에 안건을 올리자 모두 합심하여 대대로 타르가르옌 왕가의 본성이었던 곳을 선왕비에게 넘기는 것을 반대했지만, 누구도 더 나은 해결책을 제시하지 못했다.

왕은 한동안 심사숙고한 뒤 다시 윗누이를 만났다. "드래곤스톤을 누나에게 본성으로 내리겠어." 그가 라에나에게 말했다. "드래곤의 혈통이 머물 만한 곳으로 더 적합한 곳은 없으니까. 하지만 누나는 섬과 성을 내게서 선물로 받은 것이지, 어떤 권리로 차지한 것이 아니야. 할아버지께서 불과 피로 하나로 만드신 칠왕국을 두 개로 쪼개서 누나에게 독립된 왕국을 줄 수도 없고 줘서도 안 돼. 누나는 선왕비로서 예우를 받지만, 올드타운에서 장벽까지 다스리는 건 나야……. 드래곤스톤도 거기에 포함되고. 여기에 동의해, 누나?"

"그렇게 그 철로 된 의자를 지킬 자신이 없어서 너와 피를 나눈 누나까지도 네게 무릎을 꿇기 바라는 거니?" 라에나가 왕에게 쏘아붙였다. "좋아. 내게 드래곤스톤과 하나만 더 주면 널 귀찮게 하지 않을게."

"하나 더?" 재해리스가 물었다.

"아에레아. 내 딸을 내게 돌려줘."

"알았어"라고 왕은 승낙했으나, 이제 여덟 살이 된 아에레아 타르가르옌이 당시 그가 인정한 철왕좌의 잠정 후계자였음을 고려하면 다소 성급한 결정이었을 수도 있다. 그러나 그 결정의 여파가 느껴진 건 여러 해가 지난 다음의 일이었다. 일단은 문제가 그렇게 마무리되었고, 서쪽의 왕비는 순식간에 동쪽의 왕비로 바뀌었다.

그해는 그렇게 별다른 위험이나 시련 없이 지나가고 있었고, 재해리스와 알리산느는 왕국을 통치하는 데 적응해나갔다. 왕비가 소협의회에 참석하기 시작했을 때 당황한 대신들이 있었을지 몰라도, 겉으로 드러내지 않고 서로 불만을 표했을 뿐이었다. 그러나 곧 그마저도 사라졌는데, 어린 왕비는 지혜롭고 박식하고 영민하여 어떤 회의에서도 환영받을 만했기 때문이다.

알리산느 타르가르옌은 숙부 마에고르가 왕위를 탈취하기 전까지는 행복한 어린 시절을 보냈다. 그녀의 아버지 아에니스 왕이 재위할 때, 그녀의 어머니 알리사 왕비는 궁을 노래와 화려한 광경과 아름다움이 가득한 멋진 곳으로 만들었다. 많은 연주가와 배우와 가수가 왕과 왕비의 총애를 얻고자 서로 경쟁했다. 아버산 와인이 연회에서 물처럼 흐르고 드래곤스톤의 연회장들과 마당에서는 웃음이 그치지 않았으며, 궁중의 여인들은 휘황찬란한 진주와 다이아몬드를 뽐냈다. 그러나 마에고르 치하의 궁중은 어둡고 음침한 곳이었고, 섭정 기간에도 별반 다르지 않았다. 그도 그럴 것이 알리사 왕대비에게 아에니스 왕 시절은 고통스러운 기억이었고, 천성이 무인인 로가르 공은 배우라는 족속은 원숭이보다도 쓸모가 없다고 단언하기도 했던 것이다. 그는 다음과 같이 말했다. "둘 다 깡충깡충 뛰어다니고 재주 부리면서 꺅꺅대기는 마찬가지지만, 적어도 원숭이는 배가 고플 때 잡아먹을 수 있지 않나."

하지만 알리산느 왕비는 아버지가 왕이었던 시절 그 짧지만 찬란했던 궁중 생활의 추억을 애틋하게 여겼다. 레드킵을 그 어느 때보다도 빛나게 하겠다고 다짐한 왕비는 자유도시로부터 태피스트리와 양탄자를 사들이고 왕궁의 연회장들과 방들을 장식할 벽화와 조각상과 타일 공사를 주문했다. 그녀의 지시에 따라 도시 경비대원들이 플리바텀을 뒤져 하얀 망토 전쟁 당시 특유의 조롱하는 노래로 왕에서부터 평민에 이르기까지 모두 즐겁게 했던 '연주가' 톰을 찾아냈다. 알리산느는 그를 초대 궁중가수에 임명했고, 그 후 수십 년간 많은 가수가 그 자리를 거쳐 갔다. 올드타운에서는 하프 연주자를, 브라보스에서는 곡예단을, 리스에서는 무희들을 초빙하고 레드킵 최초의 어릿광대를 들이기도 했다. 광대는 굿와이프라고 불린 뚱뚱한 여장 남자였는데, 항상 그가 '아이들'이라고 부른, 망측한 음담패설을 일삼는 두 개의 솜씨 좋게 조각된 나무 꼭두각시를 들고 다녔다.

재해리스 왕은 이 모든 것을 기꺼워했으나, 몇 달 후 알리산느 왕비가 준 선물만큼 그를 기쁘게 한 것은 없었다. 바로 왕비의 임신 소식이었다.

재해리스 1세 시절의 탄생과 죽음과 배신

재해리스 타르가르옌 1세는 철왕좌에 앉았던 어떤 왕에 못지않게 분주했다. 정복자 아에곤은 백성들이 이따금 그들이 섬기는 왕과 왕비를 직접 보고 불만이나 억울함을 호소할 기회가 필요하다는 유명한 말을 남겼다. AC 51년 말, 재해리스는 왕으로서의 첫 순행을 선언하며 "난 백성이 날 보기를 원한다"라고 말했다. 그 후 수십 년에 걸쳐 수많은 순행이 뒤따랐다. 그의 긴 재위 동안, 재해리스는 드래곤스톤과 레드킵에서 지낸 시간을 합친 것보다 다른 귀족의 성에 묵거나 장이 서는 크고 작은 마을에서 평민들을 만나며 더 많은 낮과 밤을 보냈다. 그리고 왕이 탄 구릿빛으로 반짝이는 거대한 짐승 옆에는 대개 알리산느 왕비가 탄 은빛 드래곤이 함께 솟아올랐다.

정복자 아에곤은 순행에 나설 때 기사, 병사, 말구종, 요리사 외 다른 시종들까지 천여 명에 달하는 수행원을 이끌고 다녔다. 보기에는 장관이었지만, 그런 큰 행차는 왕을 모셔야 하는 귀족들을 꽤 곤란케 했다. 그렇게 많은 인원에게 숙소와 음식을 제공하는 것은 쉬운 일이 아니었고, 왕이 사냥을 나가기를 원하기라도 하면 주변 숲이 쑥대밭이 되고는 했다. 가장 부유한 영주들조차도 왕이 떠날 무렵에는 술 저장고가 마르고 식량 창고도 텅 비는 등 궁해지기가 다반사였고, 성내 하녀의 절반이 사생아를 임신하는 것은 덤이었다.

재해리스는 같은 전철을 밟을 생각이 없었다. 그 어떤 곳에 행차해도 기사 스무 명에 병사와 하인까지 합하여 왕을 수행하는 인원이 백 명을 넘지 않을 것이었다. "버미토르가 있는데 굳이 많은 호위병을 거느릴 필요가 있는가?" 왕이 말했다. 행차 인원이 적다는 건 그의 조부 아에곤이 묵기에는 성이 너무 작았던 군소 가문도 방문할 수 있다는 뜻이었다. 재해리스의 목적은 될 수 있는 대로 많은 곳을 순방하고 여러 곳에 자신의 모습을 보이되, 한곳에 오래 머물지 않고 영주에게 부담되기 전에 떠나는 것이었다.

왕의 첫 번째 순행은 소박하게 킹스랜딩 북쪽의 국왕령에서 시작하여 아린 협곡까지만 돌아보기로 예정되었다. 알리산느도 동행하기를 바란 재해리스는 왕비가 홑몸이 아닌 것을 고려하여 여정이 너무 고되지 않도록 신경 썼다. 스토크워스와 로스비 방문으로 순행을 시작한 그들은 해안가를 따라 북상하여 더스큰데일에 이르렀다. 그곳에서 왕이 다클린 공의 조선소를 돌아보고 오후에 낚시를 즐기는 동안, 왕비는 처음으로 여인들의 모임을 열었다. 오직 성인 여성과 소녀만이 환영받고 신분에 상관없이 누구든 그들의 두려움과 걱정과 희망 사항을 어린 왕비에게 털어놓을 수 있었던 이 모임은 이후 모든 왕의 순행에서 중요한 부분을 차지했다.

메이든풀에 도착할 때까지 아무런 일도 일어나지 않았고 여정은 순탄했다. 왕과 왕비는 그곳에서 무튼 공 부부의 환대를 받으며 보름을 머무른 뒤, 배를 타고 꽃게만을 가로질러 위켄덴과 걸타운과 협곡을 차례로 방문할 것이었다. 메이든풀(Maidenpool, 처녀의 연못)은 영웅 시대에 광대 플로리안이 처음으로 목욕하는 종퀼의 자태를 훔쳐보았다는 담수 연못으로 유명했다. 알리산느 왕비는 다른 수많은 여인이 그랬듯이 굉장한 치유 효과가 있다는 종퀄의 연못에서 목욕하고 싶어 했다. 메이든풀의 영주들은 수백 년 전 연못 주위를 둘러싼 거대한 석조 목욕탕을 짓고 한 수녀회에 관리를 맡겼다. 남자는 입장할 수 없었기에, 왕비가 성스러운 물에 몸을 담갔을 때는 주변에 그녀의 시녀와 하녀, 성사(이사벨 성사와 함께 수련 성사로 왔던 에디트와 라이라는 최근 서원하여 종단의 정식 성사가 되었고, 왕비에게 헌신적이었다)만이 남아 시중을 들었다.

어린 왕비의 선량함과 별빛 성소의 침묵 그리고 일곱 연설가의 열변으로 신도들 대부분은 재해리스와 알리산느에게 호의를 품게 되었으나, 언제나 절대 마음을 바꾸지 않는 이들이 있기 마련이다. 종퀄의 연못을 관리하는 수녀 중 셋이 그렇게 마음이 증오로 굳은 이들이었다. 그들은 왕비가 왕의 "부정한 것"을 밴 동안 이곳에서 목욕한다면 성스러운 연못이 영원토록 더럽혀질 것이라고 서로 이야기했다. 수녀들은 알리산느 왕비가 막 옷을 벗었을 때 예복에 숨겨둔 단검을 들고 덤벼들었다.

다행히도 수녀들은 전사가 아니었고, 왕비와 동행한 여인들의 용기를 간과했다. 벌거벗고 아무런 방어 수단도 없었음에도 '현명한 여인들'은 주저하지 않고 왕비와 공격자들 사이에 몸을 던졌다. 에디트 성사는 얼굴이 길게 베이고 프루던스 셀티가르는 어깨가 뚫렸으며, 로자먼드 볼은 단검에 배가 찔려 사흘 후 숨을 거두고 말았지만, 그 어떤 단검도 왕비의 몸에 닿지 못했다. 목욕탕 입구를 지키던 조프리 도겟 경과 자일스 모리겐 경은 안쪽에서 위험이 도사린다는 사실은 상상도 못 하고 있다가 고함과 비명을 듣고 뛰어들어 갔다.

킹스가드 기사들은 순식간에 수녀 두 명을 베어 죽이고 한 명을 사로잡았다. 사로잡힌 수녀는 심문 끝에 다른 수녀 대여섯 명이 칼을 들 용기가 없었을 뿐이지, 암습을 계획하는 데는 가담했다고 실토했다. 그 일에 연루된 수녀들의 목을 매단 무튼 공은 무고한 수녀들도 처형하려 했으나, 알리

산느 왕비가 만류했다.

재해리스는 격분했다. 협곡 순방은 연기되었고 왕과 왕비는 마에고르 성채로 귀환했다. 알리산느 왕비는 출산할 때까지 왕궁에 머물렀으나, 암습 시도에 크게 동요했고 곰곰이 생각에 빠졌다. "난 나만의 보호자가 필요해." 그녀가 왕에게 말했다. "당신의 일곱은 충성스럽고 용맹하지만, 모두 남자고 남자들이 가지 못하는 곳들도 있잖아." 왕은 수긍하지 않을 수 없었다. 그날 밤 바로 더스큰데일로 큰까마귀가 날아가 신임 다클린 공에게 서출 이복 여동생 종퀼 다크를 왕성으로 보내라는 명령을 전달했다. 종퀼 다크는 하얀 망토 전쟁에 진홍의 뱀이라는 별명의 신비기사로 출전하여 평민들로부터 열광적인 인기를 끌었었다. 며칠 후, 여전히 진홍색 갑옷을 걸치고 킹스랜딩에 도착한 그녀는 기꺼이 임명을 받들어 왕비의 맹약위사가 되었다. 이후 그녀는 왕비를 그림자처럼 따라다니며 경호하여 왕국에 '진홍 그림자'라고 알려지게 되었다.

재해리스와 알리산느가 메이든풀에서 돌아오고 왕비가 침소에 머무르기 시작한 지 얼마 지나지 않아, 스톰스엔드에서 전혀 예상치 못한 경이로운 소식이 도착했다. 알리사 왕대비가 회임한 것이었다. 왕대비는 마흔넷의 나이여서 아이를 낳을 시기는 훌쩍 지났다고 여겨졌던 터라, 그녀의 임신은 기적으로 받아들여졌다. 올드타운에서 최고성사는 이는 신들의 축복이며 "위에 계신 어머니께서 수많은 고통을 용감하게 이겨낸 어머니에게 내리신 선물이다"라고 선언했다.

기뻐하는 와중에도 여러 염려가 있었다. 알리사는 예전처럼 기력이 왕성하지 않았다. 섭정대비로 있는 동안 심신이 고생했고, 재혼 생활은 그녀의 희망과는 달리 행복을 가져다주지 못했다. 그러나 자식이 생긴다는 기대에 부푼 로가르 공은 화를 가라앉히고 자신의 불륜 행위를 뉘우치고는 아내의 곁에 붙어 지냈다. 알리사 본인은 요람에서 죽은 그녀와 아에니스 왕의 막내딸, 바엘라를 떠올리며 두려움에 떨었다. 그녀가 남편에게 말했다. "그런 고통은 또 견딜 수 없어. 내 가슴이 갈기갈기 찢기고 말 테니." 그러나 이듬해 초에 태어난 아기는 덩치도 크고 혈색도 좋은 데다 한번 울면 "도르네부터 장벽까지 들릴 정도로" 우렁차게 울어젖히는, 팔팔하고 건강한 검은 머리의 사내아이였다. 알리사에게서 자식을 얻기를 오래전에 포기했던 로가르 공은 아들에게 보어문드라는 이름을 지어주었다.

그러나 신들은 기쁨과 함께 슬픔도 주는 법이다. 알리산느 왕비는 그녀의 어머니가 출산하기 훨씬 전에 아들을 낳고 정복자와 요절한 큰오빠 '무관의 왕자'를 기리는 뜻에서 아에곤이라고 이름을 지었다. 아이의 탄생에 왕국의 모든 이가 고마워했고, 재해리스는 두말할 나위 없었다. 그러나 아기 왕자는 너무 일찍 태어났다. 작고 연약했던 아기는 태어난 지 사흘 만에 세상을 떠났다. 극심한 상실감에 빠진 알리산느 왕비를 보고 학사들은 그녀의 생명도 염려했다. 그 후 영원토록 왕비는 아들의 죽음을 두고 메이든풀에서 그녀를 덮친 여인들을 탓했다. 그녀는 종뤈의 연못에서 목욕했더라면 아에곤 왕자가 죽지 않았을 것이라고 말하고는 했다.

라에나 타르가르옌이 정착한 드래곤스톤에도 불만이 무겁게 쌓이고 있었다. 재해리스가 있었을 때처럼 근접한 영지의 귀족들이 찾아오기 시작했으나, 동쪽의 왕비는 남동생과 달랐다. 방문한 귀족들은 대부분 냉대를 받았고, 일부는 알현조차 허락되지 않았다.

라에나 선왕비와 그녀의 딸 아에레아의 재회도 좋다고 할 수 없었다. 공주는 어머니를 기억하지 못했고, 선왕비는 자신의 딸에 관해 무지했고 애초에 아이들을 좋아하는 성품이 아니었다. 아에레아는 귀족들과 괴상한 이국땅에서 찾아온 사절들이 들락거리고, 아침에는 기사들이 연무장에서 훈련하고 밤에는 가수와 배우와 광대가 뛰어다니는 흥미진진함으로 가득한 레드킵과 성벽 너머로 가지각색의 사람들이 시끌벅적하게 살아가는 킹스랜딩을 사랑했다. 철왕좌의 후계자로서 그녀에게 쏟아진 관심도 만끽하며 즐겼었다. 대귀족과 용맹한 기사, 하녀, 세탁부와 마구간지기 할 것 없이 모두 그녀를 찬양하고 사랑하고 호의를 사려 애썼고, 또한 그녀는 귀족, 평민 할 것 없이 모여 성안을 휘어잡았던 소녀 무리의 골목대장이기도 했다.

공주는 어머니에게 강제로 끌려 드래곤스톤으로 왔을 때 그 모든 것을 빼앗겼다. 킹스랜딩에 비하면 드래곤스톤은 나른하고 조용한 재미없는 곳이었다. 성에는 그녀 또래의 소녀가 없었고, 성벽 아랫마을 어민의 딸들과 노는 것도 허락되지 않았다. 엄격할 때도 있고 수줍어할 때도 있지만 대체로 음울했던 어머니는 그녀에게 낯선 사람이었고, 어머니 주변의 여인들은 아무도 아에레아에게 관심을 주지 않았다. 그 여인들 중 공주가 좋아한 유일한 사람은 페어섬 출신의 엘리사 파먼이었다. 엘리사는 공주에게 자신이 겪은 여러 모험을 이야기해주었고, 배를 타는 법도 가르쳐주겠다고 약속했다. 엘리사 영애도 아에레아만큼이나 드래곤스톤을 따분하게 여겼다. 그녀는 드넓은 서쪽 바다를 그리워했고, 언젠가 돌아갈 것이라고 종종 말했다. 그럴 때마다 아에레아 공주는 "나도 데려가줘요"라고 말했는데, 엘리사 파먼은 단지 웃음을 터뜨릴 뿐이었다.

하지만 드래곤스톤에는 킹스랜딩에서 거의 찾을 수 없는 것이 있었다. 바로 드래곤이었다. 드래곤몬트의 그림자 속에 잠긴 거대한 요새에서는 거의 매달 드래곤이 태어나는 듯했다. 드림파이어가 페어섬에서 낳은 알들은 드래곤스톤에서 한꺼번에 부화했고, 라에나 타르가르옌은 딸이 드래곤들과 친숙해지도록 신경 썼다. "하나 골라서 네 것으로 만들어라." 선왕비가 공주에게 말했다. "그럼 언젠가는 하늘을 날 수 있을 거야." 성의 마당에는 더 나이가 많은 드래곤도 있었고, 성벽 밖에는 성에서 뛰쳐나간 야생 드래곤들이 산 반대편의 숨겨진 동굴에 둥지를 틀고 살았다. 아에레아 공주는 왕궁에서 지낼 때 버미토르와 실버윙을 알게 되었지만, 가까이 갈 수는 없었다. 섬에서는 언제든 마음껏 드래곤들을 보러 갈 수 있었다. 갓 부화한 새끼와 드레이크(drake, 새끼와 성체 사이의 어린 드래곤을 칭하는 이름)와 어머니의 드래곤 드림파이어는 물론…… 심지어는 가장 거대하고 강력한 발레리온과 바가르까지도. 늙은 드래곤들은 잠들어 있는 시간이 많았지만, 깨어나서 날개를 활짝 펼칠 때는 여전히 무시무시했다.

레드킵에서 아에레아는 말과 사냥개들과 친구들과 함께 즐겁게 지냈다. 드래곤스톤에서는 엘리사 파먼 외에 오직 드래곤들만이 공주의 친구였고, 그녀는 한 마리에 올라타 멀리, 멀리 날아갈 날만을 손꼽아 기다리게 되었다.

재해리스 왕은 AC 52년에 이르러서야 아린 협곡에 행차하여 걸타운, 룬스톤, 레드포트, 롱보우홀, 하츠홈과 달의 관문을 순방한 뒤, 정복 전쟁 당시 비세니아 왕비가 그랬듯이 버미토르를 타고 이어리가 있는 거인의 창으로 날아갔다. 알리산느 왕비도 여정에 동행했지만, 전부 함께하지는 않았다. 출산 후 몸이 완전히 회복되지 않았고, 슬픔에서도 헤어나지 못한 까닭이었다. 그럼에도 그녀는 프루던스 셀티가르 영애와 걸타운의 그래프턴 공의 혼사를 주선했다. 왕비는 걸타운에 이어 달의 관문에서도 여인들의 모임을 열었는데, 그녀가 그곳에서 듣고 알게 된 것들은 칠왕국의 법을 바꾸는 계기가 되었다.

오늘날 사람들은 자주 '알리산느 왕비의 법'에 대해 말하지만, 엄연히 부정확하고 올바르지 않은 표현이다. 그녀에게는 법을 제정하고 칙명을 발표하거나, 법을 선포하고 형을 선고할 권한이 없었다. 그녀가 정복자의 왕비였던 라에니스나 비세니아와 같았다고 여겨서는 안 된다. 그러나 어린 왕비는 재해리스 왕에게 막대한 영향을 끼쳤고, 왕은 그녀의 말에 귀를 기울였다. 이는 아린 협곡에서 돌아온 다음에도 마찬가지였다.

알리산느는 여인들의 모임을 통해 칠왕국에 있는 과부들의 비참한 처지를 알게 되었다. 평화로운 시기에는 남자가 젊었을 때 결혼한 아내보다 더 오래 사는 경우가 흔했는데, 젊은 남자들이 주로 전장에서 죽는 반면 젊은 여자들은 아이를 낳다가 죽을 때가 많았기 때문이다. 지체가 높든 낮든 상처한 남자들은 어느 정도 시간이 지나면 후처를 들이는 경우가 다반사였고, 전처의 자식들이 후처와 한집에서 사는 것을 좋아할 리 만무했다. 같이 살면서 정이라도 쌓였다면 모를까, 그런 것도 없다면 남자가 죽은 후 재산을 상속받은 자식들이 후처를 집에서 쫓아냈고, 그렇게 쫓겨난 여자는 극심한 빈곤에 시달렸다. 귀족의 경우에는 상속자에게 특권과 수입과 하인들을 박탈당하고 식객으로 전락하는 과부가 부지기수였다.

이러한 부조리를 바로잡고자 재해리스 왕은 AC 52년에 과부법을 반포하여 장남(아들이 없을 때는 장녀)의 상속권을 재확인하고 과부들에게 남편이 죽기 전에 누렸던 권리를 보장해주어야 한다는 조건을 추가했다. 귀족의 과부는 두 번째든 세 번째든 네 번째 부인이든 상관없이 성에서 쫓아낼 수 없으며 하인과 옷, 수입도 박탈할 수 없게 되었다. 또한, 이 법은 후처나 후처의 자식들에게 땅과 성과 다른 자산을 물려주기 위해 전처가 낳은 자식들을 폐적하는 행위도 금지했다.

그해 왕의 또 다른 관심사는 건설이었다. 드래곤핏은 여전히 공사 중이었고, 재해리스는 자주 현장을 방문하여 진행 상황을 직접 확인했다. 왕은 아에곤의 높은 언덕과 라에니스 언덕 사이를 오가면서 도성의 한탄스러운 상황을 놓치려야 놓칠 수가 없었다. 킹스랜딩은 너무 급격하게 성장한 터라 저택과 상점과 움막과 쥐 싸움장 따위가 비 온 다음 자라는 버섯처럼 쑥쑥 생겨난 상태였다. 거리는 좁고 어둡고 더러웠으며, 건물들은 워낙 다닥다닥 붙은 나머지 사람들이 한 건물 창문에서 다른 건물 창문으로 넘나들 수 있을 정도였다. 골목길은 술에 취한 뱀처럼 어지러이 꼬였고 진흙, 오물, 분뇨가 사방에 널려 있었다.

"할 수만 있다면 도성을 텅 비워서 다 무너뜨리고 새로 짓고 싶군." 왕이 소협의회에서 말했다. 그러나 그럴 힘도, 그런 대공사에 필요한 자금도 없었던 재해리스는 그가 할 수 있는 것을 했다. 여건이 맞는 거리는 곧게 펴고 넓힌 다음에 자갈을 깔았다. 상태가 가장 심각한 움막과 막집은 철거되었고, 널따란 중앙 광장을 조성하여 나무를 심고 그 아래로 시장과 상점가를 만들었다. 그곳을 중심으로 왕의 길, 신들의 길, 자매들의 거리, 블랙워터 길(평민들은 진흙 길이라고 불렀다) 같은 넓고 창처럼 곧은 거리가 뻗어나갔다. 하루아침에 끝낼 수 있는 공사가 아니었다. 수년, 심지어는 수십 년에 걸쳐 작업이 진행되었으나, 왕의 명령에 따라 착수한 건 AC 52년이었다.

도성의 재건축에 들어간 비용은 무시할 만한 수준이 아니었고 국고의 부담을 가중했다. 게다가 공기의 영주 레고 드라즈의 인기가 갈수록 떨어지면서 문제는 더욱 악화되었다. 펜토스 출신 재무관은 단시일에 비록 이유는 다르지만 그의 전임자만큼이나 민심을 잃었다. 그가 왕의 돈을 빼돌려 자신의 재산을 늘리는 부패한 자라는 소문이 돌자 레고 공은 비웃었다. "내가 왕의 돈을 훔친다고? 왕보다 두 배는 더 부자인 내가?" 그가 일곱 신을 숭배하지 않았기에 신을 모르는 자라는 비난도 있었다. 펜토스에서는 수많은 기이한 신을 믿는데, 드라즈는 오직 임신한 체형에 가슴은 풍만하고 박쥐 머리를 가진 작은 가신상(家神像)만 보유한 것으로 알려져 있었다. 그는 이 논란에 대해 "내게 신은 그녀로 충분해"라고 말할 뿐이었다. 드라즈가 잡종이라는 주장은 부인할 수 없는 사실이었는데, 애초에 펜토스인들은 안달인과 발리리아인은 물론, 여러 노예 민족과 옛적에 잊힌 고대 부족들의 피가 섞인 혼혈인 까닭이었다. 그리고 무엇보다도 비단옷과 루비 반지와 금박 가마 등, 숨기기는커녕 그가 대놓고 과시하는 막대한 부를 향한 시기가 가장 큰 이유였다.

레고 드라즈가 유능한 재무관이라는 사실은 그의 적들도 인정할 수밖에 없었으나, 드래곤핏 건설과 킹스랜딩 재건에 필요한 자금을 조달하는 일은 그조차도 버거워했다. 비단과 향신료 같은 사치품에 대한 세금과 성벽세만으로는 부족했던 터라, 레고 공은 어쩔 수 없이 새로운 세금을 도입했다. 킹스랜딩에 들어오고 나가는 모든 사람이 성문의 경비병에게 통행세를 내게 되었고 말, 노새, 당나귀, 황소는 추가 세금이 적용되었으며 마차와 짐수레에 가장 무거운 세금이 부과되었다. 매일 도성을 출입하는 교통량이 엄청났기에 통행세로 막대한 수익을 올리며 필요한 자금을 마련하고도 남았지만, 레고 드라즈를 향한 원성은 열 배로 늘어나고 말았다.

그러나 긴 여름과 풍성한 수확 그리고 왕국 안팎으로 계속되는 평화와 번영 덕택에 민중의 불만은 덜했고, 그 해가 저물 무렵 알리산느 왕비는 왕에게 매우 기쁜 소식을 전했다. 그녀는 다시 아이를 가졌고, 이번에는 절대 어떤 적도 가까이 오지 못할 것이라고 맹세했다. 왕비의 회임이 알려졌을 때는 이미 차기 순행 계획이 수립되고 발표된 다음이었다. 재해리스는 소식을 듣고 바로 왕비가 해산할 때까지 곁에 있겠다고 했지만, 알리산느는 그가 가야 한다고 고집했다.

그래서 왕은 그렇게 했다. 새해가 되자 다시 버미토르를 타고 하늘을 날아오른 왕은 이번에는 리버랜드로 갔다. 그의 순행은 아홉 살 난 소년 마에고르 타워스를 새로운 영주로 맞이한 하렌홀에서 시작됐다. 왕과 수행원들은 이어서 리버런, 에이콘홀, 핑크메이든, 아트란타, 스토니셉트를 순방했다. 왕비의 요청으로 순행에 참여한 제니스 템플턴 영애가 리버런과 스토니셉트에서 왕비를 대신하여 여인들의 모임을 열었다. 알리산느는 레드킵에 남아 왕 대신 소협의회를 주관했고, 철왕좌 밑에 놓인 벨벳 의자에 앉아 방문객들을 만났다.

왕비의 배가 점점 불러올 때, 블랙워터만 저편의 걸릿 수역에서 다른 여인이 당시 관심은 덜했지만 앞으로 웨스테로스 전역과 바다 너머로도 매우 중요한 인물이 될 사내아이를 낳았다. 드리프트마크섬에서 다에몬 벨라리온의 장남이 아내로부터 잘생기고 건강한 첫아들을 얻은 것이다. 아기는 초대 킹스가드의 명예로운 기사단장이었던 종고조부의 이름을 따서 코를리스라는 이름을 얻었으나, 이후 웨스테로스의 사람들은 이 새로운 코를리스를 '바다뱀'이라는 별칭으로 더 잘 알게 된다.

시간이 흘러 왕비의 아기도 태어났다. AC 53년 일곱째 달, 그녀는 대너리스라고 이름을 지은 힘차고 건강한 여아를 낳았다. 스토니셉트에서 소식을 전달받은 왕은 즉시 버미토르에 올라 킹스랜딩으로 돌아갔다. 재해리스는 자신의 뒤를 이어 철왕좌에 오를 아들을 바랐었지만, 처음 딸을 품에 안은 순간부터 왕이 얼마나 딸을 애지중지하는지는 누구라도 알아볼 수 있었다. 왕국 전역에서도 공주의 탄생을 기뻐했지만, 드래곤스톤은 예외였다.

무관의 아에곤과 그의 누나 라에나의 딸 아에레아 타르가르옌은 이때 열한 살이었고, 태어났을 때부터 내내(아에곤 왕자가 태어나고 죽기까지 사흘을 제외하고) 철왕좌의 후계자였다. 강한 의지와 대담한 입심과 불같은 성격을 지닌 소녀였던 아에레아는 예비 여왕으로서 그녀에게 쏟아지는 관심을 즐겼고, 새로 태어난 아기 공주로 인해 그 자리에서 밀려난 사실을 알고 달갑지 않아 했다.

그녀의 어머니 라에나 선왕비도 아마 같은 심정이었을 것이나, 가장 가까운 이들에게도 아무 말 하지 않고 침묵을 지켰다. 당시 라에나는 개인적인 골칫거리에 시달렸는데, 바로 절친한 벗인 엘리사 파먼과의 우정에 금이 간 까닭이었다. 오라비 프랭클린 공의 제재로 페어섬으로부터 수입을 전혀 얻지 못하던 엘리사는 선왕비에게 일몰해를 항해할 만한 크고 빠른 배를 드리프트마크의 조선소에서 건조할 수 있도록 자금을 요청했다. 라에나는 그녀의 요청을 거절했다. "난 네가 떠나는 것을 견딜 수 없어"라고 선왕비가 말했지만, 엘리사 영애가 들은 건 "안 돼"뿐이었다.

역사를 아는 우리 입장에서는 그들 앞에 놓인 어려운 날들을 암시하는 불길한 징조를 여러 곳에서 찾을 수 있지만, 당시에는 콘클라베의 최고학사들조차도 곧 저무는 한 해를 돌아보면서 어떤 문제도 알아차리지 못했다. 그 누구도 곧 다가올 새해가 죽음과 분열과 재앙으로 얼룩져 학사나 평민 할 것 없이 '이방인의 해'라고 부르는, 재해리스 타르가르옌 1세의 기나긴 재위 중 가장 어두운 한 해가 되리라고 예측하지 못했다.

AC 54년의 첫 죽음은 새해를 축하하고 며칠 지나지 않아 찾아왔다. 오스윅 성사가 수면 중 세상을 떠난 것이다. 연로한 몸이었고 나날이 쇠약해지고는 있었지만, 그럼에도 그의 죽음은 궁중에 먹구름을 드리웠다. 섭정대비, 수관 그리고 종단까지 전부 재해리스와 알리산느의 결혼을 반대했을 때, 기꺼이 그들의 혼례를 거행한 오스윅의 용기를 여전히 모두가 기억하고 있었다. 왕의 당부에 따라 노성사의 유해는 그가 오랫동안 충실하게 지킨 드래곤스톤에 안치되었다.

슬픔이 채 가시지 않았을 때, 또 다른 충격이 레드킵을 뒤흔들었다. 스톰스엔드로부터 큰까마귀가 가져온 이 놀라운 소식을 처음에는 다들 낭보로 받아들였다. 알리사 왕대비가 마흔여섯의 나이에 다시금 임신했다는 기별이었다. 베니퍼 대학사는 왕에게 "두 번째 기적입니다"라며 소식을 알렸다. 오스윅이 죽자 그의 직무를 맡은 바스 성사는 좀 더 조심스러워했다. 그는 왕대비가 보어문드를 출산하고 완전히 회복되지 않았다며, 다시 아기를 낳을 기운이 있는지 의문을 표했다. 그러나 또 아들을 얻는다는 기대로 가득 찬 로가르 바라테온은 아무런 문제도 없을 거라고 호언장담했다. 그의 아내는 이미 아이를 일곱이나 낳았으니 여덟째가 대수겠냐는 것이었다.

드래곤스톤에서는 다른 문제가 터지기 직전이었다. 엘리사 파먼 영애는 더는 섬에서 지내는 것을 견디지 못했다. 그녀는 라에나 선왕비에게 바다가 자기를 부른다며, 이제 자신이 떠나야 할 시간이라고 말했다. 감정을 드러내는 사람이 아닌 동쪽의 왕비는 무표정한 얼굴로 엘리사의 요구를 들었다. "나는 네게 남아달라고 부탁했어." 그녀가 말했다. "구차하게 매달리지는 않을 거야. 가야겠다면 가." 아에레아 공주는 그녀의 어머니와 달리 전혀 감정을 절제하지 못했다. 공주는 작별 인사를 하러 온 엘리사의 다리를 붙들고 눈물을 흘리며 남아달라고, 아니면 자기도 데려가달라고 애원했다. "나도 같이 가고 싶어." 아에레아가 말했다. "나도 바다를 누비며 모험을 하고 싶단 말이야." 전하는 이야기로는 엘리사 영애도 눈물을 흘렸다고 한다. 하지만 그녀는 매달리는 공주를 부드럽게 밀어내며 말했다. "안 돼. 네가 있을 곳은 여기란다."

엘리사 파먼은 다음 날 아침, 드리프트마크로 떠났다. 그곳에서 그녀는 다른 배를 타고 협해를 건너 펜토스로 향했다. 그 후 육로로 솜씨가 뛰어난 조선공들로 유명한 브라보스로 갔지만, 라에나 타르가르옌과 아에레아 공주는 그녀의 최종 목적지가 어디인지 몰랐다. 선왕비는 엘리사가 고작해야 드리프트마크를 벗어나지 못했을 것이라고 짐작할 뿐이었다. 그러나 엘리사 영애는 선왕비로부터 가능한 한 멀리 떨어져야 할 이유가 있었다. 그녀가 떠나고 보름이 지났을 때, 여전히 성의 수비대장이었던 메렐 불록 경이 겁에 질린 말구종 셋과 드래곤 마당의 관리인을 데리고 라에나를 찾아왔다. 드래곤알 세 개가 사라졌고 며칠 동안이나 찾았음에도 발견하지 못했다는 것이었다. 드래곤들에게 가까이 갈 수 있는 모든 사람을 심문한 메렐 경은 엘리사 영애가 알을 훔쳤다고 확신하고 있었다.

라에나 타르가르옌이 자신이 사랑했던 벗의 배신에 상처를 받았다면 내색하지 않고 잘 감추었으나, 분노만큼은 숨기지 않았다. 그녀는 메렐 경에게 말구종들과 마구간지기들을 더 엄중히 심문하라고 명했다. 심문이 아무런 성과가 없자, 라에나는 메렐 경을 해임하고 그의 아들 알린 경과 그녀가 수상하게 여긴 다른 남자 십여 명까지 모두 드래곤스톤에서 추방했다. 남편인 앤드로 파먼을 불러 누이의 범죄에 가담했는지 다그쳐 묻기까지 했다. 그가 부인하는 말은 오히려 그녀의 화를 돋웠고, 부부는 목소리가 드래곤스톤성 내부에 쩌렁쩌렁 울려 퍼지도록 고함치며 싸웠다. 드리프트마크로 사람을 보내 엘리사가 펜토스로 향하는 배를 탔다는 사실을 알아낸 라에나는 펜토스에도 사람을 보냈으나, 그곳에서 흔적이 끊기고 말았다.

그제야 라에나 타르가르옌은 드림파이어를 타고 레드킵으로 가서 동생에서 무슨 일이 벌어졌는지 이실직고했다. "엘리사는 드래곤을 좋아하지 않았어." 그녀가 왕에게 말했다. "엘리사가 원한 건 황금이었어. 배를 건조하는 데 필요한 황금. 그 알들을 팔 거야. 충분히—"

"—함대를 만들고도 남을 가치가 있을 테니." 재해리스는 개인 방에서 누이를 만났고, 증인으로 베니퍼 대학사만을 참석하게 했다. "그 알들이 부화한다면 세상에 우리 가문 사람이 아닌 드래곤 군주가 생긴다는 뜻이야."

"부화하지 않을 수도 있습니다." 베니퍼가 말했다. "드래곤스톤이 아닌 곳에서는 말입니다. 그 열기 없이는……. 드래곤알들이 그냥 돌로 변하기도 한다고 알려져 있습니다."

"그럼 펜토스의 어떤 향료 상인은 매우 비싼 돌 세 개를 가지게 되겠군요." 재해리스가 말했다. "그렇게 되지 않는다면……. 새끼 드래곤 세 마리의 탄생은 쉽게 감출 수 있는 게 아닙니다. 누구든 드래곤들을 가진 자는 떠벌리고 싶겠지요. 펜토스, 티로시, 미르, 모든 자유도시에 우리의 눈과 귀가 있어야 할 것입니다. 드래곤에 대한 소문에 포상을 걸도록 합시다."

"뭘 하려고?" 라에나가 물었다.

"내가 해야 할 일. 누나가 해야 할 일. 여기서 손 뗄 생각하지 마, 누나. 누나가 드래곤스톤을 원해서 줬더니 그 여자를 데려갔잖아. 그 도둑을."

재해리스 타르가르옌 1세의 긴 치세는 대체로 평화로웠고, 그가 싸운 전쟁은 드물고 짧았다. 그러나 재해리스가 그의 부친 아에니스와 같았다는 생각은 금물이다. 왕이 말을 이어나가자 라에나와 베니퍼 대학사는 그가 전혀 나약하거나 우유부단하지 않다는 것을 알아보았다. "여기서부터 이티까지 어디든 드래곤들이 나타난다면, 반환을 요구할 거야. 우리가 도난당한 우리 것들이니까. 요구를 거절한다면 우리가 가서 돌려받아야겠지. 가능한 한 데려와야겠지만, 여의치 않으면 죽일 수밖에. 버미토르와 드림파이어를 상대할 수 있는 새끼 드래곤은 없어."

"실버윙은?" 라에나가 물었다. "우리 막내도—"

"—이 일과는 상관이 없지. 그 애를 위험에 빠뜨릴 생각 없어."

그러자 동쪽의 왕비가 미소를 지었다. "그 애는 라에니스 님이고, 난 비세니아 님이지. 단 한 번도 다르게 생각해본 적이 없어."

베니퍼 대학사가 말했다. "전하, 협해 너머로 전쟁을 일으키겠다고 하셨습니다만, 그 비용이—"

"—마땅히 감당해야 하는 것입니다. 발리리아의 부활은 용납할 수 없습니다. 볼란티스의 삼두(三頭)가 드래곤들을 손에 넣으면 어떤 짓을 할지 상상해보십시오. 절대 그런 일이 벌어져서는 안 됩니다." 왕은 그 말과 함께 접견을 끝내며 사라진 알들에 대해 함구하라고 일렀다. "이 일은 우리 세 사람 외에는 아무도 알아서는 안 됩니다."

그러나 너무 늦고 말았다. 드래곤스톤에서는 어민들까지도 알을 도난당했다는 사실을 알았다. 그리고 어민들은 다른 섬에 종종 들리는 터라, 소문이 암암리에 퍼져나갔다. 왕의 지시에 따라 베니퍼는 모든 항구에 첩보원을 둔 펜토스 재무관을 통해(이에 대해 레고 드라즈는 "나쁜 놈들에게 돈을 날리는군"이라고 말했다) 협해 너머로부터 드래곤이나 드래곤알 혹은 엘리사 파면에 관한 정보를 긁어모았다. 적잖은 수의 정보원과 밀정과 궁중 관리와 창녀가 수백 개의 보고를 올렸고, 그중 상당수는 철왕좌에 다른 여러 이유로 가치 있는 정보였지만, 드래곤알에 관련된 소문은 하나같이 쓸모가 없었다.

이미 언급한 대로 엘리사 영애는 펜토스를 거쳐 브라보스로 갔는데, 펜토스를 떠나기 전 가명을 하나 만들었다. 페어섬에서 쫓겨나고 오라비 프랭클린 공에게 의절당한 그녀는 알리스 웨스트힐이라는 서출 이름을 가명으로 썼다. 그녀는 그 이름으로 브라보스의 바다군주를 알현하는 데 성공했고, 야생동물 수집가로 유명했던 바다군주는 기꺼이 드래곤알들을 샀다. 그녀는 대가로 받은 황금을 강철은행에 위탁한 뒤, 그 자금으로 그녀가 오랫동안 꿈꾸었던 배 '태양 추격자'를 건조했다.

그러나 웨스테로스에는 이런 사실이 전혀 알려지지 않았고, 곧 재해리스 왕은 새로운 문제에 직면했다. 올드타운의 별빛 성소에서 최고성사가 침실로 향하는 계단을 오르다가 쓰러졌고, 밑으로 굴러떨어지는 와중에 숨이 끊겼다. 왕국 전역에서 모든 성소의 종이 비통하게 울렸다. 그렇게 신자들의 아버지가 일곱 신의 품으로 떠났다.

왕은 기도를 올릴 시간도, 슬퍼할 시간도 없었다. 최고성사의 유해가 안치되는 즉시 후임을 선택하기 위해 최고신관단이 별빛 성소에 모일 것이었고, 재해리스는 왕국의 평화가 차기 최고성사가 전임의 방침을 잇느냐에 달렸음을 알았다. 왕은 수정관을 쓸 후보자로 마음에 둔 이가 있었다. 레드킵 내 서고를 관리할 사서로 왔다가 왕이 가장 신뢰하는 조언자로 자리잡은 바스 성사였다. 바스는 왕의 선택이 왜 어리석은지 거의 하룻밤 내내 설득해야 했다. 그는 너무 젊고 인지도도 낮은 데다 견해 역시 주류와 너무 동떨어졌으며, 최고신관조차도 아니었다. 그가 선출될 가능성은 없었으므로, 종단이 더 받아들일 만한 다른 후보가 필요했다.

왕과 소협의회 대신들은 하나만큼은 의견이 일치했다. 바로 매튜스 성사가 차기 최고성사로 뽑히는 것만은 어떻게든 막아야 한다는 것이었다. 그는 킹스랜딩에 불신을 남긴 채 떠났고, 재해리스는 그가 드래곤스톤 성문 앞에서 했던 말을 잊지도 용서하지도 않았다.

레고 드라즈는 뇌물을 적절하게 사용한다면 원하는 결과를 얻을 것이라고 제안했다. "그 최고신관들에게 금을 뿌리면 저라도 최고성사로 뽑을 겁니다." 그가 농담했다. "물론 제가 바라는 자리는 아닙니다만." 다에몬 벨라리온과 칼 코브레이는 무력시위를 주장했다. 다에몬 공은 그의 함대를 보내겠다고 했고, 칼 공은 직접 군대를 이끌겠다고 나섰다. 허리 굽은 법률관 알빈 매시는 과거에 아에니스와 마에고르를 집요하게 괴롭힌 예전 최고성사처럼 매튜스 성사가 갑작스럽게 의문사를 당하는 것은 어떨지 말을 꺼냈다. 바스 성사와 베니퍼 대학사와 알리산느 왕비는 그 제안들에 기겁했고, 왕은 고려도 하지 않았다. 그는 대신 그와 왕비가 즉시 올드타운으로 가겠다고 결정했다. 고인이 된 최고성사는 신들의 충직한 하인이자 철왕좌의 든든한 친구였으므로, 그들이 직접 가서 마지막 길을 배웅해야 마땅했다.

올드타운에 제시간에 도착하려면 드래곤을 타고 가는 방법밖에는 없었다.

소협의회에 참석한 대신 모두, 심지어는 바스 성사마저도 국왕 부부 단둘이 올드타운에서 머무는 것에 우려를 표했다. "제 동료 중에는 아직도 전하를 사랑하지 않는 이들이 꽤 있습니다." 바스가 지적했다. 다에몬 공도 동의하며 메이든풀에서 왕비가 어떤 일을 당했는지 재해리스에게 상기시켰다. 하이타워 가문이 보호할 것이라고 왕이 고집하자, 대신들은 서로 불안한 시선을 교환했다. "도넬 공은 잘 삐치는 모사꾼입니다." 맨프리드 레드와인이 말했다. "난 그 남자를 믿지 않아요. 전하께서도 그러셔야 합니다.

그는 오직 자기 자신과 자기 가문과 올드타운만을 챙길 뿐, 다른 것들은 안중에 없지요. 그가 섬기는 왕조차도."

"그렇다면 왕을 챙기는 것이 자기 자신과 자기 가문과 올드타운을 챙기는 것과 같다고 설득하면 되겠군." 재해리스가 말했다. "그 정도는 해낼 수 있을 것 같소." 그 말과 함께 논의를 끝낸 왕은 드래곤들을 준비하라고 명령했다.

드래곤에게도 킹스랜딩에서 올드타운까지는 매우 먼 거리였다. 왕과 왕비는 가는 도중 두 번, 각각 비터브리지와 하이가든에서 쉬면서 영주들과 상의하고 하룻밤을 묵었다. 소협의회 대신들은 왕과 왕비가 최소한의 방어 수단은 있어야 한다고 고집했다. 그래서 각 드래곤이 감당할 수 있는 무게를 고려하여 조프리 도겟 경이 알리산느와, 진홍 그림자 종퀄 다크가 재해리스와 함께 드래곤을 타고 날아갔다.

버미토르와 실버윙의 예상치 못한 방문에 올드타운의 시민 수천 명이 거리로 나와 손가락으로 하늘을 가리키며 올려다보았다. 그들이 간다고 미리 전갈을 보내지 않았던 터라, 많은 시민이 이 방문이 어떤 결과를 가져올지 우려하며 두려움에 떨었다. 그러나 소식을 듣고 얼굴이 창백하게 질린 매튜스 성사보다 더 놀란 사람은 없었을 것이다. 재해리스는 버미토르를 별빛 성소 바깥에 있는 넓은 대리석 광장에 내려앉게 했지만, 정작 시민들을 놀라게 한 건 하이타워성 꼭대기에 내려앉아 성의 유명한 상징인 봉화에 실버윙의 날갯짓으로 부채질을 한 알리산느 왕비였다.

왕과 왕비가 도시를 방문한 것은 표면적으로 최고성사의 장례식에 참석하기 위해서였으나, 그들이 도착했을 때는 이미 최고성사의 유해가 별빛 성소 밑 지하묘소에 안치된 다음이었다. 그럼에도 재해리스는 광장에 몰려든 수많은 성사와 학사와 평민 앞에서 추도 연설을 하였다. 그는 새로운 최고성사가 선출되어 "그의 축복을 받을 때까지" 왕비와 함께 올드타운에 머

무른다는 말로 연설을 끝맺었다. 후일 궂원 최고학사는 다음과 같이 적었다. "평민들은 환호하고 학사들은 점잖게 고개를 끄덕였으며, 성사들은 서로 바라보며 드래곤을 떠올렸다."

올드타운에 머무는 동안 재해리스와 알리산느는 하이타워성 꼭대기, 도시 전체가 내려다보이는 도넬 공의 거처를 침소로 썼다. 왕 내외와 영주의 대화는 학사조차 없이 비공개로 이루어진 까닭에, 어떤 말이 오갔는지는 확실하게 알 길이 없다. 그러나 여러 해가 지난 후, 재해리스 왕은 바스 성사에게 그때 일어난 일을 털어놓았고 바스는 그 내용을 정리하여 역사의 기록으로 남겨놓았다.

올드타운의 하이타워가는 강대하고 부유하며 긍지 넘치고 유서 깊은 가문이었고, 자손도 많았다. 예로부터 가문의 장자를 제외한 아들, 형제, 사촌, 서자가 종단에 귀의하는 관습이 있었고, 지난 수백 년간 상당수가 높은 자리에 올랐다. AC 54년 당시 도넬 하이타워 공의 동생 한 명과 조카 두 명 그리고 사촌 여섯 명이 일곱 신을 섬겼고, 그중 동생과 조카 한 명과 사촌 두 명은 최고신관단의 은란 예복을 걸친 신분이었다. 도넬 공은 그중 한 명이 최고성사가 되기를 희망했다.

재해리스 왕은 최고성사의 가문이 어딘지, 출신이 귀족인지 평민인지도 신경 쓰지 않았다. 그는 오직 신임 최고성사가 예외주의자이기를 바랄 뿐이었다. 다시는 별빛 성소가 타르가르옌 왕가의 전통인 남매혼에 이의를 제기하는 일이 없어야 했다. 그렇기에 새로운 신자들의 아버지가 예외주의를 종단의 공식 교리에 추가하기를 원했다. 왕은 그 자리에 도넬 공의 동생이나 다른 친척이 오르는 것을 반대하지는 않았으나, 그중 아무도 예외주의에 관하여 입장을 표한 적이 없었다. 그리하여……

여러 시간 논의한 끝에 둘 사이에 합의가 이루어졌고, 도넬 공은 성대한 만찬을 열어 왕의 현명함을 찬양하고 왕에게 자신의 동생들과 숙부들, 조카들, 사촌들을 소개했다. 도시 내 반대편에 있는 별빛 성소에서는 최고신관단이 그들을 이끌 새로운 목자를 뽑고자 모였으나, 대부분 그들 사이에 하이타워 공과 왕의 대리자들이 암약한다는 사실을 알지 못했다. 네 번의 투표가 필요했다. 첫 표결에서는 예상대로 매튜스 성사가 선두에 나섰으나, 수정관 확보에 필요한 표를 얻는 데는 실패했다. 이후 뒤따른 표결에서 그는 계속 표를 잃은 반면, 다른 후보들은 득표수가 늘었다.

네 번째 표결에서 최고신관단은 전통을 깨고 자신들 중 하나가 아닌 외부 인사를 선택했다. 새로운 최고성사의 자리에 오르는 명예는 재해리스와 왕비를 위해 가마를 타고 리치를 십여 번이나 가로지른 알핀 성사에게 돌아갔다. 칠왕국에서 알핀보다 더 열렬한 예외주의 대변자는 없었으나, 그는 일곱 연설자 중 가장 고령이었고 두 다리도 없었으므로, 머지않아 '이방인'이 그를 찾으리라고 다들 예상했다. 왕은 알핀 성사가 재임하는 동안 하이타워가의 인사들이 예외주의자들을 굳건히 지지한다면, 알핀 사후 그중 한 명이 뒤를 이을 것이라고 도넬 공에게 약속했다.

바스 성사의 기록대로라면 이상이 왕과 도넬 공이 타협한 내용이다. 바스 본인은 문제를 제기하지는 않았으나, 최고신관단을 그렇게 쉽게 조종하는 것을 가능케 한 시대의 부패에는 통탄스러워했다. "일곱 신이 직접 지상에서 그들을 대변할 목소리를 뽑으면 좋으련만, 신들이 침묵하니 귀족과 왕이 더 큰 목소리를 낸다." 바스는 그렇게 적으면서도 알핀과 그 뒤를 이은 도넬 공의 동생 모두 매튜스 성사보다는 수정관을 쓰기에 훨씬 더 적합한 인물이었다고 덧붙였다.

알핀 성사의 선출에 가장 놀란 사람은 애시포드에서 소식을 접한 알핀 성사 본인이었다. 가마를 타고 이동한 그는 보름이 지나서야 올드타운에 도착할 수 있었다. 그가 오기를 기다리는 동안 재해리스는 반달론, 스리타워스, 업랜드, 허니홀트를 방문했다. 버미토르를 타고 아버로 날아가 섬의 가장 훌륭한 술들을 맛보기도 했다. 알리산느 왕비는 올드타운에 남았다. 침묵의 자매들의 초대를 받고 하루 동안 수녀원에서 기도와 사색의 시간을 가졌으며, 도시의 병자와 빈민을 돌보는 여자 성사들과 하루를 보내기도 했다. 그녀가 만난 수련 성사 중에는 조카인 라엘라도 있었는데, 왕비는 조카를 "말을 많이 더듬고 수줍어했지만" 박식하고 독실한 소녀라고 평했다. 사흘 동안은 시타델의 거대한 도서관에서 책에 빠져 살았고, 발리리아의 드래곤 전쟁과 의술과 여름 군도의 신에 대한 강의가 열릴 때만 나왔다.

나중에는 최고학사들을 초대해 그들의 식당에서 만찬을 열고 그들에게 강연하기까지 했다. "내가 왕비가 되지 않았더라면, 학사가 되고 싶었을지도 모릅니다. 난 글을 읽고 쓸 줄 알고, 생각도 하고, 큰까마귀나 피 몇 방울도 두려워하지 않아요. 나 말고도 귀족 아가씨 중에는 나 같은 생각을 하는 이들이 꽤 있답니다. 시타델이 그런 여성들을 받아들이는 건 어떤가요? 진도를 따라가지 못하면 능력이 떨어지는 소년들을 돌려보내듯이 그녀들도 집으로 돌려보내면 됩니다. 소녀들에게 한 번이라도 기회를 준다면 몇 명이나 고리를 얻을지 놀라실 겁니다." 왕비에게 반박하기를 꺼렸던 최고학사들은 단지 미소를 머금고 고개를 끄덕이며 그녀의 제안을 고려해보겠다고 대답했다.

마침내 올드타운에 도착하여 별빛 성소에서 철야 기도를 한 뒤 기름 부음을 받고 종단에 바쳐져 본인의 이름과 모든 세속적인 관계를 버린 신임 최고성사는, 엄숙한 공개 의식을 열고 재해리스 왕과 알리산느 왕비를 축복했다. 이 무렵은 킹스가드와 수행원들이 합류한 다음이었기에, 왕은 도르네 변경과 스톰랜드를 거쳐 돌아가기로 했다. 그리하여 혼힐, 나이트송, 블랙헤이븐 방문이 뒤따랐다.

알리산느 왕비는 마지막으로 방문한 곳을 특히 마음에 들어 했다. 블랙헤이븐성은 왕국의 거성들에 비하면 작고 소박했지만, 돈다리온 공의 접대는 훌륭했고 큰 하프를 창만큼이나 잘 다루는 그의 아들 시몬은 밤마다 불운한 연인들과 몰락한 왕들에 관한 슬픈 노래로 왕과 왕비를 즐겁게 했다. 왕비가 워낙 그에게 빠진 나머지, 일행은 의도했던 것보다 더 오래 블랙헤이븐에 머물렀다. 그렇게 그들이 그곳에서 뭉그적거릴 때, 큰까마귀 한 마리가 스톰스엔드에서 비보를 갖고 날아왔다. 알리사 왕대비가 사경을 헤맨다는 소식이었다.

왕과 왕비를 가장 빨리 어머니 곁으로 데려가기 위해 버미토르와 실버윙이 다시 한번 하늘로 날아올랐다. 남은 일행은 킹스가드 기사단장 자일스 모리겐 경의 인솔하에 스톤헬름, 크로스네스트, 그리핀스루스트를 거쳐 뒤따르기로 했다.

바라테온가의 거성 스톰스엔드는 영웅 시대에 '신들의 슬픔' 듀란이 폭풍 신의 분노를 견뎌내기 위해 세웠다는 거대한 원통형 탑 하나로 이루어진 성이다. 그 탑의 꼭대기, 학사의 처소와 까마귀 방 바로 밑에서 알리산느와 재해리스는 땀에 흠뻑 젖고 배가 부풀어 오른 채 노파처럼 수척해진 어머니가 지린내를 진하게 풍기는 침대에 누워 자는 모습을 보았다. 학사 한 명, 산파 한 명 그리고 시녀 세 명이 심각한 표정으로 그녀를 돌보고 있었다. 재해리스가 방 밖으로 나가니 만취한 로가르 공이 절망에 빠진 얼굴로 의자에 앉아 있었다. 왕이 그에게 왜 아내 곁에 있지 않느냐고 묻자, 스톰스엔드의 영주가 으르렁거리듯 대꾸했다. "'이방인'이 그 방에 있다. 냄새를 맡을 수 있었어."

단잠(sweetsleep, 고통 없는 죽음을 선사하는 약재. 소량으로 쓰일 때는 수면제 역할을 한다)을 조금 탄 와인 덕택에 알리사 왕대비가 잠시나마 잠이 들었다고 카이리 학사가 설명했다. 이미 몇 시간이나 고통에 시달린 후였다. "정말 끔찍하게 비명을 지르셨어요." 시녀 한 명이 덧붙였다. "저희가 드린 음식을 모조리 게워내셨고, 엄청나게 아파하셨지요."

"해산할 시기가 아닌데." 눈물이 그렁그렁한 알리산느 왕비가 말했다. "아직 이르잖아."

"한 달은 더 남았지요." 산파가 확인해주었다. "이건 산통이 아닙니다, 전하. 산모의 몸 안에서 뭔가 찢어졌어요. 아기가 죽어가거나 곧 죽을 겁니다. 산모는 너무 나이가 많아 밀어낼 힘이 없고, 게다가 아기가 거꾸로 서 있습니다. 안 좋아요. 동이 트기 전에 산모와 아기 둘 다 잃을 거예요. 죄송합니다."

카이리 학사는 그 말을 반박하지 않았다. 그는 양귀비즙이라면 왕대비의 고통을 덜어줄 것이라며 진하게 준비해놓았다고 했지만, 약 기운이 너무 강해 왕대비가 죽을 수도 있고 태내의 아기는 거의 확실하게 죽을 터였다. 재해리스가 무슨 방도가 없느냐고 묻자, 학사가 대답했다. "왕대비께는 더는 방도가 없습니다. 산모를 살리는 건 제 능력 밖의 일입니다. 그러나 아기는 희박하게나마 가능성이 있습니다. 그러려면 산모의 배를 갈라서 아기를 자궁에서 들어내야 합니다. 아기는 살 수도 죽을 수도 있습니다만 여자는 죽습니다."

학사의 말을 듣고 알리산느 왕비가 울음을 터뜨렸다. 왕은 가라앉은 목소리로 "그 '여자'는 내 어머니고 왕대비이시네"라고 말했다. 다시 방에서 나간 왕은 로가르 바라테온을 일으켜 세우고 분만실로 끌고 들어간 뒤, 학사에게 방금 한 말을 되풀이하도록 지시했다.

"그대 부인이잖소." 재해리스 왕이 로가르 공에게 상기시켰다. "말은 그대가 해야 하오."

이때 로가르 공은 차마 아내를 보지 못했고, 왕이 그의 팔을 붙잡고 흔들 때까지 아무 말도 하지 못했다고 한다. "내 아들을 살리게"라고 학사에게 말한 로가르는 팔을 비틀어 빼고는 다시 방에서 도망쳤다. 카이리 학사는 고개를 숙이고는 칼을 가져오라고 일렀다.

우리에게 전하는 여러 기록에 따르면 학사가 절개를 시작하기 전에 알리사 왕대비가 잠에서 깨어났다. 극심한 진통과 격렬한 경련에 시달리면서도, 그녀는 아이들을 보고 기쁨의 눈물을 흘렸다. 이제 무슨 일이 일어날지 알리산느가 설명하자, 알리사는 허락했다. "내 아기를 구하거라." 그녀가 속삭였다. "난 이제 네 오라비들을 보러 가련다. '노파'께서 내 길을 밝혀주실 거야." 그것이 진정으로 왕대비의 마지막 말이었다면 감동적일 것이나, 안타깝게도 왕대비가 다시 깨어나지 않고 카이리 학사가 배를 절개할 때 죽었다는 기록들도 있다. 그러나 하나만큼은 모든 기록이 일치한다. 처음부터 끝까지, 아기의 첫 울음소리가 방 안에 울려 퍼질 때까지 알리산느는 어머니의 손을 잡고 있었다.

로가르 공은 그가 기도한 둘째 아들을 얻지 못했다. 태어난 아기는 여아였고, 너무도 작고 연약하게 태어나 산파와 학사 모두 얼마 살지 못할 것이라 생각했다. 그러나 아기는 두 사람을 놀라게 했고, 그 후로도 살면서 많은 이를 놀라게 했다. 며칠 후, 간신히 정신을 차린 로가르 바라테온은 딸을 조슬린이라고 이름 지었다.

그러나 그는 먼저 더 분개한 방문객을 상대해야 했다. 새벽이 밝아오고 알리사 왕대비의 몸이 아직 식기 전, 마당에서 똬리를 튼 채 자던 버미토르가 고개를 들고 우렁차게 포효하며 스톰스엔드를 깨웠다. 다가오는 다른 드래곤의 냄새를 맡았던 것이다. 잠시 후, 은빛 볏이 등에서 번쩍이는 드림파이어가 붉은 새벽하늘과 대조되는 연한 파란 날개를 치며 내려앉았다. 라에나 타르가르옌이 어머니에게 사과하러 찾아온 것이었다.

그녀는 너무 늦었고, 알리사 왕대비는 세상을 떠났다. 왕이 그녀에게 어머니의 시신을 굳이 보지 않아도 된다고 만류했지만, 라에나는 고집을 부리며 이불을 젖히고 학사가 손을 댄 시신을 바라보았다. 한참이 지나서야 고개를 돌린 그녀는 남동생의 뺨에 입을 맞추고 여동생을 껴안았다. 자매는 오랫동안 그렇게 서로 안고 서 있었지만, 산파가 아기를 안아보라고 권하자 라에나는 거절했다고 한다. "로가르는 어디에 있어?" 그녀가 물었다.

로가르는 아래의 대연회장에서 어린 아들 보어문드를 무릎 위에 앉힌 채 동생들과 기사들에게 둘러싸여 있었다. 그들을 전부 밀치고 들어간 라에나 타르가르옌은 로가르를 내려다보며 면전에 대고 욕을 하기 시작했다. "너 때문에 어머니가 죽은 거야." 그녀가 로가르에게 화를 냈다. "네 좆 때문에 어머니가 죽은 거라고. 너도 죽을 때 비명을 지르며 죽기를 바란다."

로가르 바라테온은 그녀의 질책에 격분했다. "무슨 소리를 하는 게냐? 이건 신들의 뜻이었다. '이방인'은 우리 모두에게 찾아오는 법이야. 이게 어찌 내 탓이라는 거냐? 내가 뭘 했다고?"

"네 좆을 어머니에게 넣었잖아. 아들을 하나 낳아줬으면 그걸로 만족했어야지. 넌 '내 아내를 살려라'라고 말했어야 했어. 하지만 너 같은 사내들에게 아내 따위는 아무것도 아니겠지?" 라에나가 손을 뻗어 로가르의 수염을 움켜쥐고는 그의 얼굴을 끌어당겼다. "내 말 잘 들어, 영주님. 다시 결혼할 생각 따위는 하지 마. 내 어머니가 낳아준 네 자식들, 내 이복동생들이나 잘 챙겨. 그 애들이 원하는 건 다 해주고. 그러면 널 건드리지 않겠다. 하지만 네가 또 어떤 불쌍한 처녀를 아내로 맞이했다는 소리가 한마디라도 들리는 날에는 스톰스엔드를 하렌홀로 만들어버리겠어. 너와 그 처녀도 성안에 있을 때 말이야."

그녀가 연회장에서 뛰쳐나가 마당에 있는 그녀의 드래곤에게 돌아가자, 로가르 공은 동생들과 함께 웃었다. "미친 게 확실해." 그가 딱 잘라 말했다. "날 겁주려고 한 건가? 날? 잔혹 왕 마에고르의 분노도 두려워하지 않았는데, 내가 저 여자의 분노를 두려워할까." 그 후 그는 와인을 한 잔 들이켜고 집사에게 명령하여 아내의 장례식을 준비하게 한 다음, 동생 가론 경을 보내 왕과 왕비를 딸의 탄생을 축하하는 만찬에 초대했다.*

왕은 슬픔에 잠긴 채 스톰스엔드에서 킹스랜딩으로 돌아왔다. 최고신관단은 그가 원하는 최고성사를 주었고 예외주의가 종단의 기본 교리에 포함될 예정이었으며, 올드타운의 강대한 하이타워 가문과 합의도 맺었지만, 이 모든 승리는 어머니의 죽음으로 입안에서 쓰디쓴 재로 변하고 말았다. 그러나 재해리스는 상심에 빠져 허우적대는 사람이 아니었다. 그의 기나긴 재위 동안 늘 그러했듯, 왕은 슬픔을 떨쳐내고 왕국의 통치에 몰두했다.

여름이 끝나고 가을이 시작되면서 칠왕국 전역에 낙엽이 졌으며, 붉은 산맥에 새로운 독수리 왕이 나타나고 세 자매 군도에는 발한병이 돌았다. 전운이 감도는 티로시와 리스가 전쟁에 돌입하면 징검돌 군도도 전화에 휩싸이고 무역에 지장을 있을 것이 확실시되었다. 모두 대처가 필요한 문제였고, 왕은 적절히 대처하였다.

알리산느 왕비는 다른 해결책을 찾았다. 어머니를 잃은 그녀는 딸에게서 위안을 받았다. 아직 한 살 반도 안 된 대너리스 공주는 한 살이 되기 훨씬 전에 나름대로 말문이 트였고, 이제는 기고 서고 걷는 것을 넘어 뛰어다니기 시작했다. "참으로 성질이 급한 아기씨네요." 유모가 왕비에게 말했다. 아기 공주는 끝없이 궁금해하고 겁을 모르는, 주변 모든 이에게 기쁨을 주는 행복한 아이였다. 알리산느는 딸에게 흠뻑 빠져 한동안 소협의회에도 참석하지 않았다. 대신 매일 딸과 놀고 그녀의 어머니가 그녀에게 읽어주었던 이야기를 딸에게 읽어주며 시간을 보냈다. "정말 똑똑한 아이야. 곧 있으면 내게 이야기를 읽어줄 거라니까." 왕비가 왕에게 말했다. "나중에 크면 위대한 여왕이 될 거야, 난 알 수 있어."

그러나 그 잔인했던 AC 54년, 이방인은 아직도 타르가르옌 왕가에 볼일

---

* 로가르 공은 다시 결혼하지 않았다.

이 남아 있었다. 블랙워터만 건너편 드래곤스톤에서는 새로운 근심거리가 스톰스엔드에서 돌아온 라에나 타르가르옌을 기다렸다. 알리산느에게 기쁨과 위안을 주는 대너리스와는 달리, 라에나의 딸 아에레아는 고집 세고 사나운 아이로 자랐고 성사와 어머니와 학사들까지 누구의 말도 안 듣는 골칫덩이가 되었다. 시종들을 괴롭히고 기도와 수업과 식사 시간을 허락도 받지 않고 빠지기 일쑤였으며, 라에나의 가신들을 '바보 경', '돼지 머리 공', '방귀쟁이 아가씨' 같은 고약한 별명으로 불러댔다.

선왕비의 남편 앤드로 파먼도 딸만큼 시끄럽거나 대놓고 반항하지는 않았지만, 역시 화가 많이 나 있었다. 알리사 왕대비가 위급하다는 소식이 처음 드래곤스톤에 닿았을 때, 앤드로는 스톰스엔드까지 동행하겠다고 표명했다. 남편으로서 라에나의 곁을 지키고 그녀를 위로하는 것이 마땅하다는 주장이었다. 그러나 선왕비는 거절했고, 그마저도 다정하게 말하지 않았다. 그녀가 떠나기 전에 부부는 고성이 오가는 말다툼을 벌였고, 라에나는 "엘리사 파먼 말고 다른 파먼이 도망쳐야 했어"라고 말하기까지 했다. 처음부터 열정적이지 않았던 그녀의 혼인 생활은 AC 54년에 이르러서는 우스꽝스러운 광대극으로 전락했다. "게다가 재미도 없는 극이지." 알레인 로이스 영애가 한 말이다.

앤드로 파먼은 5년 전 라에나가 페어섬에서 결혼한 열일곱 살의 청년이 아니었다. 늘씬하고 수려했던 젊은이는 어느새 퉁퉁한 얼굴에 등이 굽은 살찐 남자가 되어버렸다. 그는 다른 남자들의 인정을 받은 적이 없었고, 라에나가 서부에서 방랑하던 시절에는 그녀를 접대한 귀족들에게 잊히고 무시당했다. 그렇다고 드래곤스톤으로 와서 처우가 나아진 것도 아니었다. 여전히 선왕비로서 대우를 받는 아내와는 달리, 아무도 앤드로를 왕으로 혼동하기는커녕 왕비의 부군으로도 대접하지 않았다. 식사 시간에는 라에나 선왕비의 옆자리를 차지했지만, 같은 침대를 쓰지 않았다. 그 영예는 라에나가 총애하는 친구들과 말벗들에게 돌아갔다. 앤드로의 침실은 아예 그녀의 침소와 다른 탑에 있었다. 궁중에서는 선왕비가 앤드로에게 만약 그가 마음에 드는 어여쁜 처녀가 생긴다면 서로 불편할 테니 각방을 쓰는 게 낫다고 말했다는 풍문이 떠돌았다. 그에게 그런 처녀가 있었는지는 확인되지 않는다.

앤드로의 낮은 밤만큼이나 공허했다. 섬에서 태어나 여전히 섬에서 살고 있었음에도 그는 배를 타지도 않고 수영이나 낚시를 하지도 않았다. 실패한 종자로서 검이나 도끼나 창을 다루지 못했기에, 매일 아침 성 수비대의 병사들이 연무장에서 훈련할 때마다 그는 늦잠을 잤다. 컬리퍼 학사는 그가 책을 좋아하나 싶어 예전에 재해리스가 탐독한 두꺼운 고서와 옛 발리리아 두루마리 같은 드래곤스톤 서고의 보물들을 권해보았는데, 뒤늦게야 선왕비의 남편이 글을 읽지 못한다는 사실을 알게 되었다. 그나마 말은 그럭저럭 탈 수 있어서 이따금 말에 안장을 얹고 마당을 달리기도 했지만, 단 한 번도 성문 밖을 나가 드래곤몬트의 바위투성이 산길이나 섬의 반대편을 탐험해보지 않았고, 성 밑에 있는 어촌과 부두조차도 들른 적이 없었다.

"그는 술을 많이 마신다"라고 컬리퍼 학사는 시타델로 보낸 서신에 적었다. "온종일 채색 탁자의 방에서 지도 위에 놓인 나무 병정들을 이리저리 옮기며 시간을 보내는 날도 종종 있다. 라에나 선왕비의 말벗들은 그가 웨스테로스 정복을 계획하는 중이라고들 한다. 선왕비의 체면을 봐서 앤드로를 대놓고 조롱하지는 않지만, 그의 뒷전에서 킥킥거리며 비웃는다. 기사들과 병사들은 그에게 아예 무관심하며, 하인들도 그를 두려워하지 않고 시키는 일을 안 할 때도 있다. 대개 그렇듯이 가장 잔인한 건 아이들이고, 그중에서도 가장 심한 건 아에레아 공주다. 한번은 앤드로가 그녀에게 아무 짓도 안 했는데도 단지 어머니에게 화가 났다는 이유로 그의 머리에 요강

안의 오물을 끼얹기도 했다."

앤드로 파먼이 드래곤스톤에서 지내며 쌓인 불만은 누이가 떠난 이후로 더욱더 커졌다. 엘리사 영애는 그에게 누이이면서 가장 가까운, 혹은 유일한 친구였다고 컬리퍼는 기록했고, 라에나는 드래곤알 절도에 관여하지 않았다는 앤드로의 눈물 어린 호소를 쉽게 믿지 않았다. 선왕비가 메렐 불록 경을 파면하자 앤드로는 자신을 성의 수비대장에 임명해달라고 부탁했다. 마침 선왕비가 시녀 넷과 아침 식사를 하던 중이었다. 그의 부탁을 듣자마자 여인들은 웃음을 터뜨렸고, 선왕비도 잠시 있다가 동참했다. 라에나가 재해리스 왕에게 알의 도난을 알리려고 킹스랜딩으로 갈 때도 앤드로가 동행하겠다고 나섰지만, 그의 아내는 가소롭다는 듯 거절했다. "무엇 때문에? 드래곤 위에서 굴러떨어지는 것 말고 네가 뭘 할 수 있는데?"

라에나 선왕비가 함께 스톰스엔드로 가겠다는 그의 바람을 거부한 일은 앤드로 파먼이 그동안 겪어온 수많은 모욕 중 가장 최근이자 마지막 모욕이었다. 그는 라에나가 어머니의 임종을 보고 돌아온 무렵에는 아내를 위로할 생각조차 품지 않게 되었다. 그는 식사 시간에 시무룩하고 냉랭한 얼굴로 침묵을 지켰고, 그 외에는 선왕비를 피해 다녔다. 라에나 타르가르옌이 남편의 부루퉁한 태도에 심기가 불편했는지는 몰라도 아무런 내색을 하지 않았다. 그녀는 대신 사만다 스토크워스와 알레인 로이스 같은 오랜 친구들과 사촌 리아나 벨라리온, 스탠턴 공의 어여쁜 딸 카셀라, 젊은 여자 성사 마리암과 같은 새로운 말벗들로부터 위안을 받았다.

그러나 그들에게서 찾은 안식은 오래가지 않았다. 드래곤스톤에도 웨스테로스의 다른 곳들과 마찬가지로 가을이 찾아왔고, 북쪽에서는 찬바람이, 남쪽에서는 협해를 올라온 폭풍이 휘몰아쳤다. 여름에도 음침한 곳인 드래곤스톤의 오래된 요새는 어둠에 잠겼고, 드래곤들조차 습기를 느끼는 듯했다. 그리고 그 해가 저물 무렵, 병마가 들이닥쳤다.

컬리퍼 학사는 그것이 발한병도, 떨림병도, 회색비늘병도 아니라고 단언했다. 첫 징후는 혈변이었고, 곧 극심한 복통이 뒤따랐다. 학사는 원인일 만한 병이 여러 가지가 있다고 선왕비에게 보고했다. 그러나 정확히 무슨 병인지는 알아내지 못했으니, 컬리퍼 본인이 증상을 보인 지 이틀도 되지 않아 사망하며 병마의 첫 희생자가 되었기 때문이다. 그의 뒤를 이은 안셀름 학사는 컬리퍼의 나이가 문제였다고 생각했다. 컬리퍼는 아흔에 가까운 고령에 몸도 쇠약했었다.

하지만 다음으로 쓰러진 카셀라 스탠턴은 열네 살에 불과했다. 그리고 마리암 성사와 알레인 로이스 그리고 심지어는 항상 활기차며 살면서 단 한 번도 아픈 적이 없었다고 자랑하던 덩치 큰 샘 스토크워스마저도 병에 걸렸다. 그 세 명은 하룻밤에 몇 시간 사이로 모조리 죽고 말았다.

친구들과 가까운 말벗들이 한 명씩 쓰러져갔지만 라에나 타르가르옌은 무사했다. 안셀름 학사는 그녀의 발리리아 피 덕분이라고 추측했다. 보통 사람의 목숨을 몇 시간 만에 앗아 가는 질병도 드래곤의 피는 어찌할 수 없다는 말이었다. 남자들도 대부분 이 기이한 역병으로부터 안전한 듯했다. 컬리퍼 학사를 제외하면 희생자는 전부 여성이었다. 드래곤스톤의 사내들은 기사든 설거지꾼이든 마구간지기든 가수든 누구도 병에 걸리지 않았다.

라에나 선왕비는 드래곤스톤의 성문을 잠그고 아무도 나가지 못하게 했다. 아직 성 밖에는 병에 걸린 이가 없었으므로, 그녀는 평민들을 보호하고자 했다. 킹스랜딩에서 그녀의 전갈을 받은 재해리스는 즉시 벨라리온 공에게 아무도 섬에서 빠져나가 병을 퍼뜨리지 못하도록 함대로 섬을 봉쇄하라고 명령했다. 어린 조카딸이 드래곤스톤에 있던 수관은 침통해하며 왕명에 따랐다.

리아나 벨라리온은 그녀의 백부가 이끄는 갤리선 함대가 드리프트마크에서 출항할 때 사망했다. 안셀름 학사가 그녀의 장을 비우고 피를 뽑고 얼음찜질을 했지만, 아무것도 소용이 없었다. 소녀는 비통한 눈물을 흘리는 라에나 타르가르옌의 품에 안겨 경련을 일으키다가 숨이 끊겼다.

"그 아이를 위해 눈물을 흘리네." 앤드로 파먼이 눈물에 젖은 아내의 얼굴을 보며 말했다. "하지만 나를 위해서도 눈물을 흘릴까?" 그 말은 선왕비의 분노를 일깨웠다. 남편의 빰을 후려친 라에나는 나가라고 명령하며 혼자 있고 싶다고 했다. "안 그래도 그렇게 될 거야." 앤드로가 말했다. "그 애가 마지막이었으니."

선왕비는 극심한 비탄에 빠졌던 터라 그 말을 듣고도 무슨 뜻인지 알아차리지 못했다. 재해리스가 소협의회를 소집해 드래곤스톤에서 벌어진 죽음에 관해 의논할 때, 처음 의문을 입 밖으로 꺼낸 것은 펜토스인 재무관 레고 드라즈였다. 안셀름 학사의 보고를 읽던 레고 공은 미간을 찡그리며 입을 열었다. "병이라고? 이건 병이 아닙니다. 배 속이 날뛰고 하루 만에 죽는다라……. 이건 리스의 눈물 아닙니까."

"독이라고?" 재해리스 왕이 소스라치게 놀라며 물었다.

"우리 자유도시 사람들은 이런 것들을 더 잘 압니다." 드라즈가 장담했다. "이건 눈물이 확실합니다. 그 나이 든 학사가 곧 알아차렸을 테니, 가장 먼저 죽어줘야 했겠죠. 저라면 그렇게 했을 겁니다. 물론 제가 그런 짓을 한다는 말은 아니지만. 독은…… 비열한 수단이니까."

"여자들만 쓰러졌다고 하지 않았나." 벨라리온 공이 반박했다.

"그럼 여자들만 독에 당한 것이겠지." 레고 드라즈가 대답했다.

바스 성사와 베니퍼 대학사가 레고 공의 의견에 동의하자, 왕은 바로 큰까마귀를 드래곤스톤으로 보냈다. 라에나 타르가르옌은 왕의 서신을 읽고 범인을 확신했다. 경비대장을 부른 그녀는 즉시 남편을 찾아 그녀 앞으로 데려오라고 명령했다.

앤드로 파먼은 그의 침실이나 선왕비의 침실에도 대전에도 마구간에도 성소에도 아에곤의 정원에도 있지 않았다. 병사들은 바다 드래곤 탑의 까마귀 방 아래 있는 학사의 방에서 등 한복판에 단검이 꽂힌 채 살해당한 안셀름 학사를 발견했다. 성문을 닫고 빗장까지 지른 상황이라, 드래곤 외에는 성에서 빠져나갈 방법이 없었다. "내 벌레 같은 남편은 그럴 용기가 없다." 라에나가 확언했다.

그들은 마침내 채색 탁자의 방에서 장검을 움켜쥔 앤드로 파먼을 찾았다. 그는 독을 쓴 것을 부인하기는커녕 오히려 자랑했다. "와인을 갖다주었더니 잘 받아먹더군. 내게 고마워하면서 잘 마셨지. 의심할 이유가 없잖아? 그 작자들은 날 시종이나 하인 정도로밖에 보지 않았으니까. 다정한 앤드로. 웃음거리 앤드로. 드래곤 위에서 굴러떨어지는 것 말고 내가 뭘 할 수 있냐고? 글쎄, 이것저것 많은 것을 할 수 있었을 거야. 영주가 될 수도 있었겠지. 법을 만들고 당신에게 현명한 조언을 할 수도 있었고. 당신 친구들을 죽인 것만큼 쉽게 적들도 죽여줄 수 있었어. 당신에게 아이들을 줄 수도 있었다고."

라에나 타르가르옌은 애써 대꾸하지 않았다. 대신 병사들에게 지시했다. "놈을 사로잡아서 거세하되 상처를 지혈해라. 놈의 양물을 튀겨서 놈에게 먹여라. 그걸 다 먹기 전까지는 놈이 죽지 않아야 한다."

"아니." 병사들이 채색 탁자를 돌며 다가오자 앤드로가 말했다. "내 아내는 날 수 있지. 나도 마찬가지다." 그렇게 말한 앤드로는 가장 가까이 다가온 병사에게 허우적허우적 칼을 휘두르며 창가로 뒷걸음질 쳤고, 바로 창밖으로 뛰어내렸다. 앤드로의 짧은 비행은 오직 아래쪽으로 향했고, 종착점은 죽음이었다. 이후 라에나 타르가르옌은 그의 시신을 토막 내 드래곤들에게 먹였다.

AC 54년에 발생한 주요 인사들의 죽음은 그의 죽음으로 끝이 났으나,

그 참혹했던 이방인의 해는 아직도 괴로운 일들이 남아 있었다. 연못에 돌을 던지면 사방으로 파문이 일듯, 앤드로 파먼이 저지른 악행의 여파가 전국으로 퍼져나가 드래곤들이 그의 검게 타고 연기 나는 시체를 먹어치우고 오랜 시간이 지난 다음에도 타인들의 운명을 건드리고 일그러뜨렸다.

그 첫 여파가 왕의 소협의회에 닿았다. 다에몬 벨라리온 공이 수관의 자리에서 물러나겠다고 선언한 것이었다. 알리사 왕대비는 다에몬 공의 누이였고, 드래곤스톤에서 독살당한 여인 중 한 명인 리아나는 그의 어린 조카딸이었다. 혹자는 그를 대신해 제독에 오른 맨프리드 레드와인 공과의 경쟁심이 그의 결정에 영향을 주었을 거라고 주장했으나, 이는 오랫동안 왕국에 충성스럽고 유능하게 헌신한 남자에 대한 옹졸한 비방으로 볼 수 있을 것이다. 나이가 들어 드리프트마크에서 자녀들과 손주들과 함께 여생을 보내고 싶어서 떠나겠다던 다에몬 공의 말을 그대로 믿고 받아들이도록 하자.

재해리스가 다에몬 공의 후임으로 처음 떠올린 이들은 소협의회의 대신들이었다. 알빈 매시, 레고 드라즈, 바스 성사 모두 능력이 뛰어나고 왕이 신뢰하며 고마워하는 사람들이었다. 그러나 셋 다 전적으로 적합하다고 보기에는 어려웠다. 바스 성사는 철왕좌보다 별빛 성소에 더 충성하는 것이 아닌지 미심쩍었다. 게다가 신분이 너무 비천했다. 대장장이의 아들이 왕의 목소리를 대변하는 것을 왕국의 대영주들이 용납할 리 만무했다. 레고 공은 신을 모르는 펜토스인이자 벼락출세한 향료 상인에 불과했고, 신분을 따지자면 바스 성사보다도 미천했다. 알빈 공은 절름발이에 등이 뒤틀린 터라 그를 모르는 이들에게는 뭔가 사악한 인상을 주었다. "사람들은 저를 악당으로 봅니다." 매시 본인이 왕에게 이렇게 말할 정도였다. "전 암중에서 전하를 섬기는 것이 더 낫습니다."

로가르 바라테온이나 과거에 마에고르 왕을 섬긴 수관들의 재임명은 고려할 가치조차 없었다. 섭정 기간 중 툴리 공이 소협의회 대신으로 보인 모습은 그저 평범했다. 이어리의 영주이자 협곡의 방어자인 로드릭 아린은 백부 다놀드 공과 부친 라이먼드 경이 어리석게도 야인 약탈자들을 쫓아 달의 산맥으로 들어갔다가 죽은 뒤 영주의 자리에 오른 열 살 난 소년이었다. 재해리스는 도넬 하이타워와 최근 합의를 이룬 바 있으나, 여전히 그를 완전히 신뢰하지 않았고 라이만 라니스터도 마찬가지였다. 하이가든의 영주 버트런드 티렐은 주정뱅이로 유명했고, 그의 난봉꾼 서자들을 킹스랜딩에 풀어놓는다면 왕가가 오명을 쓸 것임이 자명했다. 알라릭 스타크는 윈터펠에 놔두는 것이 최선이었다. 모든 소문에 따르면 그는 완고한 남자였고, 엄격하며 가혹하고 아량도 없는 성품이라 소협의회에서 대하기 불편할 터였다. 그리고 물론 강철인을 킹스랜딩으로 데려오는 건 상상도 할 수 없었다.

이렇게 왕국의 대영주 중에서 적합한 사람을 찾지 못하자, 재해리스는 그들의 휘하 가문으로 시선을 돌렸다. 왕이 젊으니 수관은 경험이 풍부하고 나이 많은 사람이 되어 균형을 맞춰야 한다는 의견이 많았다. 또한, 소협의회 대신들이 대부분 학식이 높은 문관이었으므로, 전투를 경험하고 무명(武名)이 드높아 왕가의 적들을 위축시킬 만한 전사가 필요했다. 십여 명의 이름이 거론되고 의논을 벌인 끝에 리버랜드에 있는 에이콘홀의 영주이자 신의 눈 아래에서 왕의 형 아에곤을 위해 싸우고 스톤브리지에서 나무꾼 와트와 격전을 벌였으며, 아에니스 왕 시절 전대(前代) 스토크워스 공과 함께 붉은 하렌을 토벌한 마일스 스몰우드 경이 낙점되었다.

용맹함으로 위명을 떨친 마일스 공은 얼굴과 온몸에 수많은 전투의 상흔이 남아 있었다. 에이콘홀에서 그를 섬겼던 킹스가드의 '말벌' 윌리엄 경은 칠왕국에 그보다 더 훌륭하고 용맹하며 충성스러운 영주가 없을 것이라고 장담했고, 마일스 공의 주군인 프렌티스 툴리와 툴리 공의 경외할 만한 아내 루신다 부인 역시 그에 대해 찬사밖에 할 말이 없었다. 그렇게 설득된 재해리스는 재가를 내렸고, 큰까마귀를 보낸 후 보름 만에 마일스 공이 킹스랜딩으로 출발했다.

알리산느 왕비는 수관을 선택하는 과정에 관여하지 않았다. 왕과 소협의회가 심사숙고하는 동안, 그녀는 언니와 함께 지내면서 위로하고자 실버윙을 타고 드래곤스톤으로 날아갔다.

그러나 라에나 타르가르옌은 쉽사리 위로할 수 있는 여인이 아니었다. 소중한 친구들과 측근들을 그토록 많이 잃은 그녀는 이루 말할 수 없는 비애에 잠겼고, 단지 앤드로 파먼의 이름을 듣는 것만으로도 격분했다. 라에나는 조금이나마 위안을 주기 위해 찾아온 여동생을 환영하기는커녕 세 번이나 문전박대하고 성에 있는 거의 모든 사람이 보는 앞에서 왕비를 향해 악을 쓰며 소리치기도 했다. 동생이 돌아가기를 끝끝내 거부하자, 라에나는 자신의 침소에 틀어박혀 문에 빗장을 지르고는 식사 시간에만 방에서 나왔고, 점점 그마저도 횟수가 줄었다.

홀로 남겨진 알리산느 타르가르옌은 드래곤스톤 내의 질서를 약간이나마 회복하는 일에 착수했다. 새로운 학사를 요청하여 성으로 불러들였고, 성의 수비대장을 새로 임명했다. 왕비가 총애하는 에디트 성사가 도착하여 라에나를 그토록 애통케 하는 마리암 성사를 대신했다.

언니가 자신을 피하자 알리산느는 조카에게 관심을 돌렸지만, 역시 분노와 거부에 부딪쳤다. "그 여자들이 다 죽은 게 나와 무슨 상관인데요? 어차피 조금 있으면 새로운 여자들을 찾을 텐데. 엄마는 항상 그랬단 말이에요." 아에레아 공주가 왕비에게 말했다. 알리산느가 어린 시절을 회상하며 라에나가 어떻게 그녀의 요람에 드래곤알을 넣고 "엄마인 것처럼" 그녀를 보살펴주었는지 이야기하자, 아에레아는 "나한테는 알을 준 적이 없는데. 날 다른 사람들에게 줘버리고 엄마만 페어섬으로 날아갔잖아요"라고 대꾸했다. 딸에 대한 알리산느의 사랑도 공주를 화나게 했다. "왜 걔가 여왕이 되어야 하는 건데요? 걔 말고 내가 여왕이 되는 게 맞잖아요." 아에레아는 마침내 울음을 터뜨렸고, 알리산느에게 자기도 킹스랜딩으로 데려가달라고 애원했다. "엘리사 영애가 날 데려가겠다고 말해놓고서는 날 잊고 혼자 가버렸어요. 왕궁으로 돌아가고 싶어요. 가수하고 광대하고 귀족하고 기사 모두 있는 그곳으로요. 제발 나도 데려가줘요."

조카의 눈물에 마음이 흔들린 알리산느 왕비는 아이의 어머니와 상의해보겠다고 약속할 수밖에 없었다. 하지만 식사를 하려고 침소에서 나온 라에나는 딱 잘라 거절했다. "넌 모든 것을 가졌지만 난 아무것도 없어. 이제 내 딸마저 가져가려고 하는구나. 안 돼, 못 주겠어. 내 왕좌를 가졌으니, 그걸로 만족하렴." 그날 밤 라에나는 아에레아 공주를 침소로 불러 꾸중했고, 모녀가 고함치며 싸우는 소리가 돌북 탑(Stone Drum) 내에 울려 퍼졌다. 그 후 공주는 알리산느 왕비에게 말하기를 거부했다. 하려는 것마다 막히고 좌절당한 왕비는 결국 재해리스의 품과 그녀의 딸 대너리스의 명랑한 웃음소리가 기다리는 킹스랜딩으로 돌아갔다.

마침내 이방인의 해가 저물 무렵, 드래곤핏 역시 완공을 앞두고 있었다. 드디어 웅장한 돔 지붕이 올라가고 육중한 청동 정문도 세워진 동굴 같은 석조 건물은 라에니스 언덕 정상에서 도시를 굽어보았으며, 아에곤의 높은 언덕 꼭대기를 차지한 레드킵에 이어 도성에서 두 번째로 높은 건물이었다. 레드와인 공은 드래곤핏의 완공을 기념하고 신임 수관을 환영하는 의미로 황금 결혼식 이후 왕국에서 가장 규모가 크고 성대한 마상 대회를 열자고 왕에게 건의했다. "이제 슬픔은 뒤로하고 화려한 행사와 축제로 새해를 맞이하는 겁니다." 레드와인이 주장했다. 가을 농사는 풍작이었고 레고 공의 세금으로 꾸준한 수입이 들어왔으며, 무역도 증가하는 추세였다. 마상 대회를 치를 비용을 조달하는 데에는 문제가 없으며, 대회가 열리면

관람객 수천 명이 킹스랜딩을 방문하여 지갑을 열 것이었다. 다른 소협의회 대신들도 찬성하였고, 재해리스 왕 역시 대회를 열면 평민들이 환호할 것이 생기고 "우리가 불행을 잊는 데도 도움이 될 것"이라고 말했다.

그러나 대회 준비는 드래곤스톤에서 라에나 타르가르옌이 느닷없이 찾아오면서 혼란에 빠졌다. 바스 성사는 "드래곤들은 기수의 기분을 감지하고 그대로 내비치는 능력이 있을지도 모른다"라고 적었다. "그날 드림파이어가 마치 휘몰아치는 폭풍처럼 구름 속에서 내려왔을 때, 버미토르와 실버윙이 일어나 포효했고 그 광경을 보고 듣던 우리 모두 드래곤들이 화염과 발톱으로 서로 공격하지 않을까 두려움에 떨었다. 신의 눈 호수에서 발레리온이 퀵실버를 찢어발겼을 때처럼."

다행히 드래곤들은 싸우지 않았지만, 드림파이어에서 뛰어내린 라에나가 동생들의 이름을 외치며 마에고르 성채로 뛰어들어 갈 때까지 서로 쉭쉭거리고 물어뜯을 듯 위협했다. 라에나가 격노한 이유는 곧 밝혀졌다. 아에레아 공주가 사라진 것이었다. 공주는 동이 틀 무렵 마당에 몰래 들어가 드래곤을 한 마리 차지한 뒤 드래곤스톤에서 도망쳤다. 게다가 여느 드래곤도 아니었다. "발레리온이야!" 라에나가 소리쳤다. "그 미친 아이가 발레리온을 데려갔어. 아무렴, 새끼 드래곤 따위는 눈에 차지 않았겠지, 반드시 검은 공포를 가져야 했어. 마에고르의 드래곤, 바로 자기 아비를 죽인 그 짐승을. 그렇게 내게 고통을 주고 싶었나? 내가 무엇을 낳은 것이지? 대체 어떤 괴물을 낳은 거야? 내가 도대체 무엇을 낳은 거냐고?"

"어린 소녀야." 알리산느 왕비가 말했다. "그냥 화가 난 어린 소녀일 뿐이야." 그러나 바스 성사와 베니퍼 대학사는 라에나가 알리산느의 말을 듣지 못한 듯했다고 전한다. 라에나는 필사적으로 그녀의 "미친 아이"가 어디로 도망쳤는지 알아내려 했다. 처음 떠오른 곳이 아에레아가 그토록 돌아가고 싶어 한 왕궁이 있는 킹스랜딩이었건만, 여기에 없다면 어디로 갔다는 것인가?

“곧 알게 되겠지.” 언제나 침착한 재해리스 왕이 차분하게 말했다. “발레리온은 어디에 숨거나 몰래 지나가기에는 너무 커. 게다가 식욕도 대단하고.” 왕은 베니퍼 대학사를 돌아보며 칠왕국의 모든 성에 큰까마귀를 보내라고 지시했다. “웨스테로스에서 누구든 발레리온이나 내 조카를 잠깐이라도 본다면 바로 알고 싶습니다.”

큰까마귀들이 날았지만, 그날도, 그다음 날도, 다음다음 날도 아에레아 공주를 보았다는 소식은 오지 않았다. 그동안 라에나는 레드킵에 남아 때로는 화를 터뜨리고 때로는 몸을 떨며 단술(sweetwine, 단잠을 탄 와인)을 마시고 잠이 들었다. 대너리스 공주는 고모가 너무 무서운 나머지 그녀를 볼 때마다 울음을 터뜨렸다. 그렇게 이레가 지나자 라에나는 더는 가만히 있지 못하겠다고 선언했다. “내가 가서 찾아야겠어. 못 찾아도 여기저기 알아볼 수는 있으니까.” 라에나는 그 말을 마지막으로 드림파이어에 올라타고 떠났다.

그 잔혹했던 해가 저물 때까지 마지막 남은 며칠 동안 아무도 이 모녀를 보거나 소식을 듣지 못했다.

재해리스와 알리산느

위업과 비극

재해리스 타르가르옌 1세는 거의 다 열거하지 못할 만큼 많은 업적을 이루었다. 그중에서도 대다수 역사학도가 제일 중요하게 여기는 것은 그가 철왕좌에 앉은 동안 유지했던 장기간의 평화와 번영이다. 재해리스가 분쟁을 완벽하게 피했다고는 할 수 없다. 그건 인간 왕의 능력을 벗어나는 범위일 것이다. 그러나 그가 싸운 전쟁은 짧았고 전부 승리하였으며, 대부분 바다나 먼 땅에서 벌어졌다. "자신의 귀족들과 전쟁을 벌여 자신의 왕국을 불태우고 시산혈해로 만드는 왕은 형편없는 왕이다"라고 바스 성사는 적었다. "전하는 그러기에는 너무 현명하였다."

최고학사들은 정확한 숫자를 두고 옥신각신하지만, 대부분 조정자의 치세 중 도르네 이북의 웨스테로스 인구는 두 배, 킹스랜딩의 인구는 네 배로 증가했다고 동의한다. 라니스포트, 걸타운, 더스큰데일, 화이트하버도 그 정도는 아니지만 크게 성장했다.

전쟁에 끌려가는 남자 수가 감소함에 따라, 더 많은 인력이 뒤에 남아 땅을 일궜다. 재해리스의 재위 동안 경작지가 늘어나면서 곡물 가격이 꾸준히 하락했다. 생선 역시 해안가의 어촌이 번창하고 더 많은 어선이 조업하면서 평민조차 저렴하게 느낄 정도로 값이 내려갔다. 리치에서 넥까지 수많은 과수원이 조성되었다. 목동들이 양 떼를 늘리면서 양고기가 풍부해지고 양털의 품질도 올라갔다. 무역량은 변덕스러운 바람과 날씨 그리고 이따금 터지는 전쟁에 따른 중단을 겪으면서도 열 배 이상 늘었다. 산업도 융성했다. 편자공과 대장장이, 석공, 목수, 방아꾼, 무두장이, 방직공, 모직공, 염색공, 양조업자, 와인 상인, 금은 세공인, 제빵사, 백정과 치즈 제조업자에 이르기까지 모두 이전에는 협해 서쪽에서 경험치 못한 번영을 만끽했다.

물론 경기가 좋은 해도 나쁜 해도 있었지만, 재해리스와 그의 왕비의 치세 동안에는 좋은 해는 두 배로 좋았고, 나쁜 해는 반절밖에 나쁘지 않았다고 한다. 폭풍이 일 때도 재난이 덮칠 때도 혹독한 겨울이 찾아올 때도 있었지만, 오늘날 조정자의 치세를 돌이켜보면 그저 푸르고 온화했던 기나긴 여름과 같았다고 착각하기 쉽다.

하지만 킹스랜딩의 종들이 울리며 아에곤의 정복 후 55년째 되는 해가 밝았음을 알렸을 때, 재해리스는 앞으로 그런 세상이 오리라고 예상하기 어려웠을 것이다. 잔혹했던 지난해, 이방인의 해가 남긴 상처는 아직 아물지 않았고, 아에레아 공주와 발레리온이 여전히 인세에서 자취를 감추고 라에나 선왕비가 직접 찾으러 나선 상황에서 왕과 왕비와 소협의회는 앞으로 또 무슨 일이 벌어질지 깊이 염려했다.

왕궁을 떠난 라에나 타르가르옌은 방종한 딸이 쌍둥이 자매를 찾아갔을까 싶어 먼저 올드타운으로 날아갔다. 도넬 공과 최고성사는 그녀를 정중하게 맞이했지만, 둘 다 아무런 도움을 줄 수 없었다. 선왕비는 아에레아와 닮았으면서 전혀 닮지 않기도 한 쌍둥이 딸 라엘라와 잠시 시간을 보냈고, 그곳에서 그녀가 받은 고통을 조금이나마 덜었을지도 모른다. 라에나가 자신이 좋은 어머니가 되어주지 못했다며 후회하자, 수련 성사 라엘라는 그녀를 껴안고 말했다. "제게는 어떤 아이도 더 바랄 것이 없는 최고의 어머니, 위에 계신 어머니가 계셔요. 그리고 그분을 만나게 해주신 어머니께 감사드려요."

올드타운을 떠난 라에나는 드림파이어를 타고 북쪽으로 향했고, 과거에 영주들이 그녀를 환대한 하이가든과 크레이크홀과 캐스털리록을 차례로 방문했다. 아무도 그녀의 드래곤 외에는 다른 드래곤을 보지 못했고, 아에레아 공주에 대한 소문조차 들리는 것이 없었다. 그 뒤에 라에나는 페어섬으로 돌아가 프랭클린 파먼 공을 다시 한번 마주했다. 여러 해가 지났지만 영주는 여전히 선왕비에 대한 감정이 누그러지지 않았고, 그녀에게 생각 없이 말하는 것도 여전했다. "내 여동생이 당신에게서 도망친 다음에 여기로 돌아와서 자신의 의무를 다하기를 바랐소." 프랭클린 공이 말했다. "하지만 그 후 여동생에 대해 아무것도 들은 바 없고, 당신 딸에 대해서도 마찬가지요. 내가 공주를 잘 아는 건 아니지만, 페어섬이 그랬듯 공주도 당신이 참 보기 싫었나 보오. 여기까지 온다면 자기 어미를 쫓아냈을 때처럼 그 아이도 쫓아내주겠소."

"당신이 아에레아를 모르긴 하지." 선왕비가 대답했다. "내 딸이 여기까지 온다면, 그 애가 자기 어미처럼 참을성이 많지 않다는 것을 알게 될 거다. 아, 그리고 검은 공포를 쫓아낸다니, 행운을 빌게. 발레리온이 당신 동생을 꽤 맛있어하던데, 지금쯤 입맛이 돌았을지도 모르지."

페어섬 이후 라에나 타르가르옌의 행적은 역사에 남아 있지 않다. 그해 내내 그녀는 킹스랜딩이나 드래곤스톤에 돌아가지 않았고, 칠왕국에 있는 어떤 영주의 성에도 나타나지 않았다. 드림파이어가 고분 지대와 피버강 기슭 등 먼 북쪽 그리고 도르네의 붉은 산맥과 토렌틴강 협곡 같은 먼 남쪽에서 목격되었다는 단편적인 보고가 있다. 성과 도시를 피해 다닌 라에나와 그녀의 드래곤은 핑거스와 달의 산맥, 래스곶의 안개 어린 수림, 방패 군도, 아버 등에서도 하늘을 나는 모습이 보였다고 한다. 그러나 어디에서도 그녀는 다른 사람과 함께하지 않았다. 오직 바람이 몰아치는 황야나 푸른 초원 또는 음울한 습지, 절벽, 바위산이나 산악 협곡 같은 야생의 외로운 곳들만 찾아다녔다. 딸의 흔적을 계속 뒤쫓았던 것일까, 아니면 그저 고독을 갈망했던 것일까? 이제 우리가 알 길은 없다.

그러나 라에나가 오랫동안 킹스랜딩에 되돌아가지 않은 건 그녀에게 다행이었다. 왕과 소협의회는 점점 그녀에 대한 인내심을 잃고 있었다. 왕과 대신들 모두 페어섬에서 라에나와 파먼 공이 벌인 말다툼에 관한 보고를 받고 질겁했다. "영주의 성 안에서 영주에게 그런 말을 하다니, 제정신이랍니까?" 스몰우드 공이 말했다. "저였다면 혓바닥을 뽑았을 겁니다." 그 말에 왕이 대답했다. "그 어리석은 말이 진심이 아니기를 바라오. 어찌 되었든 라에나는 드래곤의 혈통이며 내가 사랑하는 누이이니." 왕은 스몰우드 공의 표현이 불편했을 뿐, 그의 말에 동의하지 않는 것은 아니었다.

바스 성사가 가장 명료하게 정리했다. "타르가르옌 왕가의 힘은 하렌홀을 폐허로 만들고 불의 들판에서 두 왕을 몰락시킨 공포의 짐승, 드래곤들로부터 비롯된다. 그의 조부 아에곤이 그랬듯, 재해리스 왕도 그 힘과 그 힘에 따르는 위협은 언제나 존재하고 있음을 잘 알았다. 또한 라에나 선왕비가 깨닫지 못한, 위협은 입에 담지 않을 때 가장 효과적이라는 사실도 이해했다. 왕국의 귀족들은 하나같이 자존심이 높고, 굳이 그들에게 망신을 주어 좋을 건 없다. 현명한 왕은 언제나 귀족들이 체면을 지킬 수 있게끔 한다. 드래곤을 보여주는 건 괜찮다. 그들은 잊지 않을 것이다. 하지만 대놓고 그들의 성을 불태우겠다고 하고 형제를 드래곤에게 먹이로 주었다고 한다면, 그들이 앙심을 품고 전의를 불태우는 결과만 초래할 것이다."

알리산느 왕비는 매일 그녀의 조카 아에레아를 위해 기도하고 아이가 도망친 것을 두고 자신을 탓했으나, 언니에게 더 큰 책임이 있다고 생각했다. 아에레아가 후계자였던 시절에도 그 아이에게 그다지 관심을 두지 않았던 재해리스 역시 그제야 방임을 자책했지만, 그보다는 발레리온처럼 강력한 짐승이 화난 열세 살 소녀의 손에 있는 위험한 상황을 더 걱정했다. 라에나의 헛된 탐색도, 베니퍼 대학사가 날려 보낸 수많은 큰까마귀도 예의 거짓말과 오인과 착각을 넘어 공주나 드래곤에 대한 소식을 얻는 데 실패하고 말았다. 시간이 흘러 두 달이 지나자, 왕은 조카가 죽었을까 염려하기 시작했다. "발레리온은 고집이 세고 함부로 대할 짐승이 아니오." 그가 소협의회에서 말했다. "한 번도 날아본 적이 없으면서 그런 놈의 등에 올라가 하늘을 날다니……. 그것도 성 주변을 도는 게 아니라, 바다를 건너기까지 하고……. 놈이 그 불쌍한 아이를 등에서 떨궜을 가능성이 크고, 지금쯤 그 아이는 협해 어느 곳 밑바닥에 가라앉아 있을지도 모르오."

바스 성사는 동의하지 않았다. 그는 드래곤들이 습성상 방랑하지 않는다고 지적했다. 드래곤들은 대개 동굴이나 폐허가 된 성이나 산꼭대기 같은 안전한 곳에 둥지를 틀고 사냥하러 나갔다가 다시 둥지로 돌아온다. 발레리온도 기수를 잃었다면 벌써 둥지로 돌아왔을 터였다. 바스는 웨스테로스에서 발레리온의 목격담이 없는 것으로 보아 아에레아 공주가 협해를 건너 에소스의 광활한 평야가 있는 동쪽으로 향했으리라고 추측했다. 왕비도 그와 의견을 같이했다. "그 아이가 죽었다면 내가 알았을 거예요. 아직 살아 있어요. 느낄 수 있습니다."

레고 드라즈가 엘리사 파먼과 그녀가 훔친 드래곤알을 추적하고자 고용한 정보원들과 밀정들은 이제 아에레아 공주와 발레리온을 찾으라는 새로운 임무를 받았다. 곧 협해 곳곳에서 보고가 쏟아지기 시작했다. 드래곤알을 찾을 때와 마찬가지로 대부분 풍문이나 낭설 또는 포상금을 받으려고 지어낸 거짓 목격담 같은 쓸모없는 것들이었다. 여러 사람을 거친 이야기도 있었고, 어떤 보고는 너무도 내용이 빈약하여 "드래곤을, 아니면 날개

달린 어떤 큰 것을 본 것 같다"와 크게 다를 바 없는 수준이었다.

가장 흥미로운 보고는 펜토스 북쪽에 있는 안달로스 언덕에서 보내왔다. 그곳의 목동들은 양 떼를 통째로 잡아먹고 피투성이 뼈다귀만 남긴다는 괴물을 두려워했다. 더구나 괴물은 양만 먹는 것이 아니어서, 괴물과 마주친 목동들도 살아남지 못했다. 괴물을 보고 살아남은 자가 없어서 아무도 괴물이 어떻게 생겼는지 알지 못했으나, 불에 대한 언급이 없어서 재해리스는 발레리온이 아니라고 여겼다. 다만 확실하게 하고자 왕은 킹스가드 말벌 윌리엄 경과 병사 십여 명을 협해 너머의 펜토스로 보내 이 괴물을 추적하게 했다.

또한, 협해 건너편에서는 킹스랜딩에서 모르는 사이에 브라보스의 조선공들이 무장 상선 '태양 추격자'호를 완공했다. 엘리사 파먼이 훔친 드래곤 알을 팔아서 산 꿈의 배였다. 매일 브라보스의 병기창에서 튀어나오는 갤리선들과 달리 노가 없는 태양 추격자호는 만(灣)이나 내포(內浦) 또는 얕은 연안이 아닌, 더 깊은 바다를 위한 함선이었다. 돛대가 네 개나 있어서 여름 군도의 백조선(swan ship) 못지않게 많은 돛을 달았고, 폭이 더 넓고 선체가 더 깊어 장기 항해에 필요한 양의 물자를 실을 수 있었다. 어느 브라보스인이 혹시 이티라도 갈 생각이냐고 묻자, 엘리사 영애는 웃음을 터뜨리고 말했다. "그럴지도……. 하지만 당신이 생각하는 항로로는 아니야."

출항하기 전날 밤, 그녀는 바다군주의 궁전으로 부름을 받았다. 바다군주는 그녀에게 청어와 맥주를 대접하며 경고했다. "안전한 항해를 바라겠소. 하지만 어서 가시오. 협해 전역에서 사람들이 당신을 찾고 있소. 여기저기서 캐묻고 포상금까지 걸었다 하오. 난 그대가 브라보스에서 발견되기를 바라지 않소. 우린 옛 발리리아를 벗어나고 싶어서 여기로 왔는데, 그대의 타르가르옌 왕가는 뼛속까지 발리리아인들이잖소. 멀리 떠나도록 하시오. 가능한 한 빨리."

이제 알리스 웨스트힐로 알려진 여인의 배가 브라보스의 거상(巨像)을 뒤로 할 때, 킹스랜딩에서는 예전과 같은 일상이 이어졌다. 실종된 조카를 찾지 못한 재해리스 타르가르옌은 어려운 시기에는 늘 그러하듯, 일에 몰두했다. 고요한 레드킵의 서고에서 왕은 그의 가장 중요한 위업 중 하나로 손꼽히는 일을 시작했다. 재해리스는 그가 "나의 더 작은 소협의회"라고 명명한 네 명, 즉 바스 성사, 베니퍼 대학사, 알빈 매시 공 그리고 알리산느 왕비의 유능한 지원을 받으며 왕국의 모든 법률을 성문화하고 체계화하는 개혁 사업에 착수했다.

정복자 아에곤이 당도한 웨스테로스에는 일곱 왕국이 있었고, 단지 이름뿐만 아니라 각국의 법률과 관습과 전통도 다 달랐다. 그리고 각국 내에서도 지역에 따라 현저한 차이가 있었다. 매시 공은 다음과 같이 적었다. "일곱 왕국 전에는 여덟 왕국이 있었다. 그 전에는 아홉 개가 있었고, 더 거슬러 올라갈수록 열, 열둘, 서른 개 등 계속 그 수가 늘어난다. 영웅들의 백왕국 시대만 해도 한때는 97개가, 다른 때는 132개가 있었을 정도로 전쟁의 승패와 아들이 아비를 계승함에 따라 왕국의 숫자는 끊임없이 변동했다."

법 역시 바뀌는 일이 다반사였다. 이 왕은 엄격하고 저 왕은 자비로웠으며, 어떤 왕이 《칠각별》의 가르침에 의존하는 동안 다른 왕은 최초인의 고대 율법을 따르기도 했고, 술에 취했을 때와 안 취했을 때 판결이 다른 변덕스러운 왕도 있었다. 그렇게 수천 년이 지나며 온갖 모순적인 판례가 섞여 뒤죽박죽된 끝에, 처형권이 있는 모든 귀족은 물론 권리가 없는 일부 귀족마저도 그들 앞에 송사가 오면 내키는 대로 판결을 내리는 지경에 이르렀다.

이러한 혼란과 무질서를 불쾌하게 여긴 재해리스 타르가르옌은 더 작은 소협의회의 도움과 함께 "대청소"를 시작했다. "칠왕국에는 한 명의 왕이 있다. 이제 법도 하나가 될 시간이 되었다." 이러한 대과업은 1년이나 10년 안에 완료할 수 있는 것이 아니었다. 현존하는 법을 수집하고 정리하고 연구하는 데에만 2년이 걸렸고, 그 뒤를 따른 개혁은 수십 년에 걸쳐 계속되었다. 그리하여 AC 55년, 가을이었던 해에 '바스 성사의 대법(大法)' 집필이 시작되었고, 훗날 완성된 왕국법전에 바스 성사는 그 누구보다 세 배는 더 많은 분량을 작성하였다.

왕의 노고는 그 후로도 수십 년 동안 계속되었지만, 왕비는 아홉 달 동안이었다. 그해 초 재해리스 왕과 웨스테로스 백성들은 알리산느 왕비가 다시 회임했다는 소식에 환호했다. 대너리스 공주는 그 기쁨에 동참하면서도 어머니에게 자기는 여동생을 원한다고 진지하게 요구했다. 알리산느는 웃음을 터뜨리며 "벌써부터 여왕님 같으시네, 그렇게 근엄하게 말도 하고"라고 대답했다.

혼사는 옛적부터 웨스테로스의 대가문들이 동맹을 맺고 분쟁을 끝내는 등, 서로 결속할 때 사용한 믿을 만한 수단이었다. 과거에 정복자의 아내들이 그랬던 것처럼 알리산느 타르가르옌도 결혼을 주선하기를 좋아했다. AC 55년, 그녀는 드래곤스톤 시절부터 함께한 현명한 여인 중 둘의 혼약을 성사시킨 것을 특히 자랑스러워했다. 제니스 템플턴 영애는 업랜드의 멀런도어 공과, 프루넬라 셀티가르 영애는 스타파이크와 던스턴버리와 화이트그로브의 영주인 우서 피크와 맺어지게 되었다. 둘 다 그 여인들에게 두말할 나위 없이 훌륭한 남편감이었고, 왕비에게는 자랑스러운 업적이었다.

레드와인 공이 드래곤핏 완공을 기념하기 위해 제안한 마상 대회는 그해의 반이 지나간 다음에야 열렸다. 사자 문과 왕의 문 사이 성벽 서쪽에 펼쳐진 들판에 시합장이 준비되었고, 그곳에서 열린 마상 창시합은 특히 훌륭했다고 한다. 레드와인 공의 장남 로버트 경이 왕국 최강의 기사들을 상대로 뛰어난 창술을 선보이고 차남 리카드가 종자들의 대회에서 우승하여 시합장에서 왕으로부터 직접 기사 서임을 받았지만, 우승자의 영광은 용맹하고 잘생긴 블랙헤이븐의 시몬 돈다리온 경에게 돌아갔다. 시몬 경은 대너리스 공주를 그의 '사랑과 미의 여왕'으로 삼으면서 평민과 왕비의 사랑을 동시에 얻기도 했다.

드래곤핏에는 아직 아무 드래곤도 정착하지 않았으므로, 그 거대한 건물이 마상 대회의 대난전이 열릴 장소로 선택되었다. 11개 조로 나뉜 기사 77명이 이제껏 킹스랜딩에서 보지 못한 대규모 무력 충돌을 벌였다. 참가자들은 말을 타고 전투를 시작했고, 말에서 떨어진 다음에도 검과 철퇴와 도끼와 모닝스타(머리 부분에 뾰족한 대못들이 박힌 철퇴의 일종)로 난전을 이어 나갔다. 한 조를 제외한 모든 조가 탈락하자, 마지막 남은 조의 생존자들이 단 한 명의 우승자가 남을 때까지 서로 싸웠다.

참가자들은 무딘 대회용 무기를 들고 싸웠으나, 그럼에도 피 튀기는 격전이 이어져 관중에게 큰 즐거움을 주었다. 두 명이 죽고 40명이 넘는 부상자가 나왔다. 알리산느 왕비는 현명하게 자신이 총애하는 종퀄 다크와 연주가 톰이 난전에 참여하는 것을 금했으나, 늙은 '맥주 통'이 다시 참전하여 평민들로부터 열화와 같은 성원을 받았다. 그가 쓰러지자 얼마 전까지 종자였고 가문의 이름과 돼지 머리 투구 때문에 '햄' 해리라는 별명을 얻은 해리스 호그(Hogg는 돼지를 뜻하는 단어 hog와 발음이 같다) 경이 새로운 인기인이 되었다. 난전에 참여한 다른 유명 인사로는 드래곤스톤에서 쫓겨난 알린 불록 경과 로가르 바라테온의 동생인 보리스 경과 가론 경과 로날 경, 악명 높은 방랑기사 '교활한' 가일 경 그리고 서부에서 위명을 떨치는 캐스털리록의 훈련대장 알라스토르 레인 경 등이 있었다. 그러나 몇 시간에 걸친 혈투 끝에 마지막까지 두 발로 선 남자는 어깨가 떡 벌어진 황소 같은 금발 사내인 젊은 리버랜드 기사, 루카모어 스트롱 경이었다.

마상 대회가 끝나고 얼마 지나지 않아 알리산느 왕비는 킹스랜딩을 떠나 드래곤스톤으로 가서 출산을 기다렸다. 아에곤 왕자를 태어난 지 사흘 만에 잃은 기억은 여전히 왕비의 마음을 무겁게 짓눌렀다. 그녀는 고된 여정이나 분주한 궁중 생활을 피해 가문의 오래된 본성에서 조용하고 한적하게 지내기를 원했다. 에디트 성사와 라이라 성사가 그녀와 함께했고, 그들 외에도 왕비를 말벗으로서 보필하는 특권을 누리고자 자원한 백여 명의 후보 중에서 낙점된 젊은 처녀 십여 명이 곁에 있었다. 그 영예를 얻은 처녀로는 로가르 바라테온의 조카딸 두 명을 비롯해 아린, 밴스, 로완, 로이스, 돈다리온 공의 딸이나 누이가 포함되었고, 북부에서 온 화이트하버의 영주 테오모어의 딸, 마라 맨덜리도 있었다. 왕비는 또한 저녁이 따분하지 않도록 그녀가 총애하는 어릿광대 굿와이프와 그의 꼭두각시도 데려갔다.

궁중에서는 왕비가 드래곤스톤으로 가는 것을 염려한 이들도 있었다. 섬은 기후가 좋을 때도 습하고 음침한 곳이었고, 가을에는 거센 바람과 폭풍이 흔히 불었다. 최근 벌어진 참극으로 섬의 평판은 더욱 곤두박질쳤고, 어떤 이들은 라에나 타르가르옌의 독살당한 친구들의 유령이 성내를 떠돌지도 모른다며 두려워했다. 알리산느 왕비는 그런 우려를 어리석다고 일축했다. “전하와 나는 드래곤스톤에서 정말 행복했어.” 그녀가 걱정하는 이들에게 말했다. “그곳보다 우리 아이가 태어나기에 더 좋은 곳은 떠오르지 않아.”

AC 55년에 또다시 왕의 순행이 계획되었는데, 이번에 방문할 지역은 서부였다. 왕비는 대너리스 공주를 임신했을 때와 마찬가지로 왕이 순행을 취소하거나 연기하는 것을 만류하고 왕을 홀로 내보냈다. 버미토르를 타고 웨스테로스를 가로질러 골든투스에 먼저 도착한 왕은 남은 일행이 따라잡기를 기다렸다. 그 후 왕은 애시마크, 크래그, 케이스, 카스타미어, 타벡홀, 라니스포트와 캐스털리록 그리고 크레이크홀을 방문했다. 페어섬이 순행에서 제외된 것은 주목할 만하다. 큰누이 라에나와는 달리 재해리스 타르가르옌은 협박을 즐기는 사람이 아니었으나, 그만의 방식으로 심기가 불편함을 알렸다.

왕은 왕비가 출산할 때 곁에 있을 수 있도록 출산 예정일 한 달 전에 서부에서 돌아왔다. 학사들이 예상한 바로 그날에 태어난 아기는 사지가 멀쩡하고 건강하며 연보랏빛 눈동자를 지닌 사내아이였다. 아기의 머리카락도 백금처럼 빛나는 연한 색이었는데, 이는 옛 발리리아에서도 희귀한 빛깔이었다. 재해리스는 아들의 이름을 아에몬이라고 지었다. "대너리스가 화내겠네." 알리산느가 왕자에게 젖을 물리며 말했다. "꼭 여동생이어야 한다고 몇 번이고 당부했거든." 재해리스가 웃으며 대답했다. "다음에." 그날 밤, 그는 알리산느의 의견에 따라 드래곤알 한 개를 왕자의 요람에 넣어두었다.

한 달 후 재해리스와 알리산느가 킹스랜딩으로 돌아왔을 때, 아에몬 왕자의 탄생에 열광한 백성 수천 명이 철왕좌의 새로운 후계자를 볼 기대에 레드킵 주변 거리에 줄을 지어 서 있었다. 그들이 외치는 소리와 환호를 들은 왕은 마침내 왕궁 정문의 문루에 올라 모두가 볼 수 있도록 아들을 번쩍 들어 올렸다. 그때 터져 나온 함성은 협해 너머에서도 들릴 정도로 우렁찼다고 한다.

칠왕국이 기뻐하는 와중에 왕에게 큰누이 라에나가 이번에는 래스곶 해안에 위치한 에스터몬트섬에 있는 에스터몬트 가문의 오래된 본성 그린스톤에 나타났다는 소식이 전해졌다. 라에나는 그곳에서 한동안 머물렀다. 라에나의 첫 벗이었던 그녀의 사촌 라리사 벨라리온은 타스섬 저녁별의 차남과 혼인했다. 남편은 죽었지만 라리사는 딸을 하나 낳았고, 그 딸은 최근 늙은 에스터몬트 공과 결혼했다. 과부가 된 그녀는 딸의 결혼식이 끝난 뒤 타스에 남거나 드리프트마크로 돌아가지 않고 딸과 함께 그린스톤에서 지냈다. 라에나 타르가르옌이 에스터몬트섬에 끌린 이유가 라리사였음은 의심할 여지가 없다. 습하고 거센 바람이 불며 빈곤한 그 섬에는 다른 어떤 매력도 없던 까닭이었다. 딸이 사라지고 절친한 친구들과 측근들이 세상을 떠난 그때, 라에나가 어릴 적 동무로부터 위안을 받으려 한 건 놀라운 일이 아닐 것이다.

그 무렵 또 다른 예전 벗이 가까운 곳을 지나는 중임을 알았다면 선왕비는 매우 놀라고 분노했을 것이다. 펜토스에 들러 물자를 실은 알리스 웨스트힐과 그녀의 배 태양 추격자호는 티로시로 향했고, 그때 그녀와 라에나가 있던 에스터몬트섬 사이에는 협해에서도 가장 좁은 구간의 해역밖에 없었다. 해적들이 들끓는 징검돌 군도 근해를 지나야 하는 위험한 항해를 앞두고 알리스 영애는 다른 여러 신중한 선장과 마찬가지로 노궁병과 용병을 고용하던 중이었다. 그러나 변덕스러운 신들은 라에나 선왕비와 배신자의 만남을 원치 않았던 듯, 태양 추격자호는 무사히 징검돌 군도를 빠져나갔다. 이후 알리스 웨스트힐은 리스에서 용병들을 내보내고 신선한 물과 식량을 실은 뒤, 올드타운이 있는 서쪽으로 뱃머리를 돌렸다.

AC 56년, 웨스테로스에 겨울이 찾아왔고 에소스로부터 암울한 전갈이 도착했다. 재해리스 왕이 펜토스 북쪽의 구릉을 돌아다닌다는 괴짐승의 조사를 위해 보낸 병사들이 모두 죽었다는 소식이었다. 그들의 지휘관이었던 말벌 윌리엄 경은 괴물이 어디에 숨었는지 안다는 펜토스 현지인을 안내자로 고용했다. 그러나 안내자는 그들을 함정으로 이끌었고, 윌리엄 경과 그의 병사들은 안달로스의 벨벳 구릉지 어딘가에서 산적들에게 습격당하고 말았다. 그들은 용감하게 싸웠으나 적이 너무 많았고, 결국 분전 끝에 전멸했으며 윌리엄 경이 최후에 쓰러졌다고 전해졌다. 그의 머리는 펜토스에 있는 레고 공의 정보원 중 한 명에게 전달되었다.

"괴물이 아니로군요." 그 비극적인 보고를 듣고 바스 성사가 결론을 내렸다. "양 도둑들이 다른 사람들을 겁주려고 소문을 퍼뜨렸던 겁니다." 국왕의 손 마일스 스몰우드는 왕에게 이 참사에 대한 보복으로 펜토스를 응징하라고 촉구했으나, 재해리스는 몇몇 무법자가 저지른 범죄로 도시 전체와 전쟁을 일으키기를 꺼렸다. 그 문제는 그렇게 덮였고, 말벌 윌리엄 경의 일대기는 킹스가드의 하얀 책에 기록되었다. 그의 빈자리를 채우기 위해 재해리스는 드래곤핏에서 열린 대난전에서 우승한 루카모어 스트롱 경에게 하얀 망토를 하사하였다.

곧 더 많은 소식이 바다 너머에 있는 레고 공의 정보원들로부터 도착했다. 한 보고서는 노예상만(灣)에 자리한 아스타포의 투기장에 있다는 드래곤을 언급했다. 노예상들이 날개가 잘린 난폭한 짐승을 황소와 동굴곰과 창과 도끼로 무장한 노예들과 싸우게 하고, 그 광경을 수천 명의 관중이 환호하며 구경한다는 보고였다. 바스 성사는 즉시 보고를 일축했다. "의심할 여지없이 와이번입니다." 그가 딱 잘라 말했다. "드래곤을 본 적이 없는 이들은 소토리오스의 와이번을 흔히 드래곤과 착각하고는 합니다."

왕과 소협의회가 훨씬 더 큰 관심을 가진 사건은 보름 전 분쟁 지역을 휩쓸었다는 대규모 화재였다. 거센 바람이 부채질하고 마른 풀을 연료 삼아 사흘 밤낮으로 타오른 거대한 불로 마을 대여섯 곳과 용병단 한 개가 사라졌다. 맹렬하게 다가오는 불길과 티로시 집정관이 직접 지휘하는 군대 사이에 갇힌 '모험가들' 용병단은 산 채로 타 죽기보다 티로시 창병을 향해 몸을 던지는 것을 선택했고, 단 한 명도 살아남지 못했다.

화재의 원인은 의문으로 남았다. "드래곤의 짓입니다." 마일스 스몰우드 경이 단언했다. "그게 아니라면 뭐가 그랬겠습니까?" 레고 드라즈는 반신반의했다. "벼락이 쳤을 수도 있지요. 취사용 모닥불이 번졌을 수도 있고. 어떤 취객이 횃불을 들고 창녀를 찾다가 떨어뜨렸을 수도 있고." 왕도 그의 말에 동의했다. "이게 발레리온이 한 짓이었다면, 누군가 본 사람이 있었을 것이오."

에소스의 화재는 자신을 알리스 웨스트힐이라고 부르는 여인의 안중에 있지 않았다. 그녀의 두 눈은 반대쪽 수평선으로, 폭풍우가 휘몰아치는 서쪽 바다에 고정되어 있었다. 태양 추격자호는 가을의 마지막 나날에 올드타운에 입항했으나, 알리스 영애가 선원들을 구하지 못해 여전히 부둣가에 정박한 상태였다. 알리스는 지금껏 가장 대담한 뱃사람 중에서도 극소수만이 감히 가보려고 했던, 석양 너머로 항해하여 아무도 꿈꾸지 못한 새로운 땅을 탐험한다는 계획을 세웠고, 그런 항해 중 용기를 잃거나 반란을 일으켜 강제로 뱃머리를 되돌리게 하지 않을 선원들을 찾고 있었다. 그녀의 꿈에 동참할 이들이 필요했으나, 올드타운에서도 그런 사람을 찾기란 쉽지 않았다.

지금과 마찬가지로 그때도 무지한 평민들과 미신을 믿는 뱃사람들은 세상이 평평하고 서쪽 어딘가에 끝이 있다고 굳게 믿었다. 세상 끝에 불의 벽과 끓어오르는 바다 또는 새카만 안개가 끝없이 펼쳐져 있거나 지옥문이 있을 거라고 주장하는 이들도 있었다. 더 현명한 이들은 생각이 달랐다. 누구든 눈이 있다면 해와 달이 구체임을 알 수 있으니, 마찬가지로 이 세상도 구체라는 것이 논리적으로 타당했으며, 콘클라베의 최고학사들 역시 수백 년의 연구 끝에 같은 결론에 도달하고 확신했다. 발리리아 프리홀드의 드래곤 군주들은 물론, 콰스나 이티 또는 렝섬처럼 머나먼 곳의 현자들도 그렇게 믿었다.

그러나 이 세계의 크기에 관해서는 의견이 분분했다. 시타델의 최고학사들 사이에서도 이 문제를 두고 깊은 견해의 차이를 보였다. 혹자는 일몰해가 누구도 건너는 것이 불가능할 정도로 광활하다고 믿었다. 다른 이들은 일몰해가 아버섬에서 대(大)모라크섬까지 이르는 여름해 정도의 크기일 것이라고 반박했다. 그것도 엄청난 크기였으나, 적합한 배를 가진 대담한 선장이 항해하지 못할 거리는 아니었다. 만약 이 둥그런 세계가 이런 현자들이 말하는 대로 그렇게 작다면, 이티와 렝의 비단과 향신료를 구할 수 있는 서쪽 항로를 발견하는 자에게 막대한 부가 기다릴 터였다.

알리스 웨스트힐은 그렇게 믿지 않았다. 엘리사 파먼이 남긴 몇 안 되는 기록을 보면 그녀는 어릴 적부터 이 세상이 "학사들이 상상하는 것보다 훨씬 더 크고 기이하다"라고 확신했다. 서쪽으로 항해하여 울토스와 아샤이에 도달한다는 상인들의 꿈은 그녀가 꾸는 것이 아니었다. 그녀의 꿈은 더 대담했다. 에소스와 울토스의 극동 해안과 웨스테로스 사이에 또 다른 에소스나 소토리오스나 웨스테로스 같은 신대륙과 바다가 존재할 것이라고 믿었던 것이다. 그녀의 꿈은 사방으로 뻗어가는 강과 바람이 휘몰아치는 평야와 꼭대기가 구름에 가린 드높은 산, 화창한 하늘 아래 떠 있는 푸르른 섬, 인간이 길들인 적 없는 괴상한 짐승과 그 누구도 맛본 적 없는 기이한 과실, 낯선 별들 아래에서 휘황찬란하게 빛나는 황금 도시로 가득했다.

그러한 꿈을 꾼 건 그녀가 처음이 아니었다. '정복' 수천 년 전, 아직 겨울의 왕이 북부를 다스리던 시절에 '배 만드는' 브랜던이 일몰해를 횡단하고자 대선단을 건조하여 서쪽으로 나아갔으나, 다시 돌아오지 못했다. 그의 후계자이며 이름도 같았던 아들 브랜던은 선단이 건조된 조선소를 깡그리 태우고 '불태우는' 브랜던이라는 이름을 남겼다. 천 년 후, 그레이트윅에서 출항한 강철인들이 바람에 떠밀려 항로에서 이탈한 끝에 알려진 해안에서 북서쪽으로 여드레 떨어진 거리에 있는 바위섬들에 이르게 되었다. 그들의 선장은 그곳에 탑과 봉화대를 짓고 파윈드라고 개명한 뒤 본성을 '론리라이트(Lonely Light, 외로운 빛)'라고 명명했다. 지금도 그의 자손들은 바다표범이 인간보다 50배나 많은 그 섬에 붙어 악착같이 살고 있다. 다른 강철인들조차도 파윈드 가문 사람들이 미쳤다고 생각했고, 그들을 셀키(사람 모습으로 변신하는 바다표범)라고 부르기도 했다.

배 만드는 브랜던과 강철인들은 모두 북쪽 바다로 향했었다. 괴물 같은 크라켄과 바다 드래곤과 섬만 한 크기의 레비아탄이 차가운 잿빛 물 아래를 헤엄치고, 거대한 빙산이 차디찬 안개 속에 숨어 둥둥 떠다니는 바다였다. 알리스는 그들의 항적을 따라갈 마음이 없었다. 그녀는 태양 추격자호의 뱃머리를 더 남쪽으로 돌려 따뜻한 파란 바다를 항해하며 순풍을 타고 일몰해를 횡단할 계획이었다. 하지만 그러려면 먼저 선원이 필요했다.

어떤 이들은 대놓고 비웃었고, 또 어떤 이들은 그녀를 미쳤다고 매도하거나 얼굴에 대고 욕을 하기도 했다. 어떤 선장이 그녀에게 말했다. "괴상한 짐승들을 볼 수는 있을 거야. 그리고 아마 그런 놈들에게 잡아먹히겠지." 그러나 드래곤알의 대가로 바다군주에게서 받은 황금은 아직도 적잖은 양이 브라보스 강철은행의 금고에 남아 있던 터라, 알리스 영애는 다른 선장보다 세 배나 되는 급여를 제시하며 서서히 선원들을 모을 수 있었다.

결국 그녀의 노력은 하이타워 영주의 관심을 끌기에 이르렀다. 도넬 공은 손자들이자 각자 나름대로 명성이 있는 뱃사람인 유스터스와 노먼을 보내 알리스를 조사하고 필요하다면 구속하라고 일렀다. 두 남자는 오히려 그녀의 뜻에 동참하여 자신들의 배와 선원들을 항해에 참여시키겠다고 맹세했다. 그러자 사람들이 앞을 다투어 그녀의 배에 오르기를 자청했다. 하이타워 사람들이 간다면 한몫 잡을 기회가 있다는 뜻이었다. AC 56년 셋째 달의 스무사흗날, 태양 추격자호는 노먼 하이타워 경의 '가을 달'호와 유스터스 하이타워 경의 '메레디스 아가씨'호와 함께 '속삭이는 소리만(灣)'을 내려가 망망대해로 나아갔다.

그들은 하마터면 출항하지 못할 뻔했다. 알리스 웨스트힐이 선원을 애타게 구한다는 소문이 드디어 킹스랜딩에도 닿은 까닭이었다. 엘리사 영애의 가명을 바로 간파한 재해리스 왕은 올드타운의 도넬 공에게 큰까마귀를 보내 그 여인의 신병을 즉시 확보한 뒤 심문을 위해 레드킵으로 압송하도록 명령했다. 그러나 새들이 너무 늦게 도착했다……. 혹은 오늘날까지 일부에서 의문을 제기하듯 지체하는 도넬 공이 이때도 지체했을 수도 있다. 그는 왕의 분노를 피하고자 쾌속선 십여 척을 급파하여 알리스 웨스트힐과 자신의 손자들을 뒤쫓게 했으나, 한 척씩 추격을 포기하고 돌아왔다. 바다는 넓고 배는 작았으며, 도넬 공의 그 어떤 배도 돛에 바람을 안고 나아가는 태양 추격자호의 속도를 따라잡을 수 없었던 것이다.

그녀가 도주했다는 소식이 레드킵에 닿자, 왕은 직접 엘리사 파먼을 쫓아야 할지 한참을 고민했다. 그 어떤 배도 하늘을 나는 드래곤보다 빠르지 않으니, 하이타워 공의 쾌속선이 실패했어도 버미토르라면 찾을 수 있다고 생각한 것이다. 그러나 알리산느 왕비는 그런 생각 자체에 질겁했다. 그녀는 아무리 드래곤이라도 쉬지 않고 날지는 못한다고 말하면서, 현존하는 일몰해의 해도(海圖)에는 쉴 만한 섬이나 바위 따위가 없음을 지적했다. 베니퍼 대학사와 바스 성사가 왕비의 말에 동의하며 반대하자, 왕은 마지못해 추격을 포기했다.

AC 56년 넷째 달 열사흗날의 아침은 싸늘하고 흐렸으며, 동쪽에서 매서운 바람이 불었다. 궁중 기록에 따르면 그날 재해리스 타르가르옌 1세는 왕실의 차관에 대한 연(年) 상환금을 거두고자 방문한 브라보스 강철은행의 사절과 조찬을 함께 했다고 한다. 화기애애한 식사는 아니었다. 왕의 머릿속에는 여전히 엘리사 파먼이 큰 자리를 차지했고, 왕은 그녀의 배 태양 추격자호가 브라보스에서 건조되었음을 알고 있었다. 왕은 사절에게 강철은행이 배의 건조에 자금을 댔는지, 도난당한 드래곤알에 관해 알았는지 캐물었다. 은행의 사절은 물론 아무것도 모른다고 부인했다.

같은 시간, 레드킵 왕궁의 다른 곳에서는 알리산느 왕비가 아이들과 아침을 보내고 있었다. 대너리스 공주는 여전히 여동생을 원했지만, 그럭저럭 동생 아에몬과 친해진 상태였다. 바스 성사는 서고에, 베니퍼 대학사는 까마귀 방에 있었다. 코브레이 공은 도성 반대편의 동부 병영에서 도시 경비대원들을 사열하는 중이었고, 레고 드라즈는 드래곤핏 아래에 있는 자신의 저택에서 대가에 따라 정조를 굽히는 한 젊은 아가씨와 좋은 시간을 즐기고 있었다.

그들 모두 그날 아침 뿔나팔 소리가 울려 퍼졌을 때 자신이 무엇을 하고 있었는지 오랫동안 기억할 것이었다. "그 소리를 들었을 때, 도저히 이유는 모르겠지만 차가운 칼날이 등골을 훑으며 내려가는 기분이 들었어"라고 이후 왕비는 회고했다. 블랙워터만의 앞바다를 내려다보는 외딴 망루에 있던 감시병은 멀리서 짙은 날개가 어렴풋이 보이자 경고의 나팔을 불었다. 날개가 점점 커지자 그는 다시 나팔을 불었고, 하얀 구름을 뚫고 새카만 드래곤이 나타나자 세 번째로 나팔을 불었다.

발레리온이 킹스랜딩에 돌아온 것이었다.

검은 공포가 도성의 하늘에 모습을 드러낸 것은 수년 만의 일이었고, 공포에 질린 수많은 시민이 잔혹 왕 마에고르가 무덤에서 되살아나 드래곤을 타고 돌아온 것은 아닌지 두려워했다. 그러나 드래곤의 목에 매달린 기수는 죽은 왕이 아니라 죽어가는 아이였다.

하강하는 발레리온의 그림자가 레드킵의 뜰과 건물 위를 쓸며 지나갔고, 드래곤은 거대한 날개를 홰치며 마에고르 성채 옆의 안마당에 내려앉았다. 발레리온이 땅에 닿자마자 아에레아 공주가 등에서 미끄러졌다. 그녀가 궁에서 머물 때 가까이 지낸 사람들조차도 소녀를 거의 알아보지 못했다. 거의 벌거벗은 모습이었고, 그나마 남은 옷가지도 갈가리 찢어져 누더기인 채로 팔과 다리에 감겨 있었다. 공주의 머리카락은 헝클어지고 푸석했으며, 팔다리는 말라서 나무토막 같았다. "도와줘!" 그녀가 자신이 내려오는 모습을 목격한 여러 기사와 종자와 시종에게 외쳤다. 그들이 달려오자 공주는 "난 결코"라고 말하다가 정신을 잃고 쓰러졌다.

루카모어 스트롱 경은 그때 마에고르 성채를 둘러싼 마른 해자 위에 놓인 도개교에서 경계를 서고 있었다. 그는 구경꾼들을 밀치고 공주를 품 안에 안고는 성채를 가로질러 베니퍼 대학사에게 달려갔다. 나중에 그는 소녀가 벌겋게 달아오르고 몸이 펄펄 끓듯 뜨거웠으며, 그가 법랑을 입힌 미늘 갑옷을 걸쳤음에도 열기를 느낄 수 있었다고 누구든 들어줄 사람에게 떠벌렸다. 기사는 또한, 공주의 눈에 핏물이 어렸으며 "그녀의 몸 안에 뭔가가 있었고, 그것이 움직일 때마다 내 품에서 공주가 떨면서 몸을 비틀었다"라고 말했다. (그러나 다음 날 재해리스 왕이 그를 불러 공주에 대하여 함구하라는 명령을 내렸기에 더 말하지는 못했다.)

기별을 받은 왕과 왕비는 즉시 학사의 거처로 갔으나, 베니퍼가 그들이 들어오는 것을 막았다. "지금 공주는 보실 만한 상태가 아닙니다." 그가 국왕 내외에게 말했다. "그리고 전하가 더 가까이 오시게 한다면 제 소임을 소홀히 하는 처사일 것입니다." 문밖에 배치된 경비병들은 하인들도 접근하지 못하게 했다. 오직 바스 성사만이 병자를 위한 예식을 치르고자 들어갔을 뿐이었다. 베니퍼는 위중한 공주에게 양귀비즙을 주고 고열을 내리고자 공주를 얼음으로 채운 욕조에 눕히는 등 그가 할 수 있는 모든 것을 했으나, 모두 허사로 돌아가고 말았다. 레드킵의 성소에 수백 명이 모여 공주를 위해 기도하는 동안 재해리스와 알리산느는 학사의 거처 밖에서 밤을 샜다. 해가 지고 박쥐의 시간에 이르렀을 때, 바스가 방에서 나와 아에레아 타르가르옌의 임종을 알렸다.

다음 날 동이 틀 무렵, 공주의 시신은 머리부터 발끝까지 새하얀 고급 리넨에 싸인 채 바로 화장되었다. 레드와인 공은 화장 의식을 위해 시신을 염습한 베니퍼 대학사 본인도 거의 죽을 지경인 듯한 모습이었다고 아들들에게 털어놓았다. 왕은 조카딸이 열병에 걸려 사망했다고 발표하고 왕국에 그녀를 위해 기도해달라고 부탁했다. 킹스랜딩은 며칠 동안 애도하다가 다시 일상으로 돌아갔고, 그 일은 그렇게 끝을 맺었다.

그러나 의혹은 남았다. 수 세기가 지난 지금도 우리는 진실에 가까워지지 못했다.

지금까지 마흔 명이 넘는 남자가 대학사로서 철왕좌를 섬겼다. 그들의 일기와 서신, 장부와 회고록과 궁중 일정표는 그들이 목격한 사건에 관해 전하는 최고의 기록이지만, 모든 대학사가 똑같이 성실하지는 않았다. 어떤 학사는 왕이 저녁으로 먹은 것 (그리고 맛있어했는지) 따위까지 적은 무의미한 내용으로 가득한 서책 수십 권을 남겼는가 하면, 한 해에 서신 대여섯 장을 쓴 게 전부인 이들도 있었다. 이런 면에서 베니퍼는 제일 성실한 축에 속했고, 그가 남긴 서신과 일기는 대학사가 재해리스 왕과 숙부 마에고르를 섬기는 동안 본 것과 한 것과 경험한 것들을 자세하게 알려준다. 그러나 베니퍼의 자필 기록 어디에도 아에레아 타르가르옌과 그녀가 훔친 드래곤이 킹스랜딩에 귀환한 사건과 어린 공주의 죽음을 다룬 부분을 찾을 수 없다. 다행히도 바스 성사는 그렇게 과묵하지 않았던 터라, 이제 그가 남긴 기록을 살펴보고자 한다. 다음은 바스가 기술한 내용이다.

"공주가 비명에 떠난 지 사흘이 지났지만, 난 여전히 잠을 자지 못하고 있다. 다시 잠이 들 수 있을지 모르겠다. 언제나 '어머니'는 자비로우시고 '위에 계신 아버지'는 모든 사람에게 공정한 판결을 내리신다고 믿었건만……. 우리의 가련한 공주에게는 자비로움도, 공정함도 없었다. 어찌하여 신들은 그런 끔찍한 일이 벌어지도록 몰랐거나 무심했던 것인가? 아니면 이 우주에 다른 신격들이 있는 것일까? 붉은 를로르의 사제들이 대항의 목소리를 높이는 무시무시한 악신들 같은, 인간의 왕과 인간의 신들조차도 한낱 파리처럼 하찮은 것으로 전락시키는 악의를 품은 존재들이?

모르겠다. 알고 싶지도 않다. 이 때문에 내가 신앙을 잃은 성사가 된다고 하더라도 어쩔 수 없다. 나와 베니퍼 대학사는 그의 방에서 불쌍한 아이가 죽어가는 동안 우리가 보고 경험한 모든 것을 누구에게도 발설하지 말자고 다짐했다. 왕에게도 왕비에게도 공주의 어머니에게도 심지어는 시타델의 최고학사들에게도……. 그러나 난 그 기억에서 벗어날 수 없으므로, 여기에 적어놓으려고 한다. 먼 훗날 누군가 이 기록을 찾아 읽을 때쯤에는, 사람들이 그런 악(惡)을 더 잘 이해하고 있지 않을까.

우리는 세상 사람들에게 아에레아 공주가 열병에 걸려 죽었다고 발표했다. 대체로 사실이었으나, 난 그런 열병을 단 한 번도 본 적이 없었고 앞으로도 보지 않기를 간절히 바란다. 아이는 불타오르고 있었다. 피부가 벌겋게 달아올랐고 열이 얼마나 높은지 이마에 손을 얹었을 때는 마치 기름이 끓는 단지에 손을 집어넣은 것만 같았다. 공주는 몹시 야위고 굶주린 모습이었고 몸에는 뼈와 가죽만 남았으나, 피부 아래서 무언가가…… 불룩불룩 튀어나왔다 들어가는 것이 보였다. 마치, 마치…… 아니, 마치가 아니다. 그녀의 몸 안에는 살아 있는 무언가가 있었고, 밖으로 나올 길을 찾는 듯 이리저리 움직이고 비틀며 공주에게 양귀비즙마저도 덜 수 없는 극심한 고통을 주었다. 우리는 아에레아가 아무 말도 하지 않았다고 왕에게 말했고 공주의 어머니에게도 그리 말할 테지만, 그건 거짓말이다. 그녀의 갈라지고 피가 흐르는 입술 사이로 새어 나온 속삭임을 잊기만을 기도할 뿐. 공주가 얼마나 많이 죽여달라고 애걸했는지 잊을 수가 없다.

그런 끔찍한 것을 그저 열병이라고 불러도 되는지는 모르겠으나, 어쨌든 학사의 의술은 전혀 소용이 없었다. 당시 그 불쌍한 아이의 상태를 가장 단순하게 표현하자면 몸 내부에서부터 달궈졌다는 것이다. 공주의 피부는 점점 검어지더니 갈라지기 시작했고, 이렇게 쓰는 것조차 끔찍하지만 결국에는 잘 익은 돼지 껍데기처럼 변하고 말았다. 그녀의 입과 코 그리고 너무나 참혹하게도 아랫도리에서도 가느다란 연기가 피어올랐다. 그때 공주는 이미 말을 멈추었으나, 아직도 체내에서는 어떤 것들이 계속하여 움직

였다. 그리고 머릿속에서 익어가던 그녀의 두 눈이 마침내 물이 끓는 냄비 안에 오래 내버려둔 달걀처럼 퍽 터져 나갔다.

그 어떤 것도 그 광경보다 더 무참하지 못하리라 생각했으나, 곧 생각을 바로잡을 수밖에 없었다. 더욱더 참혹한 공포가 나를 기다렸기 때문이다. 나와 베니퍼 대학사가 그 가련한 아이를 욕조에 눕히고 얼음을 채워 넣었을 때였다. 난 갑작스러운 냉기의 충격이 공주의 심장을 멈추게 했다고 생각한다. 또한 그랬다면 자비였으리라. 그러지 않았다면, 몸 안에 있던 것들이 튀어나올 때도 숨이 붙어 있었더라면…….

그것들은…… 어머니시여, 그것들을 어떻게 묘사해야 할지 모르겠나이다……. 얼굴이 달린 지렁이…… 손발이 달린 뱀 같은……. 뒤틀리고 끈적끈적한 형언할 수 없는 것들이 몸부림치고 벌떡거리고 꿈틀거리며 공주의 살을 찢고 쏟아져 나왔다. 몇몇은 내 새끼손가락보다도 작았지만, 적어도 하나는 내 팔뚝만 했다……. 그리고 그것들이 내던 소리는, 전사이시여, 절 보우하소서…….

하지만 그것들은 죽었다. 반드시 죽었음을 기억해야 한다. 정체가 무엇이었든지, 그것들은 열기와 불의 생명체였고 얼음의 냉기를 견디지 못했다. 다행히도 몸부림치고 꿈틀거리다가 내 눈앞에서 하나씩 죽어갔다. 이름을 붙일 엄두도 나지 않는다……. 그것들은 괴물이었다."

바스 성사가 남긴 기록의 첫 부분은 그렇게 끝난다. 그러나 그는 며칠 후 기록을 재개했다.

"아에레아 공주는 세상을 떠났지만, 사람들은 그녀를 잊지 않았다. 매일 아침과 저녁, 신자들은 그녀의 영혼을 위해 기도한다. 성소 바깥에서는 모든 이가 같은 의문을 품었다. 공주는 1년 넘게 실종 상태였다. 어디로 갔던 것일까? 무슨 일을 겪은 것일까? 왜 돌아온 것일까? 발레리온이 안달로스의 벨벳 구릉지에 나타났다는 괴물이었나? 분쟁 지역을 휩쓴 화재가 발레리온이 내뿜은 불길에서 시작되었나? 검은 공포가 먼 아스타포까지 날아가 투기장의 드래곤 노릇을 하였던 것일까? 아니, 아니, 아니다. 전부 헛소문일 뿐이다.

그런 낭설을 제쳐놓는다고 하더라도 여전히 의혹이 남는다. 아에레아 타르가르옌은 드래곤스톤에서 도망친 뒤 어디로 갔던 것일까? 라에나 선왕비는 처음에는 딸이 킹스랜딩으로 날아왔다고 생각했다. 공주가 왕궁으로 돌아가고 싶다는 바람을 숨기지 않았었기에. 그 생각이 틀린 것으로 드러나자 라에나는 페어섬과 올드타운으로 눈을 돌렸다. 둘 다 나름 그럴듯한 판단이었지만, 그 두 곳에서도 웨스테로스의 어느 곳에서도 아에레아를 찾을 수 없었다. 왕비와 나를 포함한 다른 이들은 이를 두고 공주가 서쪽이 아닌 동쪽으로 날아갔으며 에소스 어딘가에 있으리라고 추정했다. 자유도시라면 어머니의 손아귀에서 벗어날 수 있다고 생각했을지도 몰랐다. 특히 알리산느 왕비는 아에레아가 드래곤스톤만큼이나 그녀의 어머니로부터 도망친 것이라고 확신했다. 그러나 레고 공의 정보원들과 밀정들은 협해 너머에서 공주는커녕 그녀의 드래곤에 관한 소문조차 얻지 못했다. 어째서일까?

내게 뒷받침할 증거는 없지만, 추론을 하나 제시하고자 한다. 내가 보기에 우린 모두 잘못된 질문을 하고 있었다. 아에레아 타르가르옌이 아침에 어머니의 성에서 몰래 빠져나왔을 때, 그녀는 아직 열세 살이 채 안 된 나이였다. 드래곤들과 친숙했지만 한 번도 타본 적은 없었고, 어리고 온순한 드래곤 대신 하필이면 발레리온을 선택하는 도저히 이해할 수 없는 행동을 했다. 어머니와의 심화된 갈등 때문에 그저 라에나 선왕비의 드림파이어보다 더 크고 강력한 드래곤을 원했던 것일지도 모른다. 또는 그녀의 아버지와 아버지의 드래곤을 살해한 짐승을 길들인다는 욕망에 취했을 수도 있다(하지만 아에레아 공주는 아버지를 알지 못했고, 그녀가 아버지와 아버지의 죽음을 어떻게 생각했는지는 가늠하기 어렵다). 이유가 무엇이었든, 공주는 그런 선택을 했다.

공주는 그녀의 어머니가 추측한 대로 킹스랜딩으로 날아가고 싶었을지도 모른다. 올드타운에 있는 쌍둥이 동생에게 가거나 모험에 데려가주겠다고 약속한 엘리사 파먼을 찾으려고 했을 수도 있다. 하지만 그녀의 계획이 무엇이었는지는 상관이 없었다. 드래곤의 등에 올라타는 것과 그 드래곤을 뜻대로 움직이는 건 전혀 다른 문제이고, 더구나 드래곤이 늙고 사나운 검은 공포라면 더욱더 그러하다. 처음부터 우리는 '아에레아가 발레리온을 타고 어디로 갔을까?'가 아니라 '발레리온이 아에레아를 어디로 데려갔을까?'라고 자문해야 했다.

오직 하나의 답만이 앞뒤가 맞는다. 발레리온은 정복 시절 아에곤 왕과 그의 누이들이 탔던 세 드래곤 중 가장 크고 나이도 제일 많은 드래곤이었음을 기억하기를 바란다. 바가르와 메락세스는 드래곤스톤에서 부화했다. 오로지 발레리온만이 망명자 아에나르와 꿈꾸는 다에니스와 함께 섬으로 왔고, 당시 데려온 다섯 드래곤 중 가장 어린 드래곤이었다. 더 나이 많은 드래곤들은 세월이 흐르며 하나하나 죽었으나, 발레리온은 계속 살아남아 점점 더 커지고 더 사나워지고 더 고집이 세졌다. 일부 요술쟁이와 협잡꾼의 이야기를 제외한다면(무시하는 것이 마땅하다), 아마 발레리온은 전 세계에서 파멸하기 전의 발리리아를 아는 유일한 생명체일 것이다.

그리고 발레리온은 바로 그곳으로 등에 매달린 가련한 공주를 데려갔을 것이다. 공주가 순순히 갔다면 정말 놀라운 일일 것이나, 그녀는 발레리온을 돌릴 지식도, 의지도 없었다.

아에레아가 발리리아에서 어떤 일을 당했는지는 짐작조차 할 수 없다. 그녀가 어떤 상태로 우리에게 돌아왔는지 고려하면 생각도 하기 싫다. 발리리아인들이 드래곤 군주이기만 했던 것은 아니다. 그들은 혈마법과 다른 흑마술에도 조예가 있었고, 대지를 깊게 파고들어 캐내지 말아야 할 비밀을 캐내고 짐승과 인간의 육신을 비틀어 무시무시하고 기괴한 키메라들을 만들어냈다. 그러한 죄악에 분노한 신들이 천벌을 내린 것이었다. 발리리아는 저주받았다고 모든 이가 입을 모으고, 가장 대담한 뱃사람들조차도 연기가 피어오르는 폐허를 멀리 돌아간다. 그러나 그곳에 아무것도 살지 않는다는 생각은 오산이다. 지금 그곳에는 아에레아 타르가르옌의 몸 안에 있던 것들과…… 그 외에 우리가 상상도 할 수 없는 끔찍한 것들이 살고 있을 것이다. 지금까지 공주가 어떻게 사망했는지 자세하게 적었으나, 한 가지 언급해야 할 더 섬뜩한 사실이 있다.

발레리온도 상처가 있었다. 웨스테로스의 하늘을 난 드래곤 중 가장 강력하고 거대한 짐승인 검은 공포는 온몸에 아직 아물지 않은 상흔을 새긴 채 킹스랜딩으로 귀환했다. 그 누구도 전에는 본 적 없는 상처들이었다. 왼쪽 옆구리에는 위에서 아래로 3미터 가까이 들쭉날쭉하게 찢긴 상처가 있었고, 벌겋게 벌어진 상처에서 연기와 함께 뜨거운 피가 뚝뚝 흘렀다.

웨스테로스의 영주들은 자부심이 높은 이들이고 종단의 성사들과 시타델의 학사들이 어느 면에서는 더욱더 자부심이 높다고도 할 수 있으나, 우리가 아직 이 세상의 본질에 관해 이해하지 못하거나 영원히 이해하지 못할 것들이 수없이 많다. 어쩌면 이는 자비일지도 모른다. 혹자는 '아버지'께서 우리의 신앙심을 시험하기 위해서 인간에게 호기심을 주셨다고 말한다. 어떤 문 앞에 설 때마다 그 너머에 무엇이 있는지 보아야 하는 욕구는 내가 감내해야 하는 죄악이나, 때로는 열어서는 안 되는 문도 있다. 아에레아 타르가르옌은 바로 그런 문을 열고 들어갔던 것이다." 바스 성사의 기록은 거기까지였다. 이후 그는 다시는 아에레아 공주의 죽음에 관해 적지 않았고, 이 기록마저도 자신의 비밀문서 사이에 숨겨놓아 백 년 가까이 발견되지 않았다. 그러나 그때 성사가 목격한 끔찍한 광경은 그에게 깊은 영향을 미쳤고, 그는 "내가 감내해야 하는 죄악"에 해당하는 지식을 더욱 갈망하게 되었다. 이 사건을 계기로 바스는 이후 시타델에서 "도발적이지만 근거가 없다"라고 비난하고 성왕 바엘로르가 전량 말소와 파기를 명령한 그의 저서《드래곤과 웜과 와이번의 괴이한 역사》(웜(wyrm)은 날개와 다리가 없는 거대한 뱀 같은 짐승을 말한다)로 집대성되는 연구와 조사를 시작하기에 이른다.

바스 성사가 자신이 품은 의문을 왕과 논의했을 수도 있다. 소협의회에 안건으로 올라온 적은 없었지만, 같은 해 재해리스는 칙명을 내려 발리리아 주변의 섬을 방문했거나 '연기 바다'를 항해했다고 의심되는 배는 칠왕국에 정박이나 입항을 금지했다. 왕의 백성 역시 발리리아 방문이 금지되었고, 이를 어기는 자는 극형에 처했다.

얼마 후, 발레리온은 타르가르옌 왕가의 드래곤 중 드래곤핏에 거주하는 첫 드래곤이 되었다. 언덕 깊은 곳으로 이어지는 긴 벽돌 터널은 굴과 구조가 흡사했고, 드래곤스톤에 있는 둥지보다 다섯 배는 더 컸다. 곧 어린 드래곤 셋이 라에니스 언덕 속에서 검은 공포와 함께 지내게 되었고, 버미토르와 실버윙은 그들의 기수와 가까운 레드킵 왕성에 계속 머물렀다. 왕은 아에레아 공주가 발레리온을 타고 탈주한 것과 같은 사태가 재발하지 않도록 둥지가 어디 있든 상관없이 모든 드래곤을 밤낮으로 지키게 했다. 이를 위해 새로운 경비대가 창설되었다. '드래곤지기'로 명명된 이 경비대는 77명 전원이 번쩍이는 검은 갑옷을 걸쳤고, 그들의 투구 윗부분을 장식한 드래곤 비늘은 서서히 작아지며 등까지 이어졌다.

라에나 타르가르옌이 딸이 죽은 후 에스터몬트에서 돌아온 이야기는 자세하게 서술할 필요가 없다. 그린스톤성에 머무르던 선왕비에게 큰까마귀가 도착했을 때는 이미 공주가 죽고 화장된 다음이었다. 드림파이어를 타고 레드킵에 돌아온 그녀를 맞이한 건 딸의 재와 유골뿐이었다. "난 언제나 한발 늦을 운명인가 보구나." 그녀가 말했다. 라에나는 딸의 재를 드래곤스톤으로 보내 아에곤 왕과 왕가의 다른 사자(死者)들 옆에 안치하겠다는 왕의 제의를 거절했다. "그 아이는 드래곤스톤을 싫어하지 않았니." 그녀가 왕에게 말했다. "언제나 날고 싶어 했어." 그렇게 말한 선왕비는 딸의 재를 품에 안고는 드림파이어를 타고 하늘 높이 솟아오른 뒤, 재를 바람에 흩뿌렸다.

침울한 시간이었다. 재해리스는 누이가 원한다면 드래곤스톤은 여전히 그녀의 것이라고 말했으나, 라에나는 그것도 거절했다. "나로서는 이제 그곳에 슬픔과 유령만이 남아 있을 뿐이야." 알리산느 왕비가 그린스톤으로 돌아가겠냐고 묻자, 라에나는 고개를 저었다. "아니, 거기에도 유령이 있어. 더 다정한 유령이긴 하지만, 슬프긴 마찬가지야." 왕은 왕궁에서 지내는 것은 어떻겠냐고, 소협의회에도 참석할 권한을 주겠다고 제의했다. 그 말에 라에나가 웃음을 터뜨리고는 말했다. "아, 내 착한 동생아. 내가 하는 조언이 네 마음에 들 것 같지는 않구나." 그러자 알리산느 왕비가 그녀의 손을 잡고는 말했다. "언니는 아직 젊어. 원한다면 우리처럼 언니를 사랑해줄 자상하고 다정한 영주를 찾아볼게. 아이를 다시 낳을 수도 있잖아." 하지만 라에나는 그 말을 듣고 으르렁거리며 손을 홱 잡아 빼고는 쏘아붙였다. "난 마지막 남편을 내 드래곤에게 먹였어. 내게 또 다른 남편을 준다면, 이번에는 내가 잡아먹을지도 몰라."

재해리스 왕이 그의 누나 라에나를 정착시킨 곳은 거의 아무도 예상치 못한 성, 하렌홀이었다. 마지막까지 잔혹 왕 마에고르에게 충성을 바친 영주 중 한 명이었던 조던 타워스가 가슴 울혈로 죽은 이래, 검은 하렌의 거대한 폐허는 타워스가 선왕을 따라 이름을 지은 마지막 남은 아들에게 승계되었다. 형들이 모두 마에고르 왕이 일으킨 전쟁 중 전사한 마에고르 타워스는 가문의 마지막 생존자였으며, 병약하고 빈곤했다. 수천 명이 거주할 수 있게 지은 성에서 타워스는 오직 요리사 한 명과 노병 셋과 함께 지내고 있었다. "그 성에는 거대한 탑이 다섯 개가 있어." 왕이 설명했다. "그리고 타워스가의 소년은 그중 한 곳의 일부만을 쓰고 있지. 남은 탑 네 개는 누나가 써도 될 거야." 라에나는 실소하며 대답했다. "탑 한 개로도 충분할 걸. 내 가솔은 그 꼬마가 거느린 것보다도 적으니까." 알리산느가 하렌홀에도 유령이 있음을 상기시키자, 라에나는 어깨를 으쓱였다. "나와 상관없는 유령들이잖아. 신경 안 써."

그리하여 한 왕의 딸이며 두 왕의 왕비이자 세 번째 왕의 누나였던 라에나 타르가르옌은 여생을 하렌홀에서 보냈다. 그녀가 이름도 적절한 '과부의 탑'에서 지내는 동안 성 안마당의 반대편 '공포의 탑'에서는 그녀가 낳은 딸들의 아버지를 죽인 왕의 이름을 딴 병약한 소년이 가문을 유지하고 있었다. 흥미롭게도 어느 정도 시간이 지나고 라에나와 마에고르 타워스 사이에 우정 비슷한 감정이 싹텄다고 한다. AC 61년에 소년이 죽자, 라에나는 그의 하인들을 가솔로 받아들이고 죽을 때까지 함께했다.

라에나 타르가르옌은 AC 73년, 50세의 나이에 사망했다. 딸 아에레아의 사후 그녀는 킹스랜딩이나 드래곤스톤에 다시 들르지 않고 왕국의 통치에도 전혀 관여하지 않았으며, 단지 별빛 성소에서 성사로 지내는 다른 딸 라엘라를 보기 위해 매년 한 번씩 올드타운으로 날아갔을 뿐이었다. 그녀의 은금발 머리는 죽기 전에 하얗게 셌고, 인근 리버랜드의 평민들은 그녀를 마녀라고 부르며 두려워했다. 라에나의 말년에 하렌홀의 성문을 두드린 여행자들은 빵과 소금을 받고 성에서 하룻밤 묵는 것을 허락받았지만, 선왕비를 알현하지는 못했다. 운이 좋은 이들은 그녀가 성의 흉벽 위를 거니는 모습을 훔쳐보거나 드래곤을 타고 날아다니는 광경을 볼 수 있었다. 라에나가 처음처럼 마지막까지도 드림파이어를 타고 다닌 까닭이었다.

그녀가 죽자, 재해리스 왕은 그녀의 시신을 하렌홀에서 화장하고 그곳에 안치하라는 명령을 내렸다. "내 형 아에곤은 신의 눈 아래 전투에서 숙부의 손에 죽었다." 왕이 화장용 장작더미 앞에서 말했다. "형의 아내였던 내 누이 라에나는 당시 형과 함께 전장에 있지는 않았지만, 그날 그녀도 죽은 것과 마찬가지였다." 라에나가 세상을 떠난 뒤, 재해리스는 하렌홀의 성과 영지와 수입을 킹스가드 기사 루카모어 스트롱 경의 형제이자 본인 역시 유명한 기사인 바이원 스트롱 경에게 내렸다.

하지만 이야기가 너무 앞서가고 말았다. '이방인'이 라에나 타르가르옌을 데려간 건 AC 73년이었고, 그때까지 킹스랜딩과 웨스테로스의 칠왕국에는 수많은 좋고 나쁜 일이 벌어질 것이었다.

AC 57년, 재해리스와 왕비는 또다시 아들을 얻는 경사를 누렸다. 둘째 아들은 정복 전 드래곤스톤을 다스린 옛 타르가르옌 영주 중 역시 차남이었던 영주의 이름을 따서 바엘론이라고 이름 지었다. 바엘론은 그의 형 아에몬보다 작게 태어났지만 더 목청이 크고 기운찼으며, 유모들은 바엘론처럼 젖을 세게 빠는 아기는 처음이라고 불평했다. 그가 태어나기 이틀 전 시타델에서 봄의 도래를 알리는 하얀 큰까마귀들이 도착했기에, 바엘론은 바로 '봄의 왕자'라는 별명을 얻었다.

바엘론이 태어났을 때 아에몬 왕자는 두 살, 대너리스 공주는 네 살이었다. 둘은 닮은 구석이 별로 없었다. 공주는 항상 활기차고 즐거운 아이로, 가장 좋아하는 장난감이 된 빗자루 드래곤을 타고 "날아다닌다며" 레드킵 왕궁 곳곳을 낮이건 밤이건 방방 뛰어다녔다. 언제나 진흙투성이에 풀물이 든 공주는 그녀의 어머니와 시녀들에게 지독한 골칫거리였는데, 항상 그들의 시야에서 사라졌기 때문이었다. 반면 아에몬 왕자는 매우 진지하고 신중하며 조심스럽고 순종적인 사내아이였다. 아직 글을 읽지는 못했지만 남이 읽어주는 건 좋아했고, 알리산느 왕비는 아들의 첫 마디가 "왜?"였다고 종종 웃으며 말했다고 한다.

베니퍼 대학사는 자라나는 아이들을 자세히 지켜보았다. 정복자의 아들 아에니스와 마에고르의 반목이 남긴 상처는 여전히 연배가 높은 귀족들의 뇌리에 생생하게 남아 있었고, 베니퍼는 이 두 왕자도 서로 싸우고 왕국을 피바다로 만들지 않을까 염려했다. 그러나 노파심에 불과했다. 쌍둥이들을 제외하면 재해리스 타르가르옌의 두 아들만큼 서로 가까웠던 형제는 아마 없었을 것이다. 바엘론은 걷기 시작하자마자 아에몬을 졸졸 따라다녔고, 형이 하는 모든 것을 그대로 따라 하려고 애썼다. 아에몬이 첫 목검을 받고 무예 훈련을 시작했을 때, 바엘론은 같이 하기에는 너무 어렸지만 포기하지 않았다. 어린 왕자는 나무 막대기로 검을 만든 다음 연무장으로 냅다 뛰어들어 가 형을 검으로 마구 때리기 시작했고, 그 광경을 지켜보던 훈련대장은 참지 못하고 폭소를 터뜨렸다.

그 후 바엘론은 어디를 가든 항상 나무 막대기 검을 들고 다녔는데, 심지어는 잘 때도 놓지를 않아서 그의 어머니와 시녀들을 절망에 빠뜨렸다. 베니퍼는 아에몬 왕자가 처음에 드래곤들을 무서워했다고 적었는데, 그에 비해 바엘론은 처음 드래곤핏에 들어간 날 발레리온의 주둥이를 쥐어박았다고 한다. 그 모습을 본 노기사 모진 샘이 "용감한 게 아니면 미친 게 틀림없군"이라고 말했고, 그날부터 봄의 왕자는 '용감한' 바엘론이라고도 불렸다.

어린 왕자들이 그들의 큰누이를 미칠 듯이 사랑한다는 것은 명백했다. 대너리스도 동생들을 좋아했는데, "특히 동생들에게 뭔가를 시킬 때" 좋아했다. 그러나 베니퍼 대학사는 다른 것에도 주목했다. 재해리스는 세 아이를 똑같이 애지중지했지만, 아에몬이 태어난 순간부터 아에몬이 후계자인 것처럼 말하기 시작했고 이는 알리산느 왕비의 심기를 불편하게 했다. "대너리스가 나이가 더 많잖아"라고 그녀는 왕에게 상기시켰다. "그 애가 계승서열 1위니까 여왕(queen)이 되어야 마땅해." 그러면 왕은 절대 반박하지 않고 단지, "그 애는 왕비(queen)가 될 거야, 아에몬하고 결혼한 다음에는. 우리처럼 함께 나라를 다스리겠지"라고 말할 뿐이었다. 베니퍼는 왕비가 왕의 대답에 완전히 만족하지 못했다고 서신에 적었다.

다시 AC 57년으로 돌아와서, 이 해는 재해리스가 마일스 스몰우드 공을 수관의 자리에서 해임한 해이기도 했다. 수관의 충심은 의심할 여지가 없었고 의도도 좋았으나, 소협의회에는 어울리지 않았다. 스몰우드 공 본인도 "난 방석보다는 말 안장에 앉는 것이 더 편하다"라고 말했다. 예전보다 나이도 들고 더 현명해진 왕은 소협의회에서 수십 명의 이름을 두고 고민하느라 보름을 낭비할 생각은 없다고 선언했다. 이번에는 그가 바라는 사람을 수관으로 임명할 작정이었다. 바로 바스 성사였다. 코브레이 공이 바스의 비천한 신분을 문제 삼았으나 재해리스는 그의 반대를 묵살했다. "바스의 부친이 검을 만들고 말에 편자를 박은 게 어쨌다는 말이오. 기사는 검이 필요하고, 말은 편자가 필요하고, 난 바스가 필요하오."

신임 수관은 임명되고 며칠이 채 지나기도 전에 바다군주와 강철은행과 협상하기 위해 브라보스로 떠났다. 자일스 모리겐 경과 병사 여섯이 동행했지만, 협상에는 오직 바스 성사만이 참여했다. 그의 임무는 실로 막중했다. 결과에 따라 전쟁인지, 평화인지 판가름 날 것이었다. 바스는 바다군주에게 재해리스 왕은 자유도시 브라보스를 대단히 흠모한다고 말했다. 그는 왕이 자유도시와 발리리아와 발리리아의 드래곤 군주들 사이에 남은 쓰라린 역사를 이해하는 까닭에 직접 오지 않았다고 설명했다. 그러나 수관이 당면한 문제를 원만하게 해결하지 못한다면, 왕은 어쩔 수 없이 직접 버미토르를 타고 와서 바스의 표현대로라면 더 "격렬한 논의"를 진행할 수밖에 없다는 것이었다. 바다군주가 당면한 문제가 무엇이냐고 묻자, 성사가 서글픈 미소를 머금으며 대답했다. "이런 식으로 나오실 겁니까? 드래곤알 세 개. 더 말이 필요합니까?"

바다군주가 말했다. "난 할 말이 없소. 하지만 내게 그런 알이 있다면, 내가 그걸 샀기 때문일 거요."

"도둑에게서 말이지요."

"그걸 어찌 증명할 것이오? 그 도둑이 잡혀서 재판에서 유죄판결이라도 받았소? 브라보스는 법치 도시요. 그 알들의 정당한 주인이 누구요? 소유권을 입증할 증거라도 있소?"

"전하께서는 드래곤을 증거로 보여드릴 수 있습니다만."

그 말에 바다군주가 미소를 지었다. "은근한 협박이라. 그대의 왕이 아주 능숙하게 잘하는 것이지. 그의 아버지보다 더 강인하고, 숙부보다 더 교묘하더군. 그래, 난 재해리스가 원한다면 우리에게 무슨 짓을 할 수 있는지 잘 알고 있소. 브라보스인들은 쉽사리 잊지 않고, 옛적 드래곤 군주들이 어땠는지 아직도 기억하고 있소. 하지만 우리도 나름 그대의 왕에게 이런저런 것을 할 수 있다오. 내가 하나하나 열거하기를 바라오? 아니면 협박이 은근했으면 좋겠소?"

"군주님이 편하신 대로 하시지요."

"좋소. 그대의 왕이 내 도시를 불태울 수 있다는 건 나도 의심치 않소. 드래곤의 불길에 수만 명이 죽겠지. 남자, 여자, 어린아이 할 것 없이. 난 웨스테로스에 그런 파괴를 자행할 힘이 없소. 용병을 고용해도 그대들의 기사 앞에서 도망칠 것이고. 내 함대가 한동안 바다에서 그대들의 함대를 몰아낼 수도 있겠지만, 내 배는 나무로 만들었고 나무는 타기 마련이잖소. 하지만 이 도시에는 어떤 특정 분야의, 뭐랄까…… 그래, 길드라고 해두지……, 특정 분야에 실력이 매우 뛰어난 이들로 구성된 길드가 하나 있다오. 그들은 킹스랜딩을 파괴하거나 거리에 시체가 쌓이도록 학살할 능력은 없소. 다만 그들은 몇몇을 죽일 수는 있지. 적절히 선별한 몇몇 말이오."

"전하께서는 밤낮으로 킹스가드의 보호를 받고 계십니다."

"기사들 말이지, 그래. 문밖에서 그대를 기다리는 남자 같은. 그가 아직도 기다리고 있다면 말이오. 만약 내가 자일스 경이 이미 죽었다고 한다면 그대는 어찌할 셈이오?" 바스 성사가 자리에서 일어나려 하자 바다군주가 다시 자리에 앉으라며 손을 저었다. "아, 진정하시오, 그렇게 급하게 나설 필요는 없소. 만약이라고 했잖소. 나도 고려를 해보기는 했소. 이미 말했듯이 그들은 매우 뛰어나니까. 하지만 내가 그리했다면 그대는 현명치 않은 행동을 할지도 모르고, 그러면 더 많은 선량한 사람이 목숨을 잃겠지. 그건 내가 바라는 바가 아니오. 협박은 날 불편하게 한다오. 웨스테로스인들은 전사일지도 모르지만, 우리 브라보스인들은 상인이라오. 그러니 거래를 합시다."

바스 성사가 다시 자리에 앉았다. "무엇을 제시하시렵니까?"

"물론 내겐 그 알들이 없소." 바다군주가 말했다. "그대가 입증할 수도 없지. 설령 그것들이 내게 있다고 하더라도…… 부화하기 전에는 그저 돌덩이에 불과하오. 그대의 왕은 내게 예쁜 돌 세 개도 허락하지 못한단 말이오? 만약에 내게…… 닭 세 마리가 있었다면…… 그의 염려를 이해했을 것이오. 그래도 난 재해리스를 존경하오. 선왕인 숙부에 비하면 훨씬 나은 왕이고, 브라보스는 그가 그렇게 언짢아하는 모습을 보고 싶지 않소. 그러니 돌 대신에…… 황금을 제시하고자 하오."

그리고 그렇게 진짜 협상이 시작됐다.

오늘날까지도 일부에서는 그때 바스 성사가 바다군주에게 농락당했다고, 그에게 속고 사기당하고 굴욕까지 당했다고 목소리를 높인다. 그들은 바스가 킹스랜딩에 단 한 개의 드래곤알도 갖고 돌아오지 못했음을 지적한다. 그건 사실이다.

그러나 그가 가져온 것은 결코 가치가 작지 않았다. 바다군주의 요구에 따라 브라보스 강철은행은 철왕좌에 제공한 차관에서 남은 원금 전액을

탕감해주었다. 왕실의 빚이 일거에 절반으로 준 것이었다. "우리가 준 건 돌 세 개가 전부입니다." 바스가 왕에게 말했다.

"바다군주는 그 알들이 계속 돌로 남기를 바라야만 할 것이오." 재해리스가 대답했다. "만약 내 귀에 단 한마디라도 그…… 닭들에 관한 소문이 들린다면…… 그의 궁전이 제일 먼저 불타오를 터이니."

강철은행과 맺은 협정은 그 효과가 바로 드러나지는 않았지만, 이후 수십 년에 걸쳐 왕국의 모든 사람에게 크나큰 영향을 미쳤다. 왕의 기민한 재무관 레고 드라즈는 바스 성사가 돌아온 후 왕실의 채무와 수입을 자세히 검토했고, 그때까지만 해도 해마다 브라보스에 보내야 했던 자금을 이제 왕이 오랫동안 착수하기를 바라온 추가 킹스랜딩 개선 사업에 안전하게 유용할 수 있다는 결론을 내렸다.

재해리스는 이미 도성의 거리를 펴고 넓혔으며 진창투성이였던 길에 자갈을 깔았지만, 아직도 할 일이 수없이 남아 있었다. 당시 킹스랜딩의 상태는 협해 너머의 화려한 자유도시들은커녕 올드타운, 심지어는 라니스포트와도 비교하지 못할 정도로 낙후했다. 상황을 바꾸고자 한 왕은 도성의 오물과 분뇨를 길 밑을 통해 강으로 방출하는 배수구와 하수도망을 계획했다.

바스 성사는 왕의 관심을 그보다 더 긴급한 문제로 이끌었다. 킹스랜딩의 식수는 말이나 돼지가 마실 만하다는 것이 중론이었다. 강물은 탁했고 왕이 계획하는 신규 하수도는 곧 더 상태를 악화할 것이었다. 블랙워터만의 물은 아무리 좋을 때도 소금기가 있었고, 나쁠 때는 매우 짰다. 왕과 궁중 신하들과 도성에 사는 귀족들은 맥주와 벌꿀 술과 와인을 마셨지만, 가난한 이들은 그 더러운 물밖에 마실 것이 없었다. 바스는 이 문제의 해결안으로 도성 안과 성벽 밖 북쪽에 우물을 파자고 건의했다. 유약을 바른 점토관과 점토굴로 이루어진 상수도망으로 도성에 신선한 물을 끌어오고,

그 물을 거대한 수조 네 개에 저장해 지정된 광장과 교차로에 설치한 공공 분수를 통해 평민들에게 제공한다는 것이었다.

바스의 계획은 막대한 비용이 들 것이 분명한 터라 레고 드라즈와 재해리스 왕은 터무니없다며 거부했다. 그런데 다음 소협의회가 열렸을 때, 알리산느 왕비가 강물을 담은 큰 잔을 가져와 그들에게 마셔보라고 권유했다. 아무도 물을 마시지 않았지만, 얼마 후 우물과 수도관 건설이 승인되었다. 공사는 10년이 넘게 걸렸으나, 완공된 '왕비의 분수'는 그 후 오랜 시간 동안 킹스랜딩 주민들에게 깨끗한 물을 공급했다.

왕이 마지막으로 순행에 나선 지 여러 해가 지났으므로, AC 58년에 재해리스와 알리산느의 첫 윈터펠과 북부 방문이 계획되었다. 그들의 드래곤들도 당연히 함께 갈 예정이었지만, 넥 이북의 지역은 멀고 도로도 열악했으며 왕은 먼저 날아가서 도착한 다음 일행이 따라잡기를 기다리는 것에 넌더리가 났다. 그래서 왕은 이번에는 킹스가드와 시종들과 다른 수행원들이 먼저 떠나서 그의 도착을 준비하라는 명령을 내렸다. 그리하여 배 세 척이 킹스랜딩을 떠나 국왕 내외의 첫 행선지인 화이트하버로 향했다.

그러나 자유도시들과 신들은 다른 계획이 있었다. 먼저 떠난 배들이 북쪽으로 항해하고 있을 때, 펜토스와 티로시로부터 사신이 도착하여 레드킵에서 왕을 알현했다. 지난 3년간 전쟁을 치러온 두 도시는 이제 화평을 꾀했으나, 만나서 협상할 장소를 합의하지 못한 상태였다. 계속된 분쟁이 협해의 무역에 너무도 심각한 손해를 끼친 나머지 재해리스 왕이 전쟁을 끝내는 데 돕겠다고 두 도시에 제의한 적이 있었다. 기나긴 협상 끝에 티로시의 집정관과 펜토스의 왕자(王者)는 재해리스가 중재하고 그들이 맺는 조약 사항을 보장한다는 조건으로 킹스랜딩에서 만나 분쟁을 해결하는 것에 동의했다.

이는 왕과 소협의회가 볼 때 거절해서는 안 되는 제안이었으나, 수락한다면 계획된 왕의 북부 순행이 지연될 것이었고, 성격이 까다롭기로 유명한 윈터펠의 영주가 모독으로 여길 수도 있다는 우려가 있었다. 알리산느 왕비가 해답을 내놓았다. 왕이 왕자와 집정관을 접견하는 동안 왕비는 계획대로 먼저 홀로 출발하고, 평화 협상이 끝나는 즉시 왕이 윈터펠에서 왕비와 합류한다는 것이었다. 모두 동의하여 그렇게 하기로 했다.

알리산느 왕비의 여정은 화이트하버에서 시작됐다. 북부인 수만 명이 몰려들어 왕비에게 환호를 보내고 입을 떡 벌린 채 실버윙을 바라보면서 약간의 두려움에 떨기도 했다. 그들이 드래곤을 본 것은 그때가 처음인 까닭이었다. 몰린 인파의 규모에 그들의 영주도 놀랐다. "이 도시에 평민들이 이렇게 많은지는 몰랐는데, 다들 어디서 나타난 거지?"라고 테오모어 맨덜리가 말했다고 한다.

맨덜리가는 북부의 대가문 중에서 독특한 가문이었다. 수백 년 전 남부의 리치에서 기원한 맨덜리 가문은 맨더강 유역의 비옥한 영지에서 경쟁자들로부터 밀려난 뒤 화이트나이프강 어귀에 정착했다. 그들은 윈터펠의 스타크 가문에 지극한 충성을 바치면서도 남부에서 모셨던 일곱 신을 여전히 믿고 기사 전통을 유지했다. 언제나 칠왕국 내의 결속을 다지는 데 열심이었던 알리산느 타르가르옌은 대가족으로 유명한 테오모어 공의 가문에서 기회를 포착하고 이리저리 혼담을 주선했다. 그녀가 떠날 무렵에는 시녀 중 두 명이 영주의 작은아들들과 정혼했고, 또 다른 시녀는 조카와 맺어졌다. 그리고 영주의 장녀와 세 조카딸이 왕비의 일행에 합류하여 이후 남부로 같이 내려가 궁중의 귀족이나 기사 중에서 적절한 배필을 찾을 계획이었다.

맨덜리 공은 왕비를 극진하게 대접했다. 환영 만찬에서는 들소 한 마리를 통째로 구웠고, 영주의 딸 제사민이 직접 왕비의 시중을 들며 왕비가 지금껏 맛본 그 어떤 와인보다 훌륭하다고 감탄한 독한 북부 맥주를 그녀의 잔에 따라주었다. 맨덜리는 또한 왕비를 위해 작은 마상 대회를 열어 그가 거느린 기사들의 솜씨를 선보였다. 참가자 중 한 명은 기사도 아니었고 여자로 드러났는데, 장벽 이북에서 순찰자들에게 사로잡힌 뒤 맨덜리가의 가문기사 중 한 명의 양녀로 자란 야인 소녀였다. 소녀의 대담함을 기꺼워한 알리산느는 자신의 맹약위사 종퀼 다크를 불렀고, 북부인들이 환호하는 가운데 야인 소녀와 진홍 그림자가 창과 검으로 무예를 겨루었다.

며칠 후, 왕비는 맨덜리 공의 성에서 그때까지 북부에서 한 번도 접하지 못한 여인들의 모임을 열어 200명이 넘는 성인 여성과 소녀의 생각과 우려와 고충을 공유했다.

화이트하버를 떠난 왕비의 일행은 화이트나이프강의 여울까지 배를 타고 간 다음에 윈터펠까지 육로로 이동했고, 그동안 알리산느는 실버윙을 타고 먼저 날아갔다. 북부의 왕의 고성(古城)에서는 그녀가 화이트하버에서 받은 열렬한 환영이 재현되지 않았다. 왕비의 드래곤이 성문 앞에 내려앉자 알라릭 스타크와 그의 아들들만이 마중 나왔을 뿐이었다. 알라릭 공은 무정한 인물로 알려져 있었다. 사람들은 그가 냉정하고 엄격하며 아량이 없고 구두쇠에 가까울 정도로 인색하며, 따분하고 재미없는 차가운 남자라고 말했다. 그의 봉신인 테오모어 맨덜리마저도 그 말에 이의를 표하지 않았다. 스타크 공은 북부에서 깊은 존경을 받지만, 사랑을 받지는 않는다는 것이었다. 맨덜리 공의 어릿광대는 다르게 표현했다. "소인 생각에 알라릭 공은 열두 살 이후로 변을 본 적이 없는 것 같습니다요."

왕비를 맞이한 방식은 스타크 가문의 반응에 대한 그녀의 우려를 전혀 해소하지 못했다. 알라릭 공은 말에서 내려 무릎을 굽히기도 전에 왕비가 입은 옷가지를 곁눈으로 보고는 말했다. "그것보다 더 따뜻한 옷도 가져왔기를 바라오." 그러고는 성안에 드래곤을 들이지 않겠다고 선언했다. "하렌홀을 본 적은 없지만, 그곳에 어떤 일이 있었는지 알아서 말이오." 그는 그녀를 수행하는 기사들과 시녀들이 도착하면 영접할 것이고, "왕도 제대로 길을 찾아서 온다면 대접해드리겠으나" 너무 오래 머물러서는 안 된다고 말했다. "이곳은 북부이고, 겨울이 오고 있소. 천 명이나 되는 이들을 오래 먹일 능력은 없다오." 왕비가 순행 인원이 그 10분의 1도 안 된다며 안심시키자, 알라릭 공이 끙 소리를 내고는 말했다. "잘됐군. 더 적었으면 더욱더 좋았을 터인데." 사람들이 우려한 대로 그는 재해리스 왕이 왕비와 함께 오지 않은 것을 노골적으로 불쾌해했으며, 왕비를 어떻게 대접해야 할지 모르겠다고 털어놓았다. "무도회와 가면극과 춤 따위를 기대했다면 잘못 온 것이오."

알라릭 공은 3년 전 아내와 사별했다. 왕비가 스타크 부인을 한 번도 만나지 못한 것을 애석해하자, 그가 대꾸했다. "아내는 곰섬 모르몬트가의 여자였소. 당신이 생각하는 귀부인과는 거리가 멀었지. 열두 살 때 도끼를 들고 늑대 떼에 달려들어 두 마리를 죽이고 벗긴 가죽을 기워 망토로 만들었다오. 내게 튼튼한 아들 둘과 남부 귀부인들 못지않게 예쁜 딸도 하나 낳아주었다오."

왕비가 기꺼이 아들들과 남부 대귀족의 딸들의 혼사를 주선하겠다고 나서자, 스타크 공은 딱 잘라 거절했다. "우리 북부에서는 옛 신들을 모신다오." 그가 왕비에게 말했다. "내 아들들이 아내를 맞이할 때는 어느 남부인의 성소가 아니라 심장 나무 앞에서 혼례를 치를 것이오."

하지만 알리산느 타르가르옌은 쉽게 포기하지 않았다. 왕비는 알라릭 공에게 남부의 귀족들은 새 신들만큼 옛 신들도 모신다며, 그녀가 아는 거의 모든 성에 성소와 함께 신의 숲도 있다고 말했다. 그리고 북부인들처럼 여전히 일곱 신을 받아들이지 않은 가문도 있고, 그런 가문이 리버랜드의 블랙우드가를 위시하여 열 개도 넘는다고 덧붙였다. 알라릭 스타크 같은 근엄하고 무정한 영주조차 알리산느 왕비의 고집스러운 공세에는 당해내지 못했고, 결국 그녀가 한 말을 생각해보고 아들들의 의향을 물어보겠다며 항복했다.

왕비가 머무르는 시간이 길어질수록 알라릭 공은 점점 그녀에게 마음을 열었고, 곧 알리산느는 그에 관한 모든 소문이 진실인 건 아니었음을 깨닫게 되었다. 영주는 지출에 신중했지만 구두쇠는 아니었다. 재미없다는 것도 사실이 아니었다. 신랄하기는 해도, 영주의 자녀와 윈터펠의 주민 모두 영주를 좋아하는 것을 보면 그도 나름의 해학이 있었다. 처음의 냉랭한 서먹함이 가시자, 알라릭 공은 왕비를 모시고 늑대 숲에서 엘크와 야생 멧돼지 사냥을 하고 거인의 유골도 보여주었으며, 성의 소박한 서고를 개방하여 왕비가 마음껏 살펴보도록 했다. 심지어는 무척 조심스러워하면서도 실버윙에게 다가가기까지 했다. 윈터펠의 여인들도 왕비를 만나고 얼마 지나지 않아 그녀에게 매료되었다. 특히 왕비는 알라릭 공의 외동딸 알라라와 친해졌다. 그리고 드디어 왕비의 일행이 길 없는 늪지와 여름 눈밭을 가로지르는 고생 끝에 윈터펠에 도달하자, 왕이 없었음에도 고기와 술이 넘쳐났다.

한편, 킹스랜딩은 상황이 좋지 않았다. 평화 협상은 예상보다 진척이 더뎠는데, 두 자유도시 사이의 적개심이 재해리스가 생각한 것보다 훨씬 더 깊었던 까닭이었다. 왕이 절충에 나서자 양측에서 상대방 편을 든다며 반발했다. 왕자와 집정관이 흥정하는 동안 여관, 사창가, 술집 등 도성 곳곳에서 그들의 부하들이 충돌하기 시작했다. 펜토스 경비병이 습격을 당해 죽자, 사흘 밤 뒤 집정관의 직속 갤리선이 정박한 채로 불살라졌다. 왕의 출발은 지연되고 또 지연되었다.

북부에서는 기다리다 지친 알리산느 왕비가 한동안 윈터펠을 떠나 캐슬 블랙에 있는 밤의 경비대를 방문하기로 했다. 날아가도 만만찮은 거리였다. 왕비는 가는 도중 라스트하스와 몇몇 더 작은 아성과 성채에 들르며 그곳

영주들에게 놀라움과 기쁨을 주었고, 그녀의 일행 중 일부가 한참 뒤에서 허둥지둥 따라갔다(나머지 인원은 윈터펠에 남았다).

알리산느는 하늘에서 장벽을 처음 보았을 때 숨이 멎는 줄 알았다고 훗날 왕에게 말했다. 캐슬블랙에서 그녀를 어떻게 맞이할지 다소 우려가 있었는데, 검은 형제들 상당수가 예전에 가난한 동료 또는 전사의 아들이었기 때문이었다. 그러나 스타크 공이 미리 큰까마귀를 보내 왕비의 방문을 알린 덕택에 밤의 경비대 사령관 로소르 벌리가 최정예 대원 800명을 도열시켜 그녀를 맞이했다. 그날 밤 검은 형제들은 왕비를 위해 만찬을 열고 매머드 고기와 벌꿀 술, 흑맥주를 대접했다.

다음 날 새벽이 밝아올 때, 벌리 공이 왕비를 장벽 위로 안내했다. "여기가 세상의 끝입니다." 그가 그들 앞에 까마득히 펼쳐진 녹색의 바다, 귀신 들린 숲을 가리키며 말했다. 벌리는 왕비에게 내놓은 조악한 음식과 음료 그리고 캐슬블랙에서 그녀에게 제공한 조잡한 침소에 대해 사과했다. "저흰 나름대로 최선을 다했습니다, 전하." 사령관이 해명했다. "하지만 저희 침대는 딱딱하고 실내는 춥지요. 그리고 저희 음식도—"

"—아주 든든했어요." 왕비가 그의 말을 끝맺었다. "그리고 난 그걸로 족합니다. 여러분과 같은 것을 먹어도 괜찮아요."

밤의 경비대원들 역시 화이트하버에 몰렸던 인파처럼 왕비의 드래곤을 보고 놀라워했지만, 왕비는 실버윙이 "장벽을 좋아하지 않는다"고 느꼈다고 한다. 그때는 여름이었고 장벽은 눈물을 흘리는 중이었지만, 바람에서 얼음의 한기가 느껴졌고 돌풍이 일 때마다 드래곤은 쉭쉭거리며 이를 딱딱 부딪쳤다.

"세 번이나 실버윙을 캐슬블랙 위로 높이 이끌고 세 번 다 장벽을 넘어 북쪽으로 가려고 했어." 알리산느가 재해리스에게 보낸 서신에 적었다. "하지만 매번 가기를 거부하고 남쪽으로 머리를 돌렸어. 한 번도 내가 가려는 곳을 안 간 적이 없었는데. 땅에 내려왔을 때 검은 형제들에게는 아무것도 아니라는 듯 웃어넘겼지만, 꽤 심란했고 지금도 마찬가지야."

왕비는 캐슬블랙에서 처음으로 야인을 봤다. 얼마 전 약탈자 한 무리가 장벽을 넘으려다가 발각되었고, 그때 살아남은 십여 명이 우리에 갇힌 모습을 본 것이다. 왕비는 그들이 어떻게 되느냐고 물었고, 귀를 자른 뒤 장벽 북쪽에 풀어줄 것이라는 답변을 들었다. "이 세 놈을 빼고요." 그녀를 안내하던 대원이 예전에 귀가 잘린 세 명을 가리키며 말했다. "이놈들은 목을 벨 겁니다. 이미 한 번 잡혔던 놈들이라서요." 대원은 왕비에게 나머지가 현명하다면 귀가 잘린 걸 교훈으로 삼고 다시 장벽을 넘지 않을 것이라고 말하고는, "하지만 대부분 교훈을 못 얻더군요"라고 덧붙였다.

검은 옷을 입기 전 가수였던 대원 세 명이 밤마다 번갈아가며 왕비를 위해 발라드와 군가와 음탕한 병영 노래를 연주하여 그녀를 즐겁게 했다. 벌리 사령관은 직접 왕비를 귀신 들린 숲으로 데려갔다(말 탄 순찰자 백 명이 호위했다). 왕비가 장벽의 다른 요새도 보았으면 하자, 제1순찰자 벤턴 글로버가 장벽 위로 말을 타고 그녀를 서쪽으로 안내했다. 그들은 스노우게이트를 지나 나이트포트에서 장벽을 내려가 하룻밤을 묵었다. 왕비는 그때껏 그토록 숨 막히는 여정을 경험해본 적이 없었다. "추운 만큼 짜릿했는데, 그 높은 곳에서는 바람이 엄청나게 세게 불어서 우리가 장벽에서 떨어지지 않을까 걱정하기도 했어." 나이트포트는 음산하고 불길한 곳이었다. 후일 그녀는 재해리스에게 말했다. "워낙 커서 사람들을 위축시키는 것 같았어. 마치 폐허만 남은 홀에 있는 생쥐처럼 말이야. 그리고 그곳에는 어떤 어둠이 있었어……. 공기에서 느껴지는 그런……. 한시라도 더 머물고 싶지 않은 곳이었어."

왕비가 캐슬블랙에서 이런 유희만을 즐기며 한가한 나날을 보낸 것은 아니었다. 그녀는 자신이 철왕좌를 대리하여 왔음을 벌리 공에게 상기시켰고, 여러 날에 걸쳐 사령관과 그의 부관들과 함께 야인, 장벽 그리고 경비대의 필요 사항에 대해 논의했다.

"왕비라면 그 무엇보다도 타인의 사정을 듣는 법을 알아야 한다"라고 알리산느 타르가르옌은 곧잘 말했고, 캐슬블랙에서 자신의 말대로 했다. 왕비는 경비대의 이야기를 경청하고 마음에 새긴 뒤, 행동으로 모든 대원의 영원한 충성을 얻었다. 그녀는 벌리 공에게 스노우게이트와 아이스마크 사이에 또 다른 성이 필요하지만, 나이트포트는 너무 크고 무너지는 중인데다 화재에 취약할 것이라고 말했다. 경비대가 그 성을 포기하고 새로운 작은 성을 더 동쪽에 지어야 한다는 것이 그녀의 주장이었다. 벌리 공은 반대하지 않았지만, 경비대에는 새로운 요새를 지을 돈이 없다고 대답했다. 그 답변을 이미 예상했던 알리산느는 자신의 패물을 팔아 건설 비용을 직접 부담하겠다고 사령관에게 일렀다. "보석이라면 많답니다." 그녀가 말했다.

새로운 성은 8년 후에 완공되었고, 딥레이크라고 불렸다. 이 성의 본관 바깥에는 오늘날까지도 알리산느 타르가르옌 왕비의 석상이 서 있다. 왕비의 바람대로 나이트포트는 딥레이크의 건설이 끝나기도 전에 버려졌으며, 벌리 사령관은 또한 왕비에 대한 경의를 담아 스노우게이트성의 이름을 퀸스게이트로 바꿨다.

알리산느 왕비는 북부 여성들의 이야기도 듣고 싶어 했다. 벌리 공이 장벽에 여자가 없다고 설명해도 그녀는 고집을 부렸고, 결국 사령관은 마지못해 장벽 남쪽에 있는 검은 형제들이 몰스타운이라고 부르는 작은 마을로 왕비를 안내했다. 사령관은 그곳에 여자들이 있으나 대부분 매춘부라고 말했다. 밤의 경비대원은 아내를 맞이하지 않지만, 여전히 남자인 까닭에 몇몇은 특정한 욕구를 느낀다는 것이었다. 알리산느 왕비는 개의치 않는다고 대답했고, 그렇게 몰스타운의 창녀들과 함께 여인들의 모임을 열었

다. 그리고 왕비가 그곳에서 들은 이야기는 칠왕국을 영원토록 바꾸는 계기가 되었다.

한편 킹스랜딩에서는 티로시의 집정관과 펜토스의 왕자와 웨스테로스의 재해리스 타르가르옌 1세가 마침내 "항구적인 평화를 위한 조약"에 자신들의 인장을 찍었다. 조약을 맺은 것 자체를 기적으로 보기도 했는데, 그나마도 조약을 맺지 않으면 웨스테로스도 참전할 수 있다고 왕이 은근히 협박했기 때문에 가능했다. (지지부진했던 협상 과정은 협상의 여파에 비하면 오히려 양호했다. 티로시로 돌아간 집정관은 킹스랜딩을 "악취 나는 흉물스러운 곳"이라며 차마 도시라고 부를 수도 없다고 혹평했고, 펜토스에서는 조약의 내용에 실망을 금치 못한 마지스터들이 도시의 관습대로 왕자를 그들이 모시는 기괴한 신들에게 제물로 바쳐버렸다.) 그러고 나서야 재해리스 왕은 버미토르를 타고 북부로 날아갈 수 있었고, 윈터펠에서 왕비와 반년 만에 재회했다.

왕의 윈터펠 방문은 시작부터 좋지 않았다. 그가 도착하자 알라릭 공은 왕을 성 밑의 지하묘소로 데려가 형의 무덤을 보여주었다. "월튼이 이 어두운 곳에 누워 있는 데 당신의 책임이 적다고 할 수 없소. '별과 검'은 당신들이 믿는 일곱 신이 남긴 찌꺼기였잖소? 우리와 무슨 상관이라고 그런 놈들을 수천 명이나 장벽으로 보내 밤의 경비대가 놈들을 먹이느라 그토록 고생하게 했단 말이오? 게다가 당신이 보낸 맹세파기자 중 가장 저급한 잡놈들이 들고일어났을 때, 내 형님이 토벌 도중 목숨을 잃었지."

"가슴 아픈 손실이었소." 왕이 동의했다. "하지만 그건 결코 우리가 의도한 바가 아니었소. 유감과 감사를 표하오, 공."

"그런다고 형님이 돌아오는 것은 아니오." 알라릭 공이 음울하게 대꾸했다.

스타크 공과 재해리스 왕은 결국 친밀한 사이가 되지 못했다. 월튼 스타크가 드리운 그림자가 끝까지 그들 사이를 가로막았던 것이다. 그 둘이 뜻을 같이한 건 오직 알리산느 왕비의 중재 덕분이었다. 왕비가 건설자 브랜던이 경비대에게 지원과 보급의 목적으로 내린 장벽 남쪽의 땅, '브랜던의 선물'을 돌아보고 온 후의 일이다. "턱없이 부족해." 그녀가 왕에게 말했다. "땅은 메마르고 돌투성이인 데다, 구릉에는 사람이 안 살아. 경비대는 지금 돈이 부족한데, 겨울이 오면 식량마저 부족해질 거야." 왕비가 해결안으로 제안한 건 '새로운 선물' 즉, 브랜던의 선물의 남쪽에 접한 땅이었다.

알라릭 공에게는 내키지 않는 제안이었다. 그는 밤의 경비대의 확고한 친구였지만, 화두에 오른 땅을 소유한 영주들이 그들의 허락도 없이 땅을 내주는 데 반대할 것임을 알고 있었다. "그대라면 당연히 그들을 설득할 수 있겠지요, 알라릭 공." 왕비가 말했다. 그리고 알라릭 스타크는 이번에도 왕비의 뜻에 굴복하며 그렇다고 대답했다. 그 결과로 '선물'의 크기가 일거에 두 배로 늘어나게 되었다.

알리산느 왕비와 재해리스 왕이 북부에서 보낸 시간에 관해서 더 언급할 것은 많지 않다. 윈터펠에서 보름을 더 머무른 국왕 내외는 토르헨스퀘어를 거쳐 배로턴을 방문했다. 그곳의 영주 더스틴 공은 '최초의 왕'의 고분을 보여주고 그들을 위해 마상 대회를 열었으나, 남부에서 열리는 대회에 비교하면 상당히 조잡한 수준이었다. 그곳에서 재해리스와 알리산느는 각각 버미토르와 실버윙을 타고 킹스랜딩으로 귀환했다. 남은 일행은 배로턴에서 화이트하버까지 육로로 이동한 뒤 배를 타고 돌아오는 더 고된 여정을 겪었다.

일행이 화이트하버에 닿기도 전에 레드킵에 도착한 재해리스 왕은 왕비의 탄원을 논의하고자 소협의회를 소집했다. 바스 성사와 베니퍼 대학사와 다른 대신들이 모두 모이자, 알리산느는 그녀가 장벽을 방문하여 겪은 일과 몰스타운의 창녀들과 타락한 여인들과 보낸 하루에 관해 이야기했다.

"그곳에 어느 한 젊은 여성이 있었습니다." 왕비가 말했다. "나이는 지금 여러분 앞에 앉아 있는 내 또래 정도였지요. 예쁜 여인이었지만, 예전에는 더 예뻤을 것 같더군요. 그녀의 부친은 대장장이였고, 딸이 열네 살 소녀였을 때 같이 일하던 수습 대장장이 소년에게 딸과의 결혼을 허락했습니다. 소녀는 소년을 좋아했고 소년도 소녀를 좋아했기에, 혼례를 갖춰 결혼하였습니다만…… 혼인 서약을 하자마자 병사들과 함께 들이닥친 그들의 영주가 초야권을 행사하겠다고 으름장을 놓았지요. 영주는 그녀를 성으로 끌고 가 그날 밤 마음껏 정욕을 채웠고, 다음 날 아침 병사들이 그녀를 남편에게 돌려주었답니다.

하지만 그녀의 순결은 사라졌고, 수습 소년이 그녀에게 품었던 사랑도 함께 사라졌습니다. 영주를 건드리려면 목숨을 걸어야 하니, 대신 자기 아내에게 손찌검하기 시작했지요. 그리고 아내가 영주의 아이를 밴 태가 드러나자 때려서 유산시켰습니다. 그날부터 남편은 아내를 '창녀' 외에는 다른 이름으로 부르지 않았고, 결국 그녀는 어차피 창녀로 불릴 바에 진짜 창녀로 살겠다고 마음을 굳히고 몰스타운으로 찾아갔답니다. 그리고 오늘날까지 그 불쌍하고 더럽혀진 여인은 그곳에서 살고 있습니다……. 그러는 내내 여전히 다른 마을들에서 다른 처녀들이 결혼하고, 다른 영주들이 그녀들의 첫날밤을 취하고 있습니다.

그 여인의 이야기가 가장 처참하기는 했지만, 그녀뿐만이 아니었습니다. 화이트하버에서도 몰스타운에서도 배로턴에서도 다른 여인들이 자신의 첫날밤을 이야기하더군요. 난 이런 일이 벌어진다는 사실을 전혀 몰랐습니다, 여러분. 오, 물론 그런 전통이 있다는 건 알았지요. 드래곤스톤에서도 내 가문, 타르가르옌 왕가의 사내들이 어민들과 시종들의 아내를 마음대로 취하고 아이를 낳게 했다는 이야기를 듣기도 했고……."

"드래곤의 씨라고 부르지." 재해리스가 눈에 띄게 불편해하며 말했다. "자랑할 만한 일은 아니지만, 분명히 있었던 일들이고 아마 우리가 인정하는 것보다 더 잦았을 거요. 하지만 그 아이들은 사랑받았소. 조부님의 서출 동생인 오리스 바라테온도 드래곤의 씨였지. 그가 첫날밤에 잉태되었는지는 모르겠지만, 아에리온 공이 그의 아버지였다는 건 널리 알려진 사실이고. 많은 선물을 받았다는……."

"선물요?" 왕비가 조소 어린 목소리로 쏘아붙였다. "난 이 행위 어디에 명예가 있다는 건지 도대체 모르겠군요. 수백 년 전에 이런 일이 빈번했다는 건 알았지만, 그 관습이 지금까지도 이렇게 굳게 이어져온 건 꿈에도 몰랐습니다. 아니면 내가 애써 외면했던 것일지도 모르지요. 난 눈을 감았지만, 몰스타운의 그 불쌍한 아이가 다시 뜨게 했습니다. 초야권이라니! 전하, 여러분, 이제 이 관습을 없앨 때가 되었습니다. 간청드립니다."

왕비의 말이 끝나자 실내에 침묵이 가라앉았다고 베니퍼 대학사는 적었다. 소협의회에 참석한 대신들은 거북한 듯 좌석에서 자세를 바꿔가며 서로 눈길을 주고받았고, 마침내 왕이 공감하면서도 주저하는 듯한 말투로 입을 열었다. 왕비가 탄원한 바를 이행하기 어려울 것이라고. 귀족들은 자신들의 소유라고 여기는 것들을 왕이 빼앗기 시작하면 불만을 품기 마련이었다. "그들의 영지, 황금, 권리……."

"……부인들은요?" 알리산느가 말을 가로챘다. "난 우리 결혼식을 기억합니다. 만약 전하가 대장장이고 난 세탁부인데 우리가 혼인 서약을 한 날 어떤 영주가 날 데려가 내 처녀를 취했다면, 전하는 어떻게 했을까요?"

"놈을 죽였겠지." 재해리스가 말했다. "하지만 난 대장장이가 아니잖소."

"만약이라고 했지요." 왕비가 집요하게 다그쳤다. "대장장이는 남자가 아닌가요? 겁쟁이가 아니라면 어떤 남자가 자기 아내를 다른 남자가 능욕하려는 걸 그냥 보고만 있을까요? 대장장이들이 귀족들을 죽이고 다니기를 바라는 건 아니실 테지요." 그녀가 베니퍼 대학사를 돌아보며 말을 이었다.

"가르곤 쿼헤리스가 어떻게 죽었는지 알고 있습니다. 하객 가르곤. 그런 비슷한 경우가 얼마나 더 있었을까요?"

"많았습니다." 베니퍼가 인정했다. "다른 이들이 따라 할까 봐 자주 입에 담지는 않습니다만, 그래도……."

"초야권은 왕의 평화를 거스르는 범죄입니다." 왕비가 결론을 내렸다. "처녀 본인뿐 아니라 그녀의 남편에게도 범죄이며…… 영주의 부인에게도 마찬가지라는 사실을 잊어서는 안 되겠지요. 자신들의 남편이 처녀성을 빼앗는 동안 귀부인들은 무얼 한답니까? 자수라도 놓습니까? 노래하거나 기도라도 하나요? 나였다면 남편이라는 작자가 성으로 돌아오는 길에 말에서 떨어져 목이 부러져 죽기를 기도할지도 모르겠습니다."

재해리스 왕은 그 말에 미소를 짓긴 했지만, 점점 불편해하는 기색이 뚜렷했다.

"초야권은 고대로부터 내려온 거요"라고 그가 반박했지만, 열정적이지는 않았다. "처형권에 못지않은 귀족의 권리 중 하나지. 넥 이남에서는 거의 행사되지 않는다고 들었지만, 그 특권을 없앤다면 귀족 중 더 반항적인 부류는 불만이 많을 거요. 당신이 틀린 건 아니지만, 때로는 잠자는 드래곤을 건드리지 않는 게 낫소."

"잠자는 드래곤은 우리예요." 왕비가 맞받아쳤다. "초야권을 그렇게 좋아하는 영주들은 개고. 왜 자기들의 욕정을 이제 막 다른 남자한테 사랑을 맹세한 처녀한테 풀어야 한답니까? 그 영주들은 부인이 없나요? 영지에 창녀가 한 명도 없는 건가요? 자기 손을 쓰는 방법을 잊어버렸답니까?"

그때 사법대신 알빈 매시 공이 입을 열었다. "초야권은 단지 성욕에 관한 문제가 아닙니다, 전하. 이건 안달인보다도, 종단보다도 더 오래된 관습이지요. 그 유래가 여명기까지도 거슬러 올라갈 겁니다. 최초인은 야만적인 종족이었고, 장벽 너머의 야인들처럼 오직 힘의 법칙을 따랐습니다. 귀족과 왕은 강대한 전사이자 영웅이었고, 사람들은 자신의 아들들도 그들처럼 강하기를 바랐습니다. 처녀의 결혼 첫날밤에 어떤 영웅이 씨앗을 준다면, 일종의…… 축복으로 여겼지요. 그리고 그렇게 해서 아이가 태어난다면 금상첨화였습니다. 남편은 영웅의 아들을 자기 자식처럼 키운다는 명예를 챙길 수 있었으니까요."

"만 년 전에는 그것이 옳았을 수도 있겠죠." 왕비가 대답했다. "하지만 지금 초야권을 행사하는 귀족들은 영웅이 아니에요. 여인들이 하는 말을 들어보셨어야 합니다. 난 들었습니다. 늙은 남자, 뚱뚱한 남자, 잔인한 남자, 곰보투성이 소년, 강간자, 침을 질질 흘리는 남자, 흉터 딱지나 부스럼으로 뒤덮인 남자, 반년 넘게 씻지 않은 귀족, 기름진 머리에 이까지 있는 남자. 그런 이들이 귀공이 말한 강한 사내랍니다. 여인들의 이야기를 들어보았지만, 아무도 자신이 축복을 받았다고 여기지 않았습니다."

"안달인들은 안달로스에서 초야권을 행사한 적이 없었습니다." 베니퍼 대학사가 말했다. "웨스테로스에 와서 최초인의 왕국을 무너뜨린 다음에 그런 관습이 있다는 것을 알았고, 신의 숲을 남겨놓았듯이 그것도 그대로 유지한 것이지요."

그때 바스 성사가 왕을 돌아보며 말했다. "전하, 제가 감히 한 말씀 드리자면, 이 안건은 왕비 전하께서 옳으시다고 생각합니다. 최초인들에게는 이 의식이 어떤 쓸모가 있었을지도 모르겠습니다만, 그들은 청동검으로 싸우고 영목(weirwood, 웨스테로스의 북부와 장벽 너머에 주로 분포하는 나무. 옛 신을 믿는 이들에게 성스러운 나무로 여겨진다)에 피를 먹였던 자들입니다. 우린 그들과 다르고, 이건 이미 옛적에 사라졌어야 하는 악습입니다. 기사도의 모든 정신을 거스르는 행위잖습니까. 우리 기사들은 처녀의 순결을 지키겠다고 맹세하지만, 그들이 모시는 영주가 어떤 처녀를 더럽히고자 할 때는 예외인 것 같더군요. 우린 '아버지'와 '어머니' 앞에서 혼인 서약을 읊고 '이방인'이 우리를 갈라놓을 때까지 서로에게 충절을 지키겠다고 약속하지요. 그리고 《칠각별》 어디에도 이 약속이 귀족들에게는 해당하지 않는다고 적혀 있지 않습니다. 전하가 말씀하신 대로 몇몇 귀족은 이 결정에 투덜거릴 테고, 북부에서는 특히 그러할 것입니다……. 그러나 왕비 전하께서 말씀하셨듯이, 왕국의 모든 처녀와 남편과 아버지와 어머니가 우리에게 감사할 것입니다. 신도들도 반길 테고, 성하(聖下)께서도 찬성의 말씀을 널리 알리시리라고 의심치 않습니다."

바스의 말이 끝나자, 재해리스 타르가르옌이 두 팔을 번쩍 들어 올리며 말했다. "내가 졌소. 알겠소. 그렇게 하도록 합시다."

그리하여 평민들이 알리산느 왕비의 법이라고 부르는 또 하나의 법이 제정되어 귀족들이 옛적부터 누려온 초야권을 폐지하였다. 그 이후로 혼인한 곳이 성사 앞이든 심장 나무 앞이든 상관없이 신부의 처녀성은 오로지 남편의 것이었고, 첫날밤이든 다른 어떤 날이든 타인의 아내를 취하는 자는 귀족이나 평민을 막론하고 강간죄로 처벌되었다.

아에곤의 정복 후 58년째 되는 해가 저물 무렵, 재해리스 왕은 올드타운 별빛 성소에서 즉위 10주년을 기념했다. 10년 전 최고성사가 왕관을 씌워준 풋내기 소년은 사라지고 머리끝부터 발끝까지 왕의 위엄을 보이는 스물넷의 청년이 자리했다. 왕이 즉위 초기부터 기른 성긴 콧수염과 턱수염은 어느새 은빛이 비치는 멋진 황금색 수염이 되어 있었다. 자르지 않고 굵게 한 가닥으로 땋은 머리카락은 거의 허리에 닿았다. 장신의 미남인 재해리스는 무도회장에서든 연무장에서든 움직임이 날래고 우아했다. 그가 미소를 지을 때는 칠왕국의 모든 처녀가 가슴앓이를 하고, 눈살을 찌푸릴 때는 어떤 남자라도 간담이 서늘했다고 한다. 그의 누이이기도 한 왕비는 그보다도 더 큰 사랑을 받았다. 올드타운에서 장벽에 이르기까지 평민들은 그녀를 '선한 왕비' 알리산느라고 불렀다. 신들은 국왕 부부에게 두 훌륭한 어린 왕자와 왕국 만민의 사랑을 받는 공주까지 세 명의 건강한 자녀도 점지해주었다.

그들은 10년 동안 왕국을 다스리면서 슬픔과 공포, 배신과 분쟁 그리고 사랑하는 이들의 죽음을 겪었으나, 고난과 비극을 견뎌내고 경험을 발판 삼아 더욱더 강하고 나은 모습으로 성장했다. 그들이 이룬 업적은 명백했다. 칠왕국은 평화로웠고, 사람들이 기억하기로 가장 풍요로운 시절을 누리고 있었다.

때는 바야흐로 축제를 벌일 시기였고, 그리하여 왕의 즉위 10주년을 기념하는 마상 대회가 킹스랜딩에서 열렸다. 어머니와 아버지와 함께 왕실석에 앉은 대너리스 공주와 아에몬, 바엘론 왕자는 관중의 환호에 즐거워했다. 대회의 백미는 재해리스의 제독이자 해군관인 아버의 영주, 맨프리드 레드와인 공의 막내아들인 리암 레드와인 경의 뛰어난 무예였다. 연이은 시합에서 리암 경은 로날 바라테온, 아토르 오크하트, 시몬 돈다리온, 해리스 호그(평민들은 햄 해리라고 불렀다)와 두 킹스가드 기사 로렌스 록스턴과 루카모어 스트롱을 말에서 떨구었다. 젊은 우승자가 왕실석으로 다가가 선한 왕비 알리산느에게 사랑과 미의 여왕 관을 씌워주자, 평민들이 우레와 같은 함성으로 호응했다.

나뭇잎이 적갈색과 주황색과 황금색으로 울긋불긋 물들기 시작하고 궁중의 여인들도 그에 걸맞은 드레스를 걸쳤다. 마상 대회가 끝난 뒤 열린 만찬에 로가르 바라테온 공이 그의 아들 보어문드와 딸 조슬린과 함께 나타나자 국왕 내외가 따뜻하게 포옹하며 환영해주었다. 축제에 참여하고자 왕국 전역에서 영주들이 모여들었다. 캐스털리록의 라이만 라니스터, 드리프트마크의 다에몬 벨라리온, 리버런의 프렌티스 툴리와 협곡의 로드릭 아린은 물론, 한때 문 성사와 함께 진군했던 로완 공과 오크하트 공도 찾아왔다. 북부에서는 테오모어 맨덜리가 내려왔다. 알라릭 스타크는 오지 않았지만 그의 아들들이 방문했고, 스타크 공의 부끄럼 많은 딸 알라라가 왕비의 시녀가 되기 위해 동행했다. 건강이 좋지 않아 참석하지 못한 최고성사는 가장 최근에 성사가 되었고 한때 타르가르옌이었던 라엘라를 대신 보냈다. 여전히 수줍어하지만 미소를 머금은 라엘라를 보고 왕비는 기쁨의 눈물을 흘렸다고 하는데, 라엘라의 외모와 자태가 그녀의 언니 아에레아가 더 컸다면 보였을 바로 그 모습인 까닭이었다.

따뜻한 포옹과 미소와 축배와 화해의 시간이었고, 오랜 우정을 되찾고 새로운 친구를 사귀며 웃음과 입맞춤을 나누는 시간이었다. 좋은 시절이었고, 평화롭고 풍요로운 황금빛 가을이었다.

그러나 겨울이 오고 있었다.

재해리스와 알리산느의 긴 치세

정책과 자손과 고통

아에곤의 정복 후 59년째 되는 해의 초이렛날, 너덜너덜한 배 한 척이 느릿느릿 속삭이는 소리만을 올라와 올드타운의 항구에 도착했다. 돛은 다 해지고 소금기에 전 누더기였고, 선체의 도료는 바래거나 벗겨지는 중이었으며, 돛대에서 휘날리는 깃발은 아예 못 알아볼 정도로 햇빛에 바랬다. 부두에 정박한 다음에야 사람들은 그 처참한 몰골의 배를 알아볼 수 있었다. 거의 3년 전 일몰해를 건너기 위해 올드타운을 떠났던 메레디스 아가씨호였던 것이다.

배에서 선원들이 내리자 주위로 모여든 많은 상인과 짐꾼과 창녀와 뱃사람과 도둑은 경악했다. 육지에 발을 디디는 선원들은 열에서 아홉이 피부가 검은색이거나 갈색이었다. 흥분의 파문이 부두 곳곳으로 퍼져나갔다. 메레디스 아가씨호가 정녕 일몰해를 건넌 것인가? 전설로만 전하던 머나먼 서쪽의 땅에 사는 이들은 모두 여름 군도의 원주민처럼 피부가 짙은 것일까?

선장인 유스터스 하이타워 경이 모습을 드러낸 다음에야 수군거리는 소리가 잦아들었다. 도넬 공의 손자는 수척하고 햇볕에 심하게 탄 모습이었고, 떠날 때는 없던 주름들이 얼굴을 가로질렀다. 처음 출항할 때 올드타운에서 같이 떠난 선원들은 그의 곁에 소수만이 남아 있었다. 그의 조부를 섬기는 세관원 중 한 명이 부두에서 그를 맞이했고, 둘은 짧게 이야기를 나누었다. 메레디스 아가씨호의 선원들은 단지 여름 군도 주민처럼 생긴 게 아니라 잃은 선원들을 대체하기 위해 소토리오스에서 고용한 실제 여름 군도 주민들이었다("급여를 대느라 파산할 뻔했다"라고 유스터스 경은 투덜거렸다). 선장은 금은보화를 화물창에 가득 싣고 왔으니 짐꾼들이 필요하다고 말했다. 그러나 일몰해 너머의 땅에서 가져온 것은 아니었다. "그건 단지 꿈이었어"라고 그는 말했다.

곧 도넬 공의 명을 받은 기사들이 나타나 그를 하이타워성으로 데려갔다. 유스터스 하이타워 경은 조부의 높은 홀 안에서 와인 잔을 손에 들고 이야기를 시작했다. 도넬 공의 서기들이 그가 한 말을 받아 적었고, 며칠이 채 지나기 전에 전령과 유랑시인과 큰까마귀를 통해 그의 이야기가 웨스테로스 전역으로 퍼져나갔다.

유스터스 경은 항해의 시작이 매우 좋았다고 말했다. 아버를 벗어나자 웨스트힐 영애는 태양 추격자호를 바다가 더 따뜻하고 순풍이 부는 남남서로 돌렸고, 메레디스 아가씨호와 가을 달호가 그 뒤를 따랐다. 돛을 활짝 펴고 바람을 품은 브라보스의 대선(大船)은 무척 빨라서 하이타워가의 배들이 따라가는 데 애를 먹었다고 했다. "처음에는 일곱 신께서 우리에게 미소를 지어주셨습니다. 낮에는 해가, 밤에는 달이 보였고, 그 어떤 남자나 여자도 더 바랄 나위 없는 순풍이 불었으니까요. 저희만 덩그러니 있던 것도 아니었습니다. 이따금 어부들도 보였고, 한번은 이브의 거대한 흑색 포경선을 보기도 했지요. 그리고 물고기, 정말 엄청나게 많은 물고기도 보았고……, 돌고래 몇 마리가 마치 인간의 배를 한 번도 보지 못한 듯이 우리 옆에서 헤엄치며 따라오기도 했습니다. 저희 모두 축복을 받았다고 생각했지요."

웨스테로스를 떠나 순항을 거듭한 지 열이틀, 그들의 계산에 따르면 태양 추격자호와 두 동료 배는 여름 군도만큼이나 남쪽 그리고 그때껏 그 어떤 배가 도달했던 것보다 더 서쪽인 지점에 이르렀다. 적어도 항해에서 돌아와 보고한 배 중에서는 그랬다. 메레디스 아가씨호와 가을 달호에서는 아버 골드(Arbor gold, 아버의 유명한 화이트와인) 통을 따고 태양 추격자호의 선원들은 라니스포트에서 구한 꿀과 향신료를 탄 와인을 마시며 그들의 위업을 자축했다. 그리고 선원 중 지난 나흘간 바다에서 새를 한 마리도 보지 못해 불안한 이들이 있었다 해도, 잠자코 입을 다물었다.

성사들이 가르치기를 신들은 인간의 오만을 싫어하고, 《칠각별》에는 몰락이 자만을 뒤따른다고 적혀 있다. 그 깊은 바다 한가운데서 알리스 웨스트힐과 하이타워 형제는 너무 일찍, 너무 시끄럽게 축배를 든 것일지도 모른다. 그 후 얼마 지나지 않아 그들의 대항해는 심각하게 잘못되기 시작했기 때문이다. "먼저 바람이 사라졌습니다." 유스터스 경이 조부의 홀에 모인 이들 앞에서 말했다. "거의 보름 동안 바람 한 줄기 불지 않았고, 배들은 저희가 예인한 거리 외에는 움직이지 않았습니다. 그리고 가을 달호에 실었던 고기 십여 통 안에서 구더기가 득실거리는 것을 발견했습니다. 그것 자체로는 큰 문제가 아니었지만, 좋은 조짐은 아니었지요. 어느 날 해가 질 무렵에 드디어 바람이 다시 불기 시작했지만, 선원들은 피처럼 새빨갛게 물든 하늘을 보고 불안해했습니다. 전 그들에게 이건 좋은 징조라고 말했습니다만, 거짓말이었습니다. 다음 날 해가 뜨기도 전에 하늘에서 별들이 사라졌고, 울부짖는 바람과 함께 바다가 솟구쳐 올랐습니다."

유스터스 경은 그것이 그들이 겪은 첫 폭풍이었다고 말했다. 이틀 후 두 번째 폭풍이 들이닥치고 또 세 번째 폭풍이 닥쳤으며, 점점 더 강해졌다. "파도가 우리 돛대보다 더 높게 치솟았고, 사방에서 천둥이 치고 지금껏

한 번도 보지 못한 거대한 벼락 줄기가 눈이 아플 정도로 번쩍였습니다. 그 중 하나가 가을 달호의 돛대에 내리꽂히면서 꼭대기의 망대에서부터 갑판에 이르기까지 두 쪽을 내버렸습니다. 모든 것이 미쳐 돌아가는 와중에 선원 한 명이 바닷속에서 여러 팔이 솟아오르는 것을 봤다고 비명을 질렀습니다. 선장이라면 누구라도 듣고 싶지 않은 말이었지요. 그때쯤 태양 추격자호는 시야에서 사라진 지 오래였고, 남은 건 제 아가씨와 가을 달호뿐이었습니다. 파도가 일렁일 때마다 바닷물이 갑판 위를 휩쓸었고, 튕겨 나간 선원들이 밧줄에 매달려 어떻게든 배에서 떨어지지 않으려 했지만 소용이 없었습니다. 전 가을 달호가 침몰하는 광경을 두 눈으로 똑똑히 보았습니다. 분명 저기 있던 배가, 여기저기 부서지고 불타고 있지만 그곳에 있던 배가, 높이 솟아오른 파도에 집어삼켜지더니 눈 깜짝할 사이에 사라졌습니다. 정말 거대한 파도였기는 해도 그저 파도였을 뿐인데, 제 선원들은 전부 "크라켄, 크라켄이다!"라며 비명을 질렀고 제가 무슨 말을 해도 듣지 않았습니다.

저희가 어떻게 그날 밤을 견뎠는지는 아직도 모르겠지만, 어쨌든 저흰 살아남았습니다. 이튿날 아침, 바다는 다시 평온했고 해는 눈부셨으며, 바닷물은 더없이 파랗고 깨끗하여 그 누구도 제 형제와 그의 선원 모두가 바로 아래 수장당한 채 떠다닌다는 사실을 상상도 못 했을 것입니다. 메레디스 아가씨호는 처참한 상태였습니다. 돛은 전부 갈가리 찢기고 돛대는 박살이 난 데다 선원이 아홉 명이나 실종되었더군요. 저흰 희생자들을 위해 기도하고 배의 수리를 시작했는데, 그날 오후 망대에 있던 선원이 멀리서 다가오는 돛을 발견했습니다. 태양 추격자호가 저희를 찾아온 것이었습니다."

웨스트힐 영애는 단지 폭풍에서 살아남기만 한 것이 아니었다. 그녀는 육지를 발견했다. 태양 추격자호를 하이타워가의 배들로부터 떨어뜨린 바람과 성난 바다는 배를 서쪽으로 내몰았고, 이튿날 동이 틀 무렵 망대에서 먼 곳을 살피던 선원이 수평선 위 어렴풋한 산봉우리를 선회하는 새들을 보았다. 그쪽으로 배를 몰아간 알리스 영애는 작은 섬 세 개를 발견했다. "언덕 두 개의 시중을 받는 산"이라고 그녀가 묘사했다고 한다. 메레디스 아가씨호는 항해할 수 있는 상태가 아니었지만, 태양 추격자호에서 내린 작은 배 세 척으로 끌어 군도까지 안전하게 도달할 수 있었다.

그들은 군도에서 보름 넘게 머무르며 만신창이가 된 두 배를 수리하고 물자를 보충했다. 알리스 영애는 의기양양했다. 이 섬들은 지도에도 나와 있지 않은 가장 서쪽에 위치한 땅이었다. 섬이 셋이었으므로, 그녀는 각각 아에곤, 라에니스, 비세니아라고 이름을 붙였다. 섬들은 무인도였지만, 샘과 개울이 많아 물통을 신선한 물로 가득 채울 수 있었다. 야생 돼지는 물론 사슴만큼이나 크고 움직임이 굼뜬 잿빛 도마뱀도 있었으며, 나무에는 과일과 견과가 가득 열려 있었다.

유스터스 하이타워 경은 그것들을 맛본 후 항해를 계속할 필요가 없다고 선언했다. "이것만으로도 충분한 발견이오." 그가 말했다. "내가 한 번도 맛보지 못한 향신료도 여럿 있고, 게다가 이 분홍색 과일들은……. 엄청난 보물을 찾은 거요."

알리스 웨스트힐은 말도 안 된다는 표정이었다. 가장 큰 섬마저도 드래곤스톤의 3분의 1 정도인 작은 섬 세 개는 아무것도 아니었다. 진정한 경이는 더 서쪽에 있을 것이었다. 수평선 바로 너머에 또 다른 에소스 대륙이 있을지도 몰랐다.

"망망대해가 수만 리 넘게 이어질지도 모르잖소." 유스터스 경이 대답했다. 알리스 영애가 회유와 애원과 온갖 달콤한 말로 그를 구슬렸지만, 그의 마음을 바꾸지 못했다. "설령 제가 갈 마음이 있었더라도, 제 선원들이 허락하지 않았을 겁니다." 그가 하이타워성에서 도넬 공에게 말했다. "그들은 모두 거대한 크라켄 한 마리가 가을 달호를 바닷속으로 끌고 들어가는 광경을 보았다고 철석같이 믿었거든요. 만약 제가 항해를 계속하라는 명령을 내렸더라면, 그들은 저를 파도 속으로 던져버리고 새로운 선장을 뽑았을 겁니다."

그리하여 탐험가들은 군도를 떠날 때 두 방향으로 갈라졌다. 메레디스 아가씨호는 고향이 있는 동쪽으로 뱃머리를 돌렸고, 알리스 웨스트힐과 태양 추격자호는 계속하여 서쪽으로 나아가며 태양을 뒤쫓았다. 유스터스 하이타워의 귀향길은 출항 이후 겪은 것에 못지않은 위험으로 가득했다. 더 많은 폭풍과 맞닥뜨렸지만, 다행히도 형제의 배를 앗아 간 폭풍만큼이나 강력한 폭풍은 없었다. 맞바람이 불어서 침로를 바꾸고 또 바꿔야 했다. 배에 실은 대형 잿빛 도마뱀 세 마리 중 하나가 조타수를 물었고, 물린 다리가 초록색으로 변하여 절단했다. 며칠 후 그들은 레비아탄 한 무리를 만났다. 배보다도 더 큰 하얀 수컷 한 마리가 일부러 메레디스 아가씨호를 들이받아 선체를 깨뜨렸다. 이후 유스터스 경은 항로를 바꾸어 가장 가까운 육지라고 생각한 여름 군도로 향했다. 그러나 배는 그가 생각한 것보다 훨씬 더 남쪽에 있었던 터라, 여름 군도를 완전히 놓치고 소토리오스의 해안가에 이르게 되었다.

"저흰 그곳에서 1년을 머물렀습니다." 그가 조부에게 말했다. "메레디스 아가씨호의 피해가 생각보다 심해서, 다시 항해할 수 있게 수리를 하느라 오래 걸렸지요. 하지만 그곳에도 보물이 있었고 저흰 기회를 놓치지 않았습니다. 에메랄드, 황금, 향신료 외에도 많은 것들이 있었지요. 그리고 인간처럼 걷는 원숭이와 원숭이처럼 울부짖는 인간이 있는가 하면, 와이번과 바실리스크 같은 기괴한 짐승들과 뱀도 수백 종이 있었습니다. 전부 치명적인 독사였어요. 하룻밤 사이 선원 몇 명이 감쪽같이 사라진 적도 있습니다. 사라지지 않은 선원들은 죽기 시작했고요. 한 명은 어떤 작은 파리한테 목이 물렸는데, 사흘 후에 온몸에서 피부가 벗겨지고 귀와 성기와 항문에서 피를 흘렸습니다. 바닷물을 마시면 미친다는 건 모든 뱃사람이 아는 사실이지만, 그곳에서는 신선한 민물도 안전하지 않더군요. 물속에 거의 눈에 안 보일 정도로 작은 벌레들이 있어서 마시면 몸 안에서 알을 낳습니다. 게다가 열병이 돌아서 선원이 반이라도 일을 제대로 할 수 있는 날이 드물었지요. 만약 근처를 지나던 여름 군도인들이 오지 않았더라면, 아마 저희 모두 죽었을 겁니다. 그들의 도움으로 메레디스 아가씨호를 몰아 톨트리스타운까지 갈 수 있었고, 거기서 여기로 돌아온 것입니다."

그의 이야기와 대모험은 그렇게 끝을 맺었다.

파먼 가문의 엘리사로 태어난 알리스 웨스트힐의 모험은 어떻게 끝났는지 확실치 않다. 일몰해 너머의 육지를 찾아 서쪽으로 사라진 태양 추격자호는 그 후 아무도 다시 보지 못했다.

다만……

수 년 후, AC 53년에 드리프트마크에서 태어난 코를리스 벨라리온이 그의 배 바다뱀호를 몰고 아홉 번의 대항해에 올라 웨스테로스의 어떤 이보다도 더 먼 곳까지 갔다가 돌아왔다. 첫 항해에서 그는 비취 해협을 지나 이티와 렝섬을 방문했고, 벨라리온 가문을 한동안 칠왕국에서 가장 부유한 가문으로 만들어준 엄청난 양의 향신료와 비단과 비취를 싣고 돌아왔다. 두 번째 항해에서는 동쪽으로 더 멀리 나아가 웨스테로스인으로서는 처음으로 세상 끝에 있다는 그림자술사의 황량한 검은 도시, '그림자 밑 아샤이'에 도달했다. 소문대로라면 코를리스는 그곳에서 연인과 선원 절반을 잃었다는데, 그때 아샤이의 항구에서 아주 오래되고 낡은 배 한 척을 보고는 죽을 때까지 그것이 태양 추격자호였다고 이야기했다.

그러나 AC 59년 당시 코를리스 벨라리온은 아직 바다를 꿈꾸는 여섯 살의 꼬마에 불과했으니, 그를 잠시 뒤로 하고 가을이 끝나가던 그 운명적인 해로, 하늘이 어두워지고 거센 바람이 일며 웨스테로스에 겨울이 찾아온 그해로 돌아가기로 하겠다.

AC 59~60년에 걸친 겨울은 이례적으로 잔인했다고 그때 살아남은 모든 사람이 입을 모았다. 가장 먼저 가장 혹독하게 당한 건 북부였다. 밭의 작물이 죽고 개울이 얼어붙었으며, 장벽 너머로부터 매서운 바람이 거세게 불었다. 알라릭 스타크 공이 다가오는 겨울에 대비하여 수확의 절반을 남겨 저장하라고 지시했지만 모든 휘하 가문이 그 지시를 따른 건 아니었다. 그들의 식량 창고와 곡물 저장고가 바닥을 드러내자 기근이 북부를 휩쓸었고, 노인들이 가족을 살리기 위해 자식들에게 작별을 고하고 눈밭으로 나가 죽었다. 리버랜드, 서부, 협곡 그리고 심지어는 리치에서도 흉작을 겪었다. 식량을 가진 이들이 비축하기 시작하면서 칠왕국 전역에서 빵값이 점점 올랐다. 육류 가격은 더 가파르게 상승했고, 과일과 채소는 마을과 도시에서 사라지다시피 했다.

그리고 오한병(the Shivers)이 기승을 떨자, '이방인'이 지상을 걸었다.

학사들은 오한병을 알고 있었다. 백 년 전 이 전염병이 창궐했을 때 그 경과를 상세하게 기록했던 것이다. 이 병은 자유도시나 더 먼 이국 땅에서 발생하여 바다를 건너 웨스테로스에 퍼진 것으로 추정됐다. 항구도시와 포구 마을이 언제나 제일 먼저 극심한 피해를 보았다. 평민들은 대부분 쥐가 질병을 옮긴다고 여겼다. 킹스랜딩이나 올드타운에서 흔히 보이는 크고 대담하며 사나운 회색 쥐가 아니라, 배의 선창에 숨어 있다가 배가 부두에 정박하면 배를 묶은 밧줄을 타고 쏟아져 나오는 작은 검은색 쥐들이 숙주로 지목되었다. 실제로 쥐가 원인인지는 시타델에서 입증하지 못했지만, 갑자기 웅장한 성에서부터 허름한 움막에 이르기까지 칠왕국의 모든 가정에서 고양이를 원했다. 그 겨울 오한병이 사그라지기 전, 새끼 고양이 가격이 전투마의 가격에 육박했다.

병의 증세도 잘 알려져 있었다. 시작은 일반적인 오한이었다. 피해자들은 춥다며 화덕에 장작을 던져 넣고 이불이나 털가죽을 뒤집어쓰고는 했다. 뜨거운 수프나 향신료를 넣고 데운 와인 혹은 전혀 이해할 수 없지만 맥주를 마시는 이들도 있었다. 하지만 이불도 수프도 병의 진행을 막지 못했다. 사람들은 곧 몸을 오들오들 떨었고, 미약한 떨림에서 시작하여 어김없이 격렬해졌다. 닭살이 온몸에 돋고 마치 점령군이 영토를 차지하듯 사지로 퍼져나갔다. 그때쯤이면 피해자는 떨림이 너무도 심해 이를 딱딱거리고 손과 발이 경련을 일으키며 부들부들 떨렸다. 피해자의 입술이 퍼렇게 변하고 피를 토하기 시작하면, 끝이 얼마 남지 않았다는 뜻이었다. 첫 오한을 느낀 다음부터 병세는 신속하게 악화되었다. 하루 만에 죽을 수도 있었고, 병에 걸린 사람은 다섯 중 한 명밖에 살아남지 못했다.

이는 모두 학사들이 아는 사실이었다. 그들이 몰랐던 것은 오한병의 근원과 예방법 또는 치료법이었다. 습포와 물약을 써보고 뜨거운 겨자와 드래곤 후추, 입술을 얼얼하게 하는 뱀독을 탄 와인도 고려됐다. 병자들을 거의 펄펄 끓다시피 하는 물이 담긴 욕조에 담그기도 했다. 푸른색 채소가 효과가 있다고 했다가 날생선에 이어 붉은 고기가 효과가 있으며 피가 더 뚝뚝 떨어질수록 좋다는 소문이 돌았다. 어떤 치료사들은 환자들에게 아예 고기는 놔두고 피를 마시라고 조언했다. 각종 나뭇잎을 태우고 그 연기를 마시는 치료도 시도되었다. 어떤 영주는 수하들에게 모닥불을 피우게 하여 불의 벽으로 자신의 주변을 둘러싸기도 했다.

AC 59년의 겨울, 동쪽에서 들어온 오한병은 블랙워터만을 거쳐 블랙워터 급류를 따라 퍼졌다. 병이 킹스랜딩에 도달하기도 전에 국왕령 부근의 섬들은 이미 한기에 떨었다. 마에고르의 수관이었으며 재무관으로서 많은 미움을 받았던 에드웰 셀티가르가 처음으로 죽은 귀족이었다. 그의 후계자인 아들이 사흘 후 뒤를 따랐다. 룩스레스트에서 스탠턴 공이 죽었고, 곧 그의 부인도 숨을 거두었다. 공포에 질린 그의 자식들은 침소에 틀어박혀 문에 빗장을 지르고 나오지 않았지만, 그럼에도 죽음을 피할 수 없었다. 드래곤스톤에서는 왕비가 총애하던 에디트 성사가 사망했다. 드리프트마크에서는 조수의 군주 다에몬 벨라리온이 죽음의 문턱까지 갔다가 기사회생했으나, 그의 차남과 딸 셋이 목숨을 잃었다. 바르 에몬 공, 로스비 공, 메이든풀의 여주인 지렐과 그 외 신분이 낮은 수많은 남녀를 위해 장례의 종이 울렸다.

칠왕국 전역에서 신분의 고하를 막론하고 사람들이 병에 걸렸다. 노인과 어린아이가 가장 위험했지만, 한창때인 남녀도 병마를 피하지 못했다. 가장 위대한 영주들과 고귀한 귀부인들과 용맹한 기사들이 사망자 명단에 이름을 올렸다. 프렌티스 툴리 공이 리버런에서 덜덜 떨다가 죽었고, 이튿날 그의 아내 루신다 부인이 뒤이어 떠났다. 캐스털리록의 강대한 영주 라이만 라니스터 역시 병사했고, 애시마크의 마브랜드 공, 타벡홀의 타벡 공, 크래그의 웨스털링 공 등 기타 서부의 군소 귀족들도 세상을 떠났다. 하이가든에서는 티렐 공이 병에 걸렸다가 살아남았으나, 회복한 지 나흘 만에 술에 취한 채 말을 타다가 굴러떨어져 사망했다. 로가르 바라테온은 오한병에 걸리지 않았고 알리사 왕대비가 낳은 아들과 딸은 병에 걸렸다가 회복했지만, 그의 아우 로날과 두 아우의 아내가 죽었다.

거대한 항구도시 올드타운은 인구의 4분의 1을 잃는 막대한 타격을 받았다. 알리스 웨스트힐의 불운한 일몰해 항행에서 살아 돌아온 유스터스 하이타워는 다시 한번 살아남았지만, 그의 아내와 자식들은 운이 따르지 않았다. 그의 조부, 하이타워의 영주도 마찬가지였다. 지체하는 도넬 공은 죽음만큼은 지체하지 못하고 부르르 떨다가 죽어갔다. 최고성사, 최고신관단 40명 그리고 시타델에 있던 최고학사, 학사, 조수와 학생 중 3분의 1이 사망했다.

왕국 어디에서도 AC 59년의 킹스랜딩보다 더 극심한 피해를 본 곳은 없었다. 킹스가드 중에서 노기사 모진 언덕의 샘 경과 인심 좋은 용맹한 빅터 경이 죽었고, 소협의회 대신 중에는 알빈 매시, 칼 코브레이 그리고 베니퍼 대학사가 유명을 달리했다. 선임 대학사 세 명이 잔혹 왕 마에고르에게 목이 날아간 다음에 레드킵으로 왔던 베니퍼는 위험하고 풍요로운 시기를 두루 거치며 15년간 대학사로 재임했다. ("특이할 정도로 용감하거나 어리석은 행위였지요." 이후 그의 냉소적인 후임이 말했다. "저라면 마에고르 아래서 사흘도 못 견뎠을 겁니다.")

모두 그들의 죽음을 애석해하고 슬퍼했지만, 그들이 세상을 떠난 직후 가장 뼈아프게 느껴진 손실은 칼 코브레이의 죽음이었다. 도시 경비대장이 죽고 경비대원 상당수가 병에 걸려 몸을 떨자, 킹스랜딩의 거리와 골목은 무법천지로 전락했다. 상점들이 약탈당하고 여인들은 강간당했으며, 많은 사람이 단지 좋지 않은 시간에 가서는 안 될 거리를 걷고 있었다는 이유로 강도질을 당하고 살해당했다. 재해리스 왕은 킹스가드와 가문기사를 보내 질서를 회복하려 했지만, 너무 숫자가 적었던 터라 곧 복귀를 명령할 수밖에 없었다.

혼란 중에 왕은 또 다른 소협의회 대신을 잃었다. 오한병이 아니라 무지와 증오가 원인이었다. 레고 드라즈는 레드킵에 거할 곳이 많고 왕이 수차례 권유했음에도 왕궁에 들어와 살지 않았다. 펜토스인은 꼭대기에 드래곤핏이 자리한 라에니스 언덕 아래 비단 거리에 있는 그의 저택을 선호했다. 궁중 인사들의 눈치를 보지 않고 마음껏 첩들과 즐기기 위해서였다. 철왕좌를 섬긴 지 어느덧 10년, 몸이 상당히 비대해진 그는 말 대신 화려한 금빛 가마를 타고 저택과 왕궁 사이를 오갔다. 그러나 어리석게도 그의 통근길은 도성 내 최악의 무법 지대인 플리바텀의 악취 나는 중심지를 가로질렀다.

그 끔찍했던 날, 플리바텀 주민 중에서도 질이 나쁜 족속 십여 명이 골목에서 새끼 돼지 한 마리를 쫓다가 거리를 지나던 레고 공과 맞닥뜨렸다. 몇몇은 술에 취했고 다들 굶주린 상태였는데, 새끼 돼지도 놓친 마당에 펜토스인을 보고는 분노를 터뜨렸다. 다들 빵값이 터무니없이 오른 이유를 재무관의 탓으로 여긴 까닭이었다. 그중 한 명은 검을 들었고 셋은 단검이 있었다. 나머지는 돌멩이와 막대기를 들고 가마를 에워싸고는 레고 공의 가마꾼들을 쫓아내고 그를 가마에서 끌어 내렸다. 당시 구경하던 이들은 그가 아무도 알아듣지 못하는 말로 소리치며 도움을 요청했다고 말했다.

자신에게 쏟아지는 구타를 막으려고 레고 공이 손을 휘젓자 손가락마다 금과 보석이 반짝거렸고, 그러자 더욱 공격이 폭주했다. 한 여인이 소리쳤다. "저놈은 펜토스 놈이잖아. 저 새끼들이 오한병을 여기로 가져온 거야." 공격자 중 한 명이 왕이 새로이 자갈로 포장한 길에서 빼낸 돌멩이로 레고 공의 머리를 후려치고 또 후려쳤다. 그가 멈췄을 때는 피와 뼈와 뇌수가 붉게 뒤섞인 범벅만이 남아 있었다. 그리하여 공기의 영주는 본인이 왕을 도와 깐 자갈에 머리가 산산이 부서져 죽고 말았다. 그러나 그를 살해한 자들의 만행은 거기서 끝나지 않았다. 그들은 도주하기 전에 레고 공의 고급스러운 옷을 벗기고 반지를 낀 손가락도 모두 잘라 챙겼다.

그 소식이 레드킵에 전해지자, 재해리스 타르가르옌은 킹스가드 기사들을 대동하고 직접 말을 타고 현장으로 시신을 수습하러 갔다. 그곳의 참극을 본 왕은 극도로 분노했고, 훗날 조프리 도겟 경은 "그때 전하의 얼굴을 본 나는 순간 그의 숙부를 보는 듯한 착각에 빠졌다"라고 말했다. 거리는 왕을 보러 왔거나 펜토스 환전상의 참혹한 시체를 구경하러 온 이들로 가득했다. 재해리스가 말 머리를 돌리고 그들에게 외쳤다. "이 짓을 저지른 자들의 이름을 알아야겠다. 지금 말하면 큰 상을 내릴 것이다. 알면서도 입을 다무는 자는 혀를 잃을 것이다." 구경하던 인파 중 많은 이가 슬그머니

물러났지만, 한 맨발의 소녀가 앞으로 나와 가냘픈 목소리로 이름을 하나 댔다.

왕은 소녀에게 감사를 표하고 기사들을 그 남자에게 안내하도록 명령했다. 소녀가 킹스가드를 데려간 술집에는 레고 공의 반지 세 개를 손가락에 낀 범인이 창녀 한 명을 무릎 위에 앉히고 노닥거리고 있었다. 그가 고문 끝에 다른 가해자들의 이름을 전부 실토하자, 한 명도 빠지지 않고 모조리 잡혔다. 그중 한 명은 자기가 예전에 가난한 동료였다며 검은 옷을 입겠다고 외쳤다. "아니." 재해리스가 그에게 말했다. "밤의 경비대원들은 명예로운 남자들이고, 너흰 쥐보다도 못한 놈들이다." 왕은 그들이 검이나 도끼로 깨끗한 죽음을 맞이할 자격이 없다는 판결을 내렸다. 대신 그들의 배를 가른 뒤 레드킵의 성벽에 매달았고, 범인들은 내장이 무릎까지 흘러나온 채 몸을 비틀면서 죽어갔다.

왕이 살인자들을 잡을 수 있게 해준 소녀는 그에 비하면 좋은 운을 누렸다. 알리산느 왕비는 소녀를 뜨거운 물이 담긴 욕조에 집어넣고 북북 문질러 씻게 했다. 소녀의 누더기 같은 옷을 불태우고 머리를 박박 밀어버린 뒤 따뜻한 빵과 베이컨을 먹였다. "네가 원한다면 성에서 지낼 수 있게 해줄게." 소녀가 배불리 먹은 다음에 알리산느가 말했다. "주방이든 마구간이든, 네가 원하는 곳이면 어디에서든지. 아버지는 있니?" 소녀가 수줍게 고개를 끄덕이며 있었다고 대답했다. "나리들이 배를 가른 사람 중 한 명이었어요. 다래끼가 난 매독쟁이요." 그러고는 왕비에게 주방에서 일하고 싶다고 말했다. "거기가 빵이 있는 곳이잖아요."

한 해가 저물고 새해가 밝았지만, 웨스테로스 어디에서도 아에곤의 정복 후 60년째 되는 해의 시작을 기념하는 곳은 드물었다. 1년 전에는 남자들과 여자들이 광장에 피운 거대한 모닥불 주변을 빙빙 돌며 춤추고, 축하의 종소리를 들으며 술을 마시고 즐거워했었다. 그 1년 후, 모닥불에서는 시체가 탔고 종소리는 죽은 이들을 애도했다. 킹스랜딩의 거리는 특히 밤에 텅 텅 비었고, 골목은 눈이 깊숙이 쌓였으며 처마에 자란 고드름은 창처럼 길었다.

아에곤의 높은 언덕의 정상에서 재해리스 왕은 레드킵의 모든 문을 걸어 잠그고 성벽 경비병을 두 배로 늘렸다. 그와 왕비와 아이들은 성의 성소에서 저녁 예배에 참석한 뒤 마에고르 성채로 돌아가 소박한 식사를 하고는 침대에 들었다.

알리산느 왕비가 딸이 살며시 팔을 흔드는 바람에 잠에서 깨어난 건 밤이 부엉이의 시간에 이르렀을 때였다. "엄마." 대너리스 공주가 말했다. "나 추워."

그 후 일어난 일들은 곱씹을 필요가 없다. 대너리스 타르가르옌은 왕국 만민의 사랑을 받았고, 그녀를 위해 사람이 할 수 있는 모든 수단이 동원됐다. 기도와 습포, 뜨거운 수프와 펄펄 끓는 목욕물, 이불과 털가죽과 달군 돌멩이와 쐐기풀 차까지. 공주는 여섯 살이었고 젖을 뗀 지 오래였지만, 모유로 오한병을 치료할 수 있다는 말이 있어서 유모를 부르기도 했다. 학사들이 드나들고 남녀 성사들은 기도했으며, 왕은 쥐잡이꾼 백 명을 당장 고용하라고 명하고 회색이든 검은색이든 죽은 쥐 한 마리당 수사슴 은화 한 개를 포상으로 걸었다. 대너리스가 자기 새끼 고양이를 데려다달라고 하여 데려왔으나, 고양이는 공주가 증상이 심해지며 격렬하게 떨기 시작하자 그녀의 품에서 벗어나며 손을 할퀴었다. 새벽이 가까워질 무렵, 재해리스가 벌떡 일어나 딸에게 드래곤이 필요하다고 외치더니 드래곤스톤에 있는 드래곤지기들에게 큰까마귀를 보내 당장 새끼 드래곤 한 마리를 레드킵으로 가져오게끔 했다.

모두 헛수고였다. 춥다며 어머니를 잠에서 깨운 지 하루하고 반나절 후, 어린 공주는 세상을 떠났다. 왕비는 왕의 품에서 쓰러졌고, 지켜보던 이들이 그녀 역시 오한병에 걸린 게 아닌지 걱정할 정도로 격렬하게 몸을 떨었다. 재해리스는 왕비를 그녀의 침소로 데려가 양귀비즙을 먹여 잠이 들게 했다. 본인 역시 거의 탈진했음에도 왕은 마당으로 내려가 버미토르에 올라탄 뒤, 드래곤스톤으로 날아가 새끼 드래곤을 가져올 필요가 없다고 알렸다. 그리고 다시 킹스랜딩으로 돌아온 왕은 드림와인을 한 잔 마시고 바스 성사를 불렀다. "어찌 이런 일이 일어날 수 있단 말인가?" 그가 다그쳐 물었다. "그 아이가 무슨 죄를 지었기에? 어찌하여 신들이 그 아이를 데려간 것인가? 어떻게 이런 일이 일어날 수 있냐는 말이다!" 그러나 현명한 바스도 아무런 답을 하지 못했다.

오한병에 자식을 잃은 건 국왕 내외뿐만이 아니었다. 신분의 고하를 막론하고 수천 명이 그 겨울에 같은 고통을 겪었다. 그러나 재해리스와 알리산느에게 사랑하는 딸의 죽음은 특히 뼈아팠을 터이니, 바로 예외주의의 근본 자체가 흔들렸기 때문이었다. 양친이 타르가르옌 왕가의 인물인 대너리스 공주의 몸에는 옛 발리리아의 순수한 피가 흘렀으며, 발리리아의 후예는 보통 사람과는 달랐다. 보랏빛 눈과 은금발 머리카락을 가진 타르가르옌가의 사람들은 드래곤을 타고 하늘을 지배했으며, 근친상간을 금하는 종단의 교리는 그들에게 해당하지 않았다……. 그리고 그들은 병에도 걸리지 않았다.

망명자 아에나르가 처음 드래곤스톤을 차지한 이래 모두 아는 사실이었다. 타르가르옌가의 인물들은 매독이나 이질로 죽지 않았고, 홍반이나 갈색다리병이나 떨림병에 걸리지 않았으며, 벌레뼈나 폐 색전증이나 위장병 또는 신들만이 아는 이유로 인간들에게 풀어놓은 수많은 역병과 전염병에 걸려 쓰러지지도 않았다. 드래곤의 피에는 모든 질병을 정화하는 불이 있기 때문이라는 것이 정론이었다. 그러므로 순혈 공주가 보통 아이처럼 떨다가 죽는 것은 상상도 할 수 없는 일이었다.

그러나 그녀는 죽었다.

재해리스와 알리산느는 딸의 죽음에 비통해하고 사랑스러웠던 그녀를 그리워하면서도 그 끔찍한 깨달음을 맞닥뜨렸을 것이다. 그들의 믿음과는 달리 타르가르옌이 그렇게 신들과 가깝지 않을지도 모른다는 사실을, 결국 그들도 보통 인간에 불과하다는 것을.

오한병이 드디어 사그라지자, 재해리스 왕은 큰 슬픔을 안고 다시 일에 몰두했다. 그의 앞에 놓인 첫 과제는 그가 잃은 친구들과 대신들을 대신할 인재를 찾는 암울한 일이었다. 맨프리드 레드와인 공의 장남 로버트 경이 도시 경비대장에 임명되었다. 왕은 자일스 모리겐 경이 추천한 두 기사, 리암 레드와인 경과 로빈 쇼 경에게 하얀 망토를 내리고 킹스가드로 임명했다. 등이 굽었지만 유능했던 법률관 알빈 매시를 대신할 사람은 그렇게 쉽게 찾지 못했다. 왕은 그의 빈자리를 메우기 위해 아린 협곡으로 눈을 돌렸고, 이어리의 박식한 젊은 영주이자 왕과 왕비와 처음 만났을 때는 열 살이었던 로드릭 아린을 불러들였다.

시타델은 이미 베니퍼의 후임으로 신랄한 혀를 지닌 엘리사르 대학사를 파견했다. 그에게 목걸이를 물려준 선임보다 20년이나 젊은 엘리사르는 속내를 감추는 사람이 아니었다. 혹자는 콘클라베가 그를 감당하지 못해 킹스랜딩으로 보낸 것이라고 떠들기도 했다.

재해리스는 새로운 재정대신 겸 재무관을 정할 때 가장 오래 고심했다. 레고 드라즈는 악명은 높았지만 수완이 대단했던 남자였다. "그만한 사람은 길에 널려 있는 게 아니라고 말하고 싶지만, 실상 어떤 영주의 성보다는 거리에서 찾을 가능성이 높을 것 같소"라고 왕은 소협의회에서 말했다. 공기의 영주는 결혼한 적이 없었지만, 어릴 때부터 그를 보고 배운 세 명의 사생아가 있었다. 왕은 그중 한 명을 발탁하고 싶은 충동을 느꼈지만, 왕국이 절대 펜토스인을 또다시 용납하지 않으리라는 것을 알고 있었다. "하지만 귀족이어야 할 수밖에 없겠지." 그가 우울하게 말을 끝맺었다. 다시 친숙한 이름들이, 라니스터, 벨라리온, 하이타워처럼 무력 못지않게 재력으로도 권력을 쌓아온 가문들이 물망에 올랐다. "다들 너무 자존심이 높소." 재해리스가 평했다.

처음으로 색다른 이름을 언급한 건 바스 성사였다. "하이가든의 티렐 가문은 원래 집사 가문이었습니다." 그가 왕을 일깨웠다. "하지만 리치는 서부보다 더 넓고 다른 종류의 부를 쌓아왔으니, 젊은 마틴 티렐이라면 이 소협의회에 쓸 만한 인재일 수도 있습니다."

레드와인 공이 어이없어했다. "티렐가는 얼간이들입니다." 그가 말했다. "죄송합니다 전하, 제가 모시는 주군이긴 합니다만…… 티렐가는 전부 얼간이들이고, 게다가 버트런드 공은 주정뱅이였습니다."

"틀린 말씀은 아닙니다." 바스 성사가 인정했다. "그러나 버트런드 공은 이제 무덤 속에 있고, 전 그분의 아들을 말하는 겁니다. 마틴은 젊고 의욕적이지만, 사실 기지가 좋다고 볼 수는 없지요. 그러나 그의 포소웨이 가문 출신 아내인 플로렌스 부인은 걸음마를 시작할 때부터 사과를 세고 다녔다는 재원입니다. 그녀는 결혼한 이후 하이가든의 모든 재정을 챙겼고, 티렐 가문의 수입을 3분의 1 이상 늘렸다고 합니다. 그녀의 남편을 발탁한다면 그녀도 궁중으로 올 것이 분명합니다."

"알리산느가 마음에 들어 하겠군. 영민한 여인들을 가까이하는 것을 즐기니." 왕이 말했다. 왕비는 대너리스 공주의 죽음 이후 소협의회에 참석하지 않고 있었다. 재해리스는 이것을 그녀가 돌아올 기회로 여겼는지도 모른다. "우리 현명한 성사는 한 번도 우릴 그릇된 길로 인도한 적이 없지. 똑똑한 아내가 있는 얼간이를 불러들여, 이번에는 내 충성스러운 백성들이 돌멩이로 그의 머리를 부수는 일이 없도록 빌어봅시다."

일곱 신은 거두는 만큼 내리기도 한다. 위에 계신 어머니가 비탄에 잠긴 알리산느 왕비를 굽어보고 측은히 여긴 것일까. 대너리스 공주가 죽고 두 달이 지나기 전, 왕비는 다시 회임한 사실을 알게 되었다. 왕국은 겨울의 싸늘한 손아귀 안에 있고 도성은 여전히 오한병이 기승을 부렸던 터라, 왕비는 다시금 신중하게 드래곤스톤으로 물러나 출산을 준비했다. AC 60년 말, 왕비는 다섯째 아이이자 어머니를 따라 알리사로 이름 지은 딸을 순산했다. 신임 대학사 엘리사르가 "왕대비께서 살아 계셨다면 더 기꺼우셨겠습니다만"이라고 평했지만, 물론 왕의 면전에서는 하지 않았다.

왕비가 출산하고 얼마 지나지 않아 겨울이 끝났고, 알리사는 활발하고 건강한 아이였다. 아기였을 때는 죽은 언니 대너리스와 판박이였기에, 왕비는 볼 때마다 잃은 딸을 떠올리며 눈물을 흘렸다. 그러나 공주가 자라나면서 언니와 닮은 점은 점점 사라졌고, 길쭉한 얼굴에 몸도 깡말라 언니의 미모를 갖지 못했다. 지저분하게 헝클어진 금발 머리는 옛 드래곤 군주들을 연상케 하는 은발이 섞이지 않았고, 눈동자도 한쪽은 보라색, 다른 쪽은 선명한 녹색인 짝눈으로 태어났다. 귀가 너무 크고 웃을 때는 입꼬리가 한쪽으로 일그러졌으며, 여섯 살 때 마당에서 놀다가 목검을 얼굴에 맞고 콧대가 부러지기까지 했다. 코가 아물면서 비뚤어졌지만, 알리사는 개의치 않는 듯했다. 그즈음 왕비는 딸이 닮은 건 대너리스가 아니라 바엘론임을 깨닫게 되었다.

한때 아에몬이 어디를 가든 바엘론이 따라다녔던 것처럼, 알리사는 바엘론을 쫓아다녔다. 이에 봄의 왕자는 "강아지처럼 따라다녀"라고 불평했다. 바엘론은 아에몬보다 두 살 어렸고 알리사는 바엘론보다 거의 네 살 아래였다. "그리고 여자애잖아." 어린 왕자는 그 점에 더 질색했다. 하지만 공주는 여느 여자애처럼 행동하지 않았다. 그녀는 언제나 사내아이의 옷을 입으려 했고 다른 소녀들과 놀기를 거부했으며, 바느질과 책과 노래 대신 말타기와 기어오르기와 목검 싸움을 즐기고 귀리죽도 먹기를 거부했다.

AC 61년, 옛 친구이자 한때 적이었던 로가르 바라테온 공이 스톰스엔드에서 어린 소녀 셋을 데리고 킹스랜딩으로 돌아왔다. 둘은 아내와 아들들과 함께 오한병에 걸려 죽은 그의 동생 로날의 딸들이었다. 나머지 한 명은 로가르가 알리사 왕대비에게서 얻은 딸 조슬린 영애였다. 그 참혹한 이방인의 해에 세상에 나온 작고 병약한 아기는 어느새 큰 눈과 흑단 같은 머리카락을 지닌 진지한 표정의 키 큰 소녀로 자라나 있었다.

반면 전 수관 로가르 바라테온은 머리도 허옇게 세고 많이 늙은 모습이었다. 얼굴은 핼쑥하고 주름졌으며, 몹시 야위어 마치 몸집이 더 큰 사람의 옷을 걸친 듯 옷이 헐렁했다. 그는 철왕좌 앞에서 무릎을 꿇은 뒤 다시 일어서지 못해 킹스가드 한 명의 부축을 받아야 했다.

로가르 공은 부탁할 것이 있어서 찾아왔다고 왕과 왕비에게 말했다. 곧 일곱 번째 생일을 맞이할 조슬린 영애에 관한 부탁이었다. "이 아이는 어머니의 사랑을 받아본 적이 없소이다. 내 아우들의 아내들이 그동안 맡아 길렀지만, 그들도 결국은 자기 아이들을 더 챙길 수밖에 없었고, 이제는 둘 다 죽고 없다오. 전하, 내 딸 조슬린과 조카딸들을 대녀(代女)로 받아들여 궁중에서 공주와 왕자들과 함께 자랄 수 있게 해준다면 고맙겠소."

"당연히 그리고 기꺼이 그리하겠어요." 알리산느 왕비가 대답했다. "조슬린이 우리 여동생이란 사실은 잊지 않았습니다. 한 가족임을."

로가르 공은 크게 안도한 모습이었다. "내 아들도 보살펴주길 간청하오. 보어문드는 내 아우 가론과 함께 스톰스엔드에 남을 것이오. 그 아이는 착하고 튼튼해서 곧 위대한 영주가 되리라고 확신하지만, 아직 아홉 살밖에 되지 않았소. 두 분 전하도 알겠지만 내 다른 아우 보리스가 몇 년 전에 스톰랜드를 떠났다오. 그놈은 보어문드가 태어난 이래 심기가 불편하고 화가 쌓인 터라, 나와 우의가 많이 상했소. 보리스는 한동안 미르에 머물다가 볼란티스로 갔었다는데, 뭘 하고 지냈는지는 모르겠지만 어쨌든 다시 웨스테로스로 돌아와 지금은 붉은 산맥에 있다고 하더이다. 들리는 바로는 독수리 왕 밑으로 들어가 동향 사람들을 약탈한다고 하오. 가론은 유능하고 충직하지만 언제나 보리스의 상대는 못 되었고, 보어문드는 아직 아이에 불과하잖소. 내가 떠나면 그 아이와 스톰랜드에 무슨 일이 벌어질지 걱정이 크다오."

왕은 그 말을 듣고 깜짝 놀랐다. "공이 떠난 다음에? 어째서 떠난다는 말이오? 어디로?"

로가르 공이 대답하며 미소를 짓는 얼굴에서 순간 예전 그가 맹위를 떨칠 때의 모습이 스치듯 지나갔다. "산맥으로 떠날 겁니다, 전하. 내 학사는 내가 죽어가는 중이라고 하더이다. 그리고 난 그 말을 믿소. 오한병에 걸리기 전에도 통증이 있었고, 그 후로 더 심해졌다오. 학사가 주는 양귀비즙은 도움이 되지만, 조금만 사용하고 있소. 내게 남은 인생을 잠을 자는 데 쓰지는 않으려 하오. 침대에 누워 엉덩이에서 피를 흘리면서 죽음을 맞이할 마음도 없고. 난 내 아우 보리스와 그 독수리 왕을 찾아 처치할 생각이오. 가론이 헛고생이라고 말하더구려. 틀린 말은 아니오. 하지만 난 죽을 때, 손에 도끼를 들고 욕설을 퍼부으며 죽고 싶소. 그러니 전하, 제가 떠나는 것을 허락하시겠습니까?"

오랜 친우의 말에 마음이 격동한 재해리스 왕은 자리에서 일어나 철왕좌를 내려간 뒤 로가르 공의 어깨를 잡았다. "그대의 아우는 반역자이고, 그 독수리라는 자, 나는 왕이라고 부르지 않겠소, 그자는 너무 오래 우리의 변경 지역에 해를 끼쳤지. 떠나는 것을 허하오. 그뿐 아니라 나도 같이 가겠소."

왕은 자신의 말을 지켰다. 그 후 벌어진 전쟁은 역사에 제3차 도르네 전쟁으로 명명되었지만, 도르네의 대공이 참전하지 않았으므로 적절한 명칭으로 볼 수는 없다. 당시 평민들은 훨씬 더 타당한 이름인 '로가르 공의 전쟁'이라고 불렀다. 스톰스엔드의 영주가 병사 500명을 이끌고 산맥에 진입하는 동안, 재해리스 타르가르옌은 버미토르를 타고 하늘을 누볐다. 왕이 말했다. "그자는 자신을 독수리로 칭하지만 날지는 않고 숨기만 한다. 차라리 땅다람쥐라고 불러야 마땅할 것이다." 틀린 말은 아니었다. 초대 독수리 왕은 수천 명을 이끌고 전쟁을 일으켰다. 2대 독수리 왕은 작은 가문의 작은아들로, 자기처럼 강도질과 강간을 좋아하는 부하 수백을 이끄는 벼락출세한 약탈자에 지나지 않았다. 하지만 그는 산길을 잘 알았고, 추격이 붙으면 자유자재로 사라졌다가 다시 나타났다. 매복에도 재주가 있어서 그를 쫓는 이들은 목숨을 걸어야 했다.

하지만 하늘에서 추적해오는 적을 상대로는 어떤 수작도 통하지 않았다. 야사에 따르면 독수리 왕에게는 구름 속에 숨겨진 난공불락의 산채가 있었다. 하나 재해리스는 여기저기 흩어진 조잡한 야영지만 십여 곳을 찾았을 뿐, 비밀 요새 따위는 보지 못했다. 버미토르가 하나씩 불태웠고, 독수리 왕이 돌아갈 곳은 잿더미밖에 남지 않았다. 구불구불한 산길을 올라가던 로가르 공의 병대는 곧 말을 버려야 했고, 염소 길을 따라 가파른 비탈을 오르고 동굴을 가로질렀다. 위에 숨은 적들이 바위를 굴려 떨어뜨리며 방해했지만, 그들은 기세를 굽히지 않고 나아갔다. 스톰랜드군이 동쪽에서 전진할 때, 서쪽에서는 블랙헤이븐의 영주 시몬 돈다리온이 소수의 변경 기사단을 이끌고 산맥에 진입하여 적의 퇴로를 막았다. 양쪽에서 사냥꾼들이 서로를 향해 다가가는 동안, 재해리스가 하늘에서 내려다보며 어렸을 때 채색 탁자의 방에서 장난감 군대를 갖고 놀던 것처럼 그들의 움직임을 지휘했다.

마침내 그들은 적을 찾았다. 도르네인들과는 달리 산맥의 숨겨진 길을 몰랐던 보리스 바라테온이 먼저 구석에 몰렸다. 로가르 공의 병사들이 그의 부하들을 순식간에 처리했고, 두 형제가 맞붙기 직전 재해리스 왕이 하늘에서 내려왔다. "그대가 친족살해자라는 오명을 쓰는 것은 용납할 수 없지." 왕이 전 수관에게 말했다. "저 반역자는 내가 처리하겠소."

보리스 경이 비웃었다. "형이 친족살해자로 불리는 것보다는 내가 국왕시해자로 불리는 게 낫겠지!" 그가 고함치며 왕에게 달려들었다. 그러나 재해리스는 손에 블랙파이어를 들었고, 드래곤스톤의 연무장에서 배운 것들을 잊지 않았다. 보리스 바라테온은 목을 강타한 일격에 머리가 거의 잘린 채 왕의 발치에 쓰러져 죽었다.

독수리 왕의 차례는 그다음 달에 찾아왔다. 이미 잿더미가 된 소굴로 피신하려다 막다른 곳에 몰린 그는 끝까지 창과 화살로 왕의 병사들에게 저항했다. "이놈은 내 것이외다." '산의 왕'이 족쇄를 찬 채 끌려오자 로가르 바라테온이 재해리스에게 말했다. 로가르의 명에 따라 족쇄에서 풀려난 무

법자는 창과 방패를 받았다. 로가르 공이 도끼를 들고 독수리 왕 앞에 섰다. "이놈이 날 죽인다면 풀어주십시오."

그러나 독수리 왕은 턱없이 형편없었다. 고통으로 약해지고 피폐한 몸이었음에도 로가르 바라테온은 도르네인의 공격을 우습다는 듯 튕겨내고 적을 어깨에서 배꼽까지 쪼개버렸다.

결투가 끝나자 로가르 공은 지친 기색이었다. "난 손에 도끼를 들고 죽을 운명은 아닌가 보오." 그가 왕에게 서글프게 말했고, 그 말대로 되었다. 스톰스엔드의 영주이자 한때 수관이며 호국공이었던 로가르 바라테온은 반년 후 스톰스엔드에서 그의 학사, 성사, 아우 가론 경 그리고 아들이자 후계자인 보어문드가 보는 앞에서 임종을 맞이했다.

로가르 공의 전쟁은 AC 61년에 시작하여 같은 해 승리로 끝날 때까지 반년도 채 걸리지 않았다. 독수리 왕이 제거되자 도르네 변경에서 벌어지는 약탈은 한동안 현저히 감소했다. 전쟁에 관한 소식이 칠왕국에 퍼지자 가장 호전적인 영주조차도 그들의 젊은 왕에게 새로운 경외심을 품게 되었다. 마지막까지 남았던 모든 우려가 불식되었다. 재해리스 타르가르옌은 그의 부친 아에니스가 아니었다. 왕 본인에게 전쟁은 치유의 기회였다. "오한병 앞에서 난 무력했네." 그가 바스 성사에게 털어놓았다. "하지만 독수리 앞에서는 다시 왕이 되었지."

AC 62년, 재해리스 왕이 장자를 드래곤스톤의 왕자에 임명하고 철왕좌의 정식 후계자로 인정하자, 칠왕국의 모든 귀족이 기뻐했다.

아에몬 왕자는 키가 크고 잘생긴 만큼 겸손하기도 한 일곱 살의 소년이었다. 그는 여전히 매일 아침 동생 바엘론 왕자와 함께 훈련했다. 두 형제는 매우 친했고 실력도 비등했다. 아에몬이 키가 더 크고 힘도 셌지만, 바엘론은 더 날래고 맹렬했다. 그들의 대결은 항상 치열했기에 많은 구경꾼이 몰리고는 했다. 하인과 세탁부, 가문기사와 종자, 학사와 성사와 마구간지기가 훈련장에 여럿 모여 각자 어느 한 왕자를 응원했다. 구경하러 오는 이들 중에는 날이 갈수록 키가 크고 더 아름다워지는 고(故) 알리사 왕대비의 검은 머리 딸 조슬린 바라테온도 있었다. 아에몬이 드래곤스톤의 왕자로 임명된 후 열린 만찬에서 왕비는 조슬린 영애를 아에몬 옆에 앉혔고, 두 아이는 저녁 내내 둘만의 세계에 빠져들어 함께 이야기를 나누며 웃었다.

같은 해 신들은 재해리스와 알리산느에게 또다시 아기를 점지해주었고, 이번에 태어난 딸은 마에겔이라고 이름을 지었다. 공주는 온순하고 이타적이며 다정한 성품에 특출하게 똑똑했다. 마에겔은 이내 바엘론 왕자가 아에몬 왕자를 따라다녔듯이 언니인 알리사에게 달라붙었는데, 모두 행복했던 것은 아니었다. 이제는 알리사가 "아기"가 자기 치맛자락에 매달리는 것에 발끈할 차례였다. 알리사는 안간힘을 다해 여동생을 피해 다녔고, 그 광경을 보며 바엘론이 통쾌하게 웃었다.

우리는 이미 재해리스의 업적 몇 가지를 살펴봤다. AC 62년이 저물 무렵, 왕은 곧 다가올 새해와 그 이후까지 멀리 내다보고 칠왕국을 탈바꿈할 사업을 계획하기 시작했다. 이미 킹스랜딩에 자갈로 포장한 거리와 수조와 분수를 준 그는 이제 성벽 밖으로, 도르네 변경과 장벽의 '선물' 사이에 있는 평야와 구릉과 늪지로 시선을 돌렸다.

그가 소협의회에서 말했다. "여러분, 나와 왕비는 순행에 나설 때 버미토르와 실버윙을 타오. 구름 위에서 내려다보면 도시와 성, 언덕과 늪, 강과 개울과 호수가 보이지. 시장 마을과 어촌, 오래된 숲, 산, 황무지와 목초지, 양 떼와 농작물이 자라는 밭, 옛 전장과 폐허만 남은 탑, 묘지와 성소도 볼 수 있고. 우리 칠왕국에는 이토록 볼 것이 아주 많소. 그런데 보이지 않는 게 뭔지 아오?" 왕이 탁자를 쾅 하고 내리쳤다. "바로 도로요, 여러분. 도로가 보이지 않소. 낮게 비행하면 파인 바큇자국이 조금 보이오. 짐승들이 다니는 길 몇몇과 여기저기 개울가에 오솔길도 보이고. 하지만 제대로 된 도

로는 보이지 않소. 여러분, 도로를 지어야겠소!"

왕국 전역을 잇는 도로를 건설하는 대공사는 재해리스의 치세를 넘어 후계자의 재위 기간에도 계속되었지만, 그 시작은 바로 이날 레드킵의 회의실에서였다. 물론 그가 재위하기 전에 웨스테로스에 도로가 아예 없던 것은 아니었다. 도로 수백 개가 대륙을 가로질렀고, 상당수는 수천 년 전 최초인의 시절부터 존재했다. 숲의 아이들에게도 숲에서 이리저리 이동할 때 쓰던 길이 있었다.

그러나 그렇게 존재하는 도로들의 상태는 처참했다. 비좁고 진창투성이에 깊게 파이고 구불구불하기까지 한 길들이 아무런 목적이나 계획도 없이 언덕과 숲과 개울을 가로질렀다. 다리가 놓인 개울도 손꼽을 정도였다. 여울 부근에는 강을 건너는 대가로 돈이나 다른 통행료를 요구하는 병사들이 있기 일쑤였다. 몇몇 영주는 그들의 영지를 관통하는 도로를 나름대로 관리했지만, 그러지 않는 영주가 훨씬 많았다. 폭풍우가 쏟아지면 길이 씻겨 없어지기도 했다. 또한 강도기사와 무법자들이 도로를 이용하는 여행자들을 노렸다. 마에고르 시절 전에는 가난한 동료들이 도로를 다니는 평민들에게 어느 정도 보호를 제공했다(하지만 그들이 강도로 돌변할 때도 있었다). '별'의 해체 이후 왕국의 샛길들은 유례없이 위험해졌다. 대귀족들도 호위 없이는 여행하지 않았다.

이러한 병폐를 한 왕의 재위 동안 근절하는 것은 불가능했으나, 재해리스는 대사업에 착수하기로 마음을 굳혔다. 당시 킹스랜딩은 도시치고는 역사가 아주 짧았음을 기억해야 한다. 정복자 아에곤과 그의 누이들이 상륙하기 전까지, 블랙워터 급류가 블랙워터만으로 흘러나가는 지점에 있는 세 언덕에는 오직 작은 어촌이 자리했을 뿐이었다. 작은 어촌에서 중요한 도로가 시작하거나 끝나는 경우는 거의 없기 마련이다. 그러다 아에곤의 정복 후 62년간 도성이 급격히 성장하면서 해안가를 따라 스토크워스, 로스비, 더스큰데일 영지로 향하거나 언덕을 가로질러 메이든풀까지 이어지는 조잡하고 비좁은 흙길이 몇몇 생겨났다. 그러나 그것이 전부였다. 그 어떤 도로도 도성을 왕국 내 거성들이나 대도시들과 연결하지 않았다. 킹스랜딩은 항구여서 육지보다는 해상 교통이 더 발달한 까닭이었다.

재해리스는 거기서부터 시작하기로 했다. 강 남쪽에는 수풀이 울창하고 빽빽한 오래된 숲이 있었는데, 사냥터로서는 훌륭하지만 지나가기에는 고된 곳이었다. 왕은 숲을 뚫고 킹스랜딩과 스톰스엔드를 잇는 도로를 건설하라고 명령했다. 이 도로는 킹스랜딩의 북쪽으로 이어져 블랙워터 급류로부터 트라이던트강과 그 너머까지 뻗어나가며, 그린포크를 따라 넥 지역을 관통하고 길 없는 야생의 북부를 가로질러 윈터펠과 장벽에까지 닿아야 했다. 평민들이 '왕의 가도'라고 이름 지은 이 도로는 재해리스가 건설한 도로 중 가장 길고 가장 큰 비용이 들었으며, 가장 먼저 시작하고 가장 먼저 완공한 도로였다.

그 후 장미 가도, 대양 가도, 강역 가도, 황금 가도 등 다른 도로들이 뒤따랐다. 일부는 조악하지만 수백 년간 존재한 도로였는데, 재해리스의 지시에 따라 파인 부분을 메우고 자갈을 깔고 다리를 놓음으로써 완전히 탈바꿈했다. 다른 도로들은 새로 건설했다. 이 대사업에 들어간 비용은 절대 적지 않았으나, 왕국은 풍요로웠고 왕이 새로이 임명한 재무관 마틴 티렐은 그의 영리하고 '사과 세는' 아내의 도움에 힘입어 거의 공기의 영주만큼이나 유능한 모습을 보였다. 도로들은 1킬로미터씩 1킬로미터씩 수십 년간 확장되었다. 올드타운의 시타델에 '늙은 왕'을 기리며 세워진 기념비의 받침대에는 "그는 대륙을 하나로 묶고 칠왕국을 하나로 통합하였다"라는 문구가 새겨져 있다.

일곱 신도 왕의 노력에 흡족했는지, 재해리스와 알리산느에게 계속하여 아이를 점지해주었다. AC 63년, 국왕 내외는 그들의 셋째 아들이자 일곱째 자식인 바에곤의 탄생을 기뻐했다. 이듬해에는 또 다른 딸 다엘라가 태어났다. 3년 후에는 빨간 얼굴의 사에라 공주가 우렁찬 울음소리와 함께 세상으로 나왔다. AC 71년에 왕비는 열 번째 아이이자 여섯째 딸인 아름다운 비세라를 낳았다. 재해리스와 알리산느의 네 어린 자식은 모두 10년 사이에 태어났지만, 이보다 더 다를 수 있을까 싶을 정도로 각양각색이었다.

바에곤 왕자는 그의 형들과는 낮과 밤처럼 달랐다. 강건함과는 거리가 멀고 조용하고 경계하는 눈을 지닌 소년이었다. 다른 아이들은 물론 몇몇 궁중 귀족조차도 그가 시큰둥하다고 여겼다. 왕자는 겁쟁이는 아니었지만 종자들과 시동들의 거친 놀이나 부왕을 섬기는 기사들의 영웅담을 즐기지 않았다. 연무장보다는 서고를 선호했고, 그곳에서 책을 읽는 일이 잦았다.

다음 아이인 다엘라 공주는 섬세하고 수줍음이 많은 소녀였다. 사소한 일에도 겁을 먹고 곧잘 울음을 터트렸던 공주는 거의 두 살이 될 때까지 말문이 트이지 않았고, 그 후로도 말을 많이 하는 편이 아니었다. 작은언니 마에겔이 그녀의 길잡이 별이었고 어머니인 왕비를 숭배했지만, 큰언니 알리사는 무서워했고 오라비들 앞에서는 얼굴을 가리기에 바빴다.

그녀보다 세 살 어린 사에라 공주는 태어날 때부터 새빨갛게 달아오른 얼굴로 악을 쓰며 울어댄 골칫덩이였다. 공주가 처음 한 말은 "아니"였고, 그 말을 크게 자주 말했다. 네 살이 될 때까지 젖을 떼기를 거부했다. 바에곤과 다엘라를 합친 것보다 더 말을 많이 하고 성내에서 마구 뛰놀면서도 젖을 원했고, 왕비가 유모를 내보낼 때마다 화를 내고 소리치며 난동을 부렸다. "큰일이야." 어느 날 밤 알리산느가 왕에게 속삭였다. "그 애를 볼 때마다 아에레아가 떠올라." 사납고 고집이 센 사에라 타르가르옌은 관심을 갈구했고, 관심을 못 받으면 토라졌다.

넷 중 막내인 비세라 공주도 나름대로 고집이 셌지만, 한 번도 소리를 지르거나 울지는 않았다. 공주는 앙큼하다거나 우쭐댄다는 말을 들었다.

모든 이가 비세라의 미모를 칭송했다. 짙은 보랏빛 눈과 타르가르옌을 상징하는 은금발 머리카락, 티 없이 매끄러운 흰 피부와 섬세한 이목구비를 지녔고, 어린 나이에 어울리지 않은 우아함은 당황스럽고 기이할 정도였다. 한 어린 종자가 말을 더듬으며 그녀를 여신이라고 부르자, 공주는 당연하다는 듯 받아들였다.

이 네 명의 왕손이 어떤 일을 겪었는지, 그들의 부모에게 어떤 고뇌를 안겨주었는지는 때가 되면 알아보도록 하겠다. 일단은 사에라 공주가 태어나고 얼마 후, 국왕 내외가 그들의 장남이자 드래곤스톤의 왕자인 아에몬과 스톰스엔드의 조슬린 바라테온의 정혼을 발표한 AC 68년으로 돌아가보도록 하겠다. 대너리스 공주의 비극적인 죽음 이후, 아에몬이 남은 누이 중 제일 나이가 많은 알리사 공주와 혼인해야 한다는 의견이 있었으나, 알리산느 왕비가 딱 잘라 거부했다. "알리사는 바엘론과 혼인할 거야." 그녀가 단언했다. "걸음마를 시작할 때부터 바엘론 뒤만 졸졸 따라다녔으니. 당신과 내가 저 나이였을 때만큼이나 가깝잖아."

2년 후인 AC 70년, 아에몬과 조슬린은 황금 결혼식에 필적하는 화려한 혼례를 올렸다. 방년 열여섯의 조슬린 영애는 왕국 최고 미녀 중 하나로, 긴 다리에 가슴이 풍만하고 큰까마귀의 날개처럼 새카만 머리채가 허리까지 내려왔다. 아에몬은 그녀보다 한 살 어린 열다섯 살이었지만, 모두 잘 어울리는 한 쌍이라며 입을 모았다. 키가 180센티미터를 웃도는 조슬린은 거의 모든 웨스테로스의 영주보다 키가 컸지만, 드래곤스톤의 왕자는 그런 그녀보다도 8센티미터가 더 컸다. "저기 왕국의 미래가 서 계시는군요." 나란히 선 검은 신부와 하얀 왕자를 보고 자일스 모리겐 경이 말했다.

AC 72년, 더스큰데일에서 젊은 다클린 공과 테오모어 맨덜리의 딸의 결혼을 기념하는 마상 대회가 열렸다. 두 젊은 왕자와 여동생 알리사가 참석했고, 왕자들은 종자의 난전에 참가하기도 했다. 아에몬 왕자가 아우를 두

들겨 항복을 받아내며 우승했다. 왕자는 이후 열린 마상 창시합에서도 뛰어난 실력을 떨치고 기사로 서임되었다. 당시 열일곱의 나이였다. 기사 작위를 획득한 왕자는 킹스랜딩에 돌아오고 얼마 지나지 않아 드래곤 기수가 되어 처음으로 하늘을 날았다. 그가 선택한 드래곤은 드래곤핏에 머무는 젊은 드래곤 중에서도 가장 사나운 피처럼 붉은 드래곤, 카락세스였다. 드래곤핏의 드래곤들을 누구보다 잘 아는 드래곤지기들은 그 드래곤을 '핏빛 웜'이라고 불렀다.

왕국의 한 지역에서는 AC 72년이 한 시대의 끝을 고한 해였으니, 북부에서 윈터펠의 영주 알라릭 스타크가 세상을 떠났다. 그가 자랑했던 두 강인한 아들은 그보다 먼저 죽었기에, 손자 에드릭이 그의 뒤를 이었다.

아에몬 왕자가 어디에 가서 무엇을 하든 바엘론 왕자가 곧 따라 한다고 궁중 만담가들은 종종 말했다. AC 73년, '용감한' 바엘론이 형에 이어 기사가 됨으로써 그 말이 사실임을 증명했다. 아에몬이 열일곱 살에 기사로 서임되었으니 바엘론은 열여섯 살에 기사가 되어야 했다. 왕자는 리치를 가로질러 오크하트 공이 아들의 탄생을 기념하고자 이레간의 마상 창시합을 개최한 올드오크를 찾아갔다. 신비기사로 변장한 뒤 '은빛 광대'라는 가명으로 대회에 참가한 젊은 왕자는 리카드 레드와인 경에게 패할 때까지 로완 공, 알린 애시포드 경, 포소웨이가의 쌍둥이 형제 그리고 오크하트 공의 후계자인 데니스 경을 말에서 떨구었다. 리카드 경은 왕자를 부축해 일으켜 세운 뒤 투구를 벗겨 그의 정체를 밝히고는, 무릎을 꿇게 하고 그곳에서 왕자를 기사로 서임했다.

바엘론 왕자는 그날 저녁 열린 연회에만 참석하고는 바로 말을 달려 킹스랜딩으로 돌아와서 드래곤 기수가 됨으로써 그의 목표를 달성했다. 지는 것을 싫어 했던 그는 옛적에 그가 탈 드래곤을 점찍어 두었고, 마침내 그 드래곤을 차지했다. 29년 전 비세니아 왕대비 사후 아무도 타지 않은 거대한 암컷 드래곤 바가르가 날개를 펴고 포효한 뒤 다시 한번 하늘로 날아올랐고, 봄의 왕자를 등에 태우고 블랙워터만을 건너 드래곤스톤으로 가서 그의 형 아에몬과 카락세스를 놀라게 했다.

"위에 계신 어머니께서는 내게 똑똑하고 아름다운 아이들을 이토록 많이 허락하시는 크나큰 축복을 내려주셨다." AC 73년, 딸 마에겔 공주가 수련 성사로서 종단에 귀의한다는 사실이 발표되었을 때 알리산느 왕비가 말했다. "그러니 내 아이 중 한 명을 돌려드리는 것이 마땅하다." 마에겔 공주는 열 살이었고 종단에 귀의하기만을 고대했다. 조용하고 학구적이었던 그녀는 매일 밤 잠들기 전에 《칠각별》을 읽었다고 한다.

그러나 위에 계신 어머니가 알리산느 타르가르옌에게 내린 축복은 아직도 끝나지 않았던지, 한 아이가 레드킵을 떠나자마자 또 다른 아이가 찾아왔다. AC 73년, 왕비는 열한 번째 아이를 출산했다. 정복 전까지 드래곤스톤을 다스린 타르가르옌 영주 중 가장 위대했던 '영광스러운' 가에몬의 이름을 딴 가에몬 왕자였다. 하지만 조산이었던 터라 왕비는 길고 지독한 난산을 겪었고, 학사들은 그녀의 생명을 염려했다. 게다가 가에몬은 10년 전 바에곤이 태어났을 때 크기의 절반에 불과한 작고 앙상한 아기였다. 시간이 지나 왕비는 무사히 회복했지만, 애석하게도 아기는 그러지 못했다. 가에몬 왕자는 새해가 밝고 며칠 후, 태어난 지 석 달이 채 지나기 전에 유명을 달리했다.

이번에도 왕비는 아기의 죽음에 비통해했고, 그녀가 뭔가 잘못한 것이 있어서 왕자가 살지 못한 게 아닌지 자책했다. 이에 드래곤스톤 시절부터 왕비의 막역한 친구였던 라이라 성사가 그녀 잘못이 아니라고 위로했다. "위에 계신 어머니가 이제 아기 왕자님과 함께 계십니다. 그리고 우리가 이 환난과 고통으로 가득한 세상에서 할 수 있는 것보다 훨씬 더 잘 보살펴주실 거예요."

왕자의 죽음은 타르가르옌 왕가가 AC 73년에 겪은 유일한 아픔이 아니었다. 그해 라에나 선왕비도 하렌홀에서 숨을 거두었다.

그해가 끝나갈 무렵, 한 추문이 폭로되면서 궁중과 도성을 충격에 빠뜨렸다. 평민들이 좋아하고 서글서글하며 많은 사랑을 받은 킹스가드 기사 루카모어 스트롱 경이 '하얀 검'으로서의 맹세를 저버리고 비밀리에 결혼했다는 사실이 밝혀진 것이다. 더구나 그는 한 명도 아닌 세 명의 아내를 두었고, 아내들이 서로 모르게 세 살림을 차리고 자식을 열여섯이나 낳았다.

플리바텀과 창녀와 포주가 영업하는 비단 거리에서는 신분이 비천하고 퇴폐한 자들이 고결한 기사의 몰락에 사악한 쾌락을 만끽하며 "호색한 루카모어 경"에 대한 음담패설을 주고받았지만, 레드킵에서는 아무도 웃지 않았다. 루카모어 경을 특히 아꼈던 재해리스와 알리산느는 그가 자신들을 바보 취급하며 농락해왔다는 사실에 모멸감을 느꼈다.

그의 킹스가드 동료들은 더 분노했다. 루카모어 경의 비행을 발견한 것은 리암 레드와인 경이었고, 그가 킹스가드의 기사단장에게 알리자 기사단장이 이를 왕에게 보고했다. 자일스 모리겐 경이 킹스가드를 대표하여 스트롱이 결의 형제 전원의 명예를 실추했다고 표명하며 그의 처형을 요청했다.

철왕좌 앞에 끌려 나온 루카모어 경은 무릎을 꿇고는 모든 죄를 실토하고 왕에게 자비를 빌었다. 재해리스가 그에게 자비를 베풀 수도 있었으나, 기사는 "제 아내들과 자식들을 위해서라도"라고 애원하는 치명적인 실수를 범하고 말았다. 바스 성사는 그건 스트롱이 자신의 죄악을 왕에게 자랑하듯 떠벌린 것과 마찬가지였다고 평했다.

"내가 마에고르 숙부에 항거하여 일어섰을 때, 그를 섬기던 킹스가드 기사 중 두 명이 그를 버리고 내게로 넘어왔다." 재해리스가 대답했다. "내가 승리하면 계속 하얀 망토를 걸칠 수 있으리라고, 어쩌면 영주의 작위나 궁중에서 더 높은 자리도 받을 수 있다고 믿었을지도 모르지. 난 대신 그들을 장벽으로 보냈다. 그때나 지금이나 난 맹세파기자들과 가까이할 생각이 없다. 루카모어 경, 너는 신들과 인간 앞에서 목숨을 바쳐 나와 내 가족을 지키고, 내게 복종하고 날 위해 싸우며 필요하면 날 위해 죽겠다고 맹세했다. 또한 아내를 얻지 않고, 자식을 낳지 않으며, 금욕하겠다고 맹세했지. 두 번째 맹세를 그렇게 쉽게 어긴 네가 첫 번째 맹세는 지킬 것이라고 내가 왜 믿어야 하느냐?"

그때 알리산느 왕비가 입을 열었다.

"그대는 킹스가드 기사의 맹세를 웃음거리로 만들었지만, 그대가 어긴 맹세는 그것만이 아니다. 그대는 혼인 서약을 한 번도 아니고 세 번이나 더럽혔어. 단 한 명의 여인과도 정식으로 결혼하지 않았으니, 그대 뒤에 서 있는 아이들은 전부 사생아겠지. 이 사태에서 결백한 건 저 아이들뿐이다, 기사여. 그대의 아내들은 서로의 존재를 몰랐다고 하지만, 그대가 하얀 검이자 킹스가드 기사라는 사실을 몰랐을 리가 없다. 그러니 그녀들도 죄가 없다 할 수 없고, 그대를 결혼시킨 어느 주정뱅이 성사도 마찬가지일 것이야. 그들에게는 관용을 베풀 여지가 있지만, 그대는…… 난 그대가 전하 주변에 있는 것을 용납할 수 없다."

더 말이 필요 없었다. 불의한 기사의 아내들과 자식들이 울거나 욕을 하거나 말없이 서 있는 동안, 재해리스는 루카모어 경을 즉시 거세한 뒤 족쇄를 채워 장벽으로 추방하라고 하명했다. "밤의 경비대 역시 네게 맹세를 요구할 것이다." 왕이 경고했다. "지키는 게 좋을 것이다. 아니면 다음에는 목을 잃을 것이니."

재해리스는 세 가족의 처분을 왕비에게 맡겼다. 알리산느는 루카모어 경의 아들들이 원한다면 아비와 함께 장벽으로 가는 것을 허락했다. 장남과 차남이 그 제안을 받아들였다. 딸들은 바란다면 종단이 수련 성사로 받아줄 것이었다. 오직 한 명만이 그 길을 선택했다. 남은 자식들은 그들의 어미와 남게 되었다. 첫째 부인은 자식들과 함께 루카모어의 형제이자 반년 전에 하렌홀의 영주 자리에 오른 바이윈에게 넘겨졌다. 둘째 부인과 그녀의 자식들은 드리프트마크로 보내져 조수의 군주 다에몬 벨라리온에게 위탁되었다. 자식들이 가장 어린(하나는 아직 젖먹이였다) 셋째 부인은 스톰스엔드에서 가론 바라테온과 어린 영주 보어문드의 슬하로 들어가게 되었다. 왕비는 그날 이후로 그들이 스트롱을 성으로 쓰는 것을 금하고, 대신 서자들의 성인 리버스, 워터스, 스톰을 쓰라고 명령했다. "이렇게 된 것에 이름만 기사였던 너희 아비를 탓하거라."

호색한 루카모어가 킹스가드와 왕실에 안긴 치욕은 재해리스와 알리산느가 AC 73년에 겪은 유일한 수난이 아니었다. 여기서 잠시 멈추어 국왕 내외를 고뇌에 빠뜨렸던 그들의 일곱째와 여덟째 아이, 바에곤 왕자와 다엘라 공주의 문제를 살펴보도록 하겠다.

혼사를 주선하는 것에 큰 자부심을 느꼈던 알리산느 왕비는 왕국 내 서로 멀리 떨어진 귀족과 영애의 중매를 서서 수백 건의 생산적인 결혼을 성사시켰지만, 정작 그녀 자신의 네 어린 자식의 배필을 찾는 일에는 더없이 극심한 어려움을 겪었다. 이 문제는 수년 동안 왕비를 괴롭히고 그녀와 아이들(특히 딸들) 사이에 끝없는 갈등을 일으켰으며, 그녀와 왕과의 관계마저도 소원하게 했다. 끝내는 크나큰 슬픔과 고통을 견디다 못한 왕비가 본인의 결혼 생활마저 포기하고 여생을 침묵의 자매들과 함께 보내는 것을 고려할 정도였다.

난관은 바에곤과 다엘라로부터 시작되었다. 연년생인 왕자와 공주는 아기였을 때는 잘 어울리는 듯하여 국왕 내외는 둘이 커서 결혼할 것으로 생각했다. 손위 형제인 바엘론과 알리사는 떼려야 뗄 수 없는 사이가 되었고, 이미 결혼 계획을 세우는 중이었다. 그러니 바에곤과 다엘라가 맺어지지 못할 이유도 없지 않은가? "네 여동생에게 잘 대해주거라." 재해리스 왕이 왕자가 다섯 살 때 말했다. "언젠가는 그 아이가 너만의 알리산느가 될 거란다."

그러나 성장하면서 그 둘은 잘 어울리는 한 쌍이 아닌 것이 드러났다. 왕비는 둘 사이에 어떠한 애정도 없음을 알아차렸다. 바에곤은 여동생의 존재를 용인했지만, 애써 가까이하려 하지 않았다. 다엘라는 시큰둥하며 뛰노는 것보다는 독서를 더 좋아하는 오라비를 무서워하는 듯했다. 왕자는 공주가 멍청하다고 생각했고, 공주는 왕자가 심술궂다고 여겼다. 알리산느가 이 문제를 언급하자 재해리스가 대답했다. "아직 어리잖아. 시간이 지나면 사이가 좋아지겠지." 그러나 시간이 흐르면 흐를수록 사이가 좋아지기는커녕 오히려 더 나빠질 뿐이었다.

그렇게 곪아가던 문제는 결국 AC 73년에 터지고 말았다. 바에곤 왕자가 열 살, 다엘라 공주가 아홉 살이었을 때, 레드킵에 들어온 지 얼마 안 된 왕비의 말벗 한 명이 둘에게 언제 결혼할 거냐고 놀리듯이 물었다. 바에곤은 마치 따귀라도 맞은 것처럼 반응했다. "재랑 결혼? 절대 안 해요." 소년이 궁중 사람들 앞에서 말했다. "글도 제대로 읽지 못하는걸요. 자식을 낳아도 자기처럼 바보일 테니까, 멍청한 자식이 필요한 귀족이나 찾아서 결혼하는 게 나을 거예요."

다엘라 공주는 예상대로 눈물을 터뜨리며 홀에서 도망쳤고, 왕비가 황급히 딸을 따라갔다. 바에곤보다 세 살 많은 열세 살의 알리사가 잔에 담긴 와인을 그의 머리 위에 부었지만, 왕자는 뉘우치지 않았다. 그는 단지 "아까운 아버 골드만 버렸네"라고 중얼거리며 옷을 갈아입으러 홀에서 걸어 나갔다.

그 일이 있고 나서 왕과 왕비는 바에곤에게 다른 신붓감을 찾아줘야겠다고 판단했다. 잠시 더 어린 공주들을 염두에 두기도 했지만, AC 73년 당시 사에라 공주는 여섯 살, 비세라 공주는 두 살에 불과했다. "바에곤은 그

둘을 거들떠보지도 않아." 알리산느가 왕에게 말했다. "그 아이들이 있다는 사실조차 아는 건지 모르겠어. 어떤 학사가 그 아이들에 대한 책이라도 쓴다면 또 몰라도……."

"내일 당장 엘리사르 대학사에게 시작하라고 해야겠군"이라고 농담한 왕이 말을 이었다. "그 애는 이제 열 살이야. 아직 여자애들이 눈에 들어오거나 여자애들 눈에 띌 나이가 아니지만, 곧 바뀌겠지. 용모도 곱살스러운 편이고 철왕좌 계승 서열이 세 번째로 높은 웨스테로스의 왕자니까. 몇 년만 있으면 처녀들이 나비처럼 모여들고 바에곤이 자기 쪽을 쳐다보기만 해도 볼을 붉힐 거야."

왕비는 수긍하지 않았다. '곱살스럽다'는 바에곤 왕자를 묘사하기에는 너무 과분한 말이었다. 타르가르옌을 상징하는 은금발 머리카락과 보랏빛 눈동자를 지니기는 했지만, 얼굴은 길쭉하고 열 살의 어린 나이에도 어깨가 구부정했으며, 마치 신 레몬이라도 빤 것처럼 입꼬리가 심술궂게 비틀려 있었다. 왕비는 어머니이기에 그런 외모적인 결함은 알아차리지 못했을지도 모르나, 아들의 성격만큼은 너무도 잘 알았다. "바에곤에게 모여들 나비들이 걱정이지. 책으로 짓눌러 뭉개지나 않으면 다행일걸."

"녀석이 서고에서 너무 많은 시간을 보내기는 하지." 재해리스가 말했다. "바엘론에게 일러둬야겠군. 검과 방패를 들고 연무장에서 구르다 보면 바에곤도 나아질 거야."

엘리사르 대학사는 왕이 실제로 바엘론 왕자에게 이야기했고, 부왕의 지시를 충실히 따른 왕자가 아우를 연무장으로 데려가 검과 방패를 주고 훈련했다고 한다. 하지만 바에곤은 나아지지 않았다. 게다가 훈련을 질색했다. 그는 괴로울 정도로 무예에 재능이 없었는데, 주변 모든 사람까지 괴롭게 만드는 재주가 있었고 용감한 바엘론마저도 이를 피하지 못했다.

바엘론은 부왕의 고집에 따라 아우의 훈련에 거의 1년을 매달려야 했다.

"어째 훈련을 하면 할수록 더 형편없어지는 것 같은데요"라고 봄의 왕자는 털어놓았다. 하루는 바에곤이 더 노력하도록 자극을 줄 생각이었는지, 바엘론이 번쩍이는 남자 갑옷을 걸친 알리사를 연무장으로 데려왔다. 아직 아버 골드 사건을 잊지 않았던 공주는 동생과 대련하는 내내 비웃음을 터뜨리고 큰 소리로 조롱했고, 위쪽 창가에서 다엘라 공주가 내려다보는 앞에서 동생을 수십 번이나 쓰러뜨리며 굴욕을 주었다. 결국 수치심을 견디다 못한 바에곤은 검을 내던지고 연무장에서 뛰쳐나갔고, 다시는 돌아오지 않았다.

바에곤 왕자와 다엘라 공주는 적절한 때에 다시 살피기로 하고, 이제 즐거운 일을 돌아보겠다. AC 74년, 신들은 재해리스 왕과 알리산느 왕비에게 또 축복을 내렸다. 아에몬 왕자의 부인 조슬린이 그들에게 첫 손주를 안겨준 것이다. 라에니스 공주는 그해 일곱째 달의 초이렛날에 태어나 성사들이 상서롭게 여겼다. 아이는 몸집이 크고 활기찼으며, 어머니로부터 바라테온의 흑발 머리와 아버지로부터 타르가르옌의 연한 보랏빛 눈을 물려받았다. 드래곤스톤의 왕자의 첫 아이였기에 많은 이가 공주를 철왕좌 계승 서열에서 그녀의 아버지 바로 다음에 두었다. 알리산느 왕비가 처음으로 아기를 품에 안았을 때, "언젠가 여왕이 될 아이"라고 불렀다고 한다.

자식을 보는 것에서도 용감한 바엘론은 아에몬에게 크게 뒤처지지 않았다. AC 75년, 레드킵에서 또다시 성대한 결혼식이 열렸고, 이번에는 봄의 왕자가 여동생 중 가장 나이가 많은 알리사 공주를 아내로 맞이했다. 신부는 열다섯 살, 신랑은 열여덟 살이었다. 그들의 부모와는 달리 바엘론과 알리사는 첫날밤을 미루지 않았다. 피로연이 끝나고 벌어진 신방 의식은 그 후 며칠 동안이나 음탕한 농지거리를 제공했는데, 사람들 말로는 어린 신부의 쾌락에 젖은 신음 소리가 더스큰데일까지 들릴 듯 요란했기 때문이었다. 소심한 처녀라면 몹시 부끄러워했겠지만, 알리사 타르가르옌은 본인이 직접 킹스랜딩에 있는 그 어떤 술집 여급 못지않게 음탕하다고 큰소리치고는 했다. "어제 남편 위에 올라타서 한바탕 제대로 달렸지." 첫날밤을 치른 다음 날 아침 그녀가 말했다. "그리고 오늘 밤에도 똑같이 즐길 거야. 위에 올라타는 게 너무 좋아."

공주가 그해 올라탄 것은 그녀의 용감한 왕자뿐만이 아니었다. 오라비들처럼 알리사 타르가르옌 역시 드래곤 기수가 되기를 바랐고, 가능한 한 빨리 되고 싶어 했다. 아에몬은 열일곱, 바엘론은 열여섯에 하늘을 날았다. 알리사는 열다섯 살에 할 작정이었다. 드래곤지기들이 이야기한 바에 따르면, 그들은 공주가 발레리온을 타려는 것을 간신히 뜯어말렸다. "발레리온은 너무 늙고 느립니다, 공주님. 더 날렵한 드래곤을 고르시는 게 나을 겁니다." 결국 그들은 공주를 설득하는 데 성공했고, 알리사 공주는 그때까지 아무도 탄 적이 없는 아름다운 진홍색 암컷 드래곤 멜레이스와 함께 창공을 누볐다. "우린 둘 다 아무도 안 탄 붉은 처녀였지." 공주가 호탕하게 웃으며 자랑했다. "이젠 아니지만."

그 후 공주는 드래곤핏에서 거의 살다시피 했다. 그녀는 하늘을 나는 것이 세상에서 두 번째로 짜릿한 행위라고 자주 말했는데, 제일 짜릿한 행위가 무엇인지는 차마 숙녀들 앞에서 입에 담지 못했다. 드래곤지기들이 한 말은 옳았다. 멜레이스는 웨스테로스 사상 가장 빠른 드래곤에 꼽힐 만했고, 공주가 오라비들과 함께 비행할 때마다 카락세스와 바가르를 훨씬 앞질렀다.

한편, 그들의 동생 바에곤의 문제는 여전히 해결의 실마리가 보이지 않고 계속하여 왕비를 좌절에 빠뜨렸다. 왕이 예상했던 나비들은 완전히 틀린 이야기가 아니었다. 시간이 흘러 바에곤이 성장하자, 궁중의 젊은 아가씨들이 그에게 관심을 보이기 시작했다. 왕자도 나이를 먹고 아버지와 형들과 다소 불편한 이야기도 나눈 덕에 조금이나마 예의를 갖추게 된 터라,

왕비의 근심과는 달리 아무 아가씨도 뭉개거나 하지는 않았다. 하지만 어떤 아가씨에게도 특별한 관심을 두지 않았다. 왕자가 열정을 기울이는 대상은 여전히 책이 유일했다. 엘리사르 대학사는 역사, 지도학, 수학, 언어 등의 학문에 빠진 왕자에게 외설적인 그림으로 가득한 책을 준 적이 있다고 훗날 털어놓았다. 예의범절에 고지식하게 얽매인 사람이 아니었던 엘리사르는 바에곤이 벌거벗은 처녀들이 사내 또는 짐승과 뒤엉킨 그림을 보면 여성의 매력에 눈을 뜨지 않을까라고 생각했을 것이다. 왕자는 책을 버리지는 않았지만, 행실에 어떤 변화도 보이지 않았다.

AC 78년, 바에곤 왕자가 성인이 되기 1년 전인 열다섯 번째 생일에 재해리스와 알리산느는 대학사에게 명백한 해결책에 대한 이야기를 꺼냈다. "바에곤에게 학사의 자질이 있다고 생각하시오?"

"아닙니다." 엘리사르가 직설적으로 대답했다. "왕자가 어느 귀족 자제에게 글을 읽고 쓰는 법과 간단한 셈법을 가르치는 모습을 떠올릴 수 있으십니까? 왕자가 방 안에서 큰까마귀나 다른 새를 키웁니까? 왕자가 누군가의 부러진 다리를 절단하거나 아기를 받아내는 광경이 상상되십니까? 학사는 그런 일들을 모두 해야 합니다." 대학사는 잠시 멈추었다가 다시 입을 열었다. "바에곤 왕자는 학사가 될 수는 없겠지만…… 최고학사라면 또 모르겠습니다. 시타델은 알려진 세계에서 가장 다양한 지식이 모인 곳입니다. 그곳으로 보내십시오. 아마 서고에 틀어박히겠지요. 그곳의 책에 너무 정신이 빠져서 다시는 왕자에게 신경 쓰지 않아도 될지도 모릅니다."

절묘한 조언이었다. 사흘 후, 바에곤 왕자를 개인 방으로 불러들인 재해리스 왕은 아들에게 보름 후 그가 올드타운으로 향하는 배에 오를 것이라고 알렸다. "시타델이 너를 돌볼 것이다. 앞으로 무엇을 할지 그곳에서 결정하려무나." 왕자는 늘 그렇듯 퉁명스럽게 대답했다. "알겠습니다, 아버지. 좋군요." 이후 재해리스는 그때 바에곤이 거의 미소를 지은 것 같았다고 왕비에게 말했다.

바엘론 왕자는 결혼 후 얼굴에서 미소가 떠날 줄을 몰랐다. 바엘론과 알리사는 하늘을 날지 않을 때는 항상 붙어 다녔고, 그 시간의 대부분을 침실에서 보냈다. 바엘론은 원기 왕성한 청년이었기에, 그들의 첫날밤에 들렸던 쾌락에 젖은 비명은 그 후로도 수년 동안 레드킵 내에 메아리쳤다. 그리고 마침내 모두가 바라 마지않던 결과가 나타났다. 알리사 타르가르옌의 배가 불러오기 시작한 것이다. AC 77년, 알리사는 그녀의 용감한 왕자에게 비세리스라고 이름을 지은 아들을 낳아주었다. 바스 성사는 갓 태어난 왕자를 "내가 보아온 그 어떤 아기보다 더 많이 웃고 유모의 젖이 마를 때까지 힘차게 빠는 통통하고 발랄한 아기였다"라고 묘사했다. 왕자가 태어난 지 아흐레 되던 날, 왕자의 어머니는 모든 사람의 반대를 무릅쓰고 강보에 싼 아기를 가슴팍에 매단 다음 멜레이스를 타고 함께 하늘을 날았다. 이후 알리사는 비세리스가 비행 내내 즐겁게 웃었다고 주장했다.

아이를 잉태하고 출산하는 일은 알리사 공주 같은 열일곱의 젊은 여인에게는 기쁜 일일 수 있으나, 그녀의 어머니 알리산느 왕비 같은 40대의 중년 여성에게는 전혀 다른 문제였다. 그래서 왕비가 또 회임한 사실이 밝혀졌을 때, 모두가 전적으로 기뻐한 것은 아니었다. AC 77년, 알리산느를 이후 반년이나 몸져눕게 한 난산 끝에 발레리온 왕자가 태어났다. 하지만 4년 전 태어난 그의 형 가에몬처럼 작고 병약한 아기였던 발레리온은 제대로 자라지 못했다. 유모가 대여섯 번이나 바뀌었지만 아무런 소용이 없었다. AC 78년, 발레리온은 첫 생일 보름 전에 세상을 떠났다. 왕비는 아들의 죽음에 체념했다. "난 이제 마흔두 살이야." 그녀가 왕에게 말했다. "당신은 내가 이제까지 낳은 아이들로 만족해야겠어. 난 이제 엄마보다는 할머니가 되기에 더 어울리는 나이니까."

재해리스 왕은 생각이 달랐다. "우리 어머니 알리사 왕대비께서는 마흔

여섯에 조슬린을 낳으셨지." 그가 엘리사르 대학사에게 지적했다. "신들께서 아직 우리에게 더 아이를 주실지도 모르오."

그는 틀리지 않았다. 바로 다음 해, 대학사는 알리산느 왕비에게 그녀가 또 임신했다고 알렸고, 왕비는 놀라고 당혹스러워했다. 가엘 공주는 왕비가 마흔넷이었던 AC 80년에 태어났다. 태어난 계절에 따라 '겨울 아이'(혹자는 여성의 가임기를 계절에 비유하면 왕비의 나이가 겨울에 해당했기 때문이라고도 주장했다)로 불린 공주는 작고 파리하며 허약한 아기였으나, 엘리사르 대학사는 어떻게든 그녀가 오라비인 가에몬과 발레리온과 같은 운명을 겪지 않게 하겠다고 작정했다. 그리고 공주는 같은 운명을 겪지 않았다. 밤낮으로 아기를 보살핀 라이라 성사의 도움을 받아 엘리사르가 1년 가까이 심혈을 기울여 공주를 간호했고, 마침내 그녀가 살아남을 조짐이 보였다. 그리고 딸이 튼튼하지는 않지만 온전히 첫 생일을 맞이한 날, 알리산느 왕비는 신들에게 감사했다.

왕비는 그해 감사할 것이 또 있었다. 드디어 여덟째 자식인 다엘라 공주의 혼사를 매듭지은 까닭이었다. 바에곤이 해결되자 다음은 다엘라의 차례였는데, 울보 공주는 전혀 다른 골칫거리를 제공했다. 왕비는 그녀를 "내 작은 꽃"이라고 부르며 아꼈다. 알리산느처럼 다엘라도 체구가 아담했다. 공주는 발끝으로 서도 키가 160센티미터가 안 됐고, 어린애 같은 면이 있어서 만나는 사람마다 그녀를 나이보다 더 어리게 보았다. 그리고 알리산느와는 다르게 매우 여렸다. 겁을 모르던 어머니와는 달리 다엘라는 항상 겁에 질려 있었다. 그녀는 매우 좋아하던 새끼 고양이가 한 번 할퀴자 다시는 고양이를 가까이하지 않았다. 드래곤들을 보며 두려움에 떨었고, 실버윙조차도 무서워했다. 조금만 꾸중해도 눈물을 터뜨렸다. 한번은 레드킵의 홀에서 깃털 망토를 걸친 여름 군도의 왕자를 맞닥뜨리고 공포에 질려 비명을 지르기도 했다. 왕자의 검은 피부를 보고 악마로 착각했던 것이다.

오라비 바에곤이 했던 말은 모질기는 해도 전혀 틀린 말이 아니었다. 다엘라를 가르친 여자 성사마저도 다엘라가 똑똑하지 않다고 시인했다. 공주는 그럭저럭 글을 읽을 수는 있었지만 더듬거렸고, 완전히 이해하지도 못했다. 가장 단순한 기도문조차도 외울 수 없었다. 고운 목소리를 가졌지만, 항상 가사를 틀려서 노래하기를 꺼렸다. 꽃을 좋아하면서도 벌에게 쏘일 뻔한 이후로는 정원에 가기를 두려워했다.

재해리스는 알리산느보다도 더 노심초사했다. "사내아이들과 말도 하려 들지 않아. 저래서 어떻게 결혼하려고? 종단에 맡기려 해도 아는 기도문이 없고, 담당 성사 이야기로는 《칠각별》을 소리 내어 읽어보라고 할 때마다 울어버린다던데." 왕비는 언제나 딸의 편을 들어주었다. "다엘라는 상냥하고 착하고 순한 아이야. 그렇게 다정한 아이는 본 적이 없어. 내게 시간을 더 줘. 어떻게든 그 아이를 아껴줄 귀족을 찾아볼 테니까. 모든 타르가르옌이 칼을 휘두르고 드래곤을 타고 다닐 필요는 없잖아."

다엘라 타르가르옌은 초경을 거친 후 몇 년 동안 여러 젊은 귀족 자제의 관심을 끌었다. 왕의 딸인 데다 성숙해지면서 미모도 빛을 발하였기에, 당연한 일이었다. 그녀의 어머니도 적당한 신랑감을 공주 앞에 데려오느라 동분서주했다.

다엘라는 열세 살 때 드리프트마크로 보내져 조수의 군주의 손자인 코를리스 벨라리온을 만났다. 그녀보다 열 살 연상인 미래의 '바다뱀'은 이미 유명한 뱃사람이자 선단의 주인이었다. 하지만 다엘라는 블랙워터만을 건널 때 멀미에 시달렸고, 돌아온 다음에는 "그 사람은 나보다 배를 더 좋아했어요"라고 불평했다. (틀린 말은 아니었다.)

열네 살 때는 같은 또래의 전도유망한 종자들인 데니스 스완, 시몬 스탠턴, 제럴드 템플턴, 엘라드 크레인 등과 어울렸다. 하지만 스탠턴은 그녀에게 술을 먹이려 했고 크레인은 허락 없이 입을 맞추어 공주가 울음을 터트리게 했다. 그해가 지날 무렵, 다엘라는 그 소년들을 전부 질색하게 되었다.

열다섯 살이 되자 왕비는 그녀를 데리고(다엘라가 말을 무서워하여 이동저택을 탔다) 리버랜드를 가로질러 레이븐트리로 갔다. 그곳의 영주 블랙우드 공은 아들이 공주에게 구애하는 동안 알리산느 왕비를 융숭하게 대접했다. 키가 크고 품위 있으며 정중하고 언변도 훌륭했던 로이스 블랙우드는 천재 궁수이자 뛰어난 검사였으며, 노래도 잘하여 직접 작곡한 발라드로 다엘라의 애간장을 녹였다. 한동안 정혼이 가능할 듯 분위기가 무르익자 알리산느 왕비와 브라켄 공은 결혼식 계획을 짜기 시작했다. 하지만 다엘라가 블랙우드 가문이 옛 신을 섬기기 때문에 영목 앞에서 혼인 서약을 해야 한다는 사실을 알고 나서는 전부 헛수고가 되고 말았다. "이 사람들은 일곱 신을 믿지 않아요." 그녀가 경악하며 어머니에게 말했다. "전 지옥에 떨어질 거예요."

그녀의 열여섯 번째 생일과 성년이 빠르게 다가오고 있었다. 알리산느 왕비는 어찌할 바를 몰랐고 왕은 인내심을 잃은 지 오래였다. 아에곤의 정복 후 80년째 되는 해의 첫날, 왕은 왕비에게 다엘라가 그해가 가기 전에 혼인하기를 바란다고 말했다. "다엘라가 원한다면 벌거벗은 남자 백 명을 일렬로 세워놓고 그 아이더러 마음에 드는 사내를 고르라고 할 수도 있어." 그가 말했다. "되도록 남편이 귀족이면 좋겠지만, 설령 상대가 방랑기사나 상인이나 돼지치기 페이트라도 다엘라만 좋다면 나도 이제 상관없어. 누구든 고르기만 하면 돼."

"벌거벗은 남자 백 명이 앞에 있다면 무서워할 것 같은데." 알리산느가 불쾌하다는 듯 반박했다.

"벌거벗은 오리 백 마리가 있어도 무서워하겠지." 왕이 대꾸했다.

"그런데도 결혼을 안 하면?" 왕비가 물었다. "마에겔 말로는 기도문을 읊지 못하는 여자아이는 종단에서 받아주지 않는다던데."

"침묵의 자매가 되는 법도 있긴 하지." 재해리스가 말했다. "그렇게까지 해야만 할까? 어떻게든 배필을 찾아. 다엘라처럼 온순한 사람을. 결코 목소리를 높이거나 손찌검하지 않고, 항상 다정하게 말하고 그 아이를 소중하게 여길 착한 남자를……. 드래곤이든 말이든 벌이든 고양이든 곰보 소년이든 뭐든, 다엘라가 무서워하는 것들로부터 지켜줄 남편을 말이야."

"최선을 다해보지요, 전하." 알리산느 왕비가 약속했다.

다행히 벌거벗든 옷을 걸쳤든 사내 백 명이 필요한 상황에까지 이르지는 않았다. 왕비는 왕의 명령을 다엘라에게 부드럽지만 단호하게 설명하면서 그녀와 결혼하기를 갈망하는 세 명의 구혼자 중에서 골라보라고 권유했다. 물론 돼지치기 페이트는 그 셋에 포함되지 않았다. 알리산느가 고른 세 명 모두 대영주 또는 대영주의 아들이었다. 누구와 혼인하든 부와 지위가 보장될 것이었다.

제일 인상적인 구혼자는 보어문드 바라테온이었다. 스물여덟 살인 스톰스엔드의 영주는 그의 아버지와 판박이였다. 우람하고 건장하며 웃음소리도 호탕했고, 수북한 수염과 갈기 같은 머리카락 모두 검은색이었다. 알리사 왕대비가 낳은 로가르 공의 아들로서, 알리산느와 재해리스의 이부(異父)동생이었고 그의 누이 조슬린이 여러 해 동안 궁중에 머물면서 다엘라와 친해진 사이였기에, 다들 보어문드가 매우 유리한 위치에 있다고 생각했다.

타이몬드 라니스터 경은 캐스털리록과 가문의 막대한 부를 물려받을 후계자로서 가장 부유한 구혼자였다. 스무 살이었던 그는 다엘라와 나이 차이가 많이 나지 않았고, 왕국에서 가장 잘생긴 남자 중 한 명으로 널리 알려져 있었다. 늘씬하고 유연한 몸매에 금발 머리카락과 콧수염을 길게 길렀으며, 언제나 비단과 새틴 옷을 입고 다녔다. 캐스털리록은 웨스테로스 최고의 난공불락의 성이므로 공주는 아주 안전한 보호를 받을 것이었다.

라니스터가의 재산과 아름다운 외모가 타이몬드 경의 장점이라면, 단점은 그의 평판이었다. 여자를 너무 좋아한다는 소문이 있었고, 술은 더욱 좋아한다고 했다.

마지막이자 다들 가장 떨어지는 구혼자로 여긴 이는 이어리의 영주이며 협곡의 수호자인 로드릭 아린이었다. 열 살에 영주의 자리에 올랐고, 지난 20년간 사법대신이자 법률관으로서 소협의회에 참석하여 궁중에서는 친숙한 인물이며 국왕 내외의 충직한 친우이기도 했다. 협곡에서는 강력하면서도 공정하고 서글서글하며 너그러운, 평민과 봉신 모두의 사랑을 받는 유능한 영주였다. 킹스랜딩에서도 합리적이고 유식하며 성격도 좋은 인사로서 소협의회의 큰 자산으로 여겨졌다.

그러나 아린 공은 세 구혼자 중 제일 나이가 많았다. 서른여섯의 나이로 공주보다 스무 살이나 연상이었고, 게다가 이미 첫 부인에게서 얻은 자식이 넷이나 있었다. 단신에 배가 불룩 나오고 머리가 벗겨진 중년 남자였기에, 알리산느 왕비도 처녀들이 일반적으로 꿈꾸는 이상형이 아님을 인정했다. "하지만 그는 당신이 요구했던 사람이야. 착하고 다정한 남자고, 오랫동안 우리 딸을 사랑해왔다고 말했어. 다엘라를 지켜줄 사람이란 것은 확실해."

다엘라 공주는 남편이 될 사람으로 로드릭 공을 선택하여 아마 왕비는 아니었겠지만 궁중의 모든 여인을 경악하게 했다. "아버지처럼 선하고 현명한 사람인 것 같아요." 그녀가 알리산느 왕비에게 말했다. "그리고 아이가 넷이나 있다 하고. 제가 그 아이들의 새엄마가 돼줄 거예요!" 왕비가 그 말을 듣고 무슨 생각을 했는지는 기록에 남아 있지 않다. 그날 엘리사르 대학사가 남긴 기록은 오직 "신들이시여"뿐이었다.

그들의 약혼 기간은 길지 않았다. 왕의 뜻에 따라 다엘라 공주와 로드릭 공은 해가 가기 전에 혼례를 치렀다. 결혼식은 드래곤스톤의 성소에서 가까운 친구들과 친척들만 참석한 간소한 행사였는데, 많은 하객이 모이는 걸 공주가 매우 불편해한 까닭이었다. 신방 의식도 없었다. "오, 그것만은 제발, 부끄러워서 죽을지도 몰라요"라고 공주는 로드릭 공에게 말했고, 그는 공주의 요청을 받아들였다.

이후 아린 공은 공주를 이어리로 데려갔다. "제 아이들이 새어머니를 만나야 하고, 다엘라에게 협곡을 보여주고 싶군요. 그곳의 삶은 더 느리고 조용합니다. 마음에 들어 할 게 분명하지요. 제가 맹세합니다, 전하, 공주는 안전하고 행복할 것입니다."

한동안은 그러했다. 로드릭 공의 전처가 낳은 네 자녀 중 맏이는 엘리스라는 이름의 딸이었는데, 새어머니보다 나이가 세 살 더 많았다. 공주와 장녀는 처음부터 사이가 좋지 않았다. 하지만 다엘라는 그 아래 세 아이를 애지중지했고, 아이들도 그녀를 좋아하는 듯했다. 로드릭 공은 그가 장담했던 대로 신부를 "내 소중한 공주님"이라고 부르며 항상 다 받아주고 지켜주는, 다정하고 배려심 있는 남편이었다. 다엘라는 어머니에게 보낸 서신(대개 로드릭 공의 작은딸 아만다가 대신 써주었다)에 그녀가 얼마나 행복한지, 협곡이 얼마나 아름답고 남편의 아들들을 얼마나 아끼며 이어리의 모든 사람이 그녀에게 얼마나 친절한지 적어서 보내고는 했다.

AC 81년에 스물여섯 번째 생일을 맞이한 아에몬 왕자는 전시나 평시에나 뛰어난 역량을 입증한 지 오래였다. 철왕좌를 계승할 왕세자로서, 그가 왕의 소협의회에 참석하여 왕국의 통치에 더 큰 역할을 맡는 것이 바람직하다고 여겨졌다. 따라서 재해리스 왕은 왕자를 로드릭 아린 공을 대신하여 사법대신과 법률관에 임명했다.

"법을 만드는 일은 형님에게 맡기겠어." 아에몬 왕자의 발탁을 축하하는 축배를 들며 바엘론 왕자가 말했다. "난 열심히 아들을 만들 테니까." 그리고 그가 장담한 대로 되었으니, 그해 말에 알리사 공주가 봄의 왕자에게 둘째 왕자 다에몬을 낳아준 것이다. 여전히 활력이 넘쳤던 공주는 첫째 아들 비세리스 때처럼 태어난 지 보름도 안 된 아기를 안은 채 멜레이스를 타고 하늘을 날았다.

그러나 협곡에 있는 알리사의 동생 다엘라는 그렇게 형편이 좋지 않았다. 그녀가 결혼한 지 1년 반이 지난 어느 날, 큰까마귀가 그동안 가져온 것과는 다른 내용을 담은 서신을 레드킵에 전달했다. 매우 짧고 다엘라가 직접 서툰 글씨로 적은 서신이었다. "제가 임신했어요"라고 서신에 적혀 있었다. "어머니, 제발 와주세요. 무서워요."

서신을 읽은 알리산느 왕비도 두려움에 휩싸였다. 며칠 후 그녀는 실버윙을 타고 전속력으로 협곡으로 향했다. 왕비는 걸타운에서 한 번 내려앉은 후 달의 관문까지 그대로 날았고, 그 후 이어리를 향해 올라갔다. 때는 AC 82년이었고, 왕비는 다엘라가 출산하기 석 달 전 이어리에 도착했다.

공주는 어머니가 온 것에 기쁨을 표하고 그렇게 "호들갑스러운" 서신을 보낸 것을 사과했지만, 그녀의 두려움은 명백했다. 로드릭 공은 그녀가 아주 사소한 일에도 울음을 터뜨리고 때로는 아무런 이유가 없는데도 눈물을 흘린다고 털어놓았다. 그의 장녀 엘리스는 대단치 않다는 듯 왕비에게 말했다. "보고 있자면 마치 자기만 아기를 낳는 것처럼 행동하더군요." 하지만 알리산느는 염려스러웠다. 다엘라는 몸이 매우 연약했는데, 배가 너무 크게 부풀어 올랐던 것이다. "그 애 몸에 비해서 배가 너무 나왔어." 그녀가 왕에게 편지를 썼다. "나도 그 애였다면 정말 무서웠을 거야."

알리산느 왕비는 공주가 출산할 때까지 내내 딸 옆에 머물렀고, 침대 옆에 앉아 잠잘 때 책을 읽어주고 두려움을 달래주었다. "다 괜찮을 거야." 그녀가 딸을 다독이며 수십 번 넘게 말했다. "아기는 딸이야. 두고 보자꾸나. 확실하게 딸이란다. 모든 게 다 괜찮아질 거야."

그녀는 반만 맞았다. 로드릭 공과 다엘라 공주의 딸 아에마 아린은 오랜 난산 끝에 예정일보다 보름 일찍 세상에 나왔다. "아파." 공주는 거의 밤이 새도록 비명을 질렀다. "너무 아파." 하지만 태어난 딸을 가슴에 올려놓자 미소를 지었다고 한다.

그러나 모든 게 괜찮아지지는 않았다. 공주는 분만 직후부터 산욕열에 시달렸다. 다엘라는 몹시도 아기에게 직접 젖을 물리고 싶어 했지만, 모유가 나오지 않아 유모를 불러야 했다. 점점 열이 올라 학사가 아기를 안아서도 안 된다고 말리자 그녀는 눈물을 흘렸다. 공주는 울다가 잠이 들었지만, 수면 중 열이 더 높이 오르자 발길질을 하고 심하게 몸부림쳤다. 아침이 될 무렵, 공주는 삶을 마감했다. 그녀의 나이 열여덟 살이었다.

로드릭 공도 눈물을 흘리며 그의 소중한 공주님을 협곡에 안장할 수 있도록 왕비의 허락을 구했으나, 알리산느는 거부했다. "그 아이는 드래곤의 혈통이었네. 시신은 화장하고 유골은 드래곤스톤에 그 아이의 언니, 대너리스 옆에 안치할 것이야."

다엘라의 죽음은 왕비의 심장을 찢어놓았고, 돌이켜보면 이때가 그녀와 왕 사이에 금이 가는 첫 조짐이 드러난 때이기도 했다. 모든 사람은 신들의 손안에 있고 생사를 관장하는 것도 신들의 몫이나, 인간은 오만하여 항상 탓할 대상을 찾는다. 비탄에 잠긴 알리산느 타르가르옌은 딸의 죽음에 대해 자책하면서 아린 공과 이어리의 학사도 탓했다……. 그러나 누구보다도 원망한 사람은 바로 재해리스였다. 그가 다엘라가 결혼해야 한다고 고집하지 않았더라면, 해가 가기 전에 반드시 누군가를 선택해야 한다고 압박하지 않았더라면……. 딸이 1년이나 2년, 설령 10년을 더 슬하에 남았다 하더라도 무슨 큰일이 있었을 거란 말인가? "아이를 낳아도 될 정도로 나이가 들거나 튼튼하지 않았어." 그녀가 킹스랜딩으로 돌아와 왕에게 말했다. "처음부터 그 애를 결혼으로 몰아넣지 말아야 했던 거야."

왕이 어떻게 대답했는지는 기록으로 남아 있지 않다.

아에곤의 정복 후 83년째 되는 해는 제4차 도르네 전쟁 혹은 평민들이 '모리온 대공의 미친 짓' 또는 '백 개의 촛불 전쟁'이라고 부르는 전쟁이 발발한 해로 기억된다. 도르네를 다스리던 늙은 대공이 죽자 그의 아들 모리온 마르텔이 선스피어를 물려받았다. 경솔하고 어리석은 젊은이였던 모리온 대공은 로가르 공의 전쟁 당시 칠왕국의 기사들이 붉은 산맥으로 쳐들어가 독수리 왕을 처단할 때, 출병하지 않고 독수리 왕을 죽게 내버려둔 아버지의 비겁함에 오랫동안 분개했었다. 대공은 도르네의 명예를 더럽힌 오점을 씻기로 결심하고 직접 칠왕국 침공을 계획했다.

모리온 대공은 도르네가 철왕좌의 무력을 상대로 승리를 바랄 수 없음을 알았지만, 재해리스 왕 몰래 스톰랜드를 공격하여 스톰스엔드나 적어도 래스곶까지는 점령할 수 있으리라 보았다. 그는 대공의 고갯길로 진군하는 대신 바다로 침공한다는 계획을 세웠다. 고스트힐과 토르에 집결한 병력을 배에 태운 뒤, 도르네해를 건너 스톰랜드인들을 기습하는 것이었다. 그가 패하거나 물러나야 해도 상관없었다. 하지만 퇴각하기 전에 백 개의 마을과 백 개의 성을 불태워 스톰랜드인들이 다시는 마음대로 붉은 산맥을 침략할 생각을 갖지 못하게 하겠다고 맹세했다. (여기서 이 계획이 얼마나 미친 짓인지 드러나는데, 래스곶에는 마을과 성이 백 개는커녕 그 숫자의 3분의 1도 없었다.)

니메리아가 배 1만 척을 불태운 이래 도르네는 해상 전력이라 칭할 것이 없었으나, 모리온 대공에게는 재력이 있었고 징검돌 군도의 해적과 미르의 용병 함대와 후추 해안의 수적들이 관심을 보였다. 배를 모으는 데 거의 1년이 걸렸지만, 마침내 대공과 모든 창병이 배에 올랐다. 모리온은 어렸을 때부터 과거 도르네의 영광에 관한 이야기를 들으며 자랐고, 수많은 도르네 귀족 자제처럼 헬홀트의 햇빛에 색이 바랜 드래곤 메락세스의 뼈 무더기를 보았다. 그래서 함대의 모든 배는 노궁병이 승선하고 메락세스를 떨어뜨렸던 것과 같은 거대한 전갈석궁으로 무장했다. 타르가르옌 왕가가 감히 드래곤들을 보낸다면, 하늘에 화살을 무수히 쏘아 올려 전부 죽여버릴 작정이었다.

모리온 대공의 계획이 얼마나 어리석었는지는 아무리 강조해도 지나치지 않다. 애초에 철왕좌 몰래 기습한다는 것 자체가 터무니없는 생각이었다. 재해리스는 모리온의 궁에 첩자를 심은 것은 물론 기민한 도르네 영주들과도 결탁하였고, 징검돌 군도의 해적이나 미르의 용병함대나 후추 해안의 수적 역시 입이 무겁기로 유명한 자들이 아니었다. 그들의 입을 여는 데는 금전 몇 푼으로 충분했다. 모리온이 출항했을 때는 왕이 이미 그의 침공 계획을 간파한 지 반년이나 지난 다음이었다.

스톰스엔드의 영주 보어문드 바라테온 역시 귀띔을 받았던 터라, 래스곶에 상륙하는 도르네인들을 피가 낭자한 환영 인사로 맞이할 준비를 하고 있었다. 그러나 그는 그럴 기회를 얻지 못했다. 재해리스 타르가르옌과 그의 아들 아에몬과 바엘론도 기다리던 중이었고, 모리온의 함대가 도르네 해를 가로지를 때 버미토르, 카락세스, 바가르가 구름 속에서 나타나 그들을 덮쳤다. 고함 소리와 함께 도르네인들이 쏘아 올린 전갈석궁 화살이 하늘을 수놓았으나, 드래곤에게 화살을 쏘는 것과 그 화살로 드래곤을 죽이는 건 전혀 다른 문제였다. 화살 몇 발이 드래곤들의 비늘에서 튕겨 나가고 한 발은 바가르의 날개를 관통하기도 했지만, 단 한 발도 하늘에서 내리꽂히고 급격히 선회하며 거대한 불길을 내뿜는 드래곤들의 급소를 꿰뚫지 못했다. 한 척 한 척, 배들이 화염에 휩싸였다. 해가 진 다음에도 "마치 바다 위를 떠다니는 백 개의 촛불처럼" 활활 타올랐다고 한다. 그 후 반년 동안 불에 탄 시신이 래스곶 해안가에 쓸려 올라왔으나, 살아서 스톰랜드를 밟은 도르네인은 단 한 명도 없었다.

제4차 도르네 전쟁은 단 하루의 전투 끝에 승패가 결정되었다. 징검돌 군도의 해적과 미르의 용병 함대와 후추 해안의 수적은 한동안 자취를 감추다시피 했고, 마라 마르텔이 도르네의 여대공 자리에 올랐다. 재해리스 왕과 그의 아들들은 열렬한 환영을 받으며 킹스랜딩에 개선했다. 정복자 아에곤조차도 단 한 명의 사상자 없이 전쟁에서 승리한 적은 없었던 까닭이었다.

바엘론 왕자에게는 또 다른 경사가 기다렸다. 그의 아내 알리사가 다시 임신한 것이다. 왕자는 형 아에몬에게 이번에는 딸이 태어나기를 기도한다고 말했다.

AC 84년, 알리사 공주는 또 한 번 분만에 들어갔다. 길고 힘든 난산 끝에 그녀는 바엘론 왕자에게 '정복자'의 이름을 딴 셋째 아들 아에곤을 낳아주었다. 아내의 침대 옆에 앉은 왕자가 말했다. "사람들은 나를 용감한 바엘론이라고 부르지만 나보다는 당신이 훨씬 더 용감해. 내게 당신이 막 해낸 것을 하라 한다면 차라리 전투를 열 번 더 하겠어." 알리사가 그를 보며 웃었다. "당신은 전투를 위해 태어났고, 난 이걸 위해 태어난 거야. 비세리스, 다에몬 그리고 아에곤, 이제 셋이네. 내가 몸이 다 낫는 즉시 또 만들자고. 아들 스물을 낳아줄게. 당신만의 군대를 만드는 거야!"

그러나 그건 이루어지지 않았다. 여인의 몸에 전사의 심장을 갖고 태어난 알리사 타르가르옌은 기력이 다하고 말았다. 그녀는 아에곤을 낳은 뒤 완전히 회복하지 못했고, 결국 그해가 가기 전 스물넷의 나이에 요절했다. 아에곤 왕자 역시 오래 살지 못했다. 왕자는 반년 후, 한 살이 채 되기 전에 세상을 떠났다. 바엘론은 상실에 비통해하면서도 그녀가 남긴 두 튼튼한 아들 비세리스와 다에몬에게서 위안을 얻었고, 부러진 코와 짝눈을 지녔던 그의 연인을 언제나 추억했다.

그리고 이제, 재해리스 왕과 알리산느 왕비의 긴 치세 중 가장 심란하고 혐오스러웠던 부분을 짚고 넘어가고자 한다. 바로 국왕 내외의 아홉째 아

이, 사에라 공주에 관한 이야기다.

다엘라가 태어난 지 3년 후인 AC 67년에 태어난 사에라는 그녀의 언니가 갖지 못한 용기는 물론, 젖과 음식과 애정과 칭찬에 대한 왕성한 탐욕까지 있었다. 아기였을 때는 우는 게 아니라 비명을 질렀고, 귀청을 찢을 듯한 빽빽거리는 소리에 레드킵에 있는 모든 하녀가 공포스러워했다. "공주는 원하는 것이 분명하고 당장에 갖길 원한다." AC 69년, 공주가 아직 두 살이었을 때 엘리사르 대학사가 적었다. "그녀가 더 자라면 무슨 꼴을 볼지. 드래곤지기들은 드래곤을 단단히 잘 지켜야 할 것이다." 엘리사르는 자신이 쓴 글이 얼마나 예지적이었는지 생각도 못했을 것이다.

AC 79년, 바스 성사는 열두 살이 된 공주에 관해 더 사색적인 평을 내렸다. "그녀는 왕의 딸이고, 본인 역시 그 사실을 자각한다. 하인들은 항상 만족할 만큼 빠르지는 않지만 그녀가 원하는 것이라면 뭐든지 들어준다. 대귀족들과 잘생긴 기사들은 모든 예를 갖추어 그녀를 대하고 궁중 여인들은 그녀에게 경의를 표하며, 그녀 또래의 소녀들은 서로 앞다투어 그녀의 친구가 되고 싶어 한다. 사에라는 이 모든 것을 당연하게 받아들인다. 그녀는 자신이 왕의 장녀이거나 유일한 자식이었다면 더욱 만족했을 것이다. 그러나 공주는 아홉째 자식이고, 나이가 더 많고 더 많은 사랑을 받는 형제자매가 여섯이나 살아 있다. 아에몬은 왕의 자리에 오를 것이고 바엘론은 형의 수관이 될 것이 유력하며, 알리사는 어머니에 못지않은 대단한 여인이 될 조짐이 보인다. 바에곤은 그녀보다 유식하고 마에겔은 더 신앙심이 깊다. 그리고 다엘라는……. 하루라도 다엘라가 위로가 필요하지 않은 날이 있을까? 그리고 다엘라를 달래는 동안 사에라는 등한시된다. 사람들은 공주가 워낙 드세고 적극적인 아이라서 따로 위로할 필요가 없다고 말한다. 하지만 그들은 틀렸다. 사람은 누구나 위로가 필요하다."

한때 제멋대로에 반항기가 많고 고집 센 골칫덩이로 여겨졌던 아에레아 타르가르옌은 사에라 공주의 치기 어린 시절에 비하면 예의 귀감으로 보일 정도였다. 어린아이가 순수한 장난과 고의적인 말썽과 악의 어린 행동 사이에 그어진 선을 늘 분별할 수 있는 것은 아니나, 공주가 아무런 거리낌 없이 그 선을 넘나들었다는 건 의심의 여지가 없다. 그녀는 다엘라가 고양이를 무서워한다는 사실을 알면서도 언니의 침실에 계속 고양이를 갖다 놓았다. 한번은 다엘라의 요강에 벌을 잔뜩 집어넣은 적도 있었다. 열 살이었을 때는 하얀 기사 탑(White Sword Tower, 킹스가드 기사들이 거주하는 탑)에 기어들어 가 하얀 망토를 보는 대로 모조리 훔친 뒤 분홍색으로 물들였다. 일곱 살에는 주방에 언제 몰래 들어가 어떻게 하면 케이크와 파이와 과자 따위를 훔칠 수 있는지 알아냈고, 열한 살이 되기도 전에 와인과 맥주를 훔치고 다녔다. 열두 살에는 성소에 기도를 드리러 갈 때마다 술에 취한 채로 나타나기 일쑤였다.

왕의 머리가 모자란 어릿광대 톰 터닙은 공주의 장난에 수없이 당했고, 자신도 모르게 그녀의 장난에 이용당하기도 했다. 한번은 여러 대귀족이 참석하는 큰 연회가 열리기 전, 공주는 톰에게 알몸으로 재주를 부리면 더 재미있을 거라고 설득했다. 물론 반응은 좋지 않았다. 얼마 후 공주는 훨씬 더 잔인한 짓을 하였는데, 철왕좌에 오르면 왕이 될 수 있다고 톰을 부추긴 것이다. 어릿광대는 평상시에도 움직임이 서툴렀고 자주 몸을 떨었기에, 왕좌 곳곳에 튀어나온 칼날에 팔다리가 너덜너덜하게 베이고 말았다. 그 일이 있고 나서 공주의 성사는 공주를 "사악한 아이"라고 평했다. 사에라 공주는 열세 살이 되기 전에 성사와 침실 시녀가 각각 대여섯 번씩 바뀌었다.

그러나 공주에게 장점이 없던 것은 아니었다. 학사들은 그녀가 매우 똑똑하고 나름대로 오라비 바에곤에 못지않게 영민하다고 단언했다. 미모는 두말할 나위 없이 빼어났고 작은언니인 다엘라보다 키도 크고 그녀처럼 연약하지도 않았으며, 큰언니 알리사만큼 강인하고 재빠르고 활발했다. 애교를 부릴 때는 당해낼 사람이 많지 않았다. 손위 오라비들인 아에몬과 바엘론은 언제나 그녀의 장난을 재미있어했고(얼마나 심한 장난을 칠 수 있는지는 알지 못했다), 사에라는 성인이 되기 훨씬 전에 이미 아버지로부터 그녀가 원하는 것을 얻어내는 방법을 터득하여 고양이, 사냥개, 조랑말, 매에 이어 승용마까지 받았다(재해리스는 코끼리에는 엄하게 선을 그었다). 그러나 알리산느 왕비는 호락호락하지 않았고, 바스 성사는 다른 공주들도 사에라를 정도의 차이는 있지만 싫어했다고 전한다.

사에라는 초경을 치르고 성숙해지자 본격적으로 활개치기 시작했다. 다엘라를 겪으며 고생한 국왕 내외는 적극적으로 궁중의 청년들과 어울리는 사에라를 보고 몹시 안도했으리라. 공주는 열네 살이었을 때 "어머니 같은" 왕비가 될 수 있게 도르네의 대공이나 장벽 너머의 왕과 결혼하겠다고 왕에게 말했다. 같은 해에 여름 군도에서 한 무역상이 왕궁을 방문했다. 다엘라와는 달리 사에라는 그를 보고 비명을 지르기는커녕 그와도 결혼하고 싶다고 했다.

열다섯 살이 되자 그런 공상은 뒷전이 되었다. 이미 종자와 기사와 멋진 귀족 자제와 그녀가 원하는 만큼 얼마든지 놀 수 있는데, 굳이 먼 곳의 왕들을 꿈꿀 이유가 있는가? 수십 명이 공주에게 구애했으나, 그녀가 총애하는 대상은 세 명으로 좁혀졌다. 조나 무튼은 메이든풀의 후계자였고, '붉은' 로이 코닝턴은 열다섯 살 난 그리핀스루스트의 영주였으며, '스팅어(Stinger,찌르는 사람 또는 벌침. 이름에 벌(bee)이 포함된 가문명(Beesbury)을 연상시킨다)'로 불리는 브랙스턴 비스버리는 리치 최강의 마상 창술을 자랑하는 19세의 젊은 기사이자 허니홀트의 후계자였다. 공주는 여성 벗들도 있었다. 같은 또래의 처녀인 페리안느 무어와 알리스 턴베리는 그녀와 가장 가까운 친구가 되었다. 사에라는 그녀들을 각각 '예쁜 페리'와 '스위트베리'라고 불렀다. 1년 넘게 세 처녀와 세 귀족 청년은 연회나 무도회가 열릴 때마다 꼭 붙어 다녔다. 그들은 함께 사냥과 매사냥을 나갔고, 한번은 배를 타고 블랙워터만을 가로질러 드래곤스톤으로 가기도 했다. 세 청년이 마상창술을 훈련하거나 연무장에서 검술을 겨룰 때도 세 처녀가 구경하며 그들을 응원했다.

언제나 왕성을 방문한 귀족 또는 협해를 건너온 사절들을 접견하거나 소협의회에 참석하고 도로 건설을 계획하느라 분주했던 재해리스왕은 매우 흡족해했다. 장래가 매우 촉망되는 청년이 셋이나 가까이 있으니, 사에라의 남편감을 찾느라 왕국을 샅샅이 뒤질 필요가 없을 터였다. 알리산느 왕비는 반신반의했다. "사에라는 영리하지만 현명하지 않아." 그녀가 왕에게 말했다. 왕비가 보기에 페리안느 영애와 알리스 영애는 얼굴만 반반하고 머리에는 든 게 없는 멍청이였고, 코닝턴과 무튼은 풋내기 소년에 불과했다. "그리고 그 스팅어라는 녀석은 마음에 들지 않아. 리치에 사생아가 하나 있고 킹스랜딩에서도 하나 낳았다고 들었어."

재해리스는 여전히 개의치 않아 했다. "사에라가 그 청년 중 누군가와 단둘이 있는 일은 없잖아. 하인이든 하녀든, 말구종이든 병사든 항상 누군가가 주변에 있지. 가까이서 지켜보는 눈이 그렇게 많은데 무슨 불장난을 할 수 있겠어?"

후일 왕이 그 물음에 대해 받은 답변은 그가 바란 것이 아니었다.

사에라 패거리를 파멸로 이끈 것은 그녀가 저지른 장난 중 하나였다. AC 84년의 어느 따스한 봄날 밤, '파란 진주'라는 이름의 창관에서 터져 나온 고함과 비명이 두 도시 경비대원의 주의를 끌었다. 비명을 지른 이는 다름 아닌 톰 터닙이었다. 그가 휘청거리는 발걸음으로 빙빙 돌며 벌거벗은 창녀 대여섯 명으로부터 도망치는 동안 창관의 손님들이 배꼽을 잡고 웃으며 매춘부들을 응원하고 있었다. 그런 손님 중에는 만취한 조나 무튼과 붉은 로이 코닝턴 그리고 스팅어 비스버리도 있었다. 붉은 로이는 늙은 터넙이 그러고 있으면 웃길 것 같았다고 시인했다. 그러자 조나 무튼이 웃음을 터트리며 이건 전부 사에라가 꾸민 일이라고, 정말 재미있는 여자애라고 말했다.

경비대원들은 불쌍한 어릿광대를 구한 뒤 레드킵 왕궁으로 호송했다. 세 귀족 청년은 경비대장인 로버트 레드와인 경 앞으로 끌려갔다. 로버트 경은 스팅어의 협박과 코닝턴의 어설픈 매수 시도를 무시하고 그들을 왕에게 데려갔다.

"종기를 째는 건 결코 유쾌한 일이 아니다." 엘리사르 대학사가 이 일을 기록하며 적었다. "고름이 얼마나 나올지, 얼마나 심한 악취를 풍길지 모르니까." 파란 진주에서 쏟아져 나온 고름은 실로 고약한 악취를 풍겼다.

만취했던 세 귀족 청년은 철왕좌에 앉은 왕을 마주할 무렵에는 어느 정도 술에서 깼고, 나름 당당한 태도를 보였다. 그들은 톰 터넙을 빼돌려 파란 진주로 데려간 사실을 자백했다. 단 한 명도 사에라 공주를 언급하지 않았다. 왕이 무튼에게 그가 공주에 대해 했던 이야기를 다시 해보라고 명하자, 무튼은 얼굴을 붉히고 말을 더듬으며 경비대원이 잘못 들었다고 변명했다. 재해리스는 그들 셋을 지하감옥에 가두라고 지시했다. "검은 감옥에서 하룻밤 보내고 나면 아침에 다른 이야기를 할지도 모르지."

페리안느 영애와 알리스 영애가 세 귀족 청년과 얼마나 가까운지 아는 알리산느 왕비는 그 둘도 심문할 것을 건의했다. "제가 그 아이들과 이야기해보지요, 전하. 당신이 철왕좌에 앉아 높은 곳에서 노려보면 겁에 질려 말 한마디도 하지 못할 테니."

늦은 시간이었기에, 왕비의 병사들이 찾아갔을 때 두 소녀는 페리안느 영애의 처소에서 함께 자는 중이었다. 둘을 자신의 개인 방으로 데려오게 한 왕비는 그들의 세 귀족 청년이 지하감옥에 있으니, 이실직고하지 않으면 그녀들 역시 검은 감옥에 가두겠다고 으름장을 놓았다. 말은 그것만으로 충분했다. 스위트베리와 예쁜 페리는 서로 앞을 다투어 모든 것을 털어놓았다. 이윽고 둘 다 눈물을 흘리며 용서를 빌었다. 알리산느 왕비는 말없이 소녀들이 애원하도록 놔두었다. 그동안 그녀가 열었던 수많은 여인들의 모임에서처럼, 왕비는 둘의 말을 경청했다. 그녀는 타인의 이야기를 듣는데 능숙했다.

처음에는 단순한 놀이였다고 예쁜 페리가 말했다. "사에라가 알리스에게 입맞춤하는 법을 가르쳐줘서, 저도 가르쳐달라고 했어요. 남자애들은 아침마다 싸우는 법을 훈련하니까, 저희도 입맞춤하는 걸 연습하지 말라는 법은 없잖아요? 어차피 여자애들이 해야 하는 것 아닌가요?" 알리스 턴베리가 맞장구쳤다. "입맞춤은 달콤했어요. 그러다가 하룻밤은 옷을 다 벗고 입맞춤을 하기 시작했는데, 무서웠지만 굉장히 흥분되었어요. 차례로 돌아가며 남자 상대 역할을 맡았고요. 못된 짓을 하려는 건 아니었어요, 그냥 놀이였으니까요. 그런데 사에라가 제게 진짜 남자애에게 입맞춤을 해보라고 부추겨서 전 페리에게 해보라고 했고, 그다음에 저와 페리가 사에라에게 해보라고 했더니 사에라는 도리어 자기는 남자애가 아니라 성인 남자, 그것도 기사와 입을 맞추겠다고 큰소리쳤어요. 그때부터 로이와 조나와 스팅어와 어울리게 된 것이었어요." 그때 페리안느 영애가 다시 끼어들어서 그 후 세 소녀를 훈련한 건 스팅어였다고 밝혔다. "그는 사생아가 둘이나 있어요." 그녀가 속삭였다. "하나는 리치에, 남은 하나는 이곳 비단 거리에요. 애엄마는 파란 진주에 있는 어떤 창녀고요."

파란 진주에 대한 언급은 이게 다였다. "얄궂게도 그 두 갈보는 불쌍한 톰 터닙이 무슨 일을 당했는지 아무것도 몰랐다"라고 이후 엘리사르 대학사가 적었다. "하지만 자기들 책임이 없는 다른 어떤 일에 관해서는 아주 많이 알고 있었다."

"이런 일이 벌어지는 동안 너희 성사는 어디에 있었느냐?" 왕비가 말을 다 듣고는 다그쳐 물었다. "시녀들은? 그리고 귀족 청년들도 수발을 드는 이가 있지 않느냐. 그들의 말구종과 병사와 종자와 시종은 어디에 있었다는 말이냐?"

페리안느 영애는 그 질문에 혼란스러워했다. "밖에서 기다리라고 했는데요." 마치 해는 동쪽에서 뜬다고 설명하는 말투로 그녀가 대답했다. "저희가 시키는 대로 하는 하인들이잖아요. 사정을 아는 이들도 입을 다물었고요. 누구한테 이야기하면 혀를 뽑겠다고 스팅어가 협박했어요. 그리고 사에라는 성사들보다 더 똑똑하고요."

그때 스위트베리가 더는 버티지 못하고 울음을 터뜨리며 입고 있던 실내복을 잡아 뜯기 시작했다. 그녀는 정말 죄송하다고 왕비에게 말했다. 결코 못된 짓을 할 생각은 없었는데 스팅어가 시키고 사에라가 그녀를 겁쟁이라고 불러서 어쩔 수가 없었고, 그 바람에 임신까지 했으나 누가 아비인지 모르겠고 이제 뭘 어떻게 해야 할지 모르겠다고 했다.

"네가 오늘 밤 할 수 있는 건 침실로 돌아가 자는 것뿐이다." 알리산느 왕비가 그녀에게 말했다. "내일 아침 해가 뜨면 성사를 보낼 테니, 그때 네 죄를 고백하거라. '어머니'께서는 용서하실 게다."

"제 어머니는 안 하실걸요." 알리스 턴베리는 그렇게 대답하면서도 왕비의 말을 따랐다. 페리안느 영애가 울먹이는 친구를 부축하며 함께 자신의 침소로 돌아갔다.

왕비가 자신이 알아낸 것을 알리자, 재해리스 왕은 믿기 어려워했다. 왕은 위병들을 보내 종자들, 말구종들, 시녀들을 차례로 철왕좌 앞으로 끌고 오게 했다. 심문을 받은 후 대부분은 그들의 주인들이 있는 지하감옥에 같이 갇혔다. 마지막 남은 이가 끌려 나갔을 때는 동이 튼 다음이었다. 그제야 왕과 왕비는 사에라 공주를 불러들였다.

공주는 그녀를 알현실로 데려가려고 킹스가드 기사단장과 도시 경비대장이 함께 나타난 모습을 보고 뭔가 잘못되었음을 분명 알아차렸을 것이다. 왕이 철왕좌에 앉은 채로 맞이할 때는 결코 좋은 일일 수가 없었다. 공주가 들어섰을 때 대전 내부는 거의 비어 있었다. 오직 엘리사르 대학사와 바스 성사만이 증인으로 참관했다. 왕은 시타델과 별빛 성소를 대변하는 그들의 조언이 필요하다고 여겼지만, 그 외 다른 인사들이 들을 필요가 없는 말이 오가리라 생각했다.

레드킵에는 벽 뒤에 쥐들이 있어서 모든 것을 엿듣고, 밤마다 자는 이들의 귀에 속삭이기 때문에 비밀이 있을 수 없다고 흔히 말한다. 사에라 공주가 부왕 앞에 나섰을 때 이미 파란 진주에서 무슨 일이 벌어졌는지 다 아는 듯한 표정을 짓고 전혀 당황하지 않았던 것을 보면 그 말이 사실일지도 모른다. "제가 그렇게 하라고 말하기는 했지만, 실제로 할지는 몰랐어요." 그녀가 가볍게 말했다. "터닙이 창녀들과 춤추었다니, 정말 웃겼겠네요."

"톰에게는 아니었지." 철왕좌에 앉은 재해리스 왕이 말했다.

"어릿광대잖아요." 사에라 공주가 어깨를 으쓱하며 대꾸했다. "어차피 남의 웃음거리가 되는 게 어릿광대의 일인데, 뭐가 잘못인데요? 터닙은 사람들이 자기를 보고 웃으면 좋아해요."

"그건 잔인한 장난이었어." 알리산느 왕비가 말했다. "하지만 지금은 그것보다 더 신경이 쓰이는 일이 있구나. 난 네…… 친구들과 이야기를 나눴어. 알리스 턴베리가 임신했다는 사실을 알고 있었니?"

그제야 공주는 톰 터닙이 아니라 더 수치스러운 죄에 대한 해명을 위해 그 자리에 불려 왔음을 깨달았다. 사에라는 순간 할 말을 잃었으나, 단지 한순간뿐이었다. 그녀는 놀랐다는 듯 헉 소리를 내고는 말했다. "스위트베리가요? 정말요? 그럴…… 오, 그 애가 무슨 짓을 한 건가요? 그 불쌍한 바보 같으니." 바스 성사의 증언대로라면, 그때 공주의 뺨에서 눈물이 한 방울 흘러내렸다.

그녀의 어머니는 흔들리지 않았다. "그 아이가 무슨 짓을 했는지는 네가 더 잘 알지 않느냐. 너희 모두가 한 짓을. 이제 진실을 들어야겠다, 얘야." 공주가 아버지를 돌아봤지만 도움을 기대할 수 없었다. 재해리스 왕이 딸에게 말했다. "또 거짓말을 한다면 네 상황이 더욱 나빠질 것이다. 너의 세 귀족 청년은 지금 지하감옥에 갇혀 있다. 너도 지금부터 하는 말에 따라 오늘 밤 잠잘 곳이 바뀔 수 있음을 알아두거라."

그때 사에라는 무너졌고, 거의 숨이 가빠질 때까지 폭포처럼 멈추지 않고 말을 계속했다. "공주는 한 시간에 걸쳐 웃다가 울며 부정하고 일축하고 발뺌하고 뉘우치고 다른 이를 탓하고 변명하고 반발했다"라고 바스 성사는 적었다. "그녀는 자기는 하지 않았다고, 저들이 거짓말하는 거라고, 그런 일이 일어난 적이 없다고, 어떻게 그런 말을 믿을 수 있느냐고, 단지 놀이였다고, 그냥 장난이었다고, 누가 그런 말을 했냐고, 그건 사실이 아니라고, 사람들은 모두 입맞춤하기를 좋아한다고, 죄송하다고, 시작한 건 페리였다고, 정말 재미있었고 아무도 해를 입지 않았다고, 아무도 입을 맞추는 게 나쁜 짓이라고 말하지 않았다고, 스위트베리가 부추겼다고, 너무 부끄럽다고, 바엘론은 언제나 알리사와 입을 맞추지 않았느냐고, 한번 시작하니 멈출 수 없었다고, 스팅어가 무서웠다고, 위에 계신 어머니는 용서하셨다고, 여자애들은 누구나 한다고, 처음 했을 때는 술에 취했었다고, 하고 싶어서 한 게 아니라고, 남자들이 원하는 것이라고, 마에겔 언니는 신들께서 모든 죄를 사해주신다고 말했다고, 조나는 자기를 사랑한다고 말했다고, 신들이 자기를 예쁘게 만든 건 자기 잘못이 아니라고, 이제부터 착하게 살겠다고, 마치 아무 일도 없었던 것처럼 될 거라고, 붉은 로이 코닝턴과 결혼하겠다고, 두 분은 자기를 용서해야만 한다고, 다시는 남자와 키스든 뭐든 그런 짓은 하지 않을 거라고, 임신한 건 자기가 아니라고, 자기는 두 분의 딸이고 공주라고, 자기가 여왕이었다면 마음대로 할 수 있었을 거라고, 왜 자기를 믿지 않느냐고, 두 분은 자기를 한 번도 사랑하지 않았다고, 두 분이 싫다고, 채찍질한다면 맞겠지만 절대 굽히지 않겠다고 말했다. 난 공주에게 감탄할 수밖에 없었다. 이 땅의 그 어떤 배우도 그토록 뛰어난 연기를 하지 못했을 터이나, 지치고 겁에 질렸던 그녀는 끝에 가서 가면이 벗겨지고 말았다."

"도대체 무슨 짓을 한 것이냐?" 공주가 말을 멈추자 왕이 다그쳤다. "일곱 신이시여, 넌 도대체 무슨 짓을 저지른 것이더냐? 그 세 청년 중 한 명에게 네 처녀를 주었느냐? 진실을 고하여라."

"진실요?" 사에라가 대꾸했다. 바로 그 순간, 그 한마디와 함께 그녀의 경멸 어린 본심이 튀어나왔다. "아뇨, 셋 다 주었는데요. 다들 자기가 제 첫 남자라고 생각하더라고요. 남자애들은 정말 멍청해요."

재해리스는 너무 경악한 나머지 말문이 막혔으나, 왕비는 평정을 잃지 않았다. "넌 네가 무척 자랑스러운가 보구나. 이제 곧 열일곱 살에 벌써 다 큰 여자가 되었다고 말이지. 물론 넌 네가 무척 똑똑하다고 생각하겠지만, 똑똑한 것과 현명한 것은 다르단다. 이제 네게 무슨 일이 생길 것 같니, 사에라?"

"결혼하게 되겠지요." 공주가 말했다. "왜 아니겠어요? 어머니도 제 나이에 결혼하셨잖아요. 시집도 가고 첫날밤도 치러야 할 텐데 누구랑 해야 할까요? 조나와 로이 둘 다 절 사랑하니 그중 한 명을 고를 수도 있겠지만, 둘 다 너무 애송이예요. 스팅어는 절 사랑하지 않지만, 절 웃겨주고 때로는 비명을 지르게 하기도 해요. 셋 모두와 결혼할 수도 있지 않을까요? 왜 남편이 하나여야만 하는데요? 정복자도 부인이 둘이었고 마에고르는 여섯인가 여덟인가 있었잖아요."

그녀는 선을 넘었다. 재해리스는 자리에서 일어나 격노한 얼굴로 철왕좌를 내려왔다. "너 자신을 마에고르와 비교하였느냐? 그게 네가 닮고 싶은 사람이더냐?" 왕은 딸의 이야기를 들을 만큼 들었다. "저 아이를 다시 침실로 데려가거라." 그가 호위병들에게 말했다. "그리고 내가 다시 부를 때까지 그곳에서 나오지 못하게 하라."

공주는 부왕의 말을 듣자마자 "아버지, 아버지!"라고 외치며 그를 향해 달려갔다. 하지만 재해리스는 딸에게서 등을 돌렸고, 자일스 모리겐이 그녀의 팔을 잡아챘다. 공주가 순순히 따라가지 않았기에, 위병들은 통곡하고 눈물을 흘리며 아버지를 부르는 그녀를 홀에서 질질 끌고 나갈 수밖에 없었다.

그럼에도 바스 성사는 사에라 공주가 그때 왕의 말대로 처소에서 얌전히 머무르며 저지른 죄를 반성하고 용서를 빌었다면, 죄를 용서받고 다시 왕의 사랑을 받을 수도 있었다고 전한다. 재해리스와 알리산느는 다음 날 온종일 바스와 엘리사르 대학사와 함께 죄를 지은 여섯을 어떻게 처리할지, 특히 공주를 어떻게 해야 할지 의논했다. 왕은 노여워하고 완강했다. 이 일을 무척 치욕스러워했고, 사에라가 숙부의 부인들을 언급하며 비아냥거린 것도 잊지 못했다. 왕은 "그 아이는 이제 내 딸이 아니오"라고 몇 번이나 말했다.

그러나 알리산느 왕비는 차마 그렇게 모진 마음을 먹을 수 없었다. "그 아이는 우리 딸이야." 그녀가 왕에게 말했다. "당연히 처벌은 받아야겠지. 하지만 아직 어리고, 죄를 지었으면 속죄도 할 수 있어. 내가 사랑하는 남편인 당신은 숙부를 위해 싸운 귀족들을 받아들이고, 문 성사와 말을 달린 이들을 용서하고, 종단과도 화해하고, 우리 사이를 찢어놓고 아에레아를 당신 대신 왕좌에 앉히려고 한 로가르 공에게도 다시 기회를 줬잖아. 그런 당신이라면 딸도 용서하고 다시 받아들일 수 있을 거야."

왕비의 부드럽고 온화한 말이 왕의 마음을 움직였다고 바스 성사는 전한다. 알리산느는 고집이 세고 집요했으며, 처음에 견해의 차이가 얼마나 크든지 간에 결국은 왕이 그녀의 관점에 공감하도록 설득하는 재주가 있었다. 시간이 충분했더라면 사에라에 대한 왕의 분노 역시 누그러뜨렸을지도 모른다.

그러나 왕비는 그럴 시간이 없었다. 바로 그날 밤, 사에라 공주가 자신의 운명을 결정지었다. 공주는 왕의 지시대로 처소에 얌전히 있지 않았다. 화장실에 가는 척하다가 몰래 빠져나와 세탁부의 옷을 걸친 뒤, 마구간에서 훔친 말을 타고 성에서 달아났다. 그녀는 도성의 반을 가로질러 라에니스 언덕까지 갔으나, 드래곤핏에 들어가려다가 드래곤지기들에게 발각되어 레드킵으로 압송되었다.

알리산느는 그 소식을 듣고 눈물을 터뜨렸다. 딸을 구제할 길이 사라졌음을 알았기 때문이었다. 재해리스의 마음은 돌처럼 딱딱히 굳었다. "사에라와 드래곤이라. 그 아이도 발레리온을 훔치려 했을까?"가 그가 한 말의 전부였다. 왕은 딸이 그녀의 방으로 돌아가는 것을 허락하지 않았다. 공주는 대신 작은 탑 방에 갇혔고, 종퀄 다크가 화장실에까지 따라가며 밤낮으로 그녀를 감시했다.

함께 죄를 저지른 공주의 친구들에게는 급한 혼사가 주선되었다. 임신하지 않은 페리안느 무어는 조나 무튼과 결혼했다. "영애의 몰락에 일조했으니, 그녀의 속죄에도 일조하여라." 왕이 젊은 귀족에게 말했다. 그 결혼은 성공적이었고, 훗날 그들은 메이든풀의 영주 내외가 되었다. 한편 임신 중이던 알리스 턴베리의 혼사는 그렇게 수월하지 않았으니, 붉은 로이 코닝턴이 그녀와 혼인하기를 거부했기 때문이었다. "스팅어의 사생아를 제 아들인 척 키우거나 그리핀스루스트의 후계자로 세울 생각도 없습니다"라며 그는 왕의 제안을 완강하게 거절했다. 그리하여 스위트베리는 협곡의 걸타운 포구에 있는 작은 섬으로 보내졌는데, 그 섬에는 귀족들이 사생아 딸을 맡기는 수녀원이 있었다. 그곳에서 그녀는 머리카락이 선명하게 붉은 딸을 낳았고, 그 후에는 핑거스 근처의 작은 섬 페블의 영주인 던스턴 프라이어에게 시집갔다.

코닝턴은 밤의 경비대에서 종신 복역이나 10년간 추방이라는 두 선택권을 받았다. 예상대로 추방을 선택한 코닝턴은 협해를 건너 펜토스로 갔다가 미르로 향했고, 그곳에서 용병들과 다른 저급한 무리와 어울렸다. 그리고 웨스테로스에 다시 돌아올 수 있기까지 고작 반년이 남았을 무렵, 미르의 한 도박장에서 어떤 창녀의 칼에 찔려 목숨을 잃고 말았다.

가장 무거운 처벌은 스팅어라고 불리던 오만한 젊은 기사, 브랙스턴 비스버리의 몫이었다. "너를 거세한 뒤 장벽으로 보낼 수도 있다." 재해리스가 그에게 말했다. "너보다 훨씬 더 훌륭한 남자였던 루카모어 경에게 내린 형벌이었다. 네 부친의 땅과 성을 몰수할 수도 있지만, 그건 공평한 처사가 아닐 테지. 네 부친이나 형제들은 네가 저지른 짓과는 무관하지 않은가. 하지만 네가 내 딸에 관한 이야기를 떠벌리고 다니게 할 수는 없으니, 네 혀를 가져가려고 한다. 그리고 코도 잘라 더는 그렇게 처녀들을 쉽게 꾀지 못하게 할 것이다. 네가 검과 창을 다루는 재주를 그토록 자랑스러워한다니, 그것도 가져가도록 하겠다. 네 팔과 다리를 부러뜨린 다음, 뒤틀려 붙도록 내 학사들이 조처할 것이다. 네게 남은 비참한 인생을 불구로 살아야 한다는 뜻이지. 하나……."

"하나?" 비스버리가 창백하게 질린 얼굴로 물었다. "제게 다른 선택이 있단 말씀입니까?"

"죄를 지었다고 혐의를 받는 기사라면 누구나 할 수 있는 선택이지." 왕이 그에게 상기시켰다. "넌 네 목숨을 걸고 무죄를 입증할 권리가 있다."

"그렇다면 결투 재판을 선택하겠습니다." 스팅어가 말했다. 그는 오만하다고 알려진 청년이었고, 자신의 무예에 큰 자신감을 가지고 있었다. 그는 철왕좌 아래에 긴 하얀 망토와 번쩍이는 미늘 갑옷을 걸치고 선 킹스가드 기사 일곱 명을 훑어보고는 말했다. "저 늙은이 중 제가 싸워야 할 상대는 누굽니까?"

"이 늙은이다." 재해리스 타르가르옌이 선언했다. "네가 유혹하고 더럽힌 딸의 아비인 나."

다음 날 동이 틀 무렵, 그들은 서로 마주 보고 섰다. 허니홀트의 후계자는 열아홉, 왕은 마흔아홉이었으나 아직 늙은이와는 거리가 멀었다. 비스버리는 무기로 모닝스타를 골랐는데, 아마 재해리스가 그 무기를 방어하는 데 익숙하지 않을 것이라고 여겼는지도 모른다. 왕은 블랙파이어를 들었다. 양쪽 다 단단히 무장하고 방패를 들었다. 결투가 시작되자 스팅어가 왕에게 맹렬히 달려들었고, 대못이 박힌 구체를 현란하게 휘두르며 우월한 속도와 힘으로 상대를 압도하려 했다. 하지만 재해리스는 방패로 모든 공격을 막으며 더 젊은 상대가 지칠 때까지 방어에만 집중했다. 이윽고 브랙스턴 비스버리가 팔을 제대로 들어 올리지 못하는 지경에 이르자, 왕이 공격을 시작했다. 가장 튼튼한 갑옷조차도 발리리아 강철을 막는 것은 무리였고, 더구나 재해리스는 갑옷의 약점을 샅샅이 알고 있었다. 마침내 스팅어가 쓰러졌을 때는 이미 대여섯 곳에서 피를 흘리는 중이었다. 재해리스는 그의 조각난 방패를 옆으로 차버리고 투구의 면갑을 들어 올린 다음, 블랙파이어의 칼끝을 스팅어의 눈에 겨누고는 깊숙이 밀어 넣었다.

알리산느 왕비는 결투를 참관하지 않았다. 그녀는 왕에게 그가 죽을지도 모른다는 생각을 차마 견딜 수 없다고 말했다. 사에라 공주는 감방의 창가에서 모든 것을 지켜보았다. 공주의 간수인 종퀄 다크는 그녀가 시선을 돌리지 못하게 했다.

보름 후, 재해리스와 알리산느는 딸을 한 명 더 종단에 넘겨주었다. 아직 열일곱 살이 되지 않은 사에라 공주는 킹스랜딩을 떠나 올드타운에서 그녀의 언니인 마에겔 성사의 교육을 받게 되었다. 그녀가 침묵의 자매회에 수련 수녀로 들어간다는 발표가 있었다.

왕의 심중을 제일 잘 아는 사람에 속했던 바스 성사는 훗날 그 처벌이 교훈을 주기 위한 것이었다고 밝혔다. 사에라는 절대 마에겔처럼 될 수 없다는 사실은 그녀의 아버지가 가장 잘 알았다. 공주는 침묵의 자매는커녕 성사로도 남을 것이 아니었으나, 징벌이 필요했다. 몇 년에 걸친 묵언 기도와 엄격한 훈육과 사색은 그녀에게 유익할 것이며, 그녀를 속죄의 길에 이르게 하리라고 여겼던 것이다.

하지만 그 길은 사에라 타르가르옌이 걷고자 하는 길이 아니었다. 공주는 침묵과 차가운 목욕과 거칠고 따가운 예복과 고기 없는 식사를 견뎠다. 머리를 밀고 말 털 솔로 몸을 문질러 씻는 것도 감수했으며, 잘못했을 때 순순히 회초리로 처벌을 받았다. 그녀는 그 모든 것을 1년 반 동안 인내했다. 그러나 AC 85년, 공주는 자신에게 온 기회를 놓치지 않고 한밤중에 수녀원에서 도망쳐 나와 부둣가로 달려갔다. 도망칠 때 한 나이 든 수녀가 길을 막자, 공주는 수녀를 계단 아래로 밀어 넘어뜨리고는 쓰러진 몸을 뛰어넘어 문밖으로 뛰쳐나갔다.

공주의 탈주 소식이 킹스랜딩에 닿자 사람들은 사에라가 올드타운 어딘가에 숨었으리라고 생각했지만, 하이타워 공의 병사들이 도시를 샅샅이 뒤졌음에도 그녀의 흔적을 찾지 못했다. 그러자 공주가 아버지에게 용서를 빌기 위해 레드킵으로 오는 길일지도 모른다는 의견이 제시되었다. 딸이 레드킵에도 나타나지 않자, 왕은 그녀가 예전 친구들에게 피신할 수도 있다는 생각에 조나 무튼과 그의 아내 페리안느에게 기별을 보내 공주가 메이든풀에 오는지 살피라고 명령했다. 사에라의 행방은 그다음 해에 밝혀졌다. 전(前) 공주는 여전히 수련 수녀의 예복을 걸친 채 리스의 환락정원에서 발견됐다. 알리산느 왕비는 그 소식을 듣고 눈물을 흘렸다. "우리 딸을 창녀로 만들어버렸어." 그녀가 말했다. "그 아이는 처음부터 창녀였어." 왕이 대답했다.

AC 84년, 재해리스는 자신의 50번째 생일을 기념했다. 왕은 오랜 고된 시간을 겪었고, 왕을 잘 알던 이들은 딸 사에라가 그를 욕보이고 달아난 뒤로는 그가 예전과 같지 않다고 말했다. 거의 수척하다 할 정도로 여위었고, 수염과 머리카락에는 금색보다 회색이 더 많았다. 사람들도 그를 '조정자' 대신 '늙은 왕'이라고 부르기 시작했다. 수많은 죽음과 이별을 겪으며 깊은 상처를 받은 알리산느는 점점 왕국의 통치에서 손을 떼고 소협의회에도 거의 참석하지 않았으나, 재해리스 곁에는 여전히 그의 아들들과 충직한 바스 성사가 있었다. 왕이 두 아들에게 말했다. "또다시 전쟁이 일어난다면, 싸우는 건 너희에게 맡기겠다. 난 도로를 마저 깔아야 해."

"왕은 딸들의 양육보다는 도로 건설을 더 잘했다"라고 훗날 엘리사르 대학사가 특유의 신랄한 어조로 적었다.

AC 86년, 알리산느 왕비는 열다섯 살 딸 비세라와 화이트하버의 괄괄한 노영주 테오모어 맨덜리의 정혼을 발표했다. 왕은 이 혼사를 통해 북부의 대가문 중 하나와 철왕좌가 결합함으로써 왕국의 결속이 더욱 강화되리라고 선언했다. 테오모어 공은 젊은 시절 전사로서 위명을 떨쳤고, 영주로서는 기민한 수완가의 면모를 보이며 화이트하버의 번영을 이끌었다. 알리산느 왕비도 처음 북부를 방문했을 때 받은 환대를 기억하며 그를 총애했다.

그러나 영주는 부인 네 명과 사별했고 여전히 용맹한 전사였지만 매우 뚱뚱해졌기에, 비세라 공주가 선호할 만한 상대는 아니었다. 그녀는 다른 남자를 마음에 두고 있었다. 아주 어렸을 때부터 비세라는 왕비의 딸 중 가장 미모가 빼어났다. 그때까지 늘 대귀족과 유명한 기사와 풋내기 소년

할 것 없이 모두 그녀의 비위를 맞추느라 안달이었던 터라, 그녀의 허영심은 더 커지려야 커질 수 없을 정도로 커졌다. 그녀는 특히 소년들에게 싸움을 붙여 무모한 도전이나 경쟁을 하도록 부추기는 것을 즐겼다. 마상 창시합에서 응원의 징표를 주겠다는 대가를 내걸고는, 자신에게 반한 종자들로 하여금 블랙워터강을 헤엄치거나 수관의 탑을 기어오르거나 까마귀방 안에 있는 큰까마귀를 모두 풀어놓는 짓을 하게 했다. 한번은 소년 여섯 명을 데리고 드래곤핏으로 가서 누구든 머리를 드래곤의 입안에 넣는 이에게 자신의 처녀를 주겠다고 말하기도 했는데, 천만다행으로 드래곤지기들이 가로막았다.

알리산느 왕비는 어떤 종자도 비세라의 마음도, 처녀도 갖지 못할 것임을 알고 있었다. 그녀는 언니인 사에라와 같은 길을 가기에는 너무 교활했다. "그 아이는 입맞춤 놀이나 소년들에게 별 관심이 없어." 왕비가 재해리스에게 말했다. "예전에 강아지들과 놀 때처럼 같이 놀기는 하지만 개와 동침하지 않듯이, 그런 사내아이들과 동침할 생각이 없어. 우리 비세라는 훨씬 더 높은 목표를 바라봐. 바엘론 주변에서 애교를 떨고 알짱거리던걸. 그 아이가 원하는 남편은 바엘론이고, 바엘론을 사랑해서가 아니야. 그 아이는 왕비가 되기를 원해."

스물아홉 살인 바엘론 왕자는 열다섯 살인 비세라보다 14년이나 연상이었지만, 공주는 더 나이 많은 영주들이 자기보다 어린 소녀들과 결혼한 전례가 있음을 알았다. 알리사 공주가 세상을 떠난 지 두 해가 지났으나, 바엘론은 아직 그 어떤 여인에게도 관심을 보이지 않았다. "이미 여동생과 한 번 결혼했는데, 또 다른 여동생과 결혼하지 못할 이유가 없잖아?" 비세라가 가장 친한 친구이자 머리가 빈 소녀인 비트리스 버터웰에게 말했다. "난 알리사 언니보다 훨씬 더 예쁘기도 한데. 너도 봤잖아, 언니는 코가 부러졌었어."

공주가 오라비와 결혼하기로 작정한 만큼 왕비 역시 어떻게든 그 혼사를 막을 생각이었다. 그녀의 해답은 맨덜리 공과 화이트하버였다. "테오모어는 좋은 사람이야." 알리산느가 딸에게 말했다. "현명하고 다정한 데다 양식이 있는 사람이기도 하지. 영지민들도 그를 좋아한단다."

공주는 설득되지 않았다. "그 사람이 그렇게 좋다면, 어머니가 그 사람이랑 결혼하세요"라고 말하고는 아버지에게 달려가 불평을 늘어놓았으나, 재해리스는 그녀에게 어떤 위안도 주지 않았다. "좋은 혼사란다"라며 운을 뗀 그는 북부와 철왕좌가 더 친밀해지는 것의 중요성을 딸에게 설명했다. 더구나 혼사는 왕비의 소관으로, 자신은 이런 문제에 관여한 적이 없다고 덧붙였다.

궁중 소문에 따르면, 불만을 품은 비세라는 그다음으로 오라비인 바엘론에게 희망을 걸었다고 한다. 어느 날 밤 위병들 몰래 오라비의 침실에 숨어든 공주는 옷을 벗고 오라비의 와인을 마시며 그가 오기를 기다렸다. 마침내 나타난 바엘론 왕자는 알몸으로 취한 채 그의 침대에 누워 있던 여동생을 발견했고, 바로 그녀의 방으로 돌려보냈다. 공주는 몸을 가누지 못했기에, 시녀 두 명과 킹스가드 기사 한 명의 부축을 받으며 거처로 돌아갔다.

알리산느 왕비와 그녀의 고집 센 열다섯 살 딸 사이에 벌어진 기 싸움이 어떻게 결판이 났을지는 아무도 모른다. 바엘론의 침실 사건이 일어나고 얼마 지나지 않아 왕비가 곧 킹스랜딩을 떠날 비세라의 여정을 준비할 때, 공주는 시녀 중 한 명과 옷을 바꿔 입고 그녀가 말썽 부리지 않도록 배치된 감시병들 몰래 레드킵을 빠져나갔다. 그녀는 "여길 떠나 얼어붙기 전 마지막 밤을 즐기려고" 나간다고 했다고 한다.

그녀의 일행은 모두 남자였다. 두 군소 가문의 자제와 젊은 기사 넷이었는데, 모두 새파란 청년이었고 하나같이 비세라의 호감을 사기를 바랐다.

그중 한 명이 공주가 지금껏 접하지 못한 도성의 여러 곳을 보여주겠다고 제의했다. 플리바텀의 급식소와 쥐 싸움장, 여급들이 탁자 위에서 춤을 추는 장어 골목과 강변길의 여관들, 비단 거리에 늘어선 창관 같은 곳들이었다. 그날 저녁의 유흥에는 맥주와 벌꿀 술과 와인도 포함됐고, 비세라는 적극적으로 모든 것을 즐겼다.

시간이 거의 자정에 이를 무렵, 공주와 그때까지 곁에 남은 일행(기사 몇 명은 곤드레만드레 취해버렸다)은 왕궁까지 누가 먼저 돌아가나 경주하기로 했다. 곧 말들이 킹스랜딩의 거리를 거칠게 질주했고, 주민들은 밟히지 않으려고 사방으로 몸을 날렸다. 웃음소리가 밤하늘에 울려 퍼지고 다들 즐거워했으나, 그들이 아에곤의 높은 언덕 아래에 도달했을 때 비세라의 승용마가 일행의 말 한 마리와 충돌하고 말았다. 기사의 암말이 미끄러지며 밑에 깔린 기사의 다리를 부러뜨렸다. 안장에서 튕겨 나간 공주는 담벼락에 머리부터 부딪치고 목이 부러져 즉사했다.

밤의 가장 어두운 시간인 늑대의 시간에 킹스가드 기사 리암 레드와인이 국왕 내외를 깨우고 그들의 딸이 아에곤의 높은 언덕 아래에 있는 한 골목에서 시체로 발견되었다고 알렸다.

비세라 공주와 갈등이 있기는 했지만, 딸의 죽음은 왕비를 크나큰 비탄에 빠뜨렸다. AC 82년에 다엘라, AC 84년에는 알리사 그리고 AC 87년에는 비세라까지, 단 5년 사이에 신들은 그녀에게서 세 딸을 빼앗아 갔다. 바엘론 왕자도 그의 침대에서 벌거벗은 여동생을 발견했던 밤, 그녀에게 더 다정하게 말했어야 했다고 자책하며 몹시 슬퍼했다. 바엘론과 아에몬 그리고 아에몬의 아내 조슬린 부인과 딸 라에니스가 비통해하는 국왕 내외를 위로했지만, 알리산느가 의지한 건 아직 그녀에게 남아 있는 딸들이었다.

스물다섯 살의 성사였던 마에겔은 성소를 떠나 그해 내내 어머니 곁에 머물렀고, 상냥하고 수줍음이 많은 일곱 살 난 가엘 공주는 항상 어머니를 그림자처럼 따라다니고 밤에 같은 침대에서 자기도 했다. 왕비는 딸들로부터 힘을 얻었지만, 시간이 지나면 지날수록 그녀와 함께 있지 않는 딸을 떠올리게 되었다. 재해리스가 금했음에도 불구하고 알리산느는 그의 명을 어기고 비밀리에 밀정들을 고용하여 협해 너머에 있는 방탕한 딸을 지켜보게 했다. 왕비는 밀정들의 보고로 사에라가 아직도 리스의 환락정원에 있다는 사실을 알았다. 이제 스무 살이 된 사에라는 곧잘 종단의 수련수녀 예복을 걸친 채 그녀를 찾는 이들을 맞이했다. 리스에는 비록 가장된 순결이더라도 순결 서약을 한 젊은 '처녀'들을 범하며 쾌감을 느끼는 이들이 많았던 것이다.

비세라 공주의 죽음에 따른 비통한 마음을 견딜 수 없던 왕비는 마침내 왕에게 다가가 다시 사에라에 관한 이야기를 꺼냈다. 그녀는 바스 성사도 대동하여 용서의 미덕과 시간의 치유에 관해 이야기하게 했다. 바스의 말이 끝난 다음에야 왕비는 사에라의 이름을 입에 담았다. "제발." 그녀가 왕에게 애원했다. "이제 그 아이를 집으로 데려올 시간이야. 이만큼이면 충분히 벌을 받고도 남았잖아. 그 애는 우리 딸이야."

재해리스는 꿈쩍도 하지 않았다. "그 애는 리스의 창녀일 뿐." 왕이 대답했다. "내 궁중에 있는 사내 절반에게 다리를 벌렸고, 나이 든 여인을 계단 아래로 굴러떨어지게 하고 드래곤까지 훔치려고 했어. 무슨 말이 더 필요하지? 그 아이가 어떻게 리스까지 갈 수 있었는지는 생각해보았어? 돈이 한 푼도 없었을 텐데. 뱃삯을 무엇으로 치렀을 것 같아?"

왕비는 남편의 가혹한 말에 몸을 움츠리면서도 여전히 포기하지 않았다. "그 아이를 집으로 데려올 만큼 사랑하지 않는다면, 나에 대한 사랑으로라도 데려와줘. 난 사에라가 필요해."

"당신에게 그 애가 필요하다면 도르네인에게도 살무사가 필요하겠지." 재해리스가 말했다. "미안해. 창녀라면 이미 킹스랜딩에 넘치도록 많아. 난 다시는 그 아이의 이름을 듣고 싶지 않아." 그 말과 함께 자리에서 일어난 왕은 문 앞에 멈춰 선 뒤 그녀를 돌아보았다. "우린 어릴 적부터 함께했지. 당신이 날 아는 만큼, 나도 당신을 잘 알아. 지금 당신은 내 허락이 없어도 그 아이를 데려올 수 있다고, 실버윙을 타고 리스로 직접 날아가면 된다고 생각하고 있을 거야. 그다음은? 환락정원으로 사에라를 보러 갈 건가? 그 애가 당신 품에 안겨 죄송하다고 빌 것 같아? 당신 따귀를 때리지 않으면 다행이야. 그리고 리스 포주들이 자기들 창녀 한 명을 데리고 떠나려는 당신을 가만히 보고만 있을까? 놈들에게 가치 있는 상품인데. 타르가르옌 공주와 하룻밤을 보내는 대가가 얼마일 것 같아? 그나마 일이 잘 풀리면 그 애의 몸값을 요구하겠지. 잘못되면 아예 당신도 잡아두려 할 수도 있어. 그러면 당신은 뭘 할 수 있지? 소리쳐서 실버윙을 불러 도시를 불태우기라도 할 건가? 아니면 내가 아에몬과 바엘론을 군대와 함께 보내 어떻게든 그 애를 빼 오기를 바라? 당신이 사에라를 원한다는 건 잘 알겠어. 그 아이가 필요하다고 했지……. 하지만 사에라는 당신이나 나나 웨스테로스가 필요하지 않아. 그 아이는 죽었어. 그러니 이제 묻어버려."

알리산느 왕비는 리스로 날아가지 않았으나, 그날 이후 왕이 자신에게 한 말을 완전히 용서하지 않았다. 당시는 국왕 내외가 이듬해 20년 만에 처음으로 서부를 다시 방문할 순행 계획을 세우던 중이었는데, 그들이 다투고 얼마 지나지 않아 왕비는 재해리스에게 홀로 행차에 나서라고 통보했다. 자신은 드래곤스톤으로 돌아가 죽은 딸들을 애도하겠다는 것이었다.

그리하여 AC 88년, 재해리스는 홀로 서부로 날아가 캐스털리록과 대영주들의 성을 순방했다. 이번에는 페어섬에도 들렀다. 많은 미움을 받았던 프랭클린 공이 예전에 죽은 까닭이었다. 왕은 의도한 것보다 훨씬 오랫동안 타지를 떠돌았다. 각지에서 벌어지는 도로 공사의 진척을 확인하고, 도중에 작은 마을과 성을 불시에 방문하여 여러 군소 귀족과 지주기사를 기쁘게 했다. 아에몬 왕자와 바엘론 왕자가 번갈아가며 몇몇 성에서 그와 합류하기도 했지만, 둘 다 부왕이 레드킵으로 귀환하도록 설득하는 데는 실패했다. "내가 왕국을 둘러보고 백성의 이야기를 들어본 지 너무 오래되었더구나." 왕이 아들들에게 말했다. "킹스랜딩은 너희와 너희 어머니가 잘 다스릴 것이라고 믿는다."

마침내 서부를 충분히 돌아본 왕은 킹스랜딩으로 바로 돌아가지 않고 리치로 향했다. 첫 순행을 끝내자마자 버미토르를 타고 크레이크홀에서 올드오크로 날아가 두 번째 순행을 시작한 것이다. 이 무렵 다들 왕비의 부재를 알아차렸고, 나긋나긋한 처녀나 미모가 빼어난 과부가 왕의 곁에 앉거나 매사냥이나 사냥을 나갈 때 옆에서 말을 달리는 일이 잦아졌으나, 왕은 누구에게도 관심을 두지 않았다. 반달론에서 블랙바 공의 막내딸이 대담하게도 그의 무릎 위에 살포시 앉고는 포도를 먹이려고 했을 때, 왕은 그녀의 손을 옆으로 밀어내고는 말했다. "미안하구나, 하지만 난 왕비가 있고, 애인을 만들 의향이 없단다."

AC 89년 내내 왕은 분주하게 이동했다. 하이가든에서는 붉은 여왕 멜레이스를 타고 온 그의 손녀 라에니스 공주가 한동안 동행했다. 그들은 함께 왕이 한 번도 가지 않았던 방패 군도를 방문했다. 재해리스는 군도의 네 섬에 전부 한 번씩 내려앉았다. 그린실드(Greenshield, 녹색 방패)섬에 있는 체스터 공의 홀에서 라에니스 공주는 결혼 계획을 밝히고 왕의 축복을 받았다. "그보다 더 훌륭한 남자는 선택할 수 없었을 게다"라고 왕은 말했다.

왕의 여정은 올드타운에 이르러서야 끝을 맺었다. 왕은 딸인 마에겔 성사를 만나고 최고성사의 축복을 받았으며, 콘클라베가 주관한 연회에 참석하고 하이타워 공이 그를 위해 개최한 마상 대회를 즐겼다. 리암 레드와인 경이 또다시 우승했다.

당시 학사들은 왕과 왕비가 소원해진 시기를 '대균열'이라고 불렀다. 그러나 시간이 지나 처음만큼이나 격렬한 두 번째 불화가 일어난 다음에는 '1차 불화'로 정정했고, 그렇게 오늘날까지 알려진다. '2차 불화'는 적절한 시점에 언급하기로 하겠다.

균열을 메운 이는 마에겔 성사였다. "이건 어리석은 행동이에요, 아버지." 그녀가 왕에게 말했다. "내년에 있을 라에니스의 결혼식은 매우 성대하게 치러질 테죠. 라에니스는 아버지와 어머니까지 포함해서 우리 모두 참석하기를 바랄 거고요. 최고학사들이 아버지를 '조정자'라고 부른다면서요. 이제 조정하실 시간이에요."

딸의 나무람은 효과가 있었다. 보름 후, 재해리스 왕은 드디어 킹스랜딩에 돌아왔고, 자진해서 드래곤스톤에서 유배 생활을 하던 알리산느 왕비도 귀환했다. 그들 사이에 어떤 말이 오갔는지는 아무도 모르나, 그 후 한동안 국왕 내외는 예전처럼 친밀한 관계를 유지했다.

아에곤의 정복 후 90년째 되는 해에 왕과 왕비는 마지막으로 함께한 경사 중 하나인 맏손녀 라에니스 공주와 조수의 군주이자 드리프트마크의 영주, 코를리스 벨라리온의 결혼을 축하했다.

당시 서른일곱이었던 '바다뱀'은 이미 웨스테로스 사상 최고의 항해자로 주목받았고, 아홉 번의 대항해를 마치고는 결혼하고 가정을 꾸리고자 고향으로 돌아왔다. "오직 당신만이 날 바다에서 불러들일 수 있었어." 그가 공주에게 말했다. "당신을 위해 세상의 끝에서 돌아온 거요."

당시 라에니스는 열여섯 살이었고, 대담함으로는 그녀의 뱃사람 정혼자에 못지않은 용감무쌍한 미녀였다. 열세 살 때부터 드래곤 기수였던 그녀는 한때 고모 알리사가 타고 다녔던 아름다운 암컷 드래곤, 붉은 여왕 멜레이스를 타고 결혼식에 도착하기를 고집했다. "우리 함께 세상의 끝으로 되돌아갈 수도 있어요." 그녀가 코를리스 경에게 약속했다. "하지만 내가 먼저 도착할 거예요. 난 날아갈 테니까."

"좋은 날이었지." 이후 알리산느 왕비는 죽기 전까지 그 결혼식을 언급할 때마다 슬픈 미소를 머금고는 말했다. 그해 그녀는 쉰넷이었고, 안타깝게도 그녀에게 좋은 날은 많이 남아 있지 않았다.

본 역사서는 에소스의 자유도시들 사이에 있었던 끝없는 전쟁과 음모와 경쟁을 범위에 두지 않으나, 타르가르옌 왕가와 칠왕국의 성쇠에 영향을 미친 사건은 예외로 둔다. AC 91~92년에 벌어진 '미르 대학살'은 그러한 사건 중 하나였다. 사건의 세세한 면까지 짚고 넘어가지는 않겠다. 당시 미르의 패권을 잡고자 두 파벌이 권력 투쟁을 벌였다는 것 정도면 충분하다. 암살, 폭동, 독살, 겁탈, 교살, 고문, 해전 끝에 한 파벌이 승리했다. 패배하여 도시에서 쫓겨난 파벌의 잔당은 먼저 징검돌 군도에서 세력을 구축하려 했으나, 티로시의 집정관이 해적 왕 연합과 동맹을 맺자 그곳에서도 밀려나고 말았다. 궁지에 몰린 미르인들은 타스섬으로 뱃머리를 돌렸고, 불시에 기습당한 저녁별은 적의 상륙에 대처하지 못했다. 곧 침략자들은 섬의 동부 전체를 장악했다.

그 무렵 이 미르인들은 거의 해적으로 전락한 패잔병 무리에 불과했기에, 왕이나 소협의회나 아무도 그들을 바다로 몰아내는 일을 대수롭게 여기지 않았고 아에몬 왕세자가 토벌군을 이끄는 것으로 결정되었다. 미르인 잔당의 해상 전력이 어느 정도 남았던 터라, 우선 바다뱀이 벨라리온 함대를 이끌고 남하한 뒤 스톰랜드군과 함께 바다를 건너 타스에서 저녁별의 징집병 부대와 합류할 보어문드 공을 호위하기로 했다. 그들의 병력이라면 미르 해적들로부터 타스를 전부 수복하고도 넘칠 것이었다. 설령 예기치 못한 어려움에 맞닥뜨리더라도, 아에몬 왕자에게는 카락세스가 있었다. "녀석이 불태우는 것을 좋아하기는 하지요." 왕세자가 말했다.

코를리스 공과 그의 함대는 AC 92년 셋째 달의 초아흐렛날에 드리프트마크에서 출항했다. 아에몬 왕세자도 몇 시간 후 조슬린 부인과 딸 라에니스와 작별 인사를 나누고 그 뒤를 따랐다. 공주도 최근 임신한 사실을 알지 못했더라면 멜레이스를 타고 남편과 함께 전장으로 향했을 것이었다.

"전장에 말이냐?" 왕세자가 말했다. "내가 그걸 허락했을 것 같으냐. 넌 너만의 전투가 따로 있다. 코를리스 공은 당연히 아들을 원할 테고, 나도 손자를 보고 싶구나."

그 말은 왕세자가 생전에 딸에게 한 마지막 말이었다. 바다뱀과 그의 함대를 순식간에 추월한 카락세스는 하늘에서 내려와 타스에 착륙했다. 타스의 저녁별 카메론 공은 섬의 중앙을 가로지르는 산등성이로 후퇴하고 미르인들의 동태를 내려다볼 수 있는 숨겨진 계곡 한 곳에 진지를 구축한 상황이었다. 아에몬 왕세자는 그곳에서 카메론 공을 만났고, 카락세스가 염소 대여섯 마리를 먹어치우는 동안 함께 전략을 짰다.

그러나 저녁별의 진지는 그가 바란 만큼 감춰진 곳이 아니었고, 드래곤이 뿜은 화염에서 피어오른 연기가 몰래 산을 오르던 미르 정찰병 두 명의 눈길을 끌었다. 그중 한 명이 땅거미가 질 무렵 아에몬 왕세자와 이야기를 나누며 진지 내부를 걸어 다니던 저녁별을 알아보았다. 미르인들은 대개 뱃사람으로는 그저 그렇고 병사로서도 약했으며, 독을 바른 단도와 단검과 노궁을 주로 썼다. 미르 정찰병 한 명이 바위 뒤에 숨은 채 노궁을 감았다. 그가 벌떡 자리에서 일어나 백여 미터 아래 있는 저녁별을 겨냥하고 노궁을 쏘았다. 어둑한 땅거미가 내리고 거리도 멀었던 터라 그의 조준은 정확하지 않았고, 날아간 화살은 저녁별을 놓치고…… 옆에 서 있던 아에몬 왕자에게 명중했다.

쇠살은 왕세자의 목을 꿰뚫고 목덜미에서 튀어나왔다. 드래곤스톤의 왕자는 휘청대며 무릎을 꿇고 마치 뽑아내려는 듯 화살을 움켜쥐었지만, 이미 몸에서 힘이 빠져나간 다음이었다. 아에몬 타르가르옌은 몸부림치며 말을 하려다가 결국 자신의 피에 질식하여 숨이 끊겼다. 향년 37세였다.

그때 칠왕국을 휩쓴 비탄과 재해리스 왕과 알리산느 왕비의 사무친 고통, 조슬린 부인의 빈 침대와 쓰라린 눈물 그리고 자신의 배 속에 있는 아이를 아버지가 결코 안아볼 수 없음을 알고 울부짖은 라에니스 공주의 슬픔을 무슨 말로 표현할 수 있으랴. 격노한 바엘론 왕자가 어떻게 복수를 부르짖으며 바가르를 타고 타스로 쳐들어갔는지는 적기가 훨씬 수월하다. 9년 전 모리온 대공의 함대가 불탔듯이 미르인들의 군선도 불탔고, 저녁별과 보어문드 공이 산에서 쏟아져 내려왔을 때 그들은 도망칠 곳이 없었다. 수천 명이 학살당하고 시체는 버려져 바닷가에서 썩어갔고, 그 후 며칠간 해안으로 밀려든 파도는 분홍빛으로 물들었다.

'용감한' 바엘론도 검은 자매를 들고 살육에 가담했다. 그가 형의 시신을 수습하여 킹스랜딩으로 돌아왔을 때, 거리에 줄지어 선 평민들이 그의 이름을 외치고 영웅이라며 환호했다. 그러나 왕자는 어머니를 보았을 때 그 품 안에 쓰러져 울음을 터뜨렸다고 한다. "놈들 천 명을 죽였지만, 그래도 형은 돌아오지 않아요." 그리고 왕비는 아들의 머리를 쓰다듬으며 말했다. "알아, 나도 안다."

그 후 여러 해가 지나고 계절도 바뀌기를 반복했다. 더운 날도, 따뜻한 날도, 소금기를 띤 차가운 바람이 바다에서 불어오는 날도 있었다. 봄에는 들판에 꽃이 만발하고 가을에는 풍작과 황금빛 오후를 누렸으며, 왕국 전역에 도로가 뻗어나가고 오랜 물줄기 위로 새로운 다리가 놓였다. 그러나 사람들이 보기에 왕은 그 어떤 것에도 기쁨을 느끼지 못하는 듯했다. "내겐 언제나 겨울이라네." 어느 밤, 과음한 왕이 바스 성사에게 말했다. 아에몬이 죽은 이후 왕은 밤마다 꿀 탄 와인을 두어 잔 마셔야 잠이 들 수 있었다.

AC 93년, 바엘론 왕자의 열여섯 살 아들 비세리스가 드래곤핏에 들어가 발레리온을 차지했다. 늙은 드래곤은 마침내 성장이 멈췄는데, 움직임이 굼뜨고 몸이 무겁고 깨우기도 힘들었으며, 비세리스가 날아오르라고 재촉하자 힘겨워했다. 젊은 왕자는 드래곤을 타고 도성을 세 번 선회한 다음에 내려앉았다. 이후 왕자는 원래 드래곤스톤까지 날아갈 생각이었지만, 검은 공포가 그럴 힘이 없어 보였다고 아버지에게 말했다.

그 후 1년이 채 지나기 전에 발레리온이 생을 마감했다. "이 세상에서 발리리아의 전성기를 직접 본 마지막 생명체였다"라고 바스 성사는 적었다. 바스 본인은 4년 후인 AC 98년에 사망했다. 엘리사르 대학사는 그보다 반년 앞서 세상을 떠났다. 레드와인 공은 AC 89년에 죽었고, 그의 아들 로버트 경도 곧 부친의 뒤를 따랐다. 새로운 인물들이 그들의 자리를 대신했지만, 그 무렵 재해리스는 진정한 '늙은 왕'이었고 이따금 회의실로 들어가며 '이 자들은 누구인가? 내가 이들을 아는가?'라고 생각했다.

왕은 생의 마지막 나날까지 아에몬 왕자의 죽음을 슬퍼했으나, AC 92년에 발생한 아에몬의 죽음이 발리리아의 전설 속, 소리를 듣는 모든 이에게 죽음과 파멸을 가져온다는 지옥 뿔나팔과 같으리라고는 꿈에도 생각하지 못했다.

알리산느 타르가르옌의 말년은 슬프고 고독했다. 젊은 시절 '선한 왕비' 알리산느는 귀족과 평민을 막론하고 모든 신하와 백성을 사랑했다. 그녀만의 여인들의 모임을 사랑했고, 사람들의 이야기를 듣고 그들로부터 배우며 왕국이 더 살기 좋은 곳이 되도록 노력했다. 그녀보다 칠왕국을 더 많이 돌아본 왕비는 전무후무하다. 수백 개의 성에서 묵고 수많은 귀족의 호감을 샀으며, 수많은 혼사를 주선했다. 그녀는 음악과 춤과 책을 사랑했다. 그리고 나는 것은 얼마나 사랑했던가. 실버윙은 그녀를 태우고 올드타운으로, 장벽으로, 그 사이에 있는 수천 곳으로 날았고, 알리산느는 구름 위에서 극히 소수에게만 허락된 광경을 내려다보았다.

왕비는 인생의 마지막 10년 동안 이 모든 것을 하나하나 잃어갔다. 그녀가 이렇게 말했다고 한다. "마에고르 숙부는 잔인했지. 하지만 늙는 건 더 잔인하구나." 여러 차례의 출산과 잦은 순행 그리고 깊은 슬픔으로 지쳤던 그녀는 아에몬의 죽음 이후 더욱 쇠약해지고 야위어갔다. 언덕을 오르는 것도 힘겨워했고, AC 95년에는 나선계단에서 미끄러져 엉덩이 골절을 당한 뒤 걸을 때 지팡이를 사용했다. 귀도 어두워지기 시작했다. 더는 음악을 즐길 수 없었고, 왕과 함께 소협의회에 참석해도 대신들 사이에서 오가는 말을 절반도 알아듣지 못했다. 몸이 너무 비틀거려 하늘도 날지 못했다. 그녀가 마지막으로 실버윙을 탄 건 AC 93년이었다. 그때 왕비는 땅에 내려앉은 드래곤의 등에서 힘겹게 내리고는 눈물을 터뜨렸다.

왕비가 그 무엇보다도 사랑한 건 그녀의 아이들이었다. 어떤 어머니도 그녀보다 더 자식을 사랑하지 않았을 것이라고, 베니퍼 대학사가 오한병에 걸려 죽기 전 왕비에게 말했다고 한다. 알리산느 왕비는 늘그막에 이르러 그 말을 되새겼다. "그가 틀렸던 것 같다"라고 왕비가 적었다. "나보다는 위에 계신 어머니께서 내 아이들을 더 사랑하신 것이 분명하다. 그러니 내 아이들을 그렇게 많이 데려가셨겠지."

"어머니가 자식을 불태우는 일은 없어야 하거늘." 아들 발레리온을 화장할 때 왕비가 한 말이지만, 그녀와 재해리스 왕의 자식 열세 명 중 그녀보다 오래 산 이들은 세 명에 불과하다. 아에곤, 가에몬, 발레리온은 아기 때 죽었고, 대너리스는 오한병으로 여섯 살에 사망했다. 아에몬 왕자는 노궁 화살에 목숨을 잃었고, 알리사와 다엘라는 출산 후, 비세라는 술에 취해 거리에서 유명을 달리했다. 그 온순했던 마에겔 성사도 AC 96년, 회색비늘병 환자들을 간호하다 본인도 그 끔찍한 병에 걸려 팔과 다리가 돌처럼 굳은 채 세상을 떠났다.

가장 슬펐던 것은 AC 80년, 알리산느 왕비가 아이를 낳을 시기가 훨씬 지났다고 여겨진 마흔넷의 나이에 낳은 '겨울 아이' 가엘 공주의 죽음이었다. 상냥하지만 연약하고 머리도 단순한 면이 있었던 공주는 다른 자녀들이 장성하여 떠난 다음에도 오랫동안 왕비의 곁에 머물렀으나, AC 99년 돌연히 궁에서 사라졌고 얼마 후 여름 열병에 걸려 사망했다고 발표되었다. 진실은 국왕 내외가 둘 다 세상을 떠난 뒤에야 밝혀졌다. 어느 방랑가수에게 유혹당한 뒤 버림받은 공주는 사산된 아들을 낳았고, 그 슬픔을 견디지 못하고 블랙워터만 앞바다로 걸어 들어가 익사했던 것이다.

혹자는 알리산느가 막내딸의 죽음을 끝내 극복하지 못했다고 말한다. 늘그막에 겨울 아이는 그녀에게 남은 유일한 동반자였던 까닭이다. 사에라는 볼란티스 어딘가에 살아 있었지만(몇 년 전 리스에서 악명과 적잖은 재산을 갖고 떠났다), 재해리스에게는 죽은 딸이었고 알리산느가 이따금 몰래 보낸 편지에 한 번도 회답하지 않았다. 바에곤은 시타델의 최고학사였다. 차갑고 냉담했던 아들은 차갑고 냉담한 남자로 자랐다. 그는 아들의 의무를 다해 편지를 보내고는 했다. 아들이 쓴 글은 충실했지만 온기가 없었고, 알리산느는 수년 동안 그의 얼굴을 보지 못했다.

오로지 용감한 바엘론만이 끝까지 그녀 곁에 남았다. 봄의 왕자는 시간이 날 때마다 어머니를 방문하고 언제나 그녀를 웃게 했지만, 드래곤스톤의 왕자이자 국왕의 손으로서 소협의회에서 부왕 옆자리를 차지하고 귀족들을 상대하느라 항상 분주했다. "넌 위대한 왕이 될 거란다. 네 아버지보다도 더 위대한 왕이." 모자가 마지막으로 함께한 자리에서 알리산느가 아들에게 그렇게 말했다고 한다. 그녀는 몰랐다. 그녀가 어찌 알 수 있었으랴?

가엘 공주의 죽음 후 킹스랜딩과 레드킵은 왕비가 견딜 수 없는 곳이 되어버렸다. 예전처럼 왕과 함께 정무를 볼 수도 없었고, 궁중은 알리산느가 이름을 기억하지 못하는 낯선 사람들로 가득했다. 그녀는 평안을 찾아 드래곤스톤으로, 재해리스와의 첫 번째 결혼식과 두 번째 결혼식 사이에 가장 행복한 나날을 보낸 곳으로 돌아갔다. 늙은 왕도 여유가 있을 때마다 그녀를 방문했다. "난 이제 다들 늙은 왕이라고 부르는데, 어째서 자네는 여전히 선한 왕비인가?" 언젠가 왕이 물었다고 한다. 알리산느가 웃으며 대답했다. "나도 늙은 건 마찬가지지만, 당신보다는 여전히 어리잖아."

아에곤의 정복 후 한 세기가 꼬박 지난 AC 100년 일곱째 달의 첫날, 알리산느 타르가르옌은 드래곤스톤에서 숨을 거두었다. 향년 64세였다.

부록

계보와 가계도

타르가르옌 계보

아에곤의 정복을 원년으로

1~37	아에곤 1세	정복자, 드래곤
37~42	아에니스 1세	아에곤 1세와 라에니스의 아들
42~48	마에고르 1세	잔혹 왕, 아에곤 1세와 비세니아의 아들
48~103	재해리스 1세	늙은 왕, 조정자, 아에니스의 아들
103~129	비세리스 1세	재해리스의 손자
129~131	아에곤 2세	비세리스의 장남 [아에곤 2세의 즉위를 두고 그보다 열 살 연상이었던 이복 누나 라에니라가 이의를 제기했다. 가수들이 드래곤들의 춤이라고 부르는 내전 중 둘 다 사망했다.]
131~157	아에곤 3세	드래곤의 파멸, 라에니라의 아들 [아에곤 3세의 재위 중 타르가르옌 왕가 최후의 드래곤이 죽었다.]
157~161	다에론 1세	젊은 드래곤, 소년 왕, 아에곤 3세의 장남 [다에론은 도르네를 정복하였으나 지키지 못하고 요절했다.]
161~171	바엘로르 1세	사랑받은 왕, 성왕, 성사이자 왕, 아에곤 3세의 차남
171~172	비세리스 2세	아에곤 3세의 동생

172~184	아에곤 4세	자격 없는 왕, 비세리스의 장남 [그의 동생 '드래곤 기사' 아에몬 왕자는 나에리스 왕비의 대전사였으며, 그녀의 연인이라는 의혹이 있다.]
184~209	다에론 2세	선한 왕, 나에리스 왕비의 아들, 생부는 아에곤 또는 아에몬 [도르네의 공녀 미리아와 혼인하여 도르네를 왕국에 통합하였다.]
209~221	아에리스 1세	다에론 2세의 차남(후사가 없음)
221~233	마에카르 1세	다에론 2세의 사남
233~259	아에곤 5세	뜻밖의 왕, 마에카르의 사남
259~262	재해리스 2세	뜻밖의 왕 아에곤의 차남
262~283	아에리스 2세	미친 왕, 재해리스 2세의 독자

* 아에리스 2세가 권좌에서 쫓겨나 살해당하고 그의 후계자였던 라에가르 타르가르옌 왕세자가 트라이던트에서 로버트 바라테온에게 참살당하면서 드래곤 왕가의 계보는 끝났다.

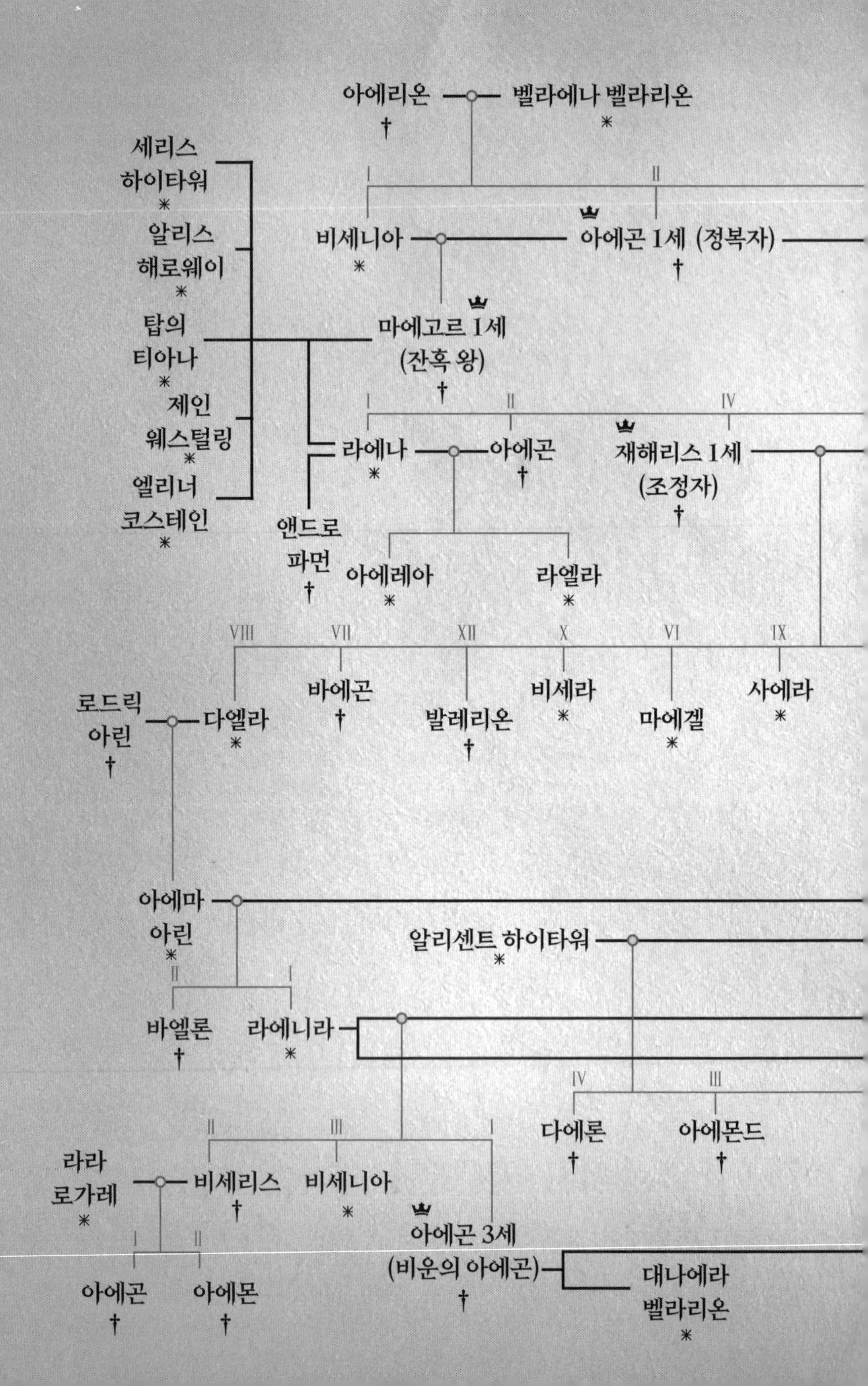

아에리온
†
벨라에나 벨라리온
*
I
II
세리스
하이타워
*
알리스
해로웨이
*
탑의
티아나
*
제인
웨스털링
*
엘리너
코스테인
*
비세니아
*
아에곤 1세 (정복자)
†
마에고르 1세
(잔혹 왕)
†
I
II
IV
라에나
*
아에곤
†
재해리스 1세
(조정자)
†
앤드로
파먼
†
아에레아
*
라엘라
*
VIII
VII
XII
X
VI
IX
로드릭
아린
†
다엘라
*
바에곤
†
발레리온
†
비세라
*
마에겔
*
사에라
*
아에마
아린
*
알리센트 하이타워
*
II
I
바엘론
†
라에니라
*
IV
III
다에론
†
아에몬드
†
II
III
I
라라
로가레
*
비세리스
†
비세니아
*
아에곤 3세
(비운의 아에곤)
†
I
II
아에곤
†
아에몬
†
대나에라
벨라리온
*

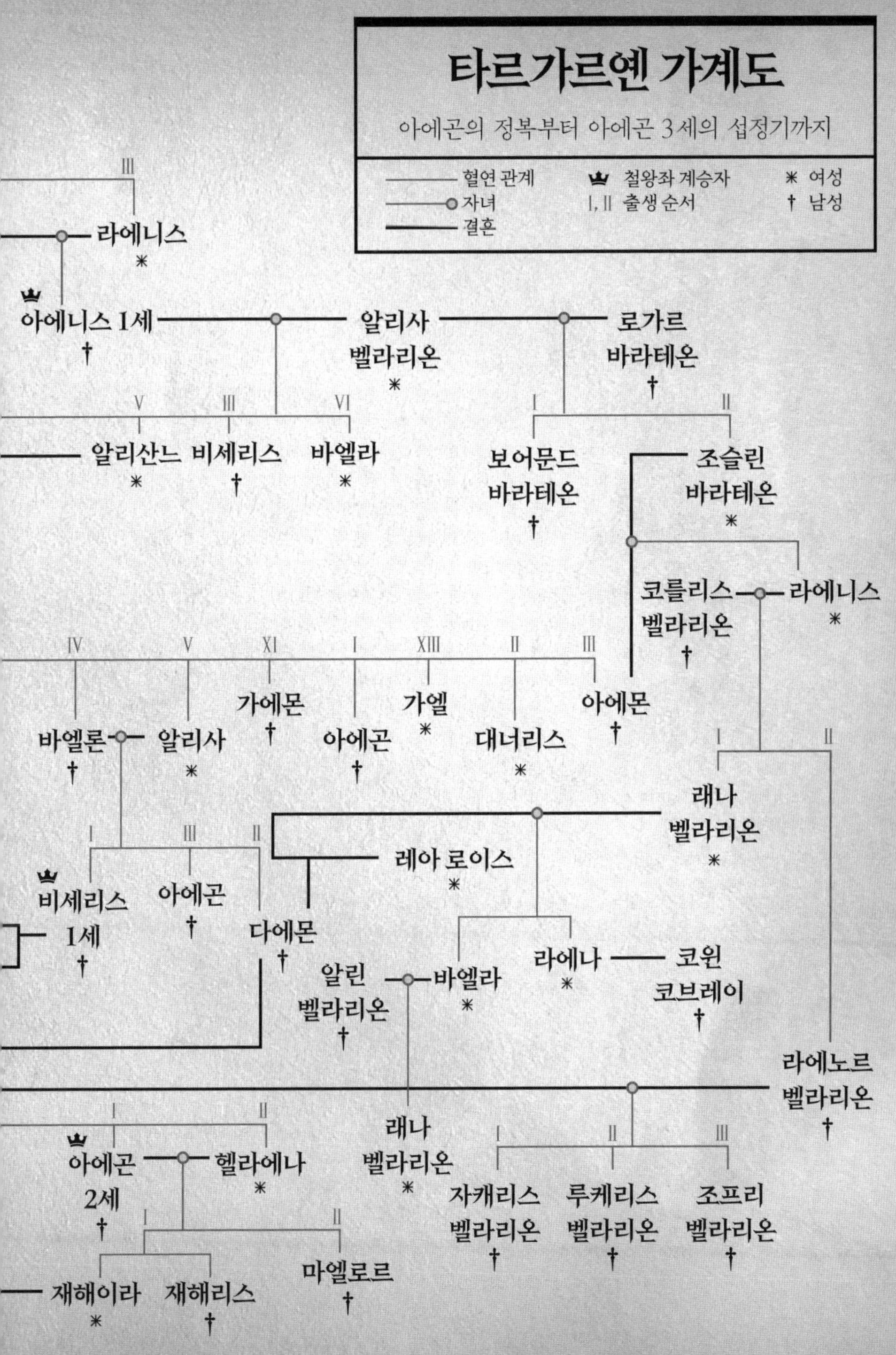

* 부계로 타르가르옌 혈통인 경우 성(姓)을 표기하지 않았습니다.

불과 피 1

얼음과 불의 노래 외전

1판 1쇄 발행 2019년 4월 17일
1판 5쇄 발행 2022년 9월 1일

지은이 · 조지 R. R. 마틴
옮긴이 · 김영하
펴낸이 · 주연선

(주)은행나무
04035 서울특별시 마포구 양화로11길 54
전화 · 02)3143-0651~3 | 팩스 · 02)3143-0654
신고번호 · 제 1997—000168호(1997. 12. 12)
www.ehbook.co.kr
ehbook@ehbook.co.kr

ISBN 979-11-89982-03-4 (04840)
978-89-5660-898-3 (세트)